Enzo Striano
Die Portugiesin

Zu diesem Buch

»Meu Deus, que calor! Mein Gott, was für eine Hitze!« Als
Eleonora sich an dem heißen Augustmorgen, am Tag nach ihrer
Ankunft in Neapel, erhob, nahm sie durch die Jalousien das
Pferdegetrappel wahr, die Rufe der Marktweiber, den Geruch
nach Wein, Fisch und moderndem Wasser. Entschlossen, sich
über den Makel hinwegzusetzen, der ihr als verarmter Adliger
anhaftete, und erfüllt von aufgeregter Erwartung, sah sie dem
Leben in dieser herrlichen fremden Stadt entgegen. Sie wollte
die Salons der kulturellen Elite mit ihren Gedichten erobern, die
durchdrungen waren vom liberalen Gedankengut französischer
Aufklärer. Eine unglückliche Liebe, familiäre Schicksals-
schläge und die dramatischen politischen Ereignisse von 1799
geben Eleonoras Dasein jedoch eine tragische Wende ...

Enzo Striano, 1927 geboren und 1987 gestorben, hat sein ge-
samtes Leben in Neapel verbracht. Er arbeitete als Journalist
und Dozent. Sein schmales erzählerisches Werk umfaßt drei
Romane. »Die Portugiesin« erschien, ähnlich wie Giuseppe
Tomasi di Lampedusas »Der Leopard«, erst nach dem Tod des
Autors in einem kleinen neapolitanischen Verlag. Zunächst Ge-
heimtip, wurde das Buch zwölf Jahre später in seiner ganzen
Dimension erkannt.

Enzo Striano
Die Portugiesin

Roman

Aus dem Italienischen von
Barbara Krohn

Piper München Zürich

Ungekürzte Taschenbuchausgabe
März 2003
© 1986 Enzo Striano
Titel der italienischen Originalausgabe:
»Il resto di niente«, Loffredo Editore,
Neapel 1986
Neuausgabe: Avigliano Editore, Cava de' Tirreni 1997
© der deutschsprachigen Ausgabe:
2000 Piper Verlag GmbH, München
Umschlag/Bildredaktion: Büro Hamburg
Isabel Bünermann, Julia Martinez/
Charlotte Wippermann, Katharina Oesten
Umschlagabbildungen: Louis Janmot (»Fleurs des champs«,
Detail, oben) und Hans Weber (unten)
Satz: Pustet, Regensburg
Druck und Bindung: Clausen & Bosse, Leck
Printed in Germany   ISBN 3-492-23778-9

www.piper.de

INHALT

für Mimma

ERSTER TEIL

1   »*Meu Deus, que calor,* was für eine Hitze!«

Es dämmerte, als Lenòr völlig erschöpft aufstand. In den Augustnächten blieben die Fensterläden des alten Hauses in Ripetta halb geöffnet, und der Gestank von der Straße zog herein: Es roch nach Wein, faulendem Grünzeug, Urin, moderndem Wasser, das gegen die schlammbedeckten Treppen des alten Hafens schwappte.

Kaum vorstellbar, was in diesem ekligen Abschnitt des Flusses alles langsam verrottete: Lastkähne, nur noch von drei Nägeln zusammengehalten, Tierkadaver, Lumpen.

Schweineschlächter weideten am Anlegeplatz Zicklein und Hühner aus, Fischhändler säuberten Fische aus dem Meer oder aus dem Tiber; über die Innereien gossen sie eimerweise Wasser und schickten ganze Sturzbäche bluttriefender *rigaije* (so nannten sie das Zeug, sie hatte sich die Aussprache gut gemerkt), blasse Fettklümpchen, zuckende Seilschaften von Gedärmen die Treppen hinunter.

Doch gefiel es ihr durchaus, dieses derbe, lärmende Treiben in Ripetta zu beobachten, von dem kleinen Balkon aus, dem Ausgangspunkt ihrer ersten römischen Erkundungen. Von dort sah sie das Schilfrohr und die wilden Olivenbäume am Ufer von Trastevere und das dort dann endlich wieder saubere Wasser in der Flußbiegung hinter dem Ponte Sisto.

In Richtung Ponte Sant'Angelo trieb etwas auf dem Wasser, das sie in ihrer Phantasie als Mühle bezeichnete: ein Gebilde aus Ästen und Schnüren, mit Hilfe von zwei gespleißten Tauen an einem Landungssteg festgebunden. Wenn der Besitzer nur gewollt hätte, würden schon ein Wort, ein Griff an der Vertäuung genügen, und los ginge es: langsam triebe die Mühle mit der Strömung davon. Vielleicht dem Meer entgegen.

Auf dem kleinen Balkon lernte sie auch die ersten Worte Dialekt. Hier, an diesem räumlich begrenzten Beobachtungsstand, war in ihr die durchaus beängstigende Überzeugung entstanden, die Römer seien allesamt Streithammel, Schläger, und liebten nichts auf der Welt mehr als Fleisch, Wein, Schimpfworte.

Inzwischen war sie jedoch fast elf Jahre alt. Sie hatte angefangen nachzudenken. Und sie hatte den Eindruck gewonnen, daß die Römer darüber hinaus unter unerklärbaren Ängsten litten.

Nie würde sie den Winterabend vergessen, an dem ihr Vater sie in die Lateransbasilika mitgenommen hatte, zusammen mit ihrem Bruder José und ihrem Cousin Miguelzinho.

Schneidender Wind fuhr durch die dunklen Wipfel der Bäume rund um den großen, freien Platz, auf dem sich eine in dicke Mäntel gehüllte schreiende Menge versammelt hatte. Die Fackeln vor dem Hauptschiff der Basilika flackerten bei jeder Windböe und überzogen die drohend auf dem Giebel wachenden Statuen mit einem wirren Netz aus Licht und Schatten.

Der Papst kam und kam nicht, die Menschen tobten und fluchten und versuchten, den hochgewachsenen Schweizergarden in den rotgelben Uniformen und glänzenden Brustpanzern die Hellebarden zu entwinden und zu zerbrechen. Dann endlich schattenhaft Umrisse in der dunklen Loggia, und explosionsartig erhob sich ein herzzerreißendes, nicht enden wollendes Geschrei.

Erschrocken drückte Lenòr sich enger an den Vater. Doch um nichts in der Welt hätte sie gehen wollen.

Der Papst trat in Erscheinung, ganz in Weiß. Groß und stattlich, umringt von schwarzgekleideten Diakonen. Die Worte, die sein Mund formte, waren nicht zu verstehen, das lag an der Entfernung und am Lärm. Lenòr sah, wie er seine große Hand hob und der Menge den Segen erteilte – und in dem Moment brach die Hölle los. Einer der Diakone schwenkte Pergamente und deutete mit einer Handbewegung an, daß er die Blätter sogleich loslassen werde. Die Menschen stürzten schreiend los, überrannten die Schweizergarde, hysterisch um sich schlagend und tretend und mit den Händen fuchtelnd. Die Blätter schwebten über diesem Tumult, dann wurden sie von der tobenden Menge verschluckt.

»*Olha sò! Eles matam-se …* Sie bringen sich gegenseitig um, nur um einen dieser Papierfetzen zu ergattern«, erklärte der Vater und schüttelte mißbilligend den Kopf.

»Was steht denn drauf?« fragte sie verwirrt.

»Der Segensspruch. Auf Italienisch und auf Lateinisch.«

Dann lernte sie Rom und die Römer von einer angenehmeren Seite kennen. Sie hatte den Wunsch, diese Stadt, in der sie leben sollte, möglichst schnell und gut zu verstehen, zumal die Stürme des Lebens ihre Familie und die ihrer Mutter hierher verschlagen hatten. Und auch das wollte sie verstehen, und zwar in allen Einzelheiten: weshalb die Familien de Fonseca Pimentel Chaves und Lopez de Leon Portugal hatten verlassen müssen. Niemand aus der Familie sprach gern darüber, nicht die Großmutter Vovó Eleonora, nicht Papài, auch nicht Onkel Antonio, Priester und Mentor der gesamten Sippschaft. Eines Tages aber würde sie es wissen und verstehen. Und bis dahin war sie auf der Hut, vor allem anderen Leuten gegenüber.

Miguelzinho war bei den Streifzügen ihr Gefährte. In gewagten Unternehmungen, für die sie anschließend Vorhaltungen ernteten, erkundeten sie die Stadt. Auf diese Weise hatte sie den Reiz des sonnigen grünen Pincio entdeckt und den Charme von Santa Maria del Popolo.

Dort war ihnen beim Abstieg ein Ziegenhirte mit seiner Herde weißer und schwarzer blökender Ziegen begegnet, aus deren auf und ab tanzenden prallen Eutern Milch auf das Pflaster tropfte. Er sah genauso aus wie der Hirte, der tagtäglich durch die gewundenen Gassen von Ripetta wanderte, um an jedem Hauseingang die Tiere zu melken.

Sie liebte es, sich gemeinsam mit Miguelzinho in das Gedränge in Ripa zu mischen: kleine Läden, höhlenähnliche Werkstätten von Schustern und Schmieden, übelriechende Verkaufstische von Wursthändlern. Ohne jede Scheu fragten sie nach den Namen der Dinge, nach dem Sinn eines Satzes, den sie aufschnappten.

»Eigentlich sind wir Portugiesen, aber wir müssen jetzt hier leben. Wir wollen auch Römer werden«, erklärten sie mit kindlichem Charme, und alle lächelten, besonders die Frauen.

»Seht mal, das Herzchen, was für schwarze Augen das Püppchen hat. Wie feurig sie sind. Und erst die hübschen dunklen Locken! Portugiesin ist sie. Ein Goldstück. Und du willst wissen, was *pulentara* heißt, du Unschuldslamm? Aber wer nimmt denn ein Wort wie Pestbeule in den Mund? Du kommst doch nicht aus dem Krankenhaus von San Michele a Ripa, was? Neinnein, mein Liebchen, das sind Worte, die du am besten gleich wieder vergißt. Wie die Kirchen und die schönen Plätze heißen, das mußt du dir merken: Vatikan, Santa Maria del Popolo, Piazza Navona … Bist du schon mal auf der Piazza Navona gewesen?«

2   Allmählich hatte sie Rom mehr und mehr kennen- und liebengelernt. Schemenhaft zeichnete sich ihre Zukunft ab. Inzwischen wurde auch sie von Tio Antonio unterrichtet: in Latein, Griechisch, Geschichte des Altertums.

Einmal nahm Tìtio sie, Miguelzinho und José mit zu den Ruinen des Colosseums. Sie stellte sich darunter eine schneeweiße antike Stadt vor, ähnlich wie die Städte, die beim Lesen vor ihrem inneren Auge entstanden. Und Miguelzinho sprach von Caesar und Pompeius, als erwarte er geradezu, sie plötzlich um irgendeine Ecke biegen zu sehen, in ihren weißen Togen, das Kurzschwert in der Hand. Statt dessen sahen sie sich einer endlosen Wildnis gegenüber, Strauchwerk, Bäume und Röhricht, erfüllt vom ohrenbetäubenden Zirpen der Zikaden. Hier und da moosgrüne Teiche, in denen Frösche für unaufhörliches Geblubber sorgten.

Überall ringsum helles Gestein: riesige Brocken und Steine, verstreut zwischen den Sträuchern, aus den Wasserlachen ragend – die Überreste des alten Rom. Beim genaueren Hinsehen entpuppten sie sich als Bruchstücke von Säulen, abgebröckelte Kapitelle, Fragmente von Tragbalken.

Sie gingen querfeldein, über Hügel und unwegsame Pfade, Tìtio mußte einen Bauern um die Erlaubnis bitten, seinen dicht mit Kohlköpfen bepflanzten Garten zu durchqueren – dann endlich, vor einem bleichen Himmel: das Colosseum. Groß, verwundet, unerschütterlich – ein echter Römer aus der Antike. Und dennoch empfand sie Mitleid. Es war, als müsse dieser Riese in absehbarer Zeit zugrunde gehen. Zu sehr war er verunstaltet, überwuchert von wildwachsendem, triumphierendem Gebüsch. Ein gefallener Held. Zu seinen Füßen weideten schwarzweiß gescheckte Kühe und Herden gelblicher Schafe, bellten die Hunde.

Nach diesem Ausflug schwärmte sie für die Geschichte des Altertums und für Latein. Sie war auch deshalb guter Dinge, weil Papài angesichts ihrer raschen Fortschritte beschlossen hatte, sie auch mit Mathematik, Naturgeschichte und Botanik beginnen zu lassen, vorausgesetzt, man fände einen tüchtigen Hauslehrer, was in Rom alles andere als leicht war. Sie hätte sogar Cembalounterricht nehmen können: die Eltern planten, eines zu leihen, obwohl in der Wohnung gar kein Platz dafür war. Dann aber vertrieb der Marchese di Pombal die Jesuiten aus Portugal.

»A *unica coisa boa que ele fez*, wenigstens das hat er gut gemacht«, lautete der Kommentar von Papài und Tio Antonio, und die Großmutter klatschte in die Hände wie ein Kind. Sie stimmte »*Levantar ferro*« an, das Seemannslied von Figueira de la Foz, das sie immer sang, wenn sie glücklich war. Dann aber wurden alle traurig. Tia Michaela, Miguelzinhos Mama, fing wie üblich an zu weinen und rang die Hände.

»A *desgraça nos persegue*, das Unglück verfolgt uns«, sagte sie ein ums andere Mal. Die anderen sahen sie schweigend an, in die eigenen Gedanken vertieft. Man mußte Verständnis für Tia Michaela haben: Tio Fernando, Papàis Bruder, hatte sie erst vor kurzem als Witwe zurückgelassen.

Auch Mamãe war höchst besorgt. Sie bat ihn eindringlich: »Lauf schnell zur Botschaft, Clemente. Damit wir Bescheid wissen. Nicht daß wir ein zweites Mal aus heiterem Himmel angegriffen werden.«

»Ich war bereits dort, Catarina«, antwortete Papài verstimmt. »Morgen schon wird Dom Francisco in einem Edikt verfügen, daß alle Portugiesen in Rom den Kirchenstaat verlassen müssen. Um Vergeltungsschläge zu vermeiden.«

»Was ist der Papst nur für ein Schuft«, ereiferte sich Vovó. »Aber ich bin trotzdem froh. Ich konnte es kaum noch erwarten, daß wir dieses Land mit seinen ungebildeten, ordinären Wilden endlich wieder verlassen können.«

»Mama«, jammerte Tio Carlos mit seiner ewigen unglücklichen, kränklichen Miene: »Wir sind schlimmer dran als die Moriscos in Spanien. Wir werden nie Frieden finden und ewig durch die Welt gejagt werden.«

»Du hast recht«, schluchzte Tia Michaela nun erneut. »Keinen Frieden. Gott verfolgt uns.«

»Ihr übertreibt wie immer!« schrie Papài beide entnervt an. »Es kann doch durchaus sein, daß sich all das zum Vorteil der Familie wendet. Antonio und ich hatten gestern das große Glück, Sã Pereira zu begegnen, dem Attaché unserer Botschaft im Königreich Beider Sizilien. Auch Sã Pereira empfiehlt uns, nach Neapel überzusiedeln.«

»*Para Nápolis* – nach Neapel!«

Die Großmutter glühte vor Freude.

»*Nápolis è um lugar muito civilizado!* Neapel ist eine sehr zivilisierte Stadt«, rief sie aus. »Dort bleibt jeder Priester an dem Platz, der ihm zusteht. Das wird für alle das beste sein.«

»Auch für Miguelzinho?« fragte Tia Michaela argwöhnisch, Tränen in den Augen.

»Für uns alle!« schrie Papài wutschnaubend.

Titìo versuchte, die Stimmung aufzuheitern. Er wandte sich an seine Mutter und tat so, als wäre er beleidigt. »Dann bin ich also der einzige, um den man sich in Neapel Sorgen machen muß. *Denn ich* werde an *meinem Platz bleiben* müssen.«

Vovó sah ihn spitzbübisch an. »Du bist eine ganz andere Sorte Priester. Du bist ein Anhänger von Jansen und Gassendi.«

»Oh, *maman*«, antwortete er, und seine Augen tanzten vergnügt hinter den goldumrandeten Brillengläsern. Er sprach jetzt französisch, wie die Erwachsenen es in diesem Hause immer taten, wenn sie nicht wollten, daß die Kinder sie verstanden. »Die Schriftsteller, die Ihr genannt habt, sind in Neapel längst außer Mode. Heutzutage sind Genovesi und Galiani gefragt.

Die Neapolitaner lesen Diderot, Montesquieu und sogar, Gott beschütze sie, Monsieur de Voltaire.«

»*Quel pays!* Was für ein Land! Und in Neapel sehen die Leute sich im Theater Stücke von Metastasio an! Und sie hören Gluck und Paisiello«, fügte sie aufgeregt hinzu. »Und sie schrecken nicht einmal davor zurück, Tänzerinnen auf die Bühne zu schicken.«

»Bitte«, unterbrach Papài ein wenig scharf. »Es wäre besser, wenn keiner von uns zu große Illusionen hegt, so wie die Großmutter es tut: Auch Neapel hat tausenderlei Nachteile. Jedenfalls hat Sã Pereira mir versprochen, mit Seiner Exzellenz, Marchese Tanucci, zu sprechen. Er traf schon damals, zur Zeit König Karls III., alle Entscheidungen, und jetzt, seit ein Kind auf dem Thron sitzt ...«

»*Est-il vrai que le fils ainé du roi Charles de Bourbon était un pauvre fou?*« fing Vovó erneut an, »ist er wirklich ein armer Narr?« Papài schnitt ihr mit einem trockenen »*Mais oui*« das Wort ab und fuhr dann mit seiner Erklärung fort: »Tanucci soll uns in erster Linie dabei helfen, unsere portugiesischen und spanischen Adelstitel so schnell wie möglich anerkennen zu lassen.«

»Alle, alle«, rief Tia Michaela mit schriller Stimme.

»Aber natürlich, *meu Deus!* Ich muß Auszüge aus dem Register der Fidalgheria in Auftrag geben. In Neapel wird sehr viel Wert auf die Herkunft gelegt, und Miguelzinho, José und Jeronimo könnten im entsprechenden Alter in das Heer des Königs eintreten.«

»Mein Gott, Clemente«, rief Vovó voll Stolz. »Ihr Fonseca habt in eurer Familie zwei neapolitanische Vizekönige, einen Berater Karls V., eine Connestabile Kastiliens! Und wir Mendes da Silva rühmen uns eines Rodrigo Mendes.«

»Gewiß, gewiß«, murmelte Papài geduldig. »Aber unsere Titel sind in Neapel keinen Pfifferling wert, wenn Tanucci sie nicht anerkennen läßt. Und ohne Einkünfte stirbt auch ein spanischer Grande den Hungertod.«

3   Als sie abends in ihrem Zimmer lag, ließen die Hitze und das Durcheinander in ihrem Kopf sie nicht zur Ruhe kommen. Nach dem Abendessen hatte man die Kinder zu Bett geschickt, und die Erwachsenen setzten ihre Beratung im Eßzimmer fort.

Durch die angelehnten Fensterläden zog wie gewohnt der schwere Atem von Ripetta zu ihr herauf, diesmal vermischt mit dem grünen Aroma der Wassermelonenschalen und dem leicht säuerlichen Geruch der Gemüseabfälle. Das Licht des aufgehenden Mondes schien herein.

Sie liebte es, dem Mond zuzusehen, der über dieser Biegung des Flusses ganz allmählich aufstieg. Bei Vollmond unterhielten sich die Leute mit gedämpften Stimmen unten auf der Straße. Dann ertönten Gitarrenklänge, und die Römer sangen dazu mit ihren schönen, hellen Stimmen Lieder.

In einigen Tagen aber wäre dies alles für immer vorbei. Sie spürte einen Anflug von Angst. Sie dachte an Tio Carlos und an Tia Michaela, an ihr ewiges Gejammer. Jetzt verstand sie sie besser, denn auch in ihr regten sich nun Traurigkeit und Verunsicherung.

Sie hatte sich stets als selbstbewußtes, anständiges Mädchen gesehen, und auch ihre Großmutter und ihre Mutter pflegten das voller Stolz zu sagen.

»Gut so, Lenòr (so wurde sie von allen genannt, seit sie als kleines Kind ihren Namen nicht richtig hatte aussprechen können). *Lenòr tem um bom caracter.* Sie hat einen starken Charakter und läßt sich nicht so leicht entmutigen. Aus ihr kann einmal etwas werden.«

Ihr Vater streichelte ihr manchmal über die Wange und schenkte ihr eines seiner raren Lächeln: »*Muito bem*, Lenòr, *sehr gut, meine Kleine.*«

Aber jetzt … Vielleicht ist das ja alles ganz normal, wenn sich das Leben so schnell von heute auf morgen verändert.

Sie schob das Bettuch zur Seite. Das bereits durchgeschwitzte Batistnachthemd war ihr lästig, sie versuchte es zunächst damit, es nur über den Beinen hochzuziehen und sich damit Luft zuzuwedeln. Dann entblößte sie sich ganz. Verärgert über sich selbst, zwang sie sich auf der Stelle zu einem Bußgebet.

»*Meu Deus, eu arrependo-me do fundo do coração*...*, ich bereue es aus tiefstem Herzen.«

Im milden Mondlicht war ihr Blick hinuntergewandert zu ihrem flachen Bauch und weiter bis zum Ansatz der Oberschenkel. Sie waren weiß und glatt – sie hätte nicht hinsehen dürfen. Und ebensowenig hätte sie die beiden Knöpfe betrachten dürfen, die seit einiger Zeit auf ihrer Brust wuchsen. Eine häßliche Unreinheit der Gedanken. Wie sollte sie das nur Tio Antonio beichten, der die Sünden der ganzen Familie sammelte? Besser gesagt, fast der ganzen Familie, denn Papài ging weder zur Beichte noch zur Kommunion, obwohl er an den wichtigsten Gottesdiensten pünktlich und gewissenhaft teilnahm.

Ratlos wälzte sie sich auf die Seite. Auch ihn würde sie so gern kennenlernen, mit all seinen Gedanken, ihren kleinen, etwas verschlossenen und eigenbrötlerischen, aber sanften und starken Vater. Eines Tages würde sie mit ihm sprechen. Und dann würde sie ihn fragen, wer sich hinter diesen Namen verbarg, die Vovó erwähnt hatte, als sie mit Titìo scherzte. Gassendi und Jansen, glaubte sie sich mit ihrem noch ungeübten, aber beharrlichen Gedächtnis zu erinnern.

Die anderen berieten noch immer, durch die Tür hörte sie ihre gedämpften Stimmen. Die große portugiesische Familie war in der ganzen Welt verstreut ... Alle litten darunter. Und ihr ging es nicht anders, trotz ihrer Bemühungen, sich hier zurechtzufinden und die Stadt zu verstehen.

Im Gegenteil: für sie bedeutete es einen doppelten Kraftaufwand. Nämlich zum einen die für ein junges Mädchen ganz alltägliche Mühe, leben zu lernen, und darüber hinaus die Mühe, sich ein Land zurechtzudenken, das man mag und in dem man sich eine Zukunft ausmalen kann. Und während man noch damit beschäftigt ist, muß man es schon wieder verlassen. Wegen unbekannter Mächte, die über einen bestimmen.

Seltsamerweise hatte sie tatsächlich das Gefühl, als hätte sie mit ihrem unbedeutenden Dasein dieses Land bereits verlassen, obwohl sie Portugal nur aus den Liedern der Großmutter kannte, aus zaghaften Erinnerungen ihrer Mutter, aus den seltenen schwachen Augenblicken des Vaters. Der weite Atem Lissabons über dem Wasser des Tejo, das Glitzern des Turms von Belem in der Sonne ... Im Grunde waren das nur Worte und Klänge, die Phantasiebilder in ihr hervorriefen.

Von den Familienmitgliedern schien Vovó die Vergangenheit am eifersüchtigsten zu hüten, sie hegte und pflegte die Erinnerungen. Sie rezitierte alte galicische Gedichte und unverständliche Auszüge aus den *Cantigas* von König Dom Alphonso o Sabio, sie war zutiefst bewegt von dem hohlen Wohlklang der Dichtung von Camões und erzählte von Städten, Gärten, Häusern.

Und nun mußten sie fort von hier. In eine unbekannte Stadt in diesem seltsamen Italien, das ihr Vaterland geworden war. Wie ist wohl dieses Nápolis, in das wir bald ziehen werden?

Sie seufzte und umschlang sich mit den Armen, die allmählich voller wurden. Sie wußte nicht viel über Neapel. Aus irgendeinem Grund stellte sie sich die Stadt groß und weiß vor, mit tausend grünen Kuppeln, vielleicht hatte sie es jemanden sagen hören. Sie versuchte, sich die Stadt auszumalen. Es gab dort einen Berg, diesen berühmten Vulkan namens Vesuv, der Lava, Feuer und Asche spuckte.

Was dabei herauskam, war ein eigenartiges Bild: eine Menge grünlicher Höcker, und der braune Höcker in der Mitte war der Berg, auf dessen Gipfel Feuerzungen emporschnellten – ein wenig unheimlich, im Wind flackernd, wie die Fackeln im Lateran.

Ihr fiel ein, daß irgendwo das Meer sein mußte. In ihrer Vorstellung versuchte sie, die saubere Tiberschleife hinter dem Ponte Sisto zu vergrößern, denn das richtige Meer hatte sie noch nie gesehen.

Schließlich dachte sie daran, daß es in Neapel einen König gab. Wie er wohl aussah? Sie stellte ihn sich mit dem aufgedunsenen Gesicht des portugiesischen Königs José Primeiro vor, unter einer ausladenden weißen Löckchen-Perücke wie auf dem Porträt, das Vovó (zusammen mit den kolorierten Drucken von

Kostümen des Königreichs Beider Sizilien) in einer Mappe aus glänzender violetter Seide aufhob.

Aber Papài hatte gesagt: »Der neue König ist ein Kind«, und damit wurden alle anderen Bilder weggewischt. Frohen Herzens sagte sie sich, daß es ihr Spaß machen würde, mit diesem Königskind durch einen Garten zu laufen. Oder mit ihm Federball zu spielen.

Eine Zeitlang schien der kleine König Miguelzinho ähnlich zu sehen, aber mit blondem Haar. Er trug einen kleinen Gehrock aus rotem Samt, und auf seinem Kopf saß eine riesige Krone aus vergoldetem Blech, die bedrohlich hin und her wankte und dann scheppernd zu Boden fiel. Beide brachen in schallendes Gelächter aus.

4 Doch zunächst mußte von den Möbeln bis zu den Kleidungsstücken alles eingepackt und mit der Post nach Neapel geschickt werden, wo Papài sich bereits aufhielt. Eine ungeheure Anstrengung, hämmernde Schreiner und fluchende Träger, ein unbeschreibliches Hin und Her, ein einziges Durcheinander von Gegenständen, Staub, Erinnerungen.

Am herrlichen Morgen des achten September machten sie sich bei Sonnenaufgang auf den Weg. Die Kinder waren aufgeregt, die Erwachsenen wirkten eher lustlos, bedrückt.

Lenòr war nach dem frühen Aufstehen noch etwas benommen und verwirrt, aber während die Kutsche in weiten Serpentinen über die steinige Via Appia rollte, fühlte sie nach und nach eine seltsame leise Vorfreude auf die Zukunft und die Fremde in sich aufsteigen. Ihr gefielen das rhythmische Klappern der Pferdehufe, der Geruch nach Stall, Heu, Pferdegeschirr, der sich in der Kutsche festgesetzt hatte. Besonders schön war es, aus dem Fenster in den tiefblauen Himmel zu schauen, die dunkelgrünen Pinien und die antiken Ruinen an sich vorüberziehen zu sehen.

Auf den Pfiff des Postillions hin fielen die Pferde in Trab, obwohl es nun bergan ging. Jetzt folgten im Wechsel Zypressen, Eschen, Pappeln, noch in spätsommerlicher Pracht. Man sah alte Gehöfte, deren Putz abgeblättert war, dann wieder Gasthäuser, dekoriert mit Ketten aus Salami und Käse, mit Girlanden aus eigenartigen buttergelben Kugeln.

»Seht doch, die Käser aus Nemi!« rief einer der Mitreisenden.

»He! Ho!« schrie der Postillion und ließ die Peitsche knallen. Die Straße war steil geworden, die Pferde schlugen eine langsamere Gangart ein.

»Aufgepaßt, Kinder«, mahnte Titìo. »Wir kommen jetzt in die Albaner Berge. Bald fahren wir durch ein Dorf, das sich genau an der Stelle des antiken Alba Longa befindet. Ihr erkennt das an der römischen Porta Praetoria mit der dreibögigen Einfahrt.«

Sie war ergriffen. So ging es ihr immer, wenn sie sich den ruhmreichen Zeugnissen aus der Antike gegenübersah: Sie durchlitt förmlich die Geschichte, sah die Beteiligten lebhaft vor sich. So auch jetzt, während sie über die Straßen fuhren, durch die einst die Heere Roms und Albas gezogen waren. Inmitten der Heerscharen marschierten auch die sechs siegreichen Brüder, die den Ausgang der Schlacht entscheiden sollten, stellte sie sich vor, während die Kutsche durch das mittlere Tor der Porta Praetoria rollte. Ihr Herz tat einen Sprung, als Titìo am Dorfausgang auf ein weißes, von Reblingen umranktes Bauwerk zeigte.

»Es heißt, dies sei das Grabmal der Horatier und der Curatier«, sagte er skeptisch. Auch Vovó zuckte mit den Achseln und murmelte: »*Como è possivel* – Wie ist das möglich?«

Lenòr empfand geradezu Groll auf die beiden: Warum glaubten sie es denn nicht? Es war doch durchaus möglich, sogar wahrscheinlich. Das spürte sie. Genau hier hatte einst der Kampf der Krieger stattgefunden. Sie hatten für das Vaterland gekämpft, es ist doch schön, wenn ein Mann ein Vaterland hat, das er über alles liebt und für das er sogar zu sterben bereit ist. In Gedanken schickte sie einen Kuß hinüber zu jenem Grabmal, während die Kutsche unter heftigem Geruckel über das grobe Kopfsteinpflaster dahinrollte.

Bevor sie die Poststation in Velletri mit ausgeruhten Pferden verließen, mahnte der Postillion: »Habt Ihr auch nichts vergessen? Habt Ihr Euch erleichtert? Habt Ihr Euch mit Proviant versorgt? Bis Terracina werden wir nicht mehr halten.«

»Warum nicht?« fragte Miguelzinho. Titìo antwortete mit ernster Miene: »Weil wir jetzt durch die Pontinischen Sümpfe fahren.«

Der Hinweis beeindruckte die Kinder und brachte sie zum Schweigen. Unruhig faßte Lenòr die Landschaft ins Auge. Was sie über diese Sümpfe wußte, war nicht viel, doch bereits der Name oder vielleicht die vage Erinnerung an irgend etwas, das sie gelesen oder gehört hatte, versetzte sie in große Spannung. In wenigen Augenblicken würden sie sich in so menschenleere, unheimliche Gegenden wie den Hades vorwagen, die Totenwelt, von der Homer berichtet.

Noch waren die Landschaft und die Luft klar, auch wenn sich tatsächlich irgend etwas unmerklich veränderte. Nach und nach aber verlor der Himmel seine natürliche Farbe, bis er fast ganz weiß war, wie Metall, das die Sonne reflektiert.

Das Atmen fiel ihnen immer schwerer. Vovó wurde unruhig. Die Faltenflut ihres Umhangs schien ihr lästig zu sein, sie zupfte den Stoff an den Beinen und vor dem Bauch zurecht. Sie war blaß, hatte Ringe unter den Augen. Alle Reisenden in der Postkutsche wirkten müde und wischten sich unentwegt den Schweiß von den Gesichtern. Plötzlich kamen die Sümpfe in Sicht: Am grauen Horizont zeichnete sich eine schwarze Bergkette ab, und zwischen diesen Bergen und der Straße tat sich eine naßfeuchte Steppe auf, von steinigen Kiesbetten durchzogen. Ganze Wälder aus Schilfrohr säumten grünliche Schlammlöcher, die mit einer fauligen Schicht bedeckt waren. Schwarze Vögel mit langen Beinen flogen in Scharen auf und durchkämmten mit klagenden Rufen die Asche des Himmels.

Die Luft roch verdorben, erregte regelrecht Übelkeit. Vovó hatte den Kopf in den Nacken gelegt und atmete schwer. Dicke Schweißtropfen rannen über ihre blassen Wangen. Mamãe versuchte, sie mit einem feuchten Tuch ein wenig zu erfrischen.

5 *Meu Deus*, wie lange noch!

Die Landschaft wirkte jetzt monoton und trostlos. Mit einemmal erblickte Lenòr voll Erstaunen im Schilf eine Herde pechschwarzer, knochendürrer Ochsen mit sichelförmigen, schlammverkrusteten Hörnern.

»Das sind Büffel«, erklärte Tio Antonio.

»Aber da sind auch Männer«, rief Lenòr. Sie waren aus dem Röhricht aufgetaucht, auf dem Rücken ausgemergelter schwarzer Gäuler, zwei der Männer trugen Ziegenhäute auf den Schultern, hatten sich Lappen um Beine und Füße gewickelt und mit roten Bändern befestigt. Mit langen Piken trieben sie die Büffel an, die träge auf die Schlammlöcher zutrotteten.

»Denen sitzt sicher das Fieber in den Knochen«, bemerkte Titìo. »Wie machen sie das nur, in so einer Gegend zu leben?«

Er erklärte, daß es in den Sümpfen Anophelesmücken gab, die mit ihren Stichen die Malaria übertragen konnten. Lenòr glaubte sogleich, diese schrecklichen Insekten in nächster Nähe surren zu hören, ja, sie hatte sogar den Eindruck, ins Gesicht und auf die Hand gestochen zu werden. Tatsächlich zog seit einer Weile eine Wolke winziger, aber trotzdem lästiger Insekten in der Kutsche ihre Kreise. Die Reisenden kratzten sich, einige bedeckten ihr Gesicht mit einem Taschentuch.

Jetzt kam die Postkutsche nur noch im Schrittempo voran, und der Postillion, der die Pferde bis aufs äußerste angetrieben hatte, versuchte nur noch, ohne Zwischenfälle die Poststation in Terracina zu erreichen.

Die ersten Anzeichen für eine baldige Rückkehr in frische Luft, ja geradezu ins Leben: der Himmel über den Bergen war klar, man sah wieder Bäume auf den Hügelkämmen, das Röhricht wurde spärlicher. Plötzlich strahlte die Sonne vom nun wieder tiefblauen Himmel herab, zu beiden Seiten des Weges wuchsen schöne, üppige Pflanzen und prächtige Büsche.

Endlich folgte die häßliche, schnurgerade Straße einer Biegung, und die Kutsche rollte mit quietschenden Bremsen in eine Staubwolke hinein. Ein Streifen weißer Häuser vor dem blauen Band des Meeres kam in Sicht.

Zwischen Obstbäumen und Myrtenhecken ging es weiter, vorbei an hellen, weißgesäumten Sandstränden. Am Horizont schwammen Inseln in einer dünnen Schicht himmelblauer Dunstschwaden. Wie heißen sie, Tio Antonio, du uns von der Vorsehung bestimmter Mentor?

»Ganz rechts außen, das ist keine Insel. Das ist das Vorgebirge des Circeo. Die Inseln weiter draußen sind Ventotene und Ponza.«

Sie genoß die frische Luft, die vom Meer herüberzog, und überließ sich ihren Phantasien. Wie es wohl aussah auf den fernen Inseln? Ob es möglich wäre, dorthin zu fahren? Draußen auf dem Meer lag reglos ein rotweißer Fischkutter, weiter rechts, in Richtung des Circeo, kreuzte ein großes Segelschiff unter vollen Segeln und schien die See aufzuwirbeln. Ohne es erklären zu können, verspürte Lenòr eine unbändige Freude.

Doch offensichtlich fühlten sich alle Mitreisenden wie neugeboren. Auch Vovó, die mit halbgeöffnetem Mund die Seeluft einsog. Ihre müden Wangen bekamen allmählich wieder Farbe.

Die Postkutsche verließ nun die Küstenstraße und schlug einen holperigen Feldweg ein, der zwischen seltsamen weißen Felsbrocken, Strandkiefern und Zedern bergan führte. In der Ferne tauchte schimmernd ein See auf, und zwar genau in dem Moment, als der Wagen geräuschvoll bremste.

»Aaaah!« Der Postillion reckte sich, sprang vom Bock und rief fröhlich: »Schwester Capora', da sind wir! Mit der Hilfe des Herrn.«

Zwischen schattigen Pappeln stand ein Turm, auf dem eine weiße Fahne mit goldenen Lilien flatterte. Oben war eine ausgeblichene Tafel angebracht:

PORTELLA – GRENZTURM

Weiter unten grasten Pferde, man sah Soldaten in weißen Hosen und rotgrünen Röcken.

»Don Nico'«, grüßte ein Gefreiter, der sich der Postkutsche näherte. Er legte die Hand an den Zweispitz mit dem roten und gelben Federbusch. »Willkommen im Königreich Beider Sizilien,

meine Herrschaften«, rief er höflich. »Wenn es Euch beliebt aus-
zusteigen, dann können wir Eure Reisepapiere prüfen.«

Sie war aufgeregt und paßte auf wie ein Luchs. Jetzt waren sie
also in Neapel, diesem großen Königreich, in dem sie von nun an
leben würden, und diese Männer waren Neapolitaner.

Die Reisenden stiegen nacheinander aus. Vovós Beine knick-
ten ein, einer der Soldaten eilte herbei, um sie zu stützen.

»Danke«, sagte sie. Und fügte ein wenig verlegen, wie als
Rechtfertigung hinzu: »Ich habe jetzt so lange gesessen, da sind
mir die Beine eingeschlafen.«

»Aber natürlich, Signo'«, lächelte der Soldat. »*Chisto è 'no
viaggio 'nfame*. Das ist ja auch eine scheußliche Reise.«

So sprachen also die Neapolitaner, dacht Lenòr. Aber sie sprachen deutlich, man verstand jedes Wort. Sie fühlte Begeisterung
in sich aufsteigen. Sie malte sich aus, wie schnell sie Neapolitanisch lernen würde, auch der sanfte, ein wenig schläfrige Tonfall
gefiel ihr. Während die Gefreite die Reisenden zur Wachmann-
schaft führte, warf sie Miguelzinho und José einen kurzen Blick
zu, und schon liefen alle drei zur Wiese hinüber, wo die Pferde
weideten.

Dort jedoch bedrohte sie ein Soldat rüde mit seinem Bajonett
und überschüttete sie mit einem Schwall wütender, unverständ-
licher Worte.

Eingeschüchtert und enttäuscht lief sie allen voran zur Kutsche zurück. Der Gefreite legte zum Gruß die Hand an den Hut.
Dann sagte er lachend zum Postillion: »*Statte bbuono, Nico'.*«

»*Statte bbuono*«, sagte sie insgeheim immer wieder vor sich hin,
während die Postkutsche weiter hügelan rollte. »Mach's gut.
Statte bbuono.«

Das sind also die Worte, mit denen die Neapolitaner sich verabschieden. Sie lächelte. Das war nicht schwer zu lernen. Sie
hätte die beiden Worte gern laut ausgesprochen, um den Tonfall
zu überprüfen: das langgezogene, wie sch klingende s von *statte*,
das blubbernde b von *bbuono*, das lange u vor dem offenen o, das
fast die letzte Silbe verschluckte.

»*Statte bbuono*«, wiederholte sie erneut, tonlos, weil es ihr peinlich war. Dann kam ihr eine Idee, und sie rief Miguelzinho zu: »Hast du gehört, wie die Leute sich hier verabschieden? *Statte bbuono.*«

Sie betonte jede Silbe. Tio Antonio lächelte, Miguelzinho wiederholte: »*State buono.*« Aber er sprach es klar aus, ohne die gutturalen Laute.

Sie schüttelte den Kopf. »So doch nicht. *Schtatte bbbuono.*«

Titìo mußte lachen.

»Du bist noch nicht einmal angekommen, und schon willst du Neapolitanerin sein«, bemerkte er. »Du lernst wirklich schnell. Besonders Sprachen.«

Zufrieden wiederholte sie den Gruß in Gedanken. Es hörte sich herzlich an, fand sie, nach Menschen mit freundlichem Wesen. Denn es ist schön, jemandem zu wünschen, daß es ihm gutgehen möge. Oder vielleicht bedeutete es auch nur: »Paß auf dich auf« – »*Cuide-se*«, nicht »*Fique bonzinho*«.

In der Zwischenzeit waren sie durch Fondi gefahren, dann durch Itri, ein Dorf, das sich auf schwarzen, abweisenden Felsen erhob. Es sah schmutzig aus, verfallen, die Bewohner blickten dumpf und feindselig drein. Zum Glück ging es danach bergab nach Castellone di Gaeta, wo Formia und das Meer auf sie warteten – und die Station, an der sie Rast machen würden.

Das Lokal lag direkt am Hafen: eine Hütte aus Brettern und Stämmen, direkt unter dem Bogen eines römischen Aquädukts, auf dem Eidechsen hin und her huschten und dessen Gemäuer von Unkraut überwuchert war. Drinnen unbeschreiblicher Schmutz, Mamãe bestand darauf, daß sie nur Brot, Käse und Weintrauben aßen, obwohl die Wirtin schon Maccheroni in den Topf geworfen hatte und den frischen Fisch anpries.

Mißmutig bereitete sie das Essen für die anderen Reisenden zu und überließ es abschätzig den Damen Fonseca und Lopez, das Brot von den wagenradgroßen Laibern herunterzuschneiden. Das Brot war vorzüglich: goldbraune, krosse Kruste, der Teig nicht ganz weiß, aber weich und zart beim Kauen. Leicht gesalzen, während man es in Rom mürbe und ungesalzen zu backen pflegte. Sie nahmen sich etwas für den letzten Teil der Reise mit.

6   Weiter ging es bergan ins Landesinnere, durch wilde Hochebenen, die so dicht bewachsen waren, daß man Angst bekommen konnte. Tiere huschten durch Gehölz und Gestrüpp. Die Luft war angenehm feucht. Die Landschaft wurde immer lieblicher: ein harmonisches Miteinander liebevoll bestellter Ländereien, Obstgärten, Weinberge, mühsam angelegter Bewässerungsgräben, Wasserräder, Mühlen, Weiler, Weideland.

»*Campania felix*, glückliches Kampanien«, so lautete Titìos Kommentar. Lenòr dachte nach über den seltsamen Widerspruch zwischen diesen mit Liebe gepflegten, üppigen Feldern und den Dörfern, durch die sie gefahren waren, mit Bauern, die sich über die Furchen beugten oder reglos vor ihren Weilern saßen. Die Dörfer waren das reinste Elend (nichts als strohgedeckte Hütten aus Lehm und Feldsteinen), und die Menschen in diesen Dörfern sahen nicht weniger elend aus. Barfuß, von schwarzem Mist verkrustet, mit ausweichendem oder düsterem Blick.

Meter für Meter ging es voran, die Straßen wurden immer schlechter, voller Löcher und Pfützen, mit spitzen Steinen. Auf daß die Achsen brachen – und den Reisenden die Knochen. In Capua wurden Pferde und Postillion ausgewechselt, der neue Kutscher war ein dicker, ungekämmter Neapolitaner in schwarzem Wams und Stiefeln, der wie eine Frau aussah. Der Kutschbock ächzte, als er sein breites Hinterteil darauf niederließ. Während der Fahrt redete der Kutscher ununterbrochen vor sich hin, ohne daß man ein einziges Wort verstanden hätte.

Die Reisenden waren mittlerweile restlos erschöpft. Lenòr hatte keine Lust mehr, sich die Landschaft anzuschauen, obwohl sie farbenprächtiger war denn je zuvor und der Himmel sich rosa färbte. Aber in Caserta war Lenòr dann doch wie verzaubert, als aus dem Dunst eines blaugrünen Tals wie in einem Märchen ein Palast mit tausend Fenstern auftauchte. Auf einer Anhöhe glitzerte ein Wasserfall, dessen Flut sich schäumend in eine endlose Reihe von Becken ergoß. Aufblitzende Wassertropfen, Wasserspiele, schneeweißer Marmor.

»Die Gärten der Armida«, murmelte Titìo kopfschüttelnd. »Launische Einfälle des Königs. Das hier ist zweifellos der berühmte Sommersitz von Dom Carlos.«

Die Dämmerung brach herein, während sie weiterhin durch bestellte Felder und stinkende Dörfer fuhren, im Hintergrund Wälder und Berge.

Lenòr fiel ein seltsamer rötlicher Lichtschein auf, der seit kurzem inmitten reglos am Himmel stehender flockiger Wolken am Horizont zu sehen war. Zunächst glaubte sie, es sei ein allerletztes Aufleuchten der Sonne, doch im Blau der Abenddämmerung war das Sonnenlicht jetzt völlig verschwunden. Der rötliche Lichtschein aber hing weiter zwischen den Wolken.

Da bemerkte sie, daß sie sich einer größeren Ortschaft näherten. Die Zahl der Hütten um die heruntergekommenen großen Gehöfte, aus denen vereinzelt Licht drang, nahm zu, an den Straßenrändern folgte eine Taverne auf die andere, immer mehr Menschen waren zu sehen.

Mit Reblingen und welken Blättern geschmückte Bauernwagen mit riesigen Rädern kreuzten ihren Weg. Vielleicht kehrten sie von einem Fest zurück, denn sie wurden von Pferden gezogen, die mit Wedeln und Federn herausgeputzt waren, und transportierten buntgekleidete, sturzbetrunkene Bauern. Ihr fiel eine Frau auf, die wie leblos über eine Seite des Wagens hing. In der Hand hielt sie ein Tamburin mit kupfernen Schellen und bunten Bändern, das sie dann und wann mechanisch bewegte, das aber nur ein kraftloses Geklapper von Metall hervorbrachte.

Danach mußte die Postkutsche einem ausladenden Karren folgen, der einen Geruch von Mist und Wein verbreitete. Rotgesichtige Bauern hatten es sich darin bequem gemacht. Einer von ihnen hantierte mit einem merkwürdigen Instrument: einem großen, mit Leder bespannten Tontopf, in den der Mann mit pumpähnlichen Bewegungen einen Stock stieß, was ein dumpfes, schleifendes Geräusch erzeugte.

»*Zùghete, zùghete*«, grölten die anderen im Chor. Beleibte Frauen in farbenfrohen Gewändern ließen schellenbesetzte Tamburine tanzen und Kastagnetten erklingen. Hin und wieder stießen sie gemeinsam schrille, ausgelassene Töne aus.

Der Wagen ließ die Postkutsche absichtlich nicht passieren. Die Bauern und die Frauen grinsten hämisch, riefen den Reisenden Schimpfworte zu, schnitten Grimassen, machten anzügliche

Gesten. Lenòr bekam ein wenig Angst, aber schließlich riß der Postillion an einer breiteren Stelle der Straße an den Zügeln, ließ die Peitsche knallen und stieß dazu ein Triumphgeheul aus, das einem durch Mark und Bein ging.

»*Chivemmuortooo! Chivemmuortooo!*« schrie er ein paarmal in Richtung des Wagens, der jetzt endlich hinter ihnen blieb. Was das wohl heißen sollte? Vielleicht wünschte er diesen Flegeln ja den Tod.

Endlich fand sie heraus, was es mit dem rötlichen Licht am Horizont auf sich hatte. Die Luft war jetzt wie ein einziges flammendes Glühen, als würde jemand auf einem von den dichten Büschen verdeckten Feld stehen und mit einer riesigen Laterna magica glutrote Lichtstrahlen an den Himmel werfen. An einem Punkt des von Sternen übersäten Himmels, dort, wo das Leuchten am intensivsten war, hing wie ein Schirm eine Wolke grauer Dämpfe, in der scharlachrote Blitze zuckten.

Als die Kutsche um einen dicht mit Pinien bewachsenen Felsvorsprung herumgefahren war, erblickten sie den rötlichen Vesuv und zu seinen Füßen das reglose Meer und die große Stadt.

7   Diese Stadt dort unten, diese riesengroße Weihnachtskrippe mit Lichtern, die im Dickicht der Bäume von den Hügeln bis hinunter zum Meer aufblitzten, diese weite, zwischen Gebäuden und Hügeln eingebettete reglose Wasserfläche, dazu der Widerschein des feuerspeienden Vesuvs und die in mattem Gold glänzenden Häuser – das war Neapel.

Zärtliche Gefühle regten sich in ihr. Einfach so, ohne besonderen Grund. Allein beim Anblick dieses schlichten, heiteren Panoramas.

Die leuchtenden Punkte der Krippenlandschaft hüpften auf und ab, lösten sich hier und da in Strahlen auf. Andere Lichter glitten langsam über das Meer.

Zwischen Gärten und Häusern entdeckte Lenòr leuchtende Halbkugeln: die Kirchenkuppeln! Warum nur hatte sie das

Gefühl, daß die Stadt gar nicht wirklich war, sondern ein Phantasiegebilde, das von einem Augenblick zum nächsten verschwinden könnte?

Als sie sich der Grenzstation näherten, wurde der Verkehr immer dichter, und der Lärm nahm zu. Ein höllisches Durcheinander von Bauernkarren und leichteren Kutschen, die schneller voranzukommen suchten, waren ihre Insassen doch Herren mit Dreispitz und Perücke und feingekleidete Damen. Ein Trupp Husaren mit silbernem Schnurbesatz an den Uniformen galoppierte vorüber.

Überall Menschen, Erwachsene und Kinder, fast alle barfuß, bekleidet mit Leinenhemden, an den Waden ausgefransten Hosen, rote Schärpen um die Taille. Einige trugen Helme aus bemaltem Pappkarton mit bunten Papierfedern, andere hatten sich Masken aufgesetzt.

Die Zollstation war ein umzäuntes gelbes Gebäude. An der Vorderseite wehte das weiße Banner mit den goldenen Lilien. Lautes Flehen, Schreien, Klagen: Soldaten in blauen Röcken mit weißen Patronentaschen hielten die schiebende, drängelnde Menschenmenge hinter dem Eisenzaun in Schach.

»*Managgia. Managgia.* Zum Teufel!« – hörte man am häufigsten.

»Macht schnell! Schnell!« schrien die Soldaten wie in Panik und schweißüberströmt und versuchten, dem Postillion, der die Pferde blindlings mit der Peitsche antrieb, den Weg freizumachen.

Wie betäubt stiegen die Reisenden aus und hielten sich dicht beieinander. Tio Antonio ging, um mit einem ranghöheren Soldaten zu verhandeln, der übertriebenen Respekt an den Tag legte, sich immer wieder verneigte und nickte. Titìo zückte die Geldbörse.

»Monsignore Exzellenz Monzù«, stieß der Mann aus und verneigte sich zweimal. Dann war er verschwunden. Im nächsten Augenblick schon wurde Titìo bedrängt von Pferden, Kutschen und schmutzigen Kutschern im Wams, rote Troddeln an den Hüten. Er drohte in dem heftig debattierenden Haufen unterzugehen, tauchte dann aber, tatkräftig unterstützt von einem der

Kutscher, wieder auf, während die anderen ausspuckten und ihn mit üblen Gesten bedachten.

Dem hilfreichen Kutscher gelang es, mit einer grüngestrichenen alten Stadtkarosse mit grob gearbeiteten, vergoldeten Zierleisten an den Türen vorzufahren. Schwitzend und keuchend brüllte Tio Antonio: »Beeilt euch, um Himmels willen! Woher sollte ich denn wissen, daß in dieser besessenen Stadt heute das Fest von Piedigrotta gefeiert wird!«

Sie zwängten sich in die Kutsche. Damit es nicht zu eng wurde, setzte Titìo sich auf den Bock neben den Kutscher, einen abgemagerten Alten mit lebhaften Augen. Er hatte kaum noch Zähne, lächelte aber unentwegt.

»Auf geht's, Zizi'«, rief er dem Pferd mit dünner Stimme zu.

Er fuhr sehr vorsichtig, auf der steilen Strecke den Hügel hinunter bremste er beständig. Ohne daß man ihn darum gebeten hätte, lieferte er fortwährend Erklärungen, und in seiner Stimme mischten sich Stolz, Höflichkeit, Verschlagenheit.

»Da oben, rechts«, sagte er und wies auf einen dicht mit Bäumen bewachsenen Hügel, auf dem sich ein großer weißer Palast erhob, in dem nur wenige Fenster erleuchtet waren.

»Capo de Monte. Der neue Königspalast von unserem Tata.«

Sie hörte, wie Titìo fragte: »Tata? Was ist das? Tata?«

»Tata ist … *lo pate*. Der Vater. In einer Familie bestimmt der Vater und sorgt für seine Kinder. Auf der Welt bestimmt Gott und sorgt für alle Menschen. Und hier, auf diesem Flecken Erde, bestimmt der König und sorgt für die Menschen. Er ist wie Gott und wie ein Vater.«

»Aha.«

»Aber, Monzù«, fuhr der Alte in freundschaftlichem, aber vorwurfsvollem Ton fort: »Heute ist wirklich nicht der richtige Tag, um nach Neapel runterzufahren!«

Die Kutsche begann unter plötzlich ausbrechendem höllischem Lärm zu vibrieren. Der Kutscher verwandelte sich schlagartig und fing an, nach rechts und links Peitschenhiebe auszuteilen und wilde Flüche auszustoßen.

Sie waren am Fuße des Hügels angekommen, und hier begann Neapel erst richtig.

Sie war entsetzt. Noch nie hatte sie ein derart durchdringendes und vielstimmiges Getöse gehört, noch nie hatte sie so viele Menschen auf einmal gesehen.

Die Kutsche kam kaum noch voran. Sie befand sich jetzt in einer breiten Straße, gesäumt von drei- bis vierstöckigen Häusern. Auf den Balkonen, deren Brüstungen bestückt waren mit Fackeln, Laternen, Kerzen, drängten sich Menschen, die winkten, sangen, schrien, dabei Konfetti, bunte Papierkügelchen und Mehl auf die Straße warfen, bemalte Kartonröhren an Bindfäden hinunterließen und versuchten, sie den Passanten auf die Köpfe zu setzen.

Fackeln brannten auch vor den steinernen Portalen der Häuser, und über der dichten Menschenmenge auf der Straße flackerte der Lichterschein von Kerzen und Laternen. Kutschen mit flackernden Lämpchen, vor denen Diener in Livree mit Fackeln einherliefen, versuchten, sich einen Weg durch die Menge zu bahnen.

Es war ein ununterbrochenes Krakeelen, begleitet vom kurzen, rhythmischen Rasseln Tausender von Schellentamburinen, dem Schrillen Tausender Trillerpfeifen, dem fieberhaften Stampfen in Tausenden dieser Töpfe, wie Lenòr sie auf dem Bauernwagen gesehen hatte, dem Getöse vieler anderer seltsamer Instrumente. Eines prägte sie sich ein: Holzstäbe, die in rasender Geschwindigkeit aufeinander geschlagen wurden. Doch es schien, als könnte man zum Lärmmachen alles und jedes benutzen: Kastagnetten, Kochtöpfe, Löffel, Deckel. Einige Menschen bliesen in riesige Muscheln, was eine Art Muhen hervorrief. Der ohrenbetäubendste, durchdringendste Lärm jedoch stammte von einer unvorstellbaren Menge Papiertrompeten, die mit Federbüschen verziert waren. Jeder hatte so ein Ding, jeder blies hinein und zielte dabei in alle Richtungen, auf die Gesichter der Passanten, ihnen in die Ohren.

Trupps maskierter, schlampig gekleideter Jugendlicher zogen barfuß durch die Straßen, schmetterten dabei ein durchdringendes *pe-pe perepé – pe-pe perepé* aus ihren Papiertrompeten und rannten jeden, der ihnen im Wege stand, frech über den Haufen.

Erstaunt und fasziniert glitten ihre Blicke von einer Szene zur nächsten. Zu beiden Seiten der gehsteiglosen Straße befand sich eine Kette von Verkaufsständen, beleuchtet von Fackeln und bunten Laternen. Dort wurde der gierigen, rauflustigen Menge alles nur Erdenkliche verkauft.

Lenòr sah einen Mann mit schmutzigweißer Mütze und Lederschürze, der auf einer fast in der Mitte der Straße aufgebauten Feuerstelle Maccheroni kochte. Sie war fasziniert von der Schnelligkeit, mit der der Mann einen der riesigen dampfenden Töpfe vom Feuer nahm, das klebrige, weißliche Wasser abgoß, ohne auch nur eine einzige der Röhrennudeln zu Boden fallen zu lassen, und die Maccheroni dann mit ebenfalls beeindruckender Geschwindigkeit auf Blechtellern den Kunden hinhielt, die im Gedränge den Arm danach ausstreckten. Dann stellte er den Topf wieder aufs Feuer, kippte aus einem Krug frisches Wasser hinein, fachte die Flamme mit Hilfe eines großen Strohfächers an, sprang zum nächsten dampfenden Kessel und nahm den Deckel ab, warf den Kopf in den Nacken, legte die offene Hand an den Mund und stieß einen durchdringenden, klagenden, aber dennoch harmonischen Lockruf aus.

Von diesem Maccheronistand zog ein würziger und zugleich einfacher Duft zu ihr herüber, der sich mit den tausend anderen Gerüchen, die in der Luft lagen, vermischte: dem Geruch verbrannter Fackeln, dem süßlichen von geschmolzenem Wachs, dem herben Duft vom Saft der Zitronen, dem betörenden Aroma von Anis, den einladenden Knoblauchschwaden, den würzigen Dämpfen der Soßen, dem Salzwassergeruch der Meeresfrüchte, die in glänzenden Kupfertöpfen gekocht wurden.

Doch es roch auch streng nach Pferdemist und menschlichen Exkrementen. Die Straße war bedeckt mit dem Kot aller möglichen Tiere. Die Menschen entleerten sich ungeniert an den Mauern der Palazzi, den Hausecken an den Gassen.

Die Kutsche bahnte sich ihren Weg dank der unerwarteten Roheit des alten Kutschers, der in einem fort die Peitsche knallen ließ, mit Beleidigungen nicht sparte und eigenartige Flüche ausstieß, bei denen die Namen der Heiligen durch profane, ähnlich klingende Wortschöpfungen ersetzt wurden.

»*Mannaggia lo Padreturco. Sangue de la Colonna. 'Nculo a santo Panaro.* – Zum Teufel mit dem türkischen Vater. Pimmel- arschundzwirn.«

Es ging zermürbend langsam voran. Lenòr spürte, wie ihre Glieder gefühllos wurden. Verschwommen nahm sie wahr, daß der Wagen an einem schier endlosen rosafarbenen Bau mit glän- zenden Marmortreppen entlangrollte. An mit Girlanden ge- schmückten Kirchen mit weit geöffneten Türen, aus denen Licht strömte.

Auf einem kleinen Platz türmten sich Unmengen grüner und gelber Wassermelonen bis hinauf zum ersten Stock. Einige roll- ten über die Straße. Dazu körbeweise honigfarbene Weintrauben, purpurrote Kaktusfeigen.

Die Kutsche fuhr jetzt noch langsamer, denn die Men- schenmenge wurde immer dichter. Von Zeit zu Zeit drangen Schmerzensschreie oder Wutgebrüll an Lenòrs Ohr, dann schreckte sie auf. Sie sah berittene Soldaten, die Scharen aufge- brachter Männer mit roten Mützen vor sich herjagten. Sie trieben sie auf die dunklen, bedrohlich wirkenden Öffnungen der tau- send Gassen zu, die von der schönen, strahlenden Straße ab- gingen, in der sie sich nun befanden: die berühmte Via Toledo, wie der Kutscher voll Begeisterung bestimmt hundertmal in sei- nem Singsang wiederholte.

Dann aber, als das Durcheinander, der Lärm und die Pracht ihren Höhepunkt erreicht hatten, mußte die Kutsche wohl oder übel anhalten. Es war nicht mehr möglich, auch nur eine Hand- breit voranzukommen. Tausend verschiedene Fahrzeuge – darun- ter auch einige Kutschen mit Wappen, goldenen Verzierungen, Glasscheiben, in Seide gekleideten Lakaien auf den Trittbrettern – tauchten wie Felsen aus dem Meer der fröhlichen, trunkenen Menge auf.

»*Que lugar maravilhoso!*«

Eine wunderschöne Piazza. Auf der einen Seite befand sich ein strahlendweißes Gebäude, funkelnd hinter glitzernden Kristall- kandelabern. Rundherum standen hohe Palmen, Magnolien mit hellweißen Blüten, Pinien, umgrenzt von smaragdgrünen Rasen- flächen hinter einem mit goldenen Lilien verzierten Tor. Daneben prangte ein weiterer außergewöhnlicher Palazzo in Altrosa, von Myriaden von Laternen beleuchtet, die an den Marmorbalustraden befestigt waren. Er beherrschte die Piazza, die eine Schwadron weiß- und rotgekleideter Reiter freizuhalten suchte.

An der gegenüberliegenden Seite des Platzes schlossen sich geheimnisvolle Parkanlagen an, Lichter blitzten auf, Gesänge waren zu hören. Dann eine Szene wie eine Theaterkulisse: ein Riese aus Marmor, der seinen Arm einem grünen Abhang und dem dunkelbraunen Meer entgegenstreckte, auf dem Segelschiffe mit funkelnden Lichterketten dahinglitten. Und weit im Hintergrund – schwarz, riesig und doch beeindruckend nah – der Vesuv mit seinem glühenden, dumpfen Grollen.

Plötzlich stellte Lenòr sich vor, daß all das – die Stadt, die Farben, die Töne, die Lichter, die Soldaten, das Volk, fröhlich, singend, klatschend, musizierend – in Bewegung geriete, einem natürlichen Instinkt oder dem Ruf des Meeres folgend, und diesen Hang hinabstürzte, bis zum Strand, der sich irgendwo weit unten zwischen Musik und Lichterglanz erahnen ließ. Ein nach feuchtem Sand und Algen riechender Windhauch wehte herüber, ließ die Fackeln flackern und die Fahnen mit den goldenen Lilien flattern.

Die Stimme des Kutschers, der begeistert alle Sehenswürdigkeiten aufzählte, ließ sie zusammenzucken: »*Lo San Carlo. Lo Palazzo reale. Santa Lucia. Lo Gigante. Lo San Carlo …*«

Zu guter Letzt gelang es dem Kutscher mit Gottes Hilfe, sein Gefährt aus dem Gedränge zu befreien und es auf eine der engen Gassen zuzulenken. Sie kamen in eine andere Welt.

Aus dem Licht in die Dunkelheit, aus der samtweichen Luft auf der Piazza in stickige Schwüle. Aus der Weite in die Enge, aus der Ebene zu einem entsetzlich steilen Weg, einem bergan führenden Schlauch inmitten der Häuser aus schwarzem Gestein, eines dicht am anderen klebend. Dazwischen waren wie Vorhänge Wäschestücke zum Trocknen aufgehängt.

Die Pferdehufe klapperten auf den Pflastersteinen, ab und zu rutschte das Tier in dem schlammigen, stinkenden Rinnsal in der Mitte der Gasse aus, der Kutscher riß verzweifelt an den Zügeln.

In einer Ecke sah sie einen Mann, der sich erbrach, und einen Augenblick lang befürchtete sie, die Wagenräder würden ihn überrollen. Sie fuhren an ebenerdigen Behausungen vorbei, deren Fenster und Türen offenstanden. Es roch übel. Man konnte in die Zimmer hineinsehen: zerwühlte Lagerstätten, Lumpen, schwach flackernde Laternen. Sie erschrak, als sie in einer dieser Behausungen einen alten, weißhaarigen Mann sah, der halbnackt mit geöffnetem Mund auf einem Strohsack lag. Sie dachte zuerst, er sei tot, aber andere Familienmitglieder saßen seelenruhig beim Schein einer Fackel, die in einer Weinflasche steckte, neben dem Lager des Alten am Tisch beim Essen.

Dann ein dramatischer Moment: Eine andere Kutsche kam mit kreischenden Bremsen den Hang herunter. Ein aufbrandender Lärm von knallenden Peitschen, wiehernden Pferden und schreienden Leuten, die auf ihren Balkonen zusammenliefen oder aus den ebenerdigen Wohnungen herausstürzten. Im Handumdrehen versammelte sich eine beeindruckende Anzahl von Menschen, die spöttische Kommentare abgaben und halfen, die Kutsche anzuschieben. Der alte Kutscher lenkte den Wagen ganz dicht an der Häuserwand entlang, Lenòr konnte mit dem Finger das schwarze Gestein berühren, auf dem der Schmutz von Jahrhunderten klebte. Die andere Kutsche schob sich im Schneckentempo an ihnen vorbei und streifte sie beinahe. Dann verliefen sich die Menschen.

Weiter oben wurde die Gasse von einer anderen gekreuzt. Ein kleiner Platz mit einer Kirche und verlassenen Verkaufsständen tat sich auf. Der Gestank wurde jetzt unerträglich. Wohin man auch blickte: Melonenschalen, Fischabfälle, wabbelige Überreste von Maccheroni, Fenchelbüschel. Und in diesem Gesudel tobten barfüßige, halbnackte Jungen und bliesen in ihre Papiertrompeten. Sie schlugen sich damit gegenseitig auf den Kopf, lachten, ließen noch einmal müde und rauh ihr *pe-re-pe-pé* ertönen.

Auf einer Treppenstufe vor der Kirche breitete ein zerlumpter, barfüßiger Mann mit einer roten Schärpe um die Hüften einen gelben Stoffetzen aus wie ein Bettlaken, dann streckte er sich darauf aus und machte es sich zum Schlafen bequem.

»Hier endet der Vico de lo Sargento Maggiore«, teilte der Kutscher ihnen mit. Auch er sah müde und ausgemergelt aus. »Noch ein kleines Stück, dann sind wir in der Via Santa Teresella.«

Sie bogen in die nächste Gasse ein. Weit hinten, vor einem der düsteren Palazzi, sahen sie einen kleinen Mann, der wie ein Adliger gekleidet war: schwarze Hosen, weiße Kniestrümpfe; ein anderer Mann neben ihm leuchtete mit einer Fackel. Augenblicklich begriff Lenòr, daß das Papài war, der auf sie wartete, und ihr Herz begann wild zu klopfen. Am liebsten hätte sie angefangen zu weinen.

ZWEITER TEIL

1   Tagelang waren sie damit beschäftigt, die beiden Wohnungen im zweiten Stock einzurichten. Der Palazzo gehörte dem Duca di Lusignano, der seinerseits die Beletage bewohnte und vier *bassi* im Innenhof als Lagerräume und Stallungen nutzte. Die übrigen Räume zu ebener Erde waren Werkstätten und Behausungen eines Vergolders, eines Polsterers, eines Kunstschnitzers; und im *basso* neben der großen Marmormuschel, die den Eingang schmückte, wohnte Minichiello, der Hausmeister, mit seiner vielköpfigen, verwahrlosten Familie.

Die Wohnung der Fonseca war genauso geschnitten wie die der Lopez: fünf Zimmer mit hohen, weiß und golden verzierten Stuckdecken, die Wände verkleidet mit bläulichem Cambric mit Blumenornamenten − schmutzig, verblichen, übersät von Schimmelflecken.

»Hier muß aber erst einmal gründlich geputzt werden«, brummte Vovó.

»Da müßt Ihr in Neapel einen Sack voll Geduld mitbringen. Handwerker kosten ein Vermögen, und man wartet eine Ewigkeit«, tönte der Bariton des hünenhaften Hausmeisters Minichiello. In den ersten Tagen folgte er der Familie wie ein Schatten, war stets zu Diensten und ganz versessen auf ein *vagno*, wie Lenòr schnell herausfand, ein Trinkgeld. Von ihm lernte sie auch sofort drei neapolitanische Ausdrücke, nämlich *cèveze*, was soviel bedeutete wie: alle Achtung, sieh mal einer an!, *'no cuofano*: einen Sack voll, sehr viel, eine unglaubliche Menge, und *vagno*, das war: Trinkgeld, *gorijeta, pourboire*.

Von jedem der Zimmer gelangte man in einen Gang, der zum Innenhof hin lag, und nach vorn hinaus auf einen kleinen Balkon. Von dort aus sah man, wie die Gasse in einer tiefen Schneise zur Via Toledo hinunterführte. Und ganz hinten, am letzten der terrassenförmigen Dächer − die hier *àsteci* genannt wurden −, konnte man zwischen den Baumkronen einen der zinnengekrönten Türme von Castelnuovo erkennen.

Am Morgen nach der Ankunft stellte Lenòr voller Erstaunen fest, daß alles plötzlich ganz anders aussah. Als sie auf den Balkon trat, wurde sie von der Sonne überflutet, die wie Honig durch die Gasse floß und die Häuserfassaden und die Girlanden trocknender Wäsche, die in der leichten Meeresbrise flatterten, mit hellem Licht überzog. Die graue Melancholie vom Abend zuvor war wie weggeblasen, all der Schmutz und der Gestank hatten sich verflüchtigt. Zwar rieselte nach wie vor in der Mitte der Gasse ein schmutziges Rinnsal, und Fenster und Türen der *bassi* waren weit geöffnet, doch der Schlamm trocknete in der Sonne. Der Gestank von Abfällen und abgestandenem Wasser wurde überlagert von einem frischen, kräftigen Wohlgeruch nach Kräutern, Obst, Gemüse.

Sie sah einen Zug barfüßiger Männer mit langsamen und gleichmäßigen Schritten die Gasse hinaufsteigen, Körbe voll Weintrauben und Feigen auf den Schultern und auf den Köpfen balancierend. Einige von ihnen schleppten büschelweise goldbraune Vogelbeeren und Körbe voll gelber Melonen. Karren mit Brokkoli, Fenchel, bunten Paprikaschoten, dunkelroten Tomaten wurden den Hügel hinaufgeschoben, andere waren über und über mit Kisten beladen: Meeräschen, Sardellen, Kabeljau schimmerten silbern inmitten der schützenden Algen. All diese Männer waren unterwegs zum Markt auf dem Largo di Sant' Anna: Vom Balkon aus konnte Lenòr das Geschehen nur in Ausschnitten erhaschen, aber die lärmenden Stimmen, das Rufen und Singen waren klar und deutlich zu verstehen.

Sie begleitete Mamãe zum Einkaufen. Aus irgendeinem Grund gehörte sie seit dem Umzug zu den Erwachsenen. Sie erfuhr, daß die Familie Fonseca, solange die Adelstitel noch nicht anerkannt waren, nur über das Vermögen der Mutter verfügte, eine Leibrente in Höhe von 100 000 Reis. Die Familie Lopez mußte zunächst den sicheren Transfer der Mendesschen Einkünfte aus Rom abwarten. Also übernahmen die Frauen der Familien Fonseca und Lopez das Einkaufen, das Kochen und das Putzen zunächst selbst.

Seit jenem ersten, recht verwirrenden Tag machte es Lenòr geradezu Spaß, einkaufen zu gehen. Die Verkäufer und die Leute waren weder unhöflich noch herablassend und schienen es in keiner Weise auszunutzen, daß sie es mit Damen der besseren Gesellschaft zu tun hatten, die obendrein fremd waren. Preise und Qualität waren besser als in Rom, besonders für Fisch. Gemüse gab es im Überfluß, auch ihr bisher unbekannte Sorten wie einen krausen Salat mit blaßgoldenem Herzen, den man *scarola* nannte, oder einen anderen mit Blättern wie grüne Spitzen, der *incappucciata* hieß. An den Straßenecken standen in stoischer Ruhe rotwangige Bäuerinnen in ihrer Tracht und verkauften kreisrunde große Brote, die ähnlich aussahen wie jenes unvergeßliche Brot, das sie in Formia gegessen hatten.

2   Nach und nach lernte sie die Signale, die Personen, die Dinge verstehen, die den Alltag in der Via Santa Teresella und im ganzen Viertel bestimmten.

Es schien zunächst undenkbar, daß in diesem Durcheinander, diesem unablässigen und ungeordneten, plan- und ziellosen Hin und Her feste Gewohnheiten oder Regeln herrschen sollten. Sie stellte jedoch fest, daß der Lärm, das Menschengewimmel, die Aufregung selbst bereits die Regel bildeten: Jeden Morgen setzten sie bei Sonnenaufgang ein, flauten erst bei Einbruch der Dämmerung ab und verschwanden völlig während der dunklen Winterabende.

Denn einige Monate später sollte Lenòr erleben, daß es auch in Neapel richtigen Winter gibt. Der dort besonders trostlos ist, schwarz oder grau, und unerbittlich: Dunkle Wassermassen rauschen in Sturzbächen die Gassen hinunter und überschwemmen sogar die herrliche Via Toledo mit Schlamm und Unrat.

Einmal war Lenòr mit Tio Antonio zu Besuch bei Marchese Berio di Salza, in seinem schönen, an der breiten Straße gelegenen Palazzo. Durch die beschlagenen Fensterscheiben einer Balkontür beobachtete sie das düstere Schauspiel: gelblich schäumende Fluten, die von den wasserfallartigen Bächen aus den einzelnen Gassen gespeist wurden und sich dann brodelnd, schäumend, bedrohlich auf den Largo di Palazzo ergossen.

Unter den Dachgesimsen zu beiden Seiten der Straße warteten, starr vor Kälte, barfuß, die Hosenbeine bis zu den Knien hochgekrempelt, die *lazzari*. So nannte man die Bettler in Neapel, *lazzari*, *lazzaroni*, abgeleitet aus dem Spanischen. Als der Regen nachließ, traten wieder Menschen aus den Haustüren, und sofort stürzten die *lazzari* auf sie zu und nahmen sie lachend und bibbernd, aber behutsam auf die Schultern, wateten durch die Fluten der Via Toledo und setzten ihre Passagiere am anderen Ufer wieder ab. Man erklärte Lenòr, diese Dienstleistung koste nur zwei Grana.

In Neapel gab es eine Vielzahl unglaublicher Berufe. In der Dämmerung zog Abend für Abend der *latrinaro* durch die Via Santa Teresella, mit einem gräßlichen Karren, der nur aus einem riesigen Faß auf Stangen und Rädern bestand. Der Karren verströmte einen grauenhaften Gestank und sprenkelte das Pflaster mit einer ekelerregenden Flüssigkeit. Ein etwa sechzehnjähriger Junge ging barfuß vor dem Karren her und schwenkte eine kleine hölzerne Schöpfkelle. Er hatte eine schöne, leicht klagende Stimme und modulierte die Vokale: »*Latrinàaarooo ...*«

Dienstboten, Frauen, Kinder traten aus den Häusern, überschwappende Nachttöpfe in den Händen, einige von ihnen schleppten den Sammeltopf, der so groß war, daß man ihn zu zweit tragen mußte. Der *latrinaro* entleerte die kleinen Töpfe durch ein oben auf dem Faß befindliches Loch, für die größeren Töpfe benutzte er die Kelle. Wenn er weitergezogen war, hielt sich der süßliche und zugleich scharfe Gestank noch eine ganze Weile.

Ein anderes sonderbares Gewerbe war das der *capère*, der Frisierfrauen. Ein paar Tage nach ihrer Ankunft, an einem herrlichen, sonnigen Morgen, sah Lenòr sie zum ersten Mal. Mit offenen Haaren kamen die Frauen aus den *bassi* und brachten

Stühle mit; während sie warteten, putzten sie frische Bohnen und Brokkoliröschen.

Dann erschien die *capèra,* stattlich und feierlich: mit glänzendem schwarzem Haarknoten, in dem perlenbesetzte Nadeln steckten, großen goldenen Ohrringen, langen Ketten aus Gold, die auf ihrem imposanten Busen ruhten. Sie trug ein *cantuscio,* ein Rüschengewand aus schwarzer Seide mit rotweißem Mieder, dessen Schleppe sie mit königlichem Gebaren hinter sich herzog. Ihr folgten zwei barfüßige Mädchen, die Wasserschüsseln und große Schachteln schleppten.

Die eindrucksvolle Frau ging auf die wartenden Bewohnerinnen der *bassi* zu, lachte, schwatzte, ergriff Strähnen pechschwarzer Haare. Und machte sich dann mit sicheren, uralten Bewegungen ans Werk.

Aus den großen Schachteln kamen nach und nach Staubkämme, Wattebällchen, Ölfläschchen, kleine Bürsten zum Vorschein. Die *capèra* durchfurchte, durchwühlte, durchpflügte die offene Haarmähne: Plötzlich zog sie die Hand heraus und hielt etwas zwischen Zeigefinger und Daumen, das sie lachend der Kundin zeigte, die ebenfalls auflachte. Wenn das Haar nach allen Regeln der Kunst durchgebürstet war und glänzte, begann der zweite Teil der Prozedur. Die *capèra* teilte einzelne Strähnen ab, drehte sie auf und befestigte sie mit Nadeln mit einem vergoldetem Kopf; hin und wieder zog sie die Nadeln heraus, bürstete die Haare erneut, begann von vorn. Das Ergebnis war ein hinreißender Haarknoten, in dem funkelnde Nadeln steckten – ein tadelloser weißer Mittelscheitel teilte die Haarpracht, die seitlichen Partien schimmerten schwarzbläulich.

Auf der Straße wurde eine Vielzahl von Gewerben ausgeübt. Obwohl eine Atmosphäre des Müßiggangs herrschte, war jedermann beschäftigt.

Die Vergolder im Innenhof waren nicht die einzigen in ihrem Metier. In den *bassi* der Vergolder herrschte ein unglaubliches Durcheinander aus Dosen, Pinseln, Hohleisen, Leuchtern, Kopfteilen von Betten, spanischen Wänden, Stühlen, die wieder ihren ursprünglichen Glanz erhalten sollten. Die bereits fertigen Gegenstände leuchteten in Dukatengold. Aus diesen ebenerdigen Läden drang ein angenehmer Geruch nach Terpentin, Ochsenblut, frischem Fischleim. Er überlagerte die Ausdünstungen der Lebewesen und den Gestank, der sich zäh im hinteren Teil der Räume staute, wo undeutlich das große Familienbett und die wenigen Habseligkeiten zu erkennen waren.

Frühmorgens, wenn der Ziegenhirt seine Runde zwischen Behausungen und Palazzi noch nicht beendet hatte, kamen die Männer hervor, die in der Via Toledo ihr Tagewerk verrichteten.

Die *saponari*, Seifenhändler, schafften es kaum, ihren Karren durch die leicht geöffnete Haustür zu schieben. Sie beluden ihn mit Tontöpfen, Sieben, bunten Stoffresten, die sie gegen Lumpen, Flaschen, alten Hausrat eintauschen würden. Und wie in Rom kamen auch die Lupinenverkäufer aus ihren Häusern (hier sagte man zu den Lupinen nicht *fusaglie*, sondern *lupini, spassatiempo, semmente*), ebenso die Sammler von Zigarettenstummeln, die Dienstboten der herrschaftlichen Familien, die nicht in den Palazzi wohnten, die Häubchennäherinnen, die Stickerinnen, die Büglerinnen, auf dem Weg in diese riesigen Arbeitsräume, die Lenòr bei ihren Rundgängen an der Platea della Salata, in der Via San Mattia, in Monte di Dio gesehen hatte, Räume, in denen man vor Dampf und Säure und Bleichmitteln zu ersticken drohte.

Sie war fast immer allein unterwegs. Miguelzinho ließ sich nicht mehr herumkommandieren: Er war in die Höhe geschossen, unruhig, dunkler Flaum wuchs auf der Oberlippe.

Aber hier war alles anders als in Rom. Sie hatte keine Angst. Die Menschen verhielten sich nicht feindselig; trotz ihres armseligen Daseins schienen sie mit ihrem Leben zufrieden zu sein. Auch glaubte Lenòr, in den Augen und in den einfachen Gesten dieser Leute eine schlichte, tiefe Weisheit zu erkennen.

Sie hatte sich die Topographie jenes Teils der Quartieri Spagnoli eingeprägt, über dem sich die Burg Sant'Elmo mit den massiven Mauern erhob: herrlich anzusehen auf dem grünen Hügel des Vomero.

Sie hatte sich sogar bis zur Kirche Santa Maria degli Angeli di Pizzofalcone vorgewagt, über Monte di Dio hinaus. Sie war bis zur

Riviera di Chiaia hinuntergegangen und hatte die elegante Promenade bewundert. In Neapel gibt es viele reiche Adelsfamilien, hatte sie sich gesagt, als sie die von rassigen Pferden oder weißen Maultieren gezogenen prachtvollen Kutschen vorbeifahren sah, die Karossen in glänzendem Lack, die mit Samt ausgeschlagenen Kabinen, in denen Männer in betreßten Uniformen mit Dreispitz und Damen mit sündhaft teuren Hauben aus spanischer Spitze saßen.

Eines Tages erblickte sie den König, der in einer offenen Kutsche das Palastgelände verließ. Sie war gerade an der Ecke der Discesa del Gigante angelangt und wollte zur Rotonda gehen, um das Meer aus allernächster Nähe zu sehen. An jenem Morgen war Neapel in Blau und Rosa getaucht, der Vesuv hatte die Farbe einer reifen Erdbeere.

Die Kutsche des Königs – über und über vergoldet und verziert, das Lilienwappen an der Tür, gezogen von zwei rotbraunen Pferden – fuhr die Discesa del Gigante entlang, um dann in Richtung Marina Nuova abzubiegen. Der König war ein Junge von etwa dreizehn Jahren. Er war dünn, seine Nase und sein Gesicht waren länglich und ziegelrot unter einer schneeweißen Perücke mit Taubenflügeln. Er trug einen grünen Gehrock mit goldbesticktem Kragen. Neben ihm saß ein dicker Herr mit ausdruckslosem Gesicht, einen großen blauen Dreispitz auf der lockigen Perücke.

Ihr schien, als fiele der Blick des Königs im Vorbeifahren auf sie. Seine Augen waren hell und gleichgültig. Sie konnte nicht aufhören, ihn anzustarren, der Junge runzelte die Stirn und drehte sich halb zu ihr um, während die Kutsche ihren Weg fortsetzte. Vielleicht war er verärgert, weil sie einfach stehengeblieben war und ihn angestarrt hatte, ohne sich auch nur andeutungsweise zu verneigen, wie alle anderen Leute es taten.

Diese Begegnung mit König Ferdinand prägte sich ihr auch aus einem ganz anderen Grund ein. Auf dem Heimweg verspürte sie jene Schmerzen im Bauch, von denen sie seit einigen Wochen hin und wieder geplagt wurde. Und sie fühlte etwas Klebriges, Warmes zwischen den Beinen, innen ein Ziehen und Zittern. Mit vorsichtigen Schritten ging sie heim. Zu Hause stellte sie fest, daß zum ersten Mal Blut aus ihr herausfloß, das Blut einer Frau.

3 Die Bewohner der Gasse gehörten zum Teil dem Adel an, zum Teil stammten sie aus dem Volk. Bis auf wenige Angestellte und den einen oder anderen Kaufmann gab es keinen Bürgerstand. Künstler, Gelehrte, Wissenschaftler waren gar nicht vertreten.

Der erste neapolitanische Adlige, den Lenòr kennenlernte, war ihr Hausherr, der Duca di Lusignano, und er machte einen miserablen Eindruck auf sie: ein Mann mittleren Alters, fett, ungepflegt, vulgär in Aussehen und Auftreten. Wenn er mit Minichiello, dem Hausmeister, oder mit seinem Privatkutscher sprach, den er mit höhnischem Gelächter *strùmmolo* nannte, Drehkreisel, und dabei in einen leiernden Singsang verfiel, lachte er meist, machte Witze, teilte Ohrfeigen aus. Jeden Morgen, wenn er, noch immer nach spanischer Mode gekleidet (Rokokospitzen, knielanger Gehrock, schmutzigweiße Atlasstrümpfe, eine trotz des Puders gelbliche Perücke), am oberen Ende der Treppe erschien, wandte er sich mit denselben Worten an Minichiello, der aus der Tür getreten war, um ihm seine Ehrerbietung zu erweisen.

»Minichie', wie geht's, wie steht's? Was macht dein Arsch? Hast du die Salbe der Contessa draufgeschmiert oder nicht?«

Diese Salbe wurde (wie Lenòr später erfuhr) von Frauen benutzt, falls sie zuviel Blut verloren, von Männern hingegen dann, wenn sie Hämorrhoiden hatten.

»Exzellenz, kümmert Euch lieber um Euren eigenen Arsch«, entgegnete Minichiello mit dreister Vertraulichkeit. Der Herzog brach in schallendes Gelächter aus.

»Oh, du alter Stinkstiefel!« schrie er und versetzte ihm ein paar Schläge auf den Hinterkopf. Dann rief er in einem leiernden Singsang: »Die Kutsche, *strùmmolo*, die Kutsche ...«, so lange, bis der Kutscher in größter Eile die Pferde angespannt hatte. Schließlich fuhren sie zum Tor hinaus und ließen jede Menge Stroh und Pferdeäpfel zurück.

»Zum Teufel mit Euch«, fluchte Minichiello, der den Hof wieder saubermachen mußte.

Auch die Herzogin war fett und ungepflegt, obwohl sie sich mit Ringen, Ohrgehängen, Brillanten ausstaffierte. Am Sonntagmorgen ging sie mit ihren Töchtern zu Fuß zur Messe in die Kirche Sant' Anna di Palazzo und fegte dabei die Treppen, den Hof, die Gasse mit ihrer viel zu langen, altmodischen Schleppe.

Jeden Donnerstag und jeden Samstag hatten die Lusignano ihre Empfangstage, was in der Gasse ein großes Durcheinander verursachte, denn die Kutscher wußten nicht, wo sie die Kutschen abstellen sollten. Einige fuhren weiter bis zum Monte di Dio, andere aber warteten unbeirrt und frech direkt vor den Palazzi in der Via Santa Teresella, blockierten die Straße und zettelten Prügeleien an. Im übrigen spielten sich solche Szenen fast jeden Nachmittag ab, da die meisten Adligen des Viertels regelmäßig Gesellschaften gaben, sich beim Glücksspiel oder bei Klatsch und Tratsch vergnügten.

Einige Monate nach ihrer Ankunft hatten Lenòrs Eltern Billets erhalten, in denen der Marchese di Villareale oder der Marchese di Mazzarotta oder der Duca di Lusignano sich die Ehre gaben, den Marchese und die Marchesa Pimentel de Fonseca höflichst zu bitten, sich anläßlich eines gesellschaftlichen Beisammenseins im jeweiligen Palazzo einzufinden. Papài und Mamãe waren hingefahren – *por educaçao*, weil es sich so gehörte –, aber angewidert und voller Verachtung zurückgekommen.

Ganz anders verliefen die ersten Zusammenkünfte im kleinen Saal der Lopez. Tio Antonio hatte damit begonnen, ein paar Freunde einzuladen, die ihrerseits Freunde mitbrachten, und daraus entstand jeden Samstag regelmäßig ein gesellschaftlicher Salon. Nach der langen Abstinenz in Portugal und in Rom war Vovó überglücklich. Sie unterhielt sich in allen möglichen Sprachen mit jedem, der ihr über den Weg lief, über jedes erdenkliche Thema, ihre Wangen glühten, ihre Augen glänzten. Gern übernahm sie die Auslagen, die in Wahrheit recht bescheiden ausfielen: ein wenig Kaffee, Kekse, Schokolade, Tabak aus Holland und aus Havanna, Trinkgelder für die zu diesen besonderen Gelegenheiten bestellten Dienstboten.

Lenòr gefielen die Salons im Hause Lopez, auch wenn sie selbst nicht von Anfang an daran teilnehmen durfte. Sondern erst, nachdem sie Tio Antonio eine Auswahl der Gedichte, die sie seit einiger Zeit verfaßte, zu lesen gegeben hatte. Schon in Rom hatte sie sich heimlich daran versucht zu schreiben: zunächst kurze Fabeln in Versform nach Manier des Phaedrus, dann eine Art Tagebuch, das ihr aber bald abgeschmackt vorkam. Danach schrieb sie über den Besuch des Colosseums, in einem erhabenen und zugleich melancholischen Stil. Gern hätte sie auch Episoden aus dem Leben der Familien Fonseca und Lopez erzählt und das Geheimnis des Wappens enthüllt: der geteilte sannitische Schild, auf der einen Hälfte fünf weiße Sterne vor blauem Hintergrund, auf der anderen sechs Streifen aus rotem Email vor weißem Hintergrund. Und fünf goldene Kugeln, wieder vor blauem Hintergrund.

Niemand hatte ihr das Wappen erklären können. Papài hatte gesagt, die alten heraldischen Schriften seien schon vor undenkbaren Zeiten verlorengegangen. Und mit dem für ihn typischen schmalen Lächeln hatte er hinzugefügt: »Das hat keinen Sinn mehr, Lenòr. Außerdem bist du viel zu jung dafür. In deinem Alter schreibt man Gedichte.«

Abgesehen von Kinderreimen und ausgesuchten Stellen aus den »Lusiaden« habe sie noch nie Verse gelesen, antwortete sie.

»Du hast völlig recht. Wir müssen dir geeignete Lektüre beschaffen.«

Doch dann vergaß er es wieder, und sie wagte nicht, ihn daran zu erinnern. Eines Tages faßte sie sich ein Herz und sprach mit Tio Antonio darüber. Aus irgendeinem Grund hatte sie angenommen, er würde es ungehörig finden, daß ein junges Mädchen Gedichte lesen wollte. Er aber brachte ihr zwei schmale Bücher mit, beide in schwarzem Ledereinband mit goldenen Ornamenten: eine Anthologie mit Texten von Vittorelli, Rolli, Frugoni, sowie eine Auswahl aus den Werken von Abate Pietro Metastasio, Hofdichter am Heiligen Kaiserlichen Hof zu Wien.

Sie verschlang beide Bände in zärtlichem Staunen. Die Verse sprachen ganz selbstverständlich von Gefühlen, die sie bisher glaubte verstecken zu müssen; sie hatte sogar den Eindruck, es bereite den Dichtern geradezu Vergnügen, derlei Gefühle zu benennen. Sie war beeindruckt, daß die Verfasser ihren Schmerz und ihre Niederlagen – die nicht auf tragische Kriege oder

Machtkämpfe zurückzuführen waren, sondern auf enttäuschte Liebe – ganz ohne Scham zur Sprache brachten. Und sie war beunruhigt von gewissen Galanterien in den Versen eines Frugoni oder Rolli:

> Ich sah die runde weiße Brust
> vergeblich sich verbergen,
> ich sah die volle Hüfte auch,
> den schönen Fuß, die schöne Hand.

Verstohlen und mit dem Anflug eines schlechten Gewissens hatte sie ihren eigenen Körper betrachtet. Ihre Brust schien zu wachsen, vielleicht würde sie irgendwann »rund« sein, und um die Hüften wurde sie allmählich »voller«. Sie versuchte, sich das Gesicht der Dame vorzustellen, die den Dichter so sehr bezaubert hatte. Sie stattete sie mit Augen aus, die den eigenen Augen ähnelten (»*So' de foco*« – »feurige Augen«), gab ihr auch die dichten schwarzen Locken. Alles andere lieber nicht. Denn mit ihrem Gesicht (zu breit) und mit ihrer Nase (zu groß) war Lenòr ganz und gar nicht zufrieden.

Außerdem bezogen sich diese Verse auf gesellschaftliche Kreise, zu denen sie selbst möglicherweise nie Zugang haben würde. Bei ihnen zu Hause gab es gewisse Dinge einfach nicht, obgleich Vovó das sehr bedauerte. Zur bescheidenen Garderobe der Familie gehörten nun einmal keine gepuderten Toupets, keine Schönheitspflästerchen, keine weit ausgeschnittenen Mieder, keine Fächer. Wenn Mamãe und Papài gezwungenermaßen die Einladungen der neapolitanischen Adligen annahmen, war das stets eine Tragödie, und schließlich zog Mamãe dann ein Kleid aus ihrer Jugend an, in dem sie sich deplaziert vorkam.

Und doch wäre es herrlich … In Neapel gab es durchaus eine mondäne Gesellschaft, und was für eine! Lenòr erhaschte immer wieder Bruchstücke davon: die Kutschen an der Riviera di Chiaia, den Lichterglanz in den Palazzi der Via Toledo nach Einbruch der Dämmerung. Vielleicht später einmal als Ehefrau, wenn es ihr gelingen sollte, eine gute Partie zu machen … Sie schüttelte den Kopf. Sie konnte sich kaum vorstellen, eine verheiratete Frau zu sein. Wen sollte sie denn heiraten? Manchmal ließ sie vor ihrem inneren Auge Männer entstehen, die kein Gesicht hatten, sie aber mit Zärtlichkeiten und Aufmerksamkeiten überschütteten, so wie sie sich die Dichter ihrer schmalen Bändchen auch im wirklichen Leben vorstellte.

Sie zuckte die Achseln: Im Grunde wußte sie nicht einmal, ob sie überhaupt heiraten wollte. Mit einer raschen Kopfbewegung schüttelte sie diese Gedanken ab und sagte sich andere, einfachere Verse vor, die Lust zum Herumspringen machten, zum Laufen, zum Tanzen – und sie sang sie zur fröhlichen Melodie eines Kinderliedchens, ohne daß es den Rhythmus gestört hätte:

> Mag's donnern auch und blitzen,
> bei dir, geliebte Nike, bleibe ich …

> Die Zeit, Aeneas, ist vorbei,
> da Dido an dich dachte …

> An den Tagen deines Glücks
> erinnere dich meiner.

4   Nachdem sie diese Bücher wieder und wieder gelesen hatte, füllte sie ein Blatt nach dem anderen mit Versen, die mit Leichtigkeit aus ihr hervorsprudelten, sich aber unleugbar wie Imitationen eines Rolli, Vittorelli, Metastasio lasen. In einem der Sonette ließ sie die flüchtige Begegnung mit dem jungen König an der Discesa del Gigante aufleben, in anderen versuchte sie sich in der Darstellung neapolitanischer Landschaften und Charaktere. Dann zerstörte sie alles wieder. Sie hatte sich angewöhnt, alles, was sie geschrieben hatte, nach einer gewissen Zeit erneut zu lesen. Sie ließ nur das bestehen, was mindestens ein paar Wochen überdauerte, und sammelte die Texte in einem Heft mit grünem Ledereinband, auf dem sie ihre Initialen und das rätselhafte Wappen der Fonseca einprägen lassen wollte.

Tio Antonio erteilte ihr zwar weiterhin die eine oder andere Unterrichtsstunde, war aber weniger bei der Sache als zuvor. Er hatte ihr weitere moderne Werke besorgt: ein Buch aus der Reihe »Rime«, von der Arcadia herausgegeben, und ein kurioses Bändchen mit dem Titel »Das gebildete Edelfräulein«. Das Buch gefiel ihr, weil es Grundkenntnisse der Physik, der Chemie, der Wirtschaft vermittelte.

Als Tio Antonio es ihr in die Hand drückte, sagte er lächelnd: »Ich bin sicher, daß aus dir einmal das wird, wovon Vico immer geträumt hat: ›Eine Sabinerin mit attischer Bildung.‹«

Sie war stolz, auch wenn sie keine Ahnung hatte, wer dieser Vico überhaupt war.

Die Lektüre des »gebildeten Edelfräuleins« führte dazu, daß sie die Dichtkunst vernachlässigte. Das Buch erweckte in ihr große Wißbegierde, denn gewisse Themen wurden zwar angeschnitten, aber nicht zufriedenstellend behandelt, beispielsweise die Abschnitte zur Naturgeschichte: Das kopernikanische Weltbild wurde erläutert, Keplers Theorien wurden dargelegt, aber man erfuhr nichts über den Ursprung aller Dinge.

Daraufhin brachte Titìo ihr ein Buch mit, das schon über hundert Jahre alt war, sie jedoch mehr begeisterte als jeder Roman: die »Gespräche von mehr als einer Welt« von Le Bovier de Fontenelle. Darin wurde unter anderem verdeutlicht, wie die Wirbel entstanden waren, in denen das gesamte Universum seinen Ursprung hatte.

Fontenelle war verantwortlich für zwei neue Interessengebiete Lenòrs: zum einen die Astronomie, zum anderen Frankreich, das Land, in dem schon seit über hundert Jahren über gewisse Dinge nachgedacht wurde! Jetzt verstand sie auch, weshalb die Freunde, die ins Haus kamen, unablässig Paris erwähnten und eine Vielzahl von Autoren, die sie früher oder später unbedingt lesen mußte. Daraus ergab sich die Notwendigkeit, Französisch zu lernen. Vovó wurde so lange bestürmt, bis Lenòr in der Lage war, die Bücher aus Frankreich in einem Zug durchzulesen, genau wie die italienischen und portugiesischen Bücher.

Intensive Tage folgten: Sie las, lernte, schrieb, erledigte die Einkäufe, ließ sich einmal in der Woche kurz im Salon blicken, um etwas zu servieren oder Bücher zurückzugeben.

Eines Abends fand Titìo sie in der gemeinsamen Küche, wo sie mit Mamãe und Tia Michaela den Kaffee zubereitete, in einer dieser genialen neapolitanischen *caffettiere*, in denen das köstlichste Getränk der ganzen Welt gebraut wurde.

»Laß es gut sein, Lenòr«, sagte er lächelnd. »Du bist jetzt fünfzehn Jahre alt und hast wirklich viel gelernt. Es wird höchste Zeit, daß du an unserem Salon teilnimmst. Außerdem«, fügte er mit verschmitzter Miene hinzu, »haben wir dort gerade keine anderen Frauen als meine Mutter. Nein, das ist nicht nötig. Du kommst einfach dazu. Es ist ja keine Abendgesellschaft und auch keine Versammlung von Arkadiern.«

»Du lieber Gott, was soll ich denn da tun«, stammelte sie händeringend und nestelte an den Haaren. Sie war bleich geworden.

»Gar nichts Besonderes, Lenòr. Du kommst rein, setzt dich hin, hörst zu. Wenn du etwas sagen willst, dann sagst du es. Warum nimmst du nicht eins von deinen Gedichten mit?«

»Meine Gedichte, dort vorlesen? Niemals. Das könnte ich niemals.«

»Aber natürlich kannst du das, Lenorzinha. *Vem comigo.*«

Die Luft im Salon war schlecht, das lag an den Kerzen und den Zigaretten, die einige der Anwesenden rauchten. Mit einem raschen, verstohlenen Blick erkannte sie die Männer wieder, die sie bereits ein paarmal flüchtig gesehen hatte. Gleich am Eingang stand Abt Jeròcades, klein und dick, ganz in Schwarz gekleidet, nur die Strümpfe waren weiß. Er hatte die Perücke abgenommen, und auf seinem kugelrunden kleinen Kopf kamen sonderliche, ungekämmte Haare zum Vorschein. Während Lenòr hinter Tio Antonio durch den Raum ging, folgte Jeròcades ihr mit den Blicken und verengte die Augen zu Schlitzen. Dann knöpfte er sich den Halskragen auf.

Auch Vincenzo Sanges war unter den Anwesenden, aber sie fand nicht den Mut, länger zu ihm hinzusehen. Er war der Schönste von allen: Gleich bei den ersten Stippvisiten im Salon hatte sie ihn bemerkt. Er saß am Fenster und hatte die muskulösen Beine, die in Röhrenhosen steckten, übereinandergeschlagen. Er unterhielt sich angeregt mit einem anderen, recht kleinen Mann, der kaum noch Haare hatte und durch ein goldgefaßtes Lorgnon blickte. Wie sie später erfuhr, war es Advokat Meola.

Sanges trug keine Perücke, und es wäre in der Tat ein Jammer gewesen, die schönen blonden Locken zu verstecken, die ihm bis auf den Kragen fielen und sein kräftiges, glattrasiertes Gesicht wie mit einem weichen Backenbart umrahmten. Er mußte einer jener Neapolitaner sein, die von den Anjou abstammten: blond mit hellen Augen. Blitzschnell versuchte sie, seine Augenfarbe zu bestimmen, grün oder grüngrau, wie ihr schien.

Am anderen Ende des kleinen Saals saß Vovó auf dem eigens zu diesem Anlaß erstandenen blau-weiß-goldenen Kanapee und plauderte ein wenig müde, aber hochzufrieden mit einem schlechtgekleideten, jungen Mann mit hochmütigem Gesichtsausdruck, der Ponyfransen wie ein alter Römer zur Schau stellte. Kurz darauf erfuhr Lenòr, daß er Gennaro Giordano hieß.

Hinter dem Kanapee stand ein hagerer, nicht gerade hübsch zu nennender junger Mann, der verhalten lächelte. Er hatte kurze rote Haare. In dieser Runde trugen nur noch Titìo und zwei weitere Herren eine Perücke: ein junger schmächtiger Geistlicher, der nicht viel sagte, und ein älterer Herr mit Brille. Als Tio Antonio ihr die Anwesenden vorstellte, erfuhr sie, daß der rothaarige junge Mann Mario Pagano hieß und Jura studierte, der junge Geistliche war Domenico Conforti und der ältere Herr Professor Francescantonio Guidi.

»Meine lieben Freunde«, rief Titìo lächelnd. »Wie oft habt ihr euch darüber beklagt, daß es in unserem Salon an liebenswerten, gebildeten Damen fehlt?«

»Vergessen wir nicht unsere liebe Signora Eleonora Mendes«, warf Meola ein und blickte mit einer leichten Verneigung zu Vovó, die ein würdevolles Lächeln aufsetzte.

»Aber selbstverständlich nicht«, stimmte Titìo zu. »Nun, ich glaube, jetzt ist der richtige Moment gekommen, um meine Nichte, Donna Eleonora de Fonseca Pimentel, die heute abend unter uns weilt, ungeachtet ihrer Jugend in unseren Kreis aufzunehmen. Sie ist mir auch deshalb sehr ans Herz gewachsen, weil ich das Vergnügen hatte, sie bei ihren Studien anzuleiten, und ich darf sagen, daß sie es verstanden hat, den allergrößten Nutzen daraus zu ziehen. Nebenbei gesagt, schreibt sie auch wunderschöne Verse.«

»Ein neuer Pygmalion«, lachte Giordano und stand auf, um sie sich aus der Nähe anzusehen. Er streckte ihr die Hand entgegen und sagte: »Seid uns willkommen, Eleonora. Ich hoffe, daß Euer

Onkel Euch in demselben Geiste genährt hat, der uns beseelt, den einen weniger, den anderen mehr. Auch wenn ich da leise Zweifel hege, denn er ist und bleibt ja ein Mann der Kirche.«

»He!« lachte Titìo und drohte ihm mit der Hand.

»Giorda'. Jetzt geh nicht schon wieder auf Seelenfang«, mischte sich Pagano ungehalten ein. Sein Akzent klang hart und nicht sehr neapolitanisch. Ihr zugewandt, erklärte er: »Dieser Mensch ist gefährlich. Man darf ihm keine Aufmerksamkeit schenken, denn er gehört zum schlimmsten Menschenschlag überhaupt: zu den Fanatikern.«

»Die Stimme des Fortschritts macht Euch wie immer angst«, versetzte Giordano höhnisch. »Paga', man braucht nur ein wenig zu bohren, schon kommt der Reaktionär zum Vorschein.«

»Buuuh!« riefen die anderen aus dem Hintergrund. Jeròcades kam auf Lenòr zu und fragte schroff: »Ihr schreibt Verse? In wessen Stil?«

»In … in meinem Stil«, stammelte sie. Giordano klatschte in die Hände.

»Bravo! Genau so antwortet man diesen Konformisten! Ihr werdet ihnen jetzt auf der Stelle Eure Verse vortragen. Auf der Stelle«, wiederholte er, als er sah, daß sie erblaßte.

»Aber ja doch, Lenòr«, insistierte nun auch Titìo. »Unsere Freunde sind Kenner auf dem Gebiet, einige sind selbst Dichter. Ihr Urteil wird für dich wertvoll sein.«

Sanges war näher getreten. Er lächelte sie an.

»Lenòr«, sagte er. »Dieser Kosename ist wirklich reizend. Dürfen auch wir Euch so nennen? Kommt schon, Lenòr, laßt Euch nicht länger bitten.«

»Natürlich nicht«, antwortete sie, überraschend abweisend. Sie hatte den Eindruck, als spiele Sanges mit besonders weicher Miene den unwiderstehlichen Eroberer. Also beschloß sie, ihm fest in die Augen zu sehen und ihm zu verstehen zu geben, daß sie ihn einer eingehenden Prüfung unterzog, doch dann hielt sie seinem Blick nur kurz stand. Sie lief davon, um ihr Heft zu holen.

In ihrem Kopf herrschte ein einziges Durcheinander. Welche Verse sollte sie vorlesen? Die Liebesgedichte – nein, nein und nochmals nein. Hier, in diesem Kreis, niemals. Und auch nicht ihre Verse über Neapel: zu kindisch. Also blieben nur zwei oder drei Gedichte zu wissenschaftlichen Themen. Als sie wiederkam, hatte sie sich beruhigt. Ohne zu zögern schlug sie das Heft auf und las:

Für Le Bovier de Fontenelle

Trefflicher gallischer Genius,
der du deiner Zeit so weit voraus
der auch geringen Geistern
wahres Wissen kundgetan; der du gezeigt,
wie im unendlichen All
alles um den reinen Diamanten ringt,
Wirbel ohne Ende,
die umeinander kreisen, die Welt voran so treiben;
auch mir, Fontenelle, erhelltest du
den jungen, den weiblichen Geist,
und ließest ihn dürsten
nach neuen, kühnen Siegen
des Wissens, nach denen das Herz begehrt.

Bei den letzten Zeilen spürte sie, wie ihre Aufregung wieder wuchs. Ihre Lippen waren trocken, ihr Herz klopfte heftig.

Einen Augenblick herrschte Stille, die sie bedrückend fand. Sanges war es, der das Schweigen brach: »Ihr habt uns alle überrascht, Lenòr.«

»Sehr gut. Ausgezeichnet«, rief Giordano. »Vor allem, weil Ihr es verstanden habt, die Bedeutung der französischen Kultur zu erfassen. Frankreich ist heutzutage ein Vorbild für die ganze Welt. Aber Ihr dürft nicht bei Fontenelle stehenbleiben. Es gibt unendlich viele moderne Autoren, die Ihr lesen solltet … von Holbach, La Mettrie, Helvétius.«

»Um Himmels willen, Giordano«, erhob Abt Conforti die Stimme. »Ihr dürft doch einem jungen Mädchen keine derartige Lektüre empfehlen. Ich appelliere an Euer Gewissen.«

»Was denn für ein Gewissen!« brauste der andere auf. »Wir müssen das Bewußtsein der Menschen erweitern. An diesem

Märchen vom Gewissen ist die Welt zugrunde gegangen. Und ihr Priester habt damit eure widerwärtige Herrschaft errichtet. Diese Sache mit dem Gewissen, die habt ihr euch ausgedacht.«

Conforti verdrehte verächtlich die Augen, Sanges mischte sich ein.

»Giorda', hör endlich auf mit diesen Angriffen. Hier sind wir unter uns. Wir respektieren dich, aber du mußt auch die anderen respektieren.«

»Und du hast hier nichts zu bestimmen«, murmelte Giordano gekränkt. Demonstrativ drehte er sich weg und wandte sich erneut an Lenòr.

»Ich bestehe darauf, daß Ihr die Autoren lest, die ich Euch genannt habe. Wenn Ihr wollt, kann ich Euch einige der Bücher leihen. Sie sind weder allzu freizügig noch kriminell, wie Abt Conforti Euch gern einreden würde. Sie sagen nur die Wahrheit, ohne irgend etwas zu verschleiern.«

»Hört, hört«, sagte Sanges unwillig und doch amüsiert. »Die Wahrheit! Die absolute Wahrheit! Du kritisierst die Priester, aber frömmlerische Gedanken und Dogmen vertrittst auch du.«

»Die Dogmen der Priester sind nicht die Wahrheit«, versetzte Giordano müde. »Und die Überlegungen eines La Mettrie kannst du nun wirklich nicht dogmatisch nennen. Er vertritt Ansichten, die niemand, der auch nur ansatzweise seinen Verstand gebraucht, anzweifeln kann.«

»Beispielsweise?« meldete sich nun auch Pagano ironisch zu Wort. Dabei ließ er Lenòr nicht aus den Augen, und es war deutlich, daß er allzugern einen Streit entfachen würde, um sich in Szene zu setzen.

»Beispielsweise. Du willst doch wohl nicht abstreiten, daß alles, was die Menschen tun, ein-zig-und-al-lein vom Egoismus diktiert wird?«

»Na und?« Pagano zuckte mit den Schultern. »Und das nennst du Philosophie? Das ist pure Banalität. Du zitierst La Mettrie, und ich sage dir: Wie macht man das, gleichzeitig zu behaupten, daß die Seele unsterblich ist und daß es Gott nicht gibt? Die Seele ist reiner Geist, ja oder nein? Ist sie dann nicht genau dasselbe wie Gott? Das ist doch ein Widerspruch, dem nicht einmal ein Kind aufsitzen würde. Die Wahrheit ist, daß es nur die Griechen verdient haben, Philosophen genannt zu werden.«

»Du hast wirklich gar nichts verstanden. La Mettrie ...«

Das Streitgespräch flammte auf und zog alle ein wenig mit hinein. Jeròcades aber ging zu Lenòr hinüber und brummte ihr in seinem eigentümlichen kalabresischen Dialekt zu: »Tatsächlich in Eurem eigenen Stil. Aus irgendeinem Grund dachte ich, Ihr würdet wie Metastasio dichten.«

»Weil Ihr glaubt, daß sein Stil eher dem Wesen einer Frau entspricht«, lächelte sie, überrascht, daß sie sich so ungezwungen mit diesem Mann unterhalten konnte.

»Keineswegs. Ich schreibe selbst auch und bemühe mich sehr, Metastasio nicht zu imitieren, sondern das Geheimnis seiner Sprachmelodie zu erfassen. Meine Inhalte sind freilich andere als Eure.«

»Lest mir eines Eurer Gedichte vor, ich bitte Euch.«

»Heute nicht. Aber eines Tages vielleicht«, sagte er mit geheimnisvoller Miene.

Sie setzte sich neben Vovó auf das Kanapee. Sie sah den anderen zu und spitzte die Ohren und entdeckte dabei ganz neue, wunderbare Gefühle. In erster Linie war sie froh, daß sie sich in dieser Runde wohl fühlte, zum anderen verspürte sie einen aufregenden Kitzel von Eitelkeit, zugleich aber auch mütterliche Zuneigung, zumal diese großen Kinder sich heftiger als sonst in den Haaren lagen (Mamãe hatte schon mehrmals überrascht zur Tür hereingeschaut, weil sie, Lenòr, heute abend anwesend war: ein junges Mädchen, keine ausgesprochene Schönheit, dafür mit den berühmten feurigen Augen, dem krausen, glänzenden Haar, einer Brust, die tatsächlich auf dem besten Wege war, »rund« zu werden ... Aber intelligent, gebildet.

Es klopfte an der Tür. Herein trat ein großer, eleganter Herr um die Dreißig im nachtblauen Gehrock mit einem hübschen Hemdkragen. Und sofort war sie beeindruckt davon, wie heiter der Neuankömmling aussah, unter einer tadellosen kleinen Perücke mit Taubenflügeln.

»Ué, Cirillo! Na endlich! Heute abend haben wir schon gar

nicht mehr mit Euch gerechnet. Wie steht's mit Genovesi, wie geht es ihm?«

»Dottor Cirillo«, sagte Titìo und hakte sich bei Lenòr ein. »Ich möchte dir eine neue Freundin vorstellen. Meine Nichte Lenòr.«

»Es ist mir ein Vergnügen«, lächelte Cirillo. Er küßte ihr die Hand wie einer Königin. Die anderen umringten ihn, einer erkundigte sich erneut nach Genovesi. Cirillo schüttelte den Kopf. »Es geht ihm nicht gut. Gar nicht gut«, sagte er. »Seine Drüsen sind stark geschwollen, er verträgt den Impfstoff nicht. Außerdem ist er müde und entmutigt.«

»Zu Recht«, murmelte Guidi und schüttelte ebenfalls den Kopf. »Hierzulande kann man mittlerweile wirklich alle Hoffnung aufgeben.«

»Und was ist mit Frankreich«, sagte Giordano. Pagano sprang erbost auf. Er starrte Lenòr an und platzte heraus: »Jetzt reicht's aber mit diesem ewigen Frankreich. Und mit diesen ... neuen französischen Philosophen! Was werden sie schon Weltbewegendes zu sagen haben? Man braucht sich doch nur die Beispiele aus der Geschichte anzusehen. Die Athener Republik! Damals hat das Volk seine Vertreter direkt gewählt! Ohne Klassenunterschiede und ohne Zensur, genau so, wie Kleisthenes es festgelegt hatte. Deine Franzosen dagegen lehnen alles ab, was nur nach Vergangenheit riecht. Und vertreiben sich statt dessen die Zeit mit Utopien.«

»Die Utopien sind es, die den Fortschritt bringen«, entgegnete Giordano kalt. »Aber Leute wie du werden das nie begreifen. Ist dir eigentlich klar, daß es hier und heute, im Königreich Beider Sizilien, schon die gewagteste aller Utopien ist, von einer neuen Ordnung, von einer gerechten Gesellschaft zu sprechen? Und du sagst ja auch, daß du dafür bist. Aber jemand wie du, mit der Mentalität eines Winkeladvokaten ... Das ist einer der wenigen Punkte, in denen euer Genovesi recht hat: In Neapel gibt es viel zu viele Advokaten, zu viele Priester, keine Ärzte, keine Männer der Wirtschaft! Und zu viele Träumer! Was sollen wir denn mit einer Republik wie in Athen oder in Sparta! Hier, in Neapel!«

Er hob die Stimme, weil ihn Pagano, hochrot vor Wut, unterbrechen wollte.

»Ihr seid so wirklichkeitsfremd! Hierzulande müssen zuallererst die Steuern eingetrieben werden! Wieviel rückt denn der Duca di Maddaloni heraus? Und dieser Schafskopf Sannicandro? Die Zollabgaben, die jeder *lazzarone* zahlt, wenn er einen Ring Feigen kauft! Und Tanucci brüstet sich auch noch damit, daß er regiert, ohne Steuern zu erheben! Die Adligen, die Reichen müssen endlich zahlen. Und wenn sie nicht wollen, dann ab mit ihnen in die Vicarìa! Oder besser noch, man hängt sie gleich auf dem Mercato auf, und wenn der König und Tanucci sie beschützen, dann zum Henker auch mit ihnen!«

»Und die Priester willst du verschonen?« erkundigte sich Guidi vergnügt.

Sanges mischte sich ein: »Die zahlen schon seit 1741 Steuern. Und ich weise darauf hin, daß das bisher nur in Neapel so gehandhabt wird. Nicht einmal im hochzivilisierten Frankreich.«

»Aber Neapel ist trotzdem in einem erbärmlichen Zustand«, schrie Giordano. »Uns können sie keinen Sand in die Augen streuen mit wohltätigen Einrichtungen wie dem Albergo Dei Poveri und zwei oder drei Steuersätzen für irgendein Kloster ... Soll das etwa alles sein? Es sind doch immer dieselben, die bestimmen.«

»Tanucci hatte die Intellektuellen sehr wohl um ihre Unterstützung gebeten. Ebenso wie den Mittelstand. Es ist nicht seine Schuld, wenn es solche Leute hier nicht gibt«, widersprach Sanges.

»Was soll das heißen, die gibt es hier nicht?« brauste Giordano auf. »Und wir, was sind denn wir? Hat er mich jemals zu sich gebeten, dieser Tanucci? Hat er jemals Meola oder Jeròcades zu sich gerufen ...« Er zögerte, fügte dann nach einiger Überwindung hinzu: »Oder etwa dich, Pagano?«

»Und ihr, was habt ihr denn bisher gemacht?« erkundigte sich Sanges ironisch. »Wer kennt euch denn schon in Neapel?«

»Sie werden uns noch kennenlernen«, sagte Giordano und betonte jede einzelne Silbe, doch Sanges schüttelte den Kopf.

»In meinen Augen ist Neapel heutzutage trotz allem die freieste Stadt in Europa.«

»Sieh mal einer an«, rief Giordano. »Freier als Paris?«

»Auf bestimmten Gebieten ja. Freier als Paris.«

»Jetzt kann ich dir wirklich nicht mehr folgen, Vincenzo«, schaltete sich Guidi ein. »In diesem Land werden die wirklichen Intellektuellen ausgeschlossen. Freiheit? Wo soll die denn sein? Sag mir, was aus Giannone geworden ist. Und aus Vico. Und wie haben sie sogar Genovesi behandelt.«

»Das ist vorbei. Habt doch Vertrauen zu Tanucci.«

»Ja, Tanucci! Und wen beruft er an die Universität? Und in den Rat? Die üblichen Hornochsen, die zu nichts anderem taugen, als die Philosophie der Dominikaner zu praktizieren, auf die er so große Stücke hält.«

»Und das wäre?«

»*Facere officium suum taliter qualiter. Sinere mundum ire quomodo vadit. Bene semper dicere de Priore.* Und so was nennt sich aufgeklärte Regierung!«

Viele lachten, es bildeten sich wieder kleinere Grüppchen. Cirillo unterhielt sich halblaut mit Conforti. Zu ihrer Überraschung sah Lenòr hin und wieder ein verhaltenes Lächeln auf dem düsteren kleinen Gesicht des schmächtigen Abts.

5   Gegen elf waren fast alle gegangen. Während Lenòr, noch ganz erhitzt vor Aufregung, im Salon beim Aufräumen half, bat sie Titìo, ihr mehr über die Gäste zu erzählen.

»Giordano ist überheblich. Fanatisch. Aber intelligent. Man darf nicht vergessen, daß er der Sohn eines Obsthändlers ist: Mittlerweile gibt es auch im Volk Leute, die nach Höherem streben. Das Schönste an der Sache ist … er studiert Jura! Ausgerechnet er, der die Advokaten so sehr verachtet.«

Von Cirillo sprach Titìo mit tiefer Bewunderung. »Er ist der edelste von allen. Ein erfolgreicher Arzt, obwohl er noch nicht einmal dreißig ist. Aber du hast ihn ja selbst gesehen: wie bescheiden er ist, wie einfach. Er macht kostenlose Arztbesuche bei den Armen und in den Elendsvierteln der Stadt, deshalb gefällt er mir so gut. Viele Leute plappern unentwegt von Nächstenliebe – er aber redet nicht. Er handelt.«

»Und Conforti?«

Titìo lächelte ein wenig ausweichend. »Conforti ist ein Mann der Wissenschaft und des Glaubens. Er arbeitet an einem Buch, für die Laurea. Eines Tages wird man ihn den König der neuen Theologen nennen.«

»Wieso der neuen Theologen?«

»Es ist nicht leicht, das zu erklären, Lenòr. Die Welt ist dabei, sich zu wandeln. Zum Guten, so scheint es wenigstens. Die Kirche aber kommt ihren eigentlichen Pflichten nicht nach. Sie mischt sich in Dinge ein, die ihr nicht zustehen, und vergißt dabei, daß der Herr immer wieder gesagt hat: ›*Regnum meum non est de hoc mundo.*‹ Zu viele Kirchenmänner zählen zu den Mächtigen dieser Welt. Zu den Privilegierten. Aber es ist Zeit, daß sich das ändert, auch durch die Art und Weise, wie die Schrift gelesen wird. Confortis Thesen werden viel Staub aufwirbeln: Er will zeigen, wie absurd die weltlichen Ansprüche Roms sind. Ebenso wie die Aufregung um die Chinea, die hier, in Neapel, besonders wichtig ist.«

Mamãe hatte die Kerzenstummel entfernt. Jetzt brannten im zweiarmigen Leuchter auf dem Schreibschrank nur noch zwei kleinere Talgfackeln.

»Bitte, Titìo. Bleib noch ein bißchen bei uns.«

»Aber dein Vater ist nach Hause gekommen. Er wird zu Abend essen wollen.«

»*Sò um istantinho,* Titìo, ein Momentchen noch. Was ist das, diese Chinea?«

»*Bem*«, lächelte er. »Aber nur ganz kurz. Seit den Zeiten Karls von Anjou muß der König von Neapel dem Papst jedes Jahr am neunundzwanzigsten Juni eine weiße Stute zum Geschenk machen, mit Schabracke und einem Schrein voller Geld und Juwelen auf dem Packsattel, als Zeichen seines Vasallentums. Und jetzt genug davon, Lenorzinha. Laß uns zu Tisch gehen.«

Die leicht verklärenden Porträts, die Titìo skizziert hatte, wurden später von Vincenzo Sanges korrigiert. Zwischen Sanges und Lenòr war eine herzliche, ganz besondere Freundschaft entstanden. Ihr war bald klargeworden, daß sich zwischen ihnen keine

Liebesgeschichte entwickeln würde, denn Vincenzo begehrte sie nicht, und im Grunde verspürte auch sie kein Verlangen nach ihm, obwohl er so schön und groß und stark war.

Vergeblich suchte sie nach Erklärungen dafür, daß ihr beim Anblick einiger Männer, auch wenn sie gar nicht besonders attraktiv waren, schon zärtliche Schauer über den Rücken liefen, während andere Männer, deren perfektes Aussehen, deren Anmut und Stärke sie unentwegt bewundern könnte, sie völlig gleichgültig ließen. So war es ihr mit Sanges ergangen, und das war gut für beide: Sie fühlten sich dadurch frei und unbeschwert, brauchten einander nichts vorzuheucheln. Sie waren richtige Freunde, die einander mit allen Fehlern und Vorlieben schätzten.

»Ich respektiere Conforti, weil er ehrlich ist«, erklärte Vincenzo bedächtig. »Aber er macht mir angst. Er ist zu christlich, versteht Ihr, was ich meine? Er gibt immer nur den anderen und denkt nie an sich selbst. Und deshalb nimmt er für sich das Recht in Anspruch, radikal zu sein. Wie es im Grunde alle tun, die für Freiheit und Gleichheit kämpfen. Man kann den Menschen keine Freiheit bringen, wenn man an ein Ideal, an eine Religion gebunden ist: auch das ist Fanatismus. Conforti würde sich lieber umbringen lassen (vielleicht würde er sogar selbst einen anderen Menschen umbringen), als auch nur ein einziges Komma in seinen Gedankengängen zu ändern.«

Sie war fasziniert von der ihr unbekannten Art, die Menschen zu analysieren, und sah Vincenzo an, als wäre er ein Zauberer.

»Cirillo hingegen«, fuhr Sanges fort, beschwingt von ihrer Begeisterung, »ist in erster Linie ein Schwächling. Er will sich niemanden zum Feind machen, ist zu allen sanft und freundlich, weil er selbst auch so behandelt werden möchte. Merkt Ihr denn nicht, wie unsicher er ist? Wie zart besaitet? Aber auch er hat Schuldgefühle. Wie im übrigen die meisten einer gewissen Sorte von Revolutionären, die vor Abscheu tot umfallen würden, wenn sie nur einen einzigen Tag als *lazzaro* leben müßten. Cirillo führt das Leben eines feinen Herrn, und seine kostenlosen Arztbesuche in den Elendsvierteln dienen ihm als Rechtfertigung vor Gott und den Menschen.«

Seine grausame Offenheit mißfiel ihr. Spontan rief sie: »Aber Ihr selbst doch auch, Vincenzo … Ihr seid ein Adliger, und ich habe nicht den Eindruck, Ihr …«

Er brach in schallendes Gelächter aus. »Ich zähle nicht. Ich bin ein Adliger, der am Hungertuche nagt. Mein Vater hat mir nichts als Schulden hinterlassen. Wenn überhaupt, dann habe ich meiner Mutter gegenüber Schuldgefühle. Sie hat sich auf das einzige Stück Land zurückgezogen, das uns geblieben ist, in Sarno, um dort zumindest ein klein wenig Geld herauszuholen und mir fast den ganzen Betrag zu schicken, mir, der ich nicht einmal mehr studiere. Ihr müßt wissen, ich bin der Marchese del Frustino, der Marchese der Reitgerte. Solche Titel, die nur bis ins fünfzehnte Jahrhundert zurückgehen, haben die Aragonier an Hinz und Kunz verliehen. Vielleicht hat unser Stammvater sich einst als königlicher Kutscher verdient gemacht und zum Dank die Erlaubnis zur Herstellung von Reitgerten erhalten. Allerdings haben auch die Pignatelli … Sie haben drei Kochtöpfe im Wappen. Mit Handgriff und Deckel.«

Sie lächelte ihn besänftigt an: »Ihr seid streng zu Euch selbst.«

»Nein, Lenòr. Wenn ich streng wäre, müßte ich mich noch mehr verachten, als es der Fall ist. Ich ziehe es vor, mich zu rechtfertigen. Habt Ihr eine Ahnung, wie viele Rechtfertigungen ich finde! Das Studium der Rechtswissenschaften ist antiquiert, bigott … Genovesis Kurse sind überfüllt … In Wahrheit bin ich es, der nicht weiß, was er machen soll, weil er zu nichts taugt. Also beschäftige ich mich mit der Politik. Und tröste mich mit dem Gedanken, daß ich nicht der einzige bin.«

»Da habt Ihr aber unrecht. Ihr versteht Euch ausgezeichnet aufs Reden und aufs Denken.«

»Dann habe ich ja doch noch eine Zukunft«, lächelte er. »Wer weiß, vielleicht werde ich mich an ein reiches Mädchen heranmachen. Im Grunde will ich nichts weiter als meine Ruhe, die *aurea mediocritas*. Das ist eine Eigenschaft des Bürgertums, und dieses Jahrhundert wird das Jahrhundert des Bürgertums sein. Wie Ihr seht, habe ich wenigstens einen Vorzug: nämlich den, objektiv zu sein, auch mir selbst gegenüber. Davon abgesehen habe ich jede Menge Fehler.«

»Aber ja«, nickte sie und sah ihn schwesterlich und etwas kokett an. »Ihr seid selbstgefällig, eitel ...«

Vergnügt fuhr er fort: »... unordentlich, faul. Nicht boshaft, von gewinnendem Wesen. Aber Euch gegenüber ehrlich.«

»Besten Dank«, antwortete sie betont würdevoll. Dann fragte sie plötzlich mit einem Ausdruck, für den sie sich noch tagelang schämen sollte: »Und was haltet Ihr von Lenòr Fonseca?«

Er wurde ernst. Dann begann er: »Ich glaube, daß ... daß, sie eine liebenswerte, gebildete junge Dame ist. Die sich gut auszudrücken versteht, sogar in Versen. Eine junge Dame, die darauf brennt, die Welt kennenzulernen und zu begreifen. Sie lebt erst seit kurzem in Neapel: Vielleicht fehlt ihr deshalb ein Bezugspunkt, vielleicht hat sie deshalb noch keinen Boden unter den Füßen. Wahrscheinlich fühlt sie sich auch hin und wieder allein.«

Sie hörte ihm gefaßt zu, eine Falte hatte sich auf ihrer Stirn gebildet. Sie murmelte: »Und wohin wird ihr Weg sie führen?«

»Oh, das weiß ich wirklich nicht«, lächelte Sanges. »Auch sie weiß es nicht, niemand weiß es. Das ist das Salz des Lebens. Sie geht der Zukunft entgegen, der Liebe, dem Ruhm. Davon träumen alle jungen Leute. Natürlich werden nicht alle Träume wahr.«

»Und ich?« fragte sie in einem törichten bittenden Ton.

»Ich bin weder der Conte di Cagliostro noch die Sibylle von Cumae. Wenn Ihr es geschickt anstellt, könntet Ihr einer brillanten Zukunft als Literatin entgegensehen: Im großen und ganzen sind die Literaten in Neapel dumm und unzuverlässig. Es ist hier sehr schwer, ein Privileg zu erringen. Und wer erst einmal eines hat, der hütet es wie seinen Augapfel. Die Torte ist klein, Lenòr, und nicht alle können davon satt werden. Das ist das grundlegende Problem in diesem Königreich: Es gibt darin nur eine einzige große Stadt, in der sich alle tummeln, Adel und Landarbeiter, arm und reich, intelligente Leute und Dummköpfe. Jetzt werde ich einmal mit meinem ganzen Wissen vor Euch glänzen«, kündigte er lachend an. »Wie Adamo Smith gesagt und Genovesi wiederholt hat, muß eine Stadt, der Nachfrage entsprechend, Güter und Dienstleistungen produzieren. Wenn es also mehrere Städte gäbe, die die vielfältigen Bedürfnisse befriedigen könnten ... Eine wäre zuständig für die Manufakturen, eine andere für den Handel, eine dritte für die Politik. Aber hier gibt es nun einmal keine anderen Städte, und so müßte Neapel alle Bereiche selbst abdecken. Nur wird hier leider überhaupt nichts produziert. Das einzige, was es im Überfluß gibt, ist Obst und Gemüse, das von den Ländereien im Umland hereingebracht wird. Und das essen wir alles auf.«

»Es schmeckt aber auch zu gut«, lächelte sie. »Sind denn die Städte nicht dazu da, die landwirtschaftlichen Produkte zu verbrauchen?«

»Doch. Aber sie müßten außerdem auch etwas produzieren. Zum Tausch. Wißt Ihr, daß in London seit wer weiß wie vielen Jahren Maschinenwebstühle eingesetzt werden? Man baut dort Dampfmaschinen und produziert meilenweise Stoff. Vielleicht haben ja die Leute im Königreich Sardinien oder in Mailand, unter Maria Theresia, mittlerweile begriffen, daß die Zukunft in diesen Dingen liegt. Hierzulande leiden wir immer noch unter dem Joch der Chinea!«

»Ich weiß, was das ist«, sagte sie stolz.

»Die lächerlichste Angelegenheit der Welt. Im Jahre 1766! Auch Torheiten dieser Art sind ein Grund dafür, daß es dem Königreich so schlechtgeht. Und Neapel bietet weder Güter noch Dienstleistungen an.«

»Bitte Vincenzo, erklärt mir doch, was Ihr mit Dienstleistungen meint. Ihr solltet mich bei meinen Studien der Ökonomie anleiten, das wäre mein großer Wunsch.«

»Auch ich bin auf diesem Gebiet keine Koryphäe. Aber hierzulande weiß kaum jemand viel darüber, mit Ausnahme von Genovesi und Abt Galiani. Dienstleistungen sind jedenfalls, wie soll ich sagen, Leistungen ... Was weiß ich, die Verrichtungen eines Notars, die Behandlung bei einem Arzt. Und was die Bildung des Volkes angeht, der Unterricht in den Schulen, das Herstellen von Zeitungen. In einer modernen Großstadt sollte es diese Dinge geben. Und zwar für alle. Doch dazu braucht man Geld und fähige Leute: Wir aber sind noch immer in den Händen der Priester und der Dummköpfe. Wißt Ihr, wie viele Priester

Neapel zu versorgen hat? Rechnet einmal nach: mehr als vierzigtausend, alle Kirchen und Klöster zusammengenommen.«

Sie erinnerte sich an den Abend ihrer Ankunft: all die Kuppeln, Fialen, und so viele Kirchen …

»Tanucci versucht zumindest, die Macht der Priester zu mindern«, fuhr Vincenzo fort. »Es ist ihm, in gewissem Umfang, sogar gelungen, Steuern von ihnen zu verlangen, und die Jesuiten will er aus dem Land jagen. Man müßte ihn stärker unterstützen. Aber die Oppositionellen sind allesamt Fanatiker und abstrakte Denker: Sie wollen alles oder nichts, die Republik oder den Tod, Freiheit und Gleichheit, und zwar sofort. Das ist sinnloses Geschwätz, Neapel ist nach wie vor zu nichts nütze. Im Grunde weiß auch niemand, wozu und wem es nützen sollte. Vielleicht nur den Reichen, damit sie ihr Geld ausgeben können, und den Adligen, damit sie ihre Einkünfte verprassen können, indem sie Reversino spielen und den Tänzerinnen des San Carlo hinterherlaufen. Und trotz alledem, ich weiß auch nicht weshalb, ist und bleibt Neapel eine wunderbare Stadt: faszinierend, immer fröhlich.«

»Ja«, stimmte sie mit aufrichtiger Begeisterung zu. »Und Ihr müßt mir helfen, Vincenzo. Denn ich muß diese Stadt begreifen. Ich will sie von Grund auf kennenlernen. Und zwar so schnell wie möglich. Ich werde nicht mehr von Neapel fortgehen, das spüre ich, hier werde ich leben, vielleicht sogar meine Kinder zur Welt bringen. Und irgendwann werde ich hier sterben und begraben werden«, fügte sie ergriffen und zugleich ein wenig kokett hinzu.

»Amen«, schloß er betont feierlich.

DRITTER TEIL

1   Sanges half ihr tatsächlich dabei, die Stadt nach und nach zu entdecken.

Posillipo war atemberaubend. Gegen Ende des Winters machten sie sich an einem rosablauen Tag auf den Weg dorthin. Zunächst gingen sie zu Fuß durch Santa Lucia bis zur Kirche Santa Maria della Vittoria: Überall am Strand waren rostbraune Netze ausgebreitet, Fischer mit kastanienfarbenen Mützen hockten daneben und flickten die Löcher mit eigenartigen, H-förmigen Nadeln aus weißem Holz, wobei sie den Faden zwischen dem großen und dem zweiten Zeh hindurchlaufen ließen.

In einigen der Holzhütten wurde Tintenfisch gekocht und Fisch fritiert, den man in ein Weißbrot legte. Auf dem feuchten, fast schwarzen Sand lagen Boote in allen denkbaren Formen und Farben: *lazzari* und Jungen sonnten sich darin.

Sanges zeigte Lenòr den Pallonetto gegenüber vom Strand: eine graue Kirche mit zwei symmetrisch angelegten Treppen. Es sah aus, als wollte sie die hinter ihrem Rücken sich verzweigenden Gassen beschützen.

»Hier leben die Luciani. Ein eigener Volksstamm im Volk von Neapel«, erklärte er lächelnd. »Lauter Fischer, Schmuggler, Diebe, Hungerleider. Aber stolz wie die Könige. Vielleicht kommen sie deshalb so gut mit Ferdinand zurecht. Er fährt mit ihnen hinaus, verkauft den Fisch ...«

»Das glaube ich nicht.«

»Sagen jedenfalls die Leute. Ich habe es zwar nicht mit eigenen Augen gesehen, aber wundern würde es mich nicht. Bei der Bildung, die Sannicandro ihm angedeihen läßt ...«

Voller Neugier auf diese außergewöhnlichen Menschen, Gefährten des Königs, blickte sie sich um. Sie hätte den Pallonetto gern von innen angesehen, aber Sanges schüttelte den Kopf.

»Eindringlinge können sie nicht leiden.«

»Aber wo sind sie denn? Ich möchte sie sehen.«

Er lachte. »Du siehst sie hier überall, Lenòr. Die mit den intelligenten Gesichtern und den schwarzen, provozierenden Augen, die gehören zu den Luciani.«

»Aber alle, die ich sehe, sind klein und schmächtig und haben krumme Beine«, beschwerte sie sich enttäuscht.

Sanges lachte erneut. »Was dachtest du denn? Hast du Riesen erwartet? Seit die Spanier nach Neapel gekommen sind, haben sich die Neapolitaner verändert. Früher gab es hier große, blonde Menschen in Hülle und Fülle: die Früchte der Herrschaft der Hohenstaufer und der Anjou. Dann haben die Spanier uns kleiner und krummbeiniger gemacht – und, wie einige Leute behaupten, auch düsterer und grausamer.«

»Dich nicht«, sagte sie kopfschüttelnd. »Und auf die anderen trifft es auch nicht zu. In meinen Augen sind die Neapolitaner ein fröhliches Volk. Ein bißchen überheblich vielleicht, wie große Kinder.«

»Wart ab, bis du sie besser kennenlernst«, lächelte er.

Die Riviera di Chiaia war traumhaft. Gleich nach dem Pflaster begann der Strand, der zum Meer hin sanft abfiel. In der klaren Luft schien die Küste von Sorrento ganz nah zu sein, ebenso der Vesuv, ein grünes Gekräusel aus Pflanzen. Auf der anderen Straßenseite standen herrliche, erst vor kurzem erbaute Palazzi: weiß mit goldenen Verzierungen oder rosa getüncht, mit Simsen, Giebeln, Stuckgirlanden. Fensterscheiben, Marmor, Wappen glitzerten in der Sonne.

Vincenzo nannte beflissen die Namen der Palazzi: »Satriano, Bisignano, Carafa, Ischitella, Serracapriola …«

Allmählich wichen die Palazzi Mauerwerk aus Tuff, über dem sich ein Blätterdach aus Pinien, Erlen, Magnolien erhob – Lenòr hatte den Eindruck, als hätten sie die Stadt schon hinter sich gelassen, Sand bedeckte das Pflaster, dann teilte sich die Straße.

Ein Weg führte den Hügel hinauf. Hoch oben erkannte Lenòr die Burg Sant'Elmo.

»Man kann sie von jedem beliebigen Punkt der Stadt aus sehen«, stellte sie fest.

Vincenzo nickte: »Genau aus dem Grund wurde die Burg dort

oben erbaut. Wer sie erobert, beherrscht Neapel. Sie ist bestückt mit Kanonen, deren Kugeln fast bis zum Meer geschossen werden können.«

Sie wandte sich wieder dem Golf zu. Ein kleiner Damm teilte das Wasser, und an seinem Ende lag, wie aus Sand errichtet, eine nüchterne gelbliche Burg. Weiß-goldene Fahnen flatterten im Wind. Zwei große rote, bedrohlich wirkende Segelschiffe lagen mit gestrichenen Segeln am Ufer, kleine weiße Wimpel flatterten in der Takelage.

»Diese Burg dort hinten, das ist das Castel dell'Ovo«, lächelte Sanges, der ihren Blicken gefolgt war. »Und die beiden Schiffe sind Kriegsfregatten. Aber bald sind wir in Mergellina, von dort kannst du alles noch besser sehen.«

Ein kurzer Weg führte unter Bäumen zum Meer, eine frische Brise wehte ihnen entgegen. Unten lag das Dorf: niedrige weiß-, rosa-, blaugetünchte Häuser mit Löchern als Fenster.

Der Strand schob sich in einem Bogen ins Meer hinein. Berge von Fischernetzen und Fischreusen, an einem Holzsteg Boote, die auf und ab schaukelten und sich in dem klaren grünen Wasser spiegelten. Hinter dem Landungssteg sah Lenòr eine lange Kette von Menschen, die sich alle weit zurücklehnten, um unter rhythmischen Rufen ein Schleppnetz aus dem Wasser zu ziehen: »O-o-o-é!«

Es waren barfüßige Fischer mit bunten Mützen und Schärpen. Auch zerzauste Frauen in sackartigen Gewändern halfen beim Ziehen. Alle hatten einen roten Gurt mit einem Lederknauf über die Schultern geworfen: Bei jedem Ruck wickelten sie das Seil am Fischernetz um den Knauf, stemmten die Füße in den Boden, legten sich erneut nach hinten.

Ein Mann mit blauer Mütze löste sich vom Landungssteg.

»Occellenza. Das Boot ist bereit.«

»Baro', komm du auch mit«, antwortete Sanges. »Ich bin mit dem Segeln nicht so vertraut.«

»Zu Diensten, Monzù!«

Er hielt das himmelblaue, breite Segelboot fest.

»Nehmt Ihr die Bank in der Mitte, Occellenza«, sagte er,

»auch die Signora«, während er das geflickte rote Segel flattern ließ. Der Wind fuhr mit einem dumpfen Schlag hinein. Der Mann setzte sich ins Heck, ergriff mit der einen Hand die Schot, mit der anderen die Ruderpinne.

»Wir segeln nach Trentaremi«, ordnete Vincenzo an. Lenòr hatte ihn noch nie so viel Neapolitanisch reden hören, und aus irgendeinem Grund amüsierte es sie.

Das Fischerboot nahm schnell Fahrt auf, das Segel blähte sich im Wind. Das Wasser plätscherte an der Bordwand. Sie segelten an Felsklippen vorbei, auf denen scharenweise Möwen hockten, an Buchten aus gelbem Tuff mit üppiger Vegetation, die zum Teil bis hinunter zum Wasser reichte. Von Zeit zu Zeit tauchten zwischen den Bäumen weiße Säulen von Rotunden, Lauben, rosa getünchte Fassaden von Villen auf. Auf den Terrassen waren winzige Menschen in hellen Gewändern und glänzenden Seidenanzügen zu erkennen. Sie riefen etwas hinüber zu großen goldfarbenen Barken, aus denen ihnen Frauen und Männer, die ebenso elegant und anmutig aussahen, fröhlich antworteten.

»Das sind die Barken der Neapolitaner, die wissen, wie man sich ein gutes Leben macht«, lächelte Sanges. Sie fröstelte ein wenig, rückte näher an ihn heran. »Das Landhaus der Caracciolo ... Ja, da drüben, das mit den korinthischen Säulen. Und das da hinten, ganz versteckt, zwischen den Pinien, ist das der Pignatelli.«

Der Bootsmann segelte hoch am Wind, das Boot glitt in nur wenigen Metern Abstand vom Ufer dahin. Sie hielten auf einen Felsen zu, auf dem sich ein großer rosa getünchter Palazzo erhob. Die unverputzten obersten Stockwerke waren nur ein loses Gitterwerk aus Backsteinen, viele Fenster wirkten wie leere, schwarze Augenhöhlen.

»Was ist das, Vincenzo?« erkundigte sie sich irritiert. »Ist es unbewohnt?«

»Teilweise. Da ist der Palazzo Donn'Anna. Vor über hundert Jahren begann der damalige Vizekönig, der Herzog von Medina, diesen Palazzo für seine neapolitanische Frau, Anna Carafa di Stigliano, bauen zu lassen. Dann wurde er nach Spanien zurückbeordert, weil er in Neapel zuviel gestohlen hatte, und der Palazzo blieb in dem Zustand, in dem du ihn heute siehst. Donn'Anna litt sehr darunter: Wie alle Carafa war sie äußerst eitel. Weißt du, wie Gott sie bestraft hat?« fügte er lachend hinzu. »Sie starb mutterseelenallein und war von Kopf bis Fuß verlaust.«

»*Meu Deus*, Vincenzo!«

»Sieh mal, da.« Er wies auf eine Reihe grüner Buchten im Tuff, wo sich in Höhe des Wasserspiegels ein mit Algen, Seescheiden und maritimen Gräsern bewachsenes Tafelwerk ins Meer erstreckte. Das kristallklare Wasser schwappte sanft darüber hinweg. Zwischen weißen Felsen waren fjordähnliche Spalten zu erkennen – der dunkle Wasserspiegel hatte etwas Melancholisches; darunter wallten die Algen hin und her wie Haare.

»Die Bucht von Gielofreddo«, erklärte Sanges. »Die Bucht von Portiglione.«

Dann rief er aufgeregt: »Da hinten, Lenòr! Sieh mal!«

Von einem braunen, an der Oberfläche weiß verkrusteten Gesteinsmassiv schwappte das Wasser rhythmisch ins Meer zurück, drang in die Felsspalten ein, kam schäumend wieder zum Vorschein und rann wie ein Bach von seltsamen steinernen Brücken zurück ins Meer.

»Baro', fahr näher ran.«

»Hier ist es nicht tief genug«, brummte der Fischer. Das Boot näherte sich von einer anderen Seite, und Lenòr erkannte, daß diese Brücken und Felsen in Wirklichkeit Überreste antiker Ruinen waren.

»Sieh mal nach unten, Lenòr. Unter Wasser.«

Im hellen Grün zitterten mit Algen bewachsene Mauern, Torbögen, Gewölbe. Auf dem Meeresboden aus weißem Sand, von dem sich schwarz die kugeligen Seeigel abhoben, glaubte sie die Steine eines Mosaiks zu erkennen.

»Die Villa von Pollione«, erklärte Vincenzo, der von dem Anblick ebenfalls hingerissen war. »Hinter diesem grünen Felsen befinden sich die Überreste einer Villa des Augustus. Wie herrlich Posillipo damals gewesen sein muß! Seines Namens würdig.«

»Inwiefern?«

»Posillipo bedeutet auf Griechisch ›dem Schmerz eine Pause‹.«

Sie nickte, ein wenig benommen von dem frischen Wind und dem gleißenden Licht. Das Fischerboot fuhr nun gegen die Sonne auf einen himmelblauen Felsvorsprung zu, der vielleicht das Ende der Welt kennzeichnete, den Beginn eines Raums ohne Zeit und Töne. Das Boot kreuzte um die Landspitze und glitt in ein Reich aus hellgelber, himmelblauer, smaragdgrüner Stille. Selbst das Rauschen des Kielwassers, das Kreischen der Möwen war kaum noch zu hören. Sanges flüsterte die Namen, die die Menschen diesen Orten gegeben hatten: »Marepiano, manche sagen auch Marechiaro. La Caiola. L'Euplea.«

Sie kamen in eine windstille breite Bucht, die wie in Gold getaucht schien, ein einziges Glitzern über dem glasklaren Wasser. Erschöpft schloß Lenòr die Augen. Barone wendete geschickt das Boot, so daß der Wind von der anderen Seite in das rote Segel einfiel.

2　　An einem heißen Sommermorgen gingen sie zur Piazza del Mercato. Sie kamen schnell ins Schwitzen, das Atmen fiel schwer. Der Weg führte an niedrigen Mauern entlang, hinter denen der nach Urin, totem Fisch und Abfällen stinkende Strand begann. Vom Meer her wuchs ein Wald aus Rahen, Masten, Klüverbäumen in jeder erdenklichen Größe, Segel mit und ohne Persenning, die Takelage von Strickleitern liniiert. Schwaden intensiver Gerüche zogen ihnen entgegen – Kleie, Käse, Leder, Gemüse, Wein, ein bißchen wie in Ripetta. Auch hier Lärm, Gewimmel von Menschen, die Waren auf- und abluden, am Strand wartende Karren, Esel mit riesigen Packsätteln, barfüßige, staubbedeckte Lastenträger. Ein feiner Staub, der eigenartig roch, wie säuerliche Gerste, kroch unter die Kleider und legte sich auf die Haare.

Auf der anderen Straßenseite Häuser in einem häßlichen, verwaschenen Gelb, dann eine schwarze Mauer mit Zinnen und Gesimsen. In ihrem spärlichen Schatten suchten *lazzari* und Wanderer Schutz vor der Sonne. Schließlich ein majestätisches

Tor aus schwarzen Steinen und weißem Marmor: sie bildeten ein gleichmäßiges, beeindruckendes Muster. Über dem Bogen ein Wappen aus Granit in den Ausmaßen einer Kutsche.

Durch dieses Tor betrat man die Piazza del Mercato, das Reich der Händler und der *lazzari*, den Ort, an dem der Scharfrichter die Verurteilten hängte oder enthauptete, die Zentrale des Verbrechens, das Hauptquartier, von dem aus Masaniello seinen Aufstand entfesselt hatte. Lenòr wußte nicht, wer Masaniello war, Vincenzo erklärte ihr auch das: Vor über hundert Jahren wurde die Welt von sonderbaren Ereignissen in Erstaunen versetzt. Die *lazzari* traten aus der teilnahmslosen Gleichgültigkeit ihres nichtigen Daseins heraus und spielten das Spiel, Neapel zu regieren, und zwar nach ihren eigenen einfachen, seltsamen Regeln. Und als sie die Macht dann satt hatten und die viele Freiheit sie verschreckte, kehrten sie lieber wieder in ihr gesellschaftliches Abseits zurück. Zu ihren unverständlichen Ritualen.

»Aber als der Aufstand begann«, lächelte Sanges, »haben sie eine beängstigende Energie gezeigt. Als wäre der Vesuv ausgebrochen. Jedenfalls ist es so überliefert worden.«

Ihre daran anknüpfenden Gedanken und Phantasien versetzten Lenòr in lebhafte Unruhe. In gehobener Stimmung durchschritt sie das Tor: als würde sie sogleich eine Kathedrale betreten. Oder einen Friedhof.

Ein weiter, ovaler Platz, umrahmt von Häusern, einige niedrig und schmal, andere hingegen höher, dicht aneinandergedrängt, eine heruntergekommene Kulisse. Abgebröckelter Putz, feuchte Flecken, eingestürzte Balkone.

Die Planen der Verkaufsstände bildeten einen bunten Kreis. In der Mitte eine Ansammlung verschiedenster Tiere – sie huschten zwischen den Menschen hin und her, kreischten, schrien, wieherten, gackerten, lärmten und machten viel Dreck. Man trat auf weiche Schichten aus Exkrementen und Schlamm, die die Sonne, auch wenn sie vom Himmel stach, nicht zu trocknen vermochte.

Sanges suchte Zuflucht bei einer Bühne, die mit schmutzigen schwarzen, mit silbernen Streifen durchwirkten Stoffbahnen bedeckt war. Halbnackte, dreckstarrende Jungen hüpften wild darauf herum. Auf dem Podest ragte ein hoher, mit Stricken umwickelter Mast in Form eines umgedrehten L in den glühenden Himmel. Bestürzt starrte sie den Mast an.

»Weißt du, was das ist, Lenòr?« fragte Vincenzo lächelnd. Sie murmelte: »Ein Schafott, glaube ich.«

»Ja. Das ist ein Galgen. Hier finden in Neapel die Hinrichtungen statt. Nur dieser Platz ist groß genug, um alle Leute zu fassen, die sich das Spektakel ansehen wollen.«

»Hast du es ... schon einmal gesehen, Vincenzo? Oder gar häufiger?« fragte sie erschüttert.

Er nickte. »Ein paar Male. Ich habe einen Kutscher aus dem Viertel Pendino hängen sehen, der ... Er hatte ein Mädchen mißbraucht. Ein anderes Mal habe ich gesehen, wie ein Marchese geköpft wurde. Die Adligen haben das Recht, enthauptet zu werden. Ein verrückter Marchese: Er hatte seine ganze Familie vergiftet und das Haus in Brand gesetzt. Aber jetzt laß uns durch das Viertel gehen. Sieh dir lieber den Glockenturm von Fra' Nuvolo an.«

Er zeigte auf einen in Weiß und Grau gehaltenen herrlichen Glockenturm am anderen Ende des Marktplatzes.

»In der Kirche liegt Masaniello begraben. Auch Konradin der Schwabe.«

Sie bogen in eine enge Gasse ab.

Hier ist es ganz anders als in der Via Santa Teresella, dachte Lenòr eingeschüchtert und hielt sich dicht neben Vincenzo. Andere Leute, eine andere Atmosphäre. Sie sah, wie sich über und über dreckverkrustete Jungen auf das Straßenpflaster hockten und lachend ihre Notdurft verrichteten. Eine Frau mit bloßem Oberkörper kämmte sich am offenen Fenster und zeigte ihre weichen Brüste mit großen, tiefdunklen Brustwarzen.

Vor einem *basso* schürte ein aufgedunsener, schwitzender, splitterfasernackter Pfannenschmied in einem Holzkohlenfeuer die Glut und verzinnte mit seinem Hammer Kochtöpfe. Ein entsetzlicher Gestank, man bekam sicherlich Kopfschmerzen. In einer Ecke stand eine dicke Frau mit Beinen wie wächserne

Säulen und fritierte in einer auf Steinen liegenden Pfanne schwärzliche Teigstücke, Kürbisblüten, winzige Fische, Kartoffelscheiben.

»Bei mir gibt's Leckerbissen aller Art«, rief sie und lachte anzüglich.

Bei einem schnellen Blick in den Raum der Fritürenverkäuferin erschauderte Lenòr: An der Tür lag ein schmutziger, unförmiger Strohsack auf dem Boden, weiter hinten gefüllte Säcke und Strohballen, dazwischen eine mistverschmierte Kuh.

»Aber ja«, bestätigte Vincenzo. »Auf den Säcken schläft die Familie, im Stroh die Kuh. Die hier sind vergleichsweise wohlhabend.«

Lenòr wurde abgelenkt von Lärm und entfernter Musik: Trommelschläge, Schellen, das Zuf-Zuf der großen Töpfe mit den Kolben, die *pentoloni a stantuffo* hießen. Gassenjungen rannten dem Getöse entgegen, gefolgt von Hunden, Hühnern, einem Schwein. Einfältige, fröhliche Gesichter tauchten in Fenstern und Türen auf. Auf einem kleinen Platz scharte sich eine kindliche, aufgeregte Menschenmenge um vier unglaubliche Gestalten.

Zunächst glaubte Lenòr, es wären Frauen, vulgäre und liderliche Frauen, die da tanzten und sangen, dann aber begriff sie: Eine der Gestalten trug ein rosafarbenes ärmelloses Unterhemd, und man sah die behaarten Arme. Ein anderer, fett und klein, war ausstaffiert mit einem spitzenverzierten Hut, der unter dem Kinn gebunden wurde, und dem farbenprächtigen Rock einer Bäuerin. Sein Oberkörper war völlig nackt, und der Mann hielt die feisten, wabbelnden Brüste hoch und zeigte sie fröhlich und lüstern der lachenden, pfeifenden, Schmährufe ausstoßenden Menge. Die anderen beiden Männer, auch sie in Frauenkleidern, erzeugten die Musik, wechselten mit phänomenaler Geschwindigkeit zwischen Töpfen, Schellen, Rasseln und großen, dickbauchigen Lauten. Dann begannen alle vier Männer mit durchdringenden hohen Stimmen zu singen. Das Lied erwies sich als wirklich gelungen: Sie sangen harmonisch, Begleitung und Gegengesang waren makellos, sogar die so unschicklichen, lächerlichen Bewegungen wirkten direkt reizvoll. Den versammelten Menschen gefiel es, sie klatschten rhythmisch zum Refrain.

Si la vuo' sana, si la vuo' rotta,

glaubte sie zu verstehen, dann:

vieni alla festa de Piedegrotta.

Willst du es langsam, willst du es flotter,
komm zum Fest von Piedegrotta ...

Der Mann in Rosa stieß einen schrillen Schrei aus. Unvermittelt lüpfte er den Unterrock, streckte das nackte weiße Gesäß hervor und brachte die Menge zur Raserei.

»Schwule! Tunten!« tönte es von allen Seiten auf dem Höhepunkt der Heiterkeit. Lenòr sah, wie eine alte Frau sich vor Lachen den Bauch hielt, ihn dann mit einem kurzen Schwung aus den Hüften vorstieß und das Kleid hochriß. Sie sah auch ... Sie sah nichts mehr, denn Vincenzo zog sie mit mißbilligendem Gesichtsausdruck weiter.

»Das tut mir wirklich leid«, sagte er, ein wenig atemlos. »Aber du wolltest ja Neapel von Grund auf kennenlernen ...«

Er stockte. Zwei Frauen mit kirschroten Lippen traten aus einer niedrigen, schmutzigen schwarzen Tür, über der ein Topf mit roten Geranien hing. Ihre langen Haare waren lockig und glänzten vor Öl, ihre Kleider waren tief ausgeschnitten. Eine alte Frau tauchte in einem kleinen Fenster auf und schrie: »Daß ihr mir ja bald zurückkommt! Sonst gibt's was mit dem Besen!«

Sanges zog Lenòr beinahe grob weiter. Kurz darauf stießen sie auf einen Trupp Soldaten mit weißen Patronentaschen, die lachend auf das Haus mit den roten Geranien zugingen.

3   Sie spürte, daß in ihrem Leben eine Veränderung bevorstand. Bald würde sie ihr achtzehntes Lebensjahr vollenden. Rein äußerlich schien ihre Entwicklung abgeschlossen zu sein: Sie war weder schön noch unansehnlich, weder groß noch klein, ein wenig voll um die Hüften und an den Oberschenkeln. Vor allem an der Brust: sie zwängte sie in ein Mieder mit Stangen

aus Fischbein. Die Masse ihrer schwarzen Locken hielt sie mit Bändern, unsichtbaren Kämmchen, Haarnadeln. Zum Glück waren da noch die Augen: groß und schwarz und in ihrem Ausdruck kindlichen Staunens anziehend, wie Vincenzo eines Tages sagte. Und dieser Kindermund. Leider jedoch, die Nase … Zu männlich. Das Gesicht hätte sie sich zarter gewünscht, die Kinnpartie schmaler, dann wäre sie zufrieden gewesen. Schade eigentlich, denn ihre glatte Haut schimmerte seidig.

Die wichtigen Veränderungen vollzogen sich jedoch in ihrem Innern. Vielleicht würde sie bald auf eine der Fragen antworten können, die sie unablässig verfolgten, vielleicht würde sie dann beginnen, die Zukunft zu verstehen.

Zwei Dinge standen jedenfalls für sie fest: ihre Aufgabe und der Ort, an dem sie sie ausüben würde. Aus Neapel würde sie sich keinen Schritt wegbewegen. Hier herrschte eine Atmosphäre kluger Einsicht und freundlicher Gleichgültigkeit, mehr noch, hier hatte man einen ausgeprägten Sinn für das Leben, so daß Mitleid und gesunder Menschenverstand sich die Waage hielten. Alle Dinge (von den größten und edelsten bis hin zu den nichtigsten und armseligsten) waren unschätzbar kostbar und gleichzeitig überhaupt nichts wert.

Hier konnte man sich frei und unabhängig fühlen. Man atmete Neapels Besonderheit mit der Luft ein, von einem Ende der Stadt zum anderen, sogar in den abstoßendsten Gegenden, im aufwühlendsten Lärm, der sich geradezu als notwendig erwiesen hatte. Denn wie schrecklich und bedrohlich war abends, wenn sie noch wachblieb, um zu lesen und zu schreiben, die Stille im schlafenden Haus, in der friedlichen Gasse!

Die Stadt barg in sich eine Begabung zur Lehre. Ohne den Menschen irgend etwas beibringen zu wollen, nötigte sie jeden, inmitten von Banalitäten kostbare Geheimnisse zu entdecken. Die Neapolitaner saugten diese Kunst mit der Muttermilch ein, doch es war genug für alle da. Man mußte nur aufmerksam sein und über die Dinge nachdenken.

Die zweite Gewißheit? Weiterhin zu lesen, zu schreiben, Ideen zu entwickeln. In Neapel gelang ihr das auf so selbstverständliche Weise, daß sie es beinahe als schicksalhaft ansah.

Was ihr Liebesleben betraf, sah sie jedoch keine großartige Zukunft. Der Wunsch, Gedanken und Gefühle mit einem geliebten Mann zu teilen, körperliche Liebe zu erfahren, das Geheimnis der Mutterschaft zu entdecken – all das kam ihr unwesentlich vor.

Vielleicht hatten sich ihre weiblichen Energien in den Jahren des Lernens für kulturelle Belange verbraucht? Rächte sich die Natur womöglich auf diese Weise? Aber vielleicht hatte sie einfach noch nicht den Mann kennengelernt, der die Frau in ihr zum Leben erwecken würde.

Wie müßte er eigentlich sein? Sie ließ alle Männer Revue passieren, denen sie bisher begegnet war, bei sich zu Hause, im bemerkenswerten Salon Serra di Cassano in Monte di Dio, wohin die Freunde seit einiger Zeit ihre Treffen verlagert hatten, im Haus von Angiola Cimino di Petrella, bei Eleonora Fusco ...

Dort schenkten ihr die Männer sehr wohl ihre Aufmerksamkeit. Es war ihr nie entgangen, welchen Reiz ihre üppige Brust ausübte (auch wenn sie Kleider trug, die nicht so weit ausgeschnitten waren). Kein einziger Mann, der seinen Blick nicht mit einem Aufblitzen von Verlangen auf ihrer Brust ruhen ließ.

Jeròcades hofierte sie auf seine schweigsame Art, und manchmal, wie es schien, sogar Giordano mit seinem unsympathischen Gehabe. Meola und Guidi brachten ihr respektvolle Verehrung entgegen, und auch die Vertraulichkeiten des aufgeblasenen dicken Duca di Belforte, einem ältlichen gekrönten Dichter, waren nicht nur als kollegiale Geste unter Künstlern zu verstehen.

Paisiello, der berühmte Musiker, warf ihr hin und wieder einen langen Blick zu, doch wenn er in seiner rastlosen Art durch die Räume ging, faßte er stets alles ins Auge und sah doch eigentlich nichts. Und dann waren da noch die jungen Männer in ihrem Alter. An zwei oder drei Abenden war bei den Serra ein kleiner, schmächtiger Kadett mit einem spitzen, blutleeren Gesicht aufgetaucht: Principe Gaetano Filangieri. Er war äußerst zuvorkommend, hatte sie angelächelt und sein Jurastudium erwähnt. Doch dann hatte er sie plötzlich stehenlassen, um an einer Diskussion über Religion teilzunehmen.

Intensive Blicke warf ihr eines Abends Principe Francesco Caracciolo zu, Kadett der königlichen Marine. Er war groß, gewandt, wunderschön in seiner blauen Uniform und mit der blonden Haarsträhne, die ihm über ein Auge fiel. Dann aber richtete Caracciolo seine bemerkenswerte Stirnfalte auf ihr bemerkenswertes Dekolleté – damit verdarb er alles.

Wer weiß, wie es ihr in dieser Hinsicht zukünftig ergehen sollte. Würde es ihr möglich sein, ein Leben als Literatin und gleichzeitig als Ehefrau und Mutter zu führen? Einigen Damen, die sie kennengelernt hatte, gelang das, zumindest dem Anschein nach. Sie stammten jedoch durchweg aus begüterten Familien. Eleonora Fusco hatte einen gutaussehenden Ehemann und zwei oder drei Kinder, aber auch ein Heer von Dienstboten in Kniehosen und eine Schar von Hausmädchen in Seidenhäubchen, Ankleidefrauen, Ammen, Köchinnen, Büglerinnen, Putzmacherinnen, Zofen.

Papài hatte die Anerkennung seiner Urkunden noch immer nicht durchgesetzt, er würde ihr so gut wie nichts geben oder hinterlassen können. Für sie war es also notwendig, einen Mann in einer angesehenen gesellschaftlichen Position zu heiraten. Oder sich aushalten zu lassen: in diesen Kreisen keinerlei Beeinträchtigung des guten Rufes. Wenn es ihr gelingen sollte, als Literatin bekannt zu werden, würde der König ihr vielleicht eine Leibrente gewähren. Sie mußte die Dinge in Angriff nehmen, es gab viel zu tun.

4   Denkwürdiger Frühling 1768! Viele Gegebenheiten wetteiferten geradezu darum, sie glücklich zu machen: die laue Luft als Vorbote eines herrlichen Sommers, die Sympathien neuer Freunde, die erste öffentliche Anerkennung ihrer Gedichte.

Im April wurde sie auf Vorschlag des Duca di Belforte in die Accademia dei Filaleti aufgenommen. Eines Abends (aus feierlichem Anlaß trug er einen Gehrock aus tiefblauer Seide mit einem taubengrauen Jabot aus Musselin, eine neue schneeweiße, duftende Perücke und an jedem seiner behaarten Finger einen auffälligen Diamantring) rief er im Hause Serra di Cassano den harten Kern der Literaten zusammen. Er versammelte sie in dem kleinen Ecksalon mit den Kirschbaumkanapees und den Gobelins aus Beauvais. Durch die zu den Balkonen geöffnete Tür sah man die hängenden Gärten mit den Magnolien und die Zitronenbäume, die in Sarkophagen aus Herkulaneum gepflanzt waren, sah man das Spiel der Terrassen, die Kuppeln von Pizzofalcone und Castelnuovo.

Alle Gäste waren in helle Farben gekleidet, Lenòr hatte eines ihrer beiden leichten Kleider gewählt, das cremefarbene Seidenkleid mit einem Brusteinsatz aus gestickten Blumen. An den Ohren und um den Hals trug sie den Schmuck, den Vovó ihr geliehen hatte.

Arme Großmutter. Seit der Salon Fonseca Lopez sich aufgelöst hatte, blieben ihr nur noch Titìo und die Jansenisten vom Archetto. Die Schmerzen in den Hüften und in den Beinen waren stärker geworden. Zu schade: Sie wäre so glücklich gewesen, heute mit dabeizusein, an diesem Abend voller Blumenduft und Ehren für die geliebte Enkelin.

Das Tageslicht ging zur Neige, die Kristalleuchter begannen zu leuchten. Diener stellten Limonaden, Honigwaben, die ersten goldenen Mispeln und Kirschen del Monte für die Gäste bereit.

Belforte wich nicht von ihrer Seite, schnupperte an ihr, sah ihr schamlos in den Ausschnitt. Dann ergriff er ihre Hand und drückte sie in einem fort, während er verkündete, die Marchesina Eleonora de Fonseca Pimentel Chaves werde hiermit aufgrund herausragender literarischer Verdienste in die Accademia dei Filaleti aufgenommen, und zwar unter dem von ihr selbst gewählten Namen Epolnifenora Olcesamante.

Tagelang hatte sie sich den Kopf darüber zerbrochen, schließlich war dies der Name gewesen, der ihr am vielsagendsten erschien, abgesehen davon, daß er ein beinahe vollständiges Anagramm von Eleonora Pimentel Fonseca war.

Nachdem der Applaus versiegt war und sie sich in das Register der Akademie eingetragen hatte – ein zinnoberroter Ledereinband mit goldenen Quasten –, trug sie das eigens zu diesem Anlaß gedichtete Sonett vor, das folgendermaßen begann:

O holde Muse, zeige dich,
eil deiner Magd zu Hilfe.

Es hatte sie zwei Wochen harter Arbeit gekostet, vor allem die letzte Strophe, in der sie das »Olcesamante«, an sich ein Fünfsilber, und das »Epolnifenora«, ein Sechssilber, in einem siebensilbigen Vers unterbringen mußte. Schließlich war sie auf die teilweise von Martelli kopierte Idee gekommen, die zwölf- oder zehnsilbige *laisse* mit Achtsilbern zu beschließen, so daß sowohl das »treue Epolnifenora« als auch das »einfach nur Olcesamante« sich flüssig einfügten.

Natürlich wollten danach auch die anderen eigene Verse vortragen, allen voran Belforte. Noch immer hielt er sie bei der Hand und rückte keinen Schritt von ihrer Seite, nicht einmal dann, als er ein hübsches Schweifsonett rezitierte, das mit den Versen endete:

E un dì voi sola mostrerete al mondo
che nel giunger di gloria alle corone
l'ingegno femminil non è secondo.

Und eines Tags zeiget der Welt Ihr allein:
beim Schmücken der Kronen mit Ehre und Ruhm
der weibliche Genius der erste wird sein.

Erneuter Applaus, Handküsse, Belforte zeigte deutlich – feuchte Augen, rauhe Stimme –, daß er die Dankbarkeit des neuen Akademiemitglieds schon im voraus genoß. Lenòr wurde unruhig, sah sich hilfesuchend um.

Aber Sanges hatte sich nach dem Vortrag des Sonetts wieder zur Gruppe im zweiten Salon gesellt – in dem die Marmorstatuen aus Herkulaneum und die griechischen Amphoren standen – und wo über Politik diskutiert wurde. Vor allem über die bevorstehende Hochzeit des Königs und über Tanuccis Plan, den Kirchenstaat anzugreifen und den Papst dafür zu bestrafen, daß er die verhaßte jesuitische Brut des Ignatius von Loyola unter seinen Schutz nahm.

Alle waren erregt: Giordano ereiferte sich mehr als alle anderen, doch auch Pagano und Don Michele Serra ... Wie gern wäre sie jetzt in ihrer Mitte. Oder in dem kleinen Salon mit den venezianischen Wandspiegeln, wo die Damen sich mit Klatsch und Tratsch vergnügten.

Die Wortführerin war Chiara Spinelli di Belmonte Pignatelli in einem prachtvollen Kleid aus hellblauem Tüll mit Reifrock. Wunderschön sah sie aus mit ihrem glatten pechschwarzen Haar, dem weißen Mittelscheitel, den Locken im Nacken, wie es in Paris schon länger Mode war. Ein Diamantkollier brachte ihren langen Hals zur Geltung. Sie hatte tatsächlich aufregende Neuigkeiten zu berichten: Vor zwei Tagen war sie von Tanucci berufen worden, die Gesellschafterin und Lehrerin der jungen österreichischen Prinzessin zu werden, die der König in wenigen Tagen in Portella treffen würde, um sie auf den Thron des Königreichs Beider Sizilien zu führen. Verfluchter Belforte!

Die Ankunft eines wichtigen Gastes brachte Bewegung auf, doch Lenòr versuchte vergeblich, sich das zunutze zu machen. Obwohl Abt Galiani gekommen war, belegten Belforte und die Literaten sie noch immer mit Beschlag. Sie mußte sich damit begnügen, den Abt vorübergehen zu sehen: Er war klein, schwarzhaarig, hatte krumme Beine. Ausgeblichener violetter Gehrock, die Perücke saß schief auf dem Kopf. Doch die tiefliegenden Augen unter der hohen Stirn funkelten spöttisch.

Alle stürzten sich auf ihn, auch die Damen, dann zog ihn eine fröhliche Gruppe mit in den inneren Salon, wo um große Summen gespielt wurde.

Sie warf flehende Blicke um sich, beobachtete verärgert, wie Sanges Mariangela Carafa den Hof machte; sie war die Schwester der Duchessa di Popoli, brünett mit strahlendweißen, etwas vorstehenden Zähnen und einer hübschen, nicht zu großen, nicht zu kleinen Brust, von weißem Tüll mit roten Bändern verhüllt.

Jeròcades war es, der ihr schließlich zu Hilfe kam. Seit die

Nachricht von der königlichen Hochzeit die Runde gemacht hatte, strahlte er, seine übliche finstere Miene war einem feierlichen, geheimnisvollen Ausdruck gewichen. Er konnte es kaum noch erwarten, daß Maria Caroline endlich in Neapel eintraf. Oft murmelte er: »Wenn nur Ihre Majestät, die Königin, endlich bei uns sein wird ...«

Sie hatte ihn schon etliche Male gefragt: »Was geschieht dann?«

Und er, zunehmend rätselhaft: »Ihr werdet schon sehen. Ihr werdet es schon sehen.«

Er hatte sich ihr Sonett angehört, danach die Bekanntgabe ihrer Mitgliedschaft, dann hatte er sich entfernt. Jetzt kam er grimmig auf sie zu, warf Belforte einen verächtlichen Blick zu und rief: »Lenòr! Gestatten Sie einen Augenblick, meine Herren.«

Er geleitete sie in den Salon, in dem über Politik diskutiert wurde. Schroff sagte er: »Was macht Ihr nur für Dummheiten!« Sein kalabresischer Akzent war deutlich herauszuhören.

»Ihr dürft Euch nicht mit diesen Dummköpfen abgeben«, fuhr er fort. »Mit diesen drittklassigen Literaten. Was für einen Ruhm könnt Ihr schon erlangen, als Mitglied der Accademia di ... Wie heißt sie gleich?«

»Der Filaleti«, rief sie gekränkt. Ein flüchtiges Lächeln lief über sein Gesicht, dann wiederholte er, ihren Tonfall imitierend: »Der Filaleti, aha. In Neapel gibt es Hunderte solcher Akademien. Außerhalb dieses Salons hat keine Menschenseele je davon gehört.«

»Aber Belforte, Di Martino und Campolongo sind doch auch Mitglied.«

»Als hättet Ihr Rolli, Casti und Metastasio genannt. Die gehören einer wirklich groß zu nennenden kulturellen Vereinigung an. Dort versammeln sich Männer, die in ganz Europa verehrt werden. Die Arcadia muß Euer Ziel sein, meine Liebe. Und wenn Ihr wollt ...«

»Ihr seid ein Arcadier?« fragte sie verunsichert und mit vorsichtigem Respekt.

»Aber natürlich«, bestätigte Jeròcades stolz. »Ich werde Euch in die Arcadia einführen. In die römische Akademie, denn die neapolitanische ist nicht mehr viel wert. Wir verstehen uns als Mitglieder der römischen Akademie, der auch Metastasio angehört.«

»Aber ich gehöre doch jetzt zu den Filaleti.«

»Bleibt nur dabei. Das spielt überhaupt keine Rolle. Aber haltet Abstand zu Belforte.«

Endlich unbehelligt, eilte sie zu Sanges, der sie lächelnd empfing. Auch Mariangela begrüßte sie freundlich. Großzügig geleitete Sanges beide zur Gruppe der Damen, wo soeben sizilianisches Sorbet in herrlichen Farben serviert wurde.

»Meine Liebe«, rief Maddalena Serra. »Habt Ihr Euch endlich entschließen können, den Musen den Rücken zu kehren? Ihr werdet schon einen trockenen Mund haben, und ein Sorbet ist jetzt genau das Richtige. *Mon trésor*«, lächelte sie Mariangela zu, »*toi aussi, tu as décidé d'abandonner Orphée?* Sorbet, um das Herz zu erfrischen.«

Die anderen Damen umringten noch immer lachend Chiara Spinelli. In einer Ecke sah Lenòr Pagano sitzen, blaß, angespannt, der die fröhliche Prinzessin keinen Moment aus den Augen ließ. Giulia Carafa, eine üppige rothaarige Schönheit, platzte gerade mit ihrer sinnlichen Stimme heraus: »Sag die Wahrheit, Chiaretta. Willst du sie wirklich alles lehren, was du weißt?«

Chiara preßte die Lippen zusammen. »*Qu'est-ce que j'en sais?* werde ich dir mit Monsieur Montaigne antworten«, entgegnete sie resigniert und verdrossen. »Das bißchen, das ich weiß, weiß sie genausogut wie ich, darauf kannst du Gift nehmen. Alle Frauen wissen es, und zwar von Geburt an.«

»*Elle n'aura pas besoin de maîtresse pour certaines choses!*« mischte sich die Duchessa di Popoli ein, »für gewisse Dinge bedarf man keiner Unterweisung.« In den Salons war es üblich, die Gespräche mit tausenderlei Einschüben auf Französisch zu würzen. »Hält sich denn nicht Caterina de' Medici d'Ottaiano als Hofdame der neuen Königin in Wien auf, seit die Hochzeit ausgehandelt wurde?«

»*Mon Dieu! Madame de San Marco!*« riefen die anderen lachend, während Maddalena Serra bemerkte: »Seid nicht so scheinheilig, ihr Lieben. Das ist doch nur blanker Neid. Caterina ist die schönste Blondine in ganz Neapel, das wißt ihr genau. *Il ne faut pas être jaloux de ses succès.*«

»Solange sie damit nicht meine eigenen Erfolge schmälert«, fauchte die Marchesa Angiola Cimino di Petrella mit gespielter Wut. »Caterina di San Marco hat es mit den schönsten Männern der Stadt getrieben.«

»Nicht nur mit den schönsten«, murmelte die Popoli wie nebenhin. Alle bedrängten sie, doch sie lachte nur und fügte hinzu: »Fragt doch Galiani.«

Ein Chor heller Frauenstimmen kreischte in künstlicher Empörung: »*Mon Dieu, non!*«

»Ich weiß gar nichts«, fuhr Mariantonia Popoli mit ernster Miene fort. »Aber über den Abt kursiert ein Witz. Hört zu. Sie neckt ihn mit irgendeiner Stelle aus dem Neuen Testament, zu San Marco oder San Giovanni, glaube ich, und er antwortet mit seiner üblichen reumütigen Miene: ›Aber natürlich. Ich vergaß ja ganz, daß Ihr, San Marco, Euch vor allem in San Matteo auskennt.‹«

Alle krümmten sich vor Lachen, Lenòr aber sah ratlos von einer zur anderen. Dann flüsterte sie Maddalena Serra ins Ohr: »Was ist daran so lustig?«

»Aber natürlich, meine Liebe. *Vous êtes étrangère.*« Maddalena sprang auf und hielt sich den Bauch. Ohne die Stimme auch nur einen Deut zu senken, erklärte sie: »Rund um die Via San Matteo, hinter der Via Toledo, befinden sich die am besten besuchten Bordelle in ganz Neapel.«

Dieses ordinäre Wort, das sie entsprechend betont hatte, rief weiteres Gelächter hervor, dann wandte sich das Gespräch dem Naturell der neuen Königin zu.

»Es heißt, sie habe einen schwierigen Charakter, sei überheblich, ehrgeizig.« – »*Elle aura le même caractère que sa mère.*« – »Was wird sie aus dem armen Ferdinand nur machen?« – »Hoffen wir, daß sie ihn lesen und schreiben lehrt.« – »Ach was! Wenigstens das wird Sannicandro ihm ja wohl beigebracht haben.« – »*Et qui l'aura enseigné à Sannicandro?* Wer hat es denn Sannicandro gelehrt?«

Spöttisches Gelächter; dann erzählte Chiara Pignatelli, daß Ferdinand zu nichts anderem fähig sei, als auf Gartengrasmücken zu schießen, Priestern die Hand zu küssen und den Bäuerinnen der königlichen Ländereien nachzulaufen.

»*Mais il n'est absolument pas méchant*«, fügte sie mit überdrehter Offenheit hinzu. »Er ist kein schlechter Mensch, er ist der einzige, der sich überhaupt noch daran erinnert, daß er einen älteren Bruder hat, den armen Palasttrottel. Er besucht ihn und hilft ihm bei seinen Marotten wie der, ein Paar Handschuhe über das andere zu streifen. Manchmal kommt er glatt auf sechzehn Paar, das sieht dann aus, als habe man ihm zwei riesige Bälle auf die Arme gepfropft.«

»*Pauvre garçon*«, sagten einige, eine andere Dame fragte: »Und Tanucci?«

»Ach, meine Lieben. Tanucci kommt das sehr gelegen. Er ist nur deshalb der, der er ist, weil König Karl sich in Spanien aufhält und Ferdinand so ist, wie er ist. Wißt Ihr, daß der König auch jetzt, da er volljährig ist, einen Stempel mit seiner Unterschrift hat anfertigen lassen? Tanucci nimmt ihm sogar diese Pflicht noch ab.«

»*Tu verras que Marie Caroline y pensera*«, schaltete Maddalena Serra sich mit ernster Miene ein. »Wir dürfen den Einfluß dieser Österreicherin nicht unterschätzen.«

Giordano betrat den Salon, gefolgt von einer Blondine mit flacher Brust und sehr hellem Haar. Sie war die Tochter von Fausta Celebrano Carafa, und Giordano umwarb sie seit einiger Zeit. Er wirkte nervös, und um das Mädchen und die Zuhörer zu beeindrucken, setzte er die bereits begonnene Unterhaltung mit lauter Stimme fort: »Großer Gott, aber natürlich nicht! Ich würde sogar in einem vollen Weinfaß baden, um sie mir vom Leibe zu waschen, diese widerliche Taufe!«

Er stand dann aber eher wie ein Trottel da, denn kein Mensch war verschreckt oder empört. Donna Maddalena bemerkte seelenruhig: »Sofern es ein guter Wein ist, lieber Freund«, und die Blondine erwiderte affektiert: »*Je préférerais du cham-*

pagne français. Weißt du, der prickelt so schön auf der nackten Haut!«

Schließlich ging sie zu Sanges. In der Gruppe, in der er stand, wurde reichlich Tabak geschnupft. Man diskutierte über die von Tanucci geplante, von Frankreich und Österreich bereits befürwortete Aussendung von Truppen, die den Kirchenstaat angreifen sollten.

»Es ist bald soweit«, bestätigte Don Michele Serra. »Es ist bereits der Befehl ergangen, die drei Husarenregimenter ›Real Farnese‹, ›Regina‹, und ›Calabria‹ einsatzbereit zu halten.«

»Ich kann das nur insofern befürworten, als es ein Treuebeweis gegenüber der vereinbarten Politik ist«, bemerkte Vincenzo. »Was wollen wir denn überhaupt erobern? Wir müssen unter Beweis stellen, daß dieses Königreich seinen Namen auch wirklich verdient. Aber nicht weil es ... Krieg gegen den Papst führt! Wir müssen Tanucci unterstützen, vor allem wenn er Gesetze erläßt, wie beispielsweise gestern über die Schuldentilgung zugunsten der Bauern, oder wenn er die Industrie unterstützt, so wie Maria Theresia es in Mailand macht. Das ist eine aufgeklärte Monarchie. Die wahren Revolutionen vollziehen sich im stillen.«

»Was für einen Schwachsinn gibst du schon wieder von dir, Frusti’!« höhnte Giordano hinter seinem Rücken, schwarz vor Wut wegen des mißglückten Intermezzos mit der Blondine. »Aufgeklärt oder abgeklärt, Monarchie bleibt Monarchie! Was für eine Revolution soll sie schon machen! Das Volk ist es, das die Revolutionen macht. Und dann gibt's Ärger. Großen Ärger!«

Paisiello gesellte sich zu ihnen, während Galiani und Belforte mit einer Gruppe anderer Gäste aus dem Salon, in dem Karten gespielt wurde, zurückkehrten. Belforte sah bedrückt aus, aufgedunsen, sein Gesicht war schweißnaß. Mürrisch sagte er zum lachenden Galiani: »Abba’, Ihr habt mir das letzte Hemd abgenommen! Mit Euch spiele ich nie wieder *ciacchetto*. Ihr habt das Glück wohl mit Löffeln gefressen!«

Galiani musterte ihn kühl: »Ihr wirkt auch nicht gerade verhungert« – eine Anspielung auf das bemerkenswerte Hinterteil des Dichters. Er entdeckte Paisiello und eilte ihm entgegen. Der Musiker blickte noch finsterer drein als sonst, und Galiani schimpfte mit ihm.

»Was für eine Laus ist dir denn über die Leber gelaufen, Giova'! Du müßtest doch vor Freude strahlen. Dein ›Luna abitata‹ wird im Teatro Nuovo gespielt, die ›Osteria di Marechiaro‹ im Fiorentini, du ertrinkst förmlich in Dukaten und ziehst immer noch so ein Gesicht!«

»Das hier ist ein Scheißland«, erwiderte Paisiello, der in seinem apulischen Akzent die Vokale langzog.

»Was du da nennst, ist doch keine Musik. Ich warte auf den Ruf nach Petersburg. Sobald der kommt, bin ich weg. Vielleicht kann man ja in Petersburg echte Musik komponieren.«

»Wer weiß«, seufzte Galiani. Er packte Paisiello an den Schultern und rief: »Bevor du uns verläßt, müssen wir unbedingt noch unser Stück beenden. Wenn du mich fragst, wird es eine Sensation. Ich will eine Szene, in der jemand sagt, daß auch die Hunde nach griechischer Manier mit dem Schwanz wedeln müssen!«

Paisiello nickte kühl. Ein noch recht junger Freund namens Cimarosa trat hinzu, ein Student aus dem Konservatorium.

»Du bist ja auch hier«, bemerkte Paisiello mißmutig. Cimarosa zuckte die Schultern. Er war dicklich, sah aus wie ein Bauer und wirkte ein wenig verschlafen.

Jemand brachte das Gespräch auf die Musik, auch wenn Paisiello deutlich seinen Unmut kundtat. Die Damen kamen herein.

»Hoffen wir nur, daß keine von ihnen auf die dumme Idee kommt, zu singen«, murmelte Paisiello, während um ihn herum eine Diskussion über Scarlatti und Porpora entbrannte.

»Gut, daß er tot ist. Ich sage Euch: Porporas einziger Verdienst war das Heranzüchten von Kastraten. Wie Farinello.« – »Aber warum seid Ihr ausgerechnet auf Porpora schlecht zu sprechen? War er denn der einzige, der Kastraten herangezüchtet hat? Wißt Ihr überhaupt, daß in diesem Jahr in Neapel mehr als dreitausend kleine Jungen kastriert worden sind?« – »Also, ich bevorzuge Pergolesi.« – »Zeug für Zimmermädchen.« – »Nur ein einziger ist und bleibt ein Gott: Piccinni.« – »Diese häßliche Kopie

von Gluck?« – »Paisie', was sagt Ihr dazu?« – »Und Logro-
scino?«

Paisiello hatte sich grimmig in eine Ecke verzogen, Cimarosa
beobachtete ihn unruhig. Galiani war es, der den Meister dann
zum Cembalo schob und dabei leise sagte: »Giova', wenn du jetzt
nicht irgend etwas spielst, wird es Nacht, und die anderen
machen uns fertig mit ihrem Schwachsinn.«

Trotzig hämmerte Paisiello die drei oder vier Fugen in d-Moll
und die beiden Suiten von Carl Philipp Emanuel Bach herunter,
wobei er die tiefen Akkorde besonders heftig anschlug.

Es war gegen Ende des kleinen improvisierten Konzerts, als
Luigi Primicerio den Salon betrat. Lenòr sah ihn zum ersten Mal.
Sie merkte, wie ihr Herz heftig zu klopfen begann, was sie noch
eine ganze Weile ärgerte. Wer zum Teufel war er denn? Ein
schöner Niemand.

Er war ungefähr fünfundzwanzig, klein, schlecht rasiert und
hatte ungekämmtes, kastanienbraunes, schulterlanges Haar. Die
Nase ein wenig schief, der Blick überheblich. Er trug einen viel
zu eleganten englischen Anzug: enganliegende hellgrüne Hosen,
ockerfarbener Gehrock, schneeweiße Krawatte mit Nadel.

Sie beobachtete ihn, wie er im Sturmschritt hereinkam und
damit den musikalischen Vortrag störte. Auch er warf ihr einen
kurzen Blick zu. Er steuerte auf Maddalena Serra zu, küßte ihr
grob die Hand. Dann näherte er sich Angiola Cimino, die ihm mit
ihren blauen Augen ein Zeichen gab und die Lippen zu einem
Lächeln kräuselte.

VIERTER TEIL

1   Im Mai lag über Neapel der Glanz von Sonne und Festlichkeiten. Der König zog bei seiner Rückkehr aus Portella mit seiner Gemahlin durch die jubelnde Stadt, ein denkwürdiger Zug, dem auch Lenòr, Sanges und die anderen vom Largo di Palazzo aus Beifall spendeten. Abends wurde in der Oper San Carlo der »Peleo« gegeben, den Bassi und Paisiello eigens zu diesem Anlaß verfaßt hatten.

Zum ersten Mal betrat sie das berühmte Theater: prachtvoll mit dem warmen Scharlachrot, den funkelnden Lichtern und Juwelen, dem hellen Glanz der Dekolletés. Man fühlte sich von der Außenwelt getrennt, als sei man dort eingeschlossen, mit allen anderen, den *aristoi,* den Andersartigen, den von Glück, Geschick, Talent Gesegneten, an einem Ort, der aus Kunst, Intelligenz, Schönheit hervorgegangen war und seinerseits unerbittlich nach Kunst, Schönheit, Intelligenz verlangte.

Aber sie hatten das Theater betreten, als es noch halbwegs leer gewesen war, und bald darauf mußte Lenòr ihre Meinung revidieren. Die Damen mit den glitzernden Juwelen auf der nackten Haut unterhielten sich lautstark von einer Loge zur anderen, ohne jede Zurückhaltung und Eleganz. Nicht anders führten sich die Generäle, Äbte, Fürsten, Richter auf. Ein wildes Durcheinander aus Rufen, freudigen Begrüßungen, derben Scherzen, ordinären Sprüchen; einige Besucher hatten sogar Speisen und Getränke, Teller und Gläser mitgebracht.

»Das ist es, was mich rasend macht«, sagte Sanges kopfschüttelnd. »Was mich beschämt. Das soll die Elite sein, die tonangebende Klasse. In Neapel.«

Vielleicht, dachte sie, wenn erst einmal der König kommt … Doch die Ankunft des Königs löste ein noch viel größeres Chaos aus. Die Musiker hetzten hinunter in den Orchestergraben, zupften an ihren Perücken und Überröcken. Aus einer Seitentür schlüpfte Paisiello, stocksteif in einem goldbestickten roten Frack. Er eilte zum Dirigentenpult, um die Hymne zu dirigieren.

Unter dem Aufschrei der Menge, begleitet von Orchestermusik und Applaus, erschienen in der großen Mittelloge, über der das goldene Wappen prangte, die mächtige Gestalt Sannicandros mit seinen zahlreichen glitzernden Auszeichnungen (das spanische Vlies funkelte wie eine Sonne) und die schneeweiße zarte Gestalt Chiara di Belmontes, die sich mit sichelförmigen Diamanten geschmückt hatte. Nun sah man auch die blonde Haarpracht und die strahlendweißen Zähne der Caterina di San Marco sowie den von einem brokatenen Rock verhüllten Bauch von Marchese Tanucci. Zuletzt betraten Ferdinand und Maria Caroline die königliche Loge.

Erst in diesem Augenblick wurde es im Theater mucksmäuschenstill. Alle Blicke waren auf die neue Königin gerichtet. Maria Caroline erschien in einem Kleid aus blaßblauem Tüll; sie hielt ein gelbes Blumenbukett in der Hand. Ihr Teint war sehr hell: um den schlanken Hals trug sie ein mit Diamanten besetztes weißgoldenes Geschmeide. Ihr Gesicht war länglich und hager, wie bei allen Habsburgern, der schmale, hochmütige Mund war zu einem dünnen Lächeln verzogen. Schön konnte man sie gewiß nicht nennen: auch sie hatte eine ausgesprochen kräftige Nase. Kleine Brüste verursachten nur eine leichte Wölbung im Mieder. Die Haare künstlich aufgebauscht, ansonsten dünn, spröde. Die Augen hingegen ... Sehr groß und starr mit dem traurigen Ausdruck derer, die gewohnt sind, Befehle zu erteilen.

Der König gab sich ostentativ gelangweilt. Es kostete ihn sichtlich Mühe, kerzengerade in der blauen Uniform mit dem rotweißen Kragen auszuharren. Auf seiner Brust prangten goldene Kreuze, Häufchen von Smaragden, Sterne. Er sah ganz anders aus als an dem Tag, als Lenòr ihn auf dem Largo di Palazzo gesehen hatte: viel dicker, mit geschwollener Unterlippe, wäßrigen, undurchdringlichen runden Augen.

Nach kurzer Zeit war er der Szene überdrüssig und wedelte mit der weißbehandschuhten Hand in Richtung Bühne. Das Orchester hörte augenblicklich auf zu spielen, sofort setzte wieder höllischer Lärm ein. Mit einem zufriedenen »Ah!« ließ sich der König auf seinen Sitz fallen, und alle nahmen nun Platz. Erneute Stille, während Diener in mit Blattgold verzierten Livreen die heruntergebrannten Kerzen auswechselten. Paisiello ließ die ersten Takte der Ouvertüre spielen. Unter allgemeinen »Oooh!«-Rufen hob sich der Vorhang vor einem Bühnenbild, das geradezu nach Beifall schrie. Doch keiner durfte klatschen, bevor nicht der König zu klatschen begann.

Eine ländliche grüne Idylle mit Felsgruppen, Teichen und Springbrunnen, Bäumen, alles naturgetreu und kunstfertig beleuchtet. Am rechten Bühnenrand vor einem geheimnisvollen blauen Hintergrund stand ein kleiner dorischer Tempel. Tänzerinnen in langen weißen Tüllröcken und roten Schleifen am Gürtel schwebten herein, glitten auf und ab, die Arme graziös über den Kopf gestreckt, und verharrten schließlich ganz vorn an der Bühne. Anmutig machten sie einen Tanzschritt zurück und verneigten sich vor der königlichen Loge.

Goldenes Licht in der Mitte der Bühne: Die Hauptdarsteller traten auf, die Primadonna in einem bezaubernden Kleid aus blauem Brokat, die Sänger in prachtvollen Kostümen. Sie verbeugten sich.

Es knisterte förmlich vor zurückgehaltenem Beifall, unterdrückten Schreien. Der König ließ sich absichtlich Zeit, während er die Darsteller auf der Bühne durch sein goldenes Opernglas inspizierte. Er ließ seinen Blick auf der Bellucci verweilen, auf den Tänzerinnen, schien zufrieden zu sein, denn sein länglicher Kopf wanderte auf und nieder. Ganz langsam, wie zum Scherz, begann er dann, in die Hände zu klatschen, und löste augenblicklich ein Höllenspektakel aus. Viele der Theatergäste warfen Konfetti und Blumen auf die Bühne, einige riefen den Tänzerinnen etwas zu, die ihrerseits lachten und entsprechende Antworten gaben.

Den König schien dieses Durcheinander zu amüsieren. Er richtete sein Opernglas auf das Publikum, ab und zu neigte er sich zu Maria Caroline und deutete auf eine Person im Saal oder in einer der Logen. Die Königin nickte, »Ja, ja«, oder sie schüttelte den Kopf, »Nein«, ohne auch nur ein einziges Mal ihr künstliches Lächeln aufzugeben.

Der Salon der Cassano wirkte an diesem Abend wie ausgestorben: Die Mehrzahl der regelmäßigen Gäste war noch auf dem Empfang geblieben, der nach der Aufführung des »Peleo« auf dem Platz zwischen der Oper San Carlo und dem Königspalast gegeben wurde. Die Anwesenden trösteten sich mit dem Anblick des Feuerwerks über dem Meer vor Santa Lucia: leuchtende Fontänen, erdbeerrote Feuerräder, die zu blauen, silbernen Sternen zerstoben und sanft über dem glitzernden Meer dahinschwebten.

»*Maravilhoso*«, murmelte Lenòr. Verwundert stellte sie fest, daß sie Portugiesisch gedacht hatte: das war schon lange nicht mehr vorgekommen. Vieles hatte sich bereits verändert, vieles war im Begriff, sich zu verändern.

Sie lächelte, während Sanges sie anstachelte: Es mußte noch so viel getan werden, in der nächsten Zeit …

»Was denn?«

»Hast du gesehen, wie es im San Carlo zuging, nur um dir ein Beispiel zu nennen? Was für Gesindel? So ist es überall in diesem Königreich. Bei Hof, an der Universität. Die Leute, die hierzulande zählen, sind immer noch dieselben wie früher, verstehst du, die Adligen, die Richter, diese verblödeten Priester, die zu nichts taugen. Und plump und vulgär sind sie obendrein. Leute wie wir müssen weiterkommen, sonst können die wenigen, die überhaupt etwas begreifen, wie Tanucci, es nicht schaffen. Du zum Beispiel, weshalb schreibst du nicht ein hübsches Sonett für die Hochzeit des Königs? Du machst dir einen Namen, steigst in der Achtung der Leute, bist eine von uns, und wir unterstützen dich.«

»Ich? Mit einem Sonett? Was kann man mit einem kleinen Sonett schon erreichen, Vincenzo?«

»Mir ist zu Ohren gekommen, daß der König, mit anderen Worten also Tanucci, sich mit dem Gedanken trägt, eine Hofakademie zu gründen, der die führenden Geistesgrößen angehören sollen. In Paris, Wien und Mailand gibt es so etwas bereits. Wenn es uns gelingen sollte, einige von uns dort unterzubringen ... In Kürze erscheint Confortis Buch, Pagano schreibt an einem eigenen Werk, Filangieri auch. Er arbeitet anscheinend an einer ganz großen Sache. Über die Gesetzgebung.«

»Und du?« fragte sie leicht polemisch. »Womit befaßt du dich eigentlich? Mit einer kleinen Prinzessin, die ...«

»He«, lachte er. »Mit Mariangela ist es mir ziemlich ernst.«

»Und warum hast du mir noch gar nichts davon erzählt?«

»Das werde ich selbstverständlich nachholen. Aber bleiben wir beim Thema. Hast du das verstanden, was ich eben gesagt habe? Wir müssen die Besten unter uns lancieren. Dieser Ansicht ist auch Genovesi. Das sind unter anderem die Dinge, mit denen ich mich befasse. Also: Mach du dich an die Arbeit, schreib ein Sonett, ein Hochzeitsgedicht ... Und das schicken wir dann dem König. Schmeichle du der Königin in den höchsten Tönen – Tanucci hat den König in der Hand, wer aber Maria Theresias Tochter?«

»Hat sie dir gefallen?«

»Ich weiß nicht recht. Was hältst du als Frau von ihr?«

»Sie ist stark. Und ich glaube, sie ist auch ernst. Insofern könnte es gutgehen.«

»Wenn sie so wäre wie ihre Mutter ... Jedenfalls ist es wichtig, daß sie von der richtigen Seite beeinflußt wird. Deshalb haben wir auch dafür gesorgt, daß ihr Chiara Pignatelli Beistand leistet.«

»Willst du meine ehrliche Meinung dazu hören, Vincenzo? Die Wahl ist mir ein Rätsel. Chiara macht auf mich den Eindruck, als wäre sie einfach nur eine dieser bildschönen, aber boshaften Damen, die sich in den Salons amüsieren.«

»Laß dich nicht von Äußerlichkeiten leiten, Lenòr. Chiara gibt sich nur so leichtfertig, wie es heutzutage alle tun, aber sie ist intelligent und gebildet. Sie ist in der Lage, eine Königin darin zu unterstützen, Königin zu sein, und zwar so, wie es unseren Vorstellungen entspricht.«

»Schon möglich. Dennoch ist und bleibt mir die Wahl ein Rätsel.«

»Sie ist eine bemerkenswerte Frau, Lenòr. Wenn du dich erst

einmal mit ihr angefreundet hast, wirst du mir zustimmen. Und sei nicht so jansenistisch. Ich weiß, daß du unsere neapolitanischen Damen nicht besonders gut leiden kannst. Vielleicht zu Recht, denn sie profitieren von der Zeitströmung, aber Chiara ist ganz anders. Außerdem, wenn sie sich ein gutes Leben aufbauen wollte, hätte sie dazu allen Grund: Ihr Mann, der Leiter des Grande Archivio, ist ein Idiot. Mittlerweile ekelt es einen geradezu vor ihm. Mit seinen vierzig Jahren hängt er nur noch im Schaukelstuhl und trinkt Kaffee mit Anisschnaps. Er ist prall wie ein Faß.«

Lächelnd wiederholte er: »Sei nicht so jansenistisch, Lenòr. Bestimmte Dinge könnten dir genauso passieren. Wie sagt Brantôme doch gleich: ›Es gibt keine noch so vortreffliche, rechtschaffene Dame, die nicht selbst dann und wann den Pfad der Tugend verläßt.‹«

Als er sah, daß sie gekränkt war, streichelte er ihr zärtlich das Kinn.

2   Lange Zeit war sie mit sich selbst äußerst unzufrieden.

Sie kam sich beschränkt, provinziell, rückständig vor – so würde sie es nicht weit bringen! Sie mußte die neuen Zeiten *intus et in cute* akzeptieren, nicht nur mit dem Verstand. Und das Neue bedeutete zugleich Leichtfertigkeit. Sogar die Kirche ließ in gewissen Dingen die Zügel lockerer, in der obersten und der untersten gesellschaftlichen Schicht – denn auf Prinzessinnen und Bettlerinnen hatte sie sowieso keinen Einfluß.

Auch unter den Ärmsten der Armen herrschte weitgehend Sittenfreiheit. Vielleicht weil sie nie ein Bett für sich allein hatten und bindungslos kreuz und quer durch die Stadt zogen. Von frühester Kindheit an.

Von Zeit zu Zeit kam es in der Via Santa Teresella zu einer Schlägerei, halbnackte Frauen schrien, Messerklingen blitzten auf. An Klatsch und Tratsch mangelte es nie.

»Der und der ›treibt es‹ mit der Frau von dem und dem.« – »Die und die ist die ›Geliebte‹ von dem und dem«, erzählte man sich auf dem Markt, dem Sammelpunkt der Informationen. Sollten sie doch schimpfen, die Priester und Mönche, die drohten, daß Gott wegen des lasterhaften Treibens noch den Vesuv ausbrechen lassen würde. Dabei boten sie selbst genug Anlaß zu anzüglichen Gerüchten.

Tatsache war, daß sich in der Salata, in der Via San Mattia, in der Via Rosario di Palazzo ein Bordell neben dem anderen befand. Es war nicht schwer, sie zu erkennen: Vor finsteren Eingängen hingen rötliche Laternen mit einer Hausnummer darauf, vor vielen *bassi* sah man Zweige der Pomeranze, auf eine bestimmte Art arrangiert, und Töpfe mit scharlachroten Geranien. Auch in nicht eigens gekennzeichneten ebenerdigen Behausungen wurde offensichtlich ausgiebig der Lust gefrönt, wenn man sich die unförmigen Mütter in ihren stets aufgeknöpften Kleidern genauer ansah, ihre gelblichen, harten Gesichter, ihre Arme und Brüste, die gezeichnet waren von den Flecken der unverzeihlichen Sünde.

Lenòrs Haltung diesen Dingen gegenüber war eigenartig, von Angst und Ablehnung geprägt.

Aber vielleicht würde ihr Körper ganz ohne ihr Zutun an jenem Tag, an dem sie erstmals die Freuden der Vereinigung mit einem Mann erlebte, alle Skrupel, alle Befürchtungen abschütteln und ihr durch den Genuß der körperlichen Liebe helfen, ihre Abneigung zu überwinden, jedes Schuldgefühl von sich zu werfen. So, wie es auch den anderen Damen aus ihrer Bekanntschaft ergangen war.

Sie war diejenige, die aus dem Rahmen fiel, die noch ein Kind war. Wann würde sie endlich erwachsen sein? Behandelten die anderen sie deshalb mit dieser liebevollen, aber zerstreuten Rücksichtnahme, die man Kindern gegenüber bekundete? Schien es deshalb so, als wollten alle ihr etwas beibringen, sie beschützen, ihr kindliches Verhalten womöglich ausnutzen? Wenn sie an Belfortes schwulstige Lippen dachte, lief ihr ein Schauer über den Rücken.

Wie ein Blitz durchzuckte sie ein absurder Gedanke, der hinterrücks aus einem Abgrund aufgetaucht war: Wenn überhaupt, dann geschieht es mit Primicerio.

Verblüfft gab sie sich einem Reigen sündiger Bilder hin, der sich nicht unterbrechen ließ, so sehr sie sich auch bemühte. Vor sich sah sie die Terrasse der Cassano, es war Nacht und sie beide waren ausgesperrt, auf einer der Marmorbänke. Er würde sie küssen. Würden ihre Lippen von den seinen umschlossen werden – oder umgekehrt? In derlei Situationen pflegte man sich auf französische Art zu küssen, hatte sie irgendwo gehört oder gelesen: mit Zungenschlag. Dann würde er mit seiner Hand nach ihrer Brust tasten ... Was sich bei den Männern regte, wußte sie durchaus, konnte oder wollte sich jedoch nicht genauer damit befassen. Seine Hände würden unter ihre Krinoline gleiten und die Unterröcke hochschieben. Im Frühling waren es zwar nur zwei, aber dann galt es auch noch, das Strumpfband zu lösen. Und er würde seine Hose aufknöpfen müssen: Was für eine komplizierte und höchst lächerliche Angelegenheit!

Wie machte man das, sich zu vereinigen? Sie spreizte die Beine, versuchte, sich einen fremden Körper vorzustellen, der in sie eindrang: So vielleicht? *Deus do Céu*, Lenòr, wie dumm du bist. Du solltest dich schämen!

Nichts zu machen. Sie hatte Schuldgefühle, hätte am liebsten gleich mehrere Bußgebete aufgesagt, zuckte dann die Schultern.

Was für ein Vergnügen konnte »das da« schon bereiten? Sie ging hinüber zu ihren Büchern, holte das hübsche Papier aus Amalfi hervor, das sie seit einiger Zeit zum Schreiben benutzte, den Gänsekiel, das Tintenfaß. Das hier war ein wahres, süßes, erhabenes und durchaus aufregendes Vergnügen: das Schärfen der Spitze, das schleifende Geräusch des weichen Schafts unter der schneidenden Klinge, das Gefühl des glatten Papiers unter der Handkante, fast so, als wäre es die Haut eines Lebewesens oder einer Frucht, das Zubereiten der Tinte ... In dem mit Wasser gefüllten Gefäß aus grünem Glas löste sich das Pulver in violett schillernden Schlieren auf, dann wurde die Flüssigkeit dichter.

Sie rührte um, atmete den säuerlichen Geruch wie von Beeren oder Blättern ein.

Voll Arbeitseifer schrieb sie an dem Sonett, um das Vincenzo sie gebeten hatte. Das Ergebnis hieß »*Tempel des Ruhms*«, Hoch-

zeitsgedicht für die erhabenste Vermählung von Ferdinand IV., *König Beider Sizilien, mit Maria Caroline, Erzherzogin von Österreich, verfaßt von Eleonora de Fonseca Pimentel, Epolnifenora Olcesamante bei den Filaleti.* So war es in römischen Lettern auf dem von Giuseppe Raimondi gestalteten Frontispiz zu lesen, das Sanges ihr frisch aus der Druckerpresse vorbeigebracht hatte.

Auch das war ein wahres, ein wahrhaft großes Vergnügen. Schwer zu erklären. Ihm waren andere vorausgegangen, wie etwa die Freude, die sie verspürt hatte, als Vincenzo entschied, daß der Druck des Hochzeitsgedichts mit dem Geld der Freunde finanziert werden sollte. Oder die aufreibende Korrektur der Fahnen, beunruhigende Streifen schlechten Papiers, auf denen ein unbekannter Handwerker jene Gedanken und Gefühle verunstaltet hatte, die nun unwiderruflich auch Eigentum anderer geworden waren.

Sie verspürte einen Anflug von Angst. Es war, als habe sie mit dem Akt der Drucklegung eines Werkes aus eigener Feder die magische Linie überschritten, die sie bis zu jenem Moment von der zwar vertrauten, jedoch immer »außerhalb ihrer selbst« befindlichen Welt der Bücher, der Schriftsteller getrennt hatte. Jetzt befand auch sie sich auf der »anderen Seite«, die von rätselhaften Gottheiten geweiht wurde, war beinahe ein *ferens mysteria*, eine Geheimnisträgerin. Jedermann hatte jetzt das Recht, über ihre Zeilen zu urteilen (so wie sie es, nicht weniger töricht und dünkelhaft, mit denen anderer machte): »Schön. Schrecklich. Langweilig.«

Ebenso aber konnte jedermann sich durch etwas, was sie geschrieben hatte, gedanklich anregen, stimulieren lassen, neue Überzeugungen gewinnen. Sie fröstelte, als sie über die große Verantwortung nachdachte, die man übernimmt, wenn man ein eigenes Werk in Druck gibt. Oder ist es eher eine Schuld? Doch all das war schnell vergessen, als sie mit Genuß die erste Kopie des dünnen Heftes in die Hand nahm, eingehend betrachtete, wieder und wieder las.

Weitere Kopien mit der Signatur der »verehrungswürdigen Dichterin« wurden an Freunde und Mitglieder der Filaleti verteilt. Belforte kam ihr etwas kühl vor, erging sich aber in Komplimenten. Eine Kopie in grünem Maroquinleder mit goldenen Ecken, einem seidenen Lesezeichen und der Lilie der Bourbonen auf der Titelseite wurde zum Königspalast geschickt.

Jeròcades hingegen wirkte tief bewegt. Jeden Abend brachte er neue Leute mit in den Salon: Pater Kilian Caracciolo, einen spindeldürren, grauhaarigen Theologen, Principe Diego d'Aragona, den Juristen Pianelli.

»Sie sind alle Freimaurer wie er«, äußerte sich Sanges dazu. »Seit Maria Caroline in Neapel ist, wird die Stadt von Freimaurern geradezu überschwemmt.«

Lenòr wußte, wovon die Rede war. An einem lauen Abend im Mai hatte Jeròcades sich ihr auf der breiten Terrasse offenbart. Er hatte ihr das Freimaurertum erklärt, als spräche er von der Liebe: die edelste aller menschlichen Gemeinschaften, der nur Auserwählte angehören konnten.

»Hattet Ihr mir nicht versprochen, mich in die Arcadia einzuführen?« hatte sie ihn arglos gefragt.

»Ja, gewiß. Aber das hier ist etwas völlig anderes. Die Arcadia ist nur im Bereich der Künste führend. Morgen schon werde ich dafür sorgen, daß Ihr dort eingeschrieben werdet. Schließlich habt Ihr sogar gedruckte Bücher vorzuweisen, das vereinfacht die Sache. Ihr solltet Euch über einen Hirtennamen Gedanken machen. Aber um Himmels willen nicht den Namen, den Ihr bei den Filaleti tragt.«

Tief bewegt redete er weiter auf sie ein und blickte dabei oft zu der dünnen Mondsichel empor, die am Himmel über Posillipo aufgestiegen war. Er sprach von der wunderbaren Welt, die es dereinst geben würde, wenn die Bruderschaft der Freimaurer erst einmal das Universum erobert hätte. Eine Welt von Freiheit und Gleichheit, nicht nur im abstrakten Sinne, wie die Welt, die die Priester den Menschen für das Jenseits in Aussicht stellten, sondern eine wirkliche Welt: zum Anfassen, zum Genießen, um darin zu leben, in den Gärten, unter den Bäumen, an den Stränden dieser Erde.

»Ich schreibe ein Buch«, vertraute er ihr mit leiser Stimme an.

»Es wird ›Paolo oder Über die befreite Menschheit‹ heißen. Ihr kommt auch darin vor«, fügte er nach kurzem Zögern hinzu.

Sie schwieg verlegen. Instinktiv rückte sie ein wenig von ihm ab, denn Jeròcades war ihr in seinem Eifer immer näher gekommen. Sie fühlte sich verpflichtet, etwas zu erwidern.

»Ich fühle mich geehrt«, sagte sie. »Ihr solltet mir etwas daraus vorlesen.«

Finster sah er sie an, nickte knapp.

»Ja, gewiß. Aber jetzt noch nicht. Erst wenn ich fertig bin. Im Moment liegt mir etwas ganz anderes am Herzen, Lenòr«, fügte er mit einem Flehen in der Stimme hinzu. »Ich möchte, daß auch Ihr Euch unserer Gemeinschaft anschließt. Eine intelligente Frau edler Gesinnung wie Ihr ... Euer naturgemäßer Platz ist bei den Freimaurern. Auch die Königin ist bei uns eingeschrieben.«

»Und was macht sie da? Was kann schon eine Dame in dieser Vereinigung ausrichten?«

»Eine Dame, die schreibt, wie Ihr es tut, kann uns unschätzbare Dienste erweisen. Sie kann den Geist, die Gedanken der Freimaurer in ihre Verse einfließen lassen. Sie kann die Liebenswürdigkeit ihres Auftretens in die Welt hinaustragen, kann die Sanftheit, die einst dort herrschen wird, durch den großen Schatz ihrer Liebe bereichern.«

»Und so etwas ... macht die Königin?« fragte sie verwirrt.

Jeròcades nickte eifrig: »Die Königin, wir alle. In uns wirkt der schöpferische und großzügige Geist des Allmächtigen Baumeisters aller Welten. Denn wir erkennen, und sei es nur unvollkommen, das Wunder des göttlichen Plans. Nur der Kleinmut der Menschen, einiger bestimmter Menschen, hat bisher verhindert, daß dieser herrliche Entwurf verwirklicht wird, und verhindert es noch immer.«

»Wie in der Heiligen Schrift«, bemerkte sie, aber Jeròcades dröhnte entrüstet: »Aber nein, was redet Ihr da! Die Religionen sind reine Heuchelei, Demütigung. Die Priester schwelgen in dunklen Andeutungen und verleiten die Menschen dazu, Opfer zu erbringen und sich zu fügen, sie stellen den kleinen Juden, der viel zu sanftmütig ist und nicht um die Freuden des Daseins weiß, als Vorbild hin. Das ist nicht die Welt, von der wir träumen.«

»Aber Ihr ... Ihr seid doch Abt!«

»Ohne höhere Weihen. Unsere Welt ist eine Welt, in der alle Menschen lernen werden, wirklich in den Genuß der unzählbaren Güter zu kommen, die der Allmächtige Baumeister für sie bereitgestellt hat. In Harmonie, in ewiger Gerechtigkeit, alles für alle, statt viel für wenige und für die allermeisten gar nichts. Und das kann nur erreicht werden, weil die Vernunft es uns sagt, nicht die Religionen.«

Mit verzücktem Gesichtsausdruck rezitierte er:

> Und der Vernunft allmächt'ge Rechte
> wird auf eure ragenden Ruinen
> auf ewig ihr unsterblich Dreieck stell'n.

»Schöne Verse«, stammelte sie, halb aufrichtig, halb heuchlerisch. »Edel.«

Jeròcades strahlte. »Werdet Ihr Euch anschließen, Lenòr? Ihr werdet es tun, nicht wahr? Es erwarten Euch nicht zuletzt materielle Vorteile.«

»Ich weiß es noch nicht, lieber Freund. Ihr habt von großen Dingen gesprochen, in meinem Kopf herrscht ein einziges Durcheinander. Ich muß zunächst darüber nachdenken.«

Sie sprach mit Vincenzo darüber, der nur den Kopf schüttelte. Schließlich sagte er: »Lenòr, ich will dich um Himmels willen nicht beeinflussen. Aber ich werde dir sagen, was ich davon halte: Die Gemeinschaft der Freimaurer ist eine eigenartige Vereinigung, die zur Zeit überall Zulauf hat. Ich weiß weder, wo das Freimaurertum entstanden ist, noch was die Mitglieder eigentlich wollen. Na schön, sie reden von Freiheit, Gleichheit, Tod den Tyrannen, aber es gibt auch viele Widersprüche. Angehörige der Königshäuser haben sich ihnen angeschlossen: Maria Caroline, ihre Schwester Marie Antoinette, Prinz Joseph. Sie hassen alle Priester, aber Pater Caracciolo ist ihnen recht. Sie verabscheuen die Jesuiten, aber viele von ihnen haben sie aufgenommen. Vielleicht handelt es sich um eine Vereinigung, die die Habsburger ins Leben gerufen haben, um die Rebellen zu zähmen. Oder um zu Geld zu kommen: unter ihnen finden sich auch viele Bankiers.«

»Aber was machen die Freimaurer überhaupt?«

»Soweit ich weiß, besteht ihre Aktivität nach außen hin hauptsächlich darin, großartige Tischgelage abzuhalten und sich zu vergnügen. Sie sagen, sie seien wohltätig, aber ich glaube nicht daran. Wohltätig sind sie höchstens sich selbst gegenüber: indem sie sich gegenseitig helfen.«

»Aber Jeròcades ...«

»Jeròcades ist ein Schwärmer. Aber Geschäfte macht auch er. Weißt du, ich habe den Verdacht, daß er vor allem ein persönliches Interesse daran hat, daß du der Gemeinschaft beitrittst. Oder irre ich mich?«

»Ich glaube nicht«, seufzte sie. »Leider.«

»Nun gut«, lächelte Vincenzo. »Die Freimaurer könnten dir zum Erfolg verhelfen. Mir hat man auch den Vorschlag gemacht beizutreten, aber in ihren Reihen befinden sich einfach zu viele Leute, die mir nicht behagen. Auch halte ich nichts von diesen fragwürdigen mysteriösen Zeremonien, Symbolen, Machenschaften. Vergiß nicht, sobald jemand einer Organisation beitritt, einer Kirche, welcher Vereinigung auch immer, dann ist er als Individuum erledigt: Er gibt die Freiheit auf und versklavt sich aus freien Stücken. Und das gefällt mir nicht. Ganz und gar nicht.«

3   »Mir auch nicht«, beschloß sie, als sie am nächsten
     Morgen weiter darüber nachdachte.

Sie war früh aufgestanden. Draußen wurde die Luft jetzt immer wärmer und das Licht gleißender, sogar in der Via Santa Teresella spürte man eine leichte Brise vom Meer.

Einige der Freunde sprachen bereits von der Sommerfrische. Die einen ließen Vorbereitungen in ihren Landhäusern in Portici, Ercolano, Torre del Greco treffen, andere öffneten Tür und Tor ihrer Villen am Meer. Angiola Cimino lud allenthalben in ihr Haus in Posillipo ein, wo zweifellos auch Primicerio ständig zu Gast wäre. Um Himmels willen! Außerdem brauchte man unbedingt ein Boot oder eine Kutsche. Lenòr konnte es auf die Dauer nicht annehmen, daß Vincenzo für sie bezahlte.

Zu Hause war die Lage nicht gerade rosig. Papàis berühmte Urkunden hatten zu nichts geführt, Titìo erwog, ob er nicht nach Rom zurückkehren sollte, zumal es den Anschein hatte, als wolle der Papst den Jesuitenorden auflösen. Miguelzinho, der sich wie ein Besessener in sein Jurastudium vertiefte, brauchte Unterstützung, damit er sich so bald wie möglich niederlassen konnte. Für José und Jerónimo hatten sich – dank der Cassano – bei Hof Stellungen in der königlichen Pagerie gefunden. Mamãe ging es gar nicht gut. Sie wurde oft kreidebleich, preßte die Hände auf die Brust, war schnell erschöpft von der vielen Arbeit im großen Haushalt. Tia Michaela ging ihr zur Hand, wenn es sich gerade ergab. Carlos hatte die unselige Angewohnheit angenommen, sich mit wirrem Haar bis hinunter nach Santa Lucia zu schleppen: Dort stand er stundenlang und starrte zum Horizont.

Von den ohnehin mageren Einkünften ließ sich kein Gran erübrigen: eine praktische Lektion darüber, was Freiheit bedeutete! Die Freiheit des Geistes war zwar erstrebenswert, aber an erster Stelle kam die Freiheit von der Bürde der Armut. In diesem Punkt hatten Rousseau und von Holbach recht: Wie kann der Geist frei sein, wenn er von der täglichen Mühsal geknechtet wird? Doch die Wege, die die Welt den Menschen anbietet, um sie aus der Not zu befreien, sind oft gleichermaßen erbärmlich. Gewinnt man die eine Freiheit, verliert man eine andere.

Zu Hause wurde hin und wieder der Gedanke an eine Vermählung aufgeworfen. Papài sprach darüber mit Titìo, Mamãe und Vovó schienen einverstanden zu sein: Es galt nun, eine entsprechende Partie zu suchen und zu arrangieren. Selbstverständlich kam ein Bürgerlicher nicht in Frage, aber beim Militär und unter den Anwälten waren in Neapel viele Adlige von niederem Stand zu finden.

»Du kennst dich doch aus, du bist in der Gesellschaft eingeführt. Du mußt es in die Wege leiten«, wurde Tio Antonio bedrängt. Und der Ärmste sagte ja, ja, und nahm auch diese Bürde auf sich. So befreite man eine Frau aus der Not. Und befreite zugleich eine Familie von der Last, für sie aufzukommen. Indem man sie an jemand anderen weiterreichte.

Wenn sie nur daran dachte, zog sich ihr Herz angstvoll zusammen. Aber wie hätte es auch anders weitergehen sollen? Im Königreich Neapel hatten Frauen keinerlei Zugang zu den wenigen angesehenen Berufen. Sie konnte allenfalls Dienstmädchen werden, Putzmacherin, Büglerin, Hure. Es gab keine Ärztinnen, keine Anwältinnen, und Donna Colubrano Pignatelli, die Mathematik studierte, oder Mariangela Ardinghelli, die über einen neuen Bereich in der Physik geschrieben hatte, nämlich die Elektrizität, galten als Ungeheuer.

Mit Büchern war kein Gran zu verdienen: Bestenfalls konnte man vom Erlös die Kosten für den Drucker bezahlen. Keine dieser Damen hatte die Erlaubnis zu unterrichten, weder an der Universität noch privat. Im übrigen hatten sie es auch gar nicht nötig, denn sie gehörten (wie sollte es auch anders sein) dem Adel an und waren reich.

Also wird es nichts mit der Freiheit, Lenòr. Aber welche Freiheit überhaupt? Die Freiheit zu lesen, zu schreiben, zu denken. Es gibt Orte, an denen das nicht einmal den Männern erlaubt ist: im Kirchenstaat beispielsweise. Aber das ist noch nicht alles. Die Freiheit muß allumfassend sein, sie muß den Menschen glücklich machen, sonst ist sie nichts als Heuchelei. Deshalb haben sich alle in den Sinn gesetzt, die Welt zu verändern: Jeròcades träumt von einem verrückten Paradies auf Erden, Pagano trauert den Republiken der Antike nach, alle verabscheuen sie Priester und Tyrannen, und sie tun gut daran. Vincenzo sagt, wenn man sich einer Gruppe, einer Idee verschreibe, mache man sich zum Sklaven: Auch er hat recht. Und nun?

Wenn man sich einer Sekte anschließt, die das Glück für alle Menschen auf Erden anstrebt? Ich darf ja nicht nur an mich und an meine persönliche Freiheit denken. Wie sollte ich auch, zumal in dieser Hauptstadt niemand frei im Geiste ist und frei von der täglichen Mühsal? Doch, wenn ich genauer darüber nachdenke, vielleicht die *lazzari*. Aber nein, um Himmels willen! Wirf doch nur einen Blick auf die Straße: dieser Schmutz, diese Unwissenheit, diese tägliche Hölle! Kann man sich um das Wohl anderer kümmern, wenn es um das eigene Wohl schlecht bestellt ist? Kann man fremden Menschen die Freiheit bringen, wenn man selbst gar nicht frei ist?

Einmal fragte sie Vincenzo, weshalb er und die anderen so gern die Salons aufsuchten, um dort zu disputieren. Wie immer war er aufrichtig: »Weil keiner von uns sein eigenes Wohl verwirklicht hat. Also kümmern wir uns lieber um das der anderen. Das ist wesentlich einfacher. Und bequemer.«

Im Grunde jedoch fühlte sie sich unschuldig. Sie sehnte sich nur nach einem bescheidenen Glück. Dazu brauchte es nicht viel: sich in aller Ruhe ihrer geistigen Welt, den Büchern widmen zu können, sich in eine gutmütige kleine Göttin zu verwandeln, die froh über jene Welt regiert, die sie selbst erbaut hat und die daher liebenswert ist, ohne besondere Geheimnisse. Das war alles. Hatte sie etwa kein Recht darauf?

»Ach, laßt mich doch in Ruhe«, flehte sie, ohne zu wissen, wen sie damit eigentlich meinte. Dann dachte sie, daß sie nur etwas verlangen dürfe, wenn sie im Tausch etwas dafür zu geben hätte. Aber wenn sie selbst als Tauschobjekt verlangt wurde?

Sie kam sich selbst scheinheilig und sogar ein wenig niederträchtig vor, denn sie sagte weder ›nein‹ noch ›ja‹ zu Jeròcades, ließ ihn aber in dem Glauben, daß sie vielleicht irgendwann, wer weiß … Er schlug sie für die Arcadia vor und half ihr sogar dabei, sich einen weiteren Hirtennamen auszudenken. Diesmal kam sie auf *Altidora* – darin klang ein gewisses Streben nach Erhabenheit an sowie eine Assonanz zu Eleonora – und dazu *Esperetusa*, eine Anspielung auf die beiden Länder, als deren Tochter sie sich fühlte, Esperia und Lusitania, Italien und Portugal.

Die Aufnahme in die Arcadia zog bedeutsame Konsequenzen nach sich. Außer dem Pergament mit der Figur des als Hirte verkleideten Jesuskindes und ihren beiden von Schnörkeln und Schalmeien umrankten Namen, dem Hirtennamen und ihrem richtigen Namen, wurde ihr eine gedruckte Liste mit den Anschriften aller Arcadier in Italien und ganz Europa überreicht.

Lenòr begann daraufhin einen regen Briefwechsel und einen Austausch von Versen mit vielen Freunden in der Ferne. Das Netz der Korrespondierenden reichte bis hinauf ins Veneto, von wo ihr Männer wie Abt Alberto Fortis und Edeldamen wie Caterina Dolfin Tron liebenswürdige Briefe schickten.

Eines Tages beschloß sie in einem Anflug von Übermut, nach Wien zu schreiben, an den Meister, ihm eine Kopie von »Tempel des Ruhms« zu schicken, sowie eine Anzahl Sonette. Metastasio, trotz seines Alters ein eitler Geck und Draufgänger, antwortete ihr.

4 Der Briefwechsel mit Wien spornte sie an. Es war eine Bestätigung, denn im Lob des alternden Poeten spürte sie jenseits aller üblichen Höflichkeitsfloskeln die untrüglichen Zeichen einer Geistesverwandtschaft. Und es war ein Quell subtilen Vergnügens, ein zugleich maliziöses und unschuldiges Spiel mit unbewußten Andeutungen. Wenn sie sich anschickte, ihm zu schreiben, war sie aufgeregt wie am Abend vor einem Stelldichein.

Manchmal stellte sie sich den Meister vor, wie er neben einem Schreibtisch von Maggiolini stand, andächtig in die Lektüre von »Tempel des Ruhms« vertieft. Er war jung und blaß, wie auf der Titelseite eines seiner Bücher. Wer weiß, was für Vorstellungen er sich seinerseits von ihrem Äußeren machte. In die Briefe an ihn streute sie allerlei Andeutungen zu ihrer Person ein, die Metastasio mit der ihm eigenen Begabung auf diesem Gebiet sofort aufgriff.

Unzählige Male las sie Pietros Briefe, vor allem den allerersten: Mit ihm hatte alles begonnen, bald war Metastasio dazu übergegangen, sie mit »liebenswerteste aller Musen des Tejo« anzureden, und nach einer gewissen Zeit mit »liebe Freundin«. Unter den zarten, unerfüllbaren Träumen, die sie Abend für Abend beim Einschlafen begleiteten, tauchte auch jener geheimnisvolle Traum einer Reise nach Wien auf.

Nachdem es eigentlich niemand mehr erwartet hatte, kam ein

Brief vom König: ein großer Umschlag aus elfenbeinfarbenem Pergament, auf dem das goldene Lilienwappen eingeprägt war. Ihre Hände zitterten, als sie den Brief öffnete. Vovó, die im leeren Salon saß und lustlos strickte, beobachtete sie beklommen.

Ihre Majestäten Ferdinand IV. und Maria Caroline dankten der vortrefflichen Dichterin Donna Eleonora de Fonseca Pimentel für die höchstwillkommene Huldigung und Frucht ihres schöpferischen Geistes: »Der Tempel des Ruhms«. Sie gaben sich hoch erfreut die Ehre, die Dame für den zwanzigsten Juni in den Königlichen Palast zu bitten, wo sie, in der erlauchten Gegenwart der Majestäten, an einem Dichterwettstreit zu partizipieren hätte, bei dem ohne jedweden Zweifel die ganze Pracht ihrer Begabung erstrahlen würde.

Die Einladung löste Nervosität und Angst in ihr aus und führte so weit, daß sie die Eitelkeit und den Ehrgeiz, die sie zu solchen Qualen führten, in Grund und Boden verdammte. Sie zerriß die Blätter, strich Geschriebenes durch, setzte neue Worte auf das Papier.

Was sollte sie dort nur vortragen? Wer waren ihre Konkurrenten? Weshalb richtete der König diesen Wettstreit aus? Sie erkundigte sich bei den Serra, bei Vincenzo, bei Jeròcades, hätte sogar für Belforte ein Lächeln erübrigt, doch der war wie vom Erdboden verschluckt. Schließlich erfuhr sie, daß ausgerechnet Belforte die Sache organisiert hatte, im Auftrag von Tanucci, der »ein wenig Kultur bei Hofe« einführen wollte.

Fieberhaft brachte sie drei Sonette mit mythologischen Allegorien zu Papier: Darin verglich sie die Königin mit Pallas Athene und mit Kalliope, den König hingegen mit Apollo, außerdem klang darin, Sanges' politischen Ratschlägen gemäß, der Wunsch an, dank des Wirkens dieser beiden erlauchten Persönlichkeiten möge ein neues goldenes Zeitalter der Weisheit, der Freiheit und der Gerechtigkeit anbrechen.

Ein zusätzliches Drama war die Kleiderfrage: Sie mußte das cremefarbene Kleid erneut zum Einsatz bringen, diesmal ohne zusätzlichen Brusteinsatz, da es sehr heiß war.

Vincenzo und Tio Antonio begleiteten sie in den grünen Saal

des Palastes, wo für die Dichter ein Halbkreis in Gold und Weiß aufgebaut war, mit Podest, Brüstung und sieben Stühlen. Das Publikum saß weiter hinten in der Nähe der hohen, von weißem Tüll verhüllten Balkone.

Es waren schon einige Gäste anwesend; sie erkannte Meola, Guidi, Caravelli. In einer Ecke saß Jeròcades, der ihr grimmig zunickte.

Die Dichter nahmen nacheinander im Halbkreis Platz, Belforte betrat nun den Saal, in schwarzer Seide und mit hellem Überrock. Er lächelte ihr wohlwollend zu, als wolle er sagen, daß er ihr die Sache mit der Arcadia verziehen habe. Sie sah Campolongo hereinhumpeln, dann kamen De Rogatis, Duca Domenico Perrelli, zuletzt Baldassarre Papadia.

Sie fröstelte, als ihr klar wurde, daß sie bei dem Wettstreit die einzige Frau war. Wut auf Belforte stieg in ihr auf: Er hatte das absichtlich so arrangiert, um sie in Verlegenheit zu bringen! Sie warf ihm so bitterböse Blicke zu, daß der Ärmste sich ihr näherte und murmelte:»Ihr seid die einzige Blume inmitten von Dorngestrüpp. Um so leuchtender werdet Ihr strahlen.«

Sie hätte ihm gern etwas entgegnet, aber jetzt betraten Ihre Majestäten den Saal, gefolgt von Tanucci, Sannicandro, der San Marco, Chiara Pignatelli, Domenico Cirillo, neuerdings zum Hofarzt ernannt, und Duca Marulla d'Ascoli, derzeitiger Kammerherr des Königs.

Die Königin war schwanger: ein kleiner Bauch wölbte sich unter einem Kleid aus rosa Seide aus San Leucio. Sie machte einen erschöpften Eindruck, wedelte sich mit einem venezianischen Fächer Luft zu. Der König, in meerblauem Rock und weißen Strümpfen, lächelte gefällig. Mit einer leichten, etwas ungelenken Verneigung nahm er den Beifall der Anwesenden entgegen, bevor er sich setzte und alle anderen es ihm gleichtaten. Tanucci nickte Chiara Pignatelli zu, die mit heller Stimme eine Vorrede zur Bedeutung des Wettstreits verlas und die Namen der Dichter nannte. Sie verkündete, daß die Entscheidung sich an der Intensität des Beifalls ausrichte, wenngleich der König das letzte Wort habe. Ferdinand bedeutete mit einem leichten Kopfnicken, daß man nun beginnen könne. Er erinnerte Lenòr nicht mehr an die grobschlächtige Gestalt, die sie im San Carlo gesehen hatte: Er wirkte jünger, ein wenig müde und zerstreut, als würde er jenseits der klangvollen Verse seinen eigenen Phantasien nachgehen. Papadia las gerade einen schönen Gesang über Posillipo, vielleicht erging sich der König im Geiste in dieser herrlichen Landschaft.

In Wirklichkeit langweilte er sich bereits. Schon vor dem Verlassen der königlichen Gemächer war er über Tanuccis Manien hergezogen und hatte zu Duca Marullo d'Ascoli, einem hübschen schwarzgelockten Jüngling, Freund aus Kindertagen, gesagt: »Maru', heute verderben wir uns den ganzen Tag. Weißt du, daß die mir mit ihren Gedichten alle gestohlen bleiben können? Ich kenne nur ein einziges Gedicht, und das ist von einem Alten aus Persano. Hör zu, Maru':

> Wie wunderbar ist doch das Scheißen,
> sehr viel schöner als das Beißen.
> Denn beim Fressen gibt es Lärm
> von Schreien, Rülpsen und Gedärm;
> doch wenn du ganz alleine scheißt,
> dein Arsch mit dir die Zoten reißt.«

Er brach in schallendes Gelächter aus, Ascoli bog sich vor Lachen.

»Sei mal ehrlich, Maru', ist das nicht ein schönes Gedicht? Na ja, was weiß ich. Gehen wir rüber zu den Langweilern.«

Als er den Saal betrat, blieb er kurz stehen und kniff die Augen zusammen. Er gab Ascoli ein Zeichen, sich zu ihm hinüberzubeugen.

»Maru'«, flüsterte er. »Jetzt sieh dir die Titten dieser Dichterin an. Zwei riesige prächtige Käsekugeln.«

Papadia beendete seinen Vortrag unter Applaus, die Reihe war jetzt an Campolongo. Der König rutschte in seinem Sessel hin und her, fing dann an, Lenòr zu fixieren. Sein Blick wanderte von ihrer Brust hoch zu den Augen und wieder zurück; zwischendurch lächelte er ihr zu. Lenòr wurde blaß. Die Königin verfolgte das Spiel der Blicke des Königs mit ernster Miene.

Lenòr wurde von einem leichten Schwindel erfaßt, versuchte tief durchzuatmen. Am liebsten wäre sie augenblicklich aus diesem Saal weggelaufen, nach Hause, hinaus ins Freie. Sie wagte nicht aufzusehen, hielt den Blick gesenkt oder heftete ihn vielmehr auf eine Strebe der Brüstung, die einen kleinen Riß hatte. Sie spürte jedoch, daß der König sie nach wie vor mit seinen Blicken verschlang. Sie glaubte regelrecht seinen lauwarmen Atem auf ihrer halbentblößten Brust zu spüren. Sie riskierte einen raschen Blick von der Seite: Maria Caroline starrte sie an.

Endlich war sie an der Reihe, sie hätte sich am liebsten verkrochen, die Brust bedeckt. Sie hatte das beschämende Gefühl, ganz und gar nackt auf dem Podest zu stehen. Der König lächelte, ab und zu flüsterte er Marullo etwas ins Ohr.

Plötzlich packte sie ein Aufwallen von Stolz, Zorn, Kühnheit. Sie hob den Blick und sah allen ins Gesicht, der Königin, dem König, kreuzte auch den besorgten Blick Chiara Pignatellis. Es war ihr jetzt alles egal. Sie hatte nur noch ihre Verse vor Augen, die schönen Verse, mit denen sie lange gerungen hatte und die besser waren als alles, was bisher vorgetragen worden war, darin bestand ihr Reichtum, ihr Ruhm. Sie las mit heißen Wangen, roten Lippen, bebender Brust.

Der König klatschte ohne Zurückhaltung. Die Königin war blaß, hatte Ringe unter den Augen. Sie machte Anstalten, sich zurückzuziehen, bevor die goldenen und silbernen Lorbeerkränze vergeben wurden.

FÜNFTER TEIL

1   Sie stand am Fenster und sah hinunter auf die Via Santa
     Teresella, durch die Wind, Regen, Hagel fegten. Sie
spürte, daß sie nicht die einzige war, die hinter schmutzigen
Fensterläden und Fensterscheiben stand und traurig auf das
bleierne, alles umhüllende Grau starrte.

Seit längerem suchte sie den Salon der Cassano nicht mehr
auf. Sie hatte kaum noch Lust zu schreiben, zu lesen. Feuchtigkeit drang durch die Mauern, die alten Flecken an den Wänden
breiteten sich aus. Durch die Ritzen an Türen und Fenstern
sickerte Wasser herein, man mußte es ständig wegwischen.
Mamãe schaffte das nicht mehr. Sie schaffte überhaupt nichts
mehr. Sie lag, ohne ein Wort zu sagen, im Bett und ließ den
Rosenkranz durch die Finger gleiten. Papài saß schweigend,
gramerfüllt und zerfurcht neben ihr auf dem Bettrand. Vovó quäl-
ten Gelenkschmerzen: Sie nahm Laudanumtropfen und kauerte
in warme Decken gehüllt dicht am kupfernen Kohlenbecken, auf
dem ständig nachgelegt werden mußte.

Jetzt war es an Lenòr, sich um die anderen zu kümmern. Sich
um alles zu kümmern. Eine schlimme Zeit, in der Tat, in vielerlei Hinsicht.

Vor zwei Wochen war Genovesi gestorben. In den Zirkeln und
in den Salons war die Bestürzung groß.

»Dieser Mann hat uns so viel bedeutet«, hieß es. »Erst jetzt
wird uns das richtig bewußt – wir sind seine Waisen.«

Wer weiß, weshalb bei tragischen Anlässen dieser Art stets ein
Übermaß an Rhetorik eingesetzt wird. Die einen brachen in
Tränen aus, die anderen kleideten sich ganz oder halbwegs in
Schwarz, alle hasteten zur Universität, wo Genovesis aufgedunsener gelblicher Leichnam aufgebahrt war. Die Beerdigung wurde
zu einem außergewöhnlichen Ereignis. Alle waren gekommen:
sowohl Tanucci als Vertreter des Königs als auch Erzbischof

Zurlo, ein Jansenist dell'Archetto. Und natürlich alle Geistesgrößen Neapels. Auch Lenòr nahm teil, sie trug eine kleine schwarze Kreppschleife am Hut, das Ereignis ging ihr sehr nahe.

Was ihre Studien betraf, so waren es ebenfalls schlimme Zeiten. Vincenzo hatte ihr die »Lezioni di commercio e di economica civile« von Genovesi besorgt, Giordano »Vom Gesellschaftsvertrag oder die Grundregeln des allgemeinen Staatsrechts« von Rousseau: Beide Bücher lagen noch unaufgeschnitten im Regal.

Es gelang ihr nicht einmal zu dichten. Vielleicht lag es aber auch daran, daß sie spürte, wie sie sich auf einschneidende Weise veränderte. Wie kannst du nur den Glauben verlieren, Lenòr? fragte sie sich angesichts der Angst, unbekannte Wege zu beschreiten, ohne Schutz, ohne einen Halt. Und sie machte auf grausame Weise Bekanntschaft mit der Pflicht, eigenständig Entscheidungen zu treffen: ohne jeden Hinweis, auf den sie sich beziehen könnte, dafür aber begleitet von Gewissensbissen jeder Art.

Und doch war sie weder durch Bücher noch durch den Einfluß von Freunden an diesen Punkt gelangt. Vielleicht hatte, ohne daß sie dessen gewahr geworden wäre, alles an jenem wüsten Abend beim Lateran begonnen? O nein. Ganz gewiß nicht. Auch in Neapel hatte sie harmlose heidnische Riten beobachtet …

An einem Ostertag hatte sie einen Spaziergang durch die sonnenüberflutete Cesárea unternommen, umgeben von Gärten und Klöstern. Plötzlich, wie aus dem Nichts, hörte sie Lärm und Geschrei. An einer Wegkreuzung tauchten furchterregende Gestalten auf: Schwarzgekleidete Männer mit spitzer Kapuze gingen vor einer Gruppe schreiender, zerlumpter *lazzari* einher, die auf ihren Schultern eine äußerst seltsame Madonna balancierten: Mund und Wangen waren rot angemalt, sie trug eine gelbe Lockenperücke und einen roten weiten Kapuzenmantel, darunter einen Reifrock aus Brokat. Hinter der Gruppe lärmten Frauen, weitere *lazzari*, Priester, Kinder, Tiere.

Die Träger begannen hin und her zu schaukeln, spähten die Straße hinunter, als suchten sie jemanden. »Da ist er nicht! Gehn wir weiter, da ist er nicht!« schrien sie. Die Kapuzenmänner, die

Träger mit der Statue, der Schwarm von Leuten – alle rannten weiter und bogen bergan in eine Quergasse ein. Aus einer anderen Gasse tauchte indessen ein weiterer Zug auf, mit der noch aufragenden Statue eines bärtigen Mannes in einem schäbigen roten Mantel, weißen Kniehosen und einem Reif als Heiligenschein, im Nacken an der Perücke befestigt.

»San Giova', gehn wir weiter! Hier ist die Madonna auch nicht«, kreischten alle und verschwanden gleich wieder. Verwirrt sah Lenòr, wie ein dritter Zug mit einem auffallend ausstaffierten Christus sich näherte: goldbestickter Umhang über dem geschundenen Oberkörper, und auf dem Kopf, über dem Dornenkranz, eine scharlachrote Kappe. Schreiend wies die Menge ihm den Weg.

»Signo', die Madonna und San Giovanni sind da, um dich zu besuchen.«

»Aber wohin sind sie nur gegangen?« rief ein fetter Priester in weißer Kutte.

»Hier lang, nein, da lang …«

Auch Jesus verschwand wieder. Einen Augenblick später tauchten fast gleichzeitig und ganz atemlos die beiden Züge mit San Giovanni und der Madonna wieder auf.

Ein ausgesprochen ungewöhnliches Spektakel. Die Träger bewegten die Statuen, als würden diese miteinander reden, zwei Priester verliehen ihnen ihre Stimme. Die der Madonna klang dünn und zart: »San Giova', hast du meinen Sohn gefunden?«

Das Publikum nahm lebhaft Anteil an der Suche, als wäre es kein Spiel, sondern Wirklichkeit.

»Sie sind da lang gegangen. In den Vico de le Nocelle!« rief ein junger Mann mit grüner Zipfelmütze. Die Statuen schlugen die angegebene Richtung ein. Aber Jesus fand Vergnügen daran, seine Mutter und San Giovanni zur Verzweiflung zu bringen, denn plötzlich tauchte er aus einer ganz anderen Richtung wieder auf. San Giovanni aber machte unter dem Toben der Menge überraschend kehrt und schnitt ihm auf dem kleinen Platz den Weg ab.

»Ha, da bist du also! Deine Mama macht sich Sorgen um dich, und du versteckst dich einfach.« – »Aber ich such sie doch auch«, riefen die Priester mit verstellter Stimme. »Dann gehen wir eben zusammen auf die Suche.«

Beide Gruppen verschwanden im Gewirr der Gassen. Die Leute zitterten vor Angst, das Geschrei war verstummt, man flüsterte nur noch. Dann, plötzlich, das glückliche Ende: Alle drei Züge tauchten gleichzeitig auf, jeder aus einer anderen Richtung, und die Statuen berührten einander unter Schluchzen und Jauchzen.

Verwirrt beobachtete Lenòr, wie einer der Priester, unter der Mithilfe Hunderter von Händen, zur Madonna hinaufkletterte und Marias Rockschöße lüftete. Kreischen, aufgeregtes Flügelschlagen, wie eine Gewehrsalve: eine Vogelschar stob flatternd unter dem Rock der Jungfrau hervor und vereinte sich mit den Schwärmen, die aus San Giovannis Mantel und aus Jesus' Umhang befreit worden waren.

Die Menge schrie und schluchzte, Lenòr sah, wie ein Herr neben ihr lächelte, ein Koloß von einem *lazzaro* verzog daraufhin das tränenüberströmte Gesicht.

»Wer über die Madonna lacht, dem werd ich das Weinen schon beibringen«, sagte er. In seiner Faust blitzte eine Spange auf.

An einem anderen Tag wälzte sich ein Umzug durch die Via Toledo, mit einem Mann, der an einem riesigen Kreuz hing. Sein Gesicht war knallrot und geschwollen vor Schmerz und Anstrengung. Ihm folgten Madonnen und Magdalenen, die sich die Haare vom Kopf und die Kleider vom Leibe rissen und dabei die nackte Haut zeigten; ihnen schlossen sich, in einem furchterregenden Zug, Blinde, Hinkende, Krüppel an. Beinlose rollten auf Brettern auf Rädern voran, indem sie sich mit den Händen, die in Holzpantinen steckten, am Boden abstießen. Die Prozession erreichte den Largo di Palazzo, König und Königin, von einem beeindruckenden Konzert aus Heulen, Schmerzensschreien, Litaneien herbeigerufen, traten auf den Balkon und knieten lange nieder. Dann warfen sie aus vollen Händen Münzen in die Menge – woraufhin ein Inferno ausbrach.

Unter den Tabernakeln, die Pater Rocco aufgestellt hatte, wurden Feste gefeiert, Prediger schrien sich an jeder Straßenecke die Lunge aus dem Leib. Lenòr sah, wie einer von ihnen sein schweres Holzkreuz auf dem Kopf eines Zuschauers zerschmetterte, der zerstreut zu einem Mädchen hinübergeschaut hatte. Und erst die erstaunlichen Auslagen der Lebensmittelhändler zum Fest von Sant' Antonio! In der Via Santa Teresella wurden ein Sant' Antonio und eine Santa Chiara in die Schaufenster gestellt, mit Köpfen und Händen aus Holz und Körpern aus Käse und Schinken; Santa Chiara hatte zwei Provoloni als Brüste, trug eine Kette aus Würsten und als Ohrringe Taralli. Den *lazzari* und den stumpfsinnigen Hungerleidern lief das Wasser im Mund zusammen.

»Ich stopf mir den Bauch von Sant' Antonio rein.«

»Und ich mir die Titten seiner Frau.«

Lenòr hatte vom Wunder von San Gennaro reden hören, von tausend anderen Wundern, die in bestimmten, abseits gelegenen Kirchen geschahen, von geheimnisvollen Riten in den Fontanelle, in der Kirche Purgatorio ad Arco … Doch das war alles nicht der wahre Grund.

In ihr war einfach etwas zerbrochen, und sie hätte weder sagen können, wann das geschehen war, noch warum. Als sei eine Liebe zu Ende gegangen und man könne plötzlich nicht mehr begreifen, wie man so komplett den Verstand verlieren konnte.

Das viele Nachdenken hatte sein Teil dazu beigetragen. Wenn Gott allmächtig ist, warum verhindert er dann nicht das Böse, den Schmerz, den Tod? Und wenn er das nicht zu tun vermag, ist er dann überhaupt noch Gott? Eine Zeitlang hatte sie mit einer seltsamen Idee geliebäugelt: daß Gott eine arme, wohlwollende Macht des Guten ist, die ihr Bestes tut, um gegen die hochmütige Macht des Bösen anzukämpfen, oft jedoch von ihr besiegt wird. Es kam Lenòr so vor, als nähme Gott auf diese Weise liebenswertere, menschlichere Züge an: wie ein wirklicher Vater, Bruder, Freund, auch wenn er nicht mehr allmächtig war. Er spendete dennoch Trost, denn man wußte genau: wenn es ihm möglich gewesen wäre, dann hätte er auch geholfen. Von ganzem Herzen.

Dieser verarmte Gott hatte stets das weiche, ein wenig traurige Gesicht von Jesus. Jene schreckliche, weißhaarige, fremdartige Gestalt, als die Lenòr ihn sich früher immer vorgestellt hatte, entschwand im zeitlosen Himmel der Maler und Priester.

Schließlich und endlich: Welchen Sinn hatte denn alles? Gar keinen. Vielleicht existierte wirklich nur das, was schon die Menschen der Antike begriffen hatten: das Fatum, das Schicksal, vor dem selbst Jupiter sich verneigte, gegen das man nichts ausrichten konnte, weil alles bereits geschrieben stand.

Die von den alten Griechen abstammenden Neapolitaner hatten recht, wenn sie angesichts des Unglücks, des Schmerzes resigniert bemerkten: »Das ist der Lauf der Welt«, wohl wissend, daß nichts und niemand den Lauf der Dinge ändern konnte. Und daß gleichzeitig nichts auf der Welt eine Ewigkeit währt. Jedes Phänomen muß gezwungenermaßen ein anderes hervorbringen, das ihm ähnelt, weil es von ihm abstammt, und das zugleich völlig anders ist. Auf Regen folgt Sonnenschein, auf schlimme Tage folgen gute. Gäbe es keinen Schmerz, kein Elend, keinen Regen – wie sollte man das Gegenteil überhaupt genießen können? Warte nur ab, und was geschehen soll, wird auch geschehen. Wenn es dir gelingt, etwas zu ändern oder zu verhindern, dann bedeutet das nur, daß die Dinge sowieso in dieser »neuen« Richtung laufen sollten. Das Schicksal läßt sich nicht zum Narren halten.

2   Sie seufzte und breitete ratlos die Arme aus. Sie versuchte, hart mit sich ins Gericht zu gehen. Das entbehrt jeder Moral, so rechtfertigst du letztlich doch alles! So stimmst du letztlich mit Leibniz überein, diese Welt sei die beste aller möglichen Welten. Und all das Elend? Die Ungerechtigkeiten, die Tyrannei, der Tod?

»Ich weiß es nicht. Ich weiß es einfach nicht«, schloß sie mit einem Gefühl von Trauer und Leere.

Instinktiv besann sie sich auf ihren einzigen Halt. Sie wollte schreiben, etwas Neues entwerfen: ein Sonett, irgend etwas. Nur noch das tun, was ihrem Leben einen Sinn gäbe, das stand in ihrem Denken an oberster Stelle, allein darin fand sie noch Vergnügen, Hoffnung, Beistand. Ohne das Schreiben war sie ein Nichts. Schlimmer noch als tot: unbedeutend.

Ob das nur eine andere Form von Religion war? Sie zuckte die

Achseln. So machen es doch alle. Offenbar kommt man ohne Religion überhaupt nicht durchs Leben.

Sie ging in die Küche, um einen weiteren kleinen religiösen Akt auszuführen, der für sie Befriedigung und Sicherheit bedeutete wie alle Rituale. Sie stocherte in der Glut, bereitete sich einen Espresso. Der Duft, der ihr aus der Kaffeekanne in die Nase stieg, vertrieb alle dunklen Wolken aus ihrem Gemüt. Mit Hochgenuß trank sie den heißen, starken Kaffee mit dem köstlichen Schaum.

Dann wandte sie sich einem anderen feinsinnigen und auch ein wenig verwerflichen Vergnügen zu: an Metastasio zu schreiben. In ihren Worten lag so viel Koketterie, daß Pietro sich ihrer Wirkung nicht würde entziehen können. Sie schrieb, sie wolle unbedingt nach Wien reisen, wenn möglich zu Pferde, selbst wenn ihr Rock sich dabei als Hindernis erweisen sollte. Ob in dieser Sache mit dem Rock wohl eine Metapher steckte? fragte sie sich, als sie den Brief noch einmal durchlas.

Als das Wetter besser wurde, nahm sie ihre Besuche bei den Cassano wieder auf. Starke Windböen fegten die Wolken über den Himmel und rissen blaue Flecken auf, die sich auf dem Meer und in den Herzen der Menschen widerspiegelten. Die Bediensteten sorgten dafür, daß die großen kupfernen Kohlenbecken, um die herum Fußschemel aus poliertem Holz gruppiert waren, nicht erloschen und warfen aromatische Kräuter und kleingeschnittene Orangenschalen ins Feuer. Ein warmer Duft von Zitrusfrüchten und Vanille erfüllte den Raum.

Viele waren abwesend, was auf eine gewisse Ermüdung schließen ließ. Pagano erzählte von der Tragödie, die er zur Abwechslung schreiben wollte, über ein griechisches Thema, die »umherirrenden Thebaner«. Doch er wirkte zerstreut, unruhig: Chiara Pignatelli ließ auf sich warten. Jeròcades spielte Schach mit einem älteren Herrn. Er war sichtlich verärgert, würdigte sie keines Blickes.

Die Damen taten sich heute schwer mit dem üblichen Klatsch und Tratsch. Keine Neuigkeiten, außer der zweiten Schwangerschaft der Königin. Mariangela Carafa hielt Ausschau nach Sanges, der sich verspätete, Angiola Cimino suchte mit ihren blauen Augen den Raum ab. Wie schön sie ist, dachte Lenòr verzagt. Wie weit es zwischen ihr und Primicerio wohl schon gediehen war?

Als er endlich auftauchte, wurde Lenòr blaß. Sie sah sich suchend nach Unterstützung um. Pagano stand nur zwei Schritte von ihr entfernt, sie erkundigte sich, wie seine Prozesse liefen.

»Erbärmlich«, lachte er. »Dabei heißt es, Neapel sei ein Paradies für Winkeladvokaten!«

»Ihr könnt immer noch darauf hoffen, daß der König Euch eine Apanage bewilligt«, sagte sie mit einem provozierenden Lächeln.

»Seid Ihr nur hübsch still. Ihr seid bei Hofe mittlerweile eingeführt. Früher oder später werdet Ihr diejenige sein, die eine Apanage erhält.«

»Schön wär's«, seufzte sie. »Dann könnte ich wenigstens verhindern, mit irgendeinem beliebigen Ehemann verkuppelt zu werden.«

»Wenn das so ist, dann soll die Apanage Euch vergönnt sein. Aber nehmt Euch in acht, daß Ihr Euch nicht an den König verkauft, was noch schlimmer ist. Einen Ehemann kann man betrügen ...«

»Den König auch, wenn er sich schlecht benimmt«, gab sie aufgebracht zurück: Primicerio und die Cimino flirteten heftig. Pagano zog eine Augenbraue hoch und fragte erstaunt: »Ihr wollt doch nicht etwa sagen, daß Ihr dabei seid, zur Extremistin zu werden. Auch Ihr seid für die Republik?«

»Aber nein. Ich habe nur gesagt: Wenn er sich schlecht benimmt. Bis jetzt ...«

Er bemerkte, daß sie sich zwar mit ihm unterhielt, mit den Augen und in Gedanken aber ganz woanders war. Er folgte ihrem Blick, landete bei Primicerio. Er lächelte.

»Ach so! Kommt mit«, rief er und legte ihr den Arm um die Schultern. »Ich möchte Euch gern einen Freund vorstellen. Er dichtet, unterrichtet, schreibt für das Theater. Er liebt die Musik und intelligente Frauen: Luigi Primicerio.«

So lernten sie sich kennen.

3 »Heute vormittag besuchen wir Bonito in seinem Atelier auf dem Vomero«, verfügte Luigi in seiner üblichen ruppigen Art. Sie nickte schweigend.

Sie war sehr verstört wegen ihres Streits vor ein paar Tagen, dem soundsovielten. Mehr denn je war sie mit sich selbst unzufrieden, von Widersprüchen zerrissen: Wie hatten sie es nur geschafft, ein ganzes Jahr lang miteinander auszukommen? Genau ein Jahr war es her, seit Pagano sie einander vorgestellt hatte und sie sich zusammengetan hatten.

Weshalb hatte Luigi sie nur so lange ertragen? Sie schüttelte den Kopf, folgte ihm gehorsam zur Droschke und setzte sich neben ihn.

»Zur 'Nfrascata«, befahl er und streckte die Beine unter dem Vordersitz aus. Ohne sie zu beachten, fing er an zu rauchen.

Die Liebe ist die reinste Niedertracht. Auf der ganzen Welt gibt es nichts – weder Krankheiten noch den Tod –, was in vergleichbarer Weise Angst und Qual auszulösen vermag. Mittlerweile hatte Lenòr sich zwar ein wenig daran gewöhnt, aber in der ersten Zeit … Nächtelang hatte sie sich zermürbt, sich selbst die Schuld gegeben, sich gesorgt, ihn abwechselnd beschuldigt und in Schutz genommen.

Sie verzog das Gesicht, während die Kutsche durch die wie üblich turbulente Via Toledo fuhr. Mit einer Hand wedelte sie den Rauch weg, der in ihre Richtung zog.

»Tut mir leid«, sagte er unfreundlich. Er warf die Zigarette aus dem Fenster, drei oder vier *lazzari* begannen zu raufen, weil jeder von ihnen sie ergattern wollte.

Luigi gab sich einen Ruck. Brüsk drehte er sich zu ihr hin, packte sie am Arm. »Hör zu, Lenòr, ich bitte dich, zum allerletzten Mal. Es ist besser, wenn wir uns aussprechen und über alles reden. Über alles, wirklich über alles.«

Das sagte er oft, wenn sie Schwierigkeiten hatten. Sie wurde innerlich ganz starr. Nein, nein und nochmals nein. Sie sträubte sich wie ein unvernünftiges Kind, das seine geheimsten Regungen verteidigt: Sie hatte nicht die Absicht, sich eine solche Blöße zu geben. Außerdem war sie müde.

»Es gibt nichts mehr zu sagen«, murmelte sie. Sie sah, wie seine Gesichtsmuskeln sich anspannten und er sich bemühen mußte, nicht die Fassung zu verlieren.

Sie wandte sich ab und sah aus dem Fenster, ohne wirklich etwas zu sehen. Sie verspürte ein großes Verlangen nach Gemeinheit, Bestrafung, Freiheit.

Luigi hatte ja recht. Sie war nach wie vor nicht erwachsen, war unreif, voll ungelöster Widersprüche. Absolut unfähig, das zu tun, was alle taten, ohne großen Aufstand: sich gehenzulassen, gelassen eigene Entscheidungen zu treffen. Sie hatte ihn einige Male an den Rand der Verzweiflung getrieben. Das ging jetzt seit einem Jahr so; ein Jahr ist eine lange Zeit, viele Monate, viele Tage, viele Abende, viele Gelegenheiten, sich ihm hinzugeben.

Während die Droschke durch die Via Spirito Santo fuhr, dachte sie zurück an die Anfänge ihrer Beziehung – zwei Wochen nach der ersten Begegnung.

Spät abends in der Via Santa Teresella, er hatte sie nach Hause gebracht. Die Gasse schimmerte bläulich im Mondlicht, schnurrte wohlig in den lasterhaften Düften der Nacht, Luigi hatte sie an sich gezogen. Sie stand dort mit geschlossenen Augen, umhüllt von einer heiteren, großen, Sicherheit spendenden Wärme. Noch nie in ihrem Leben war sie erfüllt gewesen von einem so wunderbaren Gefühl: Mädchen und Frau zugleich zu sein. Er hatte nur »Lenòr« gemurmelt, nichts weiter. Es war auch gar nicht nötig gewesen zu reden, und dann hatte er sie auf den Mund geküßt. Kein Vergleich zu den lächerlichen Szenen ihrer Phantasie: ein langsamer, trockener Kuß, Lippen auf Lippen. Sie war es gewesen, die ihren Mund ungewollt einen Spalt weit öffnete, bis sie seine Oberlippe umfaßte.

Weiter war nichts geschehen. Doch, sie hatte an ihrem instinktiv gegen ihn gepreßten Bauch gespürt, daß er hart wurde. Aber Luigi hatte sie angelächelt, auf seine ganz eigene, seltsame Art, mit einem schiefen, etwas schmerzlich verzogenen Mund.

Er hatte sie erneut geküßt und gesagt: »Gute Nacht, Lenòr. Morgen früh komme ich vorbei, um Euch abzuholen.«

Meu Deus, weshalb hatte es nicht immer so weitergehen können?

Sie sahen sich täglich, vormittags und nachmittags. Fröhlich verkündete er: »Heute lasse ich den Rhetorikunterricht ausfallen, Gaudiosi soll mich vertreten.« – »Drei Tage Freiheit: Ich habe mich krank gemeldet.« Und dann gingen sie spazieren, kreuz und quer durch die Stadt, die in der allgegenwärtigen Frühlingsluft zu neuem Leben erwachte. Sie redeten und redeten, damals hatten sie wirklich miteinander geredet: über Bücher, Gedichte, Träume, Hoffnungen.

Eine herrliche Verwirrung: Noch nie war sie jemandem begegnet, dem sie sich so offenbaren konnte, ohne Scham, ohne Mißtrauen.

Ihr war, als würde sie in andere Dimensionen eintreten, die sich vom gewöhnlichen Alltag unterschieden – und die so kostbar und zerbrechlich waren wie das bisherige Leben banal und vulgär. Sie fühlte sich bereichert, sie blühte auf. Luigi hatte so viele Interessen: Er liebte die Musik, die Malerei, manchmal versuchte er zu komponieren oder zu malen, gestand aber aufrichtig: »Nur zum Vergnügen. Ich weiß, was wirkliche Kunst ist.«

Auch von seinen Gedichten sagte er: »Ich schreibe sie für die anderen. Aber mich deshalb gleich Dichter zu nennen...«

Sie fand seine Gedichte viel schöner als ihre eigenen. An Metastasio erinnerte nur die Musikalität, die Inhalte waren männlich, ohne künstliche Allegorien.

»Sie sind nicht wirklich schön«, wiederholte Luigi. »Schön sind die Gedichte von Young, von Ossian. Unsereiner wird nie so schreiben können: Wir sind verdorben durch den Klassizismus, die Jesuiten, die Arcadia.«

Der erste Abend, an dem sie sich einander hingaben, verlief katastrophal. Sie waren zur Rotonda in Santa Lucia hinuntergegangen, wo in den Cafés das weiße Porzellan, in den Restaurants die facettierten Fensterscheiben unter venezianischen Lampions erstrahlten. Sie hatten Miesmuscheln mit Pfeffer und Zitrone und geröstete Venusmuscheln gegessen, Wein getrunken, waren dann, wie andere Paare auch, weitergeschlendert zu den alten Liegeplätzen der Marinella. Hinter einer Hütte fand Luigi ein lauschiges Plätzchen. Auf dem schwarzen Wasser glitten beleuchtete Boote dahin, am Horizont pochte das Blut des Vesuvs.

Er zog sie an sich, küßte sie, und diesmal raubte es ihr glatt den Atem: Seine Zunge schob sich tief in ihren Mund hinein. Er entblößte ihre Brüste, nun weiß und groß in der Dunkelheit. Er umfaßte sie mit den Händen, drückte die Brustwarzen. Dann fiel ihr Blick auf den violetten Schatten, der aus seinem Bauch emporragte, und sie starrte ihn wie verzaubert an, unfähig, sich zu bewegen. Er war es, der alles arrangierte. Sie spürte seine Hände auf ihren Schenkeln, dort, wo die Seidenstrümpfe endeten, sah zu, wie er sich mit den Strumpfbändern abmühte. Es war kalt an ihrem Bauch. Dann der Griff nach ihrem feuchten, warmen Geschlecht, er wälzte sich keuchend und bedrohlich auf sie. In diesem Moment zerbrach etwas in ihr, das alle Lust erstickte und sie in schamvolle Angst stürzte.

»Nein. O nein! *Não! Deixe-me*, laß mich los!« rief sie keuchend. Sie stieß ihn von sich und preßte, so fest sie konnte, die Schenkel zusammen, die er vergeblich mit den Händen auseinanderzudrücken versuchte. Schließlich fing sie haltlos an zu weinen.

Er war seltsam sanft und ruppig zugleich. Er hatte ihre Brüste wieder in das Korsett geschoben, seine Kleider geordnet und gesagt: »Du brauchst keine Angst zu haben. Es gibt keine Liebe, die ohne das auskommt.«

Ja, ja. Es stimmte ja, das war auch ihre Meinung. Aber sie konnte nichts daran ändern, daß sie so entsetzliche Angst hatte. Als würde sie in einen Abgrund stürzen, in dem die Schuldgefühle schon auf sie lauerten.

Vielleicht war genau das das Unerträgliche daran, nicht der Moment der Hingabe, zu dem ihr geschwollenes, feuchtes Geschlecht durchaus bereit gewesen wäre. Aber das schmutzige Gefühl von Sünde, das ihr *hinterher* das Leben zur Hölle machen würde.

Und wenn sie mit Luigi verheiratet gewesen wäre? Allmählich verebbte ihr Schluchzen. Sie drückte einen Kuß auf seine Hand. Diese unbehaarte braune, von Sehnen und Adern durchzogene Hand – die sie ein wenig an die Kralle eines Falken erinnerte.

Die nächsten Versuche verliefen nicht anders, einmal ließ Luigi sich sogar dazu hinreißen, sie zu ohrfeigen. Es half alles nichts.

Vergeblich sagte sie sich, daß sie ihn auf diese Weise verlieren würde. Sie konnte nur der eigenartigen Dickköpfigkeit danken, die die Männer nervös macht und sie verhext, wenn sie nicht gewinnen. Halb scherzhaft, halb im Ernst hatte er zu ihr gesagt: »Ich krieg dich doch. Ob du willst oder nicht.«

»Aber ich möchte es doch auch so gern, Luigi«, hatte sie an seiner Brust geschluchzt.

»Was zum Teufel geht dann in dir vor? Ekelst du dich etwa vor mir? Oder ist es die Erziehung der Priester? Die Angst vor der Hölle? Laß uns doch darüber reden.«

»Ich weiß es wirklich nicht. Wenn du mich lieb hast, quäl mich nicht.«

Eines Abends fragte er: »Wenn wir verheiratet wären, würdest du es dann auch noch so abstoßend finden?«

Sie lächelte, zuckte ratlos die Schultern.

»Aber du weißt ja, daß das sowieso nicht geht«, fuhr er schroff fort. »Daß ich woanders eine Frau und zwei Kinder habe.«

Manchmal brüllte er: »Wenn du Jungfrau bleiben willst, hättest du auch gleich ins Kloster gehen können! Verlange nicht von mir, daß ich den heiligen Luigi Gonzaga spiele!«

Trotz allem hatte er sie gern. Manchmal schüttelte er lachend den Kopf: »Du würdest es glatt verdienen, daß man dir ein Denkmal setzt. Du bist eine unglaubliche Frau. Unter all diesen Nutten! In diesen Zeiten. In Neapel!«

Nach wie vor holte er sie zu Hause ab, nahm sie mit ins »Nuovi Febi Armonici« des Duca di Maddaloni, wo in seinen Augen die wahre Musik gespielt wurde.

»Das ist etwas anderes als dieser aufgeblasene Paisiello«, sagte er. Ganz in Weiß gekleidete Adlige spielten formvollendet auf ihren Streichinstrumenten und auf dem Cembalo die edlen Kompositionen von Domenico Scarlatti und Haydn.

Er nahm sie mit in gewisse Kellerlokale in den Vierteln

Incurabili oder Pendino, wo er befreundete Maler und Dichter traf, die sich herzlich über ihn lustig machten.

»Du spielst ein doppeltes Spiel«, sagten sie. »Einen Fuß hier und den zweiten in den Salons.«

»Ich muß es schaffen, an die Universität zu kommen«, entgegnete er mürrisch. »Wenn ich nicht überall Verwirrung stifte, gelingt mir das nie.«

»Ach was, am Ende trifft man dich noch bei Hofe wieder!«

»Warum auch nicht! Warum sollen bloß die Idioten und die Nutten sich an den Dukaten des Königs gütlich tun?«

Auf der Höhe der Kavalleriekaserne schickte Luigi die Droschke weg. Landgeruch erfüllte die Luft. Ein gewundener Pfad verschwand zwischen den Sträuchern, einige Männer hielten graue Maulesel mit roten Decken und Sätteln mit bimmelnden Schellen an den schmierigen Zügeln bereit.

Sie hatte ein bißchen Angst, aber der Maulesel ging sehr langsam, und der Maultiertreiber führte das Tier am Halfter. Zwischen Gärten und Nutzgärten ging es zum Dorf hinauf, quer durch Gehöfte voller Kinder, Hühner, Schweine, Hunde. Es roch nach Mist, Gemüse, Stroh.

Nach und nach kam hinter den Pflanzungen die Landschaft in Sicht: der weite blaue Golf von Posillipo bis nach Sorrento. Unter anderen Bedingungen wäre Lenòr überglücklich gewesen, jetzt aber folgte sie dem Geschaukel des Tiers mit eher zwiespältigen Regungen des Herzens und des Verstandes. Undeutliche Gedanken tauchten auf, die höchstens vage Gestalt annahmen und schon verschwunden waren, bevor sie sie benennen konnte.

Das Dorf auf dem Vomero war recht groß, die Häuser nicht sehr hoch, kleine Plätze mit Springbrunnen, das eine oder andere Herrenhaus.

Bonitos Atelier befand sich in einem alten Bauernhaus mit leuchtendroten Geranien und Heliotrop. Innen war es modern eingerichtet: Fußböden aus hellem Marmor, himmelblaue, mit Goldfäden durchwirkte Wandteppiche, wertvolle Möbelstücke. Das Atelier selbst war weiß gestrichen und vollgestellt mit Leinwänden, Pinseln, Gipskopien verstümmelter Statuen. Auf der

Staffelei stand ein Entwurf: Colombina mit scharlachroten Wangen, kirschroten Lippen, tanzend, das Tamburin schlagend; neben ihr ein leichenblasser Pulcinella in Schwarz und Weiß, der sein viel zu großes Hemd schüttelte.

Bonito wischte sich die Hände an einem Lappen ab und kam ihnen entgegen. Spärliche, etwas schmutzige weiße Haare hingen ihm bis auf den Rücken. Er war dünn und blaß und hatte das unzufriedene Aussehen eines gewöhnlichen Mannes, dabei fungierte er als Hofmaler.

»Alles Mist«, sagte er bei jedem Bild, das er Luigi auf seine Bitte hin zeigte. »In Neapel versteht keiner mehr zu malen. Seit hundert Jahren.«

»Du schon. Und Abt Ciccio auch.«

»Wir sind doch alle Abschaum. Statt mit Farben malen wir mit Spülwasser. Seit Caravaggio und Micco Spadaro ist die Malerei hierzulande tot.«

Schließlich gingen sie wieder. Eine abschüssige Straße hinunter, umgeben von Salat- und Fenchelfeldern. Wenige Häuser um eine gelbe kleine Kirche: Antignano. Sie sahen Bäuerinnen, die Grasballen auf dem Kopf trugen; Tiere sprangen um sie herum.

»Willst du etwas essen? Hast du Hunger? Ich schon«, sagte Primicerio. Er führte sie zu einer kleinen Taverne, die ein Laubzweig kennzeichnete. Eine große Pergola, Tische mit Bänken, einige davon bereits besetzt.

»Don Luigi, für Euch habe ich eine Bohnensuppe, Artischocken, Erbsen«, schlug der junge Wirt, der herbeigeeilt war, eifrig vor. »Danach, wenn Ihr wollt, zwei Kaninchen à la Procida. Soll ich Euch eine eiskalte Karaffe Wein bringen?«

»Nein, Vosti'. Einen Krug Wasser.«

Er hoffte wohl, auf diese Weise einen kühlen Kopf zu behalten, sie aber sah Wellen von Begehrlichkeit in seinen Augen. Sie nestelte an ihrem Ausschnitt, begann zur Ablenkung über dies und das zu plaudern.

»Stimmt es, daß die Engländer in Amerika, in Boston, die Pächter mißhandelt haben?«

»Keine Ahnung. Wer hat dir das erzählt?«

»Ich habe es in einer Ausgabe des ›Mercure‹ gelesen, ein Artikel von Coppola.«

»Wenn sie ihnen nicht die Freiheit geben, führt das noch zu Krieg.«

Während sie das vorzügliche Essen verspeiste, merkte sie, wie sie im Gesicht glutrot wurde. Luigi starrte mit gerunzelter Stirn auf ihre Augen, auf ihre Lippen, die sich ein wenig ölig anfühlten, auf die Vertiefung zwischen ihren Brüsten.

Verkrampft fuhr sie fort: »Ich habe auch gelesen, daß die Dubarry den Minister Choiseul verjagt hat.«

»Diese Hure hält ganz Frankreich in der Hand, so wie sie auch …«

Luigi brach ab. Er atmete schwer. Unvermittelt legte er ihr seine heiße Hand auf den nackten Arm.

»Gestern habe ich ein neues Sonett geschrieben«, stammelte sie. Er ließ die Faust auf den Tisch sausen und schrie, ohne sich um die anderen Gäste zu kümmern: »Geh doch zur Hölle. Du mit deinen gräßlichen Gedichten.«

4   Das war das Ende. Die Maulesel stiegen langsam bergab, vorsichtig die Hufe aufsetzend, als wären sie auf dem Weg zu einem Begräbnis – dachte sie, während sie sich mit geschlossenen Augen im Sattel hielt. Sie konnte es kaum erwarten, endlich unten anzukommen, in der lärmenden, aber vertrauten Stadt.

Wut stieg in ihr auf. Sie durchbohrte Primicerio, die Maultiertreiber, die anderen Leute mit angewiderten Blicken: Sie kamen ihr alle lasterhaft vor, verdorben, auf jede nur denkbare Obszönität lauernd. Aber ja, auch sie hatte diese Begehrlichkeit verspürt, doch nur in seltenen Momenten, bei besonderen Anlässen – und selbst wenn es diese Momente nie gegeben hätte, selbst wenn es sie nie wieder geben würde – ihr Leben hätte dennoch einen Sinn.

Wochenlang verließ sie nicht das Haus. Sie mochte weder ausgehen noch andere Leute sehen, sogar Vincenzo ließ sie ausrichten, daß sie unpäßlich sei.

Hitzewellen überfluteten ihr Gesicht und ihre Brüste, dann wieder zitterte sie von Kopf bis Fuß. Sie wurde von Weinkrämpfen geschüttelt und von dem entsetzlichen Gefühl überwältigt, im nächsten Moment ersticken zu müssen.

Mamãe nahm alle Kraft zusammen, die ihr noch verblieben war. Bleich, die Hand auf dem Herzen, schleppte sie sich zu Lenòrs Zimmer und klopfte.

»Lenòr. *Meu Deus*, Lenòr. Was hast du? Mach doch auf, bitte.«

In diesen Momenten haßte Lenòr ihre Mutter beinahe dafür, daß sie sie zwang, das »*Deixe-me voce tambèm!* Laß auch du mich in Ruhe!« herunterzuschlucken, aufzustehen und so zu tun, als sei sie völlig gesund.

Doch wie sollte sie die Hände und die Lippen zur Ruhe bringen, die ganz von selbst zitterten? Das Herz, das heftig klopfte? Mamãe beobachtete ihre Tochter bange, was Lenòrs Schuldgefühle nur noch verstärkte. Warum ließen sie sie nicht endlich in Frieden? Vovó wollte mit Titìo darüber sprechen, einen Arzt rufen.

»*Não, ah não.* Laßt mich doch allein! Ich brauche nichts.«

Sogar das ging vorbei. Und sie hätte nicht einmal sagen können, weshalb und auf welche Weise.

Inzwischen war der Sommer gekommen, mit dunstigen, schwülen Tagen, aber auch mit dem Wind vom Meer. Eines Morgens erwachte Lenòr mit dem Wunsch, im Boot hinauszufahren. Wie damals mit Vincenzo über das blaue Meer zu fliegen, zur geheimnisvollen Stille von Trentaremi.

Sie kleidete sich an, war froh, daß Mamães Gesicht etwas mehr Farbe hatte, nicht mehr so eingefallen war. Auch Vovós Gelenkschmerzen hatten nachgelassen. Aus der Gasse drangen lebhafte Geräusche und Gesänge herauf.

Wo wohl Vincenzo steckte. Sie hatte ein schlechtes Gewissen, weil sie ihn fortgeschickt hatte. Sicherlich war er mit seiner Mariangela zusammen, vielleicht sogar im Boot, in Posillipo. Die beiden schienen keine Probleme zu haben. Aber was wußte sie schon davon? Sie zuckte die Achseln. Endlich machte sie sich daran, das Bündel mit der versiegelten Post zu öffnen, das auf dem Schreibschrank lag.

Ein Brief von Saccenti aus Lucca, eine Karte von Fortis, eine Mitteilung Coppolas, daß die Subskription der dreißigbändigen »Enzyklopädie« von D'Alembert und Diderot jetzt möglich sei, sowie ein drei Monate alter Brief aus Wien. Metastasio antwortete auf ihr Schreiben, in dem sie kokett ihren Rock erwähnt hatte, aber durchaus vorsichtig. Schon merkwürdig, wie lächerlich er in ihren Augen auf einmal wirkte. Sie verspürte Mitleid mit dem fröstelnden alternden Dichter in der Ferne, aber er hatte ja selbst die mitleidlosen Bilder entworfen. »Weshalb solltet Ihr vom lauen Sebeto zur eiskalten Donau eilen, nur um ein elendes römisches Wrack, das zufällig dort gestrandet ist, aus der Nähe zu betrachten?«

In den ersten Septembertagen, als viele ihrer Bekannten nach den Ferien am Meer in die Stadt zurückkehrten, hatte sie genug Kraft geschöpft, um sich erneut bei den Cassano zu zeigen. Auch Vincenzo war wieder ungebunden und freute sich, sie zu sehen.

»Du bist geheilt, Lenòr, habe ich recht?« fragte er und wählte die Worte mit Bedacht.

Lächelnd antwortete sie: »Ja. Und du?«

»Oh, ich war nicht ernstlich krank.«

»Das stimmt nicht, du Schwindler. Du hast doch selbst gesagt, daß es zwischen euch ernst ist.«

»Das war es auch, und wie. Jedenfalls solange die Liebe hielt. In der Zeit war niemand aufrichtiger als wir beide.«

»Aber warum ist es dann jetzt vorbei?«

»Warum hätte es denn ewig dauern sollen? Nicht einmal den Göttern auf dem Olymp war die Ewigkeit vergönnt.«

»Aber wir sind sterblich«, entgegnete sie, plötzlich ernst geworden. »Wir brauchen den Glauben daran, daß irgend etwas von uns weiterlebt.«

»Vielleicht«, antwortete er, sein Gesicht verfinsterte sich ein wenig. »Aber dazu müßte man sehr stark sein. Edel im Herzen. Das ist nicht jeder.«

Sie ließ nicht locker: »Wenn dein Glaube an die Unsterblichkeit immer schwächer wird, wie kannst du dann überhaupt weiterleben?«

»Oh!« rief er, gleichermaßen gereizt wie fröhlich. »Irgend etwas, was man für ewig halten kann, findet sich immer. Und sollte man tatsächlich überhaupt nichts finden, bleibt ja immer noch die Politik.«

Im Laufe der nächsten Tage sahen die Freunde sich wieder: Pagano, Belforte, Jeròcades, Paisiello. Einige Male ließ sich sogar Cirillo blicken; seit er Hofarzt war, hatte er wenig Zeit. Giordano tauchte wieder auf (er führte seine ersten Prozesse als Rechtsvertreter der Unterwelt und hatte eine Kanzlei in Pendino), unzufriedener denn je. Fast alle Damen hatten sich wieder eingefunden, mit Ausnahme von Chiara Pignatelli, die jetzt im Palast wohnte, und der Cimino, die noch in ihrem Landhaus weilte. Vielleicht leistete Primicerio ihr ja Gesellschaft.

»Das ist mir doch egal«, behauptete Lenòr sich selbst gegenüber und zuckte die Achseln.

Eines Abends erschütterte ein Ereignis die Runde. Chiara di Belmonte stürmte herein, bildschön und fuchsteufelswild, Pagano wurde bleich wie ein Blatt Papier.

»*Mon Dieu, ma chère! À la bonne heure!* − Was ist denn geschehen«, rief Maddalena Serra und warf ihr die Arme um den Hals.

Die anderen Damen drängten sich schwatzend um die beiden. Chiara di Belmonte versuchte zunächst, sich zu beherrschen, platzte dann jedoch heraus: »*Incroyable!* Es ist unglaublich, was in diesem Königreich geschieht! Ich bin sicher, ihr werdet mir kein Wort glauben.«

»Dir glauben wir doch immer«, lächelte Giulia Carafa. »Aber spann uns nicht auf die Folter, Chiaretta.«

Die Nachricht von Chiaras Ankunft hatte die Runde gemacht, alle liefen im Salon der Damen zusammen. Mit funkelnden Blicken setzte Chiara die Anwesenden darüber in Kenntnis, daß sie seit dem vergangenen Abend nicht mehr Hauslehrerin der Königin von Neapel war.

»Sie selbst hat die Anweisung gegeben. Die San Marco hat sie dazu angestiftet. Die beiden sind ein Herz und eine Seele«, fuhr sie verächtlich fort. »Unzertrennlich, bei Tag und bei Nacht. Wißt ihr, wie der offizielle Vorwand lautet, unter dem Maria Caroline mich vom Hof entläßt?«

»Ah, gewiß politische Gründe«, lächelte Maddalena Serra.

»*Mais non.* Weil ich dem König schöne Augen gemacht haben soll. Versteht ihr?«

»Daran wäre doch gar nichts Schlimmes«, warf das junge Mädchen ein, das Giordano eine Zeitlang verehrt hatte. Chiara reagierte wütend und verächtlich.

»*Moi! Avec le roi Ferdinand? Il me dégoûte, d'ailleurs!* Ich ekle mich vor ihm!«

Paganos Anspannung wich nun einem Lächeln. Viele der Anwesenden lachten.

»Immerhin hattest du Zeit genug, um die kleinen Geheimnisse bei Hofe gründlich auszukundschaften. Ist es nicht so, mein Schatz?« fragte Giulia Carafa.

Die Pignatelli wirkte verstimmt, aber sie lächelte mit höflicher Eleganz.

»Wenn es nur darum geht ...«, sagte sie. »Dann kann ich es wie Scheherazade halten, kann jeden Abend eine andere Geschichte erzählen und habe mindestens ein Jahr lang zu tun.«

»*Eh bien! Quelle aimable Sheherazade nous avons ici!* Reizende Scheherazade«, stieß Belforte mit seinem unschönen Akzent hervor. Chiara beachtete ihn kaum.

»In Wahrheit geht es um ganz andere Probleme«, sagte sie mit ernster Miene. »Diese Österreicherin ist einfach schrecklich. Durchtrieben und herrschsüchtig ist sie. Hört gut zu, was ich euch prophezeie: Sie wird auch noch Tanucci zu Fall bringen. Sie hat so viele Neapolitaner wie möglich vom Hof entfernt, es wimmelt dort jetzt von Österreichern. Wißt ihr, wer meine Stellung übernehmen wird?«

»Madame de San Marco, sicherlich.«

»*Mais non!*« sagte Chiara gereizt. »Die Ottaviani hält die Stellung bei Maria Caroline im Bett.«

Lautes Gemurmel. Abschätzig fuhr Chiara fort: »Die neue Hauslehrerin ist die Contessa di Fremdel.«

»*Bon,* wenn wir sie auch nicht mögen, so vertritt sie doch moderne Ideen. *C'est une amie des Filangieri.*«

»Was das angeht«, mischte sich Giulia Carafa ein, »heißt es, daß ihre Ehe mit Gaetano längst beschlossene Sache sei.«

»Demnach sind also auch die Filangieri zu den Freimaurern übergelaufen«, folgerte Chiara ironisch. »Bei Hofe gibt es solche Leute im Überfluß. Und Maria Caroline verdient auch noch daran. Im Palast herrscht ein einziges Kommen und Gehen von Bankiers, die den Freimaurern angehören ...«

»Das geht jetzt aber wirklich zu weit, Signora. Ich kann nicht dulden, daß ...«, unterbrach Jeròcades, der dem Gespräch mit wachsendem Ärger zugehört hatte, erzürnt. »Ihr habt nicht das Recht, so über Ihre Majestät die Königin zu reden. Und noch viel weniger über die Bruderschaft der Freimaurer.«

Chiara sah ihn hochmütig an. »Ich rede, wie es mir paßt, über alles, was ich weiß und was ich sehe, und zwar ohne vorher irgend jemand um Erlaubnis zu fragen. Und Euch schon gar nicht, Abt Jeròcades.«

Pagano machte ein kampflustiges Gesicht und fuhr Jeròcades heftig an.

»Halt du nur den Mund! Du hast ja keine Ahnung, was unter dem Deckmäntelchen des Dreiecks so alles passiert!«

Alle mußten dazwischengehen, um eine Schlägerei zu verhindern. Jeròcades ballte die Fäuste. Er verließ den Salon mit ungestümen Schritten und schrie dabei in seinem kalabresischen Dialekt: »Eines Tages werdet ihr alle dafür bezahlen. Eines Tages werdet ihr heulen und wehklagen.«

Maddalena ließ Eis, Kaffee, tunesische Datteln bringen, die sich großer Beliebtheit erfreuten, und nach und nach kehrte wieder Ruhe ein.

Die Unterhaltung drehte sich weiterhin um die Ausländer bei Hof. »Sie hat die Malerin Angelica Kauffmann kommen lassen, auch Bonito muß seinen Hut nehmen.« – »Ein General ihres Vaters soll das Oberkommando des Heeres übernehmen.« – »Der Theologe Munster ist vor kurzem angreist.« – »Dann wird Pater Caracciolo wohl gehen müssen.« – »Nein, der ist nämlich schlau. Er ist seit einiger Zeit Freimaurer.« – »Don Luigi Medici Ottaviani wird eine schwindelerregende Karriere machen.« – »Der nimmt jetzt die Beine seiner Schwester in die Hand.« –

»Die Beine seiner Schwester? Die Feige der Marquise de San Marco!«

Bei diesem Witz mußten nun doch alle lachen. Jemand gab sich gebildet und zitierte Diderot: »*Oui, le bijou indiscret!*«

Pagano ließ Chiara, die unglücklich und abwesend wirkte, keinen Moment aus den Augen.

5   »Bleib nicht hier. Komm mit. Du mußt neue Kraft schöpfen. Du mußt wieder anfangen zu leben. Ich weiß, es war hart für dich, aber so kann es einfach nicht weitergehen.«

Vincenzo war aufrichtig besorgt, er legte eine Hand auf ihren Arm.

»Du mußt hier raus«, wiederholte er und wies auf die beinahe völlig im Dunkeln liegenden Zimmer. Nach dem Tod von Mamãe sorgte niemand mehr dafür, daß die Fensterläden geöffnet wurden.

Vovó verbrachte ihre Tage in der Wohnung der Lopez, zusammen mit den anderen Trauernden. Papài dehnte seine Aufenthalte in Rom immer mehr aus; wenn er Zeit hatte, schaute Tio Antonio bei ihr vorbei. Er hatte die kleine Summe des geerbten Geldes für Lenòr auf der Bank angelegt; alle zwei Monate brachte er ihr die Zinsen.

Sie war allein. Sie mußte für alles selbst sorgen: die Wohnung sauberhalten, die Einkäufe erledigen, kochen, waschen, stopfen. Zum Glück waren nicht viele Möbelstücke übriggeblieben. Mamãe hatte ihr den Koffer mit der Wäsche, die sechs Silberbestecke, den Waschtisch und den Kupferkrug, die karminrote Damastdecke und die Matratze vermacht. Alles andere war verkauft worden, auch das große Messingbett. Die Wohnung war jetzt fast leer und wirkte über die Maßen trübe. Es roch moderig und staubig, zumal nie gelüftet wurde.

Lenòr hatte weder die Lust noch die Kraft zum Putzen. Einige Male hatte sie es versucht, hatte ganze Eimer voll Wasser über den Fußboden geschüttet und dann mit einem Lappen gewischt. Nach diesem Kraftakt hatte sie, verschwitzt und durchnäßt, feststellen müssen, daß der Fußboden immer noch Schmutzflecke aufwies und schlimmer aussah als zuvor. Hinzu kam dieses ständige Treppauf, Treppab von der Wohnung zum Brunnen im Hof, um das schmutzige Wasser fortzuschütten; ferner das Kochen, das Nähen … Niemand hatte es ihr je beigebracht, und von sich aus hatte sie nie Interesse dafür aufgebracht. Vielleicht müßten diese Dinge einer Frau instinktiv leicht von der Hand gehen. Ihr jedoch fehlte dieser Instinkt. Die Nähte wurden kümmerlich und schief, in der Küche wußte sie allenfalls, wie man den Kaffee zubereitete, die Milch erhitzte, ein Ei kochte.

Sie war ausgezehrt und blaß, ihr Haar glänzte nicht mehr. Nur ihre verhaßten großen Brüste hatten nicht an Umfang verloren, stachen im Gegenteil an ihrem abgemagerten Körper noch mehr ins Auge.

Oft fingen ihre Hände und ihre Arme unvermittelt an zu zittern, was sie zusätzlich zermürbte. Ihre Augen waren entzündet. Und ausgerechnet jetzt verlangte Sanges von ihr, daß sie neue Kraft schöpfte und ausging und in den Freundeskreis zurückkehrte, um in der Geborgenheit ihrer Zuneigung das entsetzliche Jahr 1771 hinter sich zu lassen.

»Du kannst heute abend nicht allein hier in der Wohnung bleiben. Ausgerechnet in dieser Nacht. Du hast schon das Weihnachtsfest so verbracht.«

Sie waren liebevoll, hatten sie gern. Fast alle waren gekommen, in diese Wohnung, in der der süßliche Geruch des Todes hing. Cirillo hatte Lenòr in den drei Tagen vor Mamães Ableben keinen Augenblick allein gelassen. An dem Abend, an dem Mamãe den ersten Anfall erlitten hatte, war Minichiello zu den Cassano geschickt worden, um Lenòr zu holen, und Cirillo war sofort mitgekommen – in seinem schönen Gesicht zeigte sich aufrichtiger Schmerz. Er sorgte für medizinische Pflege und seelischen Beistand.

Auch »danach« kümmerten sie sich rührend um sie. Maddalena umarmte sie und sagte: »Ihr solltet eine Zeitlang bei uns wohnen.« Belforte weinte. Vincenzo folgte Lenòr wie ein Schatten, als befürchte er, irgend etwas Schreckliches könne geschehen.

Eines Tages stattete Cirillo ihr erneut einen Besuch ab. Er nahm ihre Hände in die seinen, sah ihr lange in die Augen.

»Ihr dürft Euch nicht so gehenlassen«, sagte er. »Ihr werdet noch ernstlich erkranken. Und dann wird es schwer sein, Euch wieder gesund zu machen. Als erstes müßt Ihr Euch besser ernähren. Ihr leidet an Blutarmut. Hört auf das, was Sanges sagt, und geht wieder unter Freunde: Ihr habt die Pflicht, für Euch zu sorgen.«

Die Pflicht ... Wem gegenüber denn? In den ersten Tagen war sie wie betäubt gewesen, hatte starr in einem Sessel gekauert oder auf dem Bett gelegen, während Gefühle und Bilder durcheinanderwirbelten.

Mamães schweißbedecktes, wächsernes Gesicht mit den dunklen Augenhöhlen, während es langsam Abend wurde. Der Geruch der Kerzen. Keiner hatte die Kraft gehabt oder auch nur daran gedacht, die Kerzen zu erneuern, die sich nach und nach in qualmende, übelriechende Stummel verwandelten und das Zimmer immer mehr in Dunkelheit versinken ließen.

Man konnte die Anwesenden kaum noch erkennen: Papàis Gesicht, auf die Fäuste gestützt und voller Falten, Titìos Gesicht, wie versteinert, das zerfurchte Gesicht von Vovó und die trotz der Militäruniformen kindlich wirkenden Gesichter der beiden Jungen. Rötlicher Lichtschein flackerte auf und erstarb in der schwülen Nacht: Tio Antonio war es, der schließlich aufstand, neue Kerzen holte und sie anzündete.

Im Antlitz der Verstorbenen ließen sich bisher unbekannte Züge einer ruhenden, beschützenden, sanften Mamãe erahnen. An diesem Abend lernte Lenòr, daß die wirkliche, geheime Natur eines Menschen sich erst nach dem Tod auf seinem Gesicht offenbart.

Sie hatte viel nachgedacht, hatte Bücher zu Rate gezogen. Eine Menge Banalitäten, immer die gleichen Gedankengänge. Vielleicht hatte Monsieur Voltaire recht, wenn er in »Gott und die Menschen« sagte, Gott habe dem Menschen den Verstand gegeben, damit er sich in der Welt zurechtfinde, nicht damit er in das Wesen der Dinge eindringe, die er geschaffen habe. Aber Pierre

Gassendi und John Locke dachten ganz ähnlich – die einzig mögliche Schlußfolgerung.

Welche Gewißheit hatte sie denn, daß Mamãe sie in den himmlischen Gärten erwartete? Mamãe würde nie mehr bei ihr sein, sie würde nie mehr durch die Zimmer laufen, um dafür zu sorgen, daß das tägliche Leben seinen unabdingbaren Lauf nahm. NIE MEHR. Das war eine Tatsache.

Eine andere Tatsache war die Bedeutung all dieser unscheinbaren, törichten, lästigen Dinge, ohne die es jedoch sehr schwer war, von einem Tag zum anderen zu überleben. Jetzt stellte Lenòr sich die Frage, was wohl wertvoller war, die Bücher, das Studium, die Verse – oder aber die unauffälligen, demütigen Dienste einer Frau, die Schmutz und Unordnung beseitigte, für Ernährung und allgemeines Wohlergehen sorgte und sicherstellte, daß man auch am nächsten Tag weiterleben konnte. Genau das hatte Mamãe getan – Lenòr wurde das erst jetzt bewußt; Gewissensbisse waren die Folge, auch das Gefühl der eigenen Bedeutungslosigkeit.

Im Laufe der Zeit nahm jedoch noch ein anderes Gefühl in ihr Gestalt an, und es war bitter und süß zugleich. Der unermeßliche Verlust setzte nach und nach auch etwas Positives frei: Sie mußte mit sich zu Rate gehen und über das eigene Leben nachdenken, ohne dabei ausschließlich kulturelle Dinge oder den eigenen Erfolg im Auge zu haben; es ging vor allem um die realen Dinge, die Probleme des wirklichen Lebens mit ihren schroffen und zugleich weisen Forderungen. Sie mußte ernstlich eine Heirat in Erwägung ziehen: um sich zu ernähren, um einen Wohnsitz zu haben. Die psychischen und sexuellen Widersprüche würden verschwinden, ihr Körper müßte sich zum Tausch in eine Ware verwandeln. Sollte sie aber allein leben, vom Ertrag ihrer Arbeit, dann war ein skrupelloses, entschiedenes Auftreten um so wichtiger.

Aber wie sollte ihr das gelingen? Zornig ging sie mit sich selbst ins Gericht, auf der Suche nach jener rätselhaften Kraft, die sie daran hinderte, normal zu sein, die ihr das Leben so schwer machte. Was war es nur? Worin lagen die Ursprünge? In der Religion nicht. Jedenfalls nicht mehr ... Ethische Erwägungen vielleicht? Aber was war Ethik überhaupt? Wer hatte sie erfunden? Gott? Weshalb hatten einige Menschen ein Gespür dafür, während sie anderen einerlei war? Vielleicht war es einfach Liebe. Leidenschaftliche, entsetzliche Eigenliebe, eine widerwärtige Verehrung des Heiligen Gral, der man selbst zu sein glaubt. Die Geschichte von Narziß: gesunde, starke Menschen machen sich schnell davon frei und erobern die Welt. Die Schwachen, die Perversen hingegen bleiben auf immer darin verhaftet.

Sie beschloß, mit Vincenzo darüber zu sprechen. Sie putzte die Wohnung, riß alle Fenster auf, damit der Wind einmal kräftig durch die Zimmer blies, versuchte, sich zu kämmen und zurechtzumachen. Diese Haare! Wie mühselig es war, sie zu bürsten, bis sie glänzten, die Kopfhaut mit in Bittermandelöl getränkter Watte zu reinigen. Ein wenig Rouge auf die Wangen, Parfüm an die Ohren und in den Ausschnitt. Das Kleid – nach wie vor das Winterkleid aus violettem Samt, wer weiß, wann sie sich ein anderes anfertigen lassen konnte. Sie legte den Schmuck an, den Mamãe ihr hinterlassen hatte: eine Kette aus winzigen Perlen, zwei filigrane Silberohrringe, einen Ring.

Sie hätte eine Pelzjacke gebraucht, konnte sich ersatzweise nur Vovós spanischen Schal ausleihen. Vovó kauerte in ihrem Sessel, der nicht mehr vom Kohlenbecken wegzudenken war, schrak zusammen und sah Lenòr mit stumpfen Augen an. Tia Michaela, die dicht am Fenster saß und nähte, hob den von Trauer getrübten Blick.

»*Meu Deus*, Lenòr. Was ist passiert? Wohin willst du, in dieser Aufmachung?«

»Ich verbringe den Abend bei den Cassano. Sanges holt mich ab. Ich brauche einen Schal. Den schwarzen aus Spanien, falls du ihn mir leihst.«

Vovó starrte sie noch immer an. Dann hob sie die Hand, um sie zu streicheln.

»Meine arme Lenorzinha«, murmelte sie. »Nimm ihn nur. Du kannst ihn behalten«, fügte sie hinzu, während Tia Michaela ihn entrüstet aus der Kommode zerrte.

6   Wie in vielen anderen Wohnungen in Neapel, ob arm oder reich, war auch im Haus der Serra di Cassano seit den Vormittagsstunden alles für die Silvesternacht vorbereitet. Man hatte die Säle zum Tanzen ausgeräumt, sogar der kleine chinesische Salon der uralten Prinzessin Armida Carafa di Maddaloni stand zur Verfügung, sie selbst inbegriffen, da es niemand übers Herz gebracht hätte, sie jemals dort auszuquartieren. Aber sie störte auch in keiner Weise: eine winzige alte Dame, die in ihrem changierenden schwarz-violetten Abendkleid beinahe verschwand, auf dem Kopf eine spanische Haube aus der Zeit des Vizekönigs von Ossuna. Sie saß strickend in einer Ecke, und wenn jemand eine Frage an sie richtete, gab sie nuschelnd irgendein Sprichwort zur Antwort. Wie ein Orakel.

In dem Saal mit den Marmorstatuen aus Herkulaneum waren die Tische für das Abendessen aufgestellt, jeweils für vier Personen, üppige Blumensträuße in stattlichen Kristallvasen auf Tischdecken aus flämischer Spitze, schweres Tafelsilber, Teller aus Capodimonte, Gläser aus Sachsen. Alles war blank poliert, glänzte. Lenòr bewunderte die makellosen Perücken der Dienstboten, deren Anzahl sich beinahe verdoppelt hatte. Eine Ecke des Saals, in dem die Kirschholzdiwane standen, war dem Orchester und einem Cembalo vorbehalten.

Sie wurde umarmt und begrüßt und bemitleidet. Sie wartete auf Primicerios Ankunft, um sich selbst auf die Probe zu stellen: Als er eintraf, verspürte sie einen leichten Stich. Doch sie war sogar in der Lage, ihm zuzulächeln.

»Lenòr«, raunte er. »Ich habe davon gehört. Es tut mir sehr leid. Aber ich bin froh, dich zu sehen. Gut siehst du aus. Sehr gut.«

»Ich danke dir.«

Er faßte sich ein Herz, küßte ihr die Hand. Die Cimino war nicht gekommen.

Nach und nach füllten sich die Säle, das Stimmengewirr nahm zu, die Luft heizte sich auf. Lenòr entdeckte in sich ganz neue Empfindungen, fast als würde sie all diese Leute aus der Distanz beobachten: ein Durcheinander von Stoffen, Farben, Schmuck,

Körpern, ohne Sinn und ohne Wert, ein armseliges Heer von Unzufriedenen, ein jeder auf der Flucht vor irgend etwas, das Überdruß oder Schmerz bedeutete.

Doch auch sie selbst war ja hier, um ihre Einsamkeit im Widerschein der gespielten Fröhlichkeit zu mildern. Sie zuckte die Schultern.

Sie lächelte Belforte zu, verneigte sich leicht vor einer Vielzahl neuer Bekannter, die ihr vorgestellt wurden (Professor Cestari, der Archäologe Mazzocchi ...), sie lachte und scherzte mit Sanges, lauschte dem Tratsch der Damen. Thema waren die beiden habsburgischen Schwestern, anscheinend war Marie Antoinette keinen Deut besser als Maria Caroline. Sie wechselte ständig die Liebhaber, allerdings galten für sie mildernde Umstände: Ihr Gemahl, der Dauphin von Frankreich, konnte die Ehe nicht vollziehen. Vielleicht aus Enttäuschung über die Vorfälle in seinem Privatleben hatte König Ludwig XV. das Parlament aufgelöst und damit einen Aufstand entfesselt.

»Mit Frankreich wird es noch ein böses Ende nehmen«, lautete die Ansicht vieler. Giordano verkündete, der König habe damit sein eigenes Todesurteil unterzeichnet.

»Wenn ich Mittel und Wege hätte, um nach Frankreich zu gehen«, rief er, »wäre ich der erste, der ihm den Kopf abschlagen lassen würde, diesem Dickwanst. Nur so könnte das Volk wachgerüttelt werden.«

Der Abend nahm seinen Lauf. Von draußen hörte man Raketen und Knaller, lautes Krachen, im Haus wurde die Stimmung bei Champagner, Asprino annevato, verschiedensten Likören immer ausgelassener. Das Orchester stimmte die Instrumente, viele Gäste verlangten nach Tanzmusik.

»*Bien!*« rief Maddalena Serra, rot im Gesicht. Sie sah wirklich außergewöhnlich aus in ihrem Kleid nach der neuesten Pariser Mode, eng geschnitten, aus leichtem weißem Wollstoff mit einem Ausschnitt bis zum Nabel.

»*Bien! Vous voulez la ciaccona?* Vielleicht eine Chaconne?«

»Bloß nicht«, riefen viele der Gäste. Die jüngeren unter ihnen stießen ein Geheul aus, stampften mit den Füßen, klatschten in die Hände. »*La cracovienne!* Wir wollen Krakowiak tanzen!«

»*Mon Dieu*«, brummte Giulia Carafa. »*Je n'aime pas du tout cette danse vulgaire* – nur nicht diesen ordinären Tanz.«

»*Messieurs!*« brüllte Maddalena bei dem Versuch, sich Gehör zu verschaffen. »Die Krakowiak tanzen wir danach. Jetzt ist die Passacaglia an der Reihe. *D'accord? Monsieur le duc de Belforte*, würdet Ihr so freundlich sein, den Tanz anzuführen?«

Unter Pfiffen und Applaus stimmte das Orchester die ein wenig getragene Melodie der Passacaglia von Buxtehude an. Begeistert stürzte Belforte sich in seine Aufgabe; mit seiner breiten neapolitanischen Stimme tönte er: »*Mesdames! Messieurs!* Die erste Figur ist die Verneigung. Ich bitte zum Tanz!«

»*Quel dommage!*« murmelte indigniert eine ältere, stark geschminkte Dame aus einer Gruppe betagter adliger Damen. »Die Zeiten haben sich unwiederbringlich geändert. Dieser unverständliche Tanz anstelle eines Menuetts!«

»*Madame*«, rief ein Mann mit einer riesigen Perücke mit ›Taubenflügeln‹. »Das Menuett gilt als aristokratisch. Und aristokratisch zu sein ist nicht mehr in Mode.«

Es wurden einige Passacaglias gespielt, zwei schreckliche Krakowiaks, schließlich dann ein Contredanse nach dem anderen. Dieser Gesellschaftstanz gefiel Lenòr am besten. Ein Tanz wie ein Märchen: ein liebenswürdiges Umwerben mit Begrüßungen, Verbeugungen, Promenaden, und schließlich, in einem wirbelnden Finale, die Umarmung. Besonders schön daran war, daß man im Verlauf des Tanzes mehrmals den Partner wechselte: Das mochte manch einem unschicklich erscheinen, doch am Ende befand man sich stets dem Partner gegenüber, mit dem man den Tanz begonnen hatte. Hübsch anzusehen waren auch die Bewegungen der Herren, das Ferse-Spitze, und die der Damen, wenn sie anmutig die Schleppen ihrer langen Kleider schwenkten.

Zufällig geriet Lenòr bei zwei Runden des kleinen Reigens an Primicerio, sie lächelten sich an. Bei der ersten Runde flüsterte er ihr zu: »Lenòr. Ich habe immer noch die Verse, die du für mich geschrieben hast. Und du hast meine. Willst du, daß ich sie dir zurückgebe?« – »Und du?« – »Sehr gern.«

Bei der zweiten Runde sagte sie: »Es wäre vielleicht besser, wir würden sie verbrennen, ich habe es schon getan. Die Nachwelt braucht nichts davon zu wissen. Meinst du nicht auch?«

Er nickte, ein wenig verstimmt.

Weitere Passacaglias und Chaconnes, sogar zwei Tarantellas und eine Gigue, doch nur wenige Gäste tanzten noch. Es ging auf elf Uhr zu: das wurde deutlich am wachsenden Lärm draußen auf der Straße, am häufiger werdenden Knallen und dem Aufleuchten künstlicher Blitze, die den Himmel in vielerlei Farben tauchten. Das war auch der Zeitpunkt, an dem zu Tisch gebeten wurde, während die Diener hübsche Weidenkörbchen mit Konfetti, Blumen, bunten Papierkügelchen vorbereiteten.

Lenòr saß zusammen mit Vincenzo, Pagano, Chiara an einem Tisch. Pagano war erregt, sein rotes Haar war zerwühlt, er redete ununterbrochen über Musen und Nymphen, rezitierte Anakreon, Catull. Chiara beobachtete ihn amüsiert und mit leicht ironischem Ausdruck im Gesicht.

»Eine kleine Ferkelei von Fragonard«, hörte Lenòr vom Nebentisch, wo eine verzierte Schnupftabaksdose herumgereicht wurde. Ein Herr versuchte, den Rock einer Dame anzuheben, ein anderer rülpste ungeniert. Jemand schrie: »Dansons! *Il sera minuit dans un quart d'heure,* eine Viertelstunde noch bis Mitternacht!«

Ein unbeschreibliches Durcheinander: Das Orchester spielte eine rasante Sarabande, die ersten Konfetti, Papierkügelchen, Blumen flogen durch die Luft.

Sie verspürte den Wunsch, sich dem allgemeinen Gedränge zu entziehen. Auf dem Fußboden, der von einer klebrigen Masse aus Champagner, zermanschtem Tortenboden und Konfetti bedeckt war, rutschte man leicht aus. Sie versuchte, sich an der Wand entlang einen Weg zu bahnen, erreichte auf diese Weise den chinesischen Salon. Durch eine halbgeöffnete Tür sah sie, wie die Diener hinauseilten, um die von den Gästen gefüllten Spucknäpfe zu leeren.

Die uralte Prinzessin Armida schien in ihrem Sessel zu schlafen, nur ihre Ärmchen bewegten sich flink mit den Stricknadeln.

Beim Geräusch der Tür öffnete sie ein wenig die Augen und den Mund. Kopfschüttelnd begann sie zu sprechen.

»*L'àsteco chiove, la casa scorre. Tu che 'nce puo' fa'?*« – »Es regnet aufs Pflaster, das Haus schwimmt davon. Was kann man schon machen ...«, glaubte Lenòr in dem Lärm, der zu ihr herüberschwappte, zu verstehen. Sie verneigte sich, lächelte erschöpft.

»Was kann ich schon machen«, dachte sie nun selbst auf Neapolitanisch. Wie sagten die Neapolitaner doch für »nichts, absolut nichts, *nada de nada?*«

»Ach ja. *Il resto di niente* – weniger als nichts.«

SECHSTER TEIL

1   Sie veränderte sich, und mit ihr veränderte sich auch die Welt. Wie seltsam die Geschichte doch ist, mit einem Mal wird man gewahr, daß die Luft, die man atmet, anders geworden ist. Und man könnte nicht einmal sagen, inwiefern: Alles ist wie zuvor, und doch spürt man, daß die Gewohnheiten sich behaglich und beharrlich eingerichtet haben. Du fieberst neuen Ereignissen entgegen.

Sie waren in eine kleinere Wohnung umgezogen, in die Platea della Salata, gegenüber vom portugiesischen Konsulat, in einen kleinen, an einem ruhigen Platz gelegenen Palazzo des Duca di Villareale. Von den Balkonen aus sah man das rote Türmchen des Königspalasts und dahinter den blauen Vesuv.

Sie mußten jetzt stärker zusammenhalten und bewohnten daher alle gemeinsam vier Zimmer im Obergeschoß. Eines Tages machte Vovó den absurden Vorschlag, Lenòr mit Miguelzinho zu verheiraten. Sie dachte dabei vor allem an ihre nun auf eigenen Füßen stehende Enkelin, deren Vater sich wegen der vermaledeiten Adelstitel fast ständig in Rom aufhielt: Vor seinem Tod wollte er sichergehen, daß für seine Tochter gesorgt war. Als Hausfrau war Lenòr nicht gerade geschickt, aber sonst hatte sie tausenderlei Vorzüge. Und Miguelzinho hatte inzwischen sein Examen abgelegt, machte eine Lehre, würde vielleicht in eine Bank eintreten. Die beiden jungen Leute wiesen den Plan wie eine Einladung zum Inzest lachend, aber auch ein wenig beunruhigt von sich.

In jenen Jahren arbeitete sie viel. Nicht mehr so planlos wie früher, ohne Ziel und Zweck – man mußte sich die gegenwärtige Lage vor Augen führen und begreifen, in welche Richtungen sich das Königreich, ja die ganze Welt bewegte. Um die Kräfte zu erkennen, auf die man sich stützen konnte.

Sie studierte Giannone, Genovesi, las ausländische Zeitungen, Filangieris Schriften über das öffentliche Recht, die ersten Abhandlungen Paganos. Sie besorgte sich Texte über politische Ökonomie, sogar über Mathematik, und sie fühlte, wie sie sich veränderte: reifer, stärker wurde. Das bißchen Kulturgut, mit dem sie begonnen hatte, kam ihr jetzt lächerlich vor. Diese Geschichte der Antike, die sie sich anhand der großen Schlachten angeeignet hatte, diese heiligen, unvermeidbaren Heldentaten …

Jetzt begann sie, Tatsachen und Personen zu durchschauen. Den Verlust des Glaubens beispielsweise: ein unbewußt wahrgenommener Vorbote für ihre ganz persönliche, heranreifende Sicht der Welt. Was die Vernunft betraf, stand außer Zweifel: Die Religion ist nichts anderes als ein dramatisches Bedürfnis, das aus der Unwissenheit erwächst und von denjenigen genährt wird, die vorgeben, das Geheimnis zu durchschauen. Denn die Priester sind dadurch so mächtig geworden, daß sie die Hauptursache für ihre Macht, nämlich die kollektive Unwissenheit, für immer und ewig bewahren wollen. Das ist auch der Grund, weshalb die Träger der materiellen Macht, der Adel und der König, sich mit dem Klerus verbünden. Hat Cäsar, als er seine Diktatur errichtete, nicht auch den Titel des Pontifex maximus für sich beansprucht?

Im Gegensatz dazu existierten aber auch Menschen, die ihre Macht nicht aus der Unwissenheit oder der Schwäche anderer bezogen. Sie glaubten an die Intelligenz, an die Vernunft, an die Wissenschaft. Und deshalb waren sie hier in Neapel und in Frankreich, England, Holland zu Tausenden dabei, die Priester, den Thron, den parasitären Adel zu bekämpfen. Das war die Richtung, die die Welt einschlagen mußte: hin zu einer neuen Geschichte, die nicht mehr von unheilvollen Despoten regiert wurde, sondern von aufgeklärten Geistern.

Einen solchen Traum hegten – auf ganz unterschiedliche Weise – die Menschen, die Lenòr persönlich oder durch die Bücher kennengelernt hatte. Das war das einzig denkbare wahrhaftige, heilige Ideal, das war tatsächlich eine Religion, die es zu preisen und zu verbreiten galt. Diese Religion erniedrigte die Hochmütigen, hier auf Erden, richtete die Demütigen auf, tröstete die Unterdrückten. Doch man mußte klug und auf der Hut sein, um nicht auf das diffuse, schwärmerische Geschwätz von Leuten wie Giordano hereinzufallen. Die von den Königen, dem Adel, den Priestern errichtete Welt war noch fest verankert, wie für die nächsten Jahrtausende. Die Anzahl der neuen Menschen war vergleichsweise gering, die Unwissenheit des Volkes erschreckend.

Man mußte geschickt vorgehen, das System unterwandern. Sich mit List, Geduld und Weisheit unterordnen, um kleine Teile der eigenen Kraft abzugeben und Widersprüche aufzudecken. Jetzt verstand sie auch gewisse Theorien von Sanges und Pagano über die Notwendigkeit, die europäischen Monarchien zu unterstützen, die langfristig die Herrschaft des Adels und der Priester zerstören wollten, um die eigene Macht zu festigen. Diese Monarchien brauchten Verbündete und konnten diese unter den neuen Menschen finden. Sicherlich, ein Kompromiß. Aber die herkömmliche Gesellschaft und ihre Könige würden sich so mit den eigenen Händen ihr Grab schaufeln.

Sie war voller Enthusiasmus. Alles, was sie las und sah, schien sich perfekt in das Schema einzufügen, das für alles und jedes eine Erklärung bereithielt: für die Politik der Habsburger in Wien und in Mailand, für den Krieg der englischen Siedler in Amerika gegen das Vaterland. Vincenzo hatte ihr unter zahlreichen Ermahnungen eine in Holland gedruckte französische Broschüre geliehen. Es war die Reproduktion eines Dokuments, in dem sie tief bewegt viele ihrer eigenen neuen Gedanken wiedererkannte: die Menschenrechtserklärung des amerikanischen Volkes.

Wichtig war auch, was in Frankreich vor sich ging. Ludwig XV. war tot und hatte dem neuen König, dem lächerlichen, von Marie Antoinette gehörnten Dauphin, zahllose Probleme hinterlassen: Das Volk erhob sich gegen die Priester und den Adel. Die geistige Elite, die Aufklärer, leisteten gute Arbeit: Sie waren es, die jetzt das Bewußtsein der Menschen manipulierten, nicht mehr die Priester.

Und was würde hier, im Königreich, geschehen? Das hing ganz davon ab, inwieweit es gelingen würde, den König, oder vielmehr

Tanucci, in seinen Reformbestrebungen zu beeinflussen und zu unterstützen. Davon, wie viele von ihnen innerhalb und außerhalb des Palasts eine angesehene Position einnehmen konnten und wie klug sie ihre Beziehungen zur Monarchie zu gestalten verstanden.

Endlich erkannte sie, wie ihre eigenen Lebensumstände sich in einen größeren Zusammenhang einfügten. Gesellschaftliches Ansehen, Respekt zu erringen, hatte nicht nur einen persönlichen Wert, sondern es diente einem umfassenderen Plan, dem Wohlergehen aller. Worin bestand denn die Aufgabe, die Pflicht derjenigen, die das verinnerlicht hatten, wenn nicht in einem Beitrag zur Veränderung der Welt? Die Mächtigen und auch das Volk zu erziehen, wahre Wahrheit zu erobern.

Primicerio war in den Kreis um die Duchessa Goyzueta di Lusciano vorgedrungen, die mit dem König das Bett teilte. Primicerio war nur noch einen Schritt von der Ernennung zum Hofdichter entfernt: Hätte er den Gipfel erst einmal erklommen, würde er ihr dann etwa nicht helfen? Die Akademie war wieder im Gespräch, im Zusammenhang mit einer Apanage. Vielleicht würde sogar der launische Jeròcades etwas für sie tun, jetzt, da die Freimaurer so mächtig geworden waren. Und Cirillo ...

Sie lächelte beim Gedanken an das Gerede, das zur Zeit die Runde machte: Cirillo war verliebt. Sie konnte ihn sich nur schwerlich in diesem Zustand vorstellen: ihn, der so zurückhaltend, so väterlich war. Und doch war er noch immer ein ausgesprochen schöner Mann, Junggeselle, an die Vierzig. Bei dem Klatsch ging es vor allem darum, daß die Erwählte noch sehr jung war, eine Österreicherin, die von der Königin nach Neapel gerufen worden waren, die Malerin Angelica Kauffmann. Schön und sanft, Milch und Honig.

Auch Pagano würde ihr helfen können. Er war inzwischen eine Berühmtheit geworden: Seine Bücher wurden gedruckt, er schrieb für ausländische Zeitungen, die Leute kamen zuhauf, um seine Reden zu hören. Die Affäre mit Chiara Pignatelli war beendet, es hieß, auch er sei Mitglied der Freimaurerlogen geworden. Und Sanges ... Aber der war wie vom Erdboden verschluckt. Sie hatte ein schlechtes Gewissen. In letzter Zeit war es ihm nicht gutgegangen. Er wirkte abgemagert, sein sicheres Auftreten, das zuweilen eitle Gehabe waren getrübt.

»Was ist los mit dir, Vincenzo?« hatte sie ihn manchmal gefragt. Seine Antworten fielen sehr allgemein aus, dann verschwand er wieder für lange Zeit. Sie hätte auf die Suche nach ihm gehen sollen, so wie er es in schwierigen Situationen umgekehrt getan hatte.

Arbeiten, sich vorbereiten, schöpferisch sein. Anläßlich der Geburt der zweiten Tochter des Königs, Luisa Amalia, schrieb sie ein hübsches Sonett, das sie dem Hof zustellen ließ. Anläßlich der Geburt des Erbprinzen (der die bedeutungsträchtigen Namen Karl, Urheber der neuen Monarchie, und Titus, Wonne des menschlichen Geschlechts, erhielt) verfaßte sie einen Gesang, »Die Geburt des Orpheus«, der ihr besonders gut gelang.

Er bestand aus zwei Teilen. Im ersten Teil ging es um die Sage von Orpheus, der von Jupiter geschickt wird, um die Menschen aus der Barbarei zu befreien. Auf die von Orpheus geschaffene Zivilisation folgte eine Phase der Korruption, also schickten die Götter (dies war der zweite Teil) den neugeborenen Karl Titus von Bourbon, Sohn des göttlichen Ferdinand und der göttlichen Maria Caroline, auf die Erde, damit er unter der weisen Führung seiner berühmten Eltern besser zu Werke gehe als Orpheus.

Vielleicht hätte Cimarosa – ein aufsteigender Stern, nachdem Paisiello nach Petersburg gegangen war – den Gesang vertonen können. Doch auch Cimarosa ließ sich nicht mehr blicken: zu viele Verpflichtungen in Neapel und ganz Europa.

Sie begnügte sich damit, eigenhändig auf Pergamentpapier eine sorgfältige Kopie anzufertigen. Eine Woche später erhielt sie aus dem Palast einen kleinen Silberteller mit den königlichen Initialen, die blauen Mandelbonbons, die man zur Geburt eines Sohnes verschenkte, und ein Dankesschreiben. Das war nun der Erfolg ihrer einsamen Unternehmung. Wenn man sich nicht einer Gruppe, einer Partei, einer Sekte anschloß, erfuhr man keinen Schutz. Man kam keinen einzigen Schritt voran.

2   Lustlos nahm sie ihre Studien, die Lektüre, die Besuche bei den Cassano wieder auf. Auch der Salon von Monte di Dio war im Begriff, sich zu verändern; viele Besucher hatten sich Zirkeln angeschlossen, die um die Modeströmungen, die Anti-Tanucci-Bewegung, die Sympathie für die Freimaurer kreisten. Belforte, Jeròcades, Primicerio, Pagano waren verschwunden. Man traf dort jetzt etliche Mitglieder der Familien Pignatelli und Caracciolo, auch Francesco, der herrlich aussah in seiner Uniform als Hochsee-Kapitän. Ein großer Seemann: Der König vertraute auf dem Meer keinem anderen als ihm, obwohl Caracciolo ihm regelmäßig die faszinierendsten »Tintenfische« wegschnappte.

Sie lernte auch Ettore Carafa kennen, den Duca di Ruvo, einen jungen Mann, so groß und so dick wie der Riese vor dem Königspalast. Hakennase, Gesicht wie ein Raufbold. Er trug stets Reiterkleidung, krempelte die Stiefel auf englische Art um, roch nach Sattelkammer und Tabak.

»Der würde sogar zu Pferde hier hereinreiten«, lächelte Maddalena Serra, die mit ihm verwandt war. »Wußtet ihr, daß er seinem Pferd beigebracht hat, Treppen zu steigen?«

»Treppauf, treppab und quer durchs Haus, ohne irgendeinen Schaden anzurichten. Und ohne Schmutz zu hinterlassen«, bestätigte er voll fröhlicher Eitelkeit. »Pferde können eben alles. Man muß sie nur zu nehmen wissen, genau wie die Frauen. Ein paar Klapse hier«, er zeigte auf sein Gesäß, »und schon tun sie alles, was man will.« Mit diesen Worten verschwand er in den Spielsalon, um einer anderen Leidenschaft zu frönen.

Einmal fragte er sie: »Nicht einmal Ihr könnt reiten? Aus irgendeinem Grund mögen die Frauen in Neapel nicht reiten. Und die Männer auch nicht. Die beiden einzigen wahren Reiter sind König Ferdinand und meine Wenigkeit. Vielmehr meine Wenigkeit und König Ferdinand. Eines Tages möchte ich es Euch *lernen.*«

So drückte er sich tatsächlich aus, er verwechselte »lernen« und »lehren«, wie es viele halbgebildete Neapolitaner tun. Sie lächelte ihn an.

»Ich bitte Euch darum.«

Nach einiger Zeit beschloß auch sie, den Salon der Cassano nicht mehr zu frequentieren, auch wenn es ihr feige erschien, wie ein Verrat. Aber die Besuche brachten ihr weder Vergnügen noch irgendeinen Nutzen. Der übliche Klatsch und Tratsch hatte sich in triviale Grausamkeit verwandelt, die nur noch ein Ziel kannte: Maria Caroline. Sie wurde bei lebendigem Leibe zerfleischt. Man behauptete sogar, die Königin und die treue Gefährtin jeder ihrer Schandtaten, die San Marco, würden abends, in weite Kapuzenmäntel gehüllt, den Palast verlassen, um den Platz der Huren in den Freudenhäusern der Cagliantesa einzunehmen.

»Aber ...«, sie wagte einen Einwand, »so etwas Ähnliches habe ich auch schon bei Juvenal gelesen. Er sagte genau dasselbe über die Messalina. ›Ausa est‹«, versuchte sie den Wortlaut zu erinnern, »›sumere nocturnos meretrix augusta cucullos‹.«

»Bei Juvenal, bei Juvenal«, lachte die Popoli verächtlich auf. »In diesem Fall ist die Sache nachgewiesen.«

Gut möglich, aber mittlerweile redeten sie über nichts anderes mehr und machten sich über die geizigen Adligen lustig, die ihre Dienste am Palast anboten. Lenòr fing an, sich zu langweilen, und war zugleich beunruhigt: Von wem hatte sie doch gehört, daß die Königin tüchtige Spione ausschickte, die perfekt getarnt waren?

Eine Zeitlang fand sie Ablenkung im Gespräch mit Maddalenas jungen Neffen, Gennaro und Giuseppe Serra, die gerade aus dem Internat in Paris zurückgekehrt waren. Gutaussehende junge Männer, intelligent, sehr gebildet. Sie hatten Ökonomie, Astronomie, Chemie studiert, kannten Voltaire, Condorcet, die Enzyklopädie.

Der junge Gennaro war ausgesprochen hübsch. Schwarze Mandelaugen, lange Wimpern, kleiner Mund mit einem leicht bitteren Zug, eine schwarze Strähne über der blassen Stirn. In seinen Blicken lagen Hochachtung und Bewunderung, und eines Tages sagte er mit ernstem Gesichtsausdruck zu ihr, daß er sie anders finde, »sehr anders« als die anderen neapolitanischen Damen. Sie war gerührt, und als der junge Mann sie darum bat, ihn über das Leben im Königreich aufzuklären, hätte sie sich beinahe vergessen. Doch auch diesmal meldete sich ihr ethisches Empfinden zu Wort: wie verwerflich, einen unverdorbenen, noch formbaren Jüngling zu indoktrinieren. Aber es ist doch auch wichtig, die jungen Leute an die neuen Ideen heranzuführen – schließlich empfahl sie ihm die Lektüre von Giannone, Genovesi, Pagano.

»Ich werde versuchen, Euch die schwierigsten Passagen zu erläutern«, fügte sie mit sanfter Zufriedenheit hinzu.

Trotz Gennaros Anwesenheit reduzierte sie ihre Besuche im Salon. Auf diese Weise entging ihr der Jubel über Tanuccis direkte Offensive gegen die Königin; Tanucci hatte befohlen, die Freimaurer zu verhaften und in einer Loge in Capodimonte festzuhalten. Statt dessen aber wurde sie Zeugin der allgemeinen Verzweiflung, als Maria Caroline siegte und den König zwang, die Gefangenen wieder freizulassen (Jeròcades schrieb ein Gedicht, in dem es hieß: »Caroline trägt die Siegespalme / besiegt sie doch des Gottlosen Wut.«) und Tanucci den Laufpaß zu geben.

Die Nachricht kam einem Erdbeben gleich. Der Salon Serra hatte sich beinahe völlig geleert, die Damen waren wie betäubt und warfen einander fragende Blicke zu. Die Männer unterbrachen sogar ihr Kartenspiel, obwohl Ruvo sie zum Weiterspielen aufforderte.

»Na hört mal, habt ihr etwa Angst vor einem Weib? Tanucci war auch nicht mehr der Jüngste. Und wenn er gestorben wäre? Hier versammeln sich die Carafa, die Caracciolo, die Cassano. Sind wir etwa Treibholz geworden? Wir sind es doch, die das Königreich geschaffen haben, lange bevor diese Bourbonen überhaupt das Licht der Welt erblickten, und Ferdinand tut gut daran, das nicht zu vergessen. Es ist ja schließlich niemand gestorben, der Spieltisch wartet auf uns.«

Aber niemand rührte sich. Schließlich hustete Don Giovanni Minutolo, ein alter Capece del Seggio di Nido, drei- oder viermal und stand dann träge auf.

»Schon gut, Don Ettore. Vielleicht habt Ihr recht. Machen wir die Mitternacht also nicht schwärzer, als sie ist, und gehen wir spielen.«

War das nicht oberflächlich? Hatten nicht vielmehr die Frauen recht, mit ihrer seltsamen Sensibilität für tragische Momente?

Auch Lenòr verspürte eine leichte Irritation. Nicht daß sie es eine Vorahnung hätte nennen mögen, um Himmels willen, eher war es eine Art Gespür für das Prekäre der Situation, eine leise Angst. Wie sehr wünschte sie, endlich Sanges wiederzusehen. Weshalb ließ er sich nicht blicken?

Michele di Cassano und die anderen redeten über Sambuca, der vom König zum neuen Minister ernannt worden war.

»An diesem Punkt ändert sich die gesamte Politik des Königreichs. Wir entfernen uns von Spanien und Frankreich und nähern uns Österreich und England. Ich sage Euch, dieser Schlag wurde von Wien aus geplant.«

»So schlecht wäre das nun auch wieder nicht.«

»Was redet Ihr da! England wartet doch nur darauf, sich endlich Sizilien einzuverleiben.«

»Und wenn schon! Sizilien hat uns sowieso immer nur Scherereien gemacht.«

»Sambuca ist ein Idiot. Ein Strohmann. Er dient doch nur dazu, die Königin abzuschirmen.«

»*La putain couronnée a gagné sur toute la ligne*, diese gekrönte Hure hat auf der ganzen Linie gesiegt«, warf Chiara Pignatelli mit eisiger Stimme ein. »Wißt Ihr, daß die arme Goyzueta Neapel verlassen mußte, um sich auf ihrem Besitz in Lusciano einzuschließen?«

»*Un vrai absolutisme*, der reinste Absolutismus«, schrie Giulia Carafa.

»Wir fallen zurück in die Zeiten Ferdinands von Aragon«, seufzte jemand. Ruvo, der wieder aufgetaucht war, machte eine vulgäre Bewegung mit dem Arm und rief: »Seid Ihr verrückt? Der König muß die Sache wieder in Ordnung bringen, der soll der Königin mal zeigen, wo's langgeht. Die braucht eine ordentliche Tracht Prügel. Das nächste Mal, wenn ich mit ihm zur Jagd gehe, sage ich ihm das. Und wenn er nicht selbst dafür sorgt, dann übernehmen wir das eben.«

»Worauf wollt Ihr hinaus, Duca? Wollt Ihr einen Krieg wie den von Masaniello?«

»Warum nicht? Die *lazzari* kenne ich gut: ein Pfiff, ein bißchen Kleingeld und zwei deftige Worte, und schon haben wir sie alle hinter uns. Auch zu Zeiten Masaniellos haben die Carafa sich eingemischt.«

»Diese Dinge liegen doch über hundert Jahre zurück. Und Ihr, Duca, glaubt noch immer, daß die *lazzari* nichts anderes sind als Erfüllungsgehilfen im Hause Carafa?«

»Heutzutage, lieber Ruvo, sind die *lazzari* ein Herz und eine Seele mit dem König. Ferdinand ist ein Tölpel, aber mit denen kann er umgehen.«

3   Eines Morgens machte sie sich auf den Weg zur Imbrecciata dei Sette Dolori, um Vincenzo aufzusuchen. Eine steile, schlechte Straße mit spitzen Steinen: am unteren Ende mündete sie in die Via Toledo, nicht weit von der Pignasecca, und schlängelte sich von dort den Vomero hinauf. Auch hier gab es ebenerdige Behausungen, trocknende Wäsche, eine Menge Lärm. Es dauerte eine ganze Weile, bis sie Sanges' Wohnung ausfindig gemacht hatte; in dieser Gegend gab es noch keine Hausnummern. Schließlich gelangte sie zu einem düsteren, ärmlichen Palazzo, wie bei den Sanfelice mit doppeltem Treppenaufgang, der hier aber sehr schmal ausfiel und zudem nach Katzen und Weißkohl roch. Sie stieg hinauf bis ins letzte Stockwerk. Vincenzo wohnte jedoch seit geraumer Zeit nicht mehr hier, vielleicht war er nach Sarno zurückgekehrt.

»Vermutlich wegen seiner Mutter. Vielleicht geht es ihr nicht gut«, dachte sie aufrichtig besorgt.

Blieb nur Primicerio. Die Gleichgültigkeit, mit der sie an ihn dachte, amüsierte sie.

Primicerio hatte es gerade noch rechtzeitig geschafft, Hofdichter zu werden, bevor man seine Gönnerin ins Exil geschickt hatte. Lenòr mußte ihn im Palast aufsuchen, wo man ihm zwei mit Büchern vollgestopfte weißgetünchte Zimmer zugewiesen hatte, im Erdgeschoß und mit Blick auf die Gärten. Er saß hinter einem geschnitzten Tisch, auf dem ein Stapel Papiere lag. Gezwungenermaßen trug er nun einen Gehrock, dazu Strümpfe aus grüner Seide, Kniehosen, eine Perücke. Sie lächelte ein wenig boshaft. Es schien ihn nicht zu kränken. Im Gegenteil, er wirkte nicht mehr so ruppig wie früher: allenfalls würdevoll, mit einer Prise Ironie.

»Endlich hast du es geschafft«, rief sie aus und sah sich im Zimmer um. Luigi ließ sein altbekanntes nervöses Lachen hören.

»Auf den Gipfel eines Berges aus Scheiße«, antwortete er. »Aber jetzt kommt es mir sehr gelegen.«

»Jetzt bist du mächtig.«

Er schüttelte den Kopf. »Von wegen. Für dich habe ich beispielsweise nichts tun können.«

»Das glaube ich gern«, sagte sie spöttisch. »Meine Verse sind ja auch gräßlich, nicht wahr?«

»Sei nicht albern, Lenòr. Diese Kantate war gar nicht so schlecht. Aber auch in diesen Dingen bestimmt die Königin. Weißt du, was sie zu mir gesagt hat? – ›Ach so, diese Spanierin ...‹ – ›Portugiesin, Majestät.‹ – ›... mit der Riesenbrust‹ – bitte entschuldige, Lenòr, aber genau so hat sie sich ausgedrückt: ›Cette Espagnole avec ses gros tétons ... Eine Karte mit einem Dankesgruß, das genügt.‹«

Ihr kam plötzlich ein Gedanke. »Entschuldige, Luigi. Darf ich dich etwas fragen?«

»Aber sicher.«

»Bist auch du zu den Freimaurern gegangen?«

Er sah sie mit einem geheimnisvollen Lächeln an und ließ die Antwort offen.

Also war auch Primicerio einer Freimaurerloge beigetreten und damit ein Mann der Königin. Sie war entmutigt. An wen konnte sie sich jetzt noch wenden? Wer war ihr als Freund geblieben? Vielleicht sollte sie regelmäßiger das portugiesische Konsulat aufsuchen. Mit Sambuca würden sich die Beziehungen zwischen Neapel und Portugal verbessern, zumal das Königreich sich von Spanien loslöste. Sie überlegte, ob sie etwas schreiben sollte, um Signor De Pombal, dem mächtigen Minister ihres ehemaligen Landes, zu schmeicheln. Wer weiß.

Zu Hause traf sie ihren Vater an, der aus Rom zurückgekehrt war, zusammen mit Tio Antonio, beide warteten auf sie. Ihren

Gesichtern war abzulesen, daß es außergewöhnliche Neuigkeiten gab.

»*Seja bem vindo, papài*. Herzlich willkommen.«

Er sah noch schmächtiger und ausgezehrter aus als zuvor, hatte fast keine Haare mehr auf dem Kopf.

»Lenorzinha, Tio Antonio hat sich um deine Angelegenheiten gekümmert. Vielleicht hat er dir einen Vorschlag zu machen.«

Titìo lächelte ein wenig unsicher. Er erwähnte eine vielversprechende Partie. Mit einem Offizier des Königs, adlig, wenn auch nicht von hohem Stand; schon etwas älter, aber aus gutem Hause. Er wohnte in der Nähe, in der Pignasecca.

»*Qual è seu nome?* Wie heißt er?«

»*Chama-se Tria. Dom Pascual Tria.* Seine Mutter war eine De Solis Y Gorabito. Sein Onkel ist der Bischof von Larino.«

An dieser Stelle seufzte Tio Antonio, von seinem Gewissen getrieben, und ließ die Arme sinken. »Das ist der, der Giannone verurteilt hat«, fügte er hinzu. »Aber er lebt in Rom.«

Erneut zögerte er. Dann verkündete er: »In der Familie gibt es noch zwei weitere Geistliche. Ein Onkel von Don Pasquale ist Kammerprälat des Papstes, eine seiner Schwestern ist Nonne in Neapel.«

»*Bom*«, antwortete sie instinktiv ironisch. »*Uma familia santa*, eine heilige Familie. Das ist genau das richtige für mich«, fügte sie in Gedanken hinzu.

4   Noch eine Woche bis Weihnachten. Sie war guter Dinge.

Zu Hause wurde nicht mehr von der Heirat gesprochen, und nach vielen Tagen, an denen Regen und kalter Wind geherrscht hatten, war die Sonne wieder hervorgekommen. Neapel war wie gereinigt, spiegelblank wie eine frischgeputzte Fensterscheibe. Jenseits des türkisfarbenen Meeres lagen der Vesuv und die sorrentinische Halbinsel, glasklar bis in Einzelheiten: rosarote Erdfalten, Täler, Häuser. Am Horizont zeichnete sich Capri ab, mit seinem königlichen Profil wie dem einer schönen Schlafenden über der Wasserfläche.

Sie spazierte allein durch die Stadt, mischte sich unter die

Leute. Geruch von Mandarinen, gerösteten Kastanien, gebratenen *cigoli*. In Santa Lucia wurden die Stände der Fischverkäufer wieder aufgebaut, in der Rotonda die kleinen Tische der Cafés. Gemächlich schlenderte sie in Richtung Königspalast zurück, schnitt der Statue des Riesen eine Grimasse, ging am San Carlo vorbei, begleitet von der Melodie, die in jenen Tagen überall in Neapel gesungen, gespielt, gepfiffen wurde: ein schlichtes Motiv aus Glucks »Armida«.

Vor der Kirche von San Ferdinando bahnte sie sich den Weg durch die Menge, bog in die Via Toledo ein, wo unbeschreibliches Gedränge herrschte.

Sie blieb stehen, um sich an der Ecke der Via Sargento Maggiore die Schaufensterauslage ›La femme chic‹ anzusehen – atemberaubende Kleider, eines hatte eine perlenverzierte Schleppe aus weißer Seide. Da waren auch lange Handschuhe aus weichem Leder zu sehen, Spazierstöcke aus Elfenbein, wertvolle Uhren mit Ketten, an denen zierliche Berlocken befestigt waren. Und Lorgnetten, venezianische Fächer, kleine Dosen aus Onyx, Perlenketten.

Die Lebensmittelläden boten Unmengen von Nüssen, Mandeln, getrockneten Kastanien, afrikanischen Datteln, Speck, Schinken, eingelegtem Gemüse in den verschiedensten Farbtönen. Ketten getrockneter Feigen aus Kalabrien, die einen intensiven Duft verströmten, reichten von einem Ende der Auslagen zum anderen. In einem Laden hatte man ein richtiges Schloß aus zuckerbestäubten Feigen aufgebaut, ein anderer quoll über von neapolitanischem Weihnachtsgebäck: *sosamelli, paste reali,* Früchteplätzchen und Mandelkringel.

Das größte Durcheinander aber herrschte in den Gassen, auf den kleinen Märkten, die geradezu in Brokkoli, Blumenkohlköpfen, Bauernäpfeln, Orangen, Pinienzapfen ertranken, und speziell vor den Ständen der Fischverkäufer, die mit den noch lebenden, schlüpfrigen Aalen, Goldbrassen, Zahnbrassen hantierten und dabei eimerweise Wasser und Tang auf die Straße gossen. Sie patschten mit nackten, schmutzigen Füßen, die in derben Holzpantinen steckten, durch den Schlamm.

Weihrauchduft drang aus den Kirchen, die mit riesengroßen Tüchern aus grünem, violettem, gelbem Samt geschmückt waren. In jeder Kirche stand eine Krippe, inmitten von Blumen, Goldschmuck, Kerzen, Mandarinen.

Außergewöhnliche Krippen. Sie hatte sich bereits die in den Kirchen Sant'Anna di Palazzo und San Pantaleone angesehen. Die Krippe in Sant'Anna nahm das rechte Kirchenschiff zur Hälfte ein. Vor einem immensen Hintergrund aus blauer Seide, auf dem tausend goldene Sterne glänzten und ein riesiger, mit Edelsteinen verzierter Komet funkelte, erhob sich eine beeindruckende Landschaft: Überreste von Säulen, Bauernhütten, die Umrisse einer Stadt, ganze Hügel aus Moos. In den Baumkronen Vögel mit buntem Gefieder. Straßen aus Kies, die in alle Richtungen führten, und darauf, reglos, dicht gedrängt, ein ganzes Volk von Krippenfiguren von der Größe eines Kindes. Auf der glatten Oberfläche des Porzellans glänzten die Farben der Gesichter, die Augen blickten geheimnisvoll. Diese Krippenfiguren trugen Gewänder aus echtem Stoff. Eine Bäuerin, die zum Klang der Gitarren und Handtrommeln tanzte, hielt ein Bein leicht angewinkelt: unter dem Rock aus blauem Leinen mit Bordüren aus besticktem Atlas sah man die Spitzen ihrer drei Unterröcke. Die Spitzen waren echt, so wie auch die grünen und gelben Strümpfe, die schwarzen Samthosen, die der Trommler trug, die weite rote Lederjacke des Gitarristen naturgetreu gefertigt waren.

Ihre Augen hüpften von einem Punkt dieser im Kirchenschiff aufgebauten Phantasielandschaft zum nächsten, ihr schwirrte der Kopf.

Hier vorn, unter einer Laube, schob ein Bäcker im weißen Hemd und mit sackleinener Mütze schneeweiße Teigwaren auf seine Schaufel, während eine aufreizende Müllerin mit einem tief ausgeschnittenen karierten Mieder sich bückte, um die Ölkuchen vom Boden aufzuheben, und dabei ihre schönen weichen Brüste sehen ließ.

Weiter drüben waren töricht und zugleich drollig wirkende Landarbeiter mit feuerroten Wangen und Ohrringen unterwegs. Das Gedränge der Bettler und Verbrecher: Verwundete, Gebrechliche, Krüppel an Krücken, mit Verbänden, eiternden, verschorften Wunden. Daneben als Kontrast ein orientalischer Festzug: Staunend bewunderte Lenòr den Zug der heiligen drei Könige mit glänzenden silbernen, goldenen Umhängen und purpurnen Fahnen.

Pagen mit seidenen Turbanen trugen buntschillernde Papageien und Käfige mit Paradiesvögeln, führten Windhunde mit Flanken aus goldgelbem Porzellan. Muselmanische Kalifen mit glänzenden Keramikhänden schwangen bedrohliche Krummsäbel. Elefanten mit Baldachinen aus Ebenholz und Bernstein und brokatenen Satteldecken gingen an einer Gruppe von Dieben vorbei, die soeben die Schreine aufbrachen, aus denen im Überfluß Zinngefäße und Diamanten hervorquollen.

Das Jesuskind, die Madonna, der heilige Josef gingen bei diesem Anblick völlig unter; Lenòr entdeckte sie schließlich weit oben inmitten zerbrochener Säulen unter einem Schwarm nackter Engel mit einer Haut aus Emaille. Sie wurden fast ganz verdeckt von den sannitischen Hirten, bekleidet mit zusammengebundenen Fellen, beladen mit getrockneten Kürbissen und blutigen Lämmern. Marias wunderschöner nackter Fuß mit den rosigen Zehen prägte sich ihr deutlich ein.

Und dabei hieß es sogar, diese Krippe sei noch gar nichts. Da sollte sie erst einmal die im Palast sehen: sie war hundertmal so groß, die Bühnenbildner des Teatro San Carlo gestalteten sie jedes Jahr neu.

Auf dem kleinen Markt von Sant'Anna war es geradezu unmöglich stehenzubleiben. Geduldig ließ Lenòr sich weiterschieben bis zum Stand von Zi' Rosa, einer alten, schnurrbärtigen Bäuerin, die immer ganz in Schwarz gekleidet war, vom Kopftuch bis zu den grobgestrickten Socken. Lenòr kaufte eine Knoblauchknolle, Brokkoli, Orangen. Dann schlug sie sich auf die Stirn: Sie hatte die passierten Tomaten und das Abendessen vergessen. Seit ein paar Tagen hielt Papài sich in Neapel auf, oft kam auch Titìo zu Besuch. Was sollte sie nur kochen? Keinen Fisch, während der Festtage stiegen die Preise. Also etwas Fleisch.

Seufzend ging sie die Via Santa Teresella wieder hinunter. Sie brauchte eine geschlagene halbe Stunde, um einen kleinen Krug eingekochter Tomaten und zwei Kapernröhrchen zu erstehen. Wer weiß, wieviel Zeit sie beim Metzger verlieren würde: Es war besser, umzukehren und zu Musciariello in der Salata zu gehen, dort war das Fleisch zwar bei weitem nicht so gut wie im Vicolo delle Chianche a Toledo, aber es war meistens nicht so voll. Doch heute herrschte auch dort Gedränge. Der alte Musciariello, inzwischen schon ganz verwirrt und müde, kam den Wünschen seiner Kunden kaum noch nach, auch Donna Violante, seine Frau, eilte geschäftig hin und her, ihre enorme Brust, ihr dicker Bauch hoben und senkten sich heftig bei all der Anstrengung. Sie war über und über mit Blut, Fett, klebrigen Klümpchen beschmiert.

Während Tia Michaela den Brokkoli putzte, bereitete Lenòr die Sauce zu. Mittlerweile hatte sie es gelernt: Öl, Zwiebeln, passierte Tomaten, dann das kleingeschnittene Fleisch. In einem Tontopf kochte Wasser für die Makkaroni. Sie würde die dicken Makkaroni nehmen, Papài und Titìo mochten sie so gern. Sie rieb Pecorino aus Gaeta, deckte den Tisch. Ein Wohlgeruch zog durch die Wohnung: Sie schnupperten, bekamen gierige Augen.

Bei Tisch traf es sie wie ein Blitz.

»Lenòr. Es ist soweit«, sagte Titìo und blickte starr auf seinen Teller, wo er ein Stück Brot in die Sauce stippte. »Ich glaube, deine Zukunft ist jetzt endlich gesichert. Übermorgen kommen Don Pasquale Tria und sein Vater, Don Francesco, zu Besuch, um dich kennenzulernen und den Heiratsvertrag aufzusetzen.«

5   Zwei aufreibende Tage voller Anspannung. Sie mußte sich ganz allein um alles kümmern. Nachts schlief sie schlecht, morgens stand sie sehr früh auf. Sie eilte zur Carità, wo ein guter grüner levantinischer Kaffee verkauft wurde. Kurz zog sie in Erwägung, Blumen zu kaufen, doch die waren zu teuer: Sie würde sich mit Vovós Stoffblumen behelfen, die man waschen konnte.

Den ganzen Tag lang schwitzte sie beim Putzen des Empfangszimmers, wo sie an den anderen Tagen las und studierte; zum Glück war die Wohnung hier, in der Salata, recht klein, und sie hatten nur wenige Möbel. Sie wischte den Fußboden, bürstete den verschlissenen Diwan ab, reinigte die Glasscheiben der Gemälde, entstaubte den Leuchter, steckte neue Kerzen auf. Sie klopfte die Vorhänge am Balkon aus, wirbelte dabei große Staubwolken auf, polierte die Fenstergriffe. Vovós Blumen bekam das Waschen leider gar nicht: beim Trocknen bildeten sich Flecke. Sie rettete drei oder vier der Blumen, drapierte sie in einer kleinen Kristallvase mitten auf dem großen Tisch. Sie staubte die Bücher im Regal neben dem Fenster ab und richtete die Buchrücken aus. In das Tintenfaß steckte sie eine neue Gänsefeder, die weiß und stolz emporragte wie eine Fahne.

Um ein Uhr stellte sie für Tio Antonio, Papài, Tia Michaela, Tio Carlos das Essen auf den Tisch und brachte Vovó, die mittlerweile das Bett nicht mehr verließ, eine heiße Brühe, dann spülte sie das Geschirr, machte die Küche sauber. Schwitzend und schwer atmend, stellte sie den Kaffeeröster auf den Ofen. Drei Stunden lang wendete sie unentwegt die Kaffeebohnen, während der Kaffeegeruch sich in der ganzen Wohnung ausbreitete.

Indes schwirrten ihr bruchstückhaft Gedanken durch den Kopf, die sie einfach nicht näher fassen konnte. Seit Titìo den Besuch der Tria angekündigt hatte, herrschte ein Gefühl in ihr vor: ihr Dasein schien vorläufig abgeschlossen zu sein. Um danach sofort wieder weiterzugehen, aber auf eine völlig andere Weise. Sie als Lenòr war im Begriff, sich anmutig zu verabschieden und zu gehen (fast wie eine Schauspielerin von der Bühne), um den Platz zu räumen für eine noch unbekannte Dame, die ihr nur äußerlich glich. Vor ihrem inneren Auge beobachtete sie diese Dame: Sie kam ihr resolut vor, erwachsen. Signora Contessa Tria.

»Contessa Tria, Eleonora Tria, Lenòr Tria«, wiederholte sie mehrfach. Das klang nicht schlecht, auch wenn es weniger galt als Marchesa.

Aber, mein Gott, was für ein Mensch war dieser Tria überhaupt? Titìo hatte ihn als ein wenig älter bezeichnet. Wieviel älter? Sie war jetzt sechsundzwanzig. Wenn Tria (vielmehr Pasquale, Pascual: auf portugiesisch klang es schöner) … Wenn Pascual fünf Jahre älter war als sie, dann wäre er einunddreißig, bei zehn Jahren sechsunddreißig. Nun, mit sechsunddreißig Jahren war ein Mann noch nicht alt, schon gar nicht ein Militär.

Im Grunde wurden ja auch ihre Freunde älter. Vincenzo … Weshalb war er verschwunden? Sie hätte ihn jetzt mehr denn je gebraucht, als Freund, als Bruder. Tränen stiegen ihr in die Augen. Vincenzo mußte auf die Vierunddreißig zugehen. Und Primicerio … Wie die Zeit verging. Menschen, die sie kennengelernt hatte, als sie noch sehr jung waren – es kam ihr vor wie gestern –, waren mittlerweile erwachsen, mehr als das: Filangieri mit seinem hageren, von einigen Furunkeln gezeichneten Gesicht … Er war ein auch im Ausland berühmter Philosoph geworden, seine Hochzeit mit der Gräfin Fremdel stand unmittelbar bevor. Alt geworden war auch der König, den sie genau an dem Tag zum erstenmal gesehen hatte, als sie vom Mädchen zur Frau wurde. Und erst die Königin … Einige hatten beinahe schon das Greisenalter erreicht: Cirillo konnte kaum jünger sein als fünfundvierzig, ebenso Jeròcades. Die, die mit einem Bein im Grabe standen, wie Belforte, waren mindestens sechzig. Und die schönen Damen … Sie lächelte bei dem Gedanken daran, daß die herrliche Chiara di Belmonte auf die Dreißig zuging. Maddalena, Giulia waren sogar noch älter: Sie hatte sie zwar seit längerem nicht mehr gesehen, die ersten Falten unter den Schichten aus Creme, Puder, Rouge jedoch längst bemerkt.

Erschrocken setzte sie den glühenden Kaffeeröster auf der Feuerstelle ab und lief zum Spiegel, um sich zu betrachten: zerzaust, verschwitzt, ungeschminkt, die Haare eine Katastrophe. Aber ihre Haut schien noch nicht zu welken. O doch, zwei haarfeine Falten an den Mundwinkeln, ein hauchdünner Sprung in der hellen Fläche ihrer Stirn. Dann entdeckte sie ein unscheinbares Aufblitzen von Silber in einer Locke.

Am Nachmittag des angekündigten Besuchs zitterte sie. Um jede Spur von unangenehmen Gerüchen zu vertreiben, hatte sie trotz der Proteste von Tia Michaela und Tio Carlos lange die Fenster

und die Balkontür geöffnet. Sie hatte das Kohlenbecken angezündet und Weihrauchkörner und Mandarinenschalen darauf
gestreut, wie man es bei den Serra zu tun pflegte.

Sie hatte sich sorgfältig, aber dezent geschminkt. Hatte das
ewige »adelige« Kleid aus violettem Samt mit dem Brusteinsatz
angezogen, um ihren verhaßten Busen zu verbergen. Sie legte ein
Halsband aus schwarzem Samt an, dazu ihre bescheidenen
Schmuckstücke.

Auch Titìo und Papài schienen nervös zu sein. Sie brüteten
schweigend vor sich hin, bei jeder heranrollenden Kutsche blickten sie zur Eingangstür. Endlich beendete ein energischer Ruck
an der Samtquaste mit dem silbernen Glöckchen, das sie aus
Ripetta mitgebracht hatten, die schwierige Wartezeit.

Der Kaffee war ihr ausgezeichnet gelungen. Sie hatte viel Pulver
in den Filter gepreßt und wenig Wasser genommen. »Köstlich«,
hatte Pascual gesagt, mit tiefer Stimme und starkem neapolitanischem Akzent, ähnlich wie Belforte. Er hatte sich die Lippen ge-
leckt. Sie hatten ein paar Worte gewechselt, schließlich hatte sie
sich verbeugt, und die Männer waren zum Gruß aufgestanden:
Beim Aushandeln des Heiratsvertrags mußten sie unter sich
sein.

In der Küche sank sie auf einen Stuhl, ihre Wangen brannten,
ihre Gedanken flogen. Sie ließ das Geschehen noch einmal vor
ihrem inneren Auge ablaufen.

Papài war gegangen, um zu öffnen. In der Tür erschien ein
alter Mann mit Zeremonienperücke und schwülstigen Locken. Er
war klein, über seinem vorstehenden Bauch wölbte sich eine
weiße Hemdbrust, altmodisch nach spanischer Art mit einem
enormen Jabot. Schwarzer Gehrock, ebenfalls schwarze Strümpfe,
Schuhe mit großen Schnallen. In der Hand hielt er ein Taschentuch, das er zum Mund führte, während er sprach und mit tiefem
Rasseln hustete.

Ihm folgte ein Soldat in eleganter Uniform: Kragen goldver-
ziert, silberne Schnurbesätze, betreßte Stiefel. Pascual Tria trug
eine Perücke mit Zopf; unter einem Arm hielt er den blauen
Zweispitz mit der weißgoldenen Kokarde, mit dem anderen

preßte er den Säbel an die Hüfte. Ihr gefielen seine etwas abrupten Bewegungen.

Während Don Francesco sie unter rasselndem Husten begrüßte, schlug Pascual die Hacken zusammen. Er war glatt rasiert und machte im Gegensatz zu seinem Vater einen sauberen Eindruck. Ein leichter Duft nach französischem Parfüm und nach Leder ging von ihm aus.

Sie senkte die Augen. Sie ließ sich von ihm die Hand küssen, verbeugte sich, lief davon, um den Kaffee zu bereiten. *Ainda bem,* ein Glück … Jung war er nicht mehr, wohl schon über vierzig, aber er sah noch frisch aus, hatte lebendige Augen. Kastanienbraun, wie es ihr schien. Die Haare waren unter der Perücke leider nicht zu sehen. Seltsam, wie sehr er sie an Primicerio erinnerte. Vielleicht weil er ziemlich klein war, sich so abrupt bewegte. Aber er war schöner als Luigi: seine Nase war gerade, die Augenbrauen dicht. Und die Zähne gesund. Sein Kinn fand sie geradezu attraktiv: es hatte ein markantes Grübchen, einen hübschen Spalt, der weich und männlich zugleich wirkte. *Ainda bem, meu Deus!* Es hätte schlimmer kommen können.

Sie war mit dem Kaffee zurückgekehrt und für ein paar Sätze im Zimmer geblieben. Jenes »köstlich« war sein erstes Wort gewesen.

Don Francescos große, behaarte Hand zitterte, fast hätte er sich den Kaffee über die Kleider geschüttet. Dann hustete er, sagte: »Ausgezeichnet, ausgezeichnet. Ihr habt gelernt, den Kaffee auf neapolitanische Art zuzubereiten.«

Sie hätte gern etwas Geistreiches geantwortet. Augenblicklich waren ihr Parinis Verse in den Sinn gekommen, »der Nektartrunk, in dem tiefdunkel / dampft und glüht die Frucht, die aus Aleppo / und von Mokka her für dich gebracht«; danach hätte sie ein paar lobende Worte auf Neapel sagen können, doch sie spürte, daß es besser wäre, darauf zu verzichten. Sie lächelte und murmelte ruhig: »Ich tue mein Bestes.«

Dann sagte Pascual, daß sein Regiment, das »Sannio«, sich in der Stadt einquartieren würde. Und zwar endgültig.

»Ich hatte auch wirklich genug von diesem unsteten Leben«, fügte er hinzu.

Er warf ihr einen etwas derben, vielsagenden Blick zu, was sie verstörte. Als wäre sie bereits seine Frau, sein Zeitvertreib, seine Dienerin.

»Natürlich«, antwortete sie lächelnd. »Neapel ist etwas ganz anderes. Eine schöne, sehr lebendige Stadt. Ich habe mich schon lange in sie verliebt.«

Es schien ihr, als habe Tria bei dem »verliebt« leicht die Augenbrauen hochgezogen, die bei genauerem Hinsehen graue Tupfer aufwiesen. Auch Don Francesco drehte sich zu ihr um, dann rief Pascual mit nachsichtiger Stimme: »In der Tat. Alle Ausländer lieben Neapel. Neapel sehen und sterben.«

Um ihre Höflichkeit zu erwidern, fügte er hinzu: »Aber auch Ihr kommt aus einem Land, das als schön gilt. Lissabon, der Ebro...«

Sie zuckte zusammen, wagte weder Titìo noch Papài anzusehen.

»Nun gut«, hüstelte Don Francesco ungeduldig. Und damit endete die erste Begegnung mit den Tria.

Als die Gäste gegangen waren, trat sie wieder ins Zimmer, um abzuräumen. Titìo und Papài sahen sie forschend an, sie zuckte die Schultern.

»Er scheint nicht besonders gebildet zu sein«, war das erste, was sie sagte. Tio Antonio lächelte.

»Er ist ein Militär«, sagte er versöhnlich. Dann fügte er, nun wieder mit ernster Miene, hinzu: »Die Hauptsache ist, daß er dir nicht mißfällt, Lenorzinha.«

»Na ja«, sagte sie. Als sie sah, daß Papàis Gesicht einen verzweifelten Ausdruck annahm, rief sie: »Aber nicht doch! Er mißfällt mir ja gar nicht!«

Titìo und Papài wirkten erleichtert.

»Hör zu, Lenorzinha. Der Heiratsvertrag fällt sehr zufriedenstellend aus. Im Grunde haben wir es gut getroffen. Wir zahlen ihm eintausenddreihundert Dukaten, dein Vater wird ein Opfer erbringen und irgend etwas verkaufen. Außerdem ist da noch das Geld deiner Mutter. Insgesamt wird er mehr als dreitausend Dukaten erhalten. Dreihundert davon muß er in eine Mietwohnung investieren. Das Haus in der Pignasecca gehört seiner

Familie und geht sofort an Don Pasquale über. Don Francesco bewohnt zusammen mit seinen vier unverheirateten Töchtern eine angrenzende Wohnung, er wird dir nicht zur Last fallen. Außerdem haben sie zwei Zofen, eine Aufwartefrau, einen Laufjungen. Tria hat sich verpflichtet, eine neue Kutsche zu erwerben. Außerdem muß er dir aus der Mitgift ein jährliche Summe von fünfzig Dukaten zukommen lassen, für Broschen und Spangen.«

»Ich will aber Geld für Bücher, Papier, Federn«, sagte sie schmollend. »Und ich verlange einen sehr, sehr großen Schreibtisch.«

»So, so«, lächelte Titìo. »Wir haben zwar nicht darüber gesprochen, aber das dürfte kein Problem sein. Er war von dir sehr angetan.« Er fügte hinzu: »Hör zu: Er wird sogar das Haus renovieren lassen und neue Möbel kaufen.«

»Und er übernimmt die Ausgaben für den Hochzeitsempfang«, fügte Papài aufgeregt hinzu.

»Das sind reiche Leute, Lenòr«, ergriff Titìo wieder das Wort. »Sie besitzen ein Mietshaus in der Duchesca, einen Bauernhof auf dem Land in Fuorigrotta, Weideland in Lucera, alles sein Erbe mütterlicherseits. Du mußt bedenken, daß der Onkel, der Bischof, alt ist, und er besitzt Ländereien in Larino, in Nola.«

»Und er hat keine anderen Erben als Don Pasquale«, lachte Papài.

Titìo verbesserte ihn ein wenig schroff: »Und die vier Schwestern von Don Pasquale. Aber vorher ist noch viel zu tun, Lenòr. Wir haben die Hochzeit für Ende Januar festgesetzt. Du mußt dich um die Vorbereitungen kümmern: die Aussteuer und alles andere, du weißt schon. Mehr als achtzig Dukaten können wir dir nicht geben, aber ich bin sicher, daß du sie geschickt verwenden wirst. Übrigens, übermorgen ist ja Silvester. Wir werden den Tria ein gutes neues Jahr wünschen. Auf diese Weise werden deine Schwägerinnen dich kennenlernen.«

»*Meu Deus*, Lenorzinha«, sagte Papài am Ende, den Tränen nahe. »Endlich ist deine Zukunft gesichert. Mir fällt ein großer Stein vom Herzen. Wie lange ich wohl noch leben werde?«

SIEBTER TEIL

1   Die Vorzeichen für die Hochzeit Ende Januar waren denkbar schlecht. Von den Hügeln fegte ein eiskalter Nordwind und wirbelte den Müll durch die Stadt, der Kegel des Vesuvs und die Spitze des Somma waren schneebedeckt, ebenso wie die Monti Lattari bis zur Punta della Campanella. Das dunkelblaue Meer kräuselte sich zu spitzen Wellenkämmen.

In ihren neuen violetten Mantel gehüllt, den sie über dem Hochzeitskleid trug, verließ Lenòr das Haus. Fröstelnd drückte sie sich dicht an Papài und Tio Antonio.

Im Atrium des Hauses hatte Titìo ein paar Pflanzen aufstellen lassen, aber die Leute verfolgten alles von den Fenstern aus. Vor der Kirche keine Menschenseele. Nicht nur wegen der Kälte: Man munkelte, die Pocken seien erneut auf dem Vormarsch.

Aus der Familie der Tria ließ sich niemand blicken. Don Francesco lag, vom Husten stark angegriffen, mit immer wieder drohenden Erstickungsanfällen im Bett, die vier Schwestern hatten das Haus nicht verlassen wollen. Zum Glück waren Pascuals Militärkameraden in Paradeuniform mitsamt ihren Frauen erschienen: Die Farben der Uniformen, der Glanz der Schnurbesätze belebten die gedrückte Stimmung in der Kirche ein wenig. Es gab kaum Blumen, denn bei der Kälte kosteten weiße Nelken ein kleines Vermögen.

Pascual wartete in blau-goldener Galauniform vor dem Altar, neben ihm ein kleiner Bischof in scharlachrotem Gewand, den er sichtlich verehrte. Es handelte sich um Monsignor Rossi, jenen Bischof, der in Nola Don Alfonso Maria de' Liguori abgelöst hatte, den heiligen Dichter, flüsterte Pascual ihr stolz zu. Sie lächelte angestrengt.

»Wunderbar. Wunderbar«, sagte Monsignore, während er ihr seine schlaffen weißen Hände entgegenstreckte. Sie mußte sie küssen. »Daß Ihr Literatin seid, wußte ich bereits, aber nun sehe ich, daß Ihr auch noch anmutig seid. Doch an erster Stelle kommt immer die Familie: der Mann und die Kinder. Nicht wahr?«

»Ja«, murmelte sie und kniete neben Pascual nieder.

Sie fühlte sich leer und verbittert. Am Abend zuvor hatte sie beichten müssen, hatte einem Schatten hinter einem Gitter Banalitäten zugemurmelt. Beklommen dachte sie daran, daß sie in Kürze die Kommunion empfangen würde. Weit zurückliegende Ängste wurden in ihr wach: Als Kind hatte sie jemand sagen hören, daß die Hostie im Munde der Ungläubigen Flammen schlüge.

Die Messe begann. Überrascht vernahm sie Orgelklänge, die eine feierliche Stimmung verbreiteten: Sie kannte diese Musik nicht, erfuhr dann, daß es sich um die traditionelle Hochzeitsmesse von Durante handelte. Altmodisch, aber eine gute Komposition. An manchen Stellen melancholisch, oder war es vielmehr sie selbst, die von Traurigkeit ergriffen wurde?

Bis zu diesem Moment hatte sie vollkommen frei gelebt, in ihren eigenen vier Wänden. Jetzt mußte sie alles aufgeben: Gewohnheiten, Lebensrhythmen, die geliebte und zugleich verhaßte Einsamkeit, erquickliche Stunden, die sie unbeobachtet über den Büchern zugebracht hatte. Um in wer weiß was für eine Welt voller Pflichten einzutreten, umgeben von Fremden.

Vor ihrem inneren Auge tauchten die abschreckenden, feindlichen Gesichter der vier Schwägerinnen auf, die sie Weihnachten kennengelernt hatte. Isabella, die älteste, war geisteskrank: Sie wirkte wie eine fette kleine Vogelscheuche, die jemand unsanft in ein altes Abendkleid gesteckt hatte. Sie starrte reglos vor sich hin und schmatzte unentwegt mit den Lippen.

Lenòr schüttelte unter dem weißen Schleier den Kopf. Sie spürte erneut, wie sehr dieses leise, aber unaufhörliche Geräusch sie gestört hatte. Und erinnerte sich dabei an den schmerzlichen Eindruck, den die hämischen Blicke der drei anderen Schwestern, Grazia, Rosa und Benedetta, in ihr hinterlassen hatten: Sie sahen alle gleich aus, klein, dick, Doppelkinn, und steckten in unvorteilhaften, altmodischen Kleidern.

Im Grunde bereute sie es. Daß sie nicht stark genug gewesen war, sich nicht zur Wehr gesetzt hatte, um die eigene Freiheit zu retten. Aber wie hätte ihr das gelingen sollen? Die Schrecken einer Zukunft in Armut versetzten sie nun einmal in große Angst. Und Papài hätte zu sehr gelitten.

Aus dem Augenwinkel beobachtete sie ihn in der ersten Reihe: Er kniete nieder, spindeldürr in seinem alten Galarock, der ihm viel zu weit geworden war.

Sie seufzte, als die Orgel die Klänge des »Gloria« anklingen ließ und Monsignor Rossi die Psalmen zu singen begann, die alle Anwesenden im Chor wiederholten. Auch Pascual sang leise mit. Sie betrachtete ihn. Er kniete vornübergeneigt, andächtig wie ein Kind beim Katechismus, hatte die Hände gefaltet und bewegte so eifrig die Lippen, daß man jedes Wort verstehen konnte.

Dann eilten alle durch Schwaden eiskalter Luft zu den Kutschen, um sie kurze Zeit später vor dem Haus der Tria wieder zu verlassen.

Trotz aller Anstrengungen der Dienstboten hatten sich die Spuren von Alter, Vernachlässigung, Gewöhnlichkeit nicht tilgen lassen: wuchtige, dunkle Möbel im spanischen Stil, verschlissene Gobelins. In den vorherrschenden Geruch nach Schimmel mischte sich der nach Fett, Ragout, schwerem Öl.

Die Diener standen aufgereiht am Eingang, sie trugen Perücken, hellblaue Livreen, Handschuhe, die Frauen altmodische Reifröcke: Es kam ihr so vor, als beobachteten sie sie mit einem seltsamen Ausdruck, einer Mischung aus Frivolität und Mitleid.

Die Geschenke wurden begutachtet, sie waren auf einem schwarzen Tisch mit Greifenfüßen aufgebaut. Pascual lachte, hielt die Gegenstände hoch, schätzte sie ab.

»Das hier ist mindestens siebzig Dukaten wert«, kommentierte er. Oder, verächtlich: »Die Signora hat sich bemüht.«

Als er bei den Geschenken des Onkels, des Prälaten des Papstes angekommen war – eine kleine Anstecknadel in Form einer Sonnenblume mit einem Smaragd sowie eine Frisiergarnitur aus Sheffieldsilber –, wirkte er gerührt und stolz.

»Das hier sind echte Geschenke«, rief er aus. »Eleono', seid mal ehrlich: Habt Ihr so was überhaupt schon mal gesehen? Sie stammen aus Rom.«

Sie antwortete mit einem Kopfnicken und unterdrückte ihren Ärger. Mit einer heftigen Geste griff sie nach der Perlenkette, die Vovó ihr unbedingt hatte schenken wollen, und rief: »Die Kette hier ist schön. Für alle, die etwas davon verstehen.«

Ihr Ehemann sah sie verstimmt an und kniff die Lippen zusammen. Sie warf ihm einen herausfordernden Blick zu. Er wandte sich wieder den Geschenken zu, begann die Haarnadeln, die Rosetten, den Ring zu preisen, die auf einem Stück Samt in der Mitte des Tisches prangten. Ironisch fragte er: »Und gefällt Euch das hier? Da Ihr ja etwas davon versteht?«

»Ja«, erwiderte sie schroff. Aber auch nur, weil es die Geschenke des Ehegatten an seine Frau waren.

Das Geschenk der Cassano (ein Brillantring), die Geschenke des Königs und der Königin: zwei schmale Armbänder mit dem Porträt des Königspaars auf Email. Eitel und ehrerbietig hob Pascual sie besonders hervor.

»Der König wird immer geiziger«, lachte eine dicke Signora ganz in Gelb. Er verzog finster das Gesicht und rief: »Donna Margherita, wenn der König und die Königin Euch ihre benutzten Nachttöpfe schicken würden, dann würdet Ihr sie unter eine Glasglocke stellen.«

Die Frau war keineswegs beleidigt, sie lachte im Gegenteil noch lauter. »Puh, Ihr seid aber auch einer, Don Pasquale. So was von eingebildet.«

Zur Vorspeise gab es Melone, hartgekochte Eier, Salami, Oliven aus Gaeta. Der Diener namens Procolo und seine Frau Tanella, die beide sehr klein waren und gehässig aussahen, liefen unzählige Male zwischen Salon und Küche hin und her: Das Tablett mit den jeweiligen Speisen war in Sekundenschnelle wieder leer, da jeder Gast viel zuviel auf den eigenen Teller schaufelte.

Am Ende der Tafel saßen zwischen zwei geschminkten alten Damen und vier Priestern die Tria-Schwestern Rosa und Benedetta, aßen, tranken, lachten, stießen sich mit den Ellbogen in die Seite. Lenòr beobachtete sie überrascht: Sie hätte nicht gedacht, daß sich die mürrischen, wortkargen Schwägerinnen, die sie Weihnachten kennengelernt hatte, dermaßen verwandeln könnten. Glucksend brachen sie in ein rauhes, herzhaftes Gelächter aus, starrten sie ungeniert an, steckten schwatzend die Köpfe zusammen, lachten, starrten erneut zu ihr hinüber.

Auch Pascual wurde mit der Zeit fröhlicher. Er trank, sprach tönend in alle Richtungen. Sie hörte, wie er einer ihm gegenübersitzenden Frau antwortete: »Donna Filome', kümmert Euch lieber um Eure eigene Pracht!«

Später sah sie ihn in ein höllisches Gelächter ausbrechen und sich schütteln, bis er sich an dem Wein beinahe verschluckte. Mit erstickter Stimme raunte er seinem Tischnachbarn zu: »Die linke bei Tag, die rechte bei Nacht, Ruscia'. Ich mach's am laufenden Band.«

»Du wirst Ende Januar ganz schön verbraucht sein«, wies der Freund ihn zurecht. Er entgegnete schrill: »Wie hoch ist dein Einsatz?«

»So hoch, wie du willst.«

»Die Hochzeitsgeschenke!«

Pascual gestikulierte wild, dann erinnerte er sich daran, daß seine Frau neben ihm saß. »Eleono'«, sagte er. »Zum Teufel, du sagst ja gar nichts. Du bist immer so still. Und du willst Literatin sein?«

Dann wurde er zuvorkommend: »Fühlst du dich nicht gut?«, und er nahm ihre Hand. »Du ißt nichts, du trinkst nichts … Gefällt es dir nicht? Was hast du?«

»Nichts, Pascual«, murmelte sie. Er lächelte.

»Das gefällt mir, daß du mich Pascual nennst.« Und er rief, jede Silbe besonders betonend: »Wißt ihr schon, Eleonora nennt mich nicht Pasquale, sie sagt Pas-cual. Auf portugiesische Art.«

Rundherum ertönte daraufhin Pas-cual, Pas-cual in einem übertriebenen, frivolen Geschnatter. Sie sah, wie die Schwägerinnen sich vor Lachen krümmten: Sie zeigten mit dem Finger auf sie und riefen ihrerseits Pas-cual und rissen dabei ihre vor Fett glänzenden Münder weit auf.

Danach mußten sie Don Francesco einen Besuch abstatten, in einem halbdunklen Zimmer, in dem es nach Urin und Krankheit roch. Der Körper des Alten blähte sich kuppelförmig unter der grauen, mit Flecken übersäten Decke. Auf einem Stuhl saß die Schwägerin Grazia, sie wandte sich nicht einmal um.

Pascual hob einen Zipfel des Bettuchs hoch und deckte das schwärzliche Gesicht Don Francescos auf. Das tiefe Röcheln ging weiter.

»Papa. Wir sind wieder da. Hier ist Lionora.«

Der Alte öffnete nicht die Augen.

»Papa«, insistierte Tria, und Don Francesco ließ ein heftigeres Röcheln vernehmen.

»Laß ihn doch in Ruhe«, zischte Grazia. »Siehst du denn nicht, daß er nichts mehr hört?«

»Hast du Calvizzano holen lassen?« fragte Pascual. Die Frau fuhr wie eine Viper hoch, daß Lenòr Angst bekam.

»Wie sollte ich denn, wenn hier alle nur für dich auf den Beinen sind! Für diese Hochzeit«, fügte sie hinzu und stieß jedes einzelne Wort mit bösem, vulgärem Tonfall aus.

2 Das Hochzeitszimmer war sauber hergerichtet worden: neue Gardinen aus weißem Batist mit Übergardinen aus hellgelbem Kattun. Ein monumentales Bett: wappenförmiges Kopfende aus blauem Eisen mit Engelchen und Blumen aus Email, dazu die Grafenkrone. Zwei große schwarze Schränke, Stühle, ein mit Tüll verhangener neuer Toilettentisch.

»Hier stellst du Onkel Nicolas Frisiergarnitur hin«, sagte Pascual keuchend. Er knöpfte sich den Kragen auf, stieß einen Seufzer der Erleichterung aus: »Ah! Ich hab's kaum noch ausgehalten!«

Gegenüber stand auf einer Holzkonsole eine große schwarze Petroleumlampe, Tria zündete sie an und schloß dann die Fensterläden.

Sie blieb reglos in der Mitte des Zimmers stehen. Verunsichert, bleich. Ihre Hände begannen wieder zu zittern: Sie versuchte, es zu unterdrücken, biß die Zähne zusammen.

»Du holst dir ja den Tod in der Kälte«, rief Pascual. »Du hast völlig recht. Ich selbst hab ein bißchen Wein getrunken und spür die Kälte gar nicht. Aber du hast nichts gegessen und nichts getrunken. Moment mal.«

Er zog an der Samtkordel neben dem Bett, entfernt war ein rauhes Klingeln zu hören. Nach einer Weile erschien Tanella mit aufgelösten Haaren und offenem Gewand.

»Tane', bring uns das Kohlenbecken«, befahl Tria. Er lächelte seiner Frau zu. »Dann kannst auch du dich ausziehen.«

Er fuhr fort, sich zu entkleiden. Nach wie vor schwer atmend, nahm er die Schärpe ab, hakte den Brustlatz mit den Schnurbesätzen auf, zog den Gehrock, die Stiefel, die Strümpfe aus. Dann stand er in einem weißen Unterhemd und langen Unterhosen da. Sie saß ein wenig locker, an der Vorderseite zeichnete sich sein Geschlecht ab.

»Entschuldige, aber ich halt es nicht mehr aus«, sagte er. Er öffnete den Nachttisch an seiner Seite des Bettes, zog ein neues Nachtgeschirr aus weißem Email hervor, drehte sich weg.

Sie hörte es spritzen, rieseln. Schließlich schob Tria das Gefäß zurück an seinen Platz, drehte sich um. Er deutete auf den anderen Nachttisch und sagte: »Deiner ist da drüben, falls du ihn brauchst. Der ist auch nagelneu.«

Tanella tauchte wieder auf, mühte sich mit einem rotglühenden Kohlenbecken ab, Pascual half ihr, es im Zimmer aufzustellen.

»Da drüben. An der Seite der Contessa, hier drinnen kommt man ja um vor Kälte.«

Als Tanella gegangen war, ließ er sich ins Bett fallen und sagte lächelnd: »Jetzt kannst du dich ausziehen, Eleonora.«

Er wartete nicht einmal, bis sie unter das eiskalte Bettuch geschlüpft war. Auf der Stelle war er neben ihr, steckte die Hände unter ihr neues Nachthemd: Er tastete und knetete, genau wie Primicerio es getan hatte, und atmete dabei immer schneller. Er küßte sie mit der Zunge, die nach Wein schmeckte. Plötzlich riß er die Strumpfbänder los und zog ihr die Unterkleidung herunter. Sie schloß die Augen, hörte ihr Herz in den Ohren klopfen.

»*Meu Deus*«, dachte sie. »Jetzt geschieht es.«

Sie fühlte, wie sich ihre Muskeln an den Schenkeln in seltsamer Verweigerung verhärteten. Aber Tria war energisch, erfahren, drängend. Mit einer einzigen Bewegung der Hand und des Arms spreizte er ihre Beine, mit einem Satz war er auf ihr. Sie verspürte einen ganz feinen Stich: ein Brennen, das jedoch nur kurz anhielt. Dann nahm er sie mit immer schneller werdenden harten Stößen.

Sie nahm das alles wie eine Außenstehende wahr. Es war merkwürdig, wie »diese Sache« vor sich ging, jetzt, da sie wirklich passierte und ganz gewöhnlich wurde.

Sie konnte alles »sehen«. Sie öffnete die Augen zum Deckengewölbe, das im Halbdunkel weiß schimmerte. Sie »sah«, was dort unten vor sich ging, zwischen den männlichen und weiblichen Genitalien. Vielleicht floß ein Rinnsal Blut hervor: diese Wärme, die sie an ihrer intimsten Stelle entlangrinnen spürte.

Und sie »sah« sich selbst von Kopf bis Fuß, ausgestreckt auf dem Bett liegend, wie sie sich unerwartet folgsam dem unterwerfenden Akt Trias öffnete. Sie stellte sich weitere Fragen, während er wild auf- und niederruckelte. Was empfand sie wirklich? Vom physischen Standpunkt gesehen, seit jenem feinen Stich gar nichts, höchstens mechanische Reflexe auf die Stöße des Mannes. Dann wurde sie nach und nach erfüllt von einem Gefühl feuchten Dahinschmelzens: um das Geschlecht herum, an den Schenkeln, auch in der Brust. Oder besser: einem sehnenden, schwachen, aber anhaltenden Vibrieren.

Ihre Angst war verschwunden, und zwar in dem Augenblick, als er in sie eingedrungen war. Statt dessen war es, als sei ihr Verstand eingeschlafen. Oder war es eher ein eigenartiges mentales Wohlbefinden, erwachsen aus einer siegreichen Niederlage? Sie spürte eine Welle der Zuneigung zu dem kleinen Mann, der sich verbissen auf ihr bewegte. Er knurrte ungeduldig und auch ein wenig unglücklich, wie ihr schien. Plötzlich stieß er ein halblautes Röcheln aus, so daß sie heftig erschrak, und zwar genau in dem Moment, als sie einen äußerst schmerzhaften Stoß verspürte. Sie fühlte, wie eine lauwarme Flüssigkeit sich in ihr ausbreitete, und verspürte ein sanftes Vergnügen. Sie umschlang Pascual mit den Armen, zog ihn an sich. Aber er lag keuchend, fast reglos auf ihr, und wurde in ihr allmählich schlaffer. Leicht zitternd wartete sie darauf, daß er erneut beginnen würde. Pascual aber rollte neben sie. Er lächelte. Er entblößte ihre Brust, begann mit den harten, beinahe schmerzenden Brustwarzen zu spielen.

»Du warst ja noch Jungfrau«, sagte er voller Genugtuung und Stolz. »Eine echte Jungfrau. Morgen früh wird Tanella das Laken vor dem Fenster aufhängen.«

Sie sah ihn erstaunt an. Er erklärte ihr, daß das in Neapel nach der Hochzeitsnacht so üblich sei: Blut auf dem Laken bezeugte die Unberührtheit der Braut.

»*Meu Deus, no.* Was für eine Schande!«

»Das ist doch keine Schande. Das ist eine Ehre. Eleonora!«

Sie wußte nicht, ob sie lachen oder weiter protestieren sollte. Die Anspannung des Körpers und des Verstandes hatte sich gelöst und in ihr eine etwas enttäuschte, durchaus aber gefügige Erschöpfung hinterlassen. Und ein Verlangen nach Zärtlichkeit.

»Warum nennst du mich Eleonora?« murmelte sie. »Mein Name war immer Lenòr. Das gefällt mir besser.«

»O nein«, lachte er. »Eleonora ist viel hübscher. Donna Eleonora. Lenòr ist etwas für kleine Kinder. Und du bist jetzt eine Signora, du stellst etwas dar, du bist vornehm. Donna Eleonora Tria. Morgen früh zeige ich dir die neue Kutsche, die ich für dich gekauft habe. Sie ist bildschön: vier Plätze, außen mit einer Bordüre bemalt, dazu das Wappen, innen ganz in grüner Seide. Wir werden eine Spazierfahrt durch Chiaia machen. Wenn der König einen Empfang für die Offiziere gibt, fahren wir bei Hofe vor. Kannst du Karten spielen? Nein? Dann bringe ich es dir bei. Wir werden uns gut amüsieren, Donna Eleonora.«

Sie berührte ihn freundschaftlich an der Schulter.

»Ich werde versuchen, ihn zu lieben«, sagte sie zu sich selbst. Und im Inneren wiederholte sie: »Eleonora. Donna Eleonora Tria. Lionora«, wie die Neapolitaner es aussprachen.

Lenòr sollte also verschwinden, die Bühne räumen. Für immer?

3   Doch sie ist zurückgekehrt. Nach vier Jahren. Lenòr ist wieder da, in einem kleinen Zimmer in der Via Sant' Anna di Palazzo. Es wird von einer Petroleumlampe beleuchtet, die neben einem schwarzen Bett steht, in dem Papài im Sterben liegt.

José ist mit seinem Regiment in den Abruzzen, Jerònimo in Kalabrien, Lenòr hat sie über den Palast benachrichtigen lassen, doch wer weiß, wann sie ankommen werden. Miguelzinho und seine Frau sind da, rutschen jetzt unruhig auf den Stühlen hin und her, sie merkt, daß sie gerne gehen würden.

»Weißt du, Lenòr, die Kinder sind allein zu Hause.«

»Aber natürlich, Miguelzinho. Ich danke dir. Danke, Anna.«

Sie küssen sie, Miguelzinhos Wangen sind etwas rauh, knochig.

»Wenn du uns brauchst, dann schick uns eine Nachricht.«

»Natürlich.«

Wen könnte ich schon schicken? Ich bin ganz allein, hier sind nur ich und dieser Sterbende. Ich kenne keine Menschenseele in diesem heruntergekommenen Haus, wir sind erst vor drei Wochen eingezogen.

Sie setzt sich wieder, betrachtet reglos die flüchtige Spur, die sich von Papài im Bett abzeichnet. Kaum wahrzunehmen, ein Nichts: Wieviel er wohl wiegt? Sein Atem ist kaum noch zu hören, inzwischen hat sie Erfahrung mit solchen Dingen.

Papài ist der letzte in einer ganzen Reihe von Toten in diesen grauenhaften vergangenen vier Jahren. Ist es möglich, ein Dasein in nur vier Jahren komplett auszulöschen? Und wie das möglich ist!

Sie kauert sich auf dem Stuhl zusammen, es ist so kalt. Hagelschauer prasseln gegen die Fensterläden, dann weicht das harte Trommeln der Hagelkörner dem monotonen Rauschen des Regens. Sie braucht einen Schal. Sie richtet den Blick auf das einzige Möbelstück im Zimmer: den großen Schrank, den sie aus der letzten, armseligen Wohnung der Tria mitgenommen hat. Zusammen mit den wenigen ihr verbliebenen Büchern, vor drei Wochen, als sie, von Papài gestützt, ihren Ehemann verlassen hat.

Eine Welle von Rührung für dieses winzige Bündel von einem Mann dort im Bett erfaßt sie. Kaum hatte ihr verzweifelter Brief Rom erreicht, stand er auch schon bei Tria vor der Tür und trat ihm, mit seinen dürren Armen fuchtelnd, drohend entgegen.

»Ihr seid der größte Schuft aller Zeiten, Conte Tria. Ihr werdet dafür bezahlen. Lenòr kommt jetzt sofort mit mir mit. Um alles andere kümmert sich das Gesetz.«

Mit einem Anflug von Ekel vertreibt sie die Erinnerung an Trias höhnisches, dümmliches Gesicht. Sie läßt einzig und allein das Gefühl schmerzvoller Erleichterung zu, das sie beim Hinuntergehen der Treppenstufen, beim Durchschreiten des Eingangstors empfand, fest an Papàis dünnen Arm geklammert. Er hatte sie gerettet: Er war der einzige Halt, der ihr geblieben war. Und jetzt geht auch er, und nichts bleibt ihr mehr. Alle sind sie tot. Alle und alles.

Doch schon damals war alles tot, in jenem September des Jahres 1779, dem eigentlichen Moment, in dem das Dasein für sie zu Ende war.

Sie schließt die Augen. Um den großen Schlaf herbeizurufen, den einzigen Schutz gegen die Rückkehr jener Bilder, denen sie in ihrer Verzweiflung ein Wiederauftauchen verboten hat und die sich trotzdem immer wieder hartnäckig einstellen und genau jene Augenblicke abpassen, in denen sie am wenigsten achtgibt. Sie keucht, ringt nach Atem, stößt wimmernde Klagelaute aus.

»Nein. Nein. Bitte, mein Geliebtes, ich bitte dich«, schluchzt sie tränenlos jenem Kind entgegen, das erneut vor ihr Gestalt annimmt, wie es damals auf dem Sterbebett lag, so ähnlich wie jetzt Papài. Eine flüchtige Spur unter einer Decke. Damals gab es nur ein paar weiße Blumen, einige Wachskerzen. Diesmal wird es nicht einmal das geben. Ich werde vier Stearinkerzen aufstellen. O nein, keine Blumen, ich schaffe es ja gerade, den Priester zu bezahlen.

Sie klammert sich an diese praktischen Überlegungen, fleht sie an, nur nicht fortzugehen, die Übermacht jener anderen Gedanken zu verhindern. Die in nur einem einzigen Augenblick die leere Wärme, die ihrer Verteidigung dient, zunichte machen, die in ihr wüten und ihr Inneres verwüsten. Die unerträglich deutlich sind, perfekte Bilder aus einer Wirklichkeit, die ihr alles bedeutet hat: Glück, Zukunft. Wirkliches Glück: Sie kann es ruhig verwenden, dieses große Wort, denn sie war glücklich, trotz allem, damals, als ihr Sohn geboren wurde, der kleine Francesco.

Sie zittert am ganzen Leib. Der Schutz läßt nach, das Meer der Erinnerungen bricht über sie herein.

4   Es war im Morgengrauen am Weihnachtstag, als sie Stiche im Leib spürte, dann floß etwas Warmes aus ihr heraus. Ein wahrer Sturzbach. Seligkeit durchströmte ihren aufgeblähten, schweren Leib, ihren kuppelförmigen, prallen Bauch. Ein Wohlgefühl, das sie für so vieles entschädigte. O Gott, wie sehr sie diesem Kind zu Dankbarkeit verpflichtet war.

Sie streichelte ihren Bauch, in dem keine Bewegungen mehr zu spüren waren, nur ein leichtes Gurgeln. Sie hielt den Atem an, wie um ein Zeichen zu spüren, eines der vielen Zeichen, die ihr schon seit fünf Monaten vertraut waren: dieser Stoß hier oben in der Ecke bedeutet, es ist froh, es geht ihm gut, es genießt seinen Schlupfwinkel in mir. Dieser harte Stoß unten direkt an der Leiste hingegen zeigt, daß irgend etwas nicht stimmt: Vielleicht geht es ihm nicht gut, vielleicht hat es etwas von dem Gift in mir abbekommen.

Eins der zahllosen Gifte, die die Bewohner dieses Hauses ihr ins Blut träufelten, auch wenn sie seit dem Tag, an dem sie ihre Schwangerschaft bemerkt hatte, versuchte, die Ruhe zu bewahren, um das Baby zu retten.

Sie läßt zu, daß die Erinnerungen an diese infame Niedertracht sich in ihr ausbreiten: lieber diese Erinnerungen als andere. Sie vertreiben die unerträglichen Bilder: der soeben geborene, winzige Körper, feuerrot, ein wenig feucht, die zarten, fest geschlossenen Äuglein, denen die geheimnisvolle Anstrengung noch anzusehen war, die spärlichen Haare, die an dem runden Kopf klebten, der nicht größer war als eine Faust. Sie vertreiben die unselige Erinnerung an die grenzenlose Zärtlichkeit, die sie empfand, als dieser lebendige Klumpen aus ihr herausgepreßt wurde.

Endlich zeigte er sich ihr: der rätselhafte Gefährte ihrer geheimen Zwiegespräche, ihrer hemmungslosen, vertrauensvollen Geständnisse, ihrer kindischen Bitten: »Du wirst mir helfen, mein Sohn. Du wirst groß werden und mich beschützen.«

Er hatte endlich ein Gesicht bekommen – mit sehr feinen Zügen –, ruhte in einem geheimnisvollen Schweigen und gehörte vielleicht noch immer ein Stück weit jener unbekannten Welt an, die er soeben erst verlassen hatte.

»Mein Kind. Mein Kind«, hatte sie damals immer wieder lächelnd gesagt, trotz der Schmerzen in ihrem Leib, an ihrem verwüsteten Geschlecht. Sieben Stunden lang Wehen und Schmerzensschreie. Aber das war es wert gewesen, *meu Deus,* ja. Triumphierend lag sie in der Mitte des monumentalen, blutverschmierten Bettes, und neben ihr jenes Bündel, das nach Ausscheidungen, nach Leben, nach Zärtlichkeit roch.

Sie hatte nur und ausschließlich Augen für ihn, zwischendurch schweifte ihr Blick ziellos über die rohen Menschen, die schweigend um das Bett standen, ein wenig schuldbewußt lächelten, Zuwendung heuchelten.

Plötzlich öffnet Papài die Augen, stöhnt auf.

Inzwischen spricht er nicht mehr. Irgend etwas ist in ihm zerbrochen, an jenem Abend, als er wimmernd zu Boden stürzte. Die linke Seite seines Körpers hatte sich verkrampft, war gefühllos geworden. Mit Sicherheit Ausdruck seiner maßlosen Wut den Tria gegenüber: ein weiteres Geschenk dieser verteufelten Familie. Später hatte sich die Verkrampfung der Muskeln etwas gelöst, doch der Mund gab nur noch unartikulierte Laute von sich.

Sie versuchte, diese Laute zu deuten. Manchmal gelang es ihr nicht, dann blickte sie forschend in die gelblichen, von Schlieren überzogenen Augen und wiederholte schmerzerfüllt ihre Fragen.

»Was willst du mir sagen, Paizinho? Willst du etwas trinken? Willst du deine Medizin?«

Nein, gab er ihr zu verstehen. Oder fiel in einen tiefen Schlaf.

»Er wird immer wieder einschlafen, und immer länger schlafen. Bis er eines Tages nicht mehr aufwacht«, erklärte der Arzt, den die Hausmeisterin auf ihr verzweifeltes Schreien hin eilig herbeigerufen hatte.

Sie hat den Eindruck, als würde sein starrer Mund sich ansatzweise zu einem Lächeln verziehen. Papài versucht, die rechte Hand nach ihr auszustrecken. Lenòr greift danach, drückt sie: seine Hand ist kalt, die Knöchel hart, wie eine knorrige Pflanze.

»*Diga-me*, Paizinho«, raunt sie und versucht, die Tränen zurückzuhalten. »Was willst du mir sagen?«

Er versucht, einzelne Worte zu formen. Sie heftet den Blick auf seine Lippen, um sie zu entziffern, lauscht angestrengt seinem Wimmern.

»*Des-cul-pe, mi … Minha filin-ha*«, glaubt sie zu verstehen. Sie fröstelt, fängt an zu weinen.

Er sieht sie an, bewegt kaum spürbar die Muskeln der Hand, die sie umschlossen hält. Er bittet um eine Antwort.

»Was sagst du da, Paizinho? Daß ich dir verzeihen soll?«

Ein kurzes Aufleuchten in seinem verschleierten Blick.

»Aber nein, Papa! Du bist doch der beste Vater auf der ganzen Welt …«

Sie drückt einen Kuß auf seine starre, kalte Stirn.

5 Beruhigt, ihn ohne Schmerzen schlafen zu sehen, fällt sie selbst auf dem Stuhl in eine Art Halbschlaf. In einen Halbschlaf voller Erinnerungen. Das ist ein heimtückischer Augenblick: ihre Aufmerksamkeit ist nicht mehr konzentriert und weicht den Strömen des Unbewußten.

Sie sieht das Kind vor sich. Eine unglaubliche Ähnlichkeit: Wie es an ihrer Brust lag, sauber, nach Milch und Veilchenpuder riechend, in seinem hübschen bestickten Leibchen mit den blauen Kordeln und den Troddeln. Wie er an dieser großen Brust saugte, die noch praller geworden war! Wie süß der Saft aus ihren Brustwarzen strömte, die von winzigen weichen Lippen und einem harten Gaumen umschlossen wurden. Sehnsüchtig warteten beide, sie und der Kleine, auf die Stunde des Stillens. Wenn sie sich zurückzog, um mit dem Kind in gegenseitiger

Wärme eins zu werden, vergaß sie alles ... Trias dummdreiste Gemeinheiten. Er hatte schnell sein wahres Gesicht gezeigt: Nach zwei Wochen bemühter Aufmerksamkeiten, Spazierfahrten nach Chiaia, um den Fortgang der Entstehung der Villa Reale an der Riviera in Augenschein zu nehmen, beschloß er, die Kutsche wieder zu verkaufen.

»Macht es dir etwas aus, Liono', wenn wir sie weggeben? Sie ist nagelneu, ich bekomme fast das gesamte Geld dafür zurück. Ich brauche Kapital. Für eine Spekulation, wenn die gelingt ... Dann sind wir noch reicher als die Carafa.«

Schon damals hätte sie alles durchschauen müssen. Aber sie neigte eher dazu, ihm zu vertrauen: Wer aufrichtig ist, hält die anderen für aufrichtig, wer ein Betrüger ist, hält auch die anderen für Betrüger. Tria verspielte alles. In kürzester Zeit hatte er sogar ihre Mitgift durchgebracht und war bis zum Hals verschuldet. Manchmal kam er nicht einmal zum Mittagessen nach Hause. *Meu Deus*, das Mittagessen! Eine einzige Qual, vom ersten Tag an. Es war schlichtweg ekelhaft, wie in diesem Hause gegessen und getrunken wurde: Ragout, Schweinefleisch. Zusammen mit Tanella ging Lenòr in der Pignasecca einkaufen und gab beim Kochen ihr Bestes. Um dann beschimpft zu werden: »Liono', was hast du gemacht? Das ist ja die reinste Verschwendung!«

»Die passierten Tomaten müssen langsam vor sich hin köcheln. Auf kleiner Flamme natürlich!« keiften die Schwägerinnen, und eines Tages verlor sie die Geduld und schrie: »Dann macht es doch allein!«

Da war die Hölle los. Wie von der Tarantel gestochen war er aufgesprungen: »Was fällt dir ein! So redest du nicht mit meinen Schwestern!«

»Sie trägt die Nase hoch, weil sie Literatin ist«, zeterten die Megären. Sie fühlte sich sogar von ihnen beobachtet, als sie sich wenige Tage vor der Geburt des Kindes in ihrem Zimmer einschloß, um zu lesen, zu schreiben. Sie bespitzelten sie und erstatteten Bericht.

»Heute hat sie Gaetanino mit drei Briefen zur Post geschickt. Einer ist für Rom, ein anderer für Vicenza. Wer das wohl ist?

Irgendeine ihrer Freundinnen, diese Vicenza. Noch eine Literatin. Und sogar ein Brief für Vienna.«

»Sie geht nie in die Kirche. Sie betet nie den Rosenkranz.«

Sie plauderten das absichtlich mit lauter Stimme aus, um sie
zu beleidigen. In der ersten Zeit war sie noch wütend geworden,
und Pasquale hatte es dann gewagt, sie anzuschreien: »Hier wird
zuviel Geld für Briefe und Bücher ausgegeben, und dann gibt's
den letzten Dreck zu essen! Jetzt reicht's aber mit diesem ganzen
unnützen Papier.«

»Ich habe ein Recht auf mein Geld für die Spangen«, hatte sie
zurückgebrüllt. »Ich will weder Spangen noch Broschen, ich will
Papier, Bücher, Briefmarken.«

»Das könnt Ihr vergessen, Donna Literatin. Die braucht Ihr
hier nicht, das hier ist ein ehrenwertes Haus.«

Eines Tages konnte sie die ersten zehn Bände der bei Coppola
subskribierten »Enzyklopädie« nicht mehr finden. Sie war außer
sich vor Wut, schließlich schrie Pasquale, daß er Bücher dieser
Art in seinem Haus nicht mehr dulde. Er hatte sie verkauft.

»Aber ich muß noch die Raten für die Subskription bezahlen!«

»Um so schlimmer für Euch!« Sie waren wieder zu dem for-
malen »Ihr« zurückgekehrt. »Wer hat Euch denn gesagt, daß Ihr
das ohne die Erlaubnis Eures Mannes tun dürft?«

Coppola schickte einen Amtsdiener mit einem Pfändungsbe-
fehl, Tria bekam einen fürchterlichen Wutanfall. Er wollte den
Amtsdiener verprügeln, rannte ins Schlafzimmer, schüttete die
Schubladen seiner Frau aus. Nur Vovós Halskette war noch
geblieben. Lenòr schrie verzweifelt auf und versuchte, sie ihm
wieder zu entreißen, er packte sie an den Armen, schüttelte sie,
schlug ihr ins Gesicht, sie fiel zu Boden.

Dann hatte sie bemerkt, daß sie ein Kind erwartete, und die
Dinge schienen erträglicher zu werden. Die Schwägerinnen sagten kein Wort mehr, den Haushalt besorgte Tanella. Tria kaufte,
verkaufte, an einem Tag wirkte er zufrieden, am nächsten wieder
fuchsteufelswild. Die Kindstaufe ging kläglich, in aller Eile über
die Bühne. Pasquale war düsterer Laune: Er scherzte nicht einmal mehr mit seinem Sohn, obwohl er Gott in hohen Tönen

gepriesen hatte, weil er es ihm ermöglicht hatte, einen zweiten Francesco Tria in die Welt zu setzen. Der alte Tria war einen Monat nach der Hochzeit gestorben. Er war der erste: Zwei Monate nach der Geburt des Kindes war Vovó gestorben, die zweite Tote.

Der dritte Tote war der Kleine selbst.

Jener entsetzliche September mit den unglückverheißenden Vorzeichen. Einen Monat zuvor war der Vesuv ausgebrochen: Sie hatte die bedrohlichen glutroten Fontänen deutlich sehen können, aus sicherer Entfernung, von dem kleinen Haus in San Carlo delle Mortelle. Auf den Palazzo in der Pignasecca hatte Tria eine Hypothek aufgenommen.

Hier draußen war sie wenigstens frei, zusammen mit ihrem Kind, inmitten der Olivenbäume, der Myrten. In jenem heißen Sommer hatte der Kleine frische Landluft geatmet.

Wie hübsch er war mit seinen acht Monaten: pausbackig, rosig, seine Haare wurden immer blonder. In seinem Gesicht ließen sich endlich Ähnlichkeiten erkennen. Voller Genugtuung stellte sie fest, daß er fast nichts von den Tria hatte, vielleicht nur die Andeutung eines Grübchens am Kinn. Ansonsten kam er ganz nach Lenòr, war er ein Fonseca: schwarze, »feurige« Augen, Mund und Nase zum Glück feiner als bei ihr, ebenso das ovale Gesicht. Sie hätte eine Miniatur von ihm malen lassen sollen. Wenn sie noch Kontakt zu ihren Freunden hätte ... Aber bei diesem Ehemann ...

Manchmal kehrte Tria nicht einmal mehr über Nacht heim. Erst gegen Mittag ließ er sich blicken, aufgedunsen und mit zerknitterten Kleidern. Er verlangte etwas zu essen, legte sich schlafen, kümmerte sich keine Spur um den Sohn, als würde er ihn schon jetzt als den Fremdling, den Feind empfinden, zu dem er später, als Erwachsener, mit Sicherheit werden würde. Immer Seite an Seite mit seiner Mutter. Das war schon jetzt so, wehe, wenn sie sich von ihm entfernte, das gab ein Weinen und ein Geschrei, schließlich greinte er: »Mamãe, maezinha«, und zog sich an ihr hoch, voll Verlangen, die Kraft seiner wohlgeformten Beinchen zu erproben.

Was für ein wunderbarer Sohn. Wie er mit versunkenem Ausdruck den wahren oder erfundenen Geschichten lauschte, die sie ihm auf Portugiesisch erzählte. Wer weiß, weshalb in ihr wieder die Liebe zu ihrer alten Sprache erwacht war, vor allem dem Kind gegenüber. Einmal erhob Tria ein mächtiges Geschrei, weil der Kleine nach Milch verlangt und »o leite« gesagt hatte.

»Du hetzt ihn ständig gegen mich auf. Nicht mal meine Sprache will er lernen. Und das ist Neapolitanisch! Junge, du mußt »lo latte« sagen!«

Das Kind fing an zu weinen. Sie nahm ihn in den Arm und fuhr traurig und zugleich lustvoll provozierend fort: »*Filinho, vem com a maezinha. Nao fica com medo*, hab keine Angst.«

Beim Übergang vom Sommer zum Herbst dann die heftigen, ungesunden Regenfälle, einen für die Jahreszeit ungewöhnlichen Kälteeinbruch und damit die »Grippe«, die ganz Neapel in die Knie zwang.

Sie hatte alles versucht, sich im Haus eingeschlossen. Es kostete viel Mühe, ständig für frisches Wasser zu sorgen, es abzukochen, sich unentwegt die Hände zu waschen: um ihn zu beschützen, um ihn zu retten. Doch wie sollte sie es schaffen, mit diesem ignoranten Verrückten im Haus, der völlig verdreckt von werweißwoher heimkehrte, sich mit den Schuhen aufs Bett warf, sich nicht wusch und sie obendrein anschrie, wenn sie ihn anflehte: »Wenigstens die Hände, ich bitte dich. Für das Kind.«

»Dieser Mist, den du dir aus diesen Scheißbüchern zusammenliest! In Neapel sind bisher alle Kinder irgendwie groß geworden! Was glaubst du denn, wer du bist?«

6   Sie hat das Gefühl, gleich ohnmächtig zu werden: nur noch Haut und Knochen, eine leere Hülle, ein Wrack.

Das Petroleum in der Lampe geht zur Neige, die Flamme tänzelt nur schwach, flackert noch ein paarmal auf. Lenòr hat nicht mehr die Kraft, aufzustehen und den Behälter zu füllen. Erschöpft sieht sie hinüber zu Papài, der immer noch schläft: in dem matten Licht kommt er ihr geradezu heiter vor. Vielleicht überlebt er es ja doch, auch wenn die Krankheit ihn gezeichnet hat. Dann wird sie sich ihm widmen, und für ihn wird sie vielleicht sogar die Liebe wiederentdecken, und neuen Elan.

Davon verspürt sie jetzt sehr wenig. Im Grunde gar nichts. Sie schließt die Augen, hält sich die Ohren mit den Händen zu. Als müßte sie auf diese Weise die Schreie nicht hören, die das Haus in den Mortelle durchdringen: die Schreie nach dem Tod des Kindes, die unheilvollen Vorwürfe zweier unglücklicher Seelen, die das Schicksal verrückterweise dazu bestimmt hatte, einander weh zu tun.

»Du hast ihn sterben lassen! Du und deine Launen, deine Manien! Ihn hundertmal am Tag zu waschen. Das viele Wasser in seinem Gesicht ...«

»Du gemeiner Kerl, du Schuft! Du, du allein bist es gewesen! Mit all dem Dreck, den du hereingebracht hast, wer weiß, wo du dich herumtreibst! Mit deinen schmutzigen Händen! Was für ein Recht hast du, so zu reden? Was für ein Vater bist du denn gewesen?«

Er prügelte sie, bis sie an den Armen und auch im Gesicht blaue Flecken hatte, dann ging er fort und ließ sie ohne einen Heller zurück. Zum Glück zeigte sich der Arzt verständnisvoll: Seufzend sagte er, wegen der Bezahlung würde er ein anderes Mal wiederkommen.

Heftig atmend, wie in einem Alptraum, hört sie wieder die getragenen, furchterregenden Klänge von Mozarts »Requiem«, die sie im Haus in den Mortelle fast zum Wahnsinn getrieben hatten. Eine Woche nach dem Tod des Kindes (täglich stattete sie ihm in der Pfarrkirche San Carlo einen Besuch ab, wo in einer Ecke des linken Kirchenschiffes ein kleines Geviert aus grauem Marmor auf dem Fußboden den Namen des Kindes und den Ort seiner unterirdischen, kalten Lagerstatt bezeichnete) drangen zweimal täglich, pünktlich am Nachmittag und am Abend, Orgelklänge mit der Trauermusik aus der Kirche zu ihr herüber. Dann erfuhr sie, daß Kaiserin Maria Theresia gestorben war – König Ferdinand hatte Staatstrauer angeordnet, die Kirchen wurden mit schwarzen und silbernen Draperien versehen, und überall sollte genau jene Messe gespielt werden.

Damals hatte sie gespürt, daß sie alterte: graue Schläfen, ausgehöhlte Wangen, krummer Rücken, abgemagert, die Brüste schlaff und hängend. Sie verbrachte Tage, ohne etwas zu essen. Nachmittags nahm sie alle ihre Kraft zusammen, um in die Kirche zu gehen, zu dem kleinen Geviert. Eines Tages schien sogar Tria Mitleid mit ihr zu haben: Er blieb zu Hause, richtete das Wort an sie. »Willst auch du sterben? Willst auch du mich verlassen? Ich bin so allein.«

An manchen Abenden weinte er verzweifelt. »Alle lassen mich allein. Wenn seine Exzellenz Acton erfährt, wie schlecht es um mich steht, jagen sie mich aus dem königlichen Heer davon.«

Auf diese Weise hörte sie erstmals von Acton – »einem irischen Offizier«, so erklärte Tria, der gekommen war, um Heer und Flotte auf den neuesten Stand zu bringen, und der Sambucas Platz eingenommen hatte. Er war jetzt für alles verantwortlich.

»Jetzt verändert sich die Außenpolitik. Jetzt sind England, Österreich, Portugal unsere Freunde, und Frankreich und Spanien unsere Feinde. Könntest du nicht beim Konsul deines Landes für mich vorsprechen? Ein gutes Wort einlegen ...«

Auch im Bett näherte er sich ihr wieder, versuchte, sie zu berühren, nach so langer Zeit. Sie empfand nur Scham und Widerwillen. Außerdem sah sie inzwischen erbärmlich aus, was hatte sie einem Mann noch zu bieten?

Ihn packte die Wut, eines Nachts brüllte er: »Ich bin dein Mann! Ich brauche das, ich habe ein Recht darauf.«

Am nächsten Abend murmelte er in liebevollem Ernst: »Wir könnten doch noch ein Kind haben. Noch einen Sohn. Vielleicht würde uns das helfen.«

Warum nur, warum? Warum war sie ein weiteres Mal schwach und dumm gewesen?

Sie knirscht mit den Zähnen, krümmt sich auf dem Stuhl.

Für eine kurze Zeit wurde das Leben etwas weniger trostlos: Tria schien reinlicher geworden zu sein, parfümierte sich, war geduldig. Als Lenòr erneut schwanger war, sorgte er für ein Dienstmädchen, eine kräftige, einfältige Bäuerin aus Avezzano namens Angela. Vielleicht war er wieder zu Geld gekommen, wer weiß, auf welchen Abwegen.

In jenen Wochen fühlte sie sich sehr müde, unglücklich. Voller Gewissensbisse, unfähig zu neuen Hoffnungen: Was nun zum zweiten Male in ihr geschah, registrierte sie gleichgültig oder aber mit einem Gefühl von Schuld.

Tria blieb zu Hause, scherzte mit der Bäuerin, machte ihr Komplimente, wenn sie gut gekocht hatte. Seiner Frau schenkte er ein Lächeln. Eines Tages sagte er, wenn es ein Sohn wäre, dann würde er ihn Francesco nennen; sie bekam einen Nervenzusammenbruch, schrie: »Nein, nein, nein!« – bis in den Abend hinein.

Eines Nachts verspürte sie schmerzhafte Stiche in der Leistengegend, wachte schwer atmend und schweißgebadet auf. Starker Brechreiz packte sie, aber sie brachte nur gelben und grünlichen Schleim heraus. Mit einem Satz fuhr sie hoch. Tria lag nicht an ihrer Seite: Sie fand ihn in der Küche, auf dem Feldbett auf der halbnackten Bäuerin. Er drehte sich zu ihr um, sah sie erhitzt und keuchend an, ohne aufzuhören.

Sie wurde ohnmächtig – warum eigentlich. Es machte ihr im Grunde nicht viel aus, und es war unnötig, daß sie sich später, als sie im Schlafzimmer wieder zu sich kam, mit Tria an der Seite, aufregte und ihn anschrie, er solle diese Nutte aus dem Haus jagen. Er war ganz still, dann aber stand plötzlich die Bäuerin mit unverschämtem Gesichtsausdruck in der Tür, das stieg Tria zu Kopf, er sprang auf und kramte in der Abstellkammer. Er holte ein Bündel Briefe hervor, schwenkte es durch die Luft. »Reden wir lieber nicht von Nutten!« schrie er drohend. »Als wüßtest du von gar nichts! Sieh her, wie viele Hörner du mir aufgesetzt hast, sieh her! Alle gelten mir!«

Mit angewidertem, ironischem Tonfall begann er vorzulesen: »›Liebe Lenòr. Süße Freundin … Wie sehr ich Eure Leiden als Opfer eines Unmenschen bedauere‹ … Ich, ich bin dieser Unmensch! Sie ist losgezogen und hat es in die ganze Welt hinausposaunt, die Literatin. Sie hat mir die Scheiße mitten ins Gesicht geworfen.«

Er fuhr mit der Lektüre fort: »›Wie glücklich Ihr die Tage bei uns verbringen könntet!‹ Die ehrenwerte Signora, die andere Frauen als Nutten beschimpft und selbst überall Liebhaber hat! Dieser hier, wer ist das? Don Alberto Fortis. Und der hier? Pietro Metastasio.«

Sie war zunächst verblüfft, doch dann begriff sie: Er fing ihre Briefe ab, dieser niederträchtige Mensch! Das war es, was sie mehr als alles andere zur Raserei brachte. Sie warf sich auf den Boden, schrie Stunde um Stunde, hieb mit den Fäusten auf den Fußboden, und plötzlich spritzte dickes, schwarzes Blut aus ihr hervor. Die Bäuerin war es dann, die loslief, um einen Arzt zu holen.

Doktor Pean gelang es, ihr Leben zu retten. Er war sanft, resolut und erinnerte sie an Cirillo. Er besuchte sie mehrere Male, brachte ihr Medizin, und als Tria mit brüchiger Stimme stammelte, daß er ihn nicht bezahlen könne, lächelte er. »Es war meine Pflicht, mich um die Signora Marchesa de Fonseca zu kümmern.«

Tria ging wütend fort und nahm die Bäuerin mit. Dann schrieb sie den Brief an Papài, der sofort anreiste, und damit war diese unglückselige Angelegenheit beendet.

Es wäre besser gewesen, wenn Pean nie gekommen wäre.

Wundersamerweise klingt ein längst vergessener Vers in ihr an. Aus dem »Tanz« von Metastasio: »*Son secoli i miei pianti …* – Jahrhunderte schon währet meine Trauer …«

Meu Deus, auch das hatten sie ihr genommen! Die unschuldigen Briefe dieses Poeten, dieses sanften, ein wenig eitlen Freundes. Auch er war gestorben, armer Pietro. Alle waren sie tot.

Sie schreckt hoch, eilt zu Papàis Bett. Sie berührt ihn an der Stirn, beugt sich nieder, um seinen schwachen Atem zu hören. Er ist flach, kaum wahrnehmbar, aber regelmäßig.

»*Meu Deus*, bitte mach, daß wenigstens er mir bleibt.«

Nur bis zur Morgendämmerung wird ihr Wunsch erhört.

ACHTER TEIL

1   An einem der ersten Frühlingstage kehrte neues Leben in
sie zurück. Anders gesagt, ihr wurde bewußt, daß sie sich
dem Leben von nun an nicht mehr verweigern würde. Sie stand
früh auf. Durch die Ritzen der Fensterläden drang helles Licht –
sie riß die Flügel weit auf, die Fensterscheiben blitzten in der
Sonne, die Wohnung erwachte zu neuem Leben. Ein harmloser
sanfter Wind spielte mit dem Morgenmantel über ihren nackten
Beinen. Sie seufzte. Dann ging sie in die Küche, um sich Kaffee
zu kochen.

In der Küche roch es muffig, sie war dunkel und nicht sehr
gepflegt. Jeden Morgen hatte Lenòr sie in diesem Zustand vorge-
funden und gar nicht darauf geachtet, aber jetzt störte es sie. Sie
öffnete auch hier die Fensterflügel, und gleich glänzten die alten
Kacheln mit den grünen Blumen über dem Herd. Mit Bedacht
füllte sie die Espressokanne, heute sollte der Kaffee stark werden. Sie genoß ihn Schluck für Schluck, und schon meldeten sich
Schuldgefühle, wenn auch nicht ganz so heftig wie in den vergangenen Monaten, als jede noch so kleine Handlung des täglichen Lebens ihr wie Diebstahl vorkam, wie ein unverdientes Privileg, das sie irgendwann zurückzahlen mußte.

Sie bestrafte sich auf völlig unsinnige Weise. Was wollte sie
denn damit erreichen, daß sie kein Buch, keine Zeitung, keine
Feder mehr in die Hand nahm? Daß sie die ungewaschenen
Haare unter einer Haube oder einem Kopftuch versteckte? Daß
sie ständig dasselbe schwarze Kleid anzog? Daß sie die Unterwäsche so lange trug, bis es sie selbst anekelte? Daß sie mit nie-
mandem sprechen wollte?

Vincenzo war wieder da, abgemagert und traurig nach dem Tod
seiner Mutter. Jetzt unterrichtete er Geschichte in der Cappella
Vecchia, einer jener Schulen, die der König für die Kinder reicher Bürger gegründet hatte. Vincenzo war ein lieber Freund, ein

Bruder – aber sie ermüdete ihn mit ihrem starrsinnigen Schweigen, ihrem überreizten Weinen.

Sie schüttelte den Kopf und machte sich daran, die Tasse, den Löffel, die Kaffeekanne im Kupferbecken abzuspülen, verschwendete dabei mehr Wasser, als sie es sonst getan hätte. Sie gab der Hausmeisterin zwei Carlini am Tag, damit sie ihren kleinen Sohn mit zwei Kübeln voll Wasser aus dem Hof zu ihr heraufschickte. Sie hätte auch das Doppelte dafür bezahlt, denn jetzt stand ihr der Sinn nach sehr viel mehr Wasser. Sie verspürte den heftigen Wunsch nach Sauberkeit, Reinheit, wusch sich das Gesicht, den Hals, die Arme. Die strohtrockenen Haare rochen nicht gerade angenehm.

»Schluß jetzt!« sagte sie energisch. Sie füllte einen großen Topf bis zum Rand mit Wasser, schürte das Feuer, bereitete Marseiller Seife zu. Unsanft knetete sie beim Waschen die Haare und spülte sie so sorgfältig wie möglich aus. Sie legte sich ein Handtuch über die Schultern und setzte sich auf einen Stuhl auf den Balkon.

Die Sonne war noch mild, es dauerte Stunden, bis das Haar getrocknet war. Aber sie hatte ja zunächst nichts anderes vor, einkaufen konnte sie später – oder sie ließ es einfach bleiben: Es war noch Pasta mit Sauce vom Vortag übrig.

Überall an den offenen Fenstern, auf den Balkonen und Terrassen ließen Frauen und junge Mädchen ihre glänzenden Köpfe in der Sonne trocknen, kämmten sich die Haare, ölten die Kopfhaut ein. Lenòr verspürte wieder Neugier auf Menschen. In all diesen Monaten hatte sie nur wenig andere Menschen gesehen – morgens beim Einkaufen, nachmittags, wenn sie zu ihrem kleinen Geviert in den Mortelle ging und ihr zufällig jemand begegnete.

Es war weit bis dorthin. Sie mußte die Via Rosario di Palazzo hinaufgehen, dann um die Königliche Druckerei herum, mußte sich hinter dem Konvent Mondragone einen Weg durch das Gestrüpp bahnen, dann ging es hinter der Webfabrik die grasbewachsene Treppe bergauf und am Kloster Santa Caterina entlang. Wenn es regnete, flutete die gelbe Lava des Petraio in Strömen vom Vomero bergab und führte Kieselsteine, ganze Stämme,

Geröll mit sich. Dann kam Lenòr erst spät ans Ziel, mit heftigem Herzklopfen, bis auf die Haut durchnäßt.

Ein Schauer lief ihr über den Rücken. Dann betastete sie die Haare: Sie waren jetzt trocken genug und fühlten sich wieder weich an, obwohl sie unbändiger waren denn je. Sie ging zum Spiegel. Für einen Moment warf ihr der Spiegel eine Spur von Mamãe, vielleicht auch von Vovó zurück. Eine alte, grauhaarige Frau.

Sie betrachtete sich eingehender. Vielleicht waren einige dieser Falten noch gar nicht eingegraben – eher ein Ausdruck für den erschöpften Zustand ihrer Seele; denn in Wahrheit hatte sie vor zwei Wochen erst ihr zweiunddreißigstes Lebensjahr vollendet.

Sie beschloß, die Unterwäsche zu wechseln, das Mieder, das eine undefinierbare Farbe angenommen hatte, in die Wäscherei zu geben. Aber sie könnte sich auch gleich ein neues kaufen.

Nach Papàis Tod hatte Titìo, der nach der Amtsübernahme durch Papst Pius VI. in die Kurie nach Rom zurückgekehrt war, einen Freund in Neapel, das Ratsmitglied Tontulo, damit beauftragt, die komplizierten Angelegenheiten der Scheidung zu regeln. Das Heilige Königliche Kollegium sprach Tria die Alleinschuld zu und forderte ihn auf, sowohl die Mitgift zurückzuzahlen als auch nachträglich die jährliche Summe für Spangen und Broschen zu entrichten sowie in Zukunft Unterhaltszahlungen zu leisten. Da Tria jedoch hoch verschuldet war, mußte das Kollegium zunächst alles, was Tria noch besaß, versteigern lassen, bevor es möglich war, ihr einhundertsechsundfünfzig Dukaten jährlich oder dreizehn Dukaten monatlich anzuweisen. Tio Antonio hatte außerdem verkündet, daß die Sache mit der Anerkennung der Adelsurkunden in absehbarer Zeit endgültig geklärt sein dürfte.

»So läuft das immer. Armer Kerl, daß er das nicht mehr erleben konnte.«

Sie entkleidete sich völlig. Bevor sie in frische Unterwäsche schlüpfte, wollte sie sich von Kopf bis Fuß betrachten. Ihre Haut war bleicher geworden, ihre Brüste waren schlaff. Entmutigt ließ sie sich auf die Bettkante sinken.

Eine Schande, sich so gehenzulassen. Doch aus welchem Grund hätte sie besser für sich sorgen sollen, sich vernünftig ernähren, wieder aufblühen sollen? Für wen? Männer, Geliebte, Kinder würde es in ihrem Leben nicht mehr geben. Und auch keine Eitelkeiten oder Illusionen. Höchstens noch Schreiben, Lesen, Lernen: danach hatte sie Sehnsucht verspürt – und sich dafür bestraft.

Sollte sie einen neuen Anfang wagen? Doch mit welchem Ziel? Nach einer ungewissen Zeitspanne würde der Tod auch sie heimsuchen. Vielleicht würde ihr Bruder José dafür sorgen, daß das Geschlecht der Fonseca nicht ausstürbe, vielleicht auch Jéronimo. Doch interessierte sie das wirklich? Ihr ganzes Dasein, ihr Universum würde mit ihrem Tod enden. Was konnte davon schon bleiben? Die Verse etwa? Auch wenn sie gar nicht so »gräßlich« waren, wie Primicerio gesagt hatte, dann waren sie doch ein Nichts im Vergleich zu den Versen von Metastasio, Rolli, Parini. Von ihnen würde vielleicht etwas bleiben. In hundert, in zweihundert Jahren: 1983, *meu Deus*! Aber von mir? *Nada de nada*. Noch weniger als nichts.

Sie verspürte ein schmerzhaftes Verlangen, erneut Bücher, Papier und Feder zur Hand zu nehmen. Vielleicht weil sie sich schämte: Kann man denn einfach so dabei zusehen, wie man kraftlos dahinlebt? Wie man dahinvegetiert, ohne Mut, ohne Antrieb? Ohne Hingabe, nicht einmal sich selbst gegenüber?

Wahrscheinlich hat auch in dieser Frage Monsieur Voltaire recht, wenn er verlangt, daß man den Garten in jedem Fall pflegen müsse. Eines Tages werden darin – dank unserer Arbeit – Blumen und Früchte gedeihen, und die Kinder werden sich daran erfreuen. Wenn niemand sich um den Garten kümmert, geht die Welt zugrunde. Und was nun?

Was weiß ich. Vielleicht war das alles auch nur eine Herausforderung des Frühlings.

Sie zog sich an, wählte das übliche schwarze Kleid. Dann zerrte sie es sich hastig wieder vom Leib und holte das pfirsichfarbene leichte Wollkleid aus dem Schrank. Sie öffnete die

Schublade mit dem Geld, zählte nach: Es reichte für ein neues Mieder und auch noch für andere Kleinigkeiten, die sie benötigte. Sie legte ein Band aus gelbem Samt um den Hals, ergriff ein Tuch und verließ das Haus.

2   An einem Vormittag, an dem Vincenzo freihatte, gingen sie in die Villa Reale. Sie erinnerte sich noch gut an den Tag, als sie mit Tria dort vorbeikutschiert war und gesehen hatte, wie die Arbeiter mit der Spitzhacke tätig waren, Mauern und Pfeiler hochzogen.

Der Park war wirklich schön geworden. Ein Areal aus frischem Grün, zur Ruhe und zur Zierde. Hohe Gitterzäune, mit Spiralen und Arabesken verziert, trennten den Park von der Riviera di Chiaia ab; die dichten Kronen der Linden und Platanen, die Wipfel der Palmen wogten hinter den vergoldeten Zaunspitzen. Im Innern des Parks verzweigten sich perfekt ausgerichtete Baumreihen zu fünf breiten Alleen, die, mit feinem weißem Kies bestreut, nach Mergellina führten. Die mittlere und zugleich auch breiteste Allee war dem König und seinem Hofstaat vorbehalten: in der Mitte prunkte ein riesiger Marmorblock, von dem sich, in einer gewaltigen Kraftanstrengung gefangen, der nackte Herkules und der Farnesische Stier herabstürzten.

In den seitlichen Alleen bildeten hohe, künstlich rund gehaltene Pflanzen grüne Bogengänge, durch die Lichtstaub rieselte.

Eindrucksvoll gestaltete Brunnen mit Marmorfiguren verspritzten Wasser. Wohin man den Blick auch wendete, Palmwedel, moosbewachsene Grotten, Becken mit klarem Wasser, in denen Fische schwammen. Jenseits der Marmorbalustraden das leichte Plätschern der Wellen.

Sie setzten sich auf eine Bank aus grauem Marmor unter einer riesigen Eiche. Vergnügt beobachteten sie die gutgekleideten Leute, die auf und ab promenierten. Nur elegante, ehrbare Bürger durften die Villa betreten: Husaren in rot-silbernen Uniformen überwachten streng den Park.

Sie sah reizende, graziöse Gestalten in Gelb, Hellblau, Rosa, Grün. Am Vormittag trug man gestreifte Stoffe, vielfach sah man auch kurze Röcke, die nach französischer Mode bis zum Knöchel reichten, und eine extravagante Haarpracht. Darüber Gewänder in polnischem Stil, Häubchen aus weißem Tüll, verziert mit Blümchen und kleinen Früchten, nach hinten schräg zulaufende kurze Jacken. Sogar erste Kleider ohne Reifrock, dafür mit Turnüre.

Auch die Männermode war im Begriff, sich zu wandeln. Seide war nicht mehr gefragt, fast alle Herren trugen jetzt Anzüge aus Tuch, gestreifte Gehröcke mit fliegenden Schößen. Einige hatten bereits die anmutigen, verführerischen Hüte aufgesetzt, deren Krempe vorn und hinten nach oben gebogen war. Perücken waren ganz aus der Mode, das Haar wurde nicht mehr grau gepudert.

Vincenzo zeigte ihr lächelnd einige Stutzer, die wie Werther gekleidet waren: Frack aus blauem Tuch mit Messingknöpfen, gelbe Weste, Lederhosen, Stulpenstiefel, breite Krawatte statt Jabot.

Sanges nahm das Buch zur Hand. »Weißt du, daß Herr Goethe vielleicht nach Neapel kommt? Ich habe es bei den Filangieri erfahren, Gaetano ist mit ihm befreundet. Du solltest dich dort wieder einmal blicken lassen, Lenòr. Bei den Filangieri trifft sich zur Zeit alles, was Rang und Namen hat.«

»Das habe ich auch vor. Aber gib mir ein bißchen Zeit. Wenn du wüßtest, wie eigenartig ich mich fühle. Ich habe durchaus den Wunsch, neu zu beginnen, aber nicht so wie früher.«

»Wir alle haben uns verändert. Auch ich bin nicht mehr der Mann, der ich einmal war. Geliebte Menschen sterben zu sehen, hinterläßt tiefe Spuren, wie sollte es anders sein. Die Kindheit, die du trotz allem stets in dir bewahrt hast, ist für immer vergangen; es bringt dich um, und es macht dich reifer.«

»So wird es wohl sein. Mir gelingt es zum Beispiel nicht mehr, Verse zu schreiben. Im Grunde gehören Verse meiner Kindheit an. Meiner Jugend.«

»Das hat Vico auch gesagt.«

»Ich habe versucht, Sonette zu schreiben, die meinem … meinem Kind gewidmet waren. Ich habe sie alle weggeworfen. Außerdem ist mir bewußt geworden, daß die Art und Weise des Dichtens, wie sie auch heute noch üblich ist, gar nicht in der

Lage ist, die Gefühle auszudrücken. Sie ist verfälscht. Entweder die Art des Dichtens erneuert sich ... meinetwegen stark und dramatisch; oder es ist besser, das Gedicht gleich für tot zu erklären.«

»Da ist immerhin Alfieri«, gab Vincenzo zu bedenken. »Aber vielleicht leben wir in einer Zeit der Prosa, Lenòr. Der Reflexionen. Deshalb verkaufen sich Romane so gut.«

Er schlug den »Werther« auf, der in rötliches Leinen gebunden war. Auch die Bücher hatten ihr Aussehen verändert: weniger kostspielige Ausgaben, keine Ledereinbände mehr, auch keine Verzierungen.

»Ich habe ein paar Zeilen angestrichen, die ich dir gern vorlesen würde: Sie sprechen von Dingen, die ich selbst ähnlich empfinde. Hör dir zum Beispiel mal diese Stelle an: ›Die meisten verarbeiten den größten Teil der Zeit, um zu leben, und das bißchen, das ihnen von Freiheit übrig bleibt, ängstigt sie so, daß sie alle Mittel aufsuchen, um es loszuwerden.‹«

»Er hat recht«, murmelte sie. »Ich glaube, daß ›leben‹ hierzulande ›überleben, vegetieren‹ bedeutet. Sich etwas zu essen zu beschaffen.«

»Genau. Mir erscheint der Gedanke wichtig, daß die Menschen Angst vor der Freiheit haben, und zwar in einem solchen Maße, daß sie sich lieber gleich davon befreien wollen: die Römer wollten Cäsar, nicht Brutus.«

»Freiheit muß immer teuer bezahlt werden«, sagte sie. »Ich bin jetzt frei. Ich kann leben, wo ich will, kann machen, wozu ich Lust habe. Aber ich bin allein. Ich habe niemanden mehr. Das ist der Preis für die Freiheit, der mir abverlangt wird.«

»Andererseits gibt es keinen anderen Weg, Lenòr. Nicht du bist es, die entscheidet. Nicht du bist es, die eine Wahl trifft. Wir leben in einem Chaos, von dem wir nichts wissen und das wir ebensowenig begreifen.«

Er schlug das Buch auf einer markierten Seite wieder auf: »›Himmel und Erde und ihre wabernden Kräfte um mich her: ich sehe nichts als ein ewig verschlingendes, ewig wiederkäuendes Ungeheuer.‹ Wir sind Teil dieses blinden Gebrösels. Ohne zu wissen, woraus es sich eigentlich zusammensetzt. In bestimmten

Momenten würde ich Werther und seiner bestürzenden Antwort auf diese untragbaren Lebensumstände recht geben, doch dann denke ich wieder: Gerade weil ich weiß, daß wir nicht selbst wählen können, wäre selbst diese letzte Antwort noch eine Niederlage. Ein weiterer Gehorsam gegenüber jener geheimnisvollen Kraft, die uns regiert. Ich lehne mich dagegen auf und glaube daher nicht einmal mehr an den Selbstmord.«

Pause. Sie war ernst geworden, nachdenklich. Sie murmelte: »Auch ich habe es in Erwägung gezogen, ein, zwei Mal jedenfalls. Ich war verzweifelt, vom Schmerz überwältigt, und glaubte, noch mehr Schmerz nicht ertragen zu können. Doch statt dessen steigerte der bloße Gedanke an Selbstmord den Schmerz ins Unermeßliche. Ich empfand ein furchtbares, allumfassendes Mitleid: mit mir selbst, mit allen anderen Menschen, sogar mit Pasquale Tria, seinem toten Vater, meiner Mutter, meinem Kind, auch mit Menschen, die ich nur ganz kurz gesehen hatte. Als würde alles von mir abhängen und nur deshalb am Leben sein, weil ich am Leben war. Besser kann ich es dir nicht beschreiben.«

»Du bist eine Frau, Lenòr. Eine Frau kann gar nicht anders empfinden. Weil sie an sich das Leben ist. Weil sie Leben hervorbringt.«

Sie antwortete mit leichter Härte: »Ich kann kein Leben mehr hervorbringen.«

»Du hast es doch schon getan. Du hast deine rätselhafte Pflicht erfüllt.«

»Und jetzt darf ich mein Leben abschließen? Vielleicht sogar den Herrn Werther imitieren?«

»Weshalb? Jetzt kannst du es doch so machen wie die Männer: nämlich mit dem Kopf gebären. Mit dem Mund: Worte. In Ermangelung eines Besseren.«

Ironisch bemerkte sie: »Dann wird das der Grund dafür sein, weshalb ich keine Gedichte mehr mag.«

Vincenzo kraulte sie am Kinn. »Aber heute vormittag hast du ganz rote Wangen und Lippen. Oder liegt das etwa an der gesunden Meeresluft?«

3   Sie fand eine neue Wohnung, ebenfalls in der Via Sant'
Anna, weiter unten, in Richtung Via Toledo, im Palazzo
des Marquese Sifola, einem hellgrauen, schmucken Gebäude. Im
Innenhof ein kleiner Garten, den der Hausmeister voll Hingabe
pflegte. Auch die Wohnung im Obergeschoß war in einem guten
Zustand: fast neue blaue Tapeten, schwere Vorhänge aus gelbem
Samt, frischgestrichene Türen aus geschliffenem Glas.

Sie ließ die Verbindungstür zwischen den beiden großen
Räumen entfernen, um einen kleinen Salon zu haben; in der
entferntesten Ecke richtete sie sich einen Arbeitsplatz ein:
Nußbaumregale für die Bücher, einen weißen Tisch mit goldenen
Ornamenten, schmale Orientteppiche, das Kästchen mit dem
Papier. In den anderen Raum stellte sie Stühle und einen klei-
nen Diwan. Sobald sie ihren Erbanteil an den Adelstiteln ihres
Vaters erhielt, würde sie sich einen Schreibschrank und viel-
leicht sogar ein Cembalo leisten. Sie ließ einige Porträts rahmen,
die sie aus Büchern ausgeschnitten hatte: Metastasio, Genovesi,
Alfieri.

In das dritte Zimmer kamen das Bett, ein Tischchen, Kleinigkeiten. Die Küche war mit weißen Kacheln aus Cava gefliest: in
der Ecke fand sich Platz für Graziellas schmales Bett.

Graziella war ein spindeldürres Mädchen mit ungekämmten,
dünnen blonden Haaren und vielen Pickeln im Gesicht. Lenòr
hatte sie mit Hilfe einer Vermittlerin aus der Via Sant'Anna
gefunden. Um mit der Mutter zu verhandeln, mußte sie sich bis
in die Via San Matteo begeben, in ein zu ebener Erde gelegenes
Bordell, wo mitten im größten Schmutz ein alter Mann, eine alte
Frau, drei oder vier Kinder und fünf Huren lebten, von denen
eine, Naso de Cane genannt, Graziellas Mutter war. Naso de Cane
war zufrieden mit anderthalb Dukaten im Monat, zusätzlich für
die Tochter Verpflegung und etwas Kleidung. Graziella sollte die
Einkäufe erledigen, kochen, Wasser aus dem Hof holen, putzen.

»Ich kann das nich. Ich will da nich hin«, erklärte sie sogleich,
noch im *basso*, mit finsterer Miene. Ihre Mutter schrie sie an,
stieß wilde Drohungen aus. Graziella rannte durch die Gassen
davon. Sie kam nur deshalb zurück, weil Naso de Cane einen
Jungen mit folgender Botschaft hinterhergeschickt hatte: »Wenn

du nicht in einer Sekunde wieder da bist, schick ich Spino hinter dir her.«

Spino war (wie Lenòr später erfuhr) der Zuhälter von Naso de Cane und zwei anderen Huren. Für ihn wäre es eine Kleinigkeit, so die Mutter seelenruhig, das Gesicht dieser dummen Trine zu zerstören.

»Du hast keinen Grund, auf mich böse zu sein, Graziella«, hatte Lenòr geduldig begonnen, während das Mädchen sich an die Wand drückte. »Was wäre in diesem *basso* schon aus dir geworden? Hier hast du es gut, hier ist es sauber.«

Graziella antwortete nicht, starrte finster vor sich hin. Plötzlich rannte sie in die Küche, warf sich auf das für sie bestimmte Bett und fing heftig an zu schluchzen.

»Diese Scheißnutte!« Sie zitterte und ballte die Fäuste. »Dieser Dreckskerl! Ich geh hin und bring sie um.«

Lenòr versuchte sie zu streicheln, doch Graziella schnellte hoch wie eine Schlange. Mit haßerfülltem Blick zischte sie: »Und du kanns mich auch am Arsch leckn.«

Instinktiv gab sie dem Mädchen eine deftige Ohrfeige und verspürte sofort Gewissensbisse. Doch Graziella hatte sich urplötzlich beruhigt – sie stand auf, blieb mit gesenktem Kopf stehen.

»Sag mir, Signo', was soll ich machn? Schlag mich nich mehr. Ich gehorch dir ja schon.«

Lenòr konnte es kaum glauben, dann wurde ihr klar, daß Graziella mit Ohrfeigen aufgewachsen war und nur diese Ausdrucksweise verstand. Daher redete sie von nun an in jenem eigenartigen Neapolitanisch mit ihr, das sie sich im Laufe der Jahre angeeignet hatte.

»Nach und nach wirst du das schon lernen«, sagte sie. »Weißt du, wie man ein Bett macht?«

»Nein, Signo'. Wir nehm' einen Sack.«

»Und bei mir wirst du lernen, wie man das Bett mit einem Laken bezieht. Dann gehst du nach unten, Wasser holen, dann bringst du es hoch. Zweimal in der Woche wischst du den Fußboden. Jeden Morgen gehst du einkaufen, und dann kochst du.«

»Du hast ja keine Ahnung, Signo'. Ich kann doch noch nich mal Wasser kochn.«

»Und was hast du bei dir zu Hause gegessen?«

»Tante Vicenza hat gekocht. Die Herren ham auch was gekriegt.«

Ein Gedanke durchfuhr sie, sie packte Graziella am Arm. »Grazie'«, begann sie verlegen. »Sag deiner Signora die Wahrheit. Du ... hattest du schon angefangen?«

»Mit dem Huren?« rief das Mädchen frei heraus. »Noch nich. Ich hab noch keinen Busen, und diese Pickel im Gesicht drehn eim doch gleich den Magen um. Mamma schmiert immer Katzendreck drauf, aber die Dinger gehn einfach nich weg. Wenn die nicht wärn, hätt ich schon längst angefangn!«

Lenòr erschauderte, sah sie mit sanftem Blick an. Graziella war wirklich häßlich, mager, plump. Jetzt konnte sie auch die Pickel besser erkennen: sie prangten rot und dick auf dem weißen Gesicht. Spuren einer Erbkrankheit? Sie zog kurz in Erwägung, Graziella zu Naso de Cane zurückzubringen. Dann schüttelte sie den Kopf.

»Grazie'«, sagte sie. »Bei mir wird es dir gutgehen. Aber du mußt mich auch zufriedenstellen. Jeden Morgen wäschst du dir die Hände und das Gesicht.« Sie warf einen Blick auf die nackten, schwarzverkrusteten Füße. »Und die Füße auch. Auf diese Weise werden die Pickel bald verschwinden.«

»Darf ich wenigstens manchmal zu Besuch in mein *basso*?« schluchzte das Mädchen.

Lenòr seufzte. »Aber ja. Einmal in der Woche.«

4   Die Tage, die folgten, war sehr intensiv. Sie sah viele ihrer alten Freunde wieder: Jetzt traf man im herrlichen Palazzo Filangieri am Largo d'Arianello zusammen.

Gaetano war immer noch klein, schmächtig und kaum kräftiger geworden. Er hatte inzwischen eine Halbglatze und machte insgesamt einen erschöpften Eindruck. Er war ein berühmter Mann geworden, auf den man sich gerne berief: Seine Freunde außerhalb des Königreiches hießen Goethe, Franklin, Diderot, Katharina die Große. Gerade in jenen Tagen war der dritte Band seiner »Scienza« erschienen, der wegen der Polemik gegen die Besitztümer der Kirche in Rom sofort auf den Index gesetzt wurde.

Im Palazzo Filangieri traf sie Jeròcades, Pagano, Cirillo, Conforti, Meola, Guidi wieder, lernte Astore, Delfico, Lauberg und ein paar leidenschaftliche, keiner speziellen Gruppe zugehörige junge Leute kennen: Manthonè, Marra, Ciaia.

Jeròcades hatte fast keine Haare mehr, trug aber nach wie vor keine Perücke. Er begann, den Kopf heftig auf und ab zu bewegen – seine Art, Gefühle zu zeigen. Er lächelte sie sogar an und zeigte seinen zahnlosen Mund. Er nahm sie am Arm und brummte: »Das habt Ihr schlecht gemacht. Schlecht, sehr schlecht – Euch uns so lange vorzuenthalten.«

»Das war nicht meine Schuld«, sagte sie leise. Er schüttelte den Kopf.

»Ihr seid nicht allein, Lenòr. Eure Freunde schätzen Euch sehr. Jetzt, da Ihr Eure eigene Herrin seid, könnt Ihr Euch mehr denn je den großen Dingen widmen.«

»Und Ihr ...« Sie zögerte. »Gehört Ihr noch immer den Freimaurern an?«

Jeròcades' Blick verfinsterte sich. »Im Herzen – immer. Aber die Dinge verändern sich. Die Menschen sind nicht perfekt. Die Ideale des Großen Baumeisters sind lebendiger denn je, aber die Mittel, um sie zu verwirklichen, scheinen sich zu verändern. Ich habe das auch in meinem Buch gesagt: Wißt Ihr, daß »Paolo oder die befreite Menschheit« endlich erschienen ist?«

Sie brannte darauf, ihn danach zu fragen. Um ihm eine Freude zu machen, murmelte sie zunächst: »Eine gute Nachricht. Tauche ich immer noch in dem Buch auf, wie Ihr damals sagtet?«

Seine Augen leuchteten auf. Er schluckte. »Das könnt Ihr selbst nachlesen. Morgen werde ich Euch eine Kopie zukommen lassen.«

Er nahm erneut ihren Arm und sagte leise: »Ich habe Euch nie vergessen. Trotz allem.«

Sie kräuselte die Lippen zu einem melancholischen Lächeln. »Ich bin nach wie vor Eure Freundin. Unsere Gedanken und unsere Gefühle werden sich gewiß wieder finden. Aber als

Frau existiere ich nicht mehr, versteht Ihr? Seht mich doch an.«

»Ihr verkörpert nach wie vor die äußerst seltene Schönheit von Geist und Seele«, sagte er und zog sie in eine Ecke. »Ich bin in meinem ganzen Leben keiner Frau außer Euch begegnet, die das in sich vereint.« Mit bekümmerter Miene fuhr er fort: »Ich bin noch immer allein. Gezwungenermaßen entwerfe ich große Pläne für die Zukunft, in einer Gegenwart, die sich dafür nicht eignet und die mir auch gar nicht gefällt. In Euch würde ich unschätzbaren Trost finden.«

Zitternd drückte er ihre Hände, dann flüsterte er plötzlich unwirsch, ohne sie anzusehen: »Ich habe noch nie eine Frau gehabt, Lenòr.«

Meu Deus, was soll ich ihm nur sagen? Sie entzog ihm sanft ihre Hände. »Ich habe in all diesen Jahren sehr gelitten. Körperlich und geistig. Im Moment gelingt es mir nicht einmal zu schreiben, versteht Ihr. Ich brauche Zeit, sehr viel Zeit.«

Er nickte. Er wirkte müde, leicht verstimmt. »Ich wünschte, für all diese Dinge würdet Ihr meine Hilfe in Anspruch nehmen.«

»Eure Hilfe genauso wie die aller anderen Freunde. Ich danke Euch von ganzem Herzen.«

Sie sah auch Primicerio wieder, der dick geworden war. Sein entschiedenes Auftreten hatte sich in ein aufgeblasenes, herablassendes Gehabe verwandelt, vielleicht weil das Leben ihm gewogen war wie nie zuvor: Nach wie vor war er Hofdichter, hatte aber zusätzlich beim Ponte di Tappia, gemeinsam mit anderen Anwälten, eine Kanzlei gegründet. Eine Oper, die er zusammen mit Cimarosa geschrieben hatte, war sehr erfolgreich im San Carlo aufgeführt worden. Er veröffentlichte Gedichte über Gedichte. Er war umringt von jungen Leuten, die, in der Hoffnung, von ihm protegiert zu werden, ihm schmeichelten, ihn bewunderten.

Er streckte ihr die Hände mit einem affektierten Getue entgegen, das sie aufrichtig erstaunte. Wie auch seine Art zu reden sie verwunderte: künstlich, »politisch«, wie ein echter Höfling.

»Meine liebe Marchesa de Fonseca.«

Der Schwarm seiner Verehrer wartete in respektvoller Distanz.

»Lenòr. Laß dich ansehen.«

Er zögerte, lächelte. »Du bist etwas dünner geworden. Aber gut siehst du aus.«

»Dir geht es gut«, entgegnete sie fröhlich. »Nur daß du reichlich zugenommen hast.«

»Das sieht man, was?«

Er wirkte ernstlich gekränkt, kehrte jedoch unverzüglich zu seinem selbstgefälligen Tonfall zurück. »Die Sache ist die, daß all die Träume, die Leidenschaften, all die Dinge, die dir Nahrung bieten, solange du jung bist, sich in einem bestimmten Alter verflüchtigen. Und dann bleibt dir nichts anderes übrig, als richtige Nahrung zu dir zu nehmen: Koteletts, Pasteten. Das ist es, was bleibt. Du mußt unbedingt einmal mit mir zum Essen gehen: Weißt du, daß Neapel zu den Hauptstädten Europas gehört, in denen man am besten ißt?«

»Das glaube ich gern. Bei der Mange von Ausländern ...«

»Einfach zauberhaft. Übrigens, schreibst du noch, Lenòr?«

»Gedichte, meinst du? ›Gräßliche‹ Gedichte jedenfalls nicht mehr.«

»*Mon Dieu*«, lachte er frivol. »Dein Gedächtnis kennt kein Pardon. Und dabei wollte ich dir gerade einen Vorschlag unterbreiten!«

»Wenn es darum geht, daß ich dir verzeihen soll, dann laß hören.«

»Es ist doch mein dringlichster Wunsch, daß du mir endlich verzeihst«, entgegnete er, und sein Tonfall wurde immer höflicher und zerstreuter. Amüsiert ging sie auf sein Spielchen ein.

»Wie könnte ich dir nicht verzeihen, wenn du mich so darum bittest?«

»Also hör zu. Du hast einmal eine hübsche Kantate für Ihre Majestäten geschrieben. Siehst du, wie gut ich mich erinnere? Und daß ich deine Gedichte gar nicht so schlecht finde?«

»Schnee von gestern. Aber ich danke dir.«

»Gut, dann hör zu. In sechs Monaten wird die russische Zarin Neapel einen Besuch abstatten. Ja, Katharina II. Bei Hofe trägt man sich mit der Absicht, ihr einen außergewöhnlichen Empfang zu bereiten. Du verstehst schon, auch wegen der neuen Abkommen mit Sankt Petersburg. Ich habe daran gedacht, eine hübsche Kantate in den Festakt aufzunehmen. Deine Kantate. Paisiello könnte sie vertonen: Er ist ja schon in Rußland gewesen, er kennt den dortigen Geschmack.«

»Oh, vielen Dank! Aber warum willst du sie nicht selbst schreiben? Du bist doch der Hofdichter.«

»Meine liebe Lenòr! Ich weiß doch gar nicht mehr, wo mir der Kopf steht. Als ich dich heute sah, war ich sofort von der Idee begeistert. Außerdem hatte ich schon vorher daran gedacht. Ich hatte mich gefragt: ›Was wohl Lenòr Fonseca macht? Wo könnte ich sie treffen?‹ Die Kantate wäre eine gute Gelegenheit, dich erneut in die Gesellschaft einzuführen. Auch bei Hofe.«

»Und bei der Königin, die mir ›les gros tètons‹ nie verzeihen wird?«

Primicerio lächelte, ließ seinen Blick kurz auf ihrer Brust ruhen. Dann wurde sein Tonfall schroff, wie früher. »Viele Dinge haben sich verändert. Die Königin hat kein Interesse mehr am König und an seinen Frauen, solange er sich aus den Regierungsgeschäften heraushält. Du mußt wissen, Maria Caroline hat im Laufe der Jahre ihre Talente vervollkommnet. Sie liebt es zu herrschen, zu befehlen – genau wie ihre Mutter. Hinzu kommt, daß sie einem außergewöhnlichen Mann begegnet ist, der gut zu ihr paßt, auch wenn er jünger ist als sie: Auch Sir Acton ist gierig nach Macht. Hör auf mich, Lenòr, ich bin dein Freund. Außerdem glaube ich, daß du vielleicht in der jetzigen Situation … einen Verdienst nötig hast. Eine Unterstützung.«

Ihr Blick verhärtete sich. Er fuhr fort: »Ich will keine Gegenleistung. Ich möchte nur, daß du keinen Groll mehr gegen mich hegst. Und daß wir wieder Freunde sind.«

Mit einem wehmütigen, teils ehrlichen, teils gekünstelten Lächeln schloß er: »In meinem Alter gewinnen bestimmte Dinge einen sentimentalen Wert.«

NEUNTER TEIL

1   Filiangieri ist schwer krank. Er hat den herrlichen Palazzo im Herzen der Stadt verlassen und ist nach Vico
Equense gezogen, ins Castell Fieschi, umgeben von Zitronen-
und Orangenbäumen, hoch oben über dem kristallklaren Wasser
der Scrajo-Bucht.

Lenòr denkt an den Tag zurück, als Gaetano im großen Arbeitszimmer mit der holzgetäfelten Decke von den Freunden
Abschied nahm; wie gerührt sie alle waren angesichts dieses
kleinen, blassen Prinzen mit den eingefallenen Wangen und den
kalten Händen. Seine deutsche Frau, la Tedesca (jetzt nicht mehr
Lehrerin bei Hofe), und die beiden wohlgestalteten Söhne, blond
und selbstbewußt, standen an seinem Bett. Gaetano hustete, das
Atmen fiel ihm schwer, aber er wollte sich von jedem einzeln verabschieden, allen die Hände drücken, jedem noch ein Wort mit
auf den Weg geben.

»Ihr müßt stark sein«, murmelte er ihr zu. »Ihr dürft nie vergessen, daß es unsere Aufgabe ist, Gedankengut für die jeweils
Herrschenden zu entwickeln.«

Jetzt kommen sie scharenweise zu ihr. Manchmal ist es zum Aus-
der-Haut-Fahren, Graziella putzt, wann sie gerade Lust hat, und
verschwindet von Zeit zu Zeit, um ihr geliebtes *basso* in der Via
San Matteo aufzusuchen. Sie hat jetzt angefangen, sich zu prosti-
tuieren – das hat Lenòr nach der Rückkehr von einem dieser
Ausflüge aus ihr herausgepreßt.

Graziella war zufrieden, ihre Augen glänzten feucht. Sie lachte
krampfartig: »Signo', was soll denn schlecht daran sein? Die
Frauen müssn das machn. Weil die Männer das so wolln. Alle
machn es: Hast du das etwa noch nie gemacht?«

Eine Aufwallung der Empörung. Sie wollte schreien: »Du bist

197

verrückt! Eine Frau darf sich nicht gegen Bezahlung hingeben!«– doch dann schwieg sie lieber. Was hatte sie, die Marchesa Lenòr Pimentel Fonseca, im Grunde anderes getan? Hatte sie sich dem Signor Conte Tria nicht auch gegen Bezahlung hingegeben? Gegen die armselige Bezahlung von Unterkunft, Verpflegung, von gesellschaftlichem Umgang?

Später sagte sie: »Grazie', es soll also alles nach deinem Kopf gehen? Du verschwindest, sechs Tage später tauchst du wieder auf, dann verschwindest du wieder? Und was ist, wenn du mir dabei ein gewisses ›Geschenk‹ ins Haus bringst?«

Das Mädchen begann zu lachen. Es sagte mit wissender Miene: »Signo', wenn eine noch ganz frisch is, steckt sie sich nich an. Ansteckn tun sich nur die Alten.«

Lenòr erschauderte. Wie konnte sie ohne Abscheu, ohne Angst die Teller, die Gläser, die Speisen anrühren, die Graziella berührt hatte? Gar ihren Atem einatmen?

»Nein, nein, mein Fräulein. Ich zahle dich aus, und du gehst.«

Geld genug hatte sie inzwischen: Nach dem Erfolg ihrer Kantate für Katharina die Große, die am Hoftheater aufgeführt worden war (leider war die Zarin dann gar nicht erschienen, dafür aber die Großherzöge und Admiral Potemkin), hatte der König ihr eine Leibrente zugebilligt. Auch ihr Anteil an Papàis Adelstiteln war eingetroffen.

Graziella klammerte sich an eine der Türen: »Ich will aber nich gehn.«

»Du wirst aber gehen.«

Sie fing an zu schluchzen, warf sich auf den Boden, riß sich die Kleider vom Leibe: »Ich will hierbleim.«

»Dann darfst du dich nicht mehr dort blicken lassen.«

»Ich geh ganz bestimmt nich mehr weg. Ich schwör's bei der Madonna. *Arrassosìa.*«

Ein paar Tage lang hielt sie Wort. Manchmal beobachtete Lenòr sie und fragte sich, wie dieser zarte, leicht gebogene Halm überhaupt einen sexuellen Akt vollziehen konnte. Sie versuchte, sie auszuhorchen: »Grazie'. Aber … gefällt es dir eigentlich? Gefällt es dir denn, wenn …«

Das Mächen ließ sie den Satz gar nicht beenden. »Manchmal ja. Manchmal nein. Aber, weißt du das denn nich, Signo'?«

»Ich war verheiratet. Ich hatte einen Sohn. Der ist gestorben«, murmelte sie.

»Dann weißt du also selbst, wie das is. Weshalb fragst du mich überhaupt?«

Drei Tage später verschwand sie erneut, um nach zwei Wochen schluchzend wieder vor der Tür zu stehen. Sie riß sich die Haare aus und schrie, sie wolle nie mehr nach San Matteo zurückkehren, sie schwor bei der Madonna, bei Jesus Christus, bei San Gennaro. Lenòr brachte es nicht über sich, sie wegzuschicken. Es dauerte Tage, bis das Mädchen sich beruhigt hatte. Wenn Lenòr fragte, was passiert sei, verdrehte Graziella nur die Augen und stieß ein entsetztes »Uuuh!« aus. Eines Abends brach sie in Tränen aus, lief zu Lenòr, um sie zu umarmen, und rief: »Signo', laß mich nich allein. Wenn ich wieder abhaun will, dann bring mich lieber gleich damit um.«

Sie zog eine lange Stichwaffe aus dem Korsett.

»Wer hat dir die gegeben? Woher hast du sie?«

»Die hab ich Spino geklaut. Wenn ich wieder abhau, dann bring mich damit um, das is besser so.«

Lenòr mußte sehr einfühlsam und geduldig auf Graziella einreden, bis sie schließlich verkündete: »Nein. Solche Sachen mach ich nich. Ich bin eine Hure, keine ehrlose Frau.«

Sie wollte nie damit herausrücken, was sie mit »solche Sachen« meinte. Trotzdem verschwand sie erneut. Wenn sie zurückkehrte, war sie bester Dinge, brachte für gewöhnlich kleine Geschenke mit (Obst, ein neues Taschentuch). Angeekelt schrie Lenòr sie an, warf die Geschenke weg, gab aber schließlich klein bei.

Doch sie geht Lenòr durchaus zur Hand, auch wenn sie die Männer im Salon dreist mustert. Spätabends, wenn alle gegangen sind, fragt sie: »Signo', warum tust du dich nich mit dem Roten zusammen? Warum schnappst du dir nich den Franzosen? Warum lädst du auch Schwule ein? Warum ziehn die sich an wie Nutten?«

Der »Rote« ist Cesare Marra, Artilleriekadett, zwei Meter groß, mit leuchtendroten Haaren und einer Frisur wie Brutus, der »Franzose« ist Manthonè, ein noch sehr junger Offizier der Artillerie mit einem klugen, sonnengebräunten Gesicht, die »Schwulen« sind die beiden mittellosen Dichter De Martino und Campolongo, die sich mit der Grazie jener Edelmänner bewegen, die ihre Erziehung noch in den Zeiten der Perücken und Menuette genossen haben. Mit »Nutten« meint sie einige der Damen, die sich nach der neuesten Mailänder Mode kleiden: gewagtes Mieder à la Ninon, ein schamlos tiefer Ausschnitt.

In Wirklichkeit tun das wenige; heute abend nur Luisa Molino Sanfelice di Lauriano. Wer weiß, wie sie und ihr Mann Andrea überhaupt hier gelandet sind: zwei verrückte, ausschweifend lebende junge Leute. Es geht das Gerücht, man wolle beide entmündigen, sie in ein Kloster nach Agropoli schicken, ihn nach Roccamonfina. Aber sie lassen sich nicht einschüchtern und treiben es wie toll. Außerdem sind beide einfach wunderschön! Er ist erst zwanzig, sie noch jünger. Eine wahre Pracht: rabenschwarze Locken, magnolienweiche Haut, schwarze, tiefe Augen. Das klassizistische Kleid, das ihre wohlgeformten Schultern, ihre vollkommene Brust betont, steht ihr ausgezeichnet. Sie verlassen die Gesellschaft früh: Für sie ist es langweilig unter all den Dichtern, die sich auf Lateinisch unterhalten, den jungen Leuten, die wegen der Ereignisse in Paris außer Rand und Band sind, den »Alten«, die immer etwas zu kritisieren haben und grundsätzlich mißtrauisch sind. Jeròcades gebärdet sich wie ein Schutzpatron. Er paßt auf wie ein neapolitanischer Wachhund und schreit Graziella an, die den »Priesteronkel«, wie sie ihn nennt, unerträglich findet.

Lenòr ist sehr zufrieden mit ihrem umsichtig gestalteten Salon. Es ist ihr gelungen, ihn mit zwei Schreibschränken, ein paar Drucken aus Deutschland und einer schönen, vergoldeten Harfe zu schmücken, die in einer Ecke gut zur Geltung kommt.

Die neuen Lebensumstände bringen so viele Verpflichtungen mit sich, daß ihr kaum eine Sekunde Zeit bleibt, um sich den Erinnerungen hinzugeben. Die Kantate für Katharina die Große hat sie zu einer wichtigen Persönlichkeit gemacht: Sie mußte auf die Bühne kommen, zusammen mit den Sängern und mit Paisiello; verwirrt und berauscht mußte sie sich unzählige Male verneigen, vor dem König, der Königin, dem Publikum. Das Ereignis war Stadtgespräch, nicht nur in den Zeitungen. Sogar Graziella fragte am nächsten Tag: »Signo', stimmt's, daß du gestern nacht im Theater auf der Bühne getanzt hast?«

2 Es ist so seltsam, eine »öffentliche« Person zu sein! Sie weiß es noch wie heute, wie aufgeregt sie war, als ihre Verse zum erstenmal gedruckt wurden. Aber damals war sie noch ein halbes Kind. Außerdem ist es etwas anderes. Mit einem gedruckten Gedicht, einem kleinen Buch, wechselt man zwar die Seiten, aber man kann auch wieder aufhören und einfach nichts mehr veröffentlichen: Die wenigen Menschen, die darauf warten, vergessen einen schnell. Man wird ein Vorname und ein Nachname, ein Blatt Papier, ein Trugbild. Bei einem öffentlichen Auftritt ist das anders: Man wird gesehen, ist körperlich anwesend, ist eine Person. Man bestreitet einen ganzen Abend, ist am nächsten Tag Gesprächsthema, in den Zeitungen, in den Salons. Auch von dort kann man sich wieder zurückziehen, aber nicht mehr so ohne weiteres. Der König und die Königin würden dann fragen: »Was ist geschehen? Weshalb ist die Fonseca von der Bildfläche verschwunden?«

Man bewegt sich in der Welt, die zählt, Schweigen gewinnt politische Bedeutung. Man wird gehört, die Menschen gewinnen Vertrauen, man wird zitiert: wie Genovesi, Filangieri, Pagano, *si licet parva componere magnis*.

Und dann sind da auch die offiziellen Verpflichtungen. Wenn bei Hofe irgend etwas eingeweiht wird, wird man geladen, erhält das hübsche Pergament mit dem goldenen Wappen im Relief, und man muß sich auf den Weg machen. Auch wenn man krank ist.

Auf dem Programm steht eine Kantate für die Reise des Königs und der Königin, die zuerst nach Wien und dann durch ganz Italien führen wird. Die Kantate wird in der Oper San Carlo aufgeführt werden. Es ist angenehm, mit Paisiello zusammenzuarbeiten: Geduldig hilft er dabei, die Rhythmen zu verdeutlichen, Silben entsprechend anzugleichen, die Kantate für die Bühne zu bearbeiten. Er ist mittlerweile ein Gott. Nach dem Triumph von »Nina pazza d'amore« singt ganz Neapel »Il mio ben quando verrà« – »Wann wird mein Glück nur kommen«.

Auch muß Lenòr ihre Studien vorantreiben, sich in naturwissenschaftliche und ökonomische Themengebiete einarbeiten; denn darin liegt für sie inzwischen ein ganz besonderer Reiz: sich damit zu befassen heißt, die Geheimnisse der Welt zu begreifen. Mit der Poesie erfaßt man sie rein intuitiv. Mehr aber auch nicht.

Sie muß mit den Zeitungen zusammenarbeiten, auch das ist für sie außergewöhnlich: eine weitere Möglichkeit, am Spiel der Einflußreichen teilzunehmen. Ideen anzubieten, die fruchtbar werden können.

Dann ist da die Korrespondenz mit Freunden in ganz Europa. O nein, nicht mehr die spielerischen Briefe, die sie sich mit Metastasio und Saccenti zu schreiben pflegte: Ihre heutigen Briefe sind durchdacht, ausgefeilt, und sie richten sich an Männer wie Gorani und Münster.

Sie führt die Lorgnette vor die Augen, betrachtet stolz den Stapel Bücher auf dem Tisch, die kürzlich eingetroffen sind. Sie muß bekanntmachen, daß die »Nosologiae methodicae rudimenta«, die »Praktischen Bemerkungen über die venerischen Krankheiten«, die »Neapolitanische Insektenkunde« von Cirillo erschienen sind. Ein wunderbares Buch: wer hätte gedacht, daß Cirillo so gut zeichnen kann? Vielleicht sind die Illustrationen aber eher Angelicas Werk.

Sie muß an Spallanzani schreiben, daß er kommen möge, daß die Freunde ihm bei seinen Recherchen zu den Campi Flegrei zur Verfügung stehen werden. Sie muß Fortis antworten, der seine Ankunft angekündigt hat, er will seine Studien über den Salpeter im Pulo di Molfetta beenden.

Seufzend betrachtet sie die Mappe aus grünem Tuch, die seit geraumer Zeit auf ihrem Tisch liegt. Darin sammelt sie erste Entwürfe des Projektes, das sie begonnen hat und für wichtig hält.

Für andere Menschen und für sich selbst. Nachweis der öffentlichen Funktion, die ihr jetzt zusteht.

Literaten dürfen nicht zum reinen Vergnügen mit Worten und Gefühlen jonglieren, und sei es noch so raffiniert, selbst wenn sie auf diese Weise Macht erlangen. Denn es ist eine unmoralische Macht, errungen auf dem Rücken der Wehrlosen. Man muß sich im Gegenteil nützlich machen, muß aufklärerisch wirken. Wie klar sind ihr mittlerweile die Worte von Locke, Voltaire, auch die klagenden Aussagen Rousseaus! Die Menschenrechtserklärung der Vereinigten Staaten von Amerika, die Sanges so verehrt, findet auch in ihr ein glühendes Echo.

»Wir halten die folgenden Wahrheiten für selbstverständlich: daß alle Menschen gleich geschaffen sind, daß sie von ihrem Schöpfer mit gewissen unveräußerlichen Rechten ausgestattet sind, daß unter diesen Leben, Freiheit und das Streben nach Glück sind; daß, um diese Rechte zu sichern, Regierungen unter den Menschen eingerichtet sind, die ihre rechtmäßige Macht aus der Zustimmung der Regierten herleiten.«

Es ist Aufgabe aller gebildeten Menschen zu beurteilen, ob die Regierenden diesen Richtlinien folgen, und – sollte das nicht der Fall sein – sie darauf hinzuweisen und sich ihnen notfalls zu widersetzen. So wie es zur Zeit in Frankreich geschieht, so wie es diese Amerikaner gemacht haben, deren Namen jetzt nach und nach in den Salons und in den Zeitungen die Runde machen: Jefferson, Washington, Franklin. Sie haben eine ganze Nation geschaffen, indem sie die Ideen eines besseren Europas verwirklicht haben, und sie haben gezeigt, daß es MÖGLICH ist, daß die aufrichtigen Stimmen der Schriftsteller und der Wissenschaftler nicht vom Winde verweht werden.

In meinen Aufzeichnungen in der grünen Mappe wird keine neue Welt entstehen, aber hier im Königreich Neapel sind wir nun einmal nicht fortschrittlich. Selbst die Übersetzung eines alten Buches aus dem Lateinischen kann hierzulande zu einer Waffe werden. In jener Schrift »Gegen den Einfluß des Papstes im Königreich von Neapel« des armen Caravita, die niemand je gelesen hat, findet man die erstaunlichsten Aussagen.

»Ein Königreich bedeutet Verwaltung und Verteidigung des öffentlichen Rechts der Nation, bedeutet Erhalt und Verteidigung des Privatrechts der einzelnen Bürger.« Das hat sie in der Einleitung geschrieben – »cosi s'insegna al Principe« – so wird der Fürst belehrt.

3   Die Jungen und die »Alten« veranstalten einen höllischen Lärm. Auch Ciaia ist gekommen, den Graziella »den Schönen« nennt. Verzückt schwirrt sie um ihn herum – wenn er jedoch zum Scherz die Hand nach ihr ausstreckt, wird sie böse und läuft davon.

Ignazio ist tatsächlich ein schöner Mann. Er hat ein griechisches Profil und kastanienbraunes Haar, das aussieht, als sei der Wind hindurchgefahren. Er wagt es sogar, Koteletten zu tragen und eine weiße Krawatte. Er schreibt Gedichte und trällert mit seiner Tenorstimme gern Opernarien vor sich hin. Er ist liiert mit der Coltellini, der gefeierten Interpretin der »Nina« von Paisiello.

Begeistert wird der »Moniteur« herumgereicht, der in Neapel meistens mit sieben Tagen Verspätung eintrifft: Es gibt keine Zensur für ausländische Bücher und Druckerzeugnisse.

»Auch das darf man nicht unterschätzen«, mahnt Sanges. »Es gibt nur wenige Länder, in denen so viel Freiheit herrscht. Wir sollten aufpassen, daß wir sie nicht aufs Spiel setzen.«

»Monsieur!« lacht Manthonè, der zwar ausgezeichnet Italienisch spricht (sein Nachname läßt nicht darauf schließen, daß er aus den Abruzzen stammt), aber stärker als die anderen das Französische bevorzugt: »Vous vous contentez de peu de choses! Ihr seid sehr genügsam!«

»Eine gewährte Freiheit ist keinen Pfifferling wert!« fügt Marra emphatisch hinzu. »Wahre Freiheit muß erst das Volk erobern. Wie es gerade in Frankreich geschieht. Der König hat das Parlament verlegt, und da hat das Volk ihn Bescheidenheit gelehrt: Jetzt muß er es wieder zurückverlegen nach Paris.«

»Und er muß die Generalstände einberufen!«

»Glaubt doch nicht, daß die Generalstände irgendwelche

Probleme lösen können«, schaltete Astore sich ruhig ein. »Vom juristischen Standpunkt her haben sie keinerlei Macht. Und Frankreichs Problem liegt in erster Linie darin, neue Gesetze zu erlassen.«

»Gesetze und nicht Könige!« ruft lachend Ciaia, der Alfieri verehrt. »Das ist das Rezept, um die Völker von ihren Krankheiten zu heilen.«

»Auch ich werde euch mit Alfieri antworten«, lächelt Sanges. »Die Gallier, ein Vorbild der Freiheit? Für wen? / Für uns leidenschaftliche, kühne, italische Geister / die wir stets den anderen Lehrmeister waren?«

Die jungen Leute grinsen selbstgefällig. Marra erwidert spöttisch: »Und wer genau wären denn diese leidenschaftlichen, kühnen, italischen Geister hierzulande? Signor Acton, Maria Caroline, Lord Hamilton, der bei Hof inzwischen der Hausherr ist?«

»Vielleicht ist ja seine Freundin, Lady Emma, damit gemeint...«, lächelt Ciaia eifrig. »Sie ist zwar weder italisch noch geistvoll, dafür aber sehr leidenschaftlich. Jedenfalls eine schöne ...«

»*Putain*«, ergänzt Manthonè. »Als gäbe es am Hof von Neapel nicht schon genug Nutten.«

»Übrigens«, mischt sich Lenòr in das Gespräch ein und wendet dem kleinen Tisch mit der grünen Mappe den Rücken zu. »Wißt ihr, daß Gorani mir geschrieben hat? Aber erzählt es um Himmels willen nicht überall weiter. *Et sourtout, n'allez pas raconter que vous l'avez su chez moi*, kein Wort darüber, daß ihr es hier erfahren habt.«

»*D'accord*«, lachte Manthonè. »*Nous serons muets comme des tombes* – wir werden schweigen wie ein Grab.«

»Er hat geschrieben, Neapel habe drei Könige: Nummer eins ist eine Null, Nummer zwei eine schlüpfrige Komödiantin, Nummer drei ein Halunke.«

Gelächter. »*Il a raison.*« – »*La situation est parfaitement représentée.*« – »Gut gesagt.« Sanges, Jeròcades, Meola schütteln den Kopf. Delfico sagt, während er eine Prise Tabak schnupft: »Vom menschlichen Standpunkt betrachtet, könnte das sogar stimmen.

Politisch und ökonomisch gesehen, bin ich nicht einverstanden damit. Ich sage euch, daß die Richtlinien, die König Karl und Tanucci entwickelt haben, weiterverfolgt und ausgebaut werden: Das Königreich wird Schritt für Schritt moderner. Sehen wir uns statt dessen nur einmal den Kirchenstaat an ...«

»Jede Menge Macht!«

»... die kleinen Herzogtümer, das Königreich Sardinien ...«

»Der sardische Staat ist mir ein Rätsel«, unterbricht ihn Sanges mit ernster Miene. »Ich gebe zu, daß ich ihn ein wenig fürchte. Hierzulande spielen wir die Philosophen, entwerfen Reformen, kümmern uns nur um unsere eigenen Dinge ...«

»Aber das ist doch auch richtig so. Mit dem Satz: ›Wir haben keine Ambitionen‹, meinte König Karl doch ein Königreich, das zuallererst die internen Probleme lösen sollte.«

»Die anderen pfeifen aber auf die Philosophie. Sie kümmern sich um die Verwaltung, um die Fabriken. Wißt ihr, was ich glaube? Früher oder später wird irgend jemand den Versuch unternehmen, genau das zu tun, was in den anderen Ländern schon vor Jahrhunderten geschehen ist und was uns dank der Gegnerschaft der Kirche einfach nicht gelingt.«

»Du meinst die nationale Einheit?«

»Na klar. Heutzutage könnten nur zwei größere Mächte das versuchen: wir oder Sardinien. Wir diskutieren immer noch über die Chinea, die Feudalabgaben. Also werden die anderen es tun.«

Lenòr hat ihm aufmerksam zugehört und ruft nun: »Mein Gott, Vincenzo! Auch das sardische Königreich steckt voller Probleme. Auch dort gibt es Feudalherren. Höchstens ein paar Priester weniger.«

»Sardinien verfügt über ein starkes Heer und baut unter großen Kraftanstrengungen eine Industrie auf.«

»Ich glaube nicht an den Erfolg der Dinge, die erzwungen werden. Vor allem im Bereich der Ökonomie«, nimmt Delfico seinen Gedankengang wieder auf und schnupft erneut eine Prise Tabak. »Die Ökonomie ist der Spiegel des Lebens. In der Ökonomie wie auch im Leben ist es notwendig, dem natürlichen Spiel der Kräfte freien Lauf zu lassen. Seht euch nur Frankreich an ... Wie man es auch dreht und wendet – wenn sie die Probleme einer erzwungenen Ökonomie lösen wollen, müssen sie die Physiokraten zu Hilfe rufen.«

»Die im übrigen gar nichts lösen werden«, ereifert sich Manthonè. »*Ce n'est pas un problème économique, mais politique.* Politisch und sozial. Das Volk wird kleingehalten. Es produziert jede Menge Reichtümer, und die Parasiten essen alles auf. *C'est tout.*«

»*Pour l'Italie c'est pareil*, das trifft auch für Italien zu«, bekräftigt Marra. »Die Einheit Italiens ist durchaus möglich, aber nicht mit den Waffen des Königs von Sardinien, des Königs von Neapel oder irgendeines anderen Königs. Es kommt darauf an, die italienischen Parasiten zu beseitigen, Könige inbegriffen, und das Volk zu befreien. *Qui sera le seul à former la nation*, schließlich bildet das Volk die Nation.«

»In dem Punkt würde ich dir sogar zustimmen. Wenigstens teilweise«, sagt Vincenzo. »Die Einheit darf niemals mit militärischen Mitteln erzwungen werden. Es gibt einen anderen Weg, die jüngste Geschichte hat ihn uns bereits gezeigt.«

»Deine heißgeliebten Vereinigten Staaten von Italien«, lächelt Lenòr. »Wie in Amerika. Viele schöne demokratische, föderalistische Republiken ...«

»*Mais l'Italie n'est pas l'Amérique!*« schreit Manthonè, »Italien ist doch nicht Amerika.«

»Stimmt. Amerika hatte das Glück, ohne Geschichte, ohne Traditionen und soziale Vorbehalte entstehen zu können, frei zu sein von Anfang an. Wir hingegen müssen entsprechend langsamer vorgehen. Wenn sich von heute auf morgen alles ändern würde, stünden wir einem völlig unwissenden, verarmten Volk gegenüber, das überhaupt nichts begreifen würde. Und sich am Ende gegen uns auflehnen, uns hassen würde.«

»*Oui, naturellement il faudra attendre ...*, natürlich muß man warten«, kommentiert Manthonè ironisch. »Zwei oder drei Jahrhunderte! Aber gefällt euch denn diese dreckige, verblödete Stadt? Empfindet ihr nicht Abscheu und Scham? Wieviel Zeit soll denn nötig sein, um diese Stadt zu verändern?«

»Nicht daß sie mir gar nicht gefiele«, erwidert Sanges ernst. »Aber ich will Neapel auch nicht irreführen. Und ebensowenig mit unhaltbaren Versprechungen locken. Ich will der Stadt dabei behilflich sein, sich aus eigener Kraft zu befreien.«

»Dann warten wir auch nicht länger darauf, daß andere Länder das für uns übernehmen!«

»*Ah, oui*«, kommentiert Manthonè spöttisch. »Und wie steht es mit den Engländern?«

4 In den letzten Julitagen herrscht eine brütende Hitze. Die Städter von Rang sind jedoch noch nicht in der Sommerfrische. Alle tummeln sich wie früher im Salon der Cassano; die Beziehungen zum Palast sind wieder bestens, auch wenn die Damen des Hauses Maria Caroline nach wie vor nicht ausstehen können. Aber die Königin und Acton – mit Ferdinand im Gefolge – stehen jetzt mit jedermann auf freundschaftlichem Fuße.

»Sie haben Angst, daß es in Neapel bald so zugeht wie in Paris«, verkünden die jungen Leute schadenfroh.

»Sie tun nur ihre Pflicht«, sagen andere weise.

Tatsache ist, daß der arme Ferdinand bei dieser schwülen Witterung an den Palast gefesselt ist und auf die Jagd in Persano, das kühle Landhaus in der Favorita, den Seeigelfang in Granatello verzichten muß.

Die neuesten Nachrichten aus Frankreich sind von höchster Bedeutung.

Bei den Serra sind die Türen zu den Balkonen weit geöffnet, doch kein Lüftchen bewegt die weißen Vorhänge. Die Diener bekommen kaum Luft in ihren hochgeschlossenen Livreen; sie wedeln mit seltsamen Fächern, bieten eiskalte Getränke an, versuchen, einen Luftzug zu erzeugen, indem sie einander gegenüberliegende Türen und Fensterflügel öffnen. Nichts zu machen – es ist zum Ersticken, alle sind schweißgebadet. Bei den Damen, von denen viele auf klassizistischen Gewändern beharren, bilden sich Schweißperlen auf der Stirn, auf der Oberlippe, auf den großzügig dargebotenen Brüsten.

Glücklich die *lazzari* und das gemeine Volk, das von all dem nichts weiß. Das auf Turgot und Necker pfeift und halbnackt in Santa Lucia, in Mergellina, in Coroglio im Wasser planscht. Das erst spät abends, gesättigt von Meer und Sonne und Wassermelonen, nach Hause zurückkehrt.

Die Unterhaltung schleppt sich dahin, die Unermüdlichen beginnen Karten zu spielen, während alle darauf warten, daß Marra und Manthonè mit den soeben mit dem Postschiff aus Marseille eingetroffenen Ausgaben des »Moniteur« von der Post am Molo Beverello zurückkehren.

Don Michele Serra erkundigt sich bei Caracciolo – der wieder einmal äußerst elegant aussieht in seiner weiß-goldenen Uniform –, ob die Marine, um laufend die neuesten Nachrichten zu erhalten, einen Morsetelegrafen einsetzen wird.

Der Admiral schüttelt den Kopf.

»Außerhalb des Königreichs gibt es keine Stationen, mit denen wir in Verbindung treten könnten.«

»Und Eure eigenen Stationen? Können sie nicht Verbindung zu den einlaufenden Schiffen aufnehmen?«

»Man würde dadurch kaum etwas gewinnen, lieber Freund. Und außerdem kommen hier mittlerweile nur noch englische Schiffe an. Oh, was für eine Hitze!«

Es ist wirklich zu heiß, um sich zu rühren. Zum Glück trällert Signora Celeste Coltellini (die nicht schön ist, aber in ihrer spärlichen Bekleidung alle Blicke auf sich zieht) gerade eine Arie und wiegt sich dabei aufreizend in den Hüften, was Ciaia eifersüchtig macht. Drei Opernsängerinnen aus dem San Carlo bilden den Chor. Ruvo amüsiert sich prächtig: Er hat eine ganz in Weiß gekleidete Sängerin mit Beschlag belegt und schleppt sie überall mit hin.

Auch Lenòr trägt jetzt Weiß, die Modefarbe. Aber natürlich kein Kleid im griechischen Stil, um Himmels willen! Bei den vielen grauen Haaren, die sie mittlerweile bekommen hat … Da trifft es sich gut, daß es jetzt auch für Frauen üblich ist, silbernen Haarpuder zu benutzen. Auch Chiara Pignatelli, Giulia Carafa, Maddalena sind ganz in Weiß gekleidet. Sie wagen nicht, klassizistische Kleider zu tragen, und haben einen Mittelweg gefunden:

Tuniken ohne Reifrock über leichten, gestärkten Unterkleidern, die über der Brust in einem V übereinanderlaufen. Auch Chiara, Giulia und Maddalena sehen nicht mehr so frisch und samthäutig aus wie ehedem: Trotz aller Pomaden und Puder haben sie Tränensäcke unter den Augen, Falten am Hals. Chiara ist zweiundvierzig, oder sogar schon dreiundvierzig? Giulia und Maddalena sind noch älter. Es muß an der Hitze liegen, auch an den Zeiten ... Sie sprühen heute nicht so wie sonst. Lustlos plaudern sie über die Sommerfrische, über die Kinder.

Chiara vernachlässigt die Lektüre und die Liebe. Gerade macht ihr – mit geringem Erfolg – Carlo Lauberg den Hof, ein stattlicher Mann mit Geheimratsecken und graumelierten Koteletten. Er trägt einen englischen Gehrock aus blauer Nankingseide und Röhrenhosen. Er unterrichtet Chemie an der Universität und hat ein Labor in der Via Santa Caterina. Es geht das Gerücht, er sei ein Spitzel der französischen Revolutionäre, ein ehemaliger Priester, ein ehemaliger Sträfling. In Wirklichkeit benimmt er sich wie ein vollendeter Ehrenmann, nur seine Augen sind voll von Unruhe. Er unterhält sich soeben über eine Neuheit: den aeronautischen Ballon von Signor Lunardi.

»Viel moderner als eine Montgolfiere«, erklärt er in seiner nuschelnden Art. »Die Ventile sind perfekt kalibriert. *Il faut simplement perfectionner les systèmes de direction* – nur die Lenkung muß noch verbessert werden.«

»Ich würde vor Angst sterben«, bemerkt Chiara gelangweilt. »Außerdem habt Ihr gut reden. Bei Capodrise ist er niedergegangen! Noch hinter Caserta.«

»Eben weil das Steuerungssystem noch nicht perfekt ist, Madame. Aber es muß herrlich sein, sich von der Erde und ihrer langweiligen Äußerlichkeit zu lösen!«

In der Gruppe um Lenòr geht es lebhafter zu. Das ist Alberto Fortis zu verdanken. Ein wirklich außergewöhnlicher Mann: Er kennt keine Müdigkeit, Hitze, Langeweile. Klein, rundlich, unförmig in seinem graugrünen Gehrock fasziniert er dennoch alle.

Vermutlich liegt es an dem leicht frivolen Tonfall, mit dem er über alles spricht, auch über die wichtigen Dinge, oder es liegt an dem weichen Singsang seines Dialekts, am ironischen Funkeln seiner kleinen schwarzen Augen. Oder an seiner sexuellen Ausstrahlung, die die Frauen anzieht und die Männer neugierig macht.

Er war schnell zum Dauergast geworden, blieb zu Mittag und zum Abendessen, gänzlich ungerührt von Jeròcades' haßerfüllten Blicken und Unfreundlichkeiten. Er redete, lachte, streichelte Hände, Arme, Schultern, sah die Frauen dabei an, als würde er mit den Blicken mühelos unter ihre Röcke schlüpfen können.

Eines Abends (Jeròcades hatte sich bereits türenknallend verabschiedet) gelang es ihm, Lenòr doch noch einmal vollständig zu verwirren. Er war ernst, sein fremdartiger Dialekt hörte sich an wie ein Gesang.

»Lenòr, meine Liebe«, sagte er. »Ich weiß, daß ich nicht so zu Euch sprechen dürfte. Aber ich liebe Euch. Ich leide entsetzlich, wenn ich Euch so sehe. Wenn diese Kanaille von Ehemann meine Briefe nicht vor Euch versteckt hätte, dann wüßtet Ihr längst, daß ich mir schon damals um Euch Sorgen gemacht habe. Es gibt nichts, was mir mehr Schmerz bereitet, als ein liebenswertes, zartes Wesen, wie Ihr es seid, auf diese Weise verblühen zu sehen. Ohne Ausweg. Und dabei seid Ihr noch so jung, Lenòr, und so schön. Weshalb entsagt Ihr der Welt? Ich bin Frauen begegnet, die nicht halb so reizend sind wie Ihr und die es dennoch verstehen, sich auf entzückende Weise herauszuputzen und zu erstrahlen! Damit ihnen von überallher Begehren entgegenfliegt. Nein, laßt mich weitersprechen. Wie lange ist es her, daß ein Mann Euer schönes Haar, Eure schönen Hände gestreichelt hat? In diesen dunklen Augen versunken ist, in denen ein Feuer auf ihn wartet …«

In dieser Nacht konnte sie weder arbeiten noch schlafen. Sie gab Graziella die Schuld daran, die gelernt hatte, einen starken, schwarzen Espresso zuzubereiten. Sie ließ sich von ihr einen kräftigen Kamillentee bringen, und Graziella warf ihr einen schadenfrohen Blick zu.

5   Fortis kam schon früh am Morgen. Wie zum Teufel
     schaffte er es, so schnell vom Gasthaus im Viertel des
Mercato, wo er abgestiegen war, hierherzugelangen? Zum Pulo di
Molfetta würde er schon noch fahren, aber ja, in aller Ruhe.
Zumal die Akademie der Wissenschaften in Padua für die Kosten
aufkam.

Eines Abends beschloß sie, offen mit ihm zu reden. »Alberto,
auch ich habe Euch gern, und deshalb kann ich die Dinge beim
Namen nennen. Ihr seid so, wie Ihr seid, und daran kann niemand etwas ändern. Nie werdet Ihr eine Frau, ganz gleich welche, eine unzufriedene Ehefrau oder eine Witwe, für verloren
geben ... Ich für mein Teil will nichts davon wissen, versteht Ihr?
Ihr seid wie ein kapriziöses Kind. In gewissem Sinn sind alle
Männer wie Kinder. Aber erst Ihr Veneter! Und da heißt es, süd-
italienische Männer ... Signor Casanova ist Euer Landsmann,
nicht wahr?«

Er lachte und ergriff ihre Hände, um sie zu küssen.

»Man kann nicht behaupten, daß Ihr unrecht habt, Lenòr. Aber
ich bin wahrhaftig nicht leichtfertig. Ich bin ein Mann, und einigermaßen vernünftig. Einer, der die Wahrheit zu erkennen vermag und begriffen hat, wie hassenswert und dumm diese morali-
schen Stolpersteine sind, die Schuldgefühle, diese entsetzlichen
Dinge, die von den Gegnern des Glücklichseins ersonnen werden: den Philosophen, den Priestern, den Familienvätern, zum
Teufel mit ihnen. Was ist für einen Mann und eine Frau denn
sinnvoller und schöner, als sich ungehemmt der Macht der Gefühle hinzugeben? Die Tage des Zorns, des Unglücks, des Todes
werden ohnehin früher oder später kommen. Und dann? Jeder
Moment, in dem man das Leben aus vollen Zügen genießen
könnte und den man verstreichen läßt, bleibt unwiderruflich verloren. Versteht Ihr, was ich meine?«

Sie deutete ein Nicken an, war innerlich jedoch zutiefst beunruhigt. Er versuchte, sie zu küssen.

»Um Himmels will, nein. Graziella ist im Haus.«

Es war, als würden die ebenso quälenden wie geliebten gemeinsamen Tage mit Primicerio wiederaufleben.

Genau in jenen Tagen gab es zwei spektakuläre Neuigkeiten. Der König schickte den Papst endlich dahin, wo der Pfeffer wächst, und beendete damit die leidige Geschichte um die Chinea. Und er unterschrieb die Dekrete für die Arbeitersiedlung San Leucio.

Der Jubel kannte keine Grenzen. Alle ließen sich davon anstecken, sogar Jeròcades, trotz der bitteren Stunden, die Fortis ihm bescherte, sogar die Jansenisten, die Republikaner, ein Jammer, daß Filangieri wenige Monate zuvor gestorben war.

Die einen schrieben Abhandlungen, die anderen kampflustige Briefe an den Papst, hingegen gerührte an den König. In den Salons und auf den Straßen sah man Porträts von Ferdinand und Caroline, und wenn die königliche Kutsche durch Chiaia oder zur Villa Reale fuhr, bildeten sich immer kleine Gruppen von jungen Leuten, die applaudierten. Sogar die *lazzari* schrien sich die Kehle aus dem Leib, auch wenn sie gar nicht wußten, worum es ging. Der König zeigte sich dem Volk mit stolzgeschwellter Brust und wichtigtuerischer Miene, obwohl er nur seine Unterschrift unter die Depeschen gesetzt hatte.

Auch Lenòr Fonseca mußte sich zu Wort melden. Doch diesmal war sie wirklich froh, besonders wegen San Leucio: eine wunderbare, auf die Zukunft ausgerichtete Idee – eine Siedlung für freie und gleichberechtigte Arbeiter.

Wer weiß, weshalb sie das Sonett in neapolitanischem Dialekt verfaßte. Sie selbst brachte es zum Palast. Primicerio begleitete sie zum König, der mit keinem Zeichen zu verstehen gab, ob er sie wiedererkannte oder nicht. Er überflog das Blatt, lachte und nickte zustimmend.

In seinem breiten Neapolitanisch sagte er: »Ausgezeichnet. Ausgezeichnet, Signora Marchesina. Das lassen wir drucken. Ganz Neapel soll das lesen. *Va bluo' ca ccà nisciuno sape leggere.* Obwohl hierzulande sowieso kaum jemand lesen kann ...«

Und nach einer kurzen Denkpause fügte er hinzu: »Auch das ist etwas, wobei Ihr uns helfen müßt. Ihr sollt all diesen Spitzbuben von Neapolitanern lesen und schreiben beibringen. Das war eine fixe Idee Seiner Majestät Don Carlo, seine Seele ruhe in Frieden.«

Er senkte den Kopf, sie und Primicerio verbeugten sich. König Karl war beinahe zur gleichen Zeit wie Filangieri gestorben.

Ferdinand wirkte in der Tat höchst zufrieden. Noch ließ er sie nicht gehen. »Ich will Euch noch etwas anderes zeigen«, sagte er. »Folgt mir.«

Er führte sie in eine Ecke des überdimensionalen, mit goldenen Tapeten ausgestatteten Arbeitszimmers, wo sich auf einem Tisch Schriftrollen häuften.

»Neapel wird immer größer. Viel zu viele Leute kommen in die Stadt, am Ende wird man hier nicht mehr leben können. Also bauen wir einfach noch eine zweite. Was sagt Ihr dazu?«

Er rollte das größte Blatt Papier auseinander – einen riesigen Stadtplan.

»Das ist Ferdinandopoli«, sagte der König und plusterte sich auf. »Don Carlo Vanvitelli hat die Stadt für mich aufgezeichnet, genau so, wie ich sie haben will. Das gehört zu den vielen schönen Dingen, die in Neapel unter König Ferdinand verwirklicht werden.«

Zugegeben, das Neapolitanisch im Sonett war nicht perfekt; Vincenzo war es, der sie darauf aufmerksam machte und zu ihr sagte: »Du darfst dir niemals das Recht anmaßen, im Namen des Volkes zu sprechen. Menschen, die davon überzeugt sind, im Namen aller Welt schreiben zu können, machen mir angst.«

Nun gut, nur weil in der Überschrift stand: »Für unseren König Ferdinand IV. – Gott behüte und schütze ihn – im Namen des treu ergebenen neapolitanischen Volkes.« Aber vielleicht hatte Sanges recht. Als sie das Sonett erneut durchlas, kam es ihr ein wenig unterwürfig vor, besonders in den Zeilen, die dem König so gut gefallen hatten:

> *E biva lo re nuosto Ferdenanno,*
> *guappone, che sa fa' le cose belle,*
> *ma vace cchiù de tutte l'aute chella*
> *della ghinea ...*

Es lebe König Ferdinand,
der Gutes bringt mit seiner Kraft
und eines endlich abgeschafft
die Chinea ...

Und doch enthielt das Sonett auch ein politisches Programm: es kam auf einfache, klare Weise zum Ausdruck. Fortis ereiferte sich wie ein Kind und schrieb seinerseits ein Sonett für den König und gleich dazu eine Schmähschrift gegen Kardinal Borgia, der die Chinea verteidigte.

In diesem Moment erzählt er gerade im Salon der Cassano vom Ehemann der Donna Caterina Dolfin Tron, dem Mann, dem die meisten Hörner in ganz Venedig aufgesetzt wurden. Er ahmt nach, wie Abt Giuseppe Parini klagend wie ein verliebter Kater an den Röcken von Donna Cecilia Zeno Tron entlangstrich, einer weiteren erhabenen Verursacherin »der durchlauchtesten Hörner Venedigs«.

»Der ist ja noch schlimmer als ein Neapolitaner«, bemerkt Ruvo lachend. Er fragt Fortis, ob er reiten könne.

»Aber gewiß, mein Herr. Solange es sich nicht um eine Chinea handelt!«

Endlich kommen die jungen Männer, ganz außer Atem, mit drei Ausgaben des »Moniteur« zur Tür herein. Manthonè ist leichenblaß, schwenkt die Zeitungen durch die Luft, ruft: »Meine Damen und Herren! In Frankreich ist die Revolution ausgebrochen.«

Alle stürzen sich auf ihn, dann lassen sie ihn endlich lesen. Fieberhaft blättert er die Zeitungen durch und murmelt dabei immer wieder französische Worte vor sich hin.

»Neckers Bericht ... *Non ... Oui ... Voilà:* ›In der Nationalversammlung hat sich der dritte Stand konstituiert.‹ Nein, das ist eine ältere Ausgabe. Moment mal. Hier! ›Der König läßt den Saal unter dem Vorwand von Maurerarbeiten schließen.‹«

»Dieser Halsabschneider!«

»Augenblick! Der Reihe nach. Die Nationalversammlung ist zusammengetreten ... im Saal gleich nebenan, wo sonst Federball gespielt wird! Sie tagen rund um die Uhr ... so lange, bis sie Frankreich eine Verfassung gegeben haben!«

»Lest doch auch die anderen vor! Die neueren Zeitungen!«

»Ja. *Mon Dieu!* Das klingt wie bei den griechischen Helden, wie in der römischen Republik! Hört zu: Der König befiehlt ihnen, sich aufzulösen. Und jetzt hört euch die Antwort von Président Bailly an: Die Versammlung der Nation empfängt keine Befehle!«

»Es ist ein historischer Augenblick, den wir jetzt erleben!«

»Dramatische Szenen spielen sich ab! Der König befiehlt der Garde, die Nationalversammlung aufzulösen. Die Adeligen um Marquis de Lafayette, mit dem Duc de Rochefort an der Spitze, ziehen ihre Schwerter und versperren der königlichen Garde den Weg.«

»Das ist der wahre Adel!« schreit Ruvo erregt.

»Hört zu«, ruft Manthonè, den Tränen nahe. »Hier kommt die wichtigste Nachricht von allen! Vorgestern«, liest er mit feierlicher Stimme, »hat das Volk die Waffenkammern und den Invalidendom eingenommen. Gestern hat eine riesige Menschenmenge die Bastille gestürmt, das schreckliche Staatsgefängnis. Der Gouverneur De Launay hat sich geweigert, die politischen Gefangenen freizulassen. Daraufhin wurde er geköpft.«

Ein Schauer erfaßt die Zuhörerschaft, Manthonè fährt fort und betont Silbe für Silbe: »Der Bürger Bailly wurde zum Bürgermeister von Paris ernannt. Der Bürger Lafayette zum Oberbefehlshaber der Nationalgarde. Alle zusammen in Notre-Dame, zum Te Deum, das der Bürger Erzbischof zelebrieren wird! Alle mit der blau-weiß-roten Kokarde! Es lebe die Nation! *Vive la Nation!*«

»*Vive la France! Vive la Révolution!*« rufen die jungen Männer, jetzt völlig außer Rand und Band. So laut, daß die Fenster zur Straße und die Spiegel vibrieren.

Lenòr bekommt überraschend eine Gänsehaut, wie früher als Kind in erhabenen pathetischen Momenten.

ZEHNTER TEIL

1   4. November 1791 im San Carlo, Namenstag der Königin,
des Königs von Spanien, des Thronfolgers. Diesmal aber
war das Fest im Palast eine Art Probe aufs Exempel. Jemand
hatte behauptet, es sei ein historischer Moment: Man werde
Zeuge wegweisender Neuerungen. Andere wiederum entgegneten
scherzhaft: »Laßt uns nicht übertreiben. Die einzige Neuerung,
die wir bezeugen werden, ist die Frau dieses alten britischen
Gesandten, die halbnackt lebende Bilder darstellt.«

Am unteren Ende der Einladungskarte wurde mitgeteilt, daß
Lady Hamilton »lebende Bilder« präsentieren werde (es hieß
nicht etwa »*tableaux vivants*«, das Französische war mittlerweile
vom Hofe verbannt), am Cembalo begleitet von Maestro Cimarosa.

Es war kalt, aber Lichtreflexe drangen durch die noch geschlossenen Fensterläden. In den Morgenstunden erlebte Lenòr die einzigen heiteren Momente am Tag – sie war in ihrer Wohnung nun
wieder allein.

Mit einem Ruck warf sie die Bettdecke zurück und schwang
sich vor Kälte zitternd aus dem Bett. Sie schob das Nachthemd
hoch: auf Waden und Oberschenkeln zeichneten sich bläuliche,
knotige Adern ab. Dunkelrote Flecken unter der Haut. Sie seufzte,
griff zum Nachtschränkchen, wo die Brille lag, und nahm das
Döschen mit Salbe zur Hand, das Cirillo ihr gegeben hatte. Sie
begann, die Stellen einzureiben, hörte dann aber damit auf. Wozu
auch? Sie ging in die Küche, um sich einen Kaffee zuzubereiten.

Seit ein paar Wochen war Graziella endgültig fort. Zitternd vor
Aufregung hatte sie ihr anvertraut: »Signo'. Heute abend geh ich.
Und dann komm ich nich mehr zurück.«

Stolz hatte sie ihr erklärt, daß ein Zuhälter mit dem Spitz-
namen »lo Sòrice« – Teufelskerl – sie ausgewählt habe, deshalb

sei sie jetzt »Sirene« geworden und dürfe rote Strümpfe tragen. Es klang gerade so, als habe sie sich einer Kongregation angeschlossen oder geheiratet. Lo Sórice hatte sie bei den fünfzehn neapolitanischen Heiligen schwören lassen, *»lo frieno«* zu respektieren. Schließlich begriff Lenòr, daß es sich dabei um einen heiligen Pakt handelte, bei dem das Mädchen garantierte, ihrem Beschützer drei neue Anzüge pro Jahr zu kaufen, ihm drei Zusammenkünfte pro Woche zu gewähren und – sollte er im Gefängnis landen – Verpflegung, Rauchwaren und einen Anwalt zu besorgen.

Sie drehte die Caffettiera, die den gewohnten, so geliebten Duft verströmte. Der Espresso rann Tropfen für Tropfen in die Metallkanne. Sie schüttelte den Kopf. Wie trostlos diese »Aufklärung der Massen« doch war, wie die anderen die Sache bezeichneten: Lauberg, De Deo, Vitaliani, Lomonaco, Giordano (er war wiederaufgetaucht, mit sich uneins, heiser, finsterer denn je), Marra, Manthonè, Russo – die politischen Hitzköpfe, die in ihrer Wohnung zusammenkamen. Sie hatten sie in die Sache hineingezogen und sie den alten Freunden mehr und mehr entfremdet. Vincenzo kam nicht mehr, nachdem sie ihm ihre Hilfe verweigert hatte. Jeròcades war, ebenso wie eine Reihe anderer Freimaurer, verhaftet worden. Und wie die Welt sich verändert hatte! Jetzt verfolgte Maria Caroline sogar die Bruderschaft der Freimaurer.

Sie rieb sich fest mit dem Handtuch ab. Sie hatte es sich selbst zuzuschreiben: Sie war nichts weiter als eine dumme, schwache Frau ohne Hirn und Charakter. Sie konnte sich nicht zur Wehr setzen. Sie hatte sich nie zur Wehr setzen können. Insofern war es ganz folgerichtig, daß die anderen davon profitierten. Und zwar alle.

Sie riß die Fenster auf, eisige Kälte strömte herein. Unmöglich, die Hausarbeit allein zu bewältigen. Die Wohnung sah nach jedem Treffen wie ein Saustall aus: Papier auf dem Fußboden, überall Asche, schaler Geruch nach Alkohol. Wenigstens gab es die Ausgangssperre, daher mußten um sieben alle aufbrechen. Den Vorschlag, bei ihr zu übernachten, hatten sie noch nicht zu unterbreiten gewagt ...

Sie goß den Espresso in die Tasse. Wenn sie angespannt war,

trank sie viel Kaffee, auch wenn sie davon Sodbrennen und Herzrasen bekam. Ach, zum Teufel! Sie machte sich daran, den Wust an Papieren auf dem Schreibtisch zu ordnen. Auch so eine lästige Angelegenheit. Mittlerweile schrieb sie fast gar nicht mehr – sogar das hatten sie ihr genommen!

»Jetzt ist die Zeit zum Handeln gekommen«, rief De Deo, der unschuldigste und besessenste von allen, ein bleicher, pickeliger junger Mann mit im Nacken zusammengebundenem Haar wie Werther und ganz schmalen Koteletten, die er wie eine Art Emblem zur Schau stellte, auch wenn das mittlerweile genügte, um ins Kastell San Elmo geworfen zu werden.

Zeit zum Handeln ... die Zeit der vergeudeten Zeit, das schon eher. Wirklich gehandelt wurde in Frankreich. Aber hier ...

Es war nicht leicht, die Ereignisse in Frankreich überhaupt zu verfolgen. Es kamen keine Bücher und keine Zeitungen mehr in die Stadt, Überwachung und Zensur hielten alles zurück. Man mußte sich mit den Nachrichten begnügen, die Lauberg beschaffte, der ab und zu Drucke wie »Les révolutions de Paris« von Prudhomme oder »L'ami du peuple« von Marat auftreiben konnte. Den »Moniteur« als Organ des königlichen Klüngels um Mirabeau verachtete er. Als bekannt wurde, daß der Präsident der Nationalversammlung während einer Orgie gestorben war, kommentierte er angewidert: »Daß Mirabeau auf diese Weise krepieren würde, überrascht mich gar nicht. So sind sie eben, die ›Gemäßigten‹.«

Er fixierte sein Gegenüber mit merkwürdigen Blicken, die sofort einschüchternd wirkten, Schuldgefühle auslösten. Alle in der Gruppe ordneten sich seiner rätselhaften Überlegenheit unter: Lauberg stand als einziger von ihnen mit jenen Gruppen in Frankreich in Verbindung, die sich die Revolution noch viel radikaler wünschten; er verfügte über Informationen und Material, das über unbekannte Kanäle zu ihm gelangte. Lenòr lernte einen Informanten kennen, als die Gruppe sich gemeinsam zu den Elendsquartieren Visitapoveri in der Hafengegend begab.

2   An einem Nachmittag im Herbst forderte Lauberg die
Gruppe auf: »Laßt uns endlich anfangen, etwas Konkretes zu unternehmen. Für das Volk zu arbeiten. Es wäre an der Zeit, *citoyens*.«

Die jungen Männer waren Feuer und Flamme. Sie waren sowieso in Rage darüber, daß die französische Nationalversammlung unter Leitung der Gemäßigten für die Unterscheidung in wohlhabende, »aktive« und »passive« Bürger gestimmt hatte, trotz der Proteste Robespierres und der Jakobiner. Vincenzo Russo schien das am meisten auf die Palme zu bringen. Wenn das Privateigentum zur Sprache kam, wurden seine blauen Augen ganz hell und leer unter einer in Falten gelegten Stirn. Ein seltsamer Junge. Er studierte Medizin, ließ sich aber nie an der Universität blicken. Er war bleich, beängstigend dünn, hatte sehr lange und schmutzige schwarze Haare, die ihm auf den schuppenübersäten Kragen des abgetragenen schwarzen Gehrocks fielen. Die Schuhe trug er ohne Strümpfe.

Im allgemeinen beschränkte er sich aufs Zuhören, aber wenn er einmal zu reden begann, nahm er kein Blatt vor den Mund. Die Freunde belächelten seine flammenden Reden. Die ersten Male war Lenòr sehr beeindruckt gewesen: Russo vereinte in ihren Augen jene unbesonnene Unschuld und jene grenzenlose Nostalgie, die sie ein wenig an Rousseau erinnerten.

»Er hat nichts als die Bäche, die Nußbäume und die Hügel seiner Gegend im Kopf«, scherzten die Freunde, wenn er prophezeite, wie die Welt in Zukunft aussehen würde: kleine Dörfer mit bäuerlicher Struktur, in denen jeder nur die Gerätschaften besitzen würde, die er brauchte, um die Felder zu bestellen. Keine Großgrundbesitzer, keine Priester, kein Geld, kein Handel.

»Und die Städte? Die Straßen, die Industrie, die Nationen?« hatte sie ihn einmal fassungslos gefragt.

»Die Stadt ist der Tod«, hatte er kalt geantwortet. »Der Ort, an dem Macht, Korruption, Laster gedeihen. Die Städte müssen zerstört werden.«

»Auch Neapel?« hatte Manthonè spöttisch gefragt, und die anderen hatten gelacht.

»Neapel zuallererst. Hier findet man keine Menschlichkeit, keine Gerechtigkeit, kein einfaches Leben mehr.«

»Dann wird also nur dein Dorf übrigbleiben, Palma Campania.«

Russo entgegnete verächtlich: »Solange in Sparta Luxus und Verweichlichung verpönt waren, war die Stadt groß und tugendhaft.«

»Aber du willst doch wohl nicht sagen, daß man zu den Zeiten Spartas zurückkehren sollte. Du mußt aufhören, diesen Schwachsinn von Maubly zu lesen. Glaubst du denn im Ernst, man könnte eine Revolution in Gang bringen, wenn man dem Volk sagt, daß es danach wie die Spartaner leben wird? Ausgerechnet hier, in Neapel? Hier muß man dem Volk sagen, daß wir allen Menschen Freiheit und Gleichheit bringen wollen, und vor allem Glück. *Beaucoup de bonheur!*«

»Freiheit, Glück, Gleichheit bestehen aus Verzicht auf Besitztum, aus Ablehnung von Laster, sinnlosem Ehrgeiz«, hielt Russo trocken dagegen. Er sprach bewußt nie französisch. »All das bringt nur Korruption, Elend, Gewalt hervor.«

»Aber wie wollt Ihr diese Welt, die Ihr Euch vorstellt, durchsetzen, ohne Eurerseits Gewalt anzuwenden?« fragte Lenòr.

»Gewalt wird nur ein einziges Mal notwendig sein. Um das Verrottete zu zerstören und dem Neuen den Weg zu bereiten: Danach wird es keine Gewalt mehr geben.«

»*Quelle tristesse, dans votre société!* Was für ein Trauerspiel! *Elle ne me plaît pas du tout*«, kommentierte Manthonè.

Diese erste gemeinsame Unternehmung, an der De Deo, Vitaliani, Lomonaco, Russo, Marra, Manthonè, Lenòr selbst und Gennaro Serra teilnahmen, fand unter Laubergs Leitung statt.

»Zieht euch schlicht an«, hatte er ihnen geraten. Sie wählte den längst abgelegten beigefarbenen Gehrock und ließ den Hut zu Hause.

Es war kalt, aber es regnete nicht mehr. Sie gingen die vom Regen glänzende, rutschige Scesa del Gigante hinunter, die bleierne Via Marinella, dann die Via Marina entlang. Schließlich führte Lauberg sie durch ein Gewirr schlammbedeckter, dunkler, enger Gassen, die von hohen Häusern umgeben waren. Zwischen schwarzen Mauern, die sich oben beinahe berührten und hinter einem Gewirr aus Stangen und Schnüren, an denen wie Trophäen zerlumpte Wäsche hing, nur einen schmalen, blaßblauen Ausschnitt vom Himmel freiließen, blieben sie stehen.

»Manthonè«, mahnte Lauberg vorsorglich. »Hier sprechen wir ausschließlich neapolitanisch.«

»*Bien*«, nickte der Angesprochene. Alle lachten, nur Russo nicht.

Sie säuberten die Schuhe, so gut es ging, vom klebrigen, übelriechenden Schlamm und traten durch ein riesiges Tor mit Brandspuren. Dahinter erkannte Lenòr zu ihrem Erstaunen wiederum Häuser, Gassen, Plätze, wie eine ganz andere Stadt. Eine heruntergekommene Stadt mit einem geheimnisvollen Innenleben, schlammbedeckten Plätzen, Pfützen voll Unrat: Gemüse, Stoffetzen, die mit Blut und Exkrementen beschmiert waren, schmutziges Stroh, Schnüre, Kadaver. Überall liefen Hühner, Hunde, Schweine, Esel herum. Der Gestank war schier unerträglich – er stieg aus der Erde und den Löchern der kaputten Häuser hoch. Im Hintergrund waberten feuchte Dämpfe.

»Weshalb ist hier niemand zu sehen?« murmelte sie beunruhigt.

Lauberg antwortete ihr mit einer Gegenfrage: »Habt Ihr es nicht gehört, als wir durch das Tor gegangen sind?«

Beim Durchschreiten des Torbogens hatte sie so etwas wie einen gedehnten Klageruf wahrgenommen, dann weiter weg ein schleifendes Geräusch, das sich wie ein Echo innerhalb der Mauern fortzupflanzen schien.

»Die Leute glauben, daß wir Bullen sind – *feroci* –, deshalb haben sie sich in ihren Häusern verschanzt. Der Klagegesang war eine Warnung: Habt Ihr die Worte verstanden?«

»Nicht genau.«

»*Oi ne', trasetènne ca chiove. Li gghiatte.*«

Sie zuckte die Schultern. Das verstand sie nicht. Wenn man den Satz übersetzte, bedeutete er: »He, Mädchen, komm nach

Haus, es regnet bald.« Sie fragte: »›Li ghiatte‹ heißt doch ›i gatti‹, die Katzen?«

»Ja. Aber hier steht es für ›Bullen‹. *Feroci*. Der zweite Satz ist die Aufforderung, sich zu verstecken.«

Russo blickte sich mit hämischer Miene um, die Hände in den Taschen vergraben.

»Die große Stadt«, sagte er verächtlich und spuckte aus.

Sie hatte den Eindruck, als würden zahllose Augen sie heimlich beobachten. Sie fing Gennaro Serras aufmerksamen Blick auf, lächelte ihm zu. Es mußte das erste Mal sein, daß dieser ehrliche, einfühlsame junge Adlige mit diesem Teil der Stadt Bekanntschaft machte. Sie merkte, daß es in seinem Kopf arbeitete, daß er komplizierte Verbindungen zwischen Phantasie, Rhetorik und der Realität herzustellen versuchte. Gennaro hatte sich mehr und mehr von dem prächtigen Haus in Monte di Dio distanziert und frequentierte mit hartnäckiger Diskretion Lenòrs Salon.

»Ich bleibe lieber hier. Bei Euch. Bei Euren Freunden«, hatte er ihr erklärt. »Ich kann die Atmosphäre im Haus meiner Onkel einfach nicht mehr ertragen. Der Bogen ist längst überspannt: Ständig laufen dieselben Riten ab, aber ohne Intelligenz oder den Schwung des Neuen wie früher.«

Es waren nicht wenige, die aus dem Salon der Cassano emigriert waren. Man konnte seine Abende auf Dauer nicht ausschließlich mit *ciacchetto* oder dem Tratsch über Maria Caroline verbringen.

»Ihr seid für mich der erste Antrieb gewesen, um eine gewisse Dimension meines Lebens hinter mir zu lassen«, hatte Serra ihr gestanden. Sie hatte ein wenig beunruhigt gelächelt.

»Mein Gott, Gennaro. Ich will diese Art von Verantwortung gar nicht. Ihr seht doch selbst, welch unruhigen Zeiten wir entgegengehen.«

»Ihr dürft alles nicht so schwernehmen, Lenòr. Wißt Ihr überhaupt, wie alt ich bin?«

Gennaro war unter dem Vorwand einer zarten Gesundheit aus dem Heer ausgeschieden. Ohne Uniform wirkte er noch jünger.

Sein schönes glattes Gesicht war heiter und immer ein wenig blaß, eine schwarze Locke hing ihm in die Stirn.

»Ihr seid noch ein Kind.«

»Ich bin neunundzwanzig«, entgegnete er belustigt. Sie aber war ehrlich erstaunt. »Du liebe Güte! Ich hätte nachrechnen sollen ... Aber ja, unmöglich«, murmelte sie kopfschüttelnd. »Wißt Ihr, daß ich Euch die ganze Zeit als, was weiß ich, Sechzehnjährigen, Siebzehnjährigen gesehen habe?«

»Wie zu der Zeit, als wir uns kennenlernten. Es ist ein ganz natürliches Phänomen, daß einem die Menschen so im Gedächtnis bleiben, wie sie bei der allerersten Begegnung waren.« Nach kurzem Zögern fügte er hinzu: »Mein erster Eindruck von Euch wird für mich auch immer bestimmend sein. Erinnert Ihr Euch noch daran?«

Sie nickte.

»Eine Frau, die so anders war. Völlig anders.« Er war ernst geworden und betonte jetzt jedes einzelne Wort. Sie schwieg.

»Und so sehe ich Euch auch heute noch«, fügte Gennaro hinzu. »Sogar mehr als je zuvor.«

»Ich habe Euch damals zum ersten Mal irgendein Buch in die Hand gedrückt«, sagte sie etwas verwirrt. »Und diese Verantwortung liegt mir nach wie vor auf der Seele.«

»Ich hingegen werde Euch dafür immer aufrichtig dankbar sein«, lächelte er und machte eine Geste, als wolle er ihre Hand ergreifen.

Sie hatte immer wieder daran gedacht, wie unglaublich es im Grunde war. Dieser Junge, der *über Nacht* neunundzwanzig Jahre alt geworden war. Ein richtiger Mann! Und sie hatte ihn so in Erinnerung, als wäre er immer noch sechzehn. Einmal wurde sie regelrecht wütend auf sich selbst. Abends im Bett konnte sie keinen Schlaf finden: Während sie an etwas ganz anderes dachte, spürte sie seine Augen, die auf sie gerichtet waren. Auf ihre Brust. Sie fuhr hoch, als wäre Gennaro tatsächlich im Zimmer. Das weiße Bettjäckchen hatte sich über ihrem Busen geöffnet, eine der großen, bleichen Brustwarzen war herausgeglitten. Kurzes Zögern, ob sie sich berühren sollte, dann ordnete sie das Jäckchen wieder, streifte dabei wie zufällig ihre weiche Haut, als wäre es eine Sünde.

3   Weiter war nichts geschehen. Und jetzt stand dieser junge Mann da, nicht weit von ihr, in dieser entsetzlichen Armensiedlung, und sah sie an. Sie ging zu ihm und gab ihm zu verstehen, wie verloren sie sich fühlte – um umgekehrt ihm einen Halt zu geben und seinen Beschützerdrang zu wecken. Tatsächlich bot er ihr sofort freudig seinen Arm an.

»Habt keine Angst, Lenòr«, flüsterte er. »Ich glaube, es besteht kein Grund, sich zu fürchten.«

»Kommt mit«, kommandierte Lauberg. Vor der schmutzigen Tür eines *basso* blieb er stehen. Er klopfte dreimal an und sagte leise in breitem neapolitanischem Dialekt: »Mandrie', mach auf. Ich bin's, Don Carlo.«

Eine tiefe Stimme hinter der Tür forderte barsch: »Die Losung. Zuerst die Losung.«

»Du spionierst mir doch sowieso schon stundenlang nach«, schnaubte Lauberg. »Also gut. *Lo sciore.* Die Blume.«

Einen Augenblick später fragte die Stimme: »Wer sind die Männer, die du dabeihast?«

»Freunde, Mandrie'. Es ist ja auch viel Zeug. Allein schaff ich das gar nicht.«

»Hast du den Zaster?«

»Nun mach endlich auf.«

Langsam öffnete sich die Tür. Eine übelriechende Wolke aus Schmutz, Wein, Exkrementen, Schweiß schwappte ihnen entgegen; erschrocken trat Lenòr einen Schritt zurück. Gennaro stützte sie.

»Wen bringst du denn da an? Ein Weibsbild?« schrie die Stimme.

Lauberg lachte. »Sie gehört mit dazu. *È de lo bottone:* sie ist eine von uns.«

Sie mußten eine Treppe hinabsteigen. Lenòr sah nur Schatten

und das rötliche Geflacker von Kerzenlicht unter einem dunklen, rauchgeschwärzten Gewölbe, dann nahm sie ihre Umgebung und auch den Mann, der mit ihnen redete, deutlicher wahr. Überall Säcke, Fässer, zusammengeschnürte Ballen. Der Mann, der mit Lauberg gesprochen hatte, war sehr klein und hatte ein spitzes Gesicht. Kaum zu glauben, daß er eine so tiefe Stimme hatte.

»Setzt euch«, sagte er und wies auf die Säcke.

Lauberg schüttelte den Kopf. »Erst die Sachen, Mandrie'.«

»Zuerst das Geld.«

»Was für ein Halsabschneider du bist! Da, nimm!«

Er zog einen Beutel hervor, zählte zehn Dukaten ab. Der Mann schüttelte den Kopf.

»Don Ca', so wird nichts aus unserem Geschäft.«

»Was für ein Spitzbube du bist, Mandrie'. So war die Abmachung.«

»Don Ca', um das Zeug herzuschaffen, riskier ich volle zehn Jahre auf der Galeere. Diesmal war die Sache noch gefährlicher als sonst. Und das macht zwanzig Dukaten.«

»*Cèveze!* Sieh mal einer an! Ich biete dir das Doppelte, und du verlangst das Vierfache! Jetzt geh schon, hol das Zeug.«

»Don Ca', hört gut zu. Das war das allerletzte Mal. Die Leute hier trauen Euch nicht mehr über den Weg. Ihr plant Eure Verschwörung, und Neapel ist voller Schergen. Hier hat keiner eine ehrliche Arbeit; wir sind Nutten, Taschendiebe, Schmuggler. Wenn die Jungs hier mitbekommen, daß ich für Euch arbeite, reißen sie mir den Kopf ab.«

»Hab's schon kapiert, Mandrie'. Jetzt hol endlich das Zeug raus.«

Der Mann ging schimpfend und fluchend zu den Säcken und öffnete einen davon. Er zog zusammengerollte, mit einem Bindfaden verschnürte Zeitungen, Päckchen mit Büchern und anderen Drucksachen aus dem Zucker und stapelte alles auf dem Fußboden. Lauberg wollte hinstürzen und bedeutete auch den anderen, ihm zu helfen, doch der Mandriere streckte sein Bein vor.

»Das Geld, und zwar gleich auf die Hand, Don Ca'.«

Die anderen stopften sich inzwischen die Päckchen unter ihre

Jacken und in die Hosen. Auch Lenòr mußte einiges irgendwo am Körper verstecken.

»Also? Ist das klar?« wiederholte der Mann und öffnete die Tür. »*Chesta è novanta.* Jetzt ist Schluß.«

»*E tu si' sittantuno*«, rief Lauberg verächtlich, »du bist ein Scheißkerl.«[*]

Die Augen des Mannes blitzten ironisch und böse auf.

Als sie aus dem *basso* traten, waren die Gassen plötzlich voller Menschen, Stimmen, Geräusche – die Bewohner waren aus ihren Löchern gekommen, Kinder tobten im Schlamm. Das Grüppchen wurde umringt.

»Gehen wir lieber«, murmelte Lauberg. »Und zwar schnell. Vergeßt nicht, was wir bei uns haben.«

Die Menge umringte sie immer dichter. Barfüßige Kinder mit grindigen Köpfen, kurzgeschorenen Haaren, eitrigen, entzündeten Augen, Frauen mit leidenden, verstörten Gesichtern begannen, um Geld zu betteln, zunächst noch durch ganz allgemeines Klagen, dann – von den eigenen flehentlichen Bitten angestachelt – durch herzzerreißende Gesten. Sie bedrängten vor allem Lenòr, rissen an den Zipfeln ihres Gehrocks und an den Armen, obwohl Gennaro sie zu schützen versuchte.

»Gib uns einen *callo*, gib uns zwei *calli* ... Einen *grano*, schöne Frau. Wir sterben vor Hunger, der Herr schütze die Seelen Eurer Toten.«

Meiner Toten, dachte sie und fröstelte. Sie war bewegt von der herzergreifenden Zärtlichkeit, mit der sie an die Verstorbenen erinnert wurde. Manen hießen sie im alten Rom. Echt? Vorgetäuscht? Das wußte man in Neapel nie so genau. Sie dachte daran, mit welcher Anmaßung die Neapolitaner zuweilen sogar die Toten mit Flüchen bedachten. Sie suchte nach ihrem Geldbeutel – Lauberg hielt sie zurück.

»Laßt das. Wenn Ihr denen hier etwas gebt, haben wir sie alle am Hals. Wir müssen uns beeilen.«

---

[*] Abgeleitet von der neapolitanischen Tombola wurden im Dialekt bestimmte Zahlen zu Wortsymbolen: 90 (*novanta*) bedeutete ›Tod‹, 71 (*sittantuno*) ›Scheißkerl‹.

Aber die anderen waren damit nicht einverstanden: Sie wollten mit diesen Leuten reden, Gennaros Augen leuchteten.

Eine Gruppe *lazzari* hatte sich hinzugesellt, Lauberg ließ sie nicht aus den Augen. Einer von ihnen war hager und hatte keine Mütze auf dem Kopf, die speckigen Haare fielen ihm auf die Schultern. Sein Schnurrbart hing neben den Mundwinkeln herab wie bei einem Mongolen. Das war seltsam, denn normalerweise rasierten sich die *lazzari*, besonders jetzt, seit Schnurrbärte, Kinnbärte, Koteletten ein Kennzeichen der Jakobiner waren. Der mit dem Mongolenbart trug ein schmutziges grünes Hemd, das über der nackten, mageren, unbehaarten Brust offen stand. Die anderen behandelten ihn mit einem gewissen Respekt.

De Deo begann ein Gespräch mit dem *lazzaro,* der ihm am nächsten stand – ein stämmiger, dunkelhaariger Mann mit dickem Bauch und rotem Gesicht.

»Hör mal, mein Freund«, begann er und versuchte, den apu-lisch-neapolitanischen Akzent des Sohnes aus gutem Hause so volkstümlich wie möglich klingen zu lassen, was sich albern und vulgär anhörte. Der Dickbäuchige sah den mit dem offenen Hemd fragend an.

»Red lieber mit mir, Cavalie'«, erwiderte dieser und trat einen Schritt vor. »Was willst du?«

»Nichts«, murmelte De Deo verunsichert. »Ich wollte nur ein paar Fragen stellen.«

»Nur zu.«

»Mein Freund«, stieß daraufhin der junge Mann mit aufwallender Begeisterung hervor. »Wir sind Neapolitaner wie ihr. Wir sind eure Brüder. Wir tun, was wir können, um euch zu befreien.«

»Uns zu befreien?« wiederholte der *lazzaro* mit gespieltem Interesse. Ernst wandte er sich an seine Gefährten: »Jungs. Der Cavaliere will uns befreien.«

Alle redeten nun lautstark durcheinander. Lenòr drückte sich enger an Gennaro, als spürte sie die drohende Gefahr.

»Was du nicht sagst?« antworteten die *lazzari* im Chor, übertriebenes Interesse heuchelnd. Die Frauen hörten schweigend zu, aber man sah das Blitzen in ihren Augen, das verdächtige Zucken ihrer Bäuche. Dann ein jäher Stimmungsumschwung:

Der Schnauzbärtige baute sich so dicht vor De Deo auf, daß dieser seinen Atem spürte.

»Cavalie'«, sagte er und betonte jede einzelne Silbe, »du willst mich befreien? Du willst freier sein als ich? Cavalie', jetzt werd ich dir mal was sagen: Weißt du, wem Neapel gehört? Zuallererst San Gennaro, zweitens dem König und drittens mir.«

De Deo war so gekränkt und auch verschreckt, daß er gar nicht antworten konnte. Russo grinste schadenfroh. Obwohl sie es eilig hatten, mischte sich nun auch Lauberg ein – er war so nervös, daß er alle Silben verschluckte.

»Du bist so frei, vor Hunger zu sterben, *guaglio'*.«

Der *lazzaro* erstarrte. Er sah kurz seine Gefährten an und erwiderte dann verächtlich: »Cavalie'. Ich könnte dich und deine ganze Sippe durchfüttern.«

»Was du nicht sagst …«, gab Lauberg ironisch zurück. »Und wie machst du das? Arbeitest du etwa?«

»Ich nicht. Das Arbeiten, das überlassen wir dir und Leuten wie dir. Weißt du überhaupt, wer in Neapel nicht arbeitet? *Lo rre, li signure e li lazzare:* der König, die Herrschaften und die Bettler. Und weißt du auch, wer mein Herr ist, Cavalie'? Das ist Aniello.«

Die *lazzari* hinter ihm lachten, Frauen und Kinder stimmten ein.

»Und wer ist dieser Aniello?« fragte Lauberg unbedarft, aller Erfahrung zum Trotz, und rief damit allgemeines Hohngelächter hervor.

»Ich bin Aniello«, verkündete der Schnauzbärtige stolz und tippte sich auf die Brust.

»Wer bist du denn schon«, brach es da zornig aus Lauberg hervor, und die Gesichter der *lazzari* verfinsterten sich. »Und was für ein Leben führst du! Du lebst im Morast und bist völlig ungebildet.«

Lauberg steigerte sich weiter in seinen Redefluß. »Und das ist euer Elend. Ihr glaubt, frei zu sein, eure eigenen Herren zu sein, aber frei wovon? Frei von Hunger? Frei von Geld? Der König, die Herrschaften und die Priester teilen alle Einnahmen unter sich auf, und euch hängt der Magen zwischen den Knien.«

»Cavalie', verpiß dich«, unterbrach ihn der *lazzaro* mit dem offenen Hemd böse. »Deine Nase gefällt mir nicht. Du sagst, wir sind nur Dreck. Was willst du dann überhaupt von uns? Wir sind mit unserem Leben zufrieden. Und was hast du beim Mandriere zu suchen?«

»Das geht dich nichts an«, blaffte Lauberg.

Der *lazzaro* packte ihn am Arm. »Laßt euch hier ja nicht wieder blicken.« Und da er auf ganzer Linie siegen wollte, rief er laut: »Und die Freiheit könnt ihr gleich behalten! Und weißt du auch, wohin ihr sie stecken könnt? In den Arsch eurer Mamma!«

»*Lo mazzo de màmmeta!* Den Arsch eurer Mamma! Den Arsch eurer Mamma!« – gröhlten die *lazzari* im Chor und machten Furzgeräusche mit dem Mund, während sich Lauberg und die anderen hastig davonmachten.

4   Eine andere Erfahrung dieser Art »Kontakt mit dem Volk« machte Lenòr auf eigene Faust, als sie dringend ein Regal für ihre Bücher benötigte. Sie entsann sich eines Schreiners in der Via Santa Teresella, bei dem Vovó vor vielen Jahren einige dreibeinige Tischchen hatte fertigen lassen. Daher ging sie wieder zu ihm, und auch, um das Viertel zu sehen, in dem sie ihre ersten Jahre in Neapel verbracht hatte. Der Schreiner war mittlerweile ganz kahl, sein Gesicht mit den hervorspringenden Backenknochen und den eingefallenen Wangen wirkte noch abgezehrter als früher.

Als sie über die Schwelle der zu ebener Erde liegenden Werkstatt trat, in der sich Sägeböcke türmten und es nach Teerfarbstoff und Leim roch, erkannte er sie gleich wieder.

»Signora Marchesina«, sagte er, schob die Brille hoch und lächelte ein wenig. »Wie geht es Euch? Ihr habt es zu etwas gebracht, wie man in Neapel so schön sagt.«

»Schön wär's«, rief sie. »Leider sind die Dinge ein wenig anders gelaufen.«

»Ihr seht prächtig aus«, nickte er, während er sie musterte.

»Auch Ihr seht gut aus, Don Eduardo.«

»Wie ein alter Mann«, lachte er und kräuselte die Oberlippe.

Dann wurde er ernst und fügte hinzu: »Ich erinnere mich noch sehr gut an Eure selige Frau Mama. Eine echte Dame: vornehm und immer freundlich.«

»Danke«, murmelte sie. Sie erläuterte ihm, was er für sie anfertigen sollte. Dann bekam sie auf einmal Lust, sich mit diesem Mann zu unterhalten – er kam ihr weise und höflich vor; vielleicht würde er ihr helfen können, einige Dinge besser zu verstehen.

»Don Edua'«, sagte sie. »Darf ich Euch etwas fragen?«

»Zu Euren Diensten, Signora Marchesina.« Er nannte sie so wie früher, als wäre sie in seinen Augen genauso jung wie damals. »Sofern ich Euch Eure Frage beantworten kann.«

»Da bin ich mir sicher«, rief sie lächelnd. »Ich möchte gern wissen … Ihr und alle anderen aus der Via Santa Teresella, auch die *lazzari* … also die Leute aus dem Volk, zu wem haltet Ihr? Ihr wißt ja, was im Moment geschieht. Ich möchte so gern begreifen, wie das neapolitanische Volk zu allem steht.«

Don Eduardo seufzte. Er schüttelte den Kopf. »Da stellt Ihr mir eine sehr schwierige Frage, Signora Marchesina. Neapel ist eine komplizierte Stadt. Ich werde Eure Frage mit einer kleinen Anekdote beantworten, die ich von meinem Vater gehört habe, und er hat sie vielleicht wiederum von seinem Vater. Neapel ist wie eine Viper: Der Kopf ist giftig, der Schwanz ist zu nichts nütze, nur das Mittelstück ist brauchbar. Man kann es beim Gewürzhändler als Arzneimittel kaufen.«

Er sah die Ratlosigkeit in ihrem Gesicht und lieferte gleich die Erklärung hinterher.

»Der Kopf der Viper, ich bitte um Verzeihung, das ist der Adel. Der Schwanz, das sind die *lazzari*. Das Mittelstück, das sind wir: das arbeitende Volk, die Arbeiter in den Manufakturen, die Angestellten. Die guten und mildtätigen Ärzte wie Doktor Cirillo. Ich weiß noch genau, wie er Eure selige Frau Mama und die Armen in ihren *bassi* besuchte.«

»Aber Ihr, das Mittelstück, zu wem haltet Ihr? Was erhofft Ihr für die Zukunft?«

»Politisch, meint Ihr? Gar nichts. Wir waren mit Seiner Exzellenz Tanucci vollauf zufrieden. Er hat keine Steuern erhoben, es ging uns allen gut. Da war Leben in der Stadt, die Herrschaften mußten unablässig ihre Häuser verschönern, um sich vor ihresgleichen nicht zu blamieren. Und wir hatten Arbeit. Jetzt aber zahlen wir Steuern, Neapel ist ein gefährliches Pflaster geworden, und es gibt auch nicht mehr genug Arbeit.«

»Warum ist das Leben in Neapel denn gefährlicher geworden?«

»Das kann ich Euch auch nicht sagen. Vielleicht weil gewisse Leute, die weder zum Adel noch zu den *lazzari* noch zum Volk gehören, Unruhe stiften.«

»Wie in Frankreich?«

»Genau. Vielleicht hätten sie gerne, daß es hier zugeht wie in Frankreich.«

»Don Edua', aber würde es Euch denn gefallen, wenn wir hier in Neapel eine Republik bekommen würden?«

»Eine Republik? Aber nein.«

»Warum denn nicht?«

»Weil es dann keinen Adel und keine reichen Leute mehr gäbe. Nur noch Leute, die mehr oder weniger gleich wären: aber auf niedrigster Ebene, nicht etwa oben. Und wir könnten unsere Werkstatt gleich dichtmachen. Für wen sollten wir denn dann noch arbeiten?«

»Tja, ich weiß auch nicht … Für den Staat: für die öffentlichen Ämter, die Schulen, die Krankenhäuser.«

»Und ich würde diesen schönen Tischfuß für die öffentlichen Ämter anfertigen?«

Er nickte einem seiner Gesellen zu, einem jungen Mann von etwa zwanzig Jahren mit intelligentem Gesicht und ungebändigten schwarzen Locken.

»Bring mir den Fuß für Principe Gallo.«

Der junge Mann schleppte einen riesigen Tischfuß herbei: massiv, überaus kunstvoll geschnitzt, einen Greifen darstellend, er mußte nur noch abgeschmirgelt und dann vergoldet werden.

»Wunderschön«, rief sie, und Don Eduardo nickte.

»Glaubt Ihr allen Ernstes, ich könnte so etwas für ein öffentliches Amt anfertigen? Oder für eine Schule? Und außerdem – schöne Marchesina – kommt noch ein Punkt hinzu: Jetzt arbeite ich, wann und wie ich will und weil ich es will. Wenn aber jemand anders kommt und mir das Wie, das Wann und Warum befiehlt, dann ist es vorbei mit meinem Genius, wie es in Neapel so schön heißt. Und die Arbeit wird zur reinen Last.«

»Genauso denken die *lazzari* auch«, überlegte sie, und Don Eduardo sah sie ernst an.

»Was das betrifft, ja, da sind wir nicht anders als die *lazzari*. Aber auch nur in dieser Hinsicht. Hört Euch einmal an, was Michele dazu zu sagen hat, der bis vor kurzem selbst ein Bettler war. Miche', komm mal her.«

Der schwarzgelockte junge Mann kam wieder zu ihnen herüber und musterte Lenòr ohne jede Scheu. Auch sein Blick verweilte auf ihrer berühmten Brust.

»Oder bist du etwa kein *lazzaro*?« fragte Don Eduardo scherzhaft, der junge Mann seufzte.

»Ich war einer. Und ich hab immer noch Sehnsucht danach. Jetzt muß ich jeden Morgen hiersein. Vorher war ich frei.«

»Warum bist du dann überhaupt zu mir in die Schreinerei gekommen?« fragte Don Eduardo.

Der Gehilfe schüttelte den Kopf. »Keine Ahnung. Jedenfalls nicht, weil ich hier Lohn bekomme. Ich bin Vater von drei Kindern, ich und meine Geschwister hatten früher immer genug zu essen, und auch meine Kinder hätten immer genug zu essen gehabt: Neapel ist groß, irgendwas fällt immer ab.«

»Also, wieso bist du dann hier?«

»Weiß ich auch nicht. Schicksal. Ich hab sogar für den *cammesiello* gearbeitet« (»Schmuggler«, übersetzte Don Eduardo eilfertig). »Eines Tages haben sie mich mit einer Handvoll Zucker geschnappt. Das gab Prügel und Hiebe. Hier.«

Er riß den Mund auf und zeigte auf eine leere Stelle zwischen zwei weißen Backenzähnen.

»Und im Winter vor drei Jahren«, fuhr er fort, »ist mir wegen der Kälte an diesem Fuß ein Zeh erfroren. Signo'«, sagte er dann und sah sie ernst und durchaus ungeniert an, »die Freiheit ist wirklich das allerschönste im Leben. Aber man bezahlt sie mit dem Leben. Wo steht das denn geschrieben? Ich bin gerade mal zwanzig Jahre alt. Die *lazzari* sind wie die Kinder: Sie wollen immer mit dem Kopf durch die Wand, sie wollen einfach nicht vernünftig sein. Nach und nach werden sie alle wegsterben, wie die Fliegen.«

5   Auf weitere »Bäder im Volk«, wie die Verrückten in ihrer Wohnung das nannten, konnte sie gut und gern verzichten. Lauberg und die anderen waren Feuer und Flamme für die Ereignisse in Frankreich. Nach der Zivilkonstitution des Klerus setzten sie sich in den Kopf, die Pfarreien durch ungehemmte antiklerikale Propaganda zu entvölkern: die Leute flohen, sobald sie sie sahen, und schlugen das Kreuz.

Nach der Flucht Ludwigs des XVI., seiner Verhaftung in Varennes, der Wahl des Jakobiners Pétion zum Bürgermeister von Paris, schienen ihre Gefährten endgültig den Verstand verloren zu haben. Sie redeten sich ausschließlich mit »*citoyen*« an und reicherten ihren schwärmerischen Jargon durch Ausdrücke wie »*dans la mesure où*« (in dem Maße wie), »*Grande Nation Mère*« (Große Mutter Staat), »*Grande Révolution*« (Große Revolution) an. Auch Lenòr war mittlerweile ausschließlich die »*citoyenne*« Lenòr Fonseca. In ihrer Wohnung wurden Zeitungen, Hefte, Flugblätter gehortet, ihr wurde Geld abverlangt. Es war zur Regel geworden, daß alle »*citoyens*« je nach Vermögen einen gewissen Beitrag zu leisten hatten; sie zahlte acht Dukaten im Monat, Gennaro Serra einiges mehr.

Als der üppig dekorierte Umschlag mit der Einladung zum Fest am 4. November eintraf, war sie verpflichtet, die Sache mit den anderen zu besprechen. Sie hatten eine regelrechte »*societé fraternelle*« gebildet, einen »*club sans compromission*«, wie Lauberg selbstgefällig feststellte: eine Art Familie, zweckgebunden, ohne familiäre Gefühle, dafür aber sehr besitzergreifend und intrigant. Hitzig wurde darüber diskutiert, ob Lenòr und Gennaro zum Fest im Palast gehen sollten oder nicht.

Die härtesten Positionen vertraten De Deo, Vitaliani, Giordano.

»Capeto und seiner Kuh die Ehre erweisen! Niemals!«

Russo war es gleichgültig, Manthonè, Marra, Lomonaco waren

dafür. Lauberg überlegte eine Weile, sprang dann plötzlich auf.

»Sie müssen sogar hingehen! *J'ai une idée magnifique* – hört zu.«

Er lief zum Koffer, in dem er das Material versteckt hielt, das sie beim Mandriere geholt hatten, und zog das Heft mit der Verfassung von 1791 hervor.

»Sie entspricht zwar nicht in allen Punkten unseren Vorstellungen«, lachte er, »aber in Neapel wäre sie im Moment genau richtig. Manthonè«, befahl er, »du übersetzt sie sofort ins Italienische. Wir lassen bei Guaccio tausend Kopien davon drucken. Und am vierten November, während man sich bei Hofe amüsiert, verteilen wir sie auf der Via Toledo. Und Lenòr läßt die eine oder andere beiläufig im Palast auftauchen.«

Alle redeten wild durcheinander. Lenòr sah Lauberg erschrocken an, er lächelte.

»Das ist ein Kinderspiel, Bürgerin. In einem Vorzimmer, auf der Toilette, auf einem Diwan. Es genügen zwei oder drei Kopien: du versteckst sie im Korsett oder im Ärmel.«

Gennaro hörte angespannt zu. Dann rief er: »Nein, meine Herren Citoyens. Nicht Lenòr. Ich werde es tun.«

»Dann eben alle beide«, brummte Lauberg. »Ihr werdet es alle beide tun. Marra, kümmere du dich um Guaccio, sobald Manthonè fertig ist.«

»*Je ferai comme la foudre*, ich mache das schneller als der Blitz!« schrie Manthonè lachend vom Schreibtisch herüber, wo er bereits dabei war, den Text zu übersetzen.

Sie zitterte beim bloßen Gedanken an diese ihr widerstrebende Aufgabe. Sie verfluchte sich selbst, verfluchte ihre eigene Untüchtigkeit, verspürte Sehnsucht nach Vincenzo und all den lieben Freunden von früher: den »unerträglichen Gemäßigten«, wie diese Verrückten zu spotten pflegten.

Sanges hatte durchaus versucht, ihr zu helfen. Sie erinnerte sich an einen ganz bestimmten Abend bei Delfico zu Hause: Pagano, Astore, Meola waren damals zugegen, und ein neuer Gast, ein junger Mann aus dem Molise mit schwarzen Haaren und olivfarbener Haut, sehr intelligent und vorlaut: Er hieß Cuoco, Vincenzo Cuoco, und war ihr sympathisch, obwohl seine Augen und sein Kopf unablässig zuckten.

»Der König hat mit seiner Unnachgiebigkeit einen Fehler gemacht«, sagte Delfico. »Mit diesem Verhalten wird er noch die Revolution auslösen. Wie in Frankreich.«

»Ach was«, lachte Cuoco. »Um eine Revolution auszulösen, braucht man Geld und Intelligenz. Hier in Neapel wären mindestens dreißig Millionen Dukaten vonnöten. Wer soll die zahlen? Und was die Intelligenz betrifft ...«

Er sagte noch etwas anderes, das Lenòr nachdenklich machte: »In Neapel verstehen nur wenige Leute, was Revolution überhaupt bedeutet, noch weniger Leute heißen sie gut, und fast keiner will sie.«

Und Pagano fügte hinzu, die Revolution verbreite gerade aus dem Grund Angst, daß niemand sie verstehe – und da sie auch nicht zu verstehen sei, werde sie zu einem Mythos.

»Mehr noch als ein Mythos, nämlich eine Mode«, versetzte Cuoco. Er sah zur Tür, in der soeben die bildschöne Luisa Sanfelice in Begleitung eines Mannes, der nicht ihr Ehemann war, den Raum betrat.

»Im übrigen ist sie gar nicht so schwer zu verstehen«, fuhr er mit düsterer Miene und unter ständigem Zucken fort. »Das idiotische Verhalten des Adels, des Königs, mußte in Frankreich zwangsläufig zur Revolution führen. Und es ist noch idiotischer, dasselbe unter anderen Bedingungen herbeiführen zu wollen: Revolutionen lassen sich nun einmal nicht exportieren.«

Sanges genoß diese Rede.

»Seht Ihr? Cuoco ist noch jung, aber er sagt Dinge, die ich schon seit Jahren vertrete. Im Grunde sind das Genovesis Ansichten. Hier in Neapel lassen sich viele dumme, oberflächliche, frustrierte Menschen von einer Mode mitreißen.«

Dumm, oberflächlich, frustriert: galt das etwa auch für sie?

Sie spürte eine kindische, von schlechtem Gewissen genährte Wut in sich hochsteigen. Und gab eine ungezogene Antwort, als Vincenzo sie fragte: »Bist du wirklich auf der Seite dieser Scharlatane, die sich in deiner Wohnung eingenistet haben? Wie bist du nur in so eine Gesellschaft geraten? Das kann für dich sehr riskant werden. Aber wenn du willst, helfe ich dir, sie wieder loszuwerden.«

»Danke, ich komme schon allein klar.«

ELFTER TEIL

1   Am späten Nachmittag des vierten November machte sie
    sich in Begleitung von Gennaro Serra auf den Weg zum
Palast. In der Via Toledo eine Menge Menschen, Kutschen, Lichter.

Lauberg und die anderen waren zu Hause geblieben, um die
Verteilung der Broschüren vorzubereiten, die für neun Uhr
geplant war, gleich im Anschluß an das Fest: Theaterbesuche,
Festlichkeiten, jede Art von Zusammenkunft endete jetzt sehr
früh am Abend, danach übernahmen die *lazzari*, die Priester, die
Schergen die Herrschaft über die Stadt.

Lenòr und ihr Begleiter hatten einige Broschüren unter ihrer
Kleidung verborgen, Gennaro unter den langen Schößen seines
goldbestickten Gehrocks, sie selbst unter der Schnürung ihres
Mieders.

Der Palast erstrahlte durch die von Glasschirmen geschützten
Fackeln und Kerzen auf den Balkonen. Alle Tore waren geschlossen, mit Ausnahme des Haupteingangs: Dort hielt mit Federbüschen und Hellebarden die Schweizergarde Wacht.

»Sieh mal, da«, murmelte Gennaro und deutete hinüber zum
Largo di Palazzo. An der Ecke der Riesenstatue befand sich ein
gefechtsbereites Bataillon, an der Strada della Pageria ein zweites, und ein drittes war an den Klostermauern von Santo Spirito
und Santa Croce aufmarschiert.

Vom Largo di Castello, aus den Seitengassen der Via Santa
Brigida und der Via dei Polveristi strömten unter viel Lärm und
Geschrei Trupps von *lazzari* herbei. Sbirren mit schwarzen Umhängen, Stiefeln, steifen Hüten, Knüppeln hatten sich unter die
Menge gemischt.

Das Fest fand in den blauen Sälen statt. Alles strahlte und
glänzte: die großen Wandteppiche, die Francesco I. bei der

Schlacht von Pavia darstellten, die funkelnden Kristalleuchter, das Silber. Auch die Kanapees, die brokatenen Vorhänge, die dunkelblauen Blüten der Hortensien – nicht anders als früher.

Und doch meinte sie, eine feine Schicht unterdrückter Müdigkeit in der Luft zu spüren (oder war es ein vorschneller Eindruck?). Vielleicht wegen der Kleidung: es schien, als hätte man die Uhr zurückgedreht, obwohl die Damen den Zwang zu althergebrachten Kleidern und Frisuren mit vorsichtigen Tupfern von Modernität belebt hatten. Die eine oder andere hatte ihre gepuderte silbrige Haarpracht mit Blumen verziert. Eine Dame hatte – da sie sich schlecht nach der neuesten, etwas frivolen französischen Mode mit tiefem Ausschnitt *à la victime* präsentieren konnte – auf scharlachrote Haarbänder mit Rosen zurückgegriffen. Was ebenso unvorsichtig war: denn Rot – die Farbe der Jakobiner – war für jedermann geächtet (mit Ausnahme der Prälaten). Andere Damen trugen zu Ehren von Lady Hamilton englische Farben: dunkelbraun, hellbraun, lichtgrau.

Die Herren hatten der Einfachheit halber ihre Anzüge von vor einigen Jahren wieder hervorgeholt: man sah jede Menge blütenweißer Hemdkragen, lockiger Perücken, Gehröcke. Auch Schnupftabaksdosen und Orden an der Brust waren wieder gesellschaftsfähig. Der eine oder andere ältere Herr trug am kleinen Finger der linken Hand einen langen, silberlackierten Fingernagel zur Schau. Auch die Priester, Kardinäle, Bischöfe waren zurückgekehrt: ganz in Schwarz, Violett, Purpurrot, Weiß, Kaffeebraun. Sie drängten sich um den Päpstlichen Gesandten, der sich nach drei Jahren erstmals wieder am neapolitanischen Hof blicken ließ. Monsignor Busca streckte seinen riesigen, in rotes Tuch gehüllten Bauch heraus und lachte herzhaft. Der Papst war in der Zwischenzeit wieder zu einer wichtigen Instanz geworden, der König hatte sogar versprochen, ihm die zurückbehaltenen Einkünfte aus der Chinea nachträglich auszuzahlen.

Gennaro flüsterte: »Kardinal Zurlo ist nicht da. Wetten, daß er nicht kommt? Er ist vermutlich der einzige, der sich das erlauben kann ...«

»Warten wir's ab«, sagte sie und holte tief Luft.

In diesem Moment betrat der Kardinal den Saal, gefolgt von einer Schar von Äbten in riesigen Jabots. Mit schnellen Schritten durchquerte er den Raum, wollte von Handküssen nichts wissen. Alle warteten gespannt auf die Begegnung des Kardinals mit dem Päpstlichen Nuntius: Zurlo war Jansenist und ein Gegner der Chinea, ein begeisterter Anhänger der Schriften Genovesis und Filangieris.

Die beiden Prälaten streckten einander die Hände entgegen und lächelten, Monsignor Buscas Doppelkinn wackelte. Dann drehte Zurlo ihm den Rücken zu und begann, sich mit dem Bailo aus Malta zu unterhalten, der wunderschön aussah in seinem weißen Mantel und dem rot-blauen großen Kreuz.

Nach und nach trafen auch die Diplomaten und Botschafter ein, die ein Haushofmeister an einer Wand des Saals zu sammeln versuchte – für das Ritual des Handkusses.

Lenòr sah den zaundürren Abgesandten des Königs von Sardinien, Conte Piosasco di None, einen Herrn in Schwarz und Weiß, der aus einem Gemälde entsprungen zu sein schien, mit einem Haarzopf, wie er zu Anfang des Jahrhunderts Mode gewesen war. Baron Thugut, Botschafter aus Wien, plauderte in seiner weißen Marschallsuniform mit goldenen Schulterstücken äußerst selbstgefällig mit den Ministern Corradini und Simonetti, die sich sehr ehrerbietig gaben.

Gennaro zeigte ihr Kardinal Fabrizio Ruffo di Calabria, Statthalter Seiner Majestät in Caserta: ein kleiner, untersetzter Mann in einem rotgoldenen Umhang. Er war ins Gespräch mit Doktor Cotugno vertieft, dem neuen Hofarzt, der Cirillo abgelöst hatte – groß und krumm unter einer überdimensionalen weißen Lockenperücke. Der Kadinal lächelte wehmütig, Cotugno richtete seinen Zeigefinger drohend auf den Bauch des Kardinals.

»Man munkelt, daß Ruffo neuer Innenminister wird«, erklärte Gennaro. Sie lächelte dünn und bemerkte: »Jetzt, da sie mit dem Papst Frieden geschlossen haben ...«

Mit einemmal drückte er aufgeregt ihren Arm. »Aufgepaßt, Lenòr, jetzt wollen wir mal sehen, was passiert.«

Der französische Botschafter, Signor Cacault, und seine Frau wurden angekündigt. Allgemeines Geflüster, das dann verebbte: Die Menge wich zurück, um jeden Kontakt zu vermeiden.

Monsieur Cacault trug die Haare wie Brutus, die Stirnfransen lang und unordentlich; davon abgesehen entsprach seine Kleidung durchaus der Etikette: blauer Frack mit goldenen Blumen, lange Strümpfe, Kniehosen. Seine Frau, eine blonde Schönheit mit goldbestäubten Locken, funkelte vor Diamanten.

»Sieh mal einer an, diese Revolutionäre«, kommentierte jemand.

Die Botschafterin trug ein weißes Kleid ohne Reifrock mit einem dünnen violetten Übermantel. Der endlos tiefe Ausschnitt gab den Blick frei auf eine Haut wie aus Milch und Honig.

Das Paar ging ohne jedes Zeichen von Anspannung an ihnen vorbei und gesellte sich zur Gruppe der Diplomaten, in deren Mitte es nach kurzer Verunsicherung aufgenommen wurde.

2   Der König, die Königin, Acton, Lord und Lady Hamilton ließen auf sich warten. Lenòr sah Gennaro mit wachsender Unruhe an: Sie hatten vereinbart, sich der Broschüren erst gegen Ende des Festes zu entledigen, doch bereits jetzt hielt jeder von ihnen heimlich nach geeigneten Ecken und Möbelstücken Ausschau. Ein Tisch mit einer Windrose aus verschiedenfarbigen Marmorintarsien hatte es Lenòr besonders angetan. In der Mitte stand eine kleine Bronzestatue, der nackte Ferdinand als griechischer Gott. Er hielt die Zügel eines Zweigespanns in der Hand, das von herrlichen, sich aufbäumenden Pferden gezogen wurde. Das Zweigespann war innen hohl – ein gutes Versteck.

Der verhaßte Gedanke an die auszuführende Tat quälte sie zunehmend; das lag nur an ihrer dummen, abscheulichen ethischen Grundhaltung, daß jedwede Pflicht, sei sie riesengroß oder jämmerlich klein, sie restlos vereinnahmte.

Gennaro schien sich weitaus weniger Sorgen zu machen: lächelnd deutete er auf einen zierlichen blauen Stuhl in einer Ecke, der, aus welchen Gründen auch immer, frei geblieben war.

»Wenn er bis zum Schluß leer bleibt, lege ich sie dort ab.«

241

Er führte sie in den angrenzenden Saal, wo sich die Cassano und andere Freunde versammelt hatten, und wo das Orchester mit Cimarosa – weißer Zopf, blau-goldener Gehrock – am Dirigentenpult auf das Zeichen zum Einsatz wartete. Cimarosas rundes Gesicht und seine schrägen Augen kamen Lenòr finsterer vor als sonst: Immer wieder prüfte er die Partituren und wies die Sänger zurecht, die nervös auf und ab gingen. Auf dem Programm standen Stücke aus der »Zauberflöte« von Mozart, der in ganz Europa erfolgreichsten Oper des Jahres.

In diesem Saal hatten sich fast alle versammelt: die Witwe Filangieri, Chiara Pignatelli, Maddalena und Michele Serra, Giulia Carafa... Lenòr sah auch Primicerio: Er war sichtlich dick geworden, trug eine runde Brille auf der Nase. Von weitem nickte er ihr verlegen und vorsichtig zu, verschwand dann aus ihrem Blickfeld.

Cirillo hielt sich abseits von den anderen, wirkte abgemagert und müde. In einer Ecke unterhielt sich Ruvo mit einigen Offizieren in Galauniform; unter ihnen begrüßte Gennaro die drei noch sehr jungen Brüder Pignatelli di Strongoli sowie Principe Girolamo Pignatelli in der weiß-blauen Uniform des Kavallerieregiments »Regina«.

Jetzt kam Caracciolo herein, ganz in Weiß und Gold, braungebrannt, ein schöner Mann von vierzig Jahren auf der Höhe seiner Lebenskraft. Alle begrüßten ihn stürmisch: zwei Tage zuvor hatte er vier Kriegsschiffe der Sarazener erbeutet.

Moliterno lachte: »Ciccio, da drüben steht der Wesir von Sultan Selim. Was meinst du, gehen wir hin, um ihn zu begrüßen?«

Caracciolo lächelte und schüttelte den Kopf. »Das ist keine besonders nette Idee, Giro'.«

Die in ihrer altmodischen Aufmachung seltsam starr und matt wirkenden Damen begrüßten einander mit zerstreuten Wangenküssen. Lenòr gegenüber wirkten sie ein wenig kühler als sonst, Maddalena Serra drohte ihr mit dem Zeigefinger.

»Lenòr Fonseca, *il ne faut pas exagérer. Il faut s'arrêter au Marquis de Lafayette.*«

Sie stieß einen spitzen Schrei aus, hielt sich schnell die Hand vor den Mund.

»Du lieber Gott. Ich habe französisch gesprochen«, sagte sie, was den Unmut der anderen noch verstärkte, und sah sich wachsam um. »Hoffen wir, daß sie es nicht gehört haben. In welcher Sprache kann man sich denn überhaupt noch unterhalten?«

»Auf lateinisch«, lachte ein junger Mann und wies auf die ansehnliche Gruppe der Priester jenseits der geöffneten Saaltüren.

»O nein, mein Herr«, mischte sich Giulia Carafa ein. »Wißt Ihr denn nicht, daß die neuen Götter bei Hofe die Engländer sind?«

»Ich rede lieber neapolitanisch«, murrte Maddalena. »Ich kann kein einziges Wort Englisch.«

»Aber es ist kinderleicht, *darling*.«

»Wie bitte?«

»*Darling*: das heißt ›meine Liebe‹. Du mußt dich an Lady Hamiltons Fersen heften, dann lernst du sofort ›*darling*‹ und ›*my love*‹, ›*amore mio*‹ also.«

»Sie ist eine Meisterin im Vokabular der Liebe«, grinste Maddalena, doch ihr Mann schnitt ihr das Wort ab.

»Sei still. Das ist jetzt wirklich unpassend.«

Lenòr und Gennaro wandten sich zur Seite, um Ruvo zuzuhören, der den Pignatelli gerade mit hochrotem Kopf etwas erzählte. Er hatte sich dazu durchgerungen, eine Perücke aufzusetzen, doch sie hing schief auf seinen roten Haaren, und auch Gehrock, Kniestrümpfe und Kniehosen trug er mit kaum verhohlener Wut.

»Weißt du, was er neulich zu mir gesagt hat, als er mich eingeladen hatte, mit ihm in den Astroni auf die Jagd zu gehen? Er hat mich gefragt, ob wir reversino spielen wollen. Ich gebe jetzt nur den Wortwechsel wieder, seine Worte und meine. Also, ich war dabei, zu verlieren, da hat er mich angesehen: ›Duchi', heute zieh ich Euch über den Tisch.‹ Ich habe geantwortet: ›Majestät, mein Großvater Don Tiberio Carafa ...‹ Da hat er sich ausgeschüttet vor Lachen: ›Das sind doch alte Kamellen! Das war ein Hurensohn, Euer Großvater, bei allem Respekt.‹ Ich habe versucht, ruhig zu bleiben: ›Don Tiberio Carafa, der den spanischen König das Fürchten lehrte, hat einmal zu mir gesagt: ›Mach den Mund erst auf, wenn du den Spatz in der Hand hast.‹ Da war er zunächst mucksmäuschenstill, dann hat er es kapiert und geschrien: ›Duchi', der Spatz sitzt heute abend in unserer Mitte! Und wißt Ihr auch, wie Spatzen getötet werden? Man beißt ihnen den Kopf ab.‹«

»Und was hast du da gesagt?«

»Was sollte ich darauf schon antworten? ›Es gibt Spatzen, deren Köpfe sind härter als Stein! An denen beißt man sich die Zähne aus.‹«

»Ist doch sonnenklar, daß das eine Anspielung war«, entgegnete Moliterno ernst. »Du redest einfach zu viel, du hast die schlechte Angewohnheit, alles zu sagen, was du denkst.«

»Was du nicht sagst«, brummte Ruvo. »Hier treiben sich jede Menge Spione herum.«

»Dann halt endlich den Mund und kümmer' dich lieber um die Frauen«, schloß Moliterno mit gespieltem Gleichmut.

Jetzt kam Bewegung auf, Cimarosa eilte zum Orchester, hob den Taktstock. Es erklangen die vollen, munteren Klänge der bourbonischen Hymne.

Alle versammelten sich nun im großen Saal, die Frauen auf der einen Seite, die Männer auf der anderen, während der König, die Königin und Acton erschienen, in Begleitung von Minister Castelcicala, Caterina di San Marco und ihrem Bruder Luigi de' Medici, dem Kommandeur der Vicarìa. Es folgten Lord und Lady Hamilton sowie ein finster dreinblickender Offizier der englischen Marine, der über und über mit Orden geschmückt war. Über einem Auge trug er eine Klappe, der rechte Ärmel seiner blauen Jacke war unten zugenäht: der berühmte Admiral Nelson.

Der König wirkte gealtert, sein Bäuchlein spannte die seidene Hemdbrust. Die Königin war zum zwölften Male schwanger. Auch sie sah verbraucht aus: Tränensäcke unter den Augen, aufgedunsenes Gesicht. Nur mit Mühe balancierte sie die hochaufgetürmte Rokoko-Perücke und bewegte sich sehr langsam in ihrem Kleid von Seide aus San Leucio, das ihren unglaublichen Schwangerenbauch kaschieren sollte.

3   Die Aufmerksamkeit aller konzentrierte sich nun auf Lady Hamilton. In Wirklichkeit war sie gar nicht so schön, wie alle immer sagten. Eine zierliche Person, nicht übermäßig elegant: blaues Kleid mit dunkelblauem Besatz und einer grauen Stola. Die honigbraunen Haare waren glatt und sehr lang, sie reichten bis zu den Hüften. Auf den ersten Blick strahlte auch das Gesicht nichts Besonderes aus: es war klein und blaß. Wer jedoch länger hinsah, ahnte den Zauber dieses kindlich wirkenden Schmollmunds und dieser unschuldigen großen braunen Augen, die zugleich herausfordernd glänzten.

Lord Hamilton war alt, aber imposant in seinem Gehrock aus schwarzer Seide mit einem einzigen Orden an der linken Brust. Sein faltiger Hals verschwand in einem riesigen Jabot. Er sah sich mit verächtlicher Miene um.

Caterina di San Marco hatte zugenommen, sie wirkte majestätisch mit ihren funkelnden Juwelen. Ihr Bruder Luigi de' Medici, ein ausgesprochen schöner Mann, war der neue Stern bei Hofe: hochgewachsen, Uniform eines Husarenoffiziers, klassischer Gesichtsschnitt wie ein Römer der Antike. Zwischen ihm und Caracciolo … Zufällig fing sie einen vieldeutigen Blickwechsel auf, der ihre Neugier erweckte.

Nach anderen hochgestellten Persönlichkeiten war jetzt auch Caracciolo vorgetreten, um der Königin die Hand zu küssen. Sobald sie ihn erblickte, legte Maria Caroline ihren leidenden, angewiderten Gesichtsausdruck ab, den sie seit Betreten des Saals zur Schau getragen hatte – einen Moment wurde sie blaß, drehte den Kopf dann weg zu Lady Hamilton, die Caracciolo ihrerseits ohne jede Scheu betrachtete. Der Admiral erwiderte ihren Blick leidenschaftlich, während Nelson alle beide musterte, sarkastisch und finster zugleich.

Das Ritual des Handkusses begann. Der König, die Botschafter, die Prälaten, die Minister, die Offiziere defilierten. Einigen gegenüber verhielt sich die Königin seltsam: Während sie sich vorbeugte, fingierte sie einen Schwächeanfall, drehte den Kopf weg und ließ sich in die wartenden Arme von Caterina di San Marco fallen. Auf diese Weise vermied sie den Handkuß. Das ereignete sich beim Botschafter von Frankreich, bei Caracciolo, bei Moliterno.

Gespannt beobachtete Lenòr, wie nacheinander die Cavalieri und die Damen an die Reihe kamen. Bei wem würde sie es wieder so machen? Die Pantomime wiederholte sich bei Ruvo, der seinen Ärger unverhohlen zeigte, bei Gennaro Serra, bei Chiara Pignatelli. Lenòr zitterte ein wenig, als sie sich der Königin näherte. Bei ihr ließ sich Maria Caroline nicht einmal dazu herab, den Schein zu wahren: Sie drehte sich einfach weg und entzog ihr die Hand, um sie der nächsten Dame entgegenzustrecken.

Das Fest nahm seinen Lauf. Dem König bereitete es großes Vergnügen, sich genau so zu verhalten, wie es seinen Zielen und Zwecken entsprach. So studierte er zunächst eingehend, ohne Wohlwollen oder Mißfallen zu verbergen, die Aufmachung der Anwesenden. Als sein Blick auf Ruvo fiel, schnitt er beleidigende Grimassen.

Dann ging er auf Caracciolo zu und hakte sich bei ihm ein. Er zwinkerte in Richtung des türkischen Botschafters, einem wohlbeleibten Mann in einem Rokoko-Anzug mit einem herrlichen himmelblauen Turban auf dem Kopf. Der türkische Botschafter unterhielt sich mit dem russischen Gesandten und tat, als würde er König Ferdinands Grimassen nicht bemerken. Dieser war bester Stimmung, zum einen wegen der Eroberung der feindlichen Schiffe, zum anderen weil Caracciolo, wie gemunkelt wurde, auf gewisse Annäherungsversuche von Maria Caroline nicht eingegangen war.

Nachdem er den Admiral stehengelassen hatte, spazierte der König mit verächtlicher Miene direkt vor der Nase des sardischen Botschafters vorbei und wandte sich dann übertrieben freundschaftlich und ehrerbietig dem Päpstlichen Gesandten zu. Mit hörbarer Stimme sagte er: »Mein guter Monsignore! Laßt die Säcke holen! Auf Euch wartet noch eine Riesensumme Geld!«

Sein nächstes Ziel war Lord Hamilton, mit dem er sich sehr laut und eitel über die Jagd unterhielt.

»Glaubt Ihr etwa, das ist ein Scherz?« brüllte er. »Das ist die reine Wahrheit: vierhundertachtundsechzig Schnepfen an einem einzigen Tag, fünfunddreißig Gartengrasmücken und sechs

Füchse, mein Freund. Ich werde Euch den Pelz eines Wolfs zukommen lassen, den ich vorgestern in Persano erlegt habe.«

Die Königin wandte ihm demonstrativ den Rücken zu und näherte sich Lady Hamilton, der sie das erste Lächeln an diesem Abend entgegenbrachte.

»*Darling*«, sagte sie mühsam, »*I wish ... On dit comme ça?*«

Sichtlich verärgert korrigierte sie sich und fügte dann in ihrem nicht minder angestrengten Italienisch hinzu: »Ihr müßt mich unbedingt Eure Sprache lehren.«

»Oh! Ich verstehe auch Italienisch, Majestät«, lächelte Lady Hamilton. Sie hatte eine hübsche, weiche, leicht affektierte Stimme.

»Sehr gut. Wann werdet Ihr Eure Bilder präsentieren? Wir können es kaum noch erwarten, sie endlich zu bewundern.«

»Sobald Eure Majestät es wünschen.«

Der König, der sie lüstern betrachtet hatte, schlug vor: »Dann sollen doch Cimarosas Leute jetzt schnell die paar Liedchen hinter sich bringen.«

Es ertönten die prickelnden, reinen Klänge Mozarts. Papageno sang »*Der Vogelfänger bin ich ja*«, dann wurde die Arie des Figaro angestimmt »*Non più andrai farfallone amoroso*«, Despina trällerte »*Una donna a quindici anni*«, danach verwandelte sie sich in die Susanna aus der »Hochzeit des Figaro« und sang mit ganz sanfter Stimme »*Deh, vieni non tardar*«. Sie hätte noch weitergesungen, wenn der König nicht unruhig geworden wäre und Cimarosa erregt Zeichen gegeben hätte. Endlich begriff der Maestro, was der König wollte, und ließ den Taktstock beim letzten Triller der virtuosen Sängerin gebieterisch durch die Luft schwingen.

»Jetzt ist die Lady an der Reihe«, rief Ferdinand.

Pagen eilten in großer Zahl herbei, stellten Stühle auf, legten farbige Schwellen aus, und dort, wo eben noch das Orchester gespielt hatte, wurde eine kleine, von blauem Samt verkleidete und von Fackeln beleuchtete Bühne errichtet. Cimarosa saß nun im Dunkeln am Cembalo. Der König gestikulierte ausholend mit beiden Armen, alle setzten sich erneut und warteten in religiöser Andacht.

Cimarosa modulierte Töne, die ein wenig zirpend und schmerzlich klangen, ein Page stellte blitzschnell eine weiße Säule aus Holz auf die Bühne.

4   Auftritt von Lady Emma. Ein Raunen der Bewunderung und des Erstaunens ging durch die Menge: Sie trug wie eine Griechin einen schneeweißen, durchsichtigen Peplos, unter dem ihre rosige Haut und jede Bewegung ihrer schönen, geschmeidigen Beine zu sehen war. Ihre mit Goldstaub bepuderten Haare flossen ihr über Schultern und Arme.

In der Hand hielt sie einen Kristallkelch. Mit wenigen erregten Schritten erreichte sie die Säule, hielt sich daran fest, sackte erschöpft ein wenig zusammen und starrte angsterfüllt auf den Kelch: Sie zögerte, näherte ihn den Lippen, stieß ihn wieder von sich. Cimarosa entlockte dem Cembalo schaurige Klänge.

Auf Lady Emmas schönem, zierlichem Gesicht spiegelten sich nacheinander Verzweiflung, dann Resignation, bis sie schließlich mit einer entschlossenen Bewegung das Glas zum Mund führte und leerte. Ein Aufschrei des Entsetzens im Publikum, als ihr der Kelch aus der Hand fiel. Dann ein langes, schmerzerfülltes Seufzen, während Lady Hamilton langsam an der Säule zu Boden glitt. Dort begann sie, sich in immer grauenhafteren Zuckungen zu krümmen und aufzubäumen, begleitet von Cimarosas wildem Hämmern auf dem Cembalo: Ihre schönen nackten Schenkel glänzten im hellen Schein der Fackeln. Schließlich bäumte sie sich noch einmal auf und blieb dann der Länge nach völlig reglos auf der Bühne liegen, während der heftige Beifall des Königs das Zeichen für den allgemeinen Applaus gab, der zeitweilig so stürmisch war, daß man nicht einmal hörte, wie Cimarosa den Titel des Bildes verkündete: »Der Tod der Sophonisbe.«

Lady Emma erhob sich, noch immer heftig atmend, aber freudestrahlend. Sie verneigte sich tief, wobei der Peplos über der Brust auseinanderglitt, und lief dann leichtfüßig von der Bühne.

Lenòr sah Gennaro von der Seite an; ihre Angst und Nervosität nahmen zu. Es mußte mittlerweile fast acht Uhr sein; bald würden Lauberg und die anderen in der Via Toledo die Hölle auslösen. Auch Gennaro wirkte angespannt, er gab ihr ein Zeichen, noch ein wenig auszuharren.

Lady Hamilton betrat die Bühne nun aufs neue. Diesmal hatte sie einen braunen Umhang übergeworfen und das Haar im Nacken zu einem dicken Pferdeschwanz geflochten.

Sie begann damit, Widerstand gegen irgendeine Person vorzutäuschen, die sie wegschleppen wollte, der Umhang öffnete sich, glitt zu Boden. Darunter trug sie eine dünne weiße Tunika, die noch durchsichtiger war als der Peplos. Sie kniete nieder und legte den Kopf auf einen imaginären Altar, dann stimmte Cimarosa eine feierliche Melodie an, und Lady Hamilton erhob sich: ungläubig, gerettet. Flüsternd erging sich das Publikum in Deutungen, einige der Gäste murmelten: »Iphigenie, Iphigenie«, der König brachte sie mit einem unfreundlichen Zischen zum Schweigen. Es handelte sich tatsächlich um »Iphigenie in Aulis«, bestätigte Cimarosa, während der Beifall einsetzte.

Die Männer wirkten sehr erregt, die Damen eher beunruhigt, Caracciolos Augen glänzten voll Verlangen, sein schöner Mund war verzerrt. Nelson schien zu schlafen, aber seine einzige Hand, die auf der Armlehne des Sessels lag, war zur Faust geballt.

Plötzlich sah sie, wie Gennaro aufstand. Sie wurde von Panik erfaßt. Er gab ihr ein Zeichen, noch zu warten, und glitt gewandt aus dem Saal, während die Pagen die Säule von der Bühne entfernten und das Publikum Gelegenheit hatte, sich über das Gesehene auszutauschen.

Sie fühlte sich elend, wie versteinert. Die Broschüren waren hochgerutscht und drückten gegen ihre Brustwarzen, als wollten sie sie absägen. Sie starrte auf die weit geöffnete Saaltür: Gennaro kam nicht zurück, *meu Deus*.

Endlich tauchte er mit zufriedener Miene wieder auf, nickte ihr unmerklich zu, verließ den Saal erneut. Jetzt war sie an der Reihe: Sie dachte, sie müßte auf der Stelle tot umfallen.

Konnte sie denn jetzt überhaupt aufstehen und hinausgehen, ausgerechnet in dem Moment, wo Lady Hamilton sich ein drittes Mal auf der Bühne zeigen würde? Und wenn nun jemand bemerkte, daß sie gleich nach Gennaro Serra den Saal verließ? Aber konnte sie denn nicht ein dringendes Bedürfnis verspüren? Nach so langer Zeit des Stillsitzens … Mit gespielter Unbefangenheit stand sie auf. Sie eilte zu dem kleinen runden Saal, in dem man die Toiletten eingerichtet hatte, ein Page hob feierlich den schweren Samtvorhang.

Scharfer, beißender Uringeruch stieg ihr in die Nase. Obwohl die Bediensteten die Töpfe mit der gebotenen Schnelligkeit entsorgten, standen noch einige randvolle Gefäße herum. Übergeschwappte Flüssigkeit bildete klebrige Pfützen auf den Bodenfliesen. Lenòr schnürte fieberhaft ihr Mieder auf und zog hastig drei zerknitterte Broschüren hervor, sah sich dann suchend und verwirrt um. Wohin nur damit, wohin? Sie durften ja nicht sofort gefunden werden.

Neben wunderschönen weiß emaillierten Waschschüsseln mit den dazugehörigen Krügen stapelten sich auf einer Truhe frischgewaschene Handtücher. Die benutzten Handtücher lagen in einem Haufen auf dem Boden. Sie steckte die Schriftstücke zwischen den Handtuchstapel und das Holz der Truhe, während sich alles um sie herum drehte. So gut es ging, ordnete sie ihre Kleider.

Gennaro wartete schon angespannt am Eingang des Saals. Er hakte sich bei ihr unter und versuchte durch den sanften Druck seines Armes, ihre Aufregung zu mindern.

»Geh langsam, Lenòr«, wisperte er mit einem breiten Lächeln. »Ganz unbefangen.«

Zehn Minuten später, als sie gerade die Ecke der Via Sant' Anna erreicht hatten, brach in der Via Toledo das Chaos aus. Ein wildes Schreien, Pfeifen, Rufen, dazu das Rattern der vorwärtspreschenden Kutschen, die zackigen militärischen Befehle.

Sie wurden beinahe überrannt von einem Strom von Menschen, die in alle Richtungen flüchteten und durcheinanderschrien. Sie glaubte zu hören, wie jemand rief: »Die Jakobiner! Die Franzosen!«

ZWÖLFTER TEIL

1 Nach einer Reihe feuchter, nebliger, trüber Tage nun der Wind: er heult durch die Gassen, reißt Fensterläden aus den Angeln, fegt Melonen und Tomaten von den Balkons, schleudert Bettlaken durch die Luft.

Frierend sitzt sie auf einem Stuhl am Fenster und sieht zu, wie Staub, Papier, Blätter auf dem Straßenpflaster herumwirbeln. Sie ist erst seit wenigen Tagen wieder auf den Beinen, sieht blaß aus, fühlt sich schwach.

Nach der gewagten Unternehmung auf dem Fest hatte sie sich elend gefühlt. Die nervösen Zuckungen, das Herzflattern waren wiedergekehrt, dazu litt sie unter starken Magenschmerzen. Sie konnte weder essen noch schlafen. Gennaro stand ihr zur Seite und machte Lauberg und den anderen klar, daß es angebracht sei, sich einen anderen Ort für die Zusammenkünfte zu suchen.

»Überlegt doch mal, was mit ihr geschieht, wenn auch ihre Wohnung durchsucht wird!«

Er redete ihnen heftig ins Gewissen.

»Es ist nicht richtig, seine Freunde auf diese Weise zu benutzen.«

Cirillo besuchte sie oft. Er wirkte abgemagert, müde, älter als fünfundfünfzig. Er hatte ihr sein neuestes Buch mitgebracht, die »Arzneikunde des Tierreichs«, frisch aus der Druckerpresse.

»Das lest Ihr, wenn es Euch bessergeht. Im übrigen ... Nicht einmal an der Universität hat man es zugelassen.«

Er kam zwei- oder dreimal in der Woche vorbei. Nicht nur aus medizinischen Gründen – er hatte das Bedürfnis nach menschlicher Gesellschaft. Die überraschende Hochzeit von Angelica Kauffmann mit dem venezianischen Maler Francesco Zucchi hatte ihm sehr zugesetzt. Er vermied das Thema. Einmal ließ er die Bemerkung fallen, es gebe einen Abgrund zwischen Wirklichkeit und Traum, weshalb es für das Wohl des Menschen überaus wichtig sei, nur und ausschließlich in einer der beiden Welten zu leben. Ohne die Grenzen zu überschreiten: andernfalls drohten Krankheit und Tod.

»Meint Ihr mich damit?« fragte sie düster, doch er schüttelte den Kopf.

»Euch, mich, Leute wie uns. Wir leben in einem absurden, krankhaften Traum. Die Wirklichkeit ist ganz anders: Die Männer sind arme Teufel, die Frauen haben nichts zu sagen. Auf lange Sicht wiegt das schwerer als die schönsten Träume. Je erhabener der Traum, desto stolzer das Leiden.«

»Ich habe aber keine Träume mehr. Schon lange nicht mehr ...«, versetzte sie.

»Das glaube ich nicht. Sie dringen nur nicht in Euer Bewußtsein. Aber irgend etwas regt sich tief im Innern Eurer Seele, sonst hättet Ihr das alles nicht überlebt. Mit Anstand und Würde.«

Sie registrierte einen dunklen Schatten auf seinem Gesicht, ein Hinweis, daß er sich nicht mehr zweimal täglich rasierte. Cirillo hatte seine Aura duftender Sauberkeit eingebüßt.

»Es ist nur eine Frage der Hygiene«, entgegnete sie dickköpfig.

»Aber nein«, lächelte er. »Es ist eine richtige Seuche. Beispielsweise glaube ich, daß sie in unserem Volk bereits grassiert. Ich kenne den Pöbel von Neapel, ich bin in den heruntergekommensten Ecken der Stadt gewesen, um Kranke zu besuchen. Jetzt tue ich das nicht mehr. Vielleicht weil ich selbst auch infiziert bin: von derselben Krankheit.«

»Aber von welcher Krankheit sprecht Ihr nur?«

»In der Medizin gibt es ganz neue, noch unerforschte Gebiete, Lenòr. Aber sie sind von höchster Wichtigkeit, denn vielleicht können sie uns helfen, die Menschen zu verstehen. Den Körper zu heilen, das ist eine Sache, aber es gibt Krankheiten, die nicht direkt etwas mit dem Körper zu tun haben. Bisher wissen wir noch wenig darüber, aber diese Krankheiten sind entscheidend. Sie treiben die Menschen dazu, sich auf die eine oder andere Weise zu verhalten, Gemeinschaften zu entwerfen oder zu zersetzen.«

In ihr regte sich vorsichtiges Interesse.

»In Wien gibt es einen Arzt, einen gewissen Gall. Er hat eine neue Methode entwickelt, die Menschen zu erforschen: Er untersucht ihre Schädelform und glaubt, von Stirnhöckern Rückschlüsse auf die jeweiligen Fähigkeiten des Menschen ziehen zu können. Aber das ist es nicht, was ich meine. Die Krankheiten, von denen ich spreche, verbergen sich tief in unserem Innern. Manchmal kann man sie durch einen Blick, ein bestimmtes Verhalten, einen Schrei erkennen. Doch meistens sind sie so schleichend und so untergründig, daß sie sich in einen Charakterzug verwandeln. Und dann ist es nicht mehr möglich, sie einzeln zu identifizieren, und vielleicht kann man sie dann auch gar nicht mehr als Krankheit bezeichnen.«

»Ihr habt eben vom Volk gesprochen. Ihr habt gesagt, daß es leidet.«

»Wenn ein Mensch kein Lebensziel hat, erlischt ganz langsam die Flamme seiner Seele. Sie wird auf ein Minimum reduziert. Aber das wirklich seltsame Phänomen ist ein ganz anderes. Diese Menschen entdecken nach und nach bei sich selbst eine abscheuliche Lust, vielleicht die einzige Lust, die ihnen in ihrem elenden Dasein noch bleibt: die Lust am Verfall. Die Genugtuung von Schmutz und Verwahrlosung. Das ist schwer zu erklären, aber ich habe es bei den Leuten bemerkt, die in den Gassen, in den Elendsquartieren leben. Als fühlten sie sich auf der niedrigsten gesellschaftlichen Stufe regelrecht wohl – frei von jeder Verantwortung.«

»Aber das machen wir doch alle so«, murmelte sie. »Wir lassen uns gehen. Weil niemand über sein eigenes Leben entscheidet. Nicht weiß, wofür er sich entscheiden soll. Oder gar nicht die Wahl hat. Sollen doch die anderen an unserer Stelle wählen: Ist das etwa kein Verfall? Und umgekehrt – wenn wir selbst wählen könnten, was würde daraus folgen? Schmerzliche Abenteuer, Angst.«

»Das wäre es aber in jedem Fall wert. Denn Angst ist ein Zeichen für Leben, ein Indiz dafür, daß man sich noch nach einer Zukunft sehnt. Man wird ja erst dann krank, wenn man die Gewißheit hat, keine Zukunft mehr zu haben. Ihr habt auf diese geheimnisvolle Krankheit reagiert, indem Ihr Euch eine wirkliche Krankheit zugezogen habt. Eine Krankheit des Körpers.

Nehmt weiterhin die Baldriantropfen, und verlaßt das Haus, sobald die Tachykardie abgeklungen ist: Geht an die frische Luft, atmet tief durch, wärmt Euch an der Sonne, die bald scheinen wird.«

2 Seit gestern regnet es ununterbrochen: der allmächtige, reinigende neapolitanische Regen, der den Übergang von einer Jahreszeit zur anderen kennzeichnet. In zwei Tagen wird die Stadt von Grund auf sauber sein und glänzen, laue Luft, erstes Grün, in jedem Winkel der Duft nach jungen Bohnen, Mimosen, Meereswind.

Auch die Menschen wirken dann für eine gewisse Zeit wie von Grund auf erneuert. Sogar Lenòr verspürt erste Anzeichen der verhaßten Rückkehr des Lebens.

Mit schleppenden Schritten macht sie einen Rundgang durch die Wohnung. Man müßte einmal gründlich saubermachen, die Mitglieder der Gruppe haben sie in einem ekelhaften Zustand hinterlassen. Sie müßte sich nach einer Haushaltshilfe umhören, dabei fällt ihr Graziella ein – ein Anflug von Nostalgie. Sie berührt den einen oder anderen Gegenstand, trägt mühsam einen Stuhl wieder an seinen Platz. Sie wagt gar nicht, zu ihrem Schreibtisch zu gehen, der unter einem Berg von staubigem Papier verschwindet. Wie soll sie nur all die Stühle und Schreibtische wegschaffen, die Lauberg in ihre Wohnung heraufgebracht hat? Sie wird Gennaro bitten, das in die Hand zu nehmen.

Sie denkt über dieses eigenartige Phänomen nach, das ihr ganzes bisheriges Leben geprägt hat. Im Grunde hat sich immer irgend jemand um sie gekümmert: Mamãe, Vovó, Papài, Titìo ... Und die Freunde, die einen mehr, die anderen weniger: Belforte, Jeròcades, Primicerio, Cirillo, Sanges, Gennaro. Sie ist nie wirklich allein gewesen. Oder vernachlässigt worden. Und war es nicht das, wonach sie stets unbewußt gesucht hatte? Seit sie als kleines, vertrauensseliges, artiges Mädchen in Rom durch die Straßen lief und die Menschen darum bat, ihr zu helfen, sich auf der Welt zurechtzufinden? Mit anderen Worten darum bat, geliebt zu werden?

Wie seltsam das Leben manchmal spielt. Jetzt ist sie hier, ein Teil der historischen Ereignisse, verwickelt in Intrigen, deren Ausgang nicht abzusehen ist. Und die anderen glauben tatsächlich, sie seien die Protagonisten! In welchem Stück denn? Alles hängt doch davon ab, was Tausende von Kilometern entfernt geschieht, in Ländern, die sie nur aus der Zeitung kennt, wo Gruppen von Hitzköpfen und Fanatikern versuchen, Millionen anderer Menschen ihr eigenes Verständnis von Glück aufzuzwingen.

»Du mußt glücklich sein«, deklamiert sie spaßeshalber vor einem imaginären Zuhörer jenseits der Fensterscheibe. Wer weiß, weshalb ausgerechnet der mongolisch aussehende *lazzaro* aus den Hinterhöfen der Visitapoveri vor ihrem inneren Auge erscheint.

»Du mußt frei sein. Du mußt dich ›Bürger‹ nennen und Französisch lernen.«

Dann kommt ihr der ehemalige *lazzaro* Michele in den Sinn, der Gehilfe des Schreiners Don Eduardo. Sie denkt an seinen verstümmelten Zeh, ein Schauder läuft ihr über den Rücken.

»Ihr müßt euch Schuhe anziehen«, befiehlt sie dem unbekannten Volk der Armen draußen vor dem Fenster. »Dann werdet ihr glücklich sein. Ob es wohl Krieg gibt?« fragt sie sich dann, als ihr die Nachrichten einfallen, mit denen Gennaro sie in den vergangenen Tagen versorgt hat.

Österreich, Preußen und Sardinien haben sich verbündet, um Frankreich zu schlagen. Die disziplinlosen Truppen Ludwigs des XVI. wurden besiegt und in ganz Frankreich verstreut. In Paris regiert das Chaos. Nicht einmal dem Marquis de Lafayette ist es gelungen, eine Regierung zu bilden. Jakobiner und Girondisten führen Anklagen wegen Verrats und enthaupten ihre Gegner auf der Guillotine, rufen das Volk unter Führung von Robespierre und Brissot zum Massenaufstand auf. Wie wird das alles nur enden?

Gennaro befürchtet, daß nicht einmal die Begeisterung der Volksmassen Frankreich noch retten könne. Die Königshäuser Europas werden siegen und sich rächen, sobald die größte Angst überstanden ist – und der mit viel Geduld und Mühsal über Jahre hinweg errungene Fortschritt wird sich in Schall und Rauch auflösen. Auch Ferdinand und Maria Caroline werden sich entsprechend verhalten. Es heißt, Acton sei schon dabei, Schiffe und Truppen mobil zu machen, um der Allianz gegen Frankreich beizutreten.

»Drei Regimenter sind bereits in voller Kriegsbereitschaft, in Pietrarsa werden Kriegsschiffe gebaut. Vielleicht kehrt Europa wieder zum Kniefall vor Thronen und Altären zurück. Wenn du nur sehen könntest, wie die Priester jubeln.«

3   Er hatte ihr erzählt, was in der Stadt vor sich ging.
Ordensbrüder und Priester schienen sich tausendfach vermehrt zu haben, sie standen an jeder Ecke und hielten den *lazzari* und dem Volk flammende Reden.

»Sie schreien: ›Wo steht denn das geschrieben?‹«, berichtet Gennaro. »›Wir wollen uns von diesen Franzosen doch nicht umbringen lassen. Von diesen Jakobinern, diesen Ausgeburten des Teufels!‹ Sie setzen das Gerücht in Umlauf, daß Gott den Vesuv, die Pest, die Cholera ausbrechen lassen wird. In der ganzen Stadt herrscht eine düstere, angespannte Stimmung. Mir gefällt das alles überhaupt nicht.«

Und er berichtete weiter: »Unter anderem haben sich zwei oder drei Gruppen von Verrückten gebildet. Eine nennt sich ›Re-o-mo‹, *repubblica o morte*, Republik oder Tod! De Deo, Vitaliani, Lomonaco sind darin verwickelt, es scheint, als wollten sie ein Attentat auf den König vorbereiten. Lauberg ist außer sich vor Wut, er sagt, daß sie mit diesem Terrorismus noch alles zerstören werden. Jetzt sucht er Wege, sich mit den Gemäßigten zusammenzutun. Er geht im Haus meiner Tante ein und aus und wirbt für eine Patriotische Gesellschaft, die für alle Platz haben soll. Ach, weißt du übrigens das Neueste? Ciaia ist wieder da.«

»Hat er die Coltellini satt?«

Ciaia war seiner Sängerin auf Europatournee gefolgt.

»Sie sind nicht mehr zusammen. Weißt du, mit wem Ignazio jetzt liiert ist? Eine wirklich leidenschaftliche Liebe. Jedenfalls von ihrer Seite.«

»Wer ist es? Sag schon.«

»Chiara. Chiaretta Pignatelli.«

»*Meu Deus*! Sie ist doch mindestens zwanzig Jahre älter als er ...«

Sie brach den Satz verwirrt ab, Gennaro sah sie aufmerksam an, lächelte dann.

»Nicht zwanzig Jahre, Lenòr. Nur vierzehn. Chiara ist ganz verrückt nach Ignazio.«

»Und er?«

»Er auch.« Er sah sie weiterhin unverwandt an. »Es gibt junge Männer, für die die Liebe einer etwas älteren Frau ganz berauschend sein kann. Ich glaube, es ist wunderbar, wenn eine Frau einen gleichzeitig beschützt und ihrerseits beschützt werden will, wenn sie zugleich stark und schwach ist, erfahren und voller Unschuld.«

Sie zitterte jetzt ein wenig. Sie fühlte sich matt und versuchte, das Gespräch umzulenken. »Wie halten die beiden es mit der Politik? Mit den politischen Überzeugungen, meine ich? Chiara war doch früher Anhängerin der Bourbonen.«

Gennaro fing laut an zu lachen. »Wenn du wüßtest, was für eine überzeugte Republikanerin aus ihr geworden ist! Sie und Ignazio ziehen durch alle Clubs in Neapel: als verlängerter Arm Laubergs.«

»Und die anderen? Was macht Sanges?«

»Oh, Sanges hat sich davon distanziert. Es hat sich eine große Gruppe Gemäßigter gebildet, der er angehört, und ein junger Mann aus dem Molise ...«

»Cuoco?«

»Cuoco, Moliterno, Astore, fast alle Freimaurer, auch die Jansenisten, Meola, Guidi, Farao ... Sogar die Schreiberlinge: Papadia, Campolongo.«

»Der liebe Alte«, sagte sie mit sanfter Stimme.

»Ach was, nicht nur er. Auch viele Studenten gehören dazu, und ich finde das merkwürdig. Normalerweise sind junge Leute selten politisch gemäßigt. Aber diese heutige Generation ...«

»Die Jugend ist besser, als wir es sind«, seufzte sie. »Gut möglich, daß sie letzten Endes recht haben, in diesen wirren Zeiten.«

»Sie haben nicht recht, Lenòr. Sie glauben noch immer, daß

ein Schwachkopf wie Ferdinand und eine Verrückte wie Maria Caroline dieses Land regieren können, und sei es mit Hilfe des einen oder anderen intelligenten Beraters. Wir leben im Jahre 1792! Ein neues Jahrhundert steht vor der Tür, und es ist an der Zeit, auch ein anderes politisches System zu errichten. Mir gefällt diese Raserei wie in Frankreich zwar ganz und gar nicht, aber hierzulande muß alles von Grund auf anders werden.«

»Aber Sanges ist doch für die Republik. Nach amerikanischem Vorbild. Und die anderen auch.«

»Ich glaube, sie haben ihre Meinung längst geändert. Die Art von Republik, für die sie einstehen, wird bestenfalls eine aristokratische Republik sein. Ohne Beteiligung des Volkes.«

»Das Volk ...«

»Ich weiß, woran du denkst. Nämlich an das, was wir damals zusammen mit Lauberg erlebt haben. Auch diese Leute sind das Volk, Lenòr. Sie verstehen uns nicht, weil sie rückständig leben, mitten im Schmutz. Sie hassen uns. Und sie haben Angst vor uns. Aber wir müssen für sie kämpfen: Wir haben im Leben alles gehabt – sie nichts.«

»Wir müssen sie glücklich machen.«

»Mach dich nicht darüber lustig – ich habe mich damals sehr geschämt. Ich bin oft wieder hingegangen.«

»Es ist doch nicht deine Schuld.«

»Meine persönliche Schuld vielleicht nicht, aber die von Ferdinand, von Maria Caroline, die Schuld des ganzen Systems. Deshalb müssen wir es beseitigen. Und das schaffen wir jetzt nur noch mit Hilfe von außen.«

»Und wenn die Franzosen uns im Stich lassen?«

»Dann bleiben die Könige an der Macht. Aber wir haben wenigstens unsere Pflicht getan.«

4   Und schon ist der neapolitanische Mai gekommen: einfach unwiderstehlich, vor allem für Menschen, die leiden und grübeln, während sie die Wohnung wieder in Ordnung bringen, die jetzt von der Sonne durchflutet wird.

Der Salon ist wieder freigeräumt. Gennaro hat eine Putzfrau

beauftragt, die Ärmste hat eine Woche lang geschuftet und jede Menge Hefte und Flaschen zusammengetragen. Zum Glück konnte sie nicht lesen.

»Bring das Papier in die Küche«, wies Lenòr sie an. »Für das Herdfeuer.«

Und so wurde die Pasta über einem Feuer gekocht, in dem die Verfassung von 1791 verbrannte.

»Geschieht dir ganz recht«, dachte sie mit heiterem Groll, als sie die verfluchten Hefte brennen sah, und wedelte sich mit einem Strohfächer Luft zu.

Es brannten Condorcet, Marat, Danton, eine ansehnliche Blütenlese von Aussprüchen, die Manthonè gesammelt und bei den Sitzungen vorgetragen hatte wie ein allabendliches Gebet. In Flammen gingen auch die Reformprojekte auf, die in Neapel umgesetzt werden sollten, sobald man die Macht errungen hätte; darunter auch die Projekte von De Deo und Lomonaco, die Straßen umzubenennen, beispielsweise die Via Toledo in Strada del Gran Patto, Straße des Großen Paktes.

Die Wohnung wurde mit Lauge und Chlorbleiche gründlich gereinigt, was tagelang einen beißenden, scharfen Geruch hinterließ. Ihr gefiel es, auch wenn sie Kopfschmerzen davon bekam. Die Putzfrau zog befriedigt von dannen. Jetzt mußte nur noch der Schreibtisch aufgeräumt werden. Sie schob das ständig auf, strich unruhig um den Schreibtisch herum, packte dann entschlossen zu. Sie brauchte genau drei Tage, in denen sie kiloweise Müll produzierte.

Jetzt liegt nur noch wenig Papier auf dem Schreibtisch: ein Exemplar des so wenig beachteten Büchleins von Caravita, das noch nicht aufgeschnittene neue Buch von Cirillo, diverse Ausgaben der »Gazzetta familiare« und des »Giornale delle Due Sicilie« (die einzigen zugelassenen Zeitungen), alte Briefe, die sie beantworten müßte. Zwei davon sind von Tìo Antonio: Er schreibt, er sei enttäuscht, es gehe ihm nicht gut. Armer, geliebter Tìo, wie gern würde sie ihn endlich einmal wiedersehen!

Auch ein Brief von Sã Pereira liegt dort, ein Begleitbrief zur Ode eines Portugiesen, der in Neapel lebt, und diese Ode trägt –

sieh mal einer an! – den Titel: »*Pelo felizisimo dia natalicio de Seu Majestade Carolina de Austria, rainha da Dos Sicilias* – Für den glücklichen Geburtstag Ihrer Majestät Caroline von Österreich, Königin Beider Sizilien«. Sã Pereira äußert die Bitte, Lenòr möge die Ode ins Italienische übertragen. Ist er wirklich so ahnungslos? Oder versucht er, ihr zu helfen?

Mühsam der Versuch, die Feder wieder zur Hand zu nehmen. Ihre Finger sind kraftlos, als sie den durchscheinenden Federkiel umschließen, doch nach und nach stellen sich wohlbekannte Empfindungen ein. Der Kiel fühlt sich weich an, voller Leben. Sie läßt die schneeweiße Feder vibrieren, testet mit der Fingerkuppe die Spitze. Dann taucht sie die Feder ins Tintenfaß.

Ja, sie ist wieder bereit. Der Brief wird elegant und flüssig, ohne daß sie viel korrigieren müßte. Sie liest ihn noch einmal durch, ist zufrieden: Er drückt das Bedauern darüber aus, einem Freund einen Gefallen versagen zu müssen, und er enthält auch die wahre Erklärung dafür, zwischen den Zeilen. Sã Pereira ist Diplomat, er wird verstehen, was sie meint.

Der Brief hat alle Schleusen in ihr geöffnet. Sie ist erfüllt von dem Verlangen, sich auszudrücken, verspürt ungehemmte Lust, etwas zu dichten, vielleicht Verse, warum nicht. Sie hält erstaunt inne, lauscht fast andächtig. Durch die offene Balkontür dringen die Geräusche des Alltags in der Gasse zu ihr herauf. Sie läßt sich von ihnen begleiten bei dieser Reise in ihr Inneres, fort vom Grübeln, hin zu Fragmenten gereimter Worte. Musik aus Silben und Strophen bahnt sich den Weg durch Berge von Schutt. Einst hatte sie zu Sanges gesagt: »Verse gefallen mir jetzt eben nicht mehr.«

»Weil du es so machen willst wie die Männer«, hatte er erwidert. »Du willst mit dem Kopf gebären.«

Das waren schlimme Zeiten, sie hatte Schreckliches durchlitten. Vielleicht ist sie jetzt einfach nur müde. Vielleicht kann sie diese nicht minder schreckliche Realität fernab von jeder Phantasie einfach nicht ertragen. Revolutionsprosa, Kriegsprosa, politische Texte, sich bis zur Atemlosigkeit überstürzende Ereignisse ohne Erbarmen. Ohne Raum für Träume, für Leidenschaft.

5   Der Sommer ist in diesem Jahr sehr früh gekommen. Schon in der Morgendämmerung wird die Wohnung von einer Lichtwelle durchflutet, die nach Südfrüchten duftet.

Es geht ihr besser, vielleicht könnte sie heute das Haus verlassen. Sie hat Lust, einen Spaziergang zu machen, die Stadt wiederzusehen, die Menschen zu beobachten und herauszufinden, ob tatsächlich die Atmosphäre herrscht, von der die Freunde ihr berichtet haben.

In den vergangenen Tagen haben verschiedene Leute sie besucht: Sanges, Cuoco, Conforti. Ciaia hat einen Schwall von Sorglosigkeit mitgebracht. Er ist wirklich ein ganz besonderer Mensch, einer der wenigen, die Lebensfreude ausströmen, einen gewissen Glanz verbreiten. Er bringt ihr Nachrichten von Cimarosa, der sich in Wien aufhält, um den Erfolg der Oper »Matrimonio segreto« zu genießen. Es heißt, er werde nach Rußland gehen, um dort die Stelle von Paisiello zu übernehmen.

»Ganz schön gerissen, unser Mimì«, lacht Ignazio. »Auf diese Weise entzieht er sich dem Dilemma. Aber sein ›Matrimonio‹ ist wirklich ein Meisterwerk der komischen Oper.«

Er singt ein paar Töne aus der Arie des Geronimo »*Udite tutti, udite*«, spricht von der jugendlichen Frische des Tenors in Paolinos Gesang »*Pria che spunti in ciel l'aurora*«.

»Ist es nicht hinreißend? Bitte verzeiht meinen miserablen Vortrag.«

»Aber nein, Ignazio. Ihr habt sehr anschaulich gezeigt, daß Cimarosas Oper wunderschön sein muß.«

Chiara verschlingt ihn mit den Augen, ist sogar ein wenig eifersüchtig. Sie! Auf mich! Sie hat sich wirklich verändert: Sie wirkt jünger, heiter, voller Lebenslust. Vielleicht übertragen sich gewisse Dinge von einem Körper auf den anderen: Ignazio berührt sie, ergießt seinen Samen in ihren Körper, gibt ihr Kraft und jugendliche Frische.

Sie sprechen über viele Dinge. Chiara lädt sie, Gennaro und Sanges ein, gemeinsam den Sommer in ihrer Villa in Ercolano zu verbringen, wohin auch sie und Ignazio sich zurückziehen werden.

»Mein Mann«, erklärt sie mit ernst gemeinter Loyalität, »verschläft den letzten Rest seines vegetativen Daseins. Ich könnte sowieso nichts für ihn tun. Er würde es nicht einmal merken.«

Im August verschwinden sie alle.

»Revolution schön und gut«, lacht Ciaia, »aber jetzt ist es viel zu heiß. Verschieben wir sie lieber auf den Herbst.«

»Lenòr«, insistiert Chiara. »Ich sage es noch einmal, als wärt Ihr meine Schwester: Morgen fahren wir nach Ercolano. Kommt doch auch. Wann immer und mit wem Ihr wollt.«

»Ich danke Euch, meine Liebe.«

Man kommt beinahe um vor Hitze und drückender Schwüle, aber die Leute dort oben im Norden, in Frankreich, machen ja auch weiter mit ihrer Revolution. Gennaro hält Lenòr auf dem laufenden.

Das Volk hat die Tuilerien gestürmt und den König ins Gefängnis geworfen. Robespierre leitet nun den Konvent.

Gennaro wedelt mit einer Ausgabe des »Moniteur«, die der Buchhändler und Drucker Guaccio ihm besorgt hat; letzterer verfügt über ein Netz von Schmugglern, die aus Rom, Parma, Mailand kommen.

»Lies mal, hier. Sie haben ein Sondertribunal für die Konterrevolutionäre eingerichtet. Sie durchsuchen die Häuser, führen Verhaftungen durch, machen reinen Tisch.«

»Das gefällt mir aber gar nicht. Ist das denn nicht vergleichbar mit dem, was hierzulande Castelcicala treibt und was wir kritisieren?«

»Das ist etwas ganz anderes. Dort werden die Feinde des Volkes gerichtet, hier die Freunde.«

Völlig unmöglich, sich in der Wohnung aufzuhalten; sie muß ins Freie und versuchen, einen Lufthauch zu erhaschen, der den Schweiß auf ihrer Haut trocknet. Gennaro begleitet sie. Er hat ihr einen rosafarbenen Sonnenschirm geschenkt. Sie beschließt, sich ein neues Kleid nähen zu lassen, geht zu der Schneiderin am Largo della Carità, die schon vor Jahren für sie gearbeitet hat.

Die Glastüren sind sperrangelweit geöffnet, die schwitzenden Mädchen haben die Röcke gerafft und die Leibchen aufgeknöpft.

Sie fächern sich Luft zu, rühren die Bügeleisen nicht an. Sie sind blaß, schweißgebadet, haben Ränder unter den Augen. Ein Geruch von Schweiß und Puder liegt im Raum, Annella, die Schneiderin, versprüht Orangenwasser.

Lenòr möchte ein malvenfarbenes Kleid ohne Reifrock mit Turnüre, wie es jetzt modern ist. Den Rock rosa und gelb gestreift, das Mieder mit rosafarbenen Schnüren, am Rocksaum und an den Ärmeln eine Borte. Das Schultertuch muß groß sein und wird unter der Brust geknotet. Bei der Hutmacherin, die sich mit Annella die Nähstube teilt, probiert Lenòr einen kuppelförmigen Hut auf, weiß mit drei gelben Rosen auf der Krempe.

»Ein Juwel«, sagt die Hutmacherin, die ihn ihr aufsetzt. »Der steht Euch ausgezeichnet, Donna Liono'. Bei den Haaren. So dicht und so lockig. Ihr könnt von Glück sagen, daß sie schon grau sind! Ihr braucht nicht mal Silberpuder.«

6   Gennaro begleitet sie auch ans Meer. Ihre Verwunderung wächst täglich: Neapel weiß von nichts, Neapel ist alles einerlei. Politische Spannungen, Ängste? Alles läuft wie immer, sogar besser denn je. Die Stadt ist traumhaft schön, die Blumen blühen, die Leute amüsieren sich. Das tiefblaue, glatte Meer spiegelt den Vesuv mit seiner barocken Rauchfahne, die Sorrentiner Halbinsel, die Häuser und die Bäume von Castellammare. Ruderboote, Barken, Segelboote kreuzen in der Bucht, bestickte Baldachine schützen die fröhlichen Gesellschaften vor der Sonne. Mit vereinzelten Windstößen klingen Gesänge, Musik, Rufe zu ihnen herüber.

An den Stränden von Santa Lucia, Chiaia, Mergellina liegen die *lazzari* nackt in der Sonne, glücklich, schläfrig, umnebelt von den würzigen Wolken von Salz und Knoblauch, die von den Tischen der fliegenden Händler herüberwehen. Unermüdlich öffnen die Austernverkäufer mit ihren breiten, gebogenen Messern die Schalen und hinterlassen bergeweise Abfall. Man riecht den sauren Zitronensaft, der auf das zuckende Fleisch der Miesmuscheln, Meerdatteln, Wandermuscheln geträufelt wird.

An der Rotonda di Palazzo sitzen unter weiß-blau gestreiften

Sonnensegeln schöne Menschen an den Tischen und verspeisen Obst, löffeln riesige Eisbecher, schlürfen eisgekühlte Säfte. Geeister Marsala mit Keksen ist gerade in Mode, aber Monzù Onofrio, der Besitzer, hat jedes nur erdenkliche Getränk im Sortiment. Er versteht es, aus jeder Obstsorte oder Pflanze köstliche Mischungen in den verschiedensten Farbtönen zu gewinnen. In bauchigen Kristallflaschen stehen sie leuchtend in einer Reihe auf dem marmornen Verkaufstresen: Pfirsichsaft, Erdbeersaft, Pfefferminzsaft, Kirschsaft, vor allem jedoch der an Beliebtheit unübertroffene Eiskaffee. Wer will, erhält einen Tupfer gelber, dicker Sahne darauf. Zum Schwachwerden gut. Lenòr bestellt zwei nacheinander: den zweiten Eiskaffee trinkt sie ganz langsam, läßt die Sahne schmelzen, so daß eine cremige Flüssigkeit übrigbleibt – jeder Schluck ein Traum.

Nach und nach regen sich aus der Richtung des Castell dell' Ovo die ersten sanften Winde – ein lauer Nordost. Sie heben und senken die Ränder der Sonnensegel, lassen die Blätter der Pflanzen wispern, die in großen weißen Töpfen um das Café herum aufgestellt sind. Es geht den Leuten gut, ja … Auf dem Meer bilden sich leichte Schaumkronen, auf die weiße Sturmmöwen im Sturzflug herabschießen. Die Möwen steigen in den blauen Himmel auf, ziehen dort ihre Kreise, fliegen kreischend über die Rotonda hinweg. Geflügelte Schatten zeichnen sich auf dem Strand ab, schnellen aufs Meer hinaus.

Dann weiter in die Tuilerien, o nein, *meu Deus*, so darf man sie ja jetzt um Himmels willen nicht mehr nennen. Man geht in die Villa. Im Musikpavillon spielt das Orchester dei Turchini, Schüler des Konservatoriums. Einst dirigierten hier Paisiello oder Cimarosa, heute ist der Leiter ein junger Maestro in gelben Kniehosen. Das Publikum ist elegant gekleidet, man spielt dieselbe Musik wie früher: Pergolesi, Leo, Durante.

Unglaublich: Als würde auf der ganzen Welt überhaupt nichts passieren. Weniger als nichts. Und abends am allerwenigsten. Neapel läßt die berauschende Schönheit seiner Sommernächte spielen. Sogar der Mond ist da, hoch oben, ganz rund, über den Monti Lattari. Sein Spiegelbild zittert auf dem Meer, jenseits der

Lichtreflexe des Vesuvs. Viele kleine Lichter überall auf dem Golf: Es sind die nachts ausfahrenden Fischerboote mit Karbidlampen, die *pescatori a lampara*. Und die Jagdboote, die *castaldelle*, die Vergnügungsboote.

Gennaro möchte eine Rundfahrt machen. Sie gehen hinunter nach Santa Lucia: ein Gedränge von Menschen, Stimmengewirr, Aufblitzen von Laternen. An den Landungsstegen abfahrende und ankommende Boote, auf den Brücken Ausflügler, die ungeduldig darauf warten, an Bord gehen zu können. Der Strom derer, die von der Rundfahrt zurückkommen, mischt sich mit den Erwartungsfrohen. Jemand fällt ins Wasser, Gelächter, Gekreische, Gepfeife. Drei »*feroci*« stehen Wache. Lenòr schaudert.

Gennaro ist guter Dinge und aufgekratzt, er führt sie hinunter zum Landungssteg, wo soeben ein mit Blättern und vergoldeten Blumen geschmücktes Vergnügungsboot anlegt. Es hat einen blauen Baldachin, sie nimmt den Duft von Basilikum und Oregano wahr, Arpeggien einer Gitarre. Man kann an Bord essen und trinken: Caponata, Taralli, Sardellen in Weißbrot, Wein, eisgekühlter Sirup. Drei *lazzari* mit müden Gesichtern kauern im Bug, zwei von ihnen mit einer Gitarre, einer mit einer Mandoline. Später, auf dem Wasser, wird einer von ihnen zu singen beginnen, als erstes die Ballade von Guarracino.

Gennaro hat Appetit auf eine Caponata und Taralli, sie läßt sich überreden. Wie lange es her ist, daß sie so etwas Schmackhaftes gegessen hat! Dabei ist nichts einfacher als das: eine harte Semmel, eingeweicht in Meerwasser, mit ein wenig Sorrentiner Olivenöl beträufelt, dazu drei Blätter Basilikum, eine Prise Oregano, zwei Knoblauchzehen, eine Schicht gesalzener Sardellen. Aber dieses Basilikum hat große, fleischige Blätter, die unter den Zähnen knacken und ein so intensives Aroma verströmen, daß man ganz benommen wird.

Das Schiff gleitet sanft in tiefere Gewässer. Der Steuermann manövriert es in die silbernen Streifen Mondlicht hinein, alle feuern ihn an.

»Weiter, Padro'! Weiter, gleich haben wir's geschafft!«

Gesichter, Körper, Gegenstände erstrahlen in dem weißen, kal-

ten Licht, das beunruhigende Schatten wirft und die Fröhlichkeit
dämpft, bis sie nach und nach erlischt. Dann tiefes Schweigen,
während das Boot weitergleitet, um wieder in die Dunkelheit ein-
zutauchen. Gennaro ergreift ihre Hand auf der Bank, er drückt
sie fest, flicht seine Finger in die ihren. Sie zuckt zusammen.

7   Der September ist herrlich: ein verlängerter Sommer, der
     sich unglaublich langsam zurückzieht. Diesmal ohne Ge-
witter, ohne die sturzbachartigen Regenfälle, wie sie sonst über
die glückliche Jahreszeit hereinbrechen, um mit Gewalt die
Herbstsaison zu eröffnen. Das schöne Wetter scheint unverän-
dert, aber die Sonne strahlt nicht mehr ganz so warm, die Luft
wird allmählich kühler, und die rosaroten Spätnachmittage weichen dem schnellen Hereinbrechen der Dämmerung.

Es gibt Trauben und Feigen in Hülle und Fülle. Die Karren
und Tische der Obsthändler in den Läden, auf den Märkten,
auf den Straßen biegen sich unter Bergen von Beeren, Feigen
und Datteln. Hier sieht man Baresana, rote Trauben aus Apulien,
dort blaßgrüne Kaskaden von Reginawein, woanders wiederum
üppige Lagen von Zibibbo, große getrocknete Weinbeeren aus
Kalabrien und kunstvoll aufgetürmt den Cornicella. Auch die
prallen, überraschend goldenen Trauben des Muskatweins, die
noch jungen kleinen Beeren des Pizzutella. Aus der überwälti-
genden Fülle saftiger Feigen entweichen erste Gärungsdämpfe.

Überall begegnet man Landarbeitern und Bäuerinnen mit
kegelförmigen Körben aus Weidengeflecht, die mit Reblingen
verziert und zum Überlaufen mit Trauben beladen sind. Auf
Tragepolstern balancieren sie auf den Köpfen randvoll mit Feigen
gefüllte Gefäße, bieten die Früchte zu Schleuderpreisen an, lassen ihre Lockrufe erklingen.

»Reinstes Gold! Reinstes Gold!«

»Spoglia de pezzente, cuollo de 'mpiso, lacreme de pottana!«

Und so viele Früchte verderben! Sie fallen von den Wagen herunter, aus den Körben heraus: Kinder laufen herbei, um sie auf-
zusammeln, zerquetschen die Trauben mit den nackten Füßen,
machen sich die zerplatzten Feigen streitig. Fliegen, Hornissen,

Wespen versammeln sich in Schwärmen auf Lachen von gegorenem Wein und Bergen von milchigem Fruchtfleisch. Durch ganz Neapel zieht ein süß-säuerlicher Duft wie nach Most.

Sie ißt Trauben und Feigen in rauhen Mengen, und Brot dazu. Liegt es an dieser Obstdiät, daß sie so überraschend schnell wieder zu Kräften kommt? Die meisten Falten sind wie glattgebügelt, die Haut schimmert rosig, ihre Brüste sind wieder prall und stolz.

Sie ist heiter. Auch weil es ihr gelungen ist, »Die Flucht nach Ägypten« zu vollenden, ihr erstes lyrisches Werk nach so langer Zeit. Wieder war es Sã Pereira, der sie dazu angeregt hat. Er hatte ihr eine Grußkarte geschickt und angefragt, ob sie gewillt sei, ein geistliches Oratorium zu verfassen, in portugiesischer Sprache, und zwar für Ihre Hoheit Carlotta, Prinzessin von Spanien, Gemahlin des Prinzen João VI. Der kurze Brief enthielt eine Nachschrift: »Diese Aufgabe könntet Ihr getrost übernehmen, auch wenn es für ein Königshaus ist. Aber in Portugal werden die Könige bleiben.«

Sie war ins Träumen geraten. Und wenn sie auf diese Botschaft reagieren würde? Wenn sie einen befreienden Rundumschlag wagen und nach Portugal gehen würde? Um für das Königshaus ihres Landes zu arbeiten? Portugal erschien ihr wie ein Hain der Ruhe inmitten dieses brodelnden Europa. Durch und durch angenehme Wellen von Gefühlen und Erinnerungen: Erzählungen und Gegenstände von Vovó, gewisse Gespräche, die Titìo und Papài geführt hatten ... Aber damals schien Portugal so nah zu sein. Jetzt war es nicht mehr als ein verschwommener Gedanke. Sollte sie dorthin zurückgehen? Nach Lissabon, nach Coimbra? Es würde sie einige Anstrengung kosten, wieder portugiesisch zu denken. Das war ihr bei der Arbeit am Oratorium bewußt geworden – gelegentlich hatte sie sogar das Wörterbuch zu Hilfe nehmen müssen!

Doch das war nicht der wirkliche Grund. Natürlich würde es ihr gelingen, sich wieder einzugewöhnen, selbst wenn man mit vierundvierzig Jahren sein Leben nicht mehr so leicht von Grund auf änderte, in ein neues Land, eine neue Umgebung eintauchte. Was war es also, das sie in Neapel hielt?

Neapel war tatsächlich der Bestimmungsort ihres Lebens geworden, wie sie es seit dem Tag ihrer Ankunft aufgrund schicksalhafter Vorzeichen geahnt hatte. In Neapel hatten sich die entscheidenden Episoden ihres Lebens entfaltet, und in Neapel wollte sie ihr Leben auch beenden. In welchem Alter sie wohl sterben würde? Mit fünfundsechzig, siebzig Jahren? Dann blieben ihr noch zwanzig, fünfundzwanzig Jahre. Um was zu tun? Sie hatte nie irgendeinem Menschen etwas genützt, weder früher noch heute. Und der einzige Mensch, dem sie sich rückhaltlos hatte schenken wollen, war ihr genommen worden. Für wen und wofür war es also überhaupt wichtig, daß sie am Leben war? Für den politischen Kampf? Für Gennaro?

Ein melancholisches Lächeln flog über ihr Gesicht. Gennaro verhielt sich neuerdings seltsam. Als wäre zwischen ihnen eine Zuneigung zur Gewohnheit geworden, die sich nur schwer beschreiben ließ: wie zwischen Eheleuten, zwischen Mutter und Sohn, ohne aber irgend etwas davon zu sein. Und ohne Leidenschaft, bis auf den einen oder anderen intensiven Blick, einen Händedruck. Seit jener nächtlichen Bootsfahrt nahm er oft ihre Hände, verflocht ihre Finger miteinander, und sie ließ es geschehen. Was war denn schon dabei? Niemals, niemals (das hätte sie im Angedenken an ihren Sohn schwören können) hatte sie ihm Hoffnungen gemacht.

Oder war es vielleicht intellektuelle Neugier, die sie in Neapel hielt? Der Wunsch, ihre Vorahnungen bestätigt zu sehen? Noch einfacher betrachtet: War sie nicht gewissermaßen abhängig von einer geheimen Trägheit, von der eigentümlichen Lust, sich von den Wellen tragen zu lassen?

In Frankreich ist die Republik proklamiert worden. Robespierre steigt blumenumkränzt auf einen Altar, um den Kult des »Höchsten Wesens« einzuführen und gleichzeitig die unbeugsamen Priester hinrichten zu lassen. »Das Volk ist erhaben«, singen die Dichter der Revolution, aber die Beschreibung der Schändung des jungen, unschuldigen Körpers von Madame Lamballe im »Moniteur« läßt Lenòr erschaudern. Außerdem – was für eine üble Form von Journalismus! Die Leute haben Anspruch auf

Information, aber nicht auf eine Weise, die ihnen den Magen umdreht.

Danton hat flammende Reden gegen die Privilegien der Adligen, der Reichen geschwungen, und jetzt wird er angeklagt, selbst prunkvolle Villen zu besitzen und jede Menge Geliebte zu haben. Die Reichen sollen arm werden und die Armen reich: Was ändert sich dann überhaupt? In der Zwischenzeit lassen sich die jugendlichen Sansculotten in Valmy abschlachten. Es sind immer die jungen Leute, die an die Ideale glauben. Die für sie sterben. Eine Welle der Zärtlichkeit durchfährt sie, wenn sie an Gennaro denkt, auch wenn er eigentlich gar nicht mehr so jung ist. Nie im Leben würde sie wollen, daß er in die Welt hinauszieht, um sich irgendwo erschießen zu lassen. War auch das einer der Gründe, die sie in Neapel hielten?

Gennaro hat von Peppe Cammarano vier Freikarten für das San Carlino bekommen und Chiara und Ignazio eingeladen, sie zu begleiten. Lenòr bereitet einen kleinen Imbiß vor: Schinken, Feigen, Weintrauben, Taralli, Wein aus Lettere. Sie fühlt sich wohl, die Dinge so unbeschwert jugendlich anzugehen, andererseits ist die Situation ihr auch ein wenig peinlich.

»Sollen sie doch denken, was sie wollen«, sagt sie sich schließlich achselzuckend. »Im Grunde ...«

Ihr ist etwas ganz anderes bewußt geworden. Sie alle, besonders die jüngeren unter ihnen, leben so, als gäbe es gar keine Zukunft, die man planen könnte. Und gleichzeitig hoffen sie auf neue, aufregende Ereignisse, die ihrer alles in allem eher monotonen, mittelmäßigen Existenz einen Sinn geben könnten. Das sagt auch Ignazio an diesem Abend: »Lassen wir uns nichts entgehen, Kinder. Morgen schon könnte einer von uns in der Vicarìa oder in Castelnuovo landen. Als Gast von Castelcicala.«

Die Lage spitzt sich zu. Je mehr Umwälzungen Frankreich erlebt, desto stärker werden in Neapel die Bremsen angezogen. Die Entscheidung des Konvents, anderen Völkern bei ihrem Freiheitskampf zur Seite zu stehen, hatte gerade noch gefehlt! Ferdinand und Maria Caroline haben das als direkte Aufforderung an die Jakobiner des Königreichs Neapel verstanden.

»Das Schöne daran ist ihre Überzeugung, daß es in Neapel mindestens fünfzigtausend Jakobiner gibt«, merkt Ciaia an. »Und auch eure Aktion mit den Heften im Palast hat dazu beigetragen. Das hat sie völlig verschreckt.«

Gennaro lacht: »Sie haben vom Keller bis unters Dach alles auf den Kopf gestellt. Und sie suchen noch immer nach Jakobinern, die sie an der eigenen Brust genährt haben.«

»Ist doch klar«, fährt Ignazio fort. »Als würde eine gigantische Organisation dahinterstecken! Lauberg hat ganz schön zu tun, bei den wenigen Centesimi, die sie ihm aus Frankreich schicken. Wenn es wirklich einen Aufstand geben sollte, würden nicht einmal dreißig Leute zusammenkommen, die angemessen bewaffnet sind.«

»Einen Aufstand?«

»Pah«, lacht Ciaia. »Irgendwas muß sich doch ereignen! Dieser ständige Trubel muß irgendwann in eine konkrete Aktion münden.«

»Wir sollten damit noch warten«, entgegnet Gennaro ernst. »Wenn die Franzosen nicht ihr republikanisches Heer schicken, dann können wir es uns aus dem Kopf schlagen, irgend etwas unternehmen zu wollen. Klar, in Neapel kommt man auf hundert, sogar auf tausend Revolutionäre, aber nimmt man einen nach dem anderen unter die Lupe, wird schnell klar, wieviel sie wert sind. Außerdem sind da noch zwei andere große Probleme: das Heer und die *lazzari*.«

»Moliterno und Ruvo sind der Ansicht, daß das Heer durchaus bereit wäre. Also, ich kann das nicht so richtig glauben. Mit den vielen österreichischen Generälen! Und was die Marine betrifft … Caracciolo wagt nicht, Stellung zu beziehen. Damit die Königin und Acton ihn nicht sehen können … Außerdem hat Horatio Nelson jetzt das Kommando übernommen …«

»*C'est qu'il a volé la femme à l'Anglais!*« lacht Chiara, höchst zufrieden, Französisch sprechen zu können. »Weil er diesem Engländer die Frau gestohlen hat. Außerdem muß Caracciolo gegen den König von Neapel sein. Weil er die Königin verschmäht hat!«

Gennaro lächelt. Er nimmt seinen Gedankengang wieder auf.

»Was würden wohl die *lazzari* machen, wenn die Franzosen uns dabei helfen würden, in Neapel einen Aufstand zu entfachen?«

»Ruvo und Moliterno sind davon überzeugt, daß sie ihnen folgen würden. Und ich sage euch, das haben sie nachts geträumt. Weshalb sollten die *lazzari* sich gegen den König erheben? Für uns? Was würden sie dabei gewinnen?«

»*La liberté. Le début d'une vie civilisée*« – »Freiheit, endlich ein zivilisiertes Leben«, ruft Chiara leidenschaftlich.

»Das interessiert sie doch überhaupt nicht, meine Liebe. Die Freiheit besitzen sie auch jetzt. Oder sie glauben es zumindest. Und ein zivilisiertes Leben? Sie wissen ja nicht einmal, was das ist.«

»Dann muß man es ihnen eben beibringen«, sagt Lenòr, die mit dem Kaffee wieder hereinkommt.

»Bravo! Dann erklär uns doch mal, wie du das anstellen würdest. Und sag uns auch gleich, wie viele Jahrhunderte das dauern soll.«

»Pah. So etwas braucht nun mal seine Zeit. Zucker, Ignazio?«

»Ja bitte, einen Löffel.«

»Aber trotzdem muß man irgendwann einmal damit anfangen. Ohne sofort großartige Erfolge zu erwarten. Den Erfolg werden erst die nachfolgenden Generationen erleben.«

»Na schön. Freuen wir uns also für diejenigen, die das Glück haben, in zweihundert Jahren in Neapel zu leben. Aber wo willst du überhaupt ansetzen? Ich fange gerade erst an, sie ein wenig kennenzulernen«, sagt Gennaro.

»Weiß ich auch nicht. Du mußt gut umrühren. Man müßte öffentliche Schulen gründen. Und die *lazzari* dazu zwingen, sie auch zu besuchen. Und Schuhe zu tragen.«

»Mach keine Witze!«

»Das ist kein Witz. Und sie müßten sich regelmäßig waschen.«

»Im Sommer sind sie viel sauberer als wir. Sie sind ständig am Meer.«

»Aber sie müssen sich auch im Winter waschen. Man muß ihnen anständige Wohnungen zur Verfügung stellen, und sie müssen arbeiten.«

Sie stockt, ist auf einmal unsicher geworden. »Aber man muß

darauf achten, welche Art von Arbeit man ihnen gibt«, fährt sie dann bedächtig fort. »Eine Arbeit, bei der sie nicht unterdrückt werden. Die sie nicht schwermütig macht.«

»Jede Arbeit unterdrückt den Menschen und macht ihn schwermütig«, bemerkt Ciaia.

»Ich weiß. Das ist auch der Grund, weshalb die *lazzari* keine Arbeit wollen.«

»Ihr redet wie die Priester«, meldet sich Gennaro zu Wort und kratzt beim Umrühren hörbar über den Boden seiner Tasse. »Arbeit ist doch kein Fluch. Wenn man die Erde nicht bestellt, kann man auch kein Brot backen: das ist ein Grundprinzip der elementaren Physik.«

»Und du, Lenòr, bist tatsächlich davon überzeugt, daß man den *lazzari* so etwas wie Bildung vermitteln könnte?«

»Ich weiß es nicht, Ignazio. Vielleicht würden sie dabei nur zugrunde gehen.«

»In jedem Fall müssen wir die Rechnung mit ihnen machen«, wiederholt Gennaro beharrlich. »Auf die eine oder andere Weise.«

»Ach, was denn für eine Rechnung?« lacht Ciaia. »Ab und zu triffst du einen, der dich gierig anstarrt. Auch die *lazzari* wittern etwas. Weißt du, was gemunkelt wird? Daß das ›*arricchimento de Napole*‹ vor der Tür steht: Sie können es kaum noch erwarten.«

»›*Arricchimento*‹?«

»So nennen sie die Anarchie, die Plünderungen. Ungehindert herumzustreunen, selbstbestimmt. Früher haben sie solche Plünderungen regelmäßig veranstaltet.«

Zu Fuß zum Largo del Castello: Ignazio schlägt den längeren Weg vor, durch die Via Santa Brigida und den Vico dei Corrieri, wo sie die Via San Matteo und die Via Cagliantesa umgehen können.

»Wir tragen lange Hosen, haben keine Perücken auf und begleiten zwei Damen.«

Auf der Via Toledo das übliche Gedränge, man muß achtgeben, daß man nicht von den rasenden Kutschen überrollt wird. Mit jedem Schritt, den sie sich dem Largo nähern, nimmt das

Durcheinander zu. Hinter der Gaststätte von Signor Moriconi, die von venezianischen Lampions beleuchtet ist, biegen sie um die Ecke; auf den Balkons drängen sich Touristen, die das allgemeine Spektakel bewundern.

Um das San Carlino herum ein unglaublicher Tumult, die Leute schieben sich auf den winzigen Eingang zu, neben dem zwei weiße Lampen hängen, von denen eine flackert. Unablässig fahren Kutschen vor, die Gasse zwischen dem Theater und dem Kloster von San Giacomo ist hoffnungslos verstopft von haltenden Wagen, es wimmelt nur so von Kutschern, die rauchen, ausspucken, *morra* spielen, sich streiten.

Verkäufer belästigen sie, laufen hinter ihnen her. Lenòr ist wie betäubt, während Gennaro und Ignazio schreien, Püffe austeilen, sich mit den Ellbogen Platz verschaffen. Dort steht ein Verkäufer mit einem Eimer voll heller Lupinen, die im Wasser glänzen; ein anderer Verkäufer, der Kichererbsen und geröstete Kürbiskerne anbietet, jagt ihn davon. Mit ohrenbetäubender Stimme preist er seine Waren an: »*Spassatiempo!*«

Ein bärtiger Tuchhändler verkauft levantinische Stoffe in leuchtenden Farben: die Goldstickereien sind eindeutig unecht. Ein anderer Straßenhändler hält orientalische Upupa-Vögel feil, die ihm wie eine Traube um den Hals hängen. Ein zahnloser *lazzaro* bietet spanische Tabakdosen, französische Broschen, mit Juwelen besetzte Ohrringe zum Verkauf.

Eine aufgeregte Menschenmenge drängt sich um einen Jungen mit roter Mütze, der kleine Holzschachteln in Form eines Sarges durch die Luft schwenkt.

»Jetzt seht euch das an«, stößt Lenòr entgeistert aus. »Wozu sollen die denn gut sein?«

»Warten wir's ab«, sagt Ignazio. Der Junge beobachtet sie mit blassen Augen. Er mustert die beiden Frauen und zeigt ihnen mit einem vieldeutigen Lächeln einen der kleinen Särge.

»Schöne Damen«, ruft er, »holt Euch den Onkel Niemand, *lo zi' nisciuno.*«

Er drückt auf die Schachtel. Ein Aufschrei, schallendes Gelächter: aus dem Inneren der Schachtel, die mit zinnoberrotem Atlas ausgekleidet ist, schnellt ein weißes Skelett hervor, aus dessen knochigem Becken sich wie zum Hohn ein riesiger Penis mit dunkelroter Eichel in die Luft reckt.

Gennaro runzelt die Stirn, Ignazio lacht. Während sie einer atemlosen Horde schrecklich aussehender Prostituierter ausweichen, die wer weiß wohin unterwegs sind, bemerkt er: »Eros und Thanatos. Eine tiefschürfende Angelegenheit.«

»Mazzarella Farao hat erzählt«, sagt Lenòr verwirrt, »daß es in Pompeji Mosaikfußböden gab, auf denen solche Skelette abgebildet waren.«

»*Carpe diem*«, kommentiert Ignazio. »Genieß es heute, mach dich ans Werk, morgen könntest du schon tot sein. Das ist die Lehre des Epikur.«

»O nein!« protestiert sie, sich plötzlich wieder der Lektüre antiker Schriften entsinnend. »Das ist nur die vulgäre Vorstellung seiner Lehre. Du hast Gassendi nicht gelesen.«

Er antwortet ihr nicht. Statt dessen packt er sie am Arm und zieht sie grob weiter.

»Entschuldige bitte«, erklärt er atemlos. »Aber um ein Haar hättest du eben dein schönes Halsband eingebüßt.«

Sie betastet ihren Hals. Die hellrote Korallenkette ist noch an ihrem Platz. Korallen sind jetzt in Mode, sie ersetzen das französische Halsband à la victime, ohne zu kompromittieren. Sie dreht sich um und erblickt einen jungen *lazzaro*, der sie aus sicherer Entfernung anstarrt: mit vorwurfsvollem Blick, als hätte sie ihn ungerecht behandelt.

8   Das Theater ist klein und eng, die Logen kleben dicht aneinander. Das Parkett und die Bühne sind ganz nah, man braucht nicht einmal ein Opernglas. Der Qualm der Stearinkerzen an der Vorbühne, von den kleinen Fackeln an den Logen, von den Zigaretten (hier darf man nach Lust und Laune rauchen) wird zunehmend dichter, hüllt sie ein, dringt in jede Pore. Lenòr betrachtet vergnügt Kleider und Gesichter.

»Ich dachte, das San Carlino wäre ein Theater für die *lazzari*«, sagt sie.

»Von wegen«, entgegnet Ignazio, während er zu den Logen am

anderen Ende des Saals hinüberblickt, wo Lauberg, Manthonè und Lomonaco fröhlich mit irgendwelchen unbekannten Mädchen plaudern. »Das war nur am Anfang so, als es noch die Spelunke war, die Vincenzo Cammarano aufgemacht hatte. Man mußte damals fast keinen Eintritt zahlen. Dann ist sogar Pulcinella ein Intellektueller geworden. Im Grunde ihres Herzens mögen die *lazzari* diesen Hanswurst gar nicht: Sie hören sich lieber die Erzählungen der treuen Gefolgsleute aus Frankreich an, die am Molo Beverello erzählt werden.«

»Die möchte ich auch gern hören«, bittet sie aufgeregt. Ihre Wangen sind heiß, ihre Augen brennen; ohne es zu wollen, wirft sie Gennaro einen verstohlenen Blick zu. Sie bereut es auf der Stelle, dreht wütend den Kopf weg: Er sieht sie mit wohlwollendem Vergnügen an.

Endlich hebt sich der Vorhang vor dem schaurigen Bühnenbild eines Friedhofs, übersät mit Kreuzen, Gipseulen, Gräbern, aufgemalten Fledermäusen. Die Bühne ist in violettes Licht getaucht. Alles wirkt so übertrieben, daß die Leute jetzt schon lachen müssen. Glucksen und amüsierte Kommentare werden im Parkett und in den Logen laut. Als der alte Cammarano in einem weiten weißen Hemd, mit Filzpantoffeln, riesiger Mütze und schwarzer Halbmaske mit einem lustigen, trotz seines Alters geschmeidigen und flinken Hüpfer seinen Auftritt hat, wird laut gelacht und geklatscht.

Heute steht »Pulcinella-Werther« auf dem Programm, eine Parodie auf Goethes Briefroman. Pulcinella ist der Diener eines jungen Herrn, der bis über beide Ohren in ein hübsches Mädchen verliebt ist, das jedoch einem anderen versprochen wurde. Der Jüngling (dargestellt von Peppe Cammarano) weint und beteuert, er werde sich umbringen. Ebenfalls gepeinigt, tut Pulcinella es ihm gleich: Er krümmt sich, heult zum Steinerweichen. Plötzlich beschließt Werther, den treuen Diener mit sich ins Grab zu ziehen, und Pulcinella wird von der schwärzesten aller Ängste gepackt.

»Der ist wohl nicht mehr ganz bei Trost«, schreit er nasal unter der Maske. Verstört läuft er davon, das Publikum lacht.

Aufmerksam verfolgt Lenòr das Stück; es ist das erste Mal, daß sie Pulcinella sieht. Schnell bemerkt sie, daß der maskierte Schauspieler nach einem genauen Ritual spricht, gestikuliert, sich bewegt. Wenn er beispielsweise geht, bilden seine leisen Schritte einen seltsamen Rhythmus. Wie ein Zwiegespräch.

Im Laufe der Vorstellung wird ihr außerdem klar, daß Pulcinella gar nicht so simpel ist, wie es am Anfang den Anschein hatte. Er war ihr regelrecht auf die Nerven gegangen mit seinen vulgären Witzen, seinem gespielt feigen Auftreten, seiner schmierigen Dienstbarkeit. Jetzt aber wirkt er manchmal geradezu verwirrt, seine Stimme hat sich verändert, ist fast erloschen, seine Bewegungen sind langsam geworden. Vielleicht spürt der große Vincenzo die Last des Alters? Nein, es ist tatsächlich Pulcinella, der müde ist. Er rezitiert für die Zuschauer, aber er hat keine Lust mehr. Auch er ist verliebt, und zwar in Palommella. Er hat ihr dümmliche Komplimente gemacht, über die das Publikum sich ausgeschüttet hat vor Lachen.

»Deine Augen sind wie zwei Laternen.«

»Dein Kopf ist schön wie ein Gebirge.«

Die Vertreter des Barock, des Manierismus – um sein Publikum zu erfreuen und zu überraschen, greift auch Pulcinella auf sie zurück. Dennoch ist unterschwellig die Stimme Cammaranos zu vernehmen, während Pulcinella untröstlich singt:

> Wach auf, mein Herz,
> geliebte Maid,
> verlaß dein Nest,
> du Täubchen mein ...

Als er ganz allein von der Bühne geht, vollführt er keinen Hüpfer. Er versucht es, läßt es dann aber bleiben. Langsam, mit hängenden Schultern und schlaffem Gewand geht er dem dunklen Bühnenhintergrund entgegen.

Alle Leute lachen: Lenòr versucht, in den Gesichtern die befreiende Heiterkeit der Freude zu entdecken. Aber sie findet sie nicht. Pulcinella war es, der ganz nebenbei diese unmerkliche Angst erzeugt hat. Alle Achtung, Cammarano ist ein hervorragender Schauspieler.

Plötzlich kommt ihr der Gedanke, daß Pulcinella gar nicht anders gespielt werden könnte. Sie hat ihn wiedererkannt: den *lazzaro*, der kein *lazzaro* mehr ist, gedemütigt von unendlich vielen Dingen, seinen Diensten als Diener, dem verlangten Ritual. Er rächt sich, so gut er kann.

Als das Stück zu Ende ist, würde Gennaro Peppe Cammarano gern begrüßen. »Er ist ein Freund. Er ist einer von uns.«

Aber es ist spät geworden, sie ist müde. Sie möchte lieber gleich nach Hause gehen.

»Kann ich noch mit raufkommen?« fragt er in alter Gewohnheit. Auch ihre Antwort ist die gewohnte.

»Wenn du gern möchtest, warum nicht.«

Sie macht einen Espresso, sie trinken ihn auf dem alten, schäbigen Sofa. Sie steht auf und seufzt im natürlichen Tonfall der eingespielten Ehefrau: »Gennaro, mein Lieber, ich halte es einfach nicht mehr aus. Ich muß mir die Schuhe ausziehen.«

»Dann tu's doch«, lacht er im Tonfall des resignierenden Ehemanns. »Wenn ich ehrlich bin, würde auch ich mir zu gern diese verdammte Redingote ausziehen. Ah, aaah!«

Sie setzen sich wieder, lächeln sich zu.

»Möchtest du noch etwas Kaffee?«

»Nein danke, für heute habe ich genug. Sonst kann ich nicht schlafen.«

Es kommt ihr immer seltsamer vor, daß Gennaro in wenigen Minuten den Rock wieder anziehen, sie zum Abschied kurz streicheln, dann nach Hause gehen wird. Durch die menschenleere, dunkle Via Toledo zum Palazzo in Monte di Dio oder in das winzige Zimmer, das er seit Jahren in der Salata gemietet hat. Sie ist beunruhigt bei dem Gedanken daran, daß er ganz allein weggeht, zu so später Stunde, durch diese gefährliche Stadt. Lenòr ist noch nie mitten in der Nacht in Neapel unterwegs gewesen. Aber sie kann es sich gut vorstellen: finster, geheimnisvoll, durchbrochen von Pfeifen, Klagelauten, rätselhaften Geräuschen. Und daß Gennaro unter der Weste eine Pistole mit kurzem Lauf versteckt hält (er hat sie ihr eines Abends gezeigt, als sie sich mehr als sonst ängstigte), trägt auch nicht zu ihrer Beruhigung bei. Im Gegenteil. Was ist, wenn die Schergen ihn entdecken? Wenn er es mit vielen von ihnen zu tun bekommt?

Weshalb nur sind die Männer so, wie sie sind, weshalb können sie sich nicht mit der heiteren Wärme der Zuneigung zufriedengeben? Einfach so: sich gelassen und mit zärtlicher Hochachtung miteinander zu unterhalten; den anderen mit dem klaren Blick desjenigen zu sehen, der er sein kann und sein will. Weshalb genügt ihnen nicht die Berührung der Haut ihrer ineinander verschränkten Hände? Das verspielte kindliche Liebkosen mit den Fingerspitzen? Welcher Dämon treibt die Männer dazu, sich selbst und die Frauen zu quälen? Hauchzarte Küsse zu verwandeln in ein Beißen, ein Streicheln in ein verzweifeltes Umklammern?

Es wäre so wunderschön, jetzt einfach so sitzen zu bleiben, für immer, mit diesem Gefühl tiefer Zuneigung, dieser ruhigen Ergänzung des eigenen Lebens. Ohne ein schlechtes Gewissen zu haben. Sie sieht ihm nicht in die Augen, denn sie weiß, daß Gennaro aufrichtig bemüht ist, einen zuversichtlichen Blick aufzusetzen.

»Wir sehen uns morgen, Lenòr«, zwingt er sich zu sagen. Seine Bewegungen wirken schwerfällig.

»Ja, mein Lieber. Gute Nacht.«

Sie läuft auf den kleinen Balkon. Weder Mond noch Sterne sind zu sehen, um das im Dunkeln liegende Universum zu beleuchten. Die Straßenecken und das Pflaster werden von einigen verstreuten Lichtern erhellt. Gennaros Absätze hallen durch die Nacht, entfernen sich, sind nicht mehr zu hören.

Sie bleibt hinter den Fensterscheiben stehen, dann hört sie tatsächlich diese Pfiffe: Sie sind lang und quälend, reagieren aufeinander, als führten sie ein unheilvolles Gespräch, das sie nicht versteht.

DREIZEHNTER TEIL

1   Es ist eiskalt, es regnet und stürmt. Der Golf verschwindet hinter einer dichten Nebelschicht. Die Stadt, ganz starr vor Kälte, schweigt und wartet.

Lenòr hat Fieber, Kopfschmerzen, nervöses Zittern, Halskratzen und Husten. Wo wohl Cirillo geblieben ist? Vor kurzem wurde er noch im Club in der Villa Pirozzoli gesehen. »Er ist alt geworden und sein Bart lang«, berichtet Gennaro, der dann einen ungepflegten, unhöflichen Arzt aus der Via Sant'Anna ans Krankenlager ruft. Der verordnet Umschläge mit Leinsamen, warmes Öl, Blutegel.

Gennaro kümmert sich um alles: Er kauft ein, kocht, bringt ihr das Essen ans Bett.

»Das wird schon wieder. Reg dich nicht auf«, sagt er zum wiederholten Male. Er macht einen Espresso, den sie jedoch ablehnt, was bedeutet, daß sie ernsthaft krank ist.

»Nimm es dir nicht so zu Herzen.« Er läßt nicht locker. »Na gut. Sie haben dir die Unterstützung gestrichen. Aber du bist nicht die einzige. Und das heißt noch lange nicht … Du hast doch nichts getan. Und was das Geld angeht, bleibt dir immer noch die monatliche Rückzahlung der Mitgift und die Summe aus der Erbschaft. Und ich bin auch noch da. Weißt du eigentlich, daß ich persönlich über die Erträge der Serra aus Perdifumo, Capaccio und sogar Villammare verfügen kann?«

In den ersten Dezembertagen hatte sie die Durchschrift einer Depesche erhalten: Seine Majestät Ferdinand IV. Beider Sizilien erließ die Anordnung, daß das Bankhaus Banco della Pietà die Auszahlung der laut Verfügung vom 16. August 1779 gewährten monatlichen Unterstützung an Signora D. Eleonora Pimentel Fonseca auszusetzen habe.

Das war das Ende, bald würden sie kommen und sie verhaften.

»Aber nein«, beteuert Gennaro und legt ihr den Arm um die

Schultern, die vom Husten geschüttelt werden. »Laß dich doch nicht ins Bockshorn jagen. In Paris wird demnächst dem König der Prozeß gemacht, deshalb sind sie hier in Neapel eben beunruhigt. Weißt du schon, daß Maria Caroline sich geweigert hat, den Citoyen Mackau zu empfangen, den neuen Botschafter der französischen Republik?«

»Ist das für dich etwa kein Zeichen für einen Bruch?« murmelt sie kopfschüttelnd. »Ich habe keine Angst davor zu sterben, Gennaro, das schwöre ich dir. Im Gegenteil. Aber ich ertrage den Gedanken nicht, gefoltert zu werden. Wohin bringen sie hier in Neapel die politischen Gefangenen?«

Er lacht, aber es wirkt etwas gezwungen. Oder ist das nur ihr Eindruck?

»Bisher haben sie nur die Freimaurer aus dem Jahr '75 verhaftet. Sie wurden in die Vicarìa gesteckt.«

»Wo ist die Vicarìa, Gennaro, wie ist es da?«

»Am anderen Ende der Stadt: ein uralter Bau. Aber eigentlich sitzen dort nur die gewöhnlichen Kriminellen. Für die Politischen dürften das Castel dell'Ovo oder San Elmo vorgesehen sein. Aber denk doch nicht an so was, du Dummerchen. Du wirst schon sehen, daß überhaupt nichts passiert. Aber wenn es dir wieder bessergeht, werden wir für dich eine neue Wohnung suchen.«

»Siehst du? Auch du bist beunruhigt!«

»Eine reine Vorsichtsmaßnahme. Wir haben Zeit. Warten wir erst mal ab, wie die Franzosen auf diese Geste des Königs von Neapel reagieren.«

»Es ist ernst, Gennaro. Ferdinand und Maria Caroline haben noch nie so viel Entschlossenheit gezeigt.«

»Sie haben Angst, und sie sind wütend. Wie wohl der Prozeß gegen Ludwig ausgehen wird? Ich habe gelesen, daß Robespierre und die Jakobiner die Todesstrafe fordern.«

2   Seit drei Stunden schon klopft es an der Tür. Ein höllischer Morgen: die Gasse und der Palazzo schwimmen in einem Meer eiskalten Wassers, Sturzbäche rinnen über die Fen-

sterscheiben. Immer wieder blitzt es, und beängstigende Donnerschläge bringen die Welt zum Beben.

In seinen weiten Kapuzenmantel gehüllt, ist Gennaro aus dem Haus gegangen, um etwas zu essen zu kaufen. Lenòr muß also aufstehen, versucht, ihr Herzklopfen zu unterdrücken, wirft sich kraftlos den Morgenmantel über. Sie schleppt sich zur Tür.

»Wer ist da?« fragt sie verunsichert und zitternd. Durch die geöffnete Haustür ziehen Kälte und der Geruch von Schlamm und Kloake herein.

»Ich bin's, Signo', Graziella. *Famme trasi'*, bitte, laß mich rein, im Namen der Madonna.«

»Komm rein«, sagt sie mechanisch und schließt sofort wieder die Tür vor dem Gestank der schäumenden, schmutzigen Bäche draußen.

Graziella trägt eine Menge Schmutz und Wasser in die Wohnung. Triefend steht sie im Zimmer. Sie steckt in einem bodenlangen schwarzen Wachstuchmantel mit einer Matrosenkapuze, man sieht nur ihre erloschenen Augen und die pitschnassen Schuhe.

»Zieh das aus«, murmelt Lenòr und stützt sich auf eine Stuhllehne. »Trockne dich ab. Ich fühl mich nicht wohl, ich geh wieder ins Bett.«

Graziella zieht den Wachstuchmantel aus. Sie ist kaum wiederzuerkennen: der Körper aufgeschwemmt, die Hüften unförmig, das Gesicht bleich wie das einer alten Frau. Schmale Lippen über einem zahnlosen Mund, die gelblichen Haare sind ihr stellenweise ausgefallen. Sie hat fast keine Augenbrauen mehr. Sehr vorsichtig bewegt sie sich. Ihre Jacke ist zerrissen, ihr brauner Rock völlig durchnäßt.

»Zieh auch das andere Zeug aus«, wispert Lenòr vom Bett aus, und Graziella gehorcht.

»Zuerst die Schuhe.«

Sie bückt sich, um die Schnallen zu öffnen. Es dauert eine Ewigkeit, dann schlüpft sie aus dem Rock. Zerschlissene, schmutzige lange Unterhosen. *Deus*, die Beine! Kein Fleisch auf den Knochen, die Haut übersät mit dunkelbraunen Flecken.

»Grazie', was ist los mit dir?« fragt sie besorgt. »Wo kommst du her?«

Graziella sieht sie an, in ihren Augen blitzen für einen Moment ihr früherer Eigensinn, ihre Dickköpfigkeit auf.

»Das will ich dir nich sagn«, knurrt sie. Sie greift nach ihrem Rock. »Ich geh wieder.«

»Nun mal ganz ruhig. Wohin willst du bei diesem Hundewetter gehen? Setz dich und antworte auf meine Fragen.«

Graziella fällt auf die Knie, ringt die Hände. »Du bist die einzige, die mich noch aufnehm' kann, Signo'. Die Madonna segne dich.«

»Was hast du denn getan? Jetzt mach doch endlich den Mund auf.«

»Ich bin jetzt wieder anständig. Ich bin nich mehr krank. Der Doktor hat alles aufgeschriem.«

Sie sucht in ihrem Mieder und zieht ein faltiges Stück Papier hervor: einen Zettel aus dem Syphilisspital Santa Maria della Fede. Darauf steht, daß die genannte Graziella, Familienname unbekannt, Alter etwa fünfundzwanzig, von der französischen Krankheit geheilt wurde, die sie sich vor langer Zeit zugezogen hatte.

»Da steht's, da steht's«, sagt Graziella immer wieder und beobachtet Lenòr, die den Zettel liest. Als sie sieht, daß ihr Gesicht sich verfinstert, wirft sie sich auf den Boden.

»Du also auch! Du also auch!« schluchzt sie und hämmert mit den Fäusten auf die Dielen, während Lenòr sie erschöpft ansieht.

»Wann haben sie dich denn aus Santa Maria entlassen?« fragt sie kraftlos.

»Vor drei Monaten, Signo'. Ich halt die Kälte nich mehr aus, an den Straßeneckn und in den Tavernen. Mir tun alle Knochn weh, und der Kopf und die Beine.«

»Und was ist mit deiner Mutter? Und mit Lo Spino? Und mit diesem Alten, der für dich gekocht hat?«

»Zi' Vicienzo«, sagt sie, und ihre Stimme klingt eine Spur fröhlicher. Dann schüttelt sie den Kopf: »Er is bestimmt auch tot. Im *basso* is niemand mehr.«

Flehentlich schüttelt sie ihre gefalteten Hände.

»Signo'. Ich kann immer noch den Boden wischn und einkaufn gehn. Wenn ich es ganz langsam mach. Du brauchst mir nichts dafür gebn, du läßt mich nur hier wohnen. Ich lauf auch nich mehr weg. Und du mußt keine Angst ham: Ich hab die Krankheit in mir, aber ich steck niemand an.«

In wissendem Tonfall erklärt sie: »Am Anfang schon. Aber nach drei, vier Jahren nich mehr. Das sitzt jetzt in den Knochn, das kommt nich raus, Signo'. Hab keine Angst. Vielleicht sterb ich sowieso bald.«

»Du kannst hierbleiben«, sagt Lenòr, und Graziella fängt an zu weinen. Wie häßlich sie ist, die liebe Kleine, mit diesem verwelkten Gesicht. Kraterähnliche Löcher von vernarbten Pickeln: oder sind es Pocken? Sie sieht die weiße, nackte Kopfhaut, die zwischen den wenigen, spröden Haarbüscheln zum Vorschein kommt.

Graziella erweist sich als sehr nützlich. Sie tut, was sie kann, ab und zu hält sie inne, weil sie Schmerzen hat, dann macht sie sich wieder schnaufend an die Arbeit; sie fegt die Wohnung, staubt die Möbel ab, räumt auf, und seit das Wetter besser geworden ist, kauft sie auch ein. Sie würde gern kochen, und schließlich läßt Lenòr sie gewähren ... Es ist sowieso einerlei.

Sie fühlt sich jetzt besser, hat kein Fieber und keinen Husten mehr. Geblieben sind nur das Zittern und die brennenden Augen. Gennaro sucht eine neue Wohnung. Er ist beunruhigt, auch wenn er das nicht zeigen will. Was geht draußen nur vor sich? Weshalb hält er sie nicht auf dem laufenden, wie er es früher immer tat? Die Vicarìa geht ihr einfach nicht mehr aus dem Kopf. Sie versucht, sich die Vicarìa vorzustellen. Wie im Castelnuovo? Aber nein: das Maschio Angioino ist ein schöner, imposanter, eleganter Bau, düstere Gefängniszellen kann sie sich darin nicht vorstellen. Auch nicht im Castel dell'Ovo, das umgeben ist vom blauen Meer, und ebensowenig im Sant'Elmo, das sich inmitten von Grün auf dem Hügel über der Stadt erhebt. Wie es in dieser Vicarìa wohl zugeht? Und am »anderen Ende der Stadt«? Wie dumm sie ist – sie glaubt, Neapel zu kennen, und dabei hat sie bisher nur winzige Ausschnitte der Stadt kennengelernt: die

Gegend um die Piazza Mercato, die Piazza Gesù, das Elendsquartier Visitapoveri.

In ihrer Vorstellung befindet sich die Vicarìa an einem eigenartigen Ort, einer Mischung aus den schmutzigen Gassen des Visitapoveri und den staubigen Löchern des Mercato, in deren Mitte sich ein schwarzer, angsteinflößender Bau erhebt, der rundherum bewacht wird von Schergen und bewaffneten Soldaten.

Vorgestern hat Lauberg sie besucht. Er war ganz fiebrig: In wenigen Tagen würden die Franzosen Ferdinand und Maria Caroline in Sachen Mackau eine Lektion erteilen, die sie so schnell nicht vergessen sollten.

Auch Gennaro ist aufgewühlt, er kommt und geht ohne ein Wort der Erklärung. Ignazio und Chiara waren da, auch sie scheinen wie in einem Rausch zu leben.

»Wollt ihr mir vielleicht endlich einmal sagen, was los ist?«

»Wenn es soweit ist.«

Ein Aufstand? Krieg? Lenòr würde so gern das Haus verlassen, begreifen, was vor sich geht. Das sei nicht ratsam, sagt Gennaro. Wegen ihrer Gesundheit und aus Gründen der Sicherheit. Dann rückt er damit heraus, daß er eine Wohnung gefunden habe: am Grottone di San Luigi di Palazzo. Er zwinkert ihr zu und sagt wie nebenbei, daß es unten in dem Haus ein Weinlokal gebe.

»Der Wirt ist einer von uns«, ruft er, »de lo bottone«, und ahmt dabei den Jargon nach, in dem Lauberg in den Visitapoveri gesprochen hat. »Und weißt du, was sich unter dem Lokal verbirgt? Die große Grotte, die der Straße den Namen gegeben hat. Und weißt du, wo diese Grotte endet? Am Largo di Castello, direkt unter dem San Carlino, und in der anderen Richtung an der Piazza Vittoria.«

3   Am Tag darauf begleitet er sie zu ihrer neuen Wohnung, zu Fuß, ohne jedes Gepäck.

»Es ist besser, wenn es niemand bemerkt. Wir tun so, als ob wir einen Spaziergang machen.«

Er hat sich bei ihr eingehakt. Graziella schleppt sich hinterher, vor Kälte schlotternd, obwohl Lenòr ihr einen alten Mantel gegeben hat.

Der Himmel ist wieder klar, aber der Tramontana ist stechend kalt, vor ihren Mündern bildet ihr Atem Wölkchen. Sie ist aufgeregt. Begierig sieht sie sich um: Was gibt es Neues in Neapel? Gar nichts. Die Stadt bereitet sich auf Weihnachten vor, wie immer um diese Jahreszeit, mit diesem Überfluß an armseligen Verlockungen, dem Geruch von Mandarinen, Stockfisch, getrockneten Feigen, dem Treiben der Leute, den Psalmenmelodien der Dudelsackspieler. Die *lazzari* verhalten sich wie *lazzari*, die Cavalieri wie Cavalieri. Vielleicht sind mehr Priester und Nonnen unterwegs als sonst.

»Denkt an die armen Seelen im Fegefeuer«, nuschelt eine zwergenhafte, ganz in Schwarz gekleidete Nonne und streckt ihnen das Sammelkästchen entgegen. Gennaro wirft eine Münze hinein.

In der Via Toledo der übliche Lärm. Zu viele Soldaten im Straßenbild: Sie tragen neue Uniformen mit Dreispitz, enganliegende blaue Röcke und glänzende schwarze Gamaschen. Gennaro macht Lenòr auf einen stattlichen Mönch aufmerksam: über seiner Kutte trägt er quer über der Brust eine weiße Schärpe mit goldenen Lilien; an der Schärpe ist der Griff eines großen Säbels befestigt. Mit kriegerischem Schritt geht er die Straße entlang, hinter ihm atemlos *lazzari*, die die Fahnen Seiner Majestät auf Stangen und Stöcken durch die Luft schwenken. Sie pfeifen, schreien, singen, von Zeit zu Zeit macht Zi' Monaco einen Satz zurück und vollführt irgendwelche kriegerischen Gesten.

»Es lebe der König! Es lebe unser Tata!« schreien die *lazzari* und wirbeln die Fahnen durch die Luft. Einige der Zuschauer schließen sich den Hochrufen an.

»Wohin des Wegs?« fragt eine Alte. Ein Junge mit roten lockigen Haaren lacht.

»Zu unserem Tata. Sag, Oma, hast du denn noch nicht gehört, daß die Jakobiner und die Franzosen ihn umbringen wollen?«

»Rassosìa! Der Herr verschone uns«, ruft die Alte aus und bekreuzigt sich.

»Aber unsere Schlingen sind schon bereit«, verkündet der Junge mit der dazu passenden Geste, er legt die Hände um den Hals und läßt die Zunge heraushängen.

Lenòr merkt, wie jemand sie am Kleid zupft, schrickt zusammen und drängt sich dichter an Gennaro. Es ist nur Graziella. Sie zittert nicht mehr, ihre Wangen sind sogar ein wenig gerötet. Sie scheint besorgt zu sein und fragt: »Signo'. Stimmt's, daß sie den König umbring'n wolln?«

»Aber nein«, lacht Gennaro.

Doch Graziella schüttelt den Kopf, läßt sich nicht beirren. »Das ham sie aber gesagt. Sogar Zi' Monaco war mit dabei.«

»Denen da brauchst du schon gar nichts zu glauben«, fährt Gennaro sie an. Er beherrscht das Neapolitanische inzwischen ausgezeichnet. »Nimmst du etwa jeden Blödsinn, den du hörst, für bare Münze?«

Graziella schweigt finster. Als sie in den Vicolo del Grottone einbiegen, fragt sie erneut: »Signo', dann sag du es mir wenigstens. Wer sind diese ›giacobbe‹ und diese ›frangise‹?«

Lenòr ist erschöpft, sie lächelt ihr zu.

»Wenn wir alles eingeräumt haben, werde ich es dir erklären, Grazie'.«

Die Wohnung ist klein und ungepflegt. Ein neuer Anstrich würde ihr guttun, auch eine neue Wandbespannung, aber sie ist hell, und die Aussicht ist herrlich. Von den kleinen Balkons blickt man auf die Bäume des Konvents Santo Spirito und die Gartenanlagen der beiden Klöster Santa Croce und San Luigi. Landluft: nur wenige Meter abseits vom Großstadtlärm! Morgens zwitschern Spatzen und Grünfinken im Geäst der Bäume in den Klostergärten, und wenn vom Meer ein leichter Wind aufkommt, zieht der Duft von Gras, Granatäpfeln, Zedern herüber.

Unten im Haus befindet sich das angekündigte Weinlokal mit der Grotte, »Acino de fuoco«, vor dem in grünen Kübeln mehrere Pflanzen stehen. Efeu rankt bis zum zweiten Stock empor, hängt von den Balkonen herab, klettert bis zur Dachtraufe hoch. Wenn Lenòr ans Fenster tritt, läßt sie ihren Blick gern darauf verweilen; ihr gefällt die Vorstellung, der Efeu könnte in so rasender

Geschwindigkeit wachsen, daß er ihre Fensterläden überwuchern und sich in ihrer Wohnung ausbreiten würde.

Die Leute in der Via del Grottone sind gesittet, hier gibt es kein Geschrei. Auf jedem Balkon blühen Geranien, Rosen, Jasmin. Die Nachbarin besitzt eine märchenhafte Kletterrose, die sie zurückschneidet, gießt, mit Kaffeesatz düngt. Die Bewohner der *bassi* haben vor ihren Türen bepflanzte Blumenkästen, Kübel, Töpfe aufgestellt, einer übertreibt, wie die Neapolitaner es in kleinen Dingen gern tun: Er hat für sich ein privates Gärtchen abgeteilt, in dem sogar ein Zitronenbaum wächst, über und über herrliche gelbe Früchte tragend.

Früh am Morgen kommen die Ziegenhirten mit ihren glöckchenklingelnden, mit Bändern geschmückten Tieren die Gasse herauf. Lenòr schickt Graziella hinunter. In ihr ist wieder der alte Wunsch erwacht, diese warme, schaumige, nach Gras duftende Milch zu trinken, wie damals in Ripetta, als sie noch ein Kind war.

4   In der Via del Grottone lebt es sich gut. Das Dasein wird von ganz anderen Tönen und Geräuschen bestimmt, als man es in Neapel gewohnt ist: der Klang kleiner und großer Glocken aus den Klöstern von der Morgendämmerung bis zum Sonnenuntergang, früh am Morgen die Vögel, abends und nachts Gelächter und Gesang aus der Osteria. Da fühlt man sich nicht nie allein.

Seit ein paar Tagen aber vernimmt man auch hier ungewohnte Geräusche. Aus der Stadt dringen Glockengeläut, das Krachen von Böllern, Psalmgesänge herauf, vom Balkon aus können Lenòr und Graziella das Gold, das Rot, das Weiß der Fahnen und der Kutten sehen, die schwarzen Kapuzen. An anderen Tagen wiederum das Schmettern der Fanfaren, das Getrappel von Hufen, das rhythmische Marschieren von Truppen.

Inzwischen spricht man offen von Krieg: in einer Mischung aus Ungläubigkeit, Besorgnis, Unwissenheit. Graziella kehrt aufgeregt vom Einkaufen zurück: »Signo'. Morgn kommt der Krieg.«

»Was denn für ein Krieg, Graziella?«

»Was weiß ich. Aber er kommt ganz sicher. Die armn Söhne, die armn Mütter!«

Tags darauf kehrt sie noch aufgewühlter zurück. »Morgn kommt der Krieg.«

»Grazie', du sagst immer morgen, morgen«, lacht Lenòr. »Wer hat das denn überhaupt gesagt?«

»Alle. Sogar die Preise sind gestiegn. Weißt du, daß die Friari-elli heute zwei Grana mehr kostn als gestern?«

Ein anderes Mal ist sie geradezu in Hochstimmung. »Signo'! Morgen ist das *arricchimento*! Darf ich auch hingehn?«

Lenòr versteht nicht, was Graziella meint, welche Bereiche-rung denn, dann erinnert sie sich an die Bemerkung Ciaias. Sie runzelt die Stirn.

»Wer sagt das?«

»Alle, Signo'. In den Häusern der Herrschaftn und in den Lädn. Die *lazzari* kommn und nehmn alles mit. Aber natürlich nich zu uns, Signo'«, fügt sie schnell hinzu, als sie sieht, daß Lenòr beunruhigt ist. »*'Nce lo dico io de non veni'*. Das sag ich ihnen schon, daß sie hierher nich kommn dürfn. Aber mich läßt du doch hingehn, oder? Ich bring dir auch was mit von dem Zeug, das ich mir hol.«

»Du bist ja völlig übergeschnappt, Grazie'!« schreit Lenòr sie bestürzt an. Vielleicht ist jetzt der Moment gekommen, um mit der Bildung der *lazzari* zu beginnen.

Wie schwierig das ist, *meu Deus*. Das wird sehr schnell deutlich.

»Grazie', hör mir mal gut zu«, beginnt sie in belehrendem Ton, der sich schnell verflüchtigt. »Das sind Dinge, die macht man einfach nicht. Nicht mal zum Scherz. *Manco pe' pazzia*«, korri-giert sie sich, als ihr der entsprechende neapolitanische Aus-druck einfällt.

»Aber wieso denn nich, Signo'? Was is denn schlecht daran? Einmal alle tausend Jahre muß es doch auch dem Volk gutgehn. Den Herrschaftn geht es jeden Tag gut.«

»Aber das ist doch nicht die richtige Vorgehensweise, um eine neue Gesellschaft zu erschaffen!« bricht es aus ihr hervor. Dann versucht sie, es in Graziellas Sprache zu übersetzen.

»Also, es ist so …«, beginnt sie, mühsam nach Worten suchend, und fährt ebenso mühsam fort. »Wir müssen eine Welt aufbauen, die besser ist. Besser und gerechter. In der wir alle gleich sind.«

Graziella fängt an zu lachen und sieht sie mütterlich an. »Wer denn alle, Signo'?«

»Na, alle eben«, murmelt sie verunsichert.

»Auch ich und du, ich und die Königin, Don Gennaro und der Latrinenmann?«

Plötzlich kommt ihr etwas ganz anderes in den Sinn, sie wechselt das Thema: »Signo', du und Don Gennaro, seid ihr nun eigentlich Mann und Frau oder nich?«

Lenòr ist aus der Fassung gebracht. »Was hat das damit zu tun?« fragt sie verärgert.

»Du und er, ihr seid ein bißchen gleich. Aber er is und bleibt der Mann. Und die Frau muß unter dem Mann sein.«

Sie grinst und fährt anzüglich fort: »Er hat den Säbel, und du hast die Scheide dafür. Er hat den Stock und du nich. Den von der Fahne natürlich, Signo', was hast du denn gedacht?«

Sie krümmt sich vor Lachen über diesen Witz.

Lenòr schüttelt den Kopf. »Grazie'. Du kapierst wirklich noch weniger als nichts.« Sie ist entmutigt und unzufrieden. In erster Linie mit sich selbst.

Doch so schnell gibt sie nicht auf. Sie schlägt Graziella vor, lesen und schreiben zu lernen.

»Wozu denn das?« Graziella schüttelt ihren immer kahler werdenden Kopf.

»Um ein Buch lesen zu können, oder eine Zeitung. Auf diese Weise erfährst du, was in der Welt passiert. Und du kannst selbst unterschreiben.«

»Wozu denn das?« wiederholt Graziella, als wäre es ein Spiel.

Lenòr wird wütend. »Wenn du das nicht lernst, lebst du wie eine Ziege, und alle Welt nutzt dich aus.«

»Du nutzt mich nich aus«, murmelt Graziella ernst.

»Ich nicht, aber die anderen.«

»Aber die andern konntn auch nich lesen, Signo'.«

»Und waren genau solche Ziegenböcke!«

Um sie zufriedenzustellen, greift Graziella schließlich mit ihren geschwollenen roten Fingern zum Gänsefederkiel. Sie kann ihn nicht festhalten, die Feder fällt entweder zu Boden, oder sie knickt.

»Siehst du? Für uns ist das nichts.«

»Wer *uns*?«

»Uns eben. Die armen Leute. Und was hast du eigentlich damit zu schaffn, Signo'? Jeder hat sein Päckchen zu tragn. Der eine wird als Priester geboren und is Priester, die andere wird als Nutte geboren und is Nutte. Und überhaupt: Priester, Nuttn, Herrschaftn – im Tod sind alle gleich.«

»Grazie'«, fragt Lenòr ungeduldig weiter. »Hast du dir denn nie gewünscht, glücklich zu sein? Nur ein einziges Mal in deinem Leben?«

»Glücklich? Wer ist denn schon glücklich, Signo'? Kannst du mir sagn, was das überhaupt is?«

Bei der Suche nach einer Antwort verstrickt Lenòr sich in abgehobenen Gedankengängen und geschwollenen Formulierungen. Sie wechselt lieber das Thema, und Graziella kommt das sehr gelegen. Sie bevorzugt andere Themen, zum Beispiel dieses: »Signo', wieso geht Don Gennaro eigentlich jedn Abend nach Hause? Hast du das überhaupt schon gemerkt? Hat er etwa eine Geliebte?«

Lenòr muß lachen und ärgert sich zugleich, aber Graziella sieht sie mit zärtlicher Mütterlichkeit an.

»Du bist wie ein Kind, Signo'. Du kannst zwar lesn und schreibn und redn, aber mir kommst du immer vor wie ein Kind.«

Graziella hat recht, denkt Lenòr verunsichert. Sie fühlt sich klein, unerfahren, schutzbedürftig – sogar ihr gegenüber, die so viel jünger ist als sie, obwohl sie schon so alt aussieht. Dabei habe ich doch das Leben und sogar den Tod kennengelernt, und mein Kopf hat so viele Gedanken gewälzt. Um wo zu landen?

Trotz dieser Mißerfolge fährt sie mit ihren pädagogischen Bemühungen fort. Das ist endlich einmal etwas, das ihr richtig gefällt. Wenn es überhaupt eine wichtige Aufgabe gibt, dann ist es die, das Volk zu bilden. Revolution, Gemetzel, verrückte Pläne einer totalen Umwälzung? Du machst eine Revolution, und das Volk bleibt dumm? Dann hat nur jemand anders die Herrschaft übernommen. Und willst du diese neuen Herren bilden, dann mußt du ihnen zu allererst lesen und schreiben beibringen. Wie willst du ihnen denn sonst deine Ideen vermitteln?

Nun gut, wirklich wichtige Ideen sind rar, man könnte sie auch mündlich verbreiten: so wie in Negsel die Priester, Geschichtenerzähler, Rädelsführer das Volk indoktrinieren. Man müßte sie dazu verpflichten, die richtigen Ideen weiterzugeben. Aber ein Priester oder ein Mönch kann doch nicht in die Welt hinausschreien, daß Kirche gleichbedeutend ist mit Unwissenheit! Man könnte einfache, klar geschriebene Zeitungen herstellen. Aber wenn das Volk gar nicht lesen kann? Wie man es auch dreht und wendet, man kommt immer wieder zu diesem Punkt zurück. Wer weiß, ob die Franzosen es schaffen werden, auch in Neapel eine neue Welt zu errichten. Zuallererst braucht man Schulen: der Besuch ist Pflicht, für die Großen wie für die Kleinen, für die *lazzari*, die Reichen, die Priester und – warum nicht – die Jakobiner. Hierzulande macht die Unwissenheit ihnen allen den Garaus.

Unterdessen aber predigen die Priester und die Rädelsführer dieselben Dinge wie früher, und Graziella kehrt angsterfüllt heim. »Signo', die Franzosn kommn! Übers Meer! Wir müssn uns versteckn. Sie zündn die Kirchn an und nehmen die Frauen mit.«

»Was erzählst du denn da, Grazie'.«

»Signo', die Mönche aus Santa Croce ham das gesagt. Sie ham rund um das Kloster Kerzn aufgestellt und San Gennaro rausgeholt.«

Lärm in der Via del Grottone. Sie läuft auf den Balkon – in der Gasse eine Menschenansammlung. Aus dem Kloster Santo Spirito drängen die Mönche in ihren bestickten Kutten mit Prozessionskerzen auf die Straße, sie tragen den Heiligsten aller Heiligen. Die Leute klatschen, schreien, weinen. Aus San Ferdinando rennen in Scharen *lazzari* herbei und schwingen Piken, Stöcke, Knüppel.

»Was ist denn passiert?« fragt sie verstört, als Gennaro die Treppen hochgerannt kommt. Er ist ganz blaß.

»Die französische Flotte nimmt Kurs auf die Stadt. Um Ferdinand dafür zu bestrafen, daß er Mackau nicht empfangen hat.«

»*Meu Deus*, sie werden mit Kanonen auf uns schießen! Und wir wohnen so nah am Meer.«

»Gar nichts wird geschehen. Caracciolo wollte mit den Schiffen hinaus, aber der König hat es ihm untersagt. Auf Nelsons Befehl.«

»Und weshalb?«

»Keine Ahnung. Vielleicht haben die Engländer kein Interesse daran, daß Neapel in den Krieg eintritt. Sie wissen ganz genau, daß das Königreich keinen Heller wert ist, jedenfalls aus militärischer Sicht.«

»Und was passiert jetzt?«

»Gar nichts. Die *lazzari* waren schon auf dem Sprung, aber der König hat ihren Anführern befohlen, sie zurückzuhalten. Er wird die französische Flotte einlaufen lassen. Und Mackau empfangen.«

»Was für ein Schachzug! Und Maria Caroline?«

»Sie schäumt vor Wut, aber was Nelson sagt, ist das Evangelium. Was uns anbelangt – wir sind bereit, die Franzosen gebührend zu empfangen. Lauberg hat zwei große Boote gemietet.«

Er sprüht vor Begeisterung. Sie sieht ihn zärtlich an, dann runzelt sie die Stirn.

»Aber das ist doch gefährlich, Gennaro. Sie werden sich genau merken, wer dabei ist.«

»Ihr Stündlein hat jetzt geschlagen! Der König von Neapel wird sich vor der Französischen Republik verneigen.«

Sie ist bestürzt. »Ich glaube eher, ihr seid vor Begeisterung völlig blind. In zwei Tagen wird die französische Flotte wieder abdrehen, und alles ist genau wie vorher.«

»Eben nicht! In Neapel regiert dann der Bürger Mackau; er wird Befehle, Waffen, Geld verteilen.«

»Aber Hamilton und Nelson werden bleiben, Gennaro.«

»Auch sie werden ihren Platz räumen! Das Jahr 1793 wird ein großes Jahr, du wirst schon sehen!«

Seltsam, wie bestimmte Ereignisse die Menschen aufwühlen: Gennaro hat seine ganze Vorsicht und sein ernstes Wesen abgelegt, er kann es kaum erwarten, endlich wieder zu den anderen zu stoßen.

»Ich komme mit auf das Boot«, sagt Lenòr mit leicht vorwurfsvollem Ton.

»Nichts da. Es ist kalt, du würdest nur wieder krank werden. Aber wenn ich zurück bin, erzähle ich dir alles haarklein, das weißt du doch.«

Er hebt ihr Kinn.

»Und wann kommst du wieder?«

»Das weiß ich nicht. Heute laufen die Vorbereitungen, morgen geht's los ... Übermorgen, mach dir keine Sorgen.«

»Warum bleibst du heute abend nicht hier? Über Nacht«, schlägt sie ihm unvermittelt vor und sieht ihn erwartungsvoll an. Er ist zunächst sichtlich erstaunt, dann lächelt er. »Wenn ich wieder da bin. Dann bleibe ich über Nacht, ganz sicher. Ich werde dir doch so viel zu erzählen haben!«

Lange küßt er ihr die Hand, zwei- oder dreimal, sie schließt halb die Augen.

5   Sie ist früh aufgestanden, trotz der Kälte. Sie ist nervös, weiß nicht, was sie machen soll. Auch Graziella wirkt beunruhigt; kaum ist sie wach, wirft sie sich schon auf die Knie, um zu beten. Unverständliche Stoßgebete. Dann packt sie die Bündel.

»Grazie', jetzt mal immer mit der Ruhe, du bringst mich ja ganz durcheinander.«

»Signo', willst du denn nicht auch weg? *Vengano li frangise.*«

»Sollen sie doch kommen, die Franzosen! Uns werden sie schon nichts tun.«

Graziella sieht sie mit inquisitorischem Blick an. Sie denkt nach, stößt einen Triumphschrei aus. »Aha! Don Gennaro is ihr Freund! Er is zu ihnen gegangn, um ihnen zu sagn, daß sie diesem Haus nichts tun solln. Aber«, fügt sie auf einmal verdutzt hinzu, »wieso is Don Gennaro ein Freund der Franzosn?«

Lenòr zittert vor Angst. Am liebsten würde sie mit Fäusten auf sie einschlagen, um sie zum Schweigen zu bringen. »Du bist ja völlig übergeschnappt!« schreit sie sie an. »Daß du nie wieder wagst, solche Lügengeschichten zu erzählen. Ist dir eigentlich klar, daß Don Gennaro in die Vicarìa gesteckt wird, wenn jemand hört, was du da sagst? Und ich gleich mit dazu. Und du auch.«

Graziella strafft die Schultern. Bockig brummt sie: »Ich nich. Mit den Franzosn hab ich nichts zu schaffn.«

Lenòr versucht, sie zu besänftigen. »Du brauchst keine Angst zu haben, Grazie'. Was glaubst du denn, wie die sind, die Franzosen? Das sind Menschen wie du und ich. Der König und die Mönche und die Herrschenden reden nur deshalb so schlecht über sie, weil sie in ihrem eigenen Land eine Revolution veranstaltet haben, weil sie das Elend und alle Ungerechtigkeiten beseitigt haben, weil es dem Volk dort jetzt gutgeht. Sie wollen uns dabei helfen, in unserem Land dasselbe zu machen. Verstehst du, wovon ich rede?«

Graziella starrt sie entsetzt an, dann zeigt sie mit dem Finger auf Lenòr. »Du. Du bist also auch eine *giacomina*. Du bist eine Jakobinerin.«

Trotz allem muß Lenòr nun doch lachen. »Kennst du meinen Namen denn nicht mehr? Ich heiße nicht Giacomina. Und auch nicht Jakobina. Ich heiße Lenòr, hast du das vergessen?«

Graziella schweigt, dann bricht sie in lautes Gelächter aus. »Du heißt Lionora. Lenòr, wer soll das denn sein?«

Einen Moment lang wallen Erinnerungen an Don Pasquala Tria auf. Dann hat Graziella sich beruhigt und beginnt zu scherzen. »Lenorra. Lenorra«, parodiert sie. »*La morra*. Weißt du, was das ist, eine *morra*, Signo'? Das ist ein Spiel, und es geht so.«

Sie zählt mit den Fingern und schreit dabei aus voller Kehle: »Eins! Vier! Zehn!«

Gegen halb zehn hält sie es nicht mehr aus. Hundertmal ist sie ans Fenster gegangen. Scharen von Jugendlichen rannten ungestüm die Gasse bergab in Richtung Santo Spirito, viele Läden hatten die Rolläden heruntergelassen, aus den Klöstern drang kein Laut nach draußen.

»Grazie', hol meinen Mantel. Zieh dir auch deinen Mantel an und komm mit.«

»Wohin denn, Signo'?«

»Ich will nach Santa Lucia.«

»Um nachzusehn, ob die Franzosn angekommen sind? Oder um Don Gennaro zu treffn?«

Überall auf dem Largo stehen Bataillone in einfachen Uniformen und warten auf ihren Einsatz. Vor dem Palast stampfen Kavallerieregimenter. Neben der Statue des Riesen stehen acht Kanonen auf Rädern. Ganze Kordons von Kavalleristen in Kapuzenmänteln sperren die Straße ab und lassen nur kleine Durchgänge für die drängelnde Menge frei.

»Da sind sie«, sagt Lenòr kreidebleich, als sie Santa Croce hinter sich gelassen haben; von dort hat man eine gute Sicht auf die ganze Bucht, deren Rund von dem schlanken Pfeil des Castel dell'Ovo durchbrochen wird. Auf dem spiegelglatten Meer schaukeln sieben große schwarze Segelschiffe mit goldenen Verzierungen: an den Rahen der Brigg erkennt man hinter dem Hauptmast die etwas schlaffen blau-weiß-roten Fahnen der Republik.

Ihr läuft ein Schauer über den Rücken, die altbekannte Aufregung angesichts von Ruhm und Ehre. Durch die Luken der Schiffe sind die Kanonen auf die Stadt gerichtet. Hinter dem Castel dell'Ovo kreuzen wachsam die weiß-blauen Schiffe der neapolitanischen Flotte.

6   Graziella ist fieberhaft mit Vorbereitungen beschäftigt; sie hat darauf bestanden, Venusmuscheln, rote Peperoni und Kaninchen zu kaufen.

»Laß mich nur machn, Signo'. Die Männer liebn das. Sie fangn dabei Feuer.«

Zuerst ist Lenòr verstimmt, dann läßt sie Graziella gewähren. Der Tisch ist so sorgsam wie nur irgend möglich gedeckt: besticktes Tischtuch, zweiarmiger Silberleuchter, die guten Gläser. Eine Zeitlang läßt auch Lenòr sich anstecken; sie schürt das Feuer, kleidet sich mit Bedacht an. Sie hat ihm nur versprochen, daß er über Nacht bleiben darf, Graziella hat sich getäuscht. Aber wirklich in allen Punkten?

Aus der Küche zieht der Duft nach gebratenem Kaninchen herüber. Erinnerungen werden wach ... Die Spaziergänge mit Primicerio. Dann ein Anflug von Angst: das kleine Kreuz auf dem Friedhof San Carlo delle Mortelle. Wie alt wäre Francesco jetzt, ihr einziger Sohn? Fünfzehn, ungefähr so alt wie Gennaro, als sie ihn kennengelernt hat. Einen Augenblick lang stellt sie ihn sich bildlich vor, ihren nie älter gewordenen Sohn, in der dunklen Schuluniform mit den goldenen Knöpfen, die Gennaro damals trug. Bleiches, noch ein wenig unfertiges Gesicht, eine blonde Locke auf der Stirn wie Caracciolo als Jugendlicher.

Sie gibt sich diesen süßen Träumen hin. Ihr Sohn ... Jetzt wäre er es, der sie beschützt. Eine Welle von Angst, als ihr der Gedanke kommt, daß auch er sich hätte in Gefahr begeben können. Wer hätte ihn zurückhalten sollen? Er war schließlich ein Fonseca, kein Tria.

Wie hätte sie auch Schritte unterbinden sollen, die letztlich Ausdruck von Großmut und Intelligenz waren? Vielleicht befände auch er sich jetzt auf diesem Boot, das den republikanischen Segelschiffen entgegensteuert? Einen Moment lang sieht sie ihn tatsächlich dort stehen, direkt neben Gennaro. Sie lächeln sich zu. *Meu Deus*, sie sind ja identisch. Francescos Gesicht sieht genauso aus wie das von Gennaro, sein Körper ist der des jetzigen Gennaro, auch die Kleider. O nein. Sie wird von Schmerz überwältigt.

Graziella ist in der Küche fertig; sie ist ungeduldig, muß nur noch die Pasta ins Wasser werfen.

»Was is denn los mit Don Gennaro?« zetert sie und streicht, ganz beschmiert mit Sauce und Reisigkohle, unruhig durch die Wohnung. »Kommt er jetzt endlich oder nich?«

Gennaro taucht erst am nächsten Morgen auf. Er sieht müde und verquollen aus, aber er ist fröhlich und scherzt mit Graziella, die einen Flunsch zieht und mault: »Wer soll denn jetzt all die gutn Sachn essn?«

»Grazie', mit all den Sachen im Bauch, die ich gestern abend gegessen habe, bin ich noch die nächsten drei Monate satt!«

Dann fängt er an zu berichten. In dem Boot, das sie in Posillipo gemietet hatten, waren viele von ihnen: Lauberg, Manthonè, Marra, De Deo, Lomonaco, Vitaliani, Ignazio, Chiara, Jeròcades, Pagano, Russo, Astore, die Brüder Pignatelli, Pasquale Baffi, Advokat Logoteta (»ein hochintelligenter Kalabrese«), Advokat Nicola Fasulo (»er hat uns alle zum Jahreswechsel zu sich nach Hause eingeladen«).

»Drei volle Stunden haben wir bei den Schiffen gewartet, unten an der Reede, schließlich hat ein Bürger Matrose auf der Brücke der ›Languedoc‹ das Fähnchen geschwenkt, und wir sind an Bord gegangen. Ich habe aus nächster Nähe gesehen, was Revolution bedeutet, Lenòr. Es gibt keine Unterschiede mehr: der Admiral ist der Bürger Admiral La Touche de Tréville, und die Bürger Matrosen duzen ihn.«

»Haben sie euch freundlich empfangen?«

»Wie Brüder. Sie haben uns das Schiff gezeigt: eine Organisation, eine Leistungsfähigkeit …! Es gibt zwanzigjährige Offiziere, sechzehnjährige Matrosen. Sie haben uns ein Lied aus Marseille beigebracht, das geht so … Nachher singe ich es dir vor.«

Plötzlich flüstert er ihr vertraulich ins Ohr: »Sie werden ganze Heere nach Italien schicken, um den Kirchenstaat und das Königreich Neapel zu erobern. Wir müssen uns darauf vorbereiten, Lenòr.«

Er löst ein buntes Emblem vom Kragen: »Das schenke ich dir.«

Es ist eine scharlachrote phrygische Stoffblume mit einem dreifarbigen Fähnchen darunter.

»Das haben sie jedem von uns geschenkt. Gestern abend haben wir die Offiziere zum Scoglio di Frisa in Posillipo eingeladen. Die Franzosen haben ganze Kisten Wein mitgebracht, Fasula hatte eine Riesenmenge Langusten aus Ponza vorbestellt … Bis um drei Uhr nachts haben wir die Marseillaise gesungen! Hör mal zu.«

Leise, mit leuchtenden Augen, fängt er an zu singen:

Allons, enfants de la patrie,
le jour de gloire est arrivé …

»Eine ganz neue Musik, Lenòr, die Musik eines freien Volkes. Auch die Verse. Wirklich außergewöhnlich.«

Dann trägt er mit vor Rührung brechender Stimme vor:

> *Liberté, liberté cherie,*
> *combats avec tes défenseurs!*
> *Sous nos drapeaux, que la victoire*
> *accoure à tes mâles accents!*
> *Que tes ennemis expirants*
> *Voient ton triomphe et notre gloire.*

Er atmet schwer, ist tief bewegt. Sie sagt kein Wort, aber sie hat eine Gänsehaut bekommen. Graziella beobachtet sie erstaunt und ein wenig ängstlich.

7   Fasulos Haus in der Via Atri ist riesengroß. Zwei oder drei Salons mit Fresken von Abate Ciccio an den Decken: großflächige, leuchtendblaue Himmelslandschaften mit barocken Wolken über festlichen Grüppchen lieblicher Nymphen, hübsch ausstaffierter Hirten, halbnackter Hirtenmädchen. Fast alles ist in Himmelblau und in Weiß gehalten: Himmelblau sind die mit Borten und weißen Litzen besetzten Vorhänge, hellblau die Blumen auf den Tapeten, schneeweiß die Seidenblumen in den Kristallvasen. Wirklich eine Überraschung in diesem düsteren Palazzo aus rußgeschwärztem Stein in diesem heruntergekommenen, dunklen Viertel der Stadt.

Auf ausladenden Rokokotischen und hochmodernen Chippendale-Tischchen stehen überwältigende Schalen voll köstlicher Früchte: violettrote Äpfel mit weißem Fruchtfleisch, Orangen mit goldener Schale aus Sorrent, Mandeln und getrocknete Feigen aus Kalabrien.

Dazu Platten mit *paste reali*, *mostaccioli*, Mandeltörtchen, bunte Berge von *strùffoli* und sogar, gar nicht passend zur Jahreszeit, Törtchen mit goldener Kruste und knusprige, mit Vanillecreme gefüllte *zèppole*.

Die silbernen Salatschüsseln, Kristallschalen, Terrinen auf den anderen Tischen sind gefüllt mit allem, was das Herz be-

gehrt: Stockfischfilet, unterschiedlich zubereitet (rot und ge-
schmort, weiß und gekocht mit Zitrone und Öl, frittiert, mit Zwiebeln, in Tomatensoße mit Kartoffeln und schwarzen Oliven), wal-
lende Berge von Blumenkohl mit einem Kranz grüner Oliven,
groß wie Walnüsse, geschmorte Kaninchen, gebratene Zicklein
auf hellen Schichten im Ofen gebackener Kartoffeln, die nach
Rosmarin und Myrte duften, Kapaune in Aspik, Würste mit
Wirsingkohl. Ein Koch mit weißer Mütze überwacht einen Herd,
der durchgehend in Betrieb ist: In riesigen Töpfen, aus denen ein
würziger, intensiver Duft entweicht, brodelt die *minestra mari-
tata.*

Doch das ist noch gar nichts. Auf anderen Tischen prangen Platten mit Lasagnescheiben, die in Ragout schwimmen, dazwischen
kleine Inseln mit hartgekochten Eiern, Ricotta, Fleischbällchen.
Und Maccheronipasteten, Reisröllchen mit Erbsen aus dem
Treibhaus.

Lenòr ist verwirrt. Sie hätte nicht gedacht, daß Fasulo so reich
ist und so ein Genießer.

Ein riesiges Vorspeisenbuffet: Seeigel in Butter aus Tramonti,
gesalzene Sardellen aus Cetara, eingelegte Auberginen, sogar
Schüsseln voller Kutteln, Stockfisch, gekochtes Fleisch, alles mit
Zitronenscheiben und Petersilie garniert.

Fasulo hat sogar den Stand eines Austernverkäufers nach-
bauen lassen, mit Fischkörben, Zitronen und einem Teppich aus
Seegras, verziert mit Scheidenmuscheln, Miesmuscheln, *carnum-
mole* und Austern aus Fusaro. Ein als Fischverkäufer gekleideter
Diener öffnet die Austern mit einem Messer mit gebogener
Klinge, drückt elegant die Zitrone darüber aus und bietet den
Gästen lächelnd diese Delikatesse an.

Auf einem anderen Tisch ein Heer von Flaschen: Taurasi,
Gragnano, Solopaca, Asprino, Aglianico, Weine aus Spanien und
Frankreich, verschiedenste Spirituosen. Gelbe, rote, braune
Karaffen mit Kirschlikör, Erdbeerlikör, Nußlikör.

Die Gäste laufen umher, sehen sich alles an, schnuppern,
schlucken, Fasulo geht mal hierhin, mal dorthin, glücklich über
den Augen- und Gaumenschmaus. Als der alte Principe di

Torella ihm zunuschelt: »Fasu', deine Gastlichkeit ist die eines Königs«, lacht er beglückt. Er ist ein kleiner, rundlicher junger Mann mit großen schwarzen Augen und einem roten Mund. Er trägt einen blauen Rock und einen Haarschnitt nach Art der alten Römer. Hier kann jeder tun und lassen, was er will: Im Vorzimmer türmen sich die Perücken, der Boden ist bedeckt mit einer Puderschicht. Viele der Damen tragen die Haare überraschenderweise kurz, ganz ohne Locken, einige von ihnen sind in Männerkleidung erschienen.

Es sind wirklich alle da, Lenòr ist ununterbrochen damit beschäftigt zu lächeln, Hände zu schütteln, herzliche Worte zu erwidern. Da sind Mazzarella Farao und Guidi, Mazzocchi, all die anderen »alten« Mitglieder der Gruppe: Astore, Salfi, Pagano. Auch Sanges, er ist mittlerweile schon fast fünfzig. Seine Haare sind lang und grau, aber extravagant, sein schönes, rosiges Gesicht hat tiefe Furchen an den Wangen. Er eilt ihr mit einem breiten Lächeln entgegen: »Endlich, Lenòr! Wie ich mich freue, dich wiederzusehen!«

Auch Jeròcades kommt auf sie zu. Bis auf zwei graue Strähnen an den Schläfen sind ihm alle Haare ausgegangen, am Kragen seines schwarzen Rocks steckt das phrygische Emblem.

»Mon amie.«

Hier hört man überall Französisch, alle geben sich viel Mühe damit, die *»citoyens«* haben Hochkonjunktur. Auch und vor allem die Diener, der Austernverkäufer, der Koch sind *»citoyens«* – sie lächeln undurchdringlich und verneigen sich unmerklich.

Die jungen Männer sind in Hochstimmung. Doch in Wirklichkeit sind viele von ihnen gar nicht mehr so jung. Manthonè trägt die rot-blaue Uniform eines Brigadeoberleutnants, die Jacke mit den Schnurbesätzen spannt sich ein wenig über seinem Bauch. Marra ist ein regelrechter Schrank in seiner Uniform eines Bombardierhauptmanns. Wirklich jung sind nur die drei Brüder Pignatelli in ihren Kadettenuniformen: Sie sehen einander frappierend ähnlich. Und da ist auch Cuoco: irritiert sieht er sich um, wird von nervösen Zuckungen geschüttelt. Vitaliano, De Deo,

Lomonaco strahlen, als hätte man in Neapel bereits die Republik ausgerufen.

Jetzt sind auch Delfico, Baffi und Cirillo gekommen (obwohl er traurig aussieht, scheint er sich wieder gefangen zu haben und ist liebenswürdig wie eh und je), Lauberg in Siegerpose, Russo (auch er ganz neu eingekleidet: schwarzer Mantel, rote Krawatte, phrygisches Emblem). Und Scharen von Studenten aus zwei oder drei Akademien, aus Laubergs Schule, aus der Cappella Vecchia, von der Universität. Sie erblickt Moliterno in einer neuen Generaluniform. Vorgestellt werden ihr Advokat Logoteta, Madame Bianchetti, Madame Grasses, der Dichter Rossi, Professor Odazzi.

Fasulo springt von einer Gruppe zur anderen, erzählt Witze, lacht, macht die Leute miteinander bekannt, klopft ihnen auf die Schultern: ein großartiger Hausherr. Auch seine Brüder Alessio und Giuseppe zeigen sich überall, ebenso seine Schwester Margherita. Lenòr findet sie sympathisch: klein, rundlich, eine Brust, weich wie Butter. Bei der Begrüßung hat sie sich ihr gegenüber außerordentlich ehrerbietig gezeigt, was bei Lenòr eitle Freude ausgelöst hat.

»Es ist mir eine Ehre, Sie bei uns zu wissen, Madame ...«

Lächelnd hatte sie sich verbessert. »Citoyenne Fonseca. *Vous faites honneur aux vraies femmes de Naples* – Ihr seid eine Ehre für alle Frauen von Neapel.«

»*Vous aussi*«, hatte sie entgegnet und sie umarmt.

In einem Winkel entdeckt sie erstaunt drei verschüchterte *lazzari*. Drei echte *lazzari*: rote Mütze, schwarze Jacke, rote Schärpe. Sie tragen Schnallenschuhe an den Füßen und an den Jacken die phrygischen Embleme. Mit einem Ausdruck von leidendem Stolz halten sie sich stets in der Nähe der Dienerschaft auf.

»Wer hat die denn mitgebracht?« fragt sie Gennaro leise.

Er lacht. »Eine von Laubergs Ideen.«

Später stellt sich heraus, daß es Vitalianos Einfall war: Er hat die *lazzari* für diesen Auftritt bezahlt. Und löst damit eine wilde Diskussion aus, vor allem Cuoco sprüht vor Ironie.

»Nur mit solchen Mitteln haben wir die *lazzari* auf unserer Seite.«

Auch Pagano protestiert. »Ein idiotischer Einfall. Was soll damit denn, bitte schön, demonstriert werden?«

Vitaliano wehrt sich gereizt: »Bürger Pagano, Ihr werdet nie etwas begreifen. Die *lazzari* sind nicht auf unserer Seite, weil niemand ihnen jemals irgend etwas erklärt hat. Also fangen wir tunlichst damit an, sie zu uns zu bitten und mit Mitteln, die Euch vulgär erscheinen mögen, anzulocken, und sie werden es ihren Gefährten weitererzählen.«

Pagano bricht in schallendes Gelächter aus. »Was werden sie ihnen denn weitererzählen? Daß die Jakobiner in Neapel essen, trinken und sich amüsieren, während sie selbst vor Hunger krepieren?«

»Ach, haltet doch den Mund! Ihr werdet das Volk nie verstehen! Ihr seid ein Intellektueller, Ihr seid nur dadurch reich und berühmt geworden, daß Ihr Euch die Fehler und die Verzweiflung des Volkes zunutze gemacht habt!«

Pagano zuckt zusammen, kann sich aber beherrschen. »Ihr wißt ja nicht, was Ihr da sagt. Und Ihr wollt ein Kämpfer für die Freiheit sein? Dann gewährt den anderen wenigstens die Freiheit zu reden, so wie Euch die Freiheit gewährt wird, dummes Zeug zu plappern«, antwortet er eiskalt.

Fasulo mischt sich ein, damit die Gemüter sich abkühlen: Er erzählt irgendeine Anekdote über den König. Medici trägt ihm regelmäßig zu, was bei Hofe geschieht.

»Wißt Ihr, daß sie im Palast jetzt sogar schon vor den Worten Angst haben? Der arme Marchese Fuscaldi hat zur Duchessa di Ceprano gesagt: ›Donn'Aurelia, Ihr Glückliche seid wirklich in bester Verfassung!‹ Der König ist in die Luft gegangen wie eine Rakete … Und hat Paisiello, kaum war er aus Rußland zurückgekehrt, nicht schreckliche Minuten durchlebt, als er eine ›*toccata e fuga*‹ ankündigte? Der König glaubte doch tatsächlich, das sei eine Anspielung auf die *fuga di* Varennes, die Flucht von Varennes.«

Viele Gäste lachen, Logoteta schüttelt unwillig den Kopf. »Das sind nur witzige Anekdoten, Nico'. In Wirklichkeit werden sie im

Palast allmählich verrückt. Sie haben entsetzliche Angst, und das könnte sie dazu verleiten, entsetzliche Dinge zu tun.«

»*Nous verrons bien!*« ruft De Deo mit seinem bleichen, pickeligen Kindergesicht, »wir werden ja sehen.«

In einer anderen Gruppe diskutieren Ciaia, Lomonaco, Jeròcades, Pagano, Chiara und viele andere Damen über Poesie. Ignazio ruft auch Lenòr herbei, die bei Baffi steht und sich erläutern läßt, was auf den kürzlich in Herkulaneum entdeckten Papyrusrollen geschrieben steht.

Lomonaco ist ein glühender Verehrer Alfieris: In seinen Augen ist er der einzig wahre zeitgenössische Dichter. Auch Pagano mag Alfieri, Jeròcades aber ist anderer Meinung.

»Er hat die Harmonie zerstört. Die Schönheit der Form.«

»Und Ihr seid bei Metastasio stehengeblieben«, ruft Lomonaco. »Die Inhalte sind es, die zählen.«

»Mitnichten«, kontert Jeròcades. »Mit den Inhalten allein erschafft man noch keine Poesie. Damit macht man Politik, Propaganda, was immer Ihr wollt, aber laßt die Poesie aus dem Spiel.«

»Wozu dient denn heutzutage noch die Poesie, wie Ihr sie versteht? Wir leben in einer Zeit des Handelns, die Dichter müssen Feuer und Flamme sein. Und den Wunsch nach Freiheit zum Ausdruck bringen.«

»In diesem Punkt bin ich durchaus Eurer Meinung«, sagt Pagano. »In Augenblicken wie diesen können die Dichter eine wichtige Funktion übernehmen. Denkt an Tyrtaios aus Sparta.«

»Aber Alfieri findet keine freundlichen Worte für die Revolution«, mischt Sanges sich lächelnd ein. »Wenn ich mich recht entsinne, schreibt er irgendwo: › Vereint unter dem Banner keines Gottes / rauben und morden sie, und dies / im Namen des Unrechts, das nunmehr getilgt.‹«

»Na und?« braust Lomonaco auf. »Als Mensch ist und bleibt er ein Aristokrat.«

»Ohne Blutvergießen keine Revolution«, wirft Ciaia nachdenklich ein. »Die Unterdrückung schürt den Haß, und wenn man ihm freien Lauf läßt, kennt er keine Grenzen.«

»Genau da liegt der Fehler«, fährt Sanges friedfertig fort. »Und zwar im Denken derer, die eine gerechte und friedliche neue Welt aufbauen wollen, indem sie diese Welle von Haß auslösen, anstatt geduldig Schritt für Schritt die Ursachen für den Haß zu beseitigen.«

»Das könnt Ihr all jenen erzählen, die seit Jahrhunderten leiden und auf die Freiheit warten«, meldet sich Russo ironisch zu Wort. »Und die sind möglicherweise nicht einverstanden mit dem, was Ihr sagt.«

»Auch gut«, lacht Sanges. »Dann schicken wir sie zum Tausch eben in den Tod. Auf diese Weise kommen sie in den Genuß der absoluten Freiheit.«

»Lieber tot als unterdrückt«, verkündet Russo kalt. Die Gruppe löst sich auf, alle setzen sich in Bewegung: Fasulo hat das Startzeichen für die Freßorgie gegeben.

Ein unvorstellbares Durcheinander: Die Diener haben Geschirr, Gläser und Besteck auf Rollwagen bereitgestellt, und diesen Wagen gilt der erste Ansturm. Damit ausgestattet, begibt man sich zu den verschiedenen Bufetts, über den Köpfen schweben randvolle Teller, Fleischstücke fallen zu Boden, Soßen tropfen herunter. Fasulo springt lachend hierhin und dorthin, ringt die Hände, ruft um Hilfe.

»Langsam! Langsam! Es ist genug für alle da!«

Es ist Lenòr zwar gelungen, einen Teller zu ergattern, aber nicht, den Belagerungsring um die Tische zu durchbrechen. Gennaro versucht es an ihrer Stelle.

»Was soll ich dir holen?«

»Was du willst. Wenn du es schaffst, bitte ein Stück Lasagne.«

Er stürzt sich in die Menge, wird zurückgedrängt, schiebt sich weiter vor, bahnt sich mit hocherhobenem Teller den Weg durch das Gedränge. Nach einer Weile kommt er zurück, durchgeschwitzt und mit zerknitterten Kleidern. Er hat eine Wurst, ein wenig Kohl, ein Stück Pastiera ergattert.

»Es ist alles schon weg!«

»Macht nichts, das sieht doch sehr gut aus. Und du selbst?«

»Ich stürze mich ein zweites Mal hinein.«

Niedergeschlagen taucht er wieder auf, hat gesalzene Sardellen, etwas Blumenkohl, eine Orange auf dem Teller.

»Ich wollte doch so gern ein Stück vom Zicklein. Oder vom Stockfisch«, seufzt er.

»Es ist noch Suppe da«, tröstet ihn Ignazio, der mit einem Suppenteller in der Hand vorbeieilt. Gennaro stürzt hinterher zum Herd, wo der Koch mit einem Schöpflöffel Suppe verteilt. Auf dem Fußboden breitet sich eine klebrige Pfütze aus übergeschwapptem Fett aus. Gennaro kommt noch enttäuschter zurück.

»Es ist nur noch die Brühe übrig. Fleisch, Pasta, Schinken, adieu!«

Ununterbrochen werden Tabletts mit Gläsern herumgereicht, die im Nu verschwunden sind – gleich darauf der Ansturm auf die Flaschen, unter Geschrei, Gelächter, Sticheleien.

»*Un tirebouchon!* Einen Korkenzieher! *Où y a-t-il un tirebouchon?*« schreit jemand.

Es riecht nach Alkohol, die Gesichter fangen an zu glühen, die Augen strahlen: Heute wird gefeiert, und wie, schließlich ist heute Silvester.

»*À la républicaine! Saint-Sylvestre à la républicaine!*«

Und darauf explosionsartig: »*À bas le roi de Naples! À mort le roi de France! Tous les rois à la guillotine! Les reines aussi! Marie Caroline avant toutes!* – Tod den Königen! Unter die Guillotine auch mit den Königinnen! Maria Caroline zuallererst!«

Nach und nach werden auch Acton, Nelson, Castelcicala und viele andere auf diese Liste gesetzt. Jemand schlägt vor, eine Carmagnole zu tanzen, und erhält Beifall. Fasulo treibt die Diener an, den Saal freizuräumen, Margherita tritt ans Spinett und schlägt die ersten Akkorde an.

»*Un moment! Un moment!*« schreit Fasulo. Diener in Livree bringen Körbe voller Kokarden aus Seide herein, in Blau, Weiß, Rot.

»*Cotillon à la républicaine!*« verkündet der Hausherr unter neuen Viva-Rufen und Applaus.

»*Et alors, cette Carmagnole?*«

»Spiel, Margherita, spiel!«

Mit gerötetem Gesicht schlägt sie beschwingt in die Tasten. Gesänge, Umarmungen, Küsse.

Et dansons,
dansons la Carmagnole ...

»Wenn man bedenkt, daß das Lied in Frankreich bei den Enthauptungen gesungen wird«, murmelt jemand, der hinter Lenòr steht: Es ist Cuoco, der zunehmend von Zuckungen geschüttelt wird.

Die Damen sind immer ausgelassener, drehen sich zu den Tanzfiguren im Kreis, wiegen sich in den Hüften, heben die Beine. Die Art, wie sie es tun, wirkt künstlich, anstößig, die Cavalieri umfassen ihre Taillen. Auch Chiara ist mittendrin im Geschehen, sie amüsiert sich königlich. Wie zum Teufel hält sie das nur durch, in ihrem Alter? Ich bin vom bloßen Zusehen schon ganz außer Atem.

Auch die drei *lazzari*, mittlerweile restlos betrunken, zappeln mit den Beinen und stoßen unverständliche Schreie aus, die auf »*é, uì, pirì*« enden, vielleicht wollen sie das Französische imitieren. Einer von ihnen schnappt sich eine ältliche Herzogin, die ihn anlacht und ihm die Haare zerzaust. Der auf solchen Festen übliche Qualm erfüllt die Luft. Fasula springt auf einen Stuhl und schreit, daß jetzt der Champagner gebracht werde und daß es Zeit zum Anstoßen sei.

»*À la liberté! À la République napolitaine! Mort aux Capeto! Vive la France! Vive 1793, l'an de la liberté pour tous* – das Jahr der Freiheit für alle ist da.«

In der ersten Minute des neuen Jahres singen alle im Chor rauh und noch stockend die Marseillaise.

VIERZEHNTER TEIL

1   Wir waren alle so leichtfertig. Niemand war auf mögliche tragische Folgen gefaßt: Und jetzt stehen wir hier auf dem Largo del Castello, an einem der regnerischen Oktobertage des Jahres 1794, verstummt, leichenblaß hinter einem Kordon von Soldaten. Wir warten auf den trostlosen Zug, der De Deo, Vitaliano, Galano von der Vicarìa zum Galgen bringen wird, der weiter unten Richtung Meer errichtet wurde.

Der König und die Königin müssen sich für die im vergangenen Jahr (als die Hinrichtung Ludwigs XVI. bekannt wurde) und erneut vor wenigen Tagen erlittenen Qualen rächen: jetzt auch noch Marie Antoinette. Es heißt, Maria Caroline sei wegen der Schwester fast verrückt geworden, habe sich auf dem Boden gewälzt, gebrüllt, Gegenstände zertrümmert.

Lenòr hebt vorsichtig den Blick zu einer Ecke des Königspalasts, die hinter den Bäumen zu sehen ist: alle Fenster sind geschlossen, nur bei einem sind die Fensterläden angelehnt.

Bibbernd vor Kälte und Angst, schmiegt sie sich eng an Gennaros Arm. Sie sieht Laubergs bleiche Wangen, die angespannten Gesichter Lomonacos und Ciaias.

Seit dem Morgengrauen hat es geregnet, die schwarzen Türme von Castelnuovo glänzen noch immer vor Nässe. Zwischen den Zinnen schimmern die nach unten gerichteten Kanonen. Himmel und Meer wirken grau, unheilvoll, der Vesuv eher plump: Nach dem Ausbruch im Sommer hat er sein Aussehen verändert. Der elegante Kegel an der Spitze existiert nicht mehr.

Sie denkt zurück an die unnatürliche Hitze im August: Die Stadt lag unter einer Glutglocke. Eines Nachts war unter grauenhaftem Getöse der Vulkan ausgebrochen. Fenster zersplitterten. Lenòr war entsetzt auf den Balkon gelaufen, rote Lichtblitze zuckten über den Himmel, das Meer, die Häuser, die Menschen, die schreiend durch die Gassen liefen. Aus dem Vulkan wurden ununterbrochen glühendheiße Fontänen in die Luft geschleudert, am Himmel schwebten flammende Wolkenschichten. Rauchende und brennende Gesteinsbrocken schossen aus der feurigen Wolke durch die Luft, das Meer brodelte. Sie hatten die Nacht im Freien verbracht. Der Largo di Palazzo war überfüllt von halbnackten, ungekämmten Menschen, ohne soziale Unterschiede: Adlige und Kutscher, Priester und Soldaten, die Mönche aus dem Kloster Santo Spirito, die Nutten aus der Cagliantesa. Rosenkränze, Novenen, Stoßgebete wurden laut, am häufigsten hörte man, San Gennaro bestrafe die Stadt dafür, daß sie all diese Jakobiner in ihrem Leib beherberge.

Und die Franzosen hatten dem Königreich Neapel den Krieg erklärt. Ferdinand hatte Caracciolo mit den Schiffen zur Belagerung von Toulon geschickt, aber ein republikanischer General, ein gewisser Buonaparte, hatte die Engländer, die Piemontesen, die Neapolitaner in Stücke gerissen.

Sie denkt zurück an die Tränen, an die seelische Pein, als die Segelschiffe mit den Verletzten, den Verstümmelten, den Krüppeln an Bord in den Hafen einliefen: die Geschichtenerzähler vom Molo berichten noch immer davon.

Und dann fing dieser vom Teufel besessene Robespierre auch noch an, alle Welt umzubringen, Feinde wie Freunde. Marat wurde von einem jungen Mädchen erstochen, Fouché und Collot d'Herbois vernichteten das Volk mit Kartätschenfeuer, Robespierre endete schließlich selbst auf der Guilloutine, zusammen mit Saint-Just und den anderen. Man verstand gar nichts mehr. Sanges, Cuoco, Delfico wirkten angeekelt und niedergeschlagen.

»Die Revolution verschlingt sich selbst«, sagten sie. »Arme Freiheit, arme Vernunft!«

Gennaro wagte es, sie zu rechtfertigen. »Weltweit ist eine Gegenrevolution im Gange. Sie müssen sich doch verteidigen.«

»Das rechtfertigt noch lange kein Blutbad.«

Dann waren Moliternos weiße Reiter, die Artillerie, auch Marra und Manthonè ausgerückt, um Sardinien zu Hilfe zu kommen. Es gab keine Nachrichten vom Ausgang des Unternehmens, viele Familien waren verzweifelt und zornig. Aber ganz Neapel war verzweifelt und zornig: wegen des verlorenen Friedens, der zerstörten Seelenruhe, der Sinnlosigkeit dieser Unternehmungen.

Und dann stellte sich natürlich die Frage nach der Finanzierung. Um die Waffen bezahlen zu können, begingen Acton und der König eine große Dummheit: Sie vereinigten die sieben städtischen Bankhäuser zu einer einzigen Bank, die zum ersten Mal in der Geschichte des Königreichs Neapel autorisiert wurde, anstelle von Münzen Papiergeld auszugeben. Wüste Szenen waren die Folge: Kaufleute, Adlige, Bürger eilten zur Bank, um ihr Geld abzuheben, aber der König hatte schon alles abgeräumt. Die Bankiers hatten gut reden: »Das ist doch genau dasselbe«, sagten sie. »Das Papier ist genausoviel wert!«

»Um sich damit den Arsch abzuwischen«, schrien die Kunden, die Gendarmen mußten eingreifen. Die Preise stiegen, die *lazzari* begannen den Aufstand.

»Daran sind die Jakobiner schuld«, wiederholten der König, die Königin, die Priester in einem fort.

2   Vielleicht blicken deshalb alle auf diesem riesigen Platz mit den Galgen so finster, so wütend drein: die Bürger, die Adligen, die Leute aus dem Volk, die *lazzari*, die Priester. Sie warten, unterhalten sich gedämpft – für einen neapolitanischen Massenauflauf sehr ungewöhnlich. Sogar die üblichen dreisten fliegenden Händler sind nicht zu sehen. Worauf warten sie?

Lenòr schüttelt den Kopf. Sie warten auf drei arme dumme Jungen. Die ausgerechnet wegen ihrer Naivität geschnappt wurden: Sie liefen mit der Kokarde im Knopfloch durch die Gegend, trugen ihre kurzen Haare zur Schau, erzählten jedem Hund und jedem Schwein, daß sie Neapel erneuern wollten, ohne König und Tyrannen, mit dem Volk als alleinigem Herrscher. Sie vertrauten allem und jedem, es genügte schon, wenn einer *lazzaro* oder Arbeiter war, und sie hielten ihn für einen der Ihren. Hielten ihn sogar für besser als sich selbst, weil er arm war und mit eigenen Händen arbeitete: das Schuldgefühl der betuchten jungen Leute.

Die Freunde zogen De Deo damit auf; ständig lag er im Streit mit seinem Vater. Von Zeit zu Zeit kam der Vater atemlos aus

Apulien angereist, traf den Sohn ohne Geld und ohne Bücher an. Er wurde fuchsteufelswild, der Ärmste, drohte dem Sohn, ihn wieder mit nach Hause zu nehmen.

»Du bist auf die Welt gekommen, um mich zugrunde zu richten«, keuchte er eines Abends bei Fasulo.

Statt dessen stirbt nun er, der Sohn.

Sie kann das herzergreifende Gestammel des Alten, während er unermüdlich Unterschriften sammelte, Bittschriften verfaßte, einfach nicht vergessen. Armer Mann: Verloren irrte er von Lauberg zu Fasulo, von Pagano zu Delfico ... Pagano schwieg, bleich und finster. Er hatte das Menschenmögliche getan, alle drei Angeklagten verteidigt, sogar vor dem Tribunal ausgesagt, sie seien nur drei junge Männer mit klassischer Bildung, völlig unreif, das sei alles. Doch dann traf der Brief des Sohnes an den Vater ein: von wegen unreif! Emanuele hatte ein wunderbares, bewegendes Schreiben verfaßt, niemand hatte geahnt, daß er sich so gut auszudrücken vermochte.

»Der Tod ruft nur bei dem Angst und Schrecken hervor, der nicht zu leben verstanden hat.« In allen Clubs wurde der Brief zitiert wie in den Kirchen das Evangelium, die schönsten Sätze wurden idealisiert wie die Worte von Jesus Christus. »Und die Zeit wird kommen, in der mein Name in den Geschichten überlebt, und Ihr werdet Nutzen daraus ziehen, daß ich, der ich von Euch gezeugt wurde, mein Leben für das Vaterland ließ.«

Der arme alte Mann mußte sich in den Versammlungen den grenzenlosen Beifall anhören, der dem Verlesen des Briefes folgte. Er hatte dabei einen merkwürdigen Ausdruck im Gesicht, verstört und verängstigt zugleich.

»Aber wie soll ich es denn seiner Mutter sagen, wenn ich nach Minervino zurückfahre?« murmelte er immer wieder. Zu Tausenden stürzten sie sich auf ihn, um ihn zu trösten.

Wer weiß, wo er jetzt ist, denkt Lenòr und sucht mit den Augen die Menge ab.

Das Gemurmel verwandelt sich nun in Geschrei. Gelächter, Rufe, das bekannte »Ué«, die in Neapel üblichen Pfiffe. Die ersten Händler mit bauchigen Flaschen und kleinen Fässern.

Sie spitzt die Ohren: gedämpfter Trommelwirbel von weit her. Auch die Menge hat es vernommen und beginnt zu lärmen: die Leute stampfen und kreischen, die Soldaten haben ihre Mühe, sie zurückzuhalten.

Der Trommelwirbel kommt näher, aus der Richtung der Königlichen Sattlerei, alle Köpfe drehen sich um. Niemand kennt die Strecke, die der Zug der Verurteilten von der Vicarìa bis hierher zurücklegt. Der Lärm wächst an, wird wieder leiser, dann erneut lauter. Jetzt ist er deutlich zu hören, auch die Richtung, aus der er kommt – sie fahren mitten durch die Stadt. Sie müssen bei den Corregge herauskommen, zwischen der Via Incoronata und der Via Pietà dei Turchini.

Sie stellt sich auf die Zehenspitzen, aber sie kann nichts sehen, denn alle recken sich jetzt. Gennaro flüstert ihr zu: »Da sind sie.«

Die Menge gerät außer Rand und Band: alle brüllen, fluchen, stacheln sich gegenseitig an, Lenòr hält sich die Ohren zu. Die Soldaten, die ganz vorn marschieren, bahnen sich mit brutaler Entschlossenheit den Weg, Kordons halten die aufstöhnende, schreiende Menge zurück. Zwei Reiterschwadronen und der Zug mit den Trommlern mit ihrem düsteren, monotonen Gehämmer ziehen vorbei.

Als die Weißen Brüder auftauchen, die in ihren weißen Kutten mit der spitzen Kapuze und den Löchern für Augen und Mund alle zum Tod Verurteilten auf ihrem letzten Weg begleiten, erschaudert sie. Als sie vorbeiziehen, hört man den Stoff leise rascheln. Dann tobt die Menge los.

»Scheißjakobiner!«

»Tod den Jakobinern!«

Die Umstehenden lachen, Lenòr ist verwirrt, dann versteht sie, weshalb. Von zwei Eseln gezogen, fährt nun der Wagen mit De Deo vorbei, in Hemd und Hose, die Hände auf dem Rücken gefesselt. Er steht ganz aufrecht da, sein bleiches Gesicht ist mit äußerster Würde geradeaus gerichtet. Hinter ihm der Scharfrichter, groß, fett, rot von Kopf bis Fuß – unter dem Gespött und Gelächter der Leute zieht er nun seine Schau ab.

Lenòr ist entsetzt, doch Gennaro murmelt: »Das ist Teil seines Berufs.«

Der Henker fordert den zum Tod Verurteilten mit übertrieben höflichen Gesten und Verbeugungen dazu auf, doch bitte weiterzugehen, er sieht ihm über die Schulter, begutachtet seinen Hals, betastet ihn, zwinkert der Menschenmenge zu. Er tänzelt, als wäre der Verurteilte gar nicht da. Dann tut er so, als bemerke er ihn plötzlich wieder, spuckt ihn an. Die *lazzari* halten sich die Bäuche vor Lachen.

Hier und dort stoßen die Anführer einen Schrei aus, auf den alle antworten: »Tod den Jakobinern! Es lebe der König!«

De Deo scheint das alles nicht zu spüren. Er blickt weder nach rechts noch nach links. Was sieht er? Die weiß-goldenen Fahnen, groß wie Bettlaken, die auf den Schloßtürmen flattern? Den hohen, schwarzen Galgen, der sich vor dem Marmorbogen der Laurana abzeichnet?

Sie sieht sich die Schlinge genau an: eine gelbliche neue Schnur, die vor Fett glänzt. Sie drängt sich an Gennaro, der sie fest an sich drückt. Auch er ist blaß und muß unentwegt schlucken.

In der Zwischenzeit zieht Vitaliani an ihnen vorbei, auch er in Hemd und Hosen, die Arme auf dem Rücken gefesselt. Er wirkt wild und schmerzerfüllt. Er versucht, aufrecht zu stehen, doch plötzlich sacken ihm die Beine weg, und er schreit und schreit. Man hört es nicht, die Masse beginnt jetzt zu toben, man streckt ihm die geballten Fäuste entgegen, zeigt ihm die Hörner, spuckt ihn an, stößt entsetzliche Beleidigungen aus. Vitaliano stampft mit den Beinen auf wie ein Kind, schließlich übergibt er sich.

»Drecksack! Drecksack!« brüllt das Volk.

Einer der Weißen Brüder springt auf den Wagen und versucht, den zum Tode Verurteilten festzuhalten, aber der Junge schlägt weiter um sich. Die Menge rast und tobt, Lenòr hält sich die Ohren zu und schließt die Augen.

»O nein, nein!« schluchzt sie, und Gennaro drückt sie an seine Brust. So sieht sie nicht, wie der Scharfrichter, der von De Deo abgelassen hat, sich nun auf den unseligen Vitaliani stürzt und ihm unter Riesenapplaus einen Faustschlag auf den Kopf versetzt, daß er besinnungslos zusammenbricht.

»Wir hätten nicht kommen sollen. Wir hätten nicht kommen sollen«, schluchzt sie.

»Wir mußten es tun, meine Liebe.«

»Aber warum nur? Warum? Welchen Sinn soll das haben?«

»Es hat einen Sinn«, versetzt er, nun ein wenig härter.

Langsam löst sie sich von ihm und öffnet vorsichtig die Augen. Es herrscht jetzt absolute Stille. De Deo steht schon auf dem Schafott, der Henker hat ihm die Schlinge bereits um den Hals gelegt. Lenòr kommt es so vor, als sei De Deo viel länger geworden, ganz in Weiß, wie eine Erscheinung, die vor dem großen schwarzen Kreuz schwebt, das sich vor einem aschegrauen Himmel abzeichnet. Er ist ganz starr, sieht reglos vor sich hin. Weshalb nur?

Was hat diese jungen Männer dazu gebracht? Weshalb hat sich ein intelligenter junger Mann aus betuchter Familie, der frei und auf sich gestellt in dieser herrlichen Stadt studieren konnte, in den verrauchten Salons eingeschlossen und die Zeit mit hassenswerten Diskussionen totgeschlagen, statt das Leben in diesem schönen, duftenden Neapel zu genießen? Warum hat er lieber Politik gespielt, um eine Welt zu verändern, von der niemand sagen kann, ob sie sich überhaupt jemals verändern läßt?

Einige junge Menschen sind wie Gott, großzügig und dumm zugleich. Sie entwerfen in ihren Köpfen wunderbare Bilder von einer neuen Welt und bilden sich ein, diese zum Leben erwecken zu können – stillen sie auf diese Weise die Sehnsucht nach einer unendlichen Liebe?

Der letzte Trommelwirbel: die Menschenmenge vibriert, während die Trommelstöcke niedersausen und die Nerven, das Blut, das Trommelfell bis zum äußersten reizen.

Ein Aufschrei der Menge: Der Scharfrichter hat dem Hocker, auf dem De Deo stand, einen Tritt versetzt und stellt sich jetzt mit hochgerissenen Armen an der Rampe in Positur, um den entsprechenden Beifall entgegenzunehmen.

»Komm«, sagt Gennaro. »Laß uns gehen.«

»Nein. Ich soll doch zusehen, oder?« entgegnet sie mit erstaunlicher Festigkeit in der Stimme.

Sie hat das Bedürfnis, sich Emanueles Körper, der am Strang baumelt, ganz genau anzusehen. Er sieht jetzt mit einem Mal aufgedunsen und blaßbläulich aus. Sein Mund steht offen, die entsetzliche, riesige, schwärzliche Zunge hängt heraus. Seine Augen sind weit aufgerissen und sehen stur geradeaus, genau wie zuvor.

Die Menge kreischt und tobt. Man entspannt sich, indem man *panzerotti, tittoli* und andere Gebäckstücke kauft, Wasser, Anis, Espresso, Wein trinkt. Man ruft sich etwas zu, wie bei jeder Großveranstaltung in Neapel. Oben auf dem Schafott ruht der Henker sich aus, er sitzt auf dem Schemel, den die Verurteilten besteigen.

Unten am Podest bewachen die Weißen Brüder die anderen beiden Todeskandidaten, die schreien und sich winden. Ein kleiner Priester mit weißen Haaren zückt ein langes Kruzifix.

»Gehen wir«, sagt Gennaro erneut.

Während sie sich einen Weg durch die Menge bahnen, nimmt sie den intensiven, öligen Duft von Rosen wahr. Und ein Winseln. Es ist eine stark geschminkte, fette Hure mit halb aus dem Mieder hängender Brust. Sie starrt den Jungen am Strang an, der immer mehr aufquillt, und ein Schluchzen steigt aus ihrem riesigen Busen.

»Armer Sohn einer armen Mutter«, wispert sie kaum hörbar.

3   Gennaro hat Sanges, Cuoco und vor allem Chiara unbedingt ins »Acino de fuoco« einladen wollen. Um sie zu trösten, jetzt, nachdem man Ignazio verhaftet hat.

Das Sondertribunal läßt nicht mit sich scherzen. Außer Castelcicala und Guidobaldi hat die Königin auch den Mörder Vanni dafür nominiert, einen Neurotiker, der sich nur hüpfend fortbewegt und in einem fort »mein König« sagt. Für »seinen König« würde er sogar seine Mutter und seinen Vater umbringen. Eine Flut von Verhaftungen: ein zweites Mal Jeròcades, auch Ruvo, den Marchese di Corleto, Fasulo, Ciaia, Odazzi, den armen Guidi.

Arme Teufel wie Giordano, Dickköpfe wie den Principe di Torella. Lauberg, Pagano, Baffi und Russo haben die Flucht ergriffen und alle Brücken hinter sich abgebrochen. Wo sie jetzt wohl sind? In Rom? In Mailand? Es ist so schwer, an Nachrichten heranzukommen. Schon für einen Brief oder eine Zeitung riskiert man viel. Die Bücher Genovesis und Filangieris sind verboten worden!

Gedankenverloren schiebt Lenòr ein Stück hausgebackenes Brot auf dem sorgfältig gedeckten Tisch des Weinlokals hin und her. Chiara sitzt neben ihr: Sie zwingt sich zu reden und zu lächeln, aber sie leidet.

»Acino« hat sich wirklich Mühe gegeben: keine Blechbecher, sondern richtige Gläser, aus irgendeinem Vorrat alte, mit gelben Blumen verzierte Teller, ein Zweig roter Geranien in einer Karaffe.

Aus der Küche zieht der gute Duft nach Sugo und Würsten herein, »Acino« bietet den jungen Wein aus Lettere an. Die Jahreszeit ist herrlich: ein klarer, milder Oktober, fast alle Pflanzen tragen noch ihre Blätter. Wenn man hinausblickt, kann man der Illusion erliegen, sich mitten in einem Garten zu befinden.

Aber es kommt keine Begeisterung auf. Sanges ist um Jahre gealtert, müde, enttäuscht. Inzwischen hat die melancholisch-zynische Ader, die in seiner Jugend wie eine Pose wirkte, in ihm die Oberhand gewonnen.

Das Spiel ist tatsächlich aus, und das gilt für alle. Selbst wenn du dich, rein hypothetisch, ab sofort nur noch um deine eigenen Angelegenheiten kümmerst und von der Bildfläche verschwindest – sie kennen dich, irgendwann kommen sie unausweichlich auch zu dir.

»Das ist es, was ich nicht begreife«, sagt Lenòr zum wiederholten Male. »Weshalb haben sie uns noch nicht geholt? Worauf warten sie denn? Ist es überhaupt klug und richtig hierzubleiben?«

Sanges zuckt die Schultern. »Ich glaube nicht, daß uns die Wahl bleibt, Lenòr. Ich weiß ja nicht, wie Pagano und die anderen es geschafft haben, sich aus dem Staub zu machen. Offenbar hatte Lauberg einen Informanten beim Tribunal. Jetzt geben sie auch kein freies Geleit mehr, alle Grenzen und die Küsten werden überwacht. Wenn du nur einen Schritt vor die Tür machst, fällst du schon auf. Warten wir's also ab, verhalten wir uns ruhig. Was kommen wird, wird kommen.«

Gennaro lacht, um sie aufzuheitern: »Außerdem bleibt uns ja immer noch diese schöne Grotte!«

Jetzt betritt »Acino« den Raum, gefolgt von einem barfüßigen Jungen. Sie bringen die Vermicelli mit Tomatensoße, Knoblauch und Basilikum. Bei diesem so lange entbehrten Duft läuft ihr das Wasser im Munde zusammen, auch Chiara hat Appetit bekommen. Gennaro gießt Wein ein, »Acino« bringt den Pfeffer, für alle, die es gern noch schärfer mögen.

»Und du glaubst, es ist wirklich vorbei, Vincenzo?« wendet sich Gennaro an Sanges, der den Kopf schüttelt. Er schluckt seinen Bissen hinunter, wischt sich den Mund ab, trinkt von seinem Wein. »Vorbei womit?«

»Mit der Revolution in Frankreich.«

»In gewissem Sinne ja. Die Zeiten, in denen alles drunter und drüber ging, die sind vorbei. Jetzt liegt die Macht in den Händen der reichen Bürger und des Militärs.«

»Was zu beweisen war«, meldet sich Cuoco zu Wort und zwinkert mit den Augen. Er ißt nicht, damit er reden kann. »Frankreich ist nicht England. Sie haben es nie geschafft, Industrie und Handel zu entwickeln, deshalb mußten sie immer Kriege führen. Genau wie im alten Rom.«

»Moment mal«, entgegnet Gennaro, während »Acino« mit einer Platte riesiger, gut durchgebratener Würste aus den Abruzzen hereinkommt, die in einem Bett saftiger Friarielli liegen. »Frankreich hat den Krieg nicht angezettelt. Man hat sie da reingezogen.«

Cuoco muß erst noch seine Vermicelli aufessen. Er schüttelt den Kopf. »Da blendest du aber gewisse Ereignisse aus«, sagt er und dreht hastig die dünnen Bandnudeln um die Zinken. »Die Franzosen haben Holland, Belgien, Luxemburg annektiert. Und das, mein Lieber, ist reine Eroberungsgier.«

»Kann ich den Teller mitnehmen, Monzù?« fragt der Junge schüchtern.

»Nimm nur«, gurgelt Cuoco mit vollem Mund. »Hier entsteht ein regelrechtes Imperium. Ein ... demokratisches Imperium. Eine schöne weltweite Monarchie.«

»Jetzt fängst du auch noch davon an! Wenn sie aber doch Capeto und seine ganze Familie ausgelöscht haben!«

»Wer sagt denn, daß der neue König gezwungenermaßen ein Bourbone sein muß? Einer dieser Generäle beispielsweise ...«

Er betrachtet die Wurst, greift nach dem Messer. »Dieser Buonaparte macht sich einen Namen. Die Wurst ist ausgezeichnet! Oder dieser Barras, der das Direktorium leitet; er genießt das Vertrauen der Bankiers. Sie könnten genausogut auf einen König verzichten – und statt dessen einen Präsidenten wählen, der die Machtbefugnisse eines Monarchen hat.«

»Mir macht unsere eigene Situation viel mehr Kopfzerbrechen. Hier. In Neapel«, meldet Lenòr sich nun zu Wort. »So sehr ich mich auch bemühe, ich sehe einfach nicht, wie alles weitergehen könnte.«

»Die Franzosen werden Italien angreifen und befreien«, verkündet Gennaro seelenruhig und gießt sich etwas Wein nach. »Das ist für sie eine regelrechte Notwendigkeit. Wollt ihr denn, daß sie Italien den Engländern überlassen? Oder den Österreichern?«

»Sie werden auch Neapel angreifen«, nickt Cuoco. »Es wird ihnen nichts anderes übrigbleiben. Und wißt ihr auch, wer sie dazu zwingen wird? Maria Caroline. Diese Irre – statt die Leute vergessen zu lassen, daß sie Marie Antoinettes Schwester und die Frau eines Bourbonen ist, statt zu versuchen, sich die bestmögliche politische Unterstützung zu holen, unternimmt sie alles, was in ihrer Macht steht, um den Haß noch zu schüren. Und läßt die wenigen, die überhaupt nachdenken, ins Gefängnis werfen ...«

Mit einer nervösen Geste schiebt Chiara den noch fast vollen Teller weg und bricht in Tränen aus.

»Bitte verzeihen Sie, meine Liebe.« Vor lauter Schuldgefühlen wird Cuoco von einem Ansturm nervöser Zuckungen geschüttelt.

»*Rien* – schon gut.« Sie trocknet sich die Augen. »Aber wenn wir schon darauf warten, daß die Franzosen kommen«, fährt sie mühsam atmend fort, »können wir denn nichts für Ignazio tun? Soll er etwa in diesem entsetzlichen Gefängnis verfaulen, wenn sie ihn nicht schon vorher aufhängen? Und die Organisation, die Bewegung?«

»Die hat keine Kraft mehr«, sagt Gennaro düster. »Der einzige, der wirklich organisieren konnte, war Lauberg. Ein anderer, der das hätte übernehmen können, ist Ruvo, auch er ist verhaftet worden. Jetzt gibt es nur noch verängstigte Einzelpersonen. Unsere Hoffnung sind die Franzosen, meine Liebe. Du wirst schon sehen, daß sie bald kommen.«

Chiara sitzt zusammengesunken da. Sie starrt auf die unverputzte gekalkte Wand des Weinlokals. Lenòr würde sie gern trösten.

»Kopf hoch, Chiara. Iganzio kommt sicherlich bald raus. Was sollen sie ihm denn anhängen? Was haben sie denn für Beweise?«

Chiara scheint sich ein wenig zu entkrampfen. »Beweise haben sie wohl keine«, murmelt sie. »Sie haben seine Wohnung auf den Kopf gestellt, aber er hatte dort nichts versteckt. Seine Papiere habe ich: in meiner Wohnung, bei meinem Mann.«

Ein zartes Lächeln umspielt Lenòrs Lippen. »Na also.«

»Genau das ist es, was mir angst macht, Lenòr. Weshalb halten sie ihn fest, wenn sie keine Beweise haben? Wer klagt ihn überhaupt an? Wie soll ich ihm helfen, solange ich das nicht weiß?«

Sie zögert. »Und wenn ich zu … Caterina di San Marco gehe? Auch ihr Bruder Medici ist verhaftet worden.«

»Geht auf keinen Fall zum Palast!« Cuoco zuckt. »In dieser Situation wird die Königin keinen Millimeter nachgeben. Sie muß eiserne Stärke beweisen.«

»Könnten deine Onkel nicht etwas unternehmen, Gennaro?«

Er zuckt die Achseln. »Es ist schon ein Wunder, daß sie selbst noch nicht an der Reihe waren.«

»*Et alors Ignazio est perdu* – dann ist Ignazio verloren«, murmelt Chiara und sackt in sich zusammen.

4   Um Chiara zu trösten, macht Gennaro am späten Nach-
    mittag den Vorschlag, gemeinsam zur Vicarìa zu fahren.
»Wenn wir ihnen Geld geben, werden wir schon irgendwas in
Erfahrung bringen.«

Sie nehmen eine Kutsche: Via Toledo, Port'Alba, San Pietro a
Maiella, Via Tribunali. Zum erstenmal begibt sich Lenòr in diesen Teil der Stadt. Er ähnelt anderen Vierteln, die sie kennt, der
Pignasecca beispielsweise. Auch hier ein Laden neben dem
nächsten, Lebensmittel und sonstige Waren türmen sich am Stra-
ßenrand, auch hier eine lärmende, chaotische Menschenmenge.
Trotz der Zornausbrüche des Kutschers geht es nur langsam
voran – Gennaro sieht ein, daß sie zu Fuß schneller ans Ziel kommen. Er bezahlt, sie steigen aus.

Es ist die Stunde der Abenddämmerung, aber das Durcheinander und Gedränge lassen keineswegs nach. Der eine oder
andere Ladengehilfe klettert an der Hauswand hoch, um die
Laternen an den Vordächern anzuzünden.

Dann wird die Straße breiter, das Basaltpflaster weicht jetzt
Lehmboden mit dunkelroten Pfützen, Stroh, Abfällen. Sie gelangen schließlich in ein Gewirr kleiner Plätze, enger Gassen von
einem Meter Breite, jeder Menge Baracken, wo emsige Betrieb-
samkeit herrscht.

Kerzenmacher schmelzen Talg in schwarzen Kesseln, die
inmitten von Rauchschwaden auf einem Holzkohlenfeuer vor
sich hin köcheln. Böttcher hämmern auf die Faßdauben. Vor
stinkenden *bassi* sitzen die Schuhmacher über ihre Werkbänke
gebeugt und ziehen Pechfäden, drehen das vorgefertigte Leder,
bohren Löcher mit den Ahlen.

Es ist fast Nacht, als sie den Largo dei Tribunali erreichen.
Hier zeigt sich ein ganz anderes Straßenbild: nur wenige Menschen, die argwöhnisch um sich schauen, eine Atmosphäre
undurchsichtiger Machenschaften. Der Platz ist groß, frei und
ungeschützt, im Hintergrund sieht man Reihen hoher gelber
Palazzi. In der Mitte erhebt sich ein massives Bollwerk: ein festes
Gefüge von Streben, Mauern, Wällen, Türmen. In einer dunklen
Mauer sprießen wildwachsende Büsche und sogar ein Oliven-
baum mit schwarzen, wirren Ästen.

Das Bauwerk nimmt gar kein Ende – es dreht sich um sich selbst, zieht sich in unheimliche Spalten zurück, streckt messerscharfe Mauervorsprünge hervor, die an Fallbeile erinnern. Vom Erdgeschoß bis unter das Dach ununterbrochene Reihen vergitterter Fenster, von denen einige noch Spuren eines vergangenen Luxus aufweisen: Gesimse, steinerne Ornamente, Mauervorsprünge unter den Fensterbrettern erinnern daran, daß dies einst ein Königspalast war.

Lenòr mustert die Vicarìa eindringlich mit einer seltsamen Mischung aus Faszination und Widerwillen. An den Ecken der Festung stehen unter brennenden Fackeln die Wachsoldaten in ihren blauen Uniformen, die Bajonette einsatzbereit.

Drei oder vier Verkaufsstände, aus denen kein Laut dringt; hinter riesigen Laiben Landbrot schlummert eine Frau mit einem schwarzen Schultertuch. Aus dunklen Höhlen in der Mauer dringen Rascheln, Gelächter, das Knirschen von Schritten auf Kies nach außen. Unter einer Fackel plaudern zwei Frauen mit weit geöffnetem Mieder neckisch mit den Soldaten. Barfüßige Lausbuben suchen den Boden und die Büsche ab; dann und wann ertönt von weit her ein rätselhafter Pfiff, und die *lazzarielli* flitzen davon.

»Wir warten hier«, sagt Gennaro.

»Aber an wen muß man sich denn wenden?«

»Sie kommen zu uns.«

Aus der Dunkelheit löst sich ein hagerer junger Mann mit hellen Augen. Er trägt eine Jacke aus grüner Seide mit Rockschößen, darunter aber ein Hemd aus grobem Leinen, helle, schmutzige Hosen. Er geht barfuß.

»Soll ich das Lied von der Zitrone singen, Monzù?« fragt er, und Gennaro nickt.

»Um wen geht es? Und wo ist er?«

»Das wissen wir nicht. Er ist ein Politischer.«

»Jakobiner?« fragt der junge Mann ganz unvoreingenommen.

»Was geht dich das an?« faucht Gennaro, doch der andere zuckt nur die Schultern.

»Wie heißt er? Wer fragt nach ihm?«

»Er heißt Ignazio. Donna … Donna Chiara fragt nach ihm. Sag es genau so: Donna Chiara.«

Der junge Mann konzentriert sich, legt die Hand ans Kinn. Er setzt einen Fuß vor, stemmt einen Arm in die Hüfte und reckt den anderen in die Höhe wie ein Schauspieler, der sich auf seinen Auftritt vorbereitet. Seine Stimme klingt zunächst etwas gepreßt, entfaltet sich dann zu einer nasalen Melodie.

> Bitteres Laub,
> bestell Ignazio: Hier ist Donna Chiara,
> und auf ein Täubchen
> wartet sie.

Er macht eine Pause, wiederholt den Gesang dann langsamer und klagender.

»Das Täubchen ist ein Brief«, erläutert Gennaro. Er ist aufgeregt, fragt den jungen Mann: »Wie heißt du?«

»Dommineco.«

»Dommi'. Und die Gendarmen lassen dich so einfach gewähren?«

Der junge Mann lächelt, betrachtet sich selbst von Kopf bis Fuß, um auf seine Kleidung aufmerksam zu machen. »Monzù, siehst du denn nicht den *gamorrino*?«

»Ach so. Dann bist du also ein Camorrista?«

»So ist es.«

»Und du hast deine Leute da drin.«

»Mein leiblicher Bruder ist ein Teufelskerl«, erklärt er stolz. Er spitzt die Ohren, rennt los: aus einem Fenster hoch oben hat sich etwas Weißes gelöst, schwebt in sanften Drehungen herunter und landet in den Büschen. Triumphierend kommt der junge Mann mit einem Blatt Papier in der Hand zurück.

»Das macht zwei Piaster, Monzù.«

»Du läßt dir deine Dienste gut bezahlen«, lächelt Gennaro.

»Ich verdiene mir meinen Lebensunterhalt ehrlicher als die da drinnen«, erwidert er.

Gennaro wird wütend. »Da drinnen sitzen ehrenhafte Männer«, sagt er hart auf Neapolitanisch. »Auch deinetwegen sind sie hinter Gitter gekommen. Du solltest auf ihrer Seite stehen.«

Der Junge lacht. Mit funkelndem Blick beginnt er halblaut zu singen:

> Wir sind keine Jakobiner,
> wir sind keine Royalisten.
> Wir sind einfach Camorristen,
> kriechen allen in den Arsch.

Er grüßt und verschwindet, während Chiara zitternd das Blatt in der Hand hält.

»Gib her. Ich lese es vor.«

Gennaro versucht, die Zeichen zu entziffern, die Ciaia auf das Papier gesetzt hat; sie sehen seltsam aus, wie mit einem verkohlten Stock geschrieben.

»*Ils … Dema …* Er hat Französisch geschrieben. *Saint …*«

»Gennaro, ich bitte dich. Gib schon her.«

Chiara reißt ihm das Stück Papier aus der Hand und hält es sich dicht vor die Augen.

»*Dema … Demain … Saint …* Das hier ist mit Sicherheit ein e.«

»*Saint …*«, ruft Gennaro. »Sant'Elmo. Morgen bringen sie ihn nach Sant'Elmo.«

Ein langes trauriges Schweigen. Sie brechen auf. Vom anderen Ende der Vicarìa ertönt noch einmal Domminecos Stimme:

> Weißblühender Apfelbaum,
> Micheles Brüder und seine Mamma
> ahnen nicht einmal im Traum
> wie es um ihn steht.

Hunde bellen irgendwo im Dunkeln.

»Vielleicht kommt gleich eine Taube heruntergeflogen«, sagt Sanges. Doch statt dessen hört man kurz darauf von oben eine einfältige, weinerliche Stimme, die mehr spricht, als daß sie singt:

> Addio Vater und Mutter,
> Bruder und Schwester, auf Wiedersehen,
> Ich werde in Trèmmole von euch gehen.
> Wir sehen uns im Himmel wieder.

Die Hunde bellen erneut, Lenòr friert, sie hat Angst.

»Was ist Trèmmole, Vincenzo?« fragt sie.

»Er wird lebenslänglich auf die Tremiti-Inseln der Provinz Foggia verbannt. Und dort wird er mit Sicherheit sterben.«

FÜNFZEHNTER TEIL

1 Wie in jedem Frühling ziehen frohe Scharen durch die Stadt, die ihren eigenen Gesetzen folgt. Es gibt eine vorzeitige Kirschenschwemme: *lazzari* und Kinder hängen sich Kirschen an die Ohren und halten Kutschen an, um ganze Körbe feilzubieten.

Die Serra haben mutig ihren Salon wiedereröffnet, auch Margherita Fasulo findet sich ein, und das nach der Verwüstung in ihrem Haus und nach der Verhaftung Nicolas. Sie wirkt nicht einmal besonders niedergeschlagen. Sie trägt einen hellen Gehrock, hat einen Kurzhaarschnitt. Maddalena Serra, Mariangela und Giulia Carafa, Mariantonia Popoli klatschen und tratschen völlig unerschrocken wie eh und je. Angiola Cimino ist wiederaufgetaucht, Lenòr beobachtet sie ohne Groll. Was wohl aus Primicerio geworden ist – bei Hofe ist er nicht mehr erwünscht, aber niemand hat etwas von ihm gehört. Die Cimino ist nach wie vor attraktiv, auch wenn sie sich herausgeputzt hat wie noch nie: Sie würde sich zu gern Roccaromana angeln, der den Salon neuerdings regelmäßig besucht. Da wird viel gekichert und gestichelt.

»Du wirst gar nichts an ihm finden.«

Angiola wirft ihren schönen Kopf gebieterisch in den Nacken. »Ich mache es wie Orpheus – er hat mit seinem Instrument die Steine erweicht.«

»*Oui, ton instrument*«, lacht Mariantonia. »Ist er nicht zu müde dazu?«

Roccaromana ist ein bildschöner Mann, aber er interessiert sich nicht für Frauen. So heißt es zumindest. Die Königin und die San Marco haben es bereits vergeblich bei ihm versucht. Maria Caroline ist jetzt fett und behaart: Sollte sie bei all dem Unheil, das sie ausbrütet, gewisse Dinge überhaupt noch in Erwägung ziehen?

Die Ereignisse überschlagen sich. In Frankreich steigt der

Stern von General Napoleon Bonaparte. Ein Blitzkrieg: Er hat die Österreicher, die Piemontesen und die Neapolitaner im Piemont geschlagen, Mailand erobert und die Transalpine Republik proklamiert. Sogar Moliterno spricht wohlwollend von ihm, obwohl Napoleons Soldaten sein Gesicht für immer mit einem kleinen Andenken gezeichnet haben. Über dem linken Auge trägt er eine breite schwarze Binde, die teilweise auch die Nase verdeckt, auf der ein Säbelhieb einen zerfurchten, blutigen Krater hinterlassen hat. Er lacht darüber.

»Darf etwa nur Nelson eine Augenbinde tragen? Jetzt, wo er seinen Abschied nehmen mußte, kann ich doch den Zyklopen spielen.«

Ebensowenig hält er mit seiner Bewunderung für Bonaparte hinter dem Berg. Seit Jahrhunderten hat man auf den Schlachtfeldern keinen derart genialen Alexander oder Hannibal mehr erlebt.

»Er war voller Hochachtung für meine Reiter aus dem ›Regina‹-Regiment«, erklärt Moliterno selbstgefällig. »Ich habe gehört, daß er sie ›ces diables blancs napolitains‹ genannt hat – die weißen Teufel aus Neapel.«

Die Erscheinung dieses entschlossenen jungen Mannes, der mit seinen zerlumpten Soldaten die ruhmreichen Heere ganz Europas in die Flucht schlägt, fasziniert nicht wenige, vor allem junge Leute.

Beispielsweise einen siebzehnjährigen Kadetten aus dem Dorf, aus dem auch Cuoco kommt: Gabriele Pepe. Er erinnert Lenòr ein wenig an den heranwachsenden Gennaro. Sobald Bonaparte erwähnt wird, fängt er an zu sprühen.

»Worauf warten wir denn noch!« ruft er und ballt die Fäuste. »Wir sind es, die dem General entgegenziehen müssen. Wir werden mit ihm zusammen wiederkommen und Neapel befreien!«

Chiara Pignatelli bezahlt einen Schmuggler aus Torre del Greco überaus großzügig dafür, daß er ihr, regelmäßiger als die reguläre Post, den »Moniteur« verschafft. Schritt für Schritt verfolgt sie Bonapartes Vorgehen, manchmal regt sie sich auf.

»Wieviel kostbare Zeit dieser Napoleon verliert! Er muß sich mehr beeilen! Wenn er wollte, könnte er schon nächste Woche in Neapel sein.«

Manchmal strahlt sie: »Komm doch, komm, ich flehe dich an, *mon cher Bonaparte*!«

Ignazio sitzt nach wie vor im Gefängnis, jetzt im Sant'Elmo. Auf Befehl der Königin darf er keinerlei Besuche erhalten: Das hat Minister Simonetti den Herzog Gaetani di Miranda wissen lassen, einen Kammerherrn des Königs und Freund der Pignatelli. Von den flehentlichen Bitten Chiaras genervt, hat er es gewagt, sich einzuschalten, und hat dabei einiges riskiert. Nicht einmal der Marchese Carlo De Marco, dieser altehrwürdige, aufrichtige und etwas kindisch gewordene Minister des Königlichen Hauses, den Michele Serra um Hilfe gebeten hatte, konnte seinen Einfluß geltend machen. Und im Sant'Elmo ertönen keine Gesänge, dort fliegen keine Täubchen.

2   Ohne große Neuigkeiten geht es dem Sommer entgegen.
Der König hat ein Manifest aushängen lassen. Es besagt unter anderem: »Diese Franzosen, die ihren König ermordet und die Tempel geschändet, die Priester niedergemetzelt oder verjagt haben, diese Franzosen, die alle Gesetze und die Gerechtigkeit abgeschafft haben, bringen, der Missetaten nicht genug, über alle besiegten Nationen und alle Leichtgläubigen, die sie wie Freunde empfangen, dieselbe Geißel. Wir aber werden auf den göttlichen Beistand und auf die eigenen Waffen vertrauen. In allen Kirchen soll gebetet werden, und Ihr, das ergebene neapolitanische Volk, eilt zu den Andachten, um bei Gott Frieden für das Königreich zu erbitten, hört die Stimmen der Priester, befolgt ihren Rat von der Kanzel und im Beichtstuhl... Und da in jeder Gemeinde die Bücher zur Einschreibung in die Armee ausliegen, eilt dorthin, Ihr, die Ihr für den Waffendienst geeignet seid, und setzt auch Euren Namen auf diese Listen. Denkt immer daran, daß wir das Vaterland, den Thron, die Freiheit, die heilige christliche Religion, die Frauen, die Kinder, unser Hab und Gut, alles, wofür es sich zu leben lohnt, die Sitten und Gebräuche unserer Vorväter, die Gesetze verteidigen müssen.«

Er hat Dreitagesgebete, Bußgebete, Novenen angeordnet: Die Königliche Familie, der Hofstaat, die Minister begeben sich unter dem Beifall von Bigotten und *lazzari* tagtäglich in den Dom. Bei den Cassano macht man sich über sie lustig.

»Ferdinand will die Franzosen mit Gebeten aufhalten«, ruft Marra. Er ist im blauen Gehrock erschienen, er und Manthonè haben den Militärdienst quittiert, um nicht gegen Bonaparte kämpfen zu müssen.

»Obwohl ...«, stammelt Cuovo mit seinem lehrerhaften Blick und zuckt nervös. »In diesem lächerlichen Manifest steckt auch ein Funken Wahrheit.«

»Avvocato!« schreit Marra bestürzt. »Seid Ihr nicht mehr bei Trost?«

»O doch. Aber grundsätzlich stimmt es, daß die Franzosen, wenn sie nach Neapel kämen, all das angreifen würden, was viele einfache Neapolitaner unter Vaterland verstehen. Sie würden alte und eherne Werte wie den Thron und die Religion abschaffen. In einigen Fällen würden sie sicherlich die Frauen beleidigen und die Besitztümer plündern.«

»Was redest du für einen Unsinn«, schaltete sich Gennaro ein. »Das französische Heer ist kein Heer wie jedes andere. Es ist das Heer der Revolution! Und der Freiheit.«

»Mag schon sein«, lächelt Cuoco. »Aber dieses Heer würde all das erschüttern, wofür es sich zu leben lohnt, wie es auf dem Manifest so schön heißt, und das sind letztendlich genau jene einfachen, friedfertigen Dinge, die den sanftmütigen Neapolitanern die Tage versüßen. Und ebensowenig kann man in Zweifel ziehen, daß die Franzosen die Sitten und Gebräuche unserer Vorväter unterwandern würden.«

»Ich glaube, Ihr macht Witze«, versetzt Marra trocken.

»Keineswegs.«

»Dann redet Ihr eben reinen Blödsinn. *Il n'y a pas de patrie là où il n'y a pas de liberté* – kein Vaterland ohne Freiheit.«

»Nur in euren Augen gibt es keine Freiheit«, eifert sich Cuoco. »Für einen winzigen Teil der Bevölkerung. Für diejenigen, die denken und lesen und gebildet sind. Oder es zu sein glauben. Aber das Volk fühlt sich sehr wohl frei und ist heiter und hat keine sonderlichen Probleme. Weil der König sich darum kümmert.«

»Keine Probleme? All das Elend, der Hunger …«

»Moment mal.« Cuoco legt Marra eine Hand auf die Schulter. »Laß uns nicht aus Liebe zur Polemik übertreiben. Obwohl die Preise wegen dieser völlig übereilten Bankenvereinigung gestiegen sind, stirbt niemand in Neapel den Hungertod. Mit neun Grana kann man eine Handvoll Maccheroni kaufen. Auch Brot. Mit wenigen Carlini soviel Obst und Fisch, wie man will, mit einem halben Pezza ist man ein König.«

»Und das soll genug sein! Eure Einstellung ist ja genau dieselbe wie die von Capeto und Minister Simonetti.«

»Vincenzo spielt den Advocatus Diaboli«, mischt sich nun Gennaro ein, der Cuocos unwilliges Zurückzucken bemerkt hat.

»Überhaupt nicht«, entgegnet der unbeirrt. »Ich werfe nur einen Blick auf die Realität. Und niemand kann abstreiten, daß die Ankunft der Franzosen die althergebrachten Sitten und den Frieden erschüttern wird.«

»Frieden und althergebrachte Sitten«, brummt Marra. »*L'obéissance passive des esclaves* – Sklavengehorsam.«

»Ich denke im Gegenteil … und ich sage das auch laut, selbst auf die Gefahr hin, für einen Fürsprecher König Ferdinands gehalten zu werden, wie der Bürger Marra soeben deutlich gezeigt hat, der über bestimmte Dinge leider nicht auf dem laufenden ist … Ich sage, daß die Ankunft der Franzosen die Probleme unseres Volkes nicht lösen wird. Sie werden uns im Gegenteil mit einer ausgedehnten militärischen Besatzungszeit beehren – mitsamt allen damit verbundenen Folgen.«

»Ich bin natürlich nicht über all das informiert, was Ihr wißt, Avvocato Cuoco«, erwidert Marra spöttisch, »aber ich sage, daß Ihr in der besten aller Hypothesen entsetzlich pessimistisch seid. Und Ihr richtet einigen Schaden damit an.«

Cuoco lacht. »Ihr wollt mich doch wohl um Himmels willen nicht herausfordern! Ich erkläre schon jetzt, daß ich es ablehnen würde. Das eine oder andere, wofür es sich zu leben lohnt, würde ich nämlich gern noch genießen!«

Marra ist der beste Degenfechter in Neapel. Er verdient seinen

Lebensunterhalt mit Fechtunterricht. Er hätte zu gern eine Fechtschule eröffnet, aber da er den Militärdienst quittiert hat, hat der
König ihm keine Erlaubnis erteilt.

»Wenn die Franzosen kommen, werdet Ihr Eure Ansichten
überprüfen können«, verkündet er halb im Ernst, halb scherzhaft.

Das Gespräch wendet sich nun wieder Bonaparte zu, die
Damen möchten von Moliterno wissen, wie der General eigentlich
aussieht.

»Ich habe ihn gar nicht zu Gesicht bekommen. Aber es heißt,
er sei klein, schmächtig und habe feurige Augen.«

»*Mon Dieu!*« ruft die Cimino aus. »*Quelle déception!* Wie ent-
täuschend. Ich habe ihn mir riesig und breitschultrig vorgestellt,
mit blonder Mähne und eiserner Hand.«

»Womöglich wie Roccaromana.«

»*Mais j'espère qu'il ait plus de possibilités que notre beau
garçon.* Ich hoffe doch, daß er in gewisser Hinsicht besser ausgestattet ist als unser schöner Jüngling. Ist er verheiratet?«

»Das weiß ich nicht«, sagt Moliterno entschuldigend. Chiara
hat mehr Informationen als er.

»Im ›Moniteur‹ habe ich gelesen, daß General Bonaparte letztes Jahr im April eine Adlige geheiratet hat, die Vicomtesse de
Beauharnais. Eine Witwe, Mutter von zwei Kindern.«

»Und das war das Ende der Revolution«, kommentiert Sanges
lächelnd. »Der General heiratet die Vicomtesse, das alte Regime
vermischt sich mit dem neuen. Alles hat sich verändert, und
nichts hat sich verändert.«

»Etwas hat sich durchaus verändert«, widerspricht wie üblich
Cuoco. »Ein Stück mehr an Freiheit: im Kapitelsaal haben die
Bankiers, die Kaufleute, das Militär jetzt Stimmrecht. Sogar mehr
als genug. Aber die Gesellschaft wird nach wie vor von der Elite
verwaltet.«

»Eine Aristokratie wird immer von einer anderen abgelöst«,
nickt Sanges.

3 Der Herbst ist regnerisch und grau. Der herrliche, strahlende Sommer voll von Enthusiasmus liegt schon weit zurück: Im Juli hatte Bonaparte Modena, Reggio, die Toskana besetzt, im August hatte er die Gegner in Castiglione delle Stiviere geschlagen und die Transpadanische Republik gegründet.

»*Il s'approche* – er kommt!« rief Chiara begeistert aus. Die Jüngeren waren völlig außer Rand und Band, zwei oder drei von ihnen, darunter auch Pepe, waren losgestürmt, um dem General entgegenzueilen.

»Dieser Napoleon ... Inzwischen wird er nur noch so genannt«, sagten die Weiseren unter ihnen. »Er ist schon jetzt ein Mythos.«

»Ein Mythos der Stärke und Entscheidungskraft.«

»Und der Abenteuerlust. Alles, was gut klingt. Bonaparte ist ein Meister der Rhetorik und versteht es vortrefflich, die Leute zu begeistern. Ich habe einen seiner Aufrufe an die italienische Kriegsflotte gelesen.«

»Er verkörpert all das, was den jungen Leuten am Herzen liegt: den Haß auf das gewöhnliche Leben, das Elend, die Engstirnigkeit.«

»Und er verkörpert auch das Ideal eines vereinigten Italiens, ein weiteres Ziel, das unsere Jugend um den Verstand bringt.«

»Auch dafür sollten wir den Franzosen danken.«

Dann machte eine schreckliche Nachricht die Runde: Conforti, Meola, Guidi und andere waren verhaftet worden, aber nicht durch die Spione Castelcicalas, sondern durch Denunziation von Jeròcades und Odazzi: ein Täubchen aus der Vicarìa brachte das ans Licht.

Lenòr war erschüttert, fühlte sich leer, was auch daran liegen konnte, daß es ihr wieder schlechterging. Sie litt unter nervösen Störungen und Augenschmerzen.

»Judas, Schwein, Schuft!« sagten alle. Gennaro war besonders hart.

»Wenn sie rauskommen, brauchen sie sich in Neapel nicht mehr blicken zu lassen.«

Jeròcades kam wieder raus, aber er floh augenblicklich nach

Kalabrien, wo er sich in seinem Dorf Parghelìa in einem Kloster einschloß.

Wie kann ein Mann nur so schwach sein? Sicherlich, Jeròcades war ein armer Kerl, zerrissen von inneren Kämpfen. Düster, melancholisch, einsam: Vielleicht wäre es schon viel früher ihre Pflicht gewesen, ihm zu helfen, ihn als Freund zu behandeln. Lenòr fühlt sich schuldig. Sie ruft sich die alten Zeiten in Erinnerung: Damals waren sie alle noch so jung; wie gut Sanges mit seinen langen blonden Locken aussah. Und Meola und Guidi, so liebenswürdig und brüderlich, und Jeròcades, der versucht hatte, ihr Interesse für ihn mit läppischer Geheimnistuerei um das Freimaurertum zu erwecken. Im Grunde hatte sie ihn immer schlecht behandelt und zurückgestoßen. Er hatte sie in die Arcadia eingeführt und auf seine Weise versucht, sie zu fördern.

Tag und Nacht ziehen durch die Stadt bewaffnete Truppen, die an die Landesgrenzen verlegt werden. Sie marschieren nach Portella, nach Pontecorvo (das der König dem Papst vor der Ankunft der Franzosen noch zu gern entreißen würde), in die Abruzzen, nach Civitella del Tronto. Stampfende Pferde, rollende Geschütze, rasselnde Säbel, morgens ist die Via Toledo ein einziger Pfuhl aus Stroh, Pferdeäpfeln, Essensresten, die die Soldaten weggeworfen haben. Es heißt, auch die *lazzari* würden Vorbereitungen treffen, der König lasse Messer und Pistolen an sie austeilen.

Bei den Cassano herrscht eine ungewisse Wartestimmung. Michele Serra ist längst bereit. »Ich bin ein neapolitanischer Soldat«, rechtfertigt er sich nervös. »Ich muß in jedem Fall meinem König gehorchen.«

Aber er ist unruhig und verärgert – ihn wird der König wohl nicht zu den Waffen rufen.

Die Frauen setzen den Klatsch und Tratsch lustlos fort. Chiara liest den »Moniteur« zunehmend unaufmerksam: Bonaparte hat in Arcole gesiegt, die Engländer haben Korsika verlassen.

Luisa Molino Sanfelice hat gemeinsam mit ihrem verrückten Ehemann für einige Abende einen Hauch von Fröhlichkeit hereingebracht. Sie ist schöner und lebhafter denn je. Ihr Mann muß über unglaublich gute Verbindungen verfügen: nach allem Unheil, das er angerichtet hat, hat man ihn sogar zum Landwirtschaftsbeauftragten in Seggio di Montagna ernannt! Was ihm immense Betrügereien ermöglicht. Die beiden haben jede Menge Geld und sind ganz versessen darauf, es so schnell wie möglich wieder auszugeben. Luisa trägt traumhaften Schmuck und kleidet sich nach der neuesten Mode: Kleider mit hochangesetzter Taille, flache Schuhe aus hellem Nappaleder, eine fleischfarbene, durchsichtige Bluse. Sie ist schwanger, aber man sieht ihren Bauch kaum. Das macht sie noch begehrenswerter, peinlicherweise läuft ihr Cuoco, von nervösen Zuckungen geschüttelt, überall hinterher.

Eines Nachmittags, als auch Gennaro zugegen war, erhielt Lenòr vom Tribunal eine Depesche, in der sie vom Tod Don Pasquale Trias unterrichtet wurde. Er war in der Kaserne in Pizzofalcone gestorben. Sie war verunsichert und traurig. Sie wagte nicht, Gennaro anzusehen, und murmelte: »Jetzt bin ich also Witwe.«

Er lächelte ungerührt. Dann riet er ihr, die Erbschaftsangelegenheiten mit Bedacht anzugehen. »Das Tribunal müßte dir die Mitgift erstatten. Vielleicht stehen dir noch ganz andere Beträge zu.«

»Du weißt schon …«, sagte sie, nun nervöser. »Tria wird einen Berg von Schulden hinterlassen haben.«

»Aber er hat doch Verwandte. Deine Mitgift wurde in bar ausgezahlt, und du hast Anspruch darauf, sie zurückzubekommen. Du mußt unbedingt eine Klage einreichen. Wir werden mit Cuoco darüber reden. Es wäre ein Jammer, wenn du das Geld verlieren würdest, es wäre nicht gerecht.«

Sie nickte mechanisch.

»Ja. Das stimmt, Gennaro. Es wäre nicht gerecht.«

SECHZEHNTER TEIL

1   Erst ein Tag und eine Nacht sind vergangen, aber sie hat
     schon jetzt das Gefühl, verrückt zu werden. Wenn sie
Kraft genug hätte, würde sie mit dem Kopf gegen diese abscheulichen Wände rennen, aus denen ein stinkender Rauch aufsteigt,
der sie zusätzlich schwächt und deprimiert. Doch sie hat kaum
noch genug Kraft zum Atmen.

Ihre Brust hebt und senkt sich nur mühsam unter dem rauhen,
schweren Stoff des weiten Hemdes, das anzuziehen sie gezwungen wurde. Schweiß rinnt aus den schmutzigen Haaren unter der
Haube hervor. Alles hier drinnen ist schmutzig. Sie kauert am
Rand einer schwarzen, schmierigen Steinbank. Um sie herum der
drückende Gestank von jahrzehntealtem Dreck und frischen
Exkrementen: ihren eigenen.

Ihr ist nach wie vor speiübel. Sie blickt hinauf zu dem vergitterten Fenster. Die schmutzverkrusteten Scheiben sind geöffnet:
heiße, nach Kot und Staub stinkende Luft zieht herein.

Es geht ihr wirklich schlecht, sehr schlecht. Aber es hat gar
keinen Sinn zu rufen, im Gegenteil, darauf verzichtet sie besser
gleich. In diesem »zweiten Trakt« der Vicarìa, im »Volksgefäng-
nis«, in das man sie gebracht hat, herrschen despotische Nonnen,
die gern handgreiflich werden. Vom ersten Augenblick an haben
sie sie mit genüßlicher Feindseligkeit behandelt.

»Zieh das Zeug aus! Wird's bald!«

»Ein bißchen flotter, Frau Jakobinerin! Wenn dir der Teufel im
Leib sitzt, dann werden wir ihn dir schon austreiben.«

Sie haben sie grob behandelt, ihr die Kleider vom Leibe gerissen, sie durch dunkle Flure und düstere Gewölbe gestoßen und
schließlich in dieser grauenhaften Zelle eingeschlossen.

»Da«, hieß es nur, als sie ihr verächtlich die dünne, speckige
Matratze, den Nachttopf, den Eßnapf und den Blechkrug hinter-
herwarfen.

333

Sie versucht aufzustehen. Doch alles dreht sich: Nachts hatte sie einen starken Migräneanfall, ein enger Eisenring um Schläfen und Hinterkopf, so daß sie glaubte, ihr letztes Stündlein habe geschlagen. Reglos hatte sie darauf gewartet, daß die Morgendämmerung die ersten Lichtstrahlen durch das kleine Fenster schicken würde. Jedes Geräusch war wie ein auf monströse Weise vervielfachter Angriff auf ihre Sinne. Dennoch hatte sie versucht, die Geräusche des nächtlichen Lebens zu entschlüsseln; sie hatte zurückgedacht an den Abend, als sie Ciaia einen Gesang hinaufgeschickt hatten, all das schien sich nun zu wiederholen. Doch darüber hinaus gibt es noch tausend andere Geräusche, die von draußen nicht zu hören sind, aber für alle, »die drinnen sind«, sehr wohl …

Meu Deus.

Ich bin jetzt eine von denen, »die drinnen sind«, denkt sie entsetzt. Ich sitze im Gefängnis.

Für wie lange? Was wird mit mir geschehen? Sie hatte gelernt, die unterschiedlichen Geräusche von Stiefeln, Pferdegeschirr, Gewehren wiederzuerkennen, die alle zwei Stunden die Ablösung der Wachposten begleiteten. Hatte gelernt, darauf zu warten, daß eine öffentliche Uhr irgendwo ganz in der Nähe die volle Stunde schlug. Hatte Angst gehabt vor dem gierigen Geknabber und Geraschel in der Zelle. Vor den Schreien der besessenen Frauen, die abrupt die Nacht zerrissen. Danach ein schleifendes Geräusch draußen im Korridor, schwache hin und her irrende Lichter unter der Tür, die zornige tiefe Stimme von Madre Cannitella, der schrecklichen Ordensschwester, die das Kommando führte. Dann erneut Stille.

Mit klopfendem Herzen hatte sie dem nasalen Singsang mit den leidenschaftlichen, erfindungsreichen Mitteilungen gelauscht. Sie wünschte sich so sehr, daß auch für sie ein Lied dabei wäre. Aber von wem? Gennaro war schon im Mai geflohen, ein paar Tage nach dem schlimmen Erlebnis.

»Lenòr, ich muß fort. Jetzt ist der Moment gekommen. Dieses Mal habe ich es dank der Grotte noch einmal geschafft, aber sie werden es wieder versuchen. Schließ dich ein, meide die Straße. Ich gehe nach Rom.«

Nach Rom! Wie groß war in den ersten Wochen des Jahres 1798 der Enthusiasmus gewesen! Nach der Gründung der Transalpinen Republik hatten die Franzosen die Schmach von Campoformia zu kompensieren versucht, indem sie Marschall Alexandre Berthier nach Rom schickten, um im Kirchenstaat die Republik zu gründen.

»Nach Rom! Nach Rom!« hatten alle geschrien. Man hatte getanzt und ohne Vorsicht und Zurückhaltung die Carmagnole und die Marseillaise gesungen. Dann aber hatte Bonaparte die unglückselige Idee, nach Ägypten zu ziehen, wo er den Engländern in die Falle gegangen war. Ferdinand und Maria Caroline konnten neue Kraft schöpfen. Und schließlich hatte Nelson in Abukir gesiegt.

2   Sie denkt zurück an die Tage, die ihrer Verhaftung vorangegangen waren. Anfang August: Neapel geschwächt von sengender Sonne, das Meer eine spiegelglatte Fläche. Als die Nachricht von Abukir eintraf, spielten sich unglaubliche Szenen ab, die Schiffe auf dem Golf hatten über die Toppen geflaggt und schossen aus allen Kanonen. Der Palast war mit Fahnen geschmückt, der König und die Königin zeigten sich mit stolzgeschwellter Brust nach einer Ewigkeit wieder in Begleitung der Schweizergarde in der goldenen Kutsche, während die *lazzari* um sie herum skandierten:

Pe-pe-pe-piripè.
Tod unseren Feinden,
  es lebe der König!

und dazu *piroccole*, Säbel und Fahnen durch die Luft schwenkten.

Und Lenòr lief dem Königspaar zu allem Unglück auch noch in der Via Toledo über den Weg, als sie mit Graziella auf dem Heimweg war. Der König sah unter seiner Flügelperücke und dem Dreispitz aufgedunsen und verträumt aus, die Königin grau und finster, eher wie eine Kugel.

Übelkeit steigt in ihr hoch, als sie sich daran erinnert. Maria Carolines Blick hatte sich mit dem ihren gekreuzt. Oder war alles diesen beiden fremden Personen zu verdanken, die bei den Cassano aufgetaucht waren, kurz bevor der Salon für immer geschlossen wurde? Der Tapezierer De Simone und Rosita Escobar: Wer hatte die beiden je zuvor gesehen?

In jener Nacht mußte sie sich übergeben, obwohl sie gar nichts gegessen hatte. Der Napf mit der schwärzlichen Suppe aus Bohnen und Kohl stand neben der Tür auf dem Fußboden. Wenn es ihr gelungen wäre aufzustehen, hätte sie die Suppe in den Nachttopf geschüttet: schon der beißende Geruch von ranzigem Öl und Knoblauch verursachte ihr Übelkeit. Auch der Laib dunkles Brot blieb auf dem Boden liegen. Sie gab sich einen Ruck. Trotz der Messerstiche im Kopf mußte sie aufstehen, denn Brot und Napf waren die Ursache für das ekelhafte Geraschel und Geknabber zu ihren Füßen, das seit Einbruch der Dunkelheit noch zugenommen hatte.

Durch das Fenster drang nur sehr schwach der Schein weit entfernter Lichter. Sie tastete sich vorwärts und löste damit ein wütendes Quieken und Durcheinanderhuschen aus. Zitternd gelang es ihr, den Napf und das Brot zu fassen und alles in den Eimer zu kippen. Ihre Zähne schlugen aufeinander, ihr Kopf schien bersten zu wollen. So ging es weiter bis zum Morgengrauen, als das Gefängnis unter dem Gewirr von Stimmen, dem Rasseln der Schlüssel, dem Läuten der Glocken zum neuen Tag erwachte.

Eine lange, dürre Nonne tauchte auf. »Steht auf. Es ist Zeit für die Kirche.«

»Ich fühle mich zu schlecht«, murmelte sie. »Ich fühle mich nicht gut.«

»Ihr geht trotzdem mit.«

Sie schüttelte ganz vorsichtig den Kopf. Jede Bewegung verursachte ihr Schwindel und Schmerzen. »Aber ich kann nicht«, stammelte sie. »Ich kann nicht aufstehen.«

»Dann gibt es heute eben Wasser und Brot.«

Endlich gelingt es ihr, sich auf den Hocker zu stellen, der unter ihren Beinen wackelt. Sie blickt hinaus: weiße Sonne, trübe, staubige Luft. Es fällt ihr schwer, die Gegend wiederzuerkennen, dann kann sie sich nach und nach wieder orientieren. Bei Tage sieht alles weniger riesig, weniger beängstigend aus. Festgetretene Erde, an den Rändern Gras mit hübschen Flecken roter Mohnblumen, im Hintergrund düstere gelbe Häuser, hinter denen sich irgendein anderes Stadtviertel an die Vicarìa anschließt. Dann wird ihr Blick vom Mauervorsprung gefangengenommen. In den Ritzen sieht sie Grasbüschel, rosafarbene Geranien, Nester: Spatzen fliegen in regelmäßigen Abständen hin und her, schlüpfen in die Löcher, bleiben eine Weile darin, fliegen wieder heraus.

Sofort fühlt sie sich besser, ein Blick auf den Himmel, das Licht, die Vögel hat genügt. Man hat ihr einen weiteren Brotlaib und einen Krug Wasser gebracht. Vorsichtig steigt sie vom Hocker herunter, trinkt einen Schluck. Das Brot ist weich, feucht, salzig, aber der körnige Geschmack der Kruste ist nicht zu verachten. Sie ißt mehr davon, und schon kehren Magenkrämpfe und Übelkeit zurück. Der kalte Schweiß bricht ihr aus. Sie schafft es kaum, sich auf der Bank auszustrecken. Nein. So kann es nicht weitergehen. Kümmert sich denn niemand um die kranken Gefangenen? Im Durcheinander der Fiebergedanken, die ihren Kopf erfüllen, erinnert sie sich daran, wie Cirillo erzählt hatte, daß er die Gefangenen von Santa Maria Apparente besucht habe. Vielleicht aus eigenem Antrieb.

Das Quietschen des Schlüssels im Schloß schreckt sie aus diesem Gedanken auf.

»Wach auf. Steh auf«, sagt die Wärterin. Sie schüttelt sie. »Willst du jetzt aufstehen oder nicht? Soll ich den Gendarm holen?«

Sie schüttelt sie immer wieder, murmelt dann: »Die hier ist wirklich nicht gut beieinander. Oberin! Madre Superio'!« schreit sie, und Schwester Cannitella taucht auf.

»Man muß sie einmal von Kopf bis Fuß waschen«, ordnet sie mit ihrer Männerstimme an. »Was können wir dafür, wenn sie nichts ißt? Ich werde Seiner Exzellenz davon berichten.«

Sie wird an Beinen und Armen gepackt und aus der Zelle geschleift, während sie weißen, bitteren, stinkenden Schleim erbricht.

Ein sauberes Zimmer, ein richtiges Bett aus schwarzem Eisen, eine Matratze, ein Bettlaken. Sie haben sie nackt ausgezogen und eimerweise mit kaltem Wasser übergossen. Im ersten Moment ist ihr die Luft weggeblieben, dann hat sich ein Gefühl von Wohlbefinden geregt. Jetzt geben sie ihr Milch mit Kaffee, ohne Zucker, aber sie behält keinen Schluck davon bei sich.

Ein neuer Spuckkrampf, nur gelblicher Schleim kommt heraus. Die Wärterin hält ihr mit ihrer rauhen Hand die Stirn: ein Geruch nach Eisen, Schweiß, Küche. Dann ein Ziehen vom Herzen, sie wird ohnmächtig.

3   Als sie wieder zu sich kommt, befindet sie sich in dem kleinen Zimmer im Bett. Ihr ist schwindelig. Sie fühlt sich sehr schwach, aber sie muß sich nicht mehr erbrechen. Da ist eine junge, blasse Nonne mit schrägen Augen und fleischigen Lippen. Sie spricht italienisch, aber mit ausländischem Akzent, ein hartes r und ein hartes s, sie muß Spanierin sein.

»Ihr habt die ganze Nacht geschlafen. Vermutlich habt Ihr etwas Verdorbenes gegessen.«

Lenòr hebt mühsam den Blick, sieht sie ironisch an. »Auf der Speisekarte der Vicarìa gibt es keine Auswahl«, murmelt sie.

Die Nonne schüttelt ihr das Kissen auf. »Deshalb müßt Ihr zusehen, daß Ihr so bald wie möglich hier rauskommt. Sobald Ihr gesund seid, geht Ihr zur Befragung zu Seiner Exzellenz Guidobaldi. Ihr müßt nur auf alle Fragen antworten, die er Euch fragt ... die er Euch stellt. Dann könnt Ihr auch sofort zurück nach Hause. Wenn Ihr unschuldig seid ...«

Das dumme, heuchlerische Geplapper bringt sie in Rage. »*Yo no soy culpable de nada* – ich bin keiner Tat schuldig«, antwortet sie in dem wenigen Spanisch, das sie kann. Sie will die Ordensschwester damit gleichzeitig beeindrucken und einschüchtern.

»*Si despues en este Reino es culpabilidad tener amigos, ideas ...*

338

– es sei denn, man macht sich in diesem Königreich schuldig, wenn man Freunde hat, und Ideen«, fährt sie fort. »Ich habe zu Ehren des Königs und der Königin geschrieben.«

Die Nonne mustert sie erstaunt, auch ein wenig verstimmt.

»¿Habla español Usted¿« fragt sie.

»Mal – wenig.«

»Dann spreche ich lieber italienisch. Ihr habt etwas geschrieben? Weshalb schreibt Ihr auch … Ihr seid doch eine Frau!«

Lenòr kann nicht anders, sie muß lächeln. Sie versucht aufzustehen, doch wieder dreht sich alles. »Ja, ich schreibe. Bücher, Gedichte, Traktate.«

Die Nonne starrt sie beunruhigt an. Dann bekreuzigt sie sich. »Ich werde für Euch und für Eure Familie beten«, murmelt sie. »Sie haben Euch schlecht erzogen. Sie haben Euch verdorben.«

Später kommt ein barfüßiges Mädchen in einem schwarzen Hemd und stellt ihr einen Blechteller mit einer prallen Weintraube auf das Bett. Dann will sie den Topf unter dem Bett entfernen.

»Wart mal. Wer hat dich geschickt?«

»Donna Crezia«, murmelt das Mädchen und fügt mit verschlagenem Gesichtsausdruck hinzu: »Weißt du das denn gar nicht? Da kommt doch jeden Tag eine vorbei. Mal bringt sie dies mit, mal das. Hast du denn noch nichts bekommen?«

»Eine? Wer eine?« fragt sie hastig und voll Unruhe.

»Woher soll ich das wissen.«

Donna Crezia ist die Leiterin des Wachpersonals, alles geht zuerst durch ihre Hände. Lenòr merkt, wie Wut in ihr aufsteigt, aber sie ist auch gerührt. Bis heute hat Donna Crezia alles, was die arme Graziella gebracht hat, für sich behalten! Denn nur Graziella kann diese »eine« sein – sie bekommt feuchte Augen.

Sie erinnert sich an den Tag ihrer Verhaftung. Sie waren gerade beim Mittagessen: Es war inzwischen zur Gewohnheit geworden, daß sie gemeinsam aßen, einander gegenüber, und miteinander schwatzten wie in einer Familie. Plötzlich hatten sie im Hinterhof Lärm gehört, die Tritte schwerer Stiefel, Leute, die zusammenliefen, Schläge an der Tür. Das Essen war ihnen im Hals steckengeblieben.

»Lauf weg! Lauf schnell weg, Signo'!« hatte Graziella geschrien und war vom Stuhl aufgesprungen. Dabei war ein Glas Wein umgekippt, der säuerliche Geruch breitete sich im Zimmer aus.

»Wohin soll ich denn fliehen, Grazie'. Hab keine Angst«, hatte Lenòr erwidert und versucht, die Ruhe zu bewahren. »Es wird schon nichts geschehen. Mach auf.«

Graziella war wie versteinert. Kurz bevor die Tür eingetreten wurde, setzte sie sich in Bewegung.

»Im Namen des Königs, macht auf!«

»Ein bißchen mehr gutes Benehmen«, hatte sie noch die Kraft, den drei Beauftragten mit Perücke und Zopf, die hereinstürmten, mit zorniger Miene entgegenzuschleudern. Dahinter Gendarmen in blau-roten Uniformen mit weißen Schulterriemen, die mit ihren Gewehren die anderen Hausbewohner, die lärmend herbeigelaufen waren, in Schach hielten.

Sie kann sich ganz genau an alles erinnern, an die Worte, die Gesten.

»Seid Ihr Eleonora Piomentel di Fonzeca?« schnarrte der älteste von ihnen, ein schmutziger, runzliger Alter, ohne sie anzusehen.

»Marchesa Pimentel de Fonseca«, korrigierte sie mit harter Stimme.

»Signo', ich habe einen Haftbefehl.«

Er hielt ihr ein großes Blatt Papier mit rotem Siegel unter die Nase und fügte, weiterhin ohne sie anzusehen, hinzu: »Wir müssen die Wohnung durchsuchen.«

»Hier gibt es nichts, was dieses Vorgehen rechtfertigen würde.«

»Signo'. Macht keinen Ärger«, entgegnete ihr ein anderer, als hätte er eine Frau aus dem Volk vor sich. Dann sah er Graziella.

»Und wer ist das da?«

»Meine Hausgehilfin. Sie hat nichts damit zu tun.«

Sie stellte sich neben Graziella, während die Beauftragten in die Wohnung ausschwärmten. Sie fühlte sich wie betäubt, das

Essen lag ihr wie ein Stein im Magen. Aber sie mußte Haltung bewahren: als Marchesa Fonseca und als Bürgerin Lenòr. Ganz steif stand sie neben Graziella, die weinte.

»Hör auf zu weinen«, sagte sie. »Es wird alles gut.«

Sie spürte, wie ihre Kiefernmuskeln sich anspannten, während die Männer eine Schublade nach der anderen auskippten und den Inhalt auf dem Boden verstreuten. Von Zeit zu Zeit rief der jüngste von ihnen, ein Dickerchen mit rosigem Gesicht, listig aus: »Oh! Das hier ist extrem wichtig! Oh! Und das hier erst!« – und legte es auf die Seite.

Schließlich waren sie fertig, der junge Kerl hatte einen ansehnlichen Berg Papier gesammelt.

»Hol ein Laken«, befahl der älteste Graziella. Sie starrte ihn aus ihren feurigen Augen an und stieß einen spitzen Schrei aus, der die Gendarmen zusammenzucken ließ.

»Die kannst du selbst tragn, du Schlappschwanz!«

Und sie trat so dicht auf ihn zu, als wollte sie ihn beißen.

»Halt's Maul«, versetzte der Alte. »Sonst nehm ich dich auch noch mit.«

Graziella fing an zu zittern. Sie drückte sich an Lenòr, streichelte ihr Gesicht, ihre Hände.

»Und ich sag dir, du nimmst sie nich mit. Nur über meine Leiche.«

»Dioda', nimm die Decke vom Bett und wickle das Zeug darin ein«, befahl indessen der Alte und zeigte mit angewidertem Blick auf das zusammengetragene Material.

»Grazie', geh zur Seite«, sagte Lenòr leise. »Wir können nichts dagegen machen. Noch weniger als nichts.«

»Aber wo bringen sie dich denn hin, Signo'? Du hast doch nichts getan! Das kann ich euch schwörn, ich bin doch immer mit ihr zusammen. Sie hat nichts getan!«

»Geh aus dem Weg«, wiederholte der Alte und packte sie am Arm.

»Du! Hände weg, und zwar sofort! Du alter Schleimpfropf, du Totenkopf! Nimm mich doch mit in die Vicarìa!« schrie sie und baute sich vor ihm auf.

»Los, verlieren wir keine Zeit«, schnarrte der Alte gereizt, und drei Gendarmen stürzten sich auf Graziella, die sich ihnen zu entwinden versuchte und unentwegt schrie: »Sie hat doch nichts getan! Sie ist doch meine Signora, sie ist doch ein Kind! Weshalb nehmt ihr sie denn mit?«

»Befehl des Königs. Deshalb halt du lieber den Mund«, sagte ein Gendarm.

»Wenn er so eine Signora einsperrn läßt, dann is der König ein Hurensohn! Dann wird er immer der König der Backpfeifen und der Arschlöcher bleiben! Pfui Teufel!«

Sie spuckte aus und traf den Dicken, der sich wütend auf sie stürzte.

»Jetzt müssen wir diese Nutte auch noch mitnehmen!« brüllte er, aber die anderen lachten.

»Da«, sagte der Alte und reichte ihm ein Taschentuch. »Das ist keine von denen, die Neapels Ruin wollen.«

Mit einer feierlichen Geste trat er nun auf sie zu.

»Signora Piomentel ...«

»Marchesa Pimentel Fonseca«, verbesserte sie ihn halsstarrig.

Jetzt, in der Zelle, dachte sie wieder an die Szene, und rückblickend kam sie sich lächerlich vor.

»Na gut. Dann eben Marchesa. Folgt mir. Auf Befehl des Königs.«

»Ich muß doch irgend etwas mitnehmen. Geld, meine Sachen.«

»Tut mir leid. Gar nichts. So lautet der Befehl. Später. Später werdet Ihr schon bekommen, was Euch zusteht.«

»Wann, später?«

Darauf antwortete der Alte nicht. Auf ein Zeichen von ihm nahmen zwei Soldaten Lenòr in die Mitte. Graziella lag bäuchlings auf dem Boden, bäumte sich auf und schrie, als würde ein Toter aus dem Haus getragen.

4   Es ist eigenartig, das Nacheinander der Jahreszeiten von einem Gefängnis aus zu verfolgen. Die gewohnten Zeichen erhalten eine andere Bedeutung, die ersten Vorboten des Herbstes verlieren ihre sehnsuchtsvolle goldene Note und werden statt dessen zu einer kränklichen Ansammlung von Feuch-

tigkeit. Die Matratze wird klamm, und man weiß nicht, ob durch ungesundes Schwitzen oder durch Tropfen der schwülen Luft. Die Wasserpfeile vor dem Fenster, schwärzliche Rinnsale, die durch den einen oder anderen Mauerspalt dringen, verraten, daß es regnet. Den intensiven Eisengeruch der Erde kann man hier oben nicht wahrnehmen.

Schon Ende November. Sie kauert auf der Bank und häkelt. Unglaublich, wie ein menschliches Wesen es überhaupt fertigbringt, nicht zu resignieren, sondern jenes rätselhafte Gleichgewicht zu erlangen, das neue Gewohnheiten zuläßt und hilflose, aber notwendige Sicherheit spendet.

In diesem Gemütszustand befindet sie sich jetzt. Nach der Krise der ersten Wochen hat sie sich damit eingerichtet und gelernt, sich Bezugspunkte zu schaffen. Es ist ihr gelungen, ihre Lebendigkeit zu drosseln, indem sie Tag für Tag nur für das lebt, was der Tag ihr hier drinnen tatsächlich bietet, den stupiden Ablauf des Vierundzwanzigstundenrhythmus zu akzeptieren: essen, schlafen, arbeiten, den Rosenkranz beten, törichte Gespräche führen.

Ein entsetzlicher Moment, als sie dem Untersuchungsrichter Guidobaldi vorgeführt wird. Sie hatte den ganzen Abend und die ganze vorhergehende Nacht darüber nachgedacht und vor ihrem geistigen Auge unablässig Szenen, Situationen und Personen variiert. Wer weiß, aus welchem Grund sie sich diesen Guidobaldi als finsteren, jähzornigen Mann vorgestellt hat, umgeben von schwerbewaffneten Soldaten und Henkern mit den entsetzlichsten Folterinstrumenten. In ihr tauchten Einzelheiten aus einem Buch auf, das Pagano ihr vor langer Zeit gegeben hatte, damit sie eine Besprechung darüber schriebe. Das war zu der Zeit, als heftig über die Schriften des Marchese Beccaria diskutiert wurde; in dem Büchlein »Über Verbrechen und Strafen« wurden die Foltermethoden beschrieben, die die Magnifica Comunità di Lugano vorgesehen hatte, und dazu die entsprechende Bezahlung des Henkers: Anwendung der Zange – zwanzig Mailänder Lire, eine Zunge spalten – fünf Lire …

Sie hatte sich Stichworte und Antworten zurechtgelegt, an einem gewissen Punkt war Guidobaldi zuckersüß geworden.

»Signora Marchesa, Ihr seid doch aus adliger Familie. Ich habe hier den Auszug aus Euren portugiesischen und spanischen Abstammungsbüchern vor mir.«

Vor sich auf dem Tisch lagen die Beglaubigungen, für die Papài so verzweifelt gekämpft hatte.

»Ich begreife nicht so recht, wie Ihr mit Eurer ehrwürdigen Abstammung in diesen Aufruhr des Pöbels verwickelt werden konntet. Der ja die Abschaffung des Adels zum Ziel hat. Der sozialen Eckpfeiler.«

Und sie warf ihm ein Zitat von Plutarch entgegen: »Der wahre Adel ist die Gerechtigkeit.«

Vor ihrem inneren Auge tauchte nun das Bild des wütenden, tobenden Guidobaldi auf. »Wir wissen, daß Ihr Personen frequentiert, die wenig empfehlenswert sind.«

»Und das wären?« fragte sie hochmütig und sah ihm dabei in die Augen.

»Advokat Pagano, Abt Jeròcades, Signor Ciaia. Der bereits erwähnte Lauberg, ein gefährlicher Krimineller, Spion der ausländischen Feinde Seiner Majestät. In Eurem Haus sind verbotene Bücher gefunden worden.«

»Zum Beispiel?«

»Die Bücher von Principe Filangieri. Von Abt Genovesi.«

Ein weiterer niederschmetternder Satz: »Ich glaube, mein Herr, wenn Ihr die Arbeitszimmer der gebildeten Personen aller zivilen Nationen durchsuchen wolltet, würdet Ihr genau diese Bücher finden.«

»Aber hier darf man sie eben nicht besitzen«, erwiderte der unterlegene Gegner dümmlich.

»Welche Bücher darf man dann besitzen?« fragte sie herausfordernd.

»Weiß ich auch nicht. Damit kenne ich mich nicht aus.«

»Dann wäre es besser, Ihr würdet dazu schweigen«, erwiderte sie scharf.

Der Untersuchungsrichter machte ihr schöne Augen, starrte auf ihre Brüste, die sich unter dem verhaßten grauen Hemd abzeichneten.

»Signora Marchesa. Ihr seid eine schöne, freundliche Dame,

Ihr wart bei Hofe zu Gast. Ihr wart bekannt, Eure Verse wurden gerühmt. Wie habt Ihr all das nur aufgeben können? Jetzt, zu dieser Stunde, könntet Ihr eine Berühmtheit sein. Ihr hättet bei Hofe jeden nur erdenklichen kulturellen Auftrag erhalten. Ihr hättet die Stelle von Signor Primicerio eingenommen, der verschwunden und nicht auffindbar ist, Eure Einkünfte wären verdoppelt worden. Im Namen welcher Sache habt Ihr nur beschlossen, all das wegzuwerfen? Im Namen einiger abwegiger Ideen, die sich nie realisieren lassen. Aufgrund dummer Treue zu egoistischen Freunden.«

Mein Gott, wie beredt und penetrant er war, dieser Guidobaldi ihrer Phantasie! Ein wahres Abbild des Unbewußten, dachte sie verärgert; sie wischte den letzten Teil ihrer Unterredung aus und formte sich lieber einen Guidobaldi, der mehr der vorhergehenden, schmierigen Version glich.

»Es gibt Abhilfe für alles. Abgesehen vom Tod«, nahm er den Faden wieder lächelnd auf. »Seine Majestät ist bereit, Euch zu vergeben. Wir müssen die Feinde des Königreichs ausfindig machen, die immer noch an seinem Untergang weben, um die Lebensfreude zu stören, die einfachen Dinge, die den mythischen Neapolitanern die Tage versüßen.«

Doch weshalb redete der Guidobaldi ihrer Phantasie auf einmal wie Vincenzo Cuoco?

»Die Ankunft der Franzosen, Signora Marchesa, wird die Probleme unseres Volkes nicht lösen. Deshalb muß jeder, dem das Schicksal dieses geliebten neapolitanischen Vaterlandes am Herzen liegt, das inzwischen ja auch das Eure ist … deshalb hat jeder die Pflicht mitzuarbeiten. Außer den Personen, die ich Euch bereits genannt habe, werdet Ihr mit Sicherheit auch andere kennengelernt haben. Ihr würdet Seiner Majestät (und auch Euch selbst) einen großen Gefallen erweisen, wenn Ihr mir den einen oder anderen Namen nennen würdet.«

Sie stürzte sich fluchtartig in die heilige Atmosphäre dieser Sätze, feilte an einem weiteren, aus fernen Erinnerungen schöpfend.

»Die wahren Feinde des Vaterlandes sind die Ungerechtigkeit und die Tyrannen«, loderte sie auf. »Ich nehme an, Ihr kennt die

Maxime von Signor de La Rochefoucault: ›*Les grands noms abais-sent, au lieu d'élever, ceux qui ne les savent pas soutenir.*‹ Gewisse Dinge dürft Ihr von mir einfach nicht verlangen.«

Natürlich sprach der imaginäre Guidobaldi kein Französisch: und blieb stumm. Dann wurde er wieder grausam, Schränke, Scharfrichter, Folterinstrumente tauchten auf, riesige Zangen wurden über einem Feuer zum Glühen gebracht. Sie verspürte grauenhafte Stiche in einer Brustwarze.

In Wirklichkeit hatten sich die Dinge sehr anders und ganz banal abgespielt. Guidobaldi war ein runzliger Alter, auf altmodi-sche Art elegant gekleidet, Gehrock mit Silberblumen, luxuriö-ses Jabot, Spitzenärmel, blendendweiße Perücke. Er roch nach Veilchen aus Parma.

Er saß mit völlig gelangweiltem Gesichtsausdruck an einem schönen Rokokotisch in seinem Verhandlungszimmer in der Vicarìa. Sie war erstaunt, in diesem Gefängnis ein solches Zim-mer zu sehen: roter Marmor, Spiegel, mattgeschliffene Möbel.

Guidobaldi sah sie nicht an. Er schnupfte unentwegt Tabak. Zu seiner Linken saß ein Schreibgehilfe mit Papier, Feder und Tinte. Der Alte blieb stumm und in Gedanken versunken sitzen, als sie eintrat, und das genügte, damit sich ihre ganze Sicherheit, ihr Groll, ihre heroischen Phantasien in Nichts auflösten.

»Ihr seid die Marchesa Eleonora Pimentel de Fonseca?« brummte er schließlich, zunehmend mißgestimmt.

Sollte er wirklich eine der drei Hyänen sein, die die Patrioten verfolgten? Er wirkte eher, als hätte er seinen Beruf satt, als könnte er es gar nicht erwarten, endlich aufzustehen und sich in irgendeinen dummen Salon für ältere Herrschaften zu begeben.

»Ihr wohnt im Grottone di Palazzo? Antwortet mir bitte mit ›ja‹ oder ›nein‹.«

»Ja«, krächzte sie unzufrieden und leer. Konnte man sich da überhaupt anders verhalten?

Ein leichtes Kopfnicken zum Angestellten. »Schreib. Sie erkennt Identität und Wohnung an.« Dann, weiterhin ohne sie anzusehen: »Kennt Ihr Mario Pagano, Pasquale Baffi, Carlo Lau-berg?«

Sie zuckte die Schultern, war immer mehr verunsichert.

»Schreib. Sie gibt Kontakte zu obengenannten Abtrünnigen zu.«

Ein kurzes Aufbegehren: Sie hätte gern protestiert, diesen einseitigen, aber umgarnenden Monolog aufgebrochen, doch er ließ ihr dafür gar keine Zeit.

»Wollt Ihr auch hierzulande eine Republik wie in Frankreich?« murmelte er und stopfte sich eine Prise Schnupftabak in ein Nasenloch.

Mit Herzklopfen und atemloser Beschämung: »Nein, nein!«

»Weshalb hat man dann die ›Encyclopédie‹ bei Euch gefunden? Weshalb hat sich in Eurer Wohnung ein Club versammelt? Waren diese Bücher nun in Eurer Wohnung oder nicht?«

Von wegen Antworten, die eines Plutarch würdig wären! Verwirrt nickte sie.

»Schreib. Sie gesteht, daß sie verbotene Bücher besaß. Wen kennt Ihr noch? Zwei Worte, und Ihr seid wieder frei. Sofort.«

Keine weitere Explosion ungezähmten Stolzes. Nur eine leere, tödliche Müdigkeit: sie konnte gerade noch den Kopf schütteln.

»Schreib. Sie weigert sich, die Namen der Komplizen zu verraten. Also bleibt Ihr hier. Macht's gut. *Statte bbuono.*«

»*Statte bbuono.*«

Ein uraltes Gefühl wurde in ihr wach: die unschuldige Freude, mit der sie diesen Gruß entgegengenommen hatte, als sie das Königreich zum allerersten Mal betrat.

»Du bist noch nicht einmal angekommen, und schon willst du Neapolitanerin sein.«

Armer geliebter Titìo. Auch er weilte seit zwei Monaten nicht mehr unter den Lebenden. Sie streckte sich auf der Steinbank aus und fing an zu weinen.

Damals war dieser Gruß ihr herzlich erschienen, ein Gruß von Leuten mit guten Gefühlen. Denn sie glaubte, er würde bedeuten »*Fique bonzinho*«, nicht »*Cuide-se*«, paßt nur auf, was er wirklich bedeutete. Doch er ist ja nur eine Floskel: sogar ein Guidobaldi kann sie aussprechen. Sogar viel leichter. Für sie hatte sie eine besondere Bedeutung: mit diesem Gruß hatte ihr neapolitanisches Leben begonnen, und mit diesem Gruß würde es auch enden. Guidobaldi hatte sie mit seinem seelenlosen, gelangweilten Gehabe längst verurteilt. In der besten aller Hypothesen würde sie ihre letzten Jahre in der Vicarìa verbringen. Oder in Sant' Elmo, Santa Maria Apparente. Wie viele Jahre? Jetzt war sie neunundvierzig, ihr Leben war in jeder Hinsicht zu Ende.

5   Eines Nachts erklang Gennaros Lied.

Den weiblichen Gefangenen wurden oft Lieder gesungen. Dann kam Bewegung auf, dann knarrten die Türen, Donna Crezia holte die Gefangene, der die Nachricht gewidmet war, in ihrer Zelle ab und führte sie zum großen Fenster am Ende des Korridors, von wo das Täubchen anschließend nach unten segelte.

In der ersten Zeit war Lenòr noch neugierig und hatte versucht, die Geschichten dieser 'Ngiulina, Zita, Addolorata zu erraten, doch dann verlor sich ihr Interesse: mit der Außenwelt würde sie sowieso nicht mehr in Kontakt treten. Nie mehr. In dieser Nacht hatte sie nicht einmal mehr auf die dünne Jungenstimme geachtet, die zum vergitterten Fenster hinaufdrang. Es war Donna Crezia, die sie aufrüttelte. Sie sperrte die Tür auf und musterte sie von der Schwelle mit einem neuen, leicht verwunderten Blick.

»Donna Liono'«, sagte sie. »Nun kommt schon. Habt Ihr es denn nicht gehört? Es ist für Euch.«

Lenòr starrte zurück, auch wegen des freundlichen Tonfalls in höchstem Maße erstaunt, dann fuhr sie hoch und preßte das Ohr an die kalte, glitschige Mauer.

Schmerzensreiches Blümchen,
Donna Liono',
dich ruft Don Gennaro,

wiederholte die Stimme.

Donna Liono',
fa' int'a la capa de morta.
Lo vino è bbuono,
po' liegge la carta.

Meu Deus, was wollte er ihr damit sagen?

Ihr Herz klopfte wie wild: eine Welle zärtlichen Glücks, sobald sie begriffen hatte, daß es Gennaro war, der dort unten stand. Aber was sollte der restliche Teil der Nachricht heißen? Er hörte sich böse an, düster. ›*Capa de morta*‹ bedeutete auf Neapolitanisch ›Totenschädel‹. Und daß der Wein gut sei? Was hatte das denn mit ihr zu tun? Ihr lief ein Schauder über den Rücken. Hatte man sie etwa zum Tode verurteilt? Aber so etwas sagte man doch auf andere Weise!

Donna Crezia drängte sie zum Fenster: »Nun kommt endlich, Donna Liono'. Wir müssen uns beeilen. Ihr Don Gennaro und mein Sohn warten schon.«

Sie blickte hinunter. Die Nacht war klar, es hatte aufgehört zu regnen, und in den großen Pfützen zitterten die Flammen der Fackeln. Gennaro war in einen schwarzen Mantel gehüllt und trug einen Dreispitz auf dem Kopf. Sein nach oben gewandtes Gesicht sah sehr bleich aus, sie fing an zu weinen.

»Beeilt Euch«, tadelte Donna Crezia in beinahe mütterlichem Ton und zog aus ihrer Schürze ein halbiertes Blatt Papier und ein Stück gespitzte Kohle hervor: »Nun schreibt schon.«

»Was schreibe ich ihm denn? Was soll ich denn schreiben?« stieß sie zitternd hervor.

»Daß er die Flasche Wein hochschicken soll. Und ...« – sie zögerte und lächelte. »Ist das Euer Ehemann? Dann würde ich ihm ein paar liebe Worte schicken ...«

Ihre Finger wurden schwarz von der Kohle. In Sekundenschnelle rasten ihr tausend Gedanken durch den Kopf: daß sie auf französisch, auf portugiesisch, in lateinisch schreiben müßte, dann sagte sie sich, daß er das Täubchen persönlich erhalten würde, das war also kein Problem. Das erste Wort, das ihr in den Sinn kam, war ›Lieber‹: Sie versuchte, es wieder auszustreichen, auf dem Blatt entstand ein rauchschwarzer Fleck. Donna Crezia schüttelte den Kopf. Hastig, als würde man es ihr diktieren, schrieb Lenôr: »Ich warte auf die Flasche. Komm bald wieder.« Und nach kurzem Zögern fügte sie hinzu: »Es geht mir gut. Deine Lenòr.«

Die Wächterin, die sie zurück in die Zelle führte, erklärte es ihr: ›*Fare dint'a la capa de morta*‹ bedeutete in Neapel ›Wein trinken‹. »Euer Mann« – und Lenòr verbesserte sie nicht – »wird Euch eine Flasche Wein mit einer Nachricht schicken. Und Ihr werdet ihm auf dieselbe Weise antworten.«

»Darf man das denn?«

»Wenn ich es erlaube, ja.«

Donna Crezia behandelte sie fortan so, als gehöre sie mit dazu. Vielleicht weil ihr Sohn durch Gennaros Lied etwas verdient hatte, vielleicht weil die Episode sie mit den anderen weiblichen Gefangenen verband.

Sie war froh. Man mußte weitermachen, nicht allein bleiben, getrennt von den anderen. Am nächsten Tag bat sie um Gefängnisarbeit: Häkeln von Strümpfen und Mützen. Sie hatte das noch nie gemacht und wollte es sich zeigen lassen: Donna Crezia schickte ihr ein dickes, niedergeschlagen wirkendes Mädchen aus Caserta. Es setzte sich an die äußerste Ecke der Bank und fing sofort geschickt an, die groben Finger zu bewegen.

»Einstechen und Faden holen. So macht man das.«

Ohne die Arbeit zu unterbrechen, fragte das Mädchen Lenòr, weshalb sie drin sei. Lenòr wußte nicht, was sie antworten sollte, schließlich wagte sie zu sagen: »Ich habe Dinge gegen den König und die Königin gesagt.«

»Gut so«, erwiderte das Mädchen gleichmütig.

»Wieso?« fragte Lenòr vorsichtig. »Was hast du denn gegen den König und die Königin?«

»Man darf vor niemand Achtung haben«, sagte das Mädchen mit monotoner Stimme und ließ die Wolle, die sie in mehreren Schlaufen um die Nadel wickelte, nicht aus den Augen. »Nicht mal vor Papa und Mama.«

Das Mädchen erklärte, an einem bestimmten Punkt habe sie dem Vater mit einer Sichel den Hals durchschneiden müssen, weil er es mit ihr getrieben habe, seit sie zwölf Jahre alt war. Lenòr erschauderte und spürte einen Knoten im Hals. Vor Schreck und Mitgefühl kamen ihr die Tränen, aber das Mädchen fuhr in aller Seelenruhe fort: »Er wollte nicht, daß ich Mazzatiello heirate, deshalb habe ich ihm die Kehle durchgeschnitten. Und wenn die anderen mich nicht festgebunden hätten, hätte ich sie auch meiner Mutter durchgeschnitten. Die wollte das auch nicht – das paßte ihr nicht in den Kram. Sieh mal, Signo', sieh mal, wie schön das wird. Und jetzt du.«

Die Flasche war pünktlich eingetroffen, außerdem ein zusammengeknüpftes Taschentuch, in dem sie sieben Dukaten und einige Carlini fand. Einen der Dukaten schenkte sie unverzüglich Donna Crezia, die sich zunächst zierte, dann aber mit leuchtenden Augen zugriff. Sie schütteten den Wein um: Von unten in der Flasche kam ein Bündel aus Wachstuch zum Vorschein, das mit einem Bindfaden verschnürt war. Lenòr schälte ein kleines Stück Papier hervor, auf dem Gennaro in winzigen Buchstaben auf französisch geschrieben hatte: »*Du courage, ma chérie*, nur Mut. Capeto ist mit einer völlig unorganisierten, mittellosen Armee von hunderttausend Halunken, die von einem alten Österreicher kommandiert wird, gegen die Franzosen gezogen, die Rom besetzt haben, besser gesagt, Brutus' Republik. Capeto wird schnell sein Fett abbekommen, wie er es verdient, und dann ziehen die Franzosen weiter nach Neapel, um alle Patrioten zu befreien, und zuallererst natürlich dich, meine geliebte, sanfte, mutige Lenòr. In der Zwischenzeit suchen wir aber auch nach einer anderen Möglichkeit, dich zu befreien, nur für den Fall, daß die Franzosen zu lange auf sich warten lassen.«

Zweimal kam die Flasche mit neuen Nachrichten zurück.

Kaum zu glauben, aber Capeto war es gelungen, in Rom einzuziehen (»Die Franzosen haben sich aus strategischen Gründen ins Castel Sant'Angelo zurückgezogen«, lautete die widerwillige Erklärung) und die Stadt im Namen des Heiligen Vaters und mit der Hilfe von San Gennaro einzunehmen.

»*Cela ne peut plus durer* – das wird sich bald ändern«, hieß es in der Nachricht weiter. »Die Franzosen bereiten gerade einen neuen Angriff vor. Österreich will den König von Neapel nicht unterstützen. Für uns ist die Lage hier noch ziemlich schwierig, aber die Freunde tun, was sie können. Der Duc-Chevalier hat sich wieder in sein Versteck zurückgezogen. (Er meint Ruvo!) Wir erwarten die Rückkehr Marios (Pagano?) und der anderen.«

Dann kam die Flasche nicht mehr. Und auch Graziella kam

nicht mehr. Voll Angst und Kummer wartete Lenòr auf die Stimmen der nächtlichen Sänger und sah Donna Crezia fragend an, die verlegen und bedauernd den Kopf schüttelte.

»Irgendwas muß passiert sein«, flüsterte sie ihr eines Abends zu, während alt und jung im großen Raum monoton den Rosenkranz herunternuschelte, den die Nonnen vorbeteten. »Aber habt keine Angst. In Neapel ist alles ruhig. Der König ist immer noch in Rom, es gibt kein neues Gerücht.«

SIEBZEHNTER TEIL

1   Das Jahr 1799 hat mit einer Eiseskälte begonnen. Lenòr hat Donna Crezia weitere Dukaten zukommen lassen, für kratzige Wollsocken und einen gelblichen Schal, der nach Ziege riecht; eine Mütze hat sie sich selbst gehäkelt. *Meu Deus*, die Haare hat sie sich seit dem Tag ihrer Verhaftung nicht mehr gewaschen! Sie riechen streng nach Schimmel, Schweiß, Feuchtigkeit.

Sie zuckt die Achseln. Sie könnte um eine Spiegelscherbe bitten, aber sie will nicht. Sie erinnert sich noch an das, was Cirillo einmal gesagt hat, bezüglich der Lust am Verfall, verspürt traurige Erleichterung, weil die elementaren Handlungen wegfallen: Du mußt dir nicht mehr das Gesicht waschen, es ist gar nicht mehr nötig, dich zu kämmen. Da ist niemand, der dich sehen könnte, mit dem du sprechen sollst, dem du deine Aufmerksamkeit widmen mußt. Du bist ein Niemand – ob du stirbst oder am Leben bleibst, hat überhaupt keine Bedeutung mehr.

Es ist schon seltsam, wie dieser Zustand sie nach der anfänglichen Angst mit einem tiefen, willenlosen Frieden erfüllt. Von Zeit zu Zeit, wenn die Vergangenheit aufblitzt oder Zukunftsängste sie quälen, fängt das Gehirn an zu surren; sie läßt sich gehen, und träge, aber unerbittlich bedeckt diese Jauche alles und jedes mit dem Trost der eigenen Verwahrlosung. Alle Aufmerksamkeit richtet sich statt dessen auf das materielle Dasein. Sie stellt fest, daß sie Freude empfindet, wenn sie dank des Geldes wärmere Kleidungsstücke, einen Teller Pasta mit Sauce oder den so geliebten Espresso erhält. Morgens schickt Donna Crezia ihr ein Mädchen mit einer kleinen Flasche voll heißem Kaffee. Lenòr wartet ungeduldig und sehnsüchtig darauf, das Wasser läuft ihr im Munde zusammen, sie ergreift die Flasche, gießt die warme Flüssigkeit in das Glas, das die Wärterin ihr entgegen den

Bestimmungen zugestanden hat. Der Espresso ergießt sich mit seinem gelblichen, duftenden Schaum in das Gefäß.

Heute morgen ist da etwas Neues und stört ihr armseliges inneres Gleichgewicht: Sie ist schon mit Kopfschmerzen und Unterleibskrämpfen aufgewacht und schiebt es in ihrer morgendlichen Benommenheit auf den Kaffee. Gestern hat sie ihn ganz ausgetrunken, wie fast an jedem Tag. Doch der Kaffee muß ja gar nicht die Ursache sein.

Sie spürt etwas Klebriges zwischen den Beinen und nimmt außer den gewohnten Gerüchen in der Zelle den säuerlichen und zugleich süßlichen Geruch des Menstruationsbluts wahr. *Meu Deus*. Seit man sie ins Gefängnis geworfen hat, sind auch ihre Tage ausgeblieben, vielleicht wegen der Aufregung, der Angst. Aber sie hatte schon vorher zu Hause Unregelmäßigkeiten festgestellt: zwei Monate oder länger tat sich überhaupt nichts, dann hatte sie plötzlich wieder Blutungen, manchmal nur sehr spärlich, ein paar Tropfen. Jetzt ist da ein ganzes Meer, eine Woge, eine Flut, die sich nicht stoppen läßt.

Erschrocken versucht sie aufzustehen. Es wird doch keine Krankheit sein? Das Hemd ist blutgetränkt, vorne und hinten, die Matratze ist durchweicht, zu ihren Füßen auf dem Boden bilden sich klumpige bräunliche Flecken. Mit langsamen Schritten bewegt sie sich breitbeinig auf die Zellentür zu und läßt eine Blutspur hinter sich. Verzweifelt hämmert sie gegen die Tür, schreit laut um Hilfe, sogar Donna Crezia ist beeindruckt.

»*Gesù!* Was ist denn los? Die Lava der Heiligen Jungfrau? Donna Liono', was habt Ihr gemacht?«

»Was soll ich schon gemacht haben!« stößt sie mit weinerlicher Stimme hervor. »Helft mir lieber!«

Donna Crezia kommt mit einem Mädchen zurück, das Lappen und einen Eimer mitbringt. Die Blutungen dauern bis zum Nachmittag an.

»Jetzt ruht Euch erst mal aus. Legt Euch schlafen«, sagt die Wärterin. »Und trinkt keinen Kaffee mehr. Was Ihr jetzt braucht, ist Zitronensaft.«

354

Entkräftet bleibt sie auf dem Stroh liegen. Sie friert sehr, ihr Kopf ist ganz leicht und leer: wie Luft, ohne jeden Gedanken. Nur eine Erinnerung taucht immer wieder hartnäckig auf: an damals, als sie ein junges Mädchen war und fröhlich durch Neapel streifte, um die Stadt kennenzulernen. Bei der Statue des Riesen war ihr der König in einem grün-goldenen Gehrock in seiner Kutsche begegnet. Er war ärgerlich, weil sie sich nicht verneigt hatte, aber sie war eine Fremde und kannte die Sitten nicht. Genau an jenem Tag hatte sie zum ersten Mal geblutet, wie eine erwachsene Frau.

Heute hingegen ist es das letzte Mal, daß es aus ihr herausfließt, das weiß sie, das spürt sie. Und wieder ist der König schuld daran, dieser Gedanke flackert von Zeit zu Zeit kraftlos auf. Wirre, ausgewaschene Bilder schwirren durch ihren blutleeren Kopf: die Stadt von damals mit dem erdbeerroten Vesuv ist jetzt blaßrosa, die kräftige Sonne jenes Frühlings erlischt zu bleichen Schatten. Donna Crezia schüttelt sie besorgt.

»Donna Liono', wacht auf!«

In den Nasenlöchern spürt sie das Brennen von Essig.

2   Spannung und Unruhe liegen in der Luft, Donna Crezia äußert sich nicht dazu, aber Lenòr merkt, daß sie etwas weiß.

Seit zwei oder drei Abenden schon ertönen diese geheimnisvollen Gesänge. Lenòr lauscht gebannt: Sie ist aus der defensiven Trägheit erwacht. Gestern hat die 'Ngiulella eine Nachricht erhalten, sie kennt die Frau, jung und aufmüpfig ist sie und wegen Schmuggel und Diebstahl im Gefängnis. Später am Abend wird nach der Fravolella gerufen, einer kleinen rundlichen, freimütigen Prostituierten.

He, Fravolella,
deine Zeit in der Zelle ist bald vorbei.
Die Jungs warten schon vor den Kastellen.

Was soll das heißen? Donna Crezia schweigt sich nach wie vor aus. Lenòr beschließt, ihr noch etwas Geld zu geben, und die Wärterin flüstert: »Donna Liono', jetzt kommen schlimme Zeiten.

Der König ist nach Palermo geflohen, die Königin auch. Aber vorher hat er noch den Befehl gegeben, ganz Neapel in Brand zu setzen. Weil die Franzosen kommen. Als erstes haben im Hafen alle Schiffe gebrannt. Es heißt, die Jakobiner und auch die *lazzarune* wollen die Kastelle stürmen.«

»Auch die Vicarìa?«

»Auch die Vicarìa. Heute abend werden Soldaten vor den Zellen Wache stehen.«

In den Fluren das Getrappel von Absätzen, Männerstimmen, das Klirren von Pferdegeschirr. Die mutigsten unter den weiblichen Gefangenen, die längst durch die geheimnisvollen Botschaften im Gefängnis informiert sind, lachen, singen, provozieren.

»Capora', ich lechze schon seit einem halben Jahr. Mach die Tür auf!«

»Brigadie', zeig mir doch mal, wo du deinen Mumm sitzen hast! Wie groß ist er denn?«

Lautes Fluchen der aufgeregten und aufgegeilten Männer, kreischende Nonnen, zorniges Trommeln gegen die Zellentüren, die durchdringende Stimme von Madre Cannitella.

»Halt den Mund, du Hure! Sonst kommst du zu den Kriminellen.«

»Drecksack! Hörst du wohl auf? Ich schick dich gleich runter zum Panaro.«

Sie kauert ganz in der Ecke auf der Bank und konzentriert sich auf die Geräusche. Jetzt wird auch draußen Lärm laut, sie glaubt, das Lärmen der Menge und Pistolenschüsse zu hören. Dumpfe, schwere Schläge in den Eingeweiden des altehrwürdigen Kastells: die Scheiben klirren. Dann ein entsetzliches Donnern, das den Fußboden vibrieren läßt, danach ohrenbetäubendes Getöse. Als würden Menschen wie wild geworden die Treppen hinaufstürmen – hemmungsloses Gebrüll, Pistolenschüsse, Schmerzensschreie, Wutausbrüche, lautes Fluchen. Das Gebäude bebt.

Im Flur nervöse Stimmen, eine autoritäre männliche Stimme brüllt: »Die erste Reihe hinknien! Zielen!«

Gepolter von Stiefeln, Kreischen von Frauen. Deutlich hört

sie, wie hinter ihrer Tür eine Jungenstimme sagt: »Verflucht! Die reißen uns hier in Stücke! Laßt uns abhauen!«

Der Orkan tost jetzt in ihrem Flur: lautstarkes Donnern, Schüsse, Schreie. Durch die Türritzen dringt der beißende Qualm von verbranntem Schießpulver, inmitten des allgemeinen Tumults schrille Rufe von Frauen.

»'Ntrucculi', hier bin ich!«

»Pignatie', mach auf!«

Sie hört das Splittern eingeschlagener Türen, das Zischen von Äxten, die auf das Holz niedersausen. Sie duckt sich. Auch ihre Zellentür wird erschüttert. Aber nach ihr sucht ja keiner; wenn sie die Tür eintreten, dann nur, um ihr weh zu tun, um sie zu vergewaltigen. Vielleicht sind es ja die *lazzari*, die die Kastelle stürmen, auf der Jagd nach den Jakobinern. Sie hält sich die Ohren zu.

Jetzt brechen sie tatsächlich das Schloß auf. Das ist das Ende: Zwei *lazzari* mit pulvergeschwärzten Gesichtern und weit aufgerissenen Augen starren sie von der Schwelle aus an.

»Wer bist du? Zu wem gehörst du?« rufen sie ihr zu. »Willst du raus? Beeil dich!«

Sie packen sie an den Armen und zerren sie aus der Zelle. Sie hält die Augen geschlossen, spürt, wie die Kräfte sie verlassen, läßt sich einfach fallen.

»Was ist das denn für eine?«

»Keine Ahnung, noch nie gesehen!«

Einer der beiden mustert sie, zuckt dann die Schultern.

»Wo zum Teufel sitzt denn dieser Leuchtkäfer von Fravolella?« flucht er. »Hier kapiert man ja noch weniger als nichts.«

»Und wenn sie im Gang ganz unten ist? Sehn wir mal nach.«

Sie kauert, noch immer mit zusammengekniffenen Augen, auf dem Boden: nackte Füße, Stiefel, Frauen mit Holzpantinen laufen um sie herum und über sie hinweg. Ohrenbetäubender Lärm, dichte Wolken aus Staub und Pistolenpulver, die im Hals, in der Brust, auf der Haut brennen. Plötzlich wird sie hochgerissen, versucht sich zu wehren, aber die Hand, die an ihr zieht, ist stärker.

»Da ist sie ja!« schreit mit vor Rührung gebrochener Stimme Gennaro Serra.

Sie helfen ihr hoch. Sie versucht die Augen zu öffnen und sieht flüchtige, wirre Szenen, in einen schwefelgelben Nebel getaucht.

»Lenòr! Komm mit, lauf! Du bist frei«, lacht und weint Gennaro ganz dicht vor ihrem Gesicht. Er trägt eine blaue Matrosenmütze, eine Seemannsjacke und Seemannshosen. Er umklammert eine Pistole.

»Nur Mut, Lenòr. Wir müssen uns beeilen.«

»Nun komm schon, Lenòr«, rufen Manthonè und Lomonaco, die lächelnd hinter Gennaro auftauchen. Auch Manthonè ist wie ein Matrose gekleidet und schwingt ein Gewehr.

»Weg hier, schnell weg!«

Lazzari, weibliche Gefangene in weiten Hemden, nur halb bekleidete Soldaten stürzen auf die Freitreppe zu. *Meu Deus!* In einer Ecke liegen zwei Soldaten, Arme und Beine vulgär von sich gestreckt: unter dem blauen Rock des einen bildet sich eine dunkelrote Pfütze. Weiter vorn, auf der Schwelle zu einer Zelle, liegt bäuchlings eine Gefangene: Sie haben ihr das Hemd bis zum Rücken hochgezogen; auf den Beinen und den weißen Pobacken Blutspritzer.

Sie stützt sich bei Gennaro auf. Sie müssen über viele Tote hinwegsteigen: schaudernd erkennt sie Madre Cannitella mit gläsernen Augen. Sie liegt mit ausgebreiteten Armen auf dem Rücken. In ihrem Bauch steckt ein wuchtiges Messer mit schwarzem Griff.

3   »Komm schon, Lenòr. Du schaffst es.«

Zunächst müssen sie die Straßen um die Vicarìa hinter sich bringen, in denen es kocht und brodelt. Lenòrs Beine sind aus der Übung und tragen sie nicht, in der frischen Luft wird ihr wieder schwindlig. Gennaro und Manthonè schleppen sie weiter.

»Wir müssen uns beeilen. Neapel ist in den Händen der *lazzari*.«

Vor ihren benommenen Augen tun sich erschütternde Bilder

auf. Sie sieht *lazzari* mit Gewehren, Säbeln, Schwertern, Soldatenkäppis, Patronentaschen, goldenen Schulterstücken auf den Hemden. Ein neuer Schrei ertönt: »*Viva la Santa Fede!* Es lebe der Heilige Glaube!«

An der Ecke der Via Santa Caterina werden sie zum Anhalten gezwungen. Mit Gewehren bewaffnete *lazzari* überwachen zusammen mit geflüchteten Soldaten und hochmütigen Priestern die Straße und halten alle verdächtigen Personen an. Ein barfüßiger *lazzaro* mit kurzem Gehrock und weißer Mütze sowie ein finsterer Offizier mit offener Jacke, ohne Dreispitz oder Perücke, sind ihre Anführer.

»Matrose, wohin des Wegs?«

Sie fühlt, wie ihr die Sinne schwinden, und sie schließt die Augen. Sie hört Gennaro reden, zunächst noch mit einer Spur Unsicherheit in der Stimme, dann vor Verzweiflung ganz laut und bestimmt. *Meu Deus*, bitte mach, daß sein Neapolitanisch nicht künstlich klingt.

»Wir sind auf der Flucht, Capita'. Ich hab meine Frau aus der Vicarìa rausgeholt.«

Der Offizier und der *lazzaro* mustern sie. Sie ist leichenblaß, atmet flach, wird von Gennaro und Manthonè gestützt.

»Sieht aus, als ob sie gleich wegstirbt«, bemerkt der *lazzaro*. Er ruft: »Menie'! Einen Schluck Wasser!«

Ein Junge mit einem Dreispitz auf dem Kopf bringt ihm einen kleinen Tonkrug.

»Gib ihr zu trinken, Matrose«, sagt der *lazzaro* aufrichtig besorgt. »Dann erholt sie sich schon wieder. Wo müßt ihr hin?«

»Rauf in die Quartieri.«

»Blödsinn! Da stirbt sie dir ja noch auf dem Weg. Bleib lieber hier, damit sie sich ausruhen kann.«

Der Offizier ist mißtrauischer, Er beobachtet Gennaro schon seit geraumer Zeit und fragt schließlich: »Auf welchem Schiff warst du denn, Matrose?«

Gennaros Stimme zittert ein wenig. »Auf der ›Sannito‹, Capita'. Sie haben das Schiff angezündet, jetzt muß ich zu Fuß weiter.«

»Und weshalb war deine Frau in der Vicarìa?«

»Schmuggel und Diebstahl, Capita'. Wenn du dir hier nicht selbst was besorgst, dann ist es aus mit dir.«

»Hast du überhaupt schon gehört, daß die Franzosen kommen, Matrose?«

»Na klar. Wer weiß das nicht?«

»Wir müssen sie aufhalten. Am Ponte de la Maddalena. Du bist ein Soldat.«

»Zu Befehl, Exzellenz.«

»Du mußt mitkommen. Und der da«, er zeigt auf Manthonè, »ist der auch ein Matrose von der ›Sannito‹?«

»Jawohl. Er ist mitgekommen, um mir zu helfen.«

Zum Glück hat sich Lomonaco vor einigen Minuten in der Menge verdrückt.

»Matrose, laß deine Frau hier bei uns. Unsere Frauen bringen sie schon wieder auf die Beine. Und wir brechen in der Zwischenzeit den Franzosen das Genick.«

Woher nimmt Gennaro nur diese Bravour, diese unerwartet freche Schauspielkunst? Aber auch er ist ja Neapolitaner und hat mittlerweile mit den *lazzari* hinreichend Erfahrungen gemacht ...

»Capita'«, stöhnt er und ringt die Hände. »Und meine Kinder? Sieben Geschöpfe aus Gottes Hand, die jetzt mutterseelenallein sind! Sie warten auf den Vater und auf die Mutter, damit sie endlich etwas zu essen bekommen. Capita', Ihr seid doch auch Familienvater.«

»Ich habe meine Kinder und meine Frau zu Haus gelassen. Damit ich das Königreich verteidigen kann.«

Jetzt mischt sich der *lazzaro* ein, wirft dem Offizier einen verächtlichen Blick zu.

»*Mannaggia la Madonna!*« ruft er, wirft die Mütze zu Boden und trampelt darauf herum. »Du bist ein Capitano, du wohnst in einem Palazzo, du hast Diener und Hausmädchen, deine Kinder und deine Frau können dir scheißegal sein. Aber der hier ist ein Matrose, und seine Frau kommt gerade aus der Vicarìa. Geh nur zu deinen Kindern, Matrose. Und wenn dich noch mal jemand anhält, dann zeig ihm das hier.«

Er zieht einen kleinen Holzstock mit mehreren Kerben aus der Schärpe.

»Dann sagst du, Peggio, der *capo lazzaro* der Vicarìa, hat dir das gegeben. San Gennaro und die Madonna stehen dir zur Seite. Und jetzt geh!«

Gennaro bringt noch die Kraft auf, diesen gefährlichen Auftritt würdig zu beschließen.

»Compa', ich küss dir die Hände«, ruft er und tut so, als wolle er die Hände des *lazzaro* ergreifen, der lacht.

»*Viva la Santa Fede!*« schreit er und reißt die Arme hoch.

»*Vivaaaaa!*« stimmt auch Gennaro mit ein.

Daraufhin ertönt ein fröhlicher, lautstarker Chor. Der Offizier, der immer finsterer dreinblickt, wendet sich ab, spuckt aus und geht davon.

Sie schleppen Lenòr durch rauchgeschwängerte Straßen, in denen das Chaos herrscht. Viele Läden zeigen noch die Spuren der Plünderung: an den kahlen Wänden helle Stellen, wo vorher die Regale standen, verspritzte Tomatensauce und Öl, auf dem Boden eine stinkende Masse aus Oliven, Salzlake, Schmalz. Alle Palazzi sind verschlossen, an einigen aber sieht man die verkohlten Überreste der Türen; schwarz vom Feuer auch die Portale, die Fassaden mit den Wappen und den steinernen Mäulern zum Löschen der Fackeln.

Überall auf der Straße die Überreste dieser »Bereicherung des Pöbels«: Papierfetzen, Wattebäusche, Schmuckkästchen, Puderdosen, verschiedentlich auch Tote – erstochen, verbrannt, mit eingeschlagenen Köpfen. Auf den Stufen des Vico Conte di Mola liegt ein Haufen, der nur unzulänglich von einem grauen Mantel verhüllt ist: weiße Lederschuhe, wie sie gerade in Mode sind, schauen darunter hervor, aus einem spitzenbesetzten Ärmel ragt eine steife Männerhand.

Und überall die Leichen von Händlern, Kutschern, *lazzari*. Einer liegt am Cantone di Baglivo Uries, er ist halb nackt und vom Hals bis zum Bauch aufgeschlitzt.

Die wahren Herrscher des Tumults aber scheinen die Kinder zu sein. Zu Tausenden laufen sie herum, barfuß und in außergewöhnlicher Aufmachung, sie schieben Karren mit Hausrat und Lebensmitteln vor sich her, klettern an Regenrinnen hoch, um von dort durch die Fenster ins Haus zu schlüpfen, werfen mit Steinen die Scheiben ein. Sie essen, trinken aus riesigen Flaschen, singen, klettern über die Toten hinweg, ziehen sie aus, rennen hintereinander her.

Die Via Toledo ist ein einziges hysterisches Durcheinander – welch ein Gegensatz zu dem bunten, fröhlichen Treiben an anderen Tagen: eher ein düsteres, zornentflammtes Gekreische, das denen, die es erzeugen, womöglich selbst auf die Nerven geht.

Sie reagieren sich in jähen Gewaltausbrüchen ab. Ein Trupp zielt mit Pistolen und Gewehren in den Himmel, auf ein Bettlaken, einen Balkon, schießt brüllend vor einsamer Wut eine Salve nach der anderen ab.

»*Viva la Santa Fede!* Es lebe der König!«

Die Kirchen sind sperrangelweit geöffnet. Auf den Stufen von San Ferdinando steht glücklich lachend der Pfarrer in seiner bestickten Kutte. Er schwenkt die Monstranz. Eine Gruppe *lazzari* bleibt stehen. Sie knien nieder, nehmen ihre Mützen ab, der Priester segnet sie und schreit: »*Viva la Santa Fede!*«

»*Vivòòòò!*«

4   Jetzt sind wir Gott sei Dank im Palazzo Serra. Maddalena, Giulia, die Popoli kümmern sich um alles. Sie haben Lenòr in ein Schlafzimmer im ersten Stock bringen lassen – hübsch eingerichtet, ganz in Weiß-Grün-Gold, der Frisiertisch mit Tüll verziert. Sie haben sie ausgekleidet und ihr ein wunderbar warmes Bad eingelassen, Maddalena hat ihr höchstpersönlich dabei geholfen, einen Morgenmantel anzuziehen. Sie duzt sie liebevoll.

»*Ma chérie*, was dir vor allem fehlt, ist frische Luft und eine ausgiebige Toilette. Nichts ist wohltuender als ein warmes Bad, das dich wieder zum Leben erwecken wird, nach allem, was du durchgestanden hast. Bernardina, hol das grüne bayrische Badesalz.«

Später sitzen sie beim Abendessen im gelben Salon. Besticktes Tischtuch, Tafelsilber, Blumen, das Spiel der Reflexe in den großen Spiegeln und auf den polierten Oberflächen der Statuen aus Herkulaneum, kerzengerade in Livree hinter jedem Stuhl stehende Diener. Sie ist wie betäubt, kann es kaum fassen, als wäre der schreckliche Aufenthalt in der Vicarìa nichts als ein böser Traum. Sie riecht ihre eigene, angenehm duftende frische Haut. Sie haben ihr auch die Haare gewaschen und sie mit wohlriechenden, auf einem Kupferbecken gewärmten Tüchern getrocknet.

Maddalena hat ihr eines ihrer Kleider geliehen: ein einfaches Abendkleid aus violettem Stoff mit einer Tresse am Ausschnitt. Es ist ihr ein bißchen zu lang, obwohl Bernardina in Windeseile den Saum und die Ärmel gekürzt hat.

Alle sind sie vom Niedergang gezeichnet. Michele Serra wirkt leidend. Spärliche weiße Haare, das Gesicht leicht aufgedunsen, viele Falten. In seinen Augen und in seiner Stimme klingen Müdigkeit und Enttäuschung mit. Er ißt nur wenig: einen, zwei Löffel von dieser köstlichen, stärkenden Brühe, ein kleines Stück Fleisch, eine Olive.

Zunächst ist Lenòr Mittelpunkt der Gespräche. Sie wird gebeten, von ihren Erlebnissen zu berichten, wird gehätschelt und umsorgt. Giulia Carafa ist der Ansicht, daß sie in die Geschichte eingehen werde: die einzige Frau in Neapel, die verhaftet wurde. »*Le jour où naîtra la République à Naples vous serez une héroïne –* wenn Neapel erst eine Republik ist, werdet Ihr eine Heldin sein.«

Lenòr mustert sie verunsichert: Soll das ihr Ernst sein? Doch Giulias Lächeln wirkt aufrichtig und liebenswürdig; Lenòr spürt Ärger in sich aufsteigen. Das ist wirklich sehr bequem, so eine Revolution zu machen, umhüllt von dieser süßen Bonbonniere jenseits von Zeit und Raum.

»*Je ne crois pas*«, erwidert sie ein wenig hart. »*Je n'ai rien fait d'autre que la bêtise de me faire arrêter –* Ich habe doch nur die Dummheit begangen, mich festnehmen zu lassen.«

Um das Gespräch in andere Bahnen zu lenken, lächelt sie Gennaro zu, der ihr gegenübersitzt.

»Würdest du mich bitte davon in Kenntnis setzen, was in dieser fürchterlichen Zeit alles passiert ist? *Je ne sais rien à partir de ce moment-là* – ich weiß nichts, seit dem Moment meiner …«

»Du hast völlig recht«, lächelt auch er. Er beugt sich vor und gießt ihr Wein ein. »Aber das ist schnell erzählt. Nach der lächerlichen Niederlage in Rom hat Ferdinand sich verkleidet und ist geflohen, sobald die Franzosen näher rückten. In Neapel hat er gerade so lange Halt gemacht, wie er brauchte, um alle Schätze aus Capodimonte und dem Königspalast zusammenzuraffen (dazu noch zwanzig Millionen, die auf der Bank waren), und hat sich damit nach Palermo abgesetzt. Und den alten Trottel Principe Francesco Pignatelli zu seinem Statthalter bestimmt.«

Michele Serra erwacht aus seiner Apathie. »Und die Bourbonen haben alle Adligen hier für treue Diener gehalten«, nuschelt er.

Gennaro lacht. »Wo denkst du hin, Onkel! Nachdem Pignatelli die Flotte in Brand gesetzt und den Waffenstillstand von Sparanise unterzeichnet hat, ist auch er nach Palermo geflohen. Das erste, was Ferdinand gemacht hat, war, ihn in Ketten legen zu lassen.«

»Gut so. Gut so«, brummt Michele vor sich hin. Dann verfällt er wieder in seinen Dämmerzustand.

»Danach«, fährt Gennaro fort, »hat in Neapel niemand mehr gewußt, was los war. Es war keiner mehr da, der die Stadt regierte. Die *lazzari* haben die Kastelle gestürmt, um die gewöhnlichen Gefangenen zu befreien, und davon haben auch wir profitiert«, schließt er lachend. »Und dich in dieser ungemütlichen Behausung aufgesucht, wo sie dich im Namen des Königs untergebracht hatten.«

Sie lächelt. »Und wo sind die Franzosen jetzt?«

Gennaro zögert, weiß nicht, was er antworten soll. »Die Franzosen? Die warten noch bei Sparanise.«

»Und wieso?«

»Weil Pignatelli sich dafür eingesetzt hat, daß ihrem General Championnet zehn Millionen Tornesi ausgehändigt werden, damit er nicht in Neapel einmarschiert. Und sie warten noch immer! Nachdem König Ferdinand die Bank leergeräumt hat, befindet sich dort kein einziger Grana mehr.«

Sie versteht das alles nicht. »Aber weshalb wollen die Franzosen denn Geld von uns? Sie müßten doch auf der Stelle einschreiten. Ohne eine andere Absicht, als uns zu befreien.«

»Mir gefällt das genausowenig wie dir«, sagt Gennaro nachdenklich. »Auch darüber werden wir mit ihnen sprechen müssen. Du wirst sehen, alles wird sich klären.«

»*Ils avaient leurs raisons politiques* – politische Gründe«, meldet Manthonè sich zu Wort. »Wäre es denn etwa besser gewesen, wenn man Neapels Reichtümer der Willkür des Pöbels überlassen hätte? Den *lazzari*, die von den bourbonischen Offizieren aufgehetzt werden? Es handelt sich doch nur um eine Sicherheitsmaßnahme. Die Franzosen werden uns das Geld schon zurückgeben: aber der neapolitanischen Republik.«

»Und was machen wir jetzt, Gennaro?« fragt sie beunruhigt.

»Morgen sehen wir weiter. Dann trifft sich ein Komitee bei Fasulo zu Hause.«

»Er ist also auch befreit worden!«

»Ja, genauso wie Ignazio Ciaia und alle anderen.«

»Da bin ich aber froh. Auch für Chiara.«

Maddalena schüttelt den Kopf.

»*Ah, ben*«, sagt sie. »*Mais Chiara n'est plus celle d'autrefois* – Chiara ist nicht mehr dieselbe wie früher.«

»Chiara geht es nicht so gut«, sagt Gennaro brüsk, als wolle er das Gespräch beenden. »Man kann nicht mehr vernünftig mit ihr reden. Vor allem seit ihr Mann gestorben ist.«

»Die Ärmste, sie ist kaum wiederzuerkennen«, fährt Maddalena fort. »Sie ist inzwischen zweiundfünfzig und lebt in Jubel und Trubel wie ein junges Mädchen. Wie ein Kind. Sie feiert Feste, feiert ununterbrochen Feste in dem Haus, das jetzt endlich von diesem abscheulichen scheintoten Ehemann befreit ist. Es ist ein Jammer!«

»Aber ... Was ist mit Ciaia?«

»Oh, mit Ciaia. Das ist vorbei, schon seit einer ganzen Weile.«

5   Es ist nicht ungefährlich, zu Fasulos Haus in der Via Atri zu gelangen – Neapel befindet sich in der Hand der *lazzari*.

Gennaro hat Gewehre, Pistolen und Munition an den Fenstern und Balkonen des Palazzo Serra bereitstellen lassen: Die Diener haben Befehl zu schießen, sobald die *lazzari* versuchen sollten, den Palazzo zu stürmen, und offenbar kann man dem Personal vertrauen. Aber hier oben auf dem Hügel ist die Lage eher ruhig. Der Lärm, das Durcheinander konzentrieren sich auf die Via Toledo, die Piazza Mercato, den Ponte della Maddalena, wo die Franzosen voraussichtlich eintreffen werden.

Sie trauen sich auf die Straße, Gennaro und Manthonè erneut als Matrosen verkleidet, sie selbst in Kleid und Mantel eines Hausmädchens. Sie gehen die Via Sant'Anna di Palazzo hinunter.

»Du mußt mitkommen, Lenòr. Du darfst einfach nicht fehlen«, hatte Gennaro lächelnd zu ihr gesagt. »Schon vorher warst du in Neapel eine bekannte Frau, jetzt bist du richtig berühmt. Alle warten auf dich.«

Einen Augenblick lang regt sich dieselbe Eitelkeit wie damals – es scheint Jahrhunderte her zu sein, als sie sich bei dem Dichterwettstreit mit ihren *»gros tétons«* im Königspalast zur Schau stellte. In dem Kleid der Dienstmagd findet die große, schlaffe Brust bequem Platz. Sie ruht in Frieden.

Auf der Via Toledo sind seltsamerweise nur wenige *lazzari* unterwegs. Statt dessen etliche Mitglieder anderer Gesellschaftsschichten, in erster Linie Frauen, die verzweifelte Versuche unternehmen, etwas einzukaufen. Die Märkte sind wie leergefegt, die Läden geschlossen.

»Wieso sieht man nur so wenige *lazzari*?«

»Wahrscheinlich sind sie alle beim Ponte della Maddalena«, sagt Gennaro, als sie in die Via Polveristi einbiegen.

Largo del Castello: Auf dem Arco del Laurana wehen die Fahnen der Bourbonen und des Heiligen Glaubens, zwischen den guelfischen Zinnen schimmern die Kanonen, die auf die Stadt gerichtet sind.

»Sie sind alle in ihrer Hand«, murmelt Manthonè und blickt auf das Meer: Auf dem Castel dell'Ovo knattern riesige weiße Fahnen. Lenòr dreht sich um und blickt hinauf zum Castel Sant'Elmo: Auch wenn sie so klein wie schwarze Knöpfe sind, sind die Mündungen der auf Neapel gerichteten Kanonen doch deutlich zu erkennen. Auf den Zinnen des Kastells die schnee-weißen Standarten.

Auf dem Largo regt sich kaum etwas. Die eine oder andere Truppe berittener Soldaten, vereinzelte Grüppchen von *lazzari*; sie lagern um ein Feuer, kochen und essen, ohne sich stören zu lassen.

Sie blickt zu den Ausläufern der Stadt am Fuß des aschgrauen Vesuvs. Es scheint, als habe auch er die Flaggen der Bourbonen und der *lazzari* gehißt: Die weiße Rauchfahne neigt sich zu einer Seite. Und weiter unten, wo man nur undeutlich graue Flecken erkennt, geschieht gerade etwas ganz Entscheidendes: Es wird in die Geschichte eingehen – aber von hier aus sieht man weniger als nichts.

Bei Fasulo herrscht fröhlicher Tumult: Applaus, Küsse, Umar-mungen, Freudenschreie. Lange liegt sie in Sanges' immer noch starken Armen, wird weitergereicht an Ciaia, an Cirillo, erwidert Laubergs zerstreutes und Marras fröhliches Grinsen, genießt Meolas und Guidis respektvolle Zuvorkommenheit. Con-forti mustert sie mit gekräuselten Lippen. Sie umarmt Margherita Fasulo, die nach Sauberkeit und Puder riecht, drückt eine Viel-zahl zarter und kräftiger Hände.

Da sind auch Baffi, Delfico, Astore, Cuoco, Mazzocchi, Pater Caracciolo … Es gelingt ihr, sich aus dem Gedränge zu befreien, um die ihr entgegengestreckten Hände von Caravelli und Mazza-rella Farao zu drücken. Sogar Russo, der mit Giordano, Lomo-naco und anderen ein wenig abseits steht, wirkt heute nicht so finster wie sonst.

Viele junge Leute aus dem Volk, Matrosen, Arbeiter. Zwei Männer in der Uniform der königlichen Soldaten. Oder sind es verkleidete Patrioten? Sie erkennt den Wirt vom »Acino de fuoco« wieder: Er hält Wache an einem Fenster, mit einer Flinte in der Hand. Die Gewehre sind an den Wänden aufgereiht, die Pistolen liegen auf einem halb zertrümmerten, angekokelten großen Tisch.

Das Haus ist kahl und verwüstet. Von der herrlichen hellblauen Ausstattung ist nichts mehr geblieben. Die Tapeten hängen in Fetzen von den Wänden, undefinierbare Flecken verunstalten die von Solimena bemalten Decken. Hier wurde eine bewußte »Bereicherung« vorgenommen.

Sie müssen sich arrangieren. Viele sitzen auf dem Boden, mit gekreuzten Beinen wie die Türken, während Lauberg und Logoteta die Versammlung leiten. Margherita hat im Keller zwei oder drei als Kerzenhalter geeignete Flaschen gefunden, irgend jemand hat in einem wunderbarerweise geöffneten Laden ein paar Kerzen aufgetrieben.

Sie würde sich gern mit Ignazio, der sich neben sie gesetzt hat, weiter flüsternd über die gemeinsamen Erfahrungen austauschen. »Eine Feuchtigkeit war das im Sant'Elmo! Würmer, so groß wie Aale. Weißt du, daß ich Arthritis bekommen habe?« – »Nein, ich nicht. So feucht war es in der Vicarìa nicht. Aber die Mäuse! Und das Essen!« – »Wer hat dich vernommen, Guidobaldi?«

»Schscht!« machen alle. Sie haben recht, Lauberg ist gerade dabei zu erklären, daß sie ein revolutionäres Komitee gründen müssen, da eine Vielzahl von Aufgaben zu übernehmen sind. Erstens: Bis zur Ankunft der Franzosen verhindern, daß eine Regierung gebildet wird, die sich aus dem Amtsadel zusammensetzt, der die Krone entweder einem spanischen Bourbonen anbieten oder aber eine aristokratische Republik gründen würde. Zweitens: Kontakt aufnehmen mit General Championnet und ihn auffordern, die Bevölkerung gut zu behandeln, um die entstehende Republik nicht in Verruf zu bringen. Drittens: Eine Reihe bewaffneter Aktionen durchführen, damit es nicht so aussieht, als sei Neapel einzig und allein von den Franzosen befreit worden. Viertens: Den Entwurf für eine Verfassung vorbereiten. Fünftens: Einen Plan für die Presse- und Propagandaorgane der Republik entwerfen und umsetzen. Sechstens: Die politische Linie genau definieren. Weiterhin ist noch zu klären: die Beziehung zu den

Franzosen, zu den *lazzari*, zu den Provinzen, den Soldaten und den Offizieren des ehemaligen Heeres des ehemaligen Königs.

Lauberg scheint mit seiner Rede fertig zu sein. Delfico springt auf und ruft: »Und siebtens, aber am wichtigsten von allem: die wirtschaftliche Lage der Republik! Wir müssen unverzüglich festlegen, wie wir an die nötigen Mittel kommen wollen, um den republikanischen Staat am Leben zu erhalten! Bürger, ich bitte euch, bleiben wir mit beiden Beinen fest auf der Erde.«

»Na gut«, nickt Lauberg ein wenig gekränkt. »Siebtens: die wirtschaftliche Frage.«

6 Die Diskussion beginnt noch ganz diszipliniert, weil Logoteta, der durch Zuruf zum Präsidenten gewählt wurde, die Versammlung mit seiner trockenen, leisen Stimme und den ernsten Augen hinter den dicken Brillengläsern zu dominieren versteht. Mit Bestimmtheit erteilt und entzieht er das Wort.

»Auf der Liste steht jetzt der Bürger Salfi.«

»Ich würde die Punkte eins, vier und sechs zusammenlegen. Wir müssen vor allem eine Verfassung ausarbeiten. Das wird uns bei der Lösung aller Probleme helfen. Ich würde die Debatte über diese Punkte deshalb so lange aussetzen, bis Mario Pagano da ist. Keiner kann uns in dieser Sache nützlicher sein als er.«

»Bürger Präsident!« unterbricht ihn lauthals Fasulo, Logoteta gibt ihm zu verstehen, er solle nicht so schreien. Fasulo ist hartnäckig.

»Ich habe eine präjudizielle Frage!«

»Na gut. Seid Ihr einverstanden, daß ich das Wort dem Bürger Fasulo erteile, damit er seine präjudizielle Frage stellt?«

Alle rufen gleichzeitig. Sanges, der sich ebenso wie Cuoco neben Lenòr gesetzt hat, schmunzelt und flüstert: »Immerhin befinden wir uns in seinem Haus.«

»Bürger!« hebt Fasulo mit einer Begeisterung wie vor Gericht an: »Während wir hier diskutieren, wird am Ponte della Maddalena gekämpft und gestorben!«

»War ja kaum anders zu erwarten, als daß irgendeiner die

epische Breite des Französischen Konvents nachäffen würde«, grunzt Cuoco und zuckt unentwegt.

»Unsere Befreier, die Bürger der Großen Mutter Frankreich«, fährt der Redner fort, »sind dabei, für uns ihr Blut zu vergießen. Und was tun wir? Wir reden über die Verfassung, die Beziehung zu den *lazzari*, zu den Priestern, zum Heer des Verräters Capeto? Das sind doch Probleme, die sich im Handumdrehen lösen lassen! Wer nicht für die Republik ist – raus hier! Mit wem wollt Ihr denn zusammenarbeiten? Mit Capetos Dienern?«

Ein Chor wütender Zwischenrufe. Vor allem Giordano, Odazzi, Lomonaco und die jungen Leute stimmen ihm mit erhobenen Fäusten zu. Auch Marra und Manthonè applaudieren, Russo nickt nachdrücklich. Logoteta bittet vergeblich um Ruhe, aber Fasulo zeigt mit dem Finger auf ihn. Trotz der Kälte ist er schweißgebadet: Er, der so oft zu einem Lachen bereit war, hat sich in ein aufgedunsenes, finsteres Wesen verwandelt.

»Ich bin noch nicht fertig, Bürger Präsident! Das ist eine präjudizielle Frage, habe ich gesagt! Und wir sind immer noch hier? Auf zum Ponte della Maddalena, auf zur Brücke!«

»Zur Brücke! Zur Brücke!« rufen viele. Lauberg springt auf den Tisch.

»*Citoyens! Silence! Je vous en prie! Un peu de silence!* – Bürger, Ruhe bitte!«

Ein kurzer Moment der Neugier, den er sich sofort zunutze macht.

»Wenn wir uns das Recht anmaßen, regieren zu wollen, müssen wir auch Politik machen. Und müssen weg von diesem oberflächlichen, wenn auch lobenswerten Enthusiasmus.«

»Aber du hast doch selbst gesagt, daß wir sofort eine bewaffnete Aktion durchführen müssen«, greift Fasulo an, doch Lauberg bringt ihn mit einer schroffen Geste zum Schweigen.

»Was denn für eine Aktion? Einen Ansturm begeisterter junger Leute auf den Ponte della Maddalena, wo man sie absolut nicht brauchen kann? Unter einer bewaffneten Aktion verstehe ich eine Aktion, die vorher genau geplant und *épatante* ist, überwältigend. Damit sie auch gelingt!«

Alle, die sich vorher aufgeplustert hatten, wirken jetzt betroffen. Fasulo trocknet sich den Schweiß auf der Stirn und fordert mit hämischer Stimme: »Dann laß deinen Vorschlag hören, Bürger!«

»Später. Zuerst müssen wir den vorigen Diskussionspunkt abschließen. Auch ich bin dafür, daß wir auf Pagano warten.«

»Auch das ist ein Fehler!« schreit Fasulo starrköpfig. »Von einem einzigen Bürger, sei er auch noch so verdienstvoll, kann doch nicht das Leben einer Republik abhängen!«

»Wir werden auf Pagano warten«, fährt Lauberg hart fort. »Um mit ihm die offenen Fragen zu Verfassung und Regierungsbildung zu klären. Bleiben die anderen Punkte. Einige von uns werden sehr wohl zum Ponte della Maddalena ziehen: und zwar als Abgesandte der provisorischen Regierung, um ganz offiziell mit dem Bürger General Championnet zu verhandeln.«

»Aber um dieser Delegation Macht zu geben, muß die provisorische Regierung zunächst einmal gebildet werden!« tobt Fasulo. »Du widersprichst dir ja selbst!«

»Keineswegs. Wir werden die provisorische Regierung noch heute abend bilden und auch die Delegation auswählen.«

»Bürger Lauberg«, platzt Delfico heraus. »Wollen wir nun Punkt sieben im Auge behalten oder nicht? Ohne Geld werden auch keine Messen gesungen!«

»Jetzt reicht's aber mit diesen widerlichen Reminiszenzen an den Klerus!« springt Giordano auf und ballt die Fäuste. »Es reicht!«

Erneuter Tumult, Logoteta und Lauberg schaffen es nicht, die Leute zu beschwichtigen. Zum Glück treffen jetzt Pagano, Ruvo, Moliterno und Lucio di Roccaromana ein.

»Endlich!« ruft Lauberg glücklich und springt vom Tisch. »Lucio!« schreit er Roccaromana entgegen, der müde aussieht, ihm aber zunickt. »Auf dich habe ich nur gewartet, Bürger! Ruhe! Es gibt wichtige Neuigkeiten!«

Er versucht, die verwirrende Geschwindigkeit, mit der er redet, zu drosseln.

»Jetzt können wir auch die Aufgaben verteilen: Pagano, Logoteta, Conforti, Cirillo, Baffi, Salfi, Delfico, Mazzocchi und

wer sonst noch Lust hat, versammeln sich in einem Extra-
raum. Fasu', gibt es hier Zimmer, in die man sich zurückziehen
kann?«

»Die ehemaligen Schlafzimmer«, lacht Margherita. »In einem
steht sogar noch eine Kommode.«

»Na dann los«, Lauberg versucht, einen fröhlichen Ton anzu-
schlagen. »Welches Hindernis soll die trefflichen Geister unserer
Juristen und Schriftgelehrten jetzt noch aufhalten? Pagano und
die anderen übernehmen zwei Aufgaben: Sie sollen eine schöne
Bekanntmachung für die Neapolitaner formulieren, die sofort
gedruckt und überall in der Stadt ausgehängt und verteilt wird,
und sie sollen den Entwurf für die Verfassung ausarbeiten.«

»Was für eine Verfassung kann dabei schon herauskommen!«
schreit Odazzi höhnisch, unterstützt von Giordano und Russo, der
vor Wut schäumt. »Die Kommission, die du da nominiert hast,
setzt sich hundertprozentig aus schönen, freundlichen, reaktio-
nären Geistern zusammen! Die werden allerhöchstens eine
schlechte Kopie der Verfassung von 1791 zustandebringen. Und
die lehnen wir von vornherein ab. Wir fordern alle hier anwesenden, ernsthaften Bürger dazu auf, sie nicht zu akzeptieren!«

Erneuter Tumult, in dem sich mit schriller Stimme Lauberg
vernehmen läßt.

»Habe ich vorhin nicht gesagt, daß jeder, der Lust dazu
hat, mitmachen kann? Und das heißt auch, daß Odazzi, Russo
und Ciaia formal ebenfalls Mitglieder der Kommission sind.
Und jetzt genug damit! Dritter Punkt: Obwohl die Regierung
sich noch nicht gebildet hat, werden wir auf der Stelle die Delegation für Championnet wählen. Sie wird dann hinterher bestätigt.«

»Optimale Demokratie«, murmelt Cuoco.

»Wenn ihr einverstanden seid, werde ich die Delegation leiten.
Ich kenne den Bürger General persönlich«, fährt Lauberg mit
gleichgültiger Miene fort. »Wir könnten außerdem die Bürger
Marra, Manthonè, Lomonaco wählen.«

»Dein ganzer Klüngel!« brüllt Giordano höhnisch. »Wir sehen
uns dann nach dem Sieg! Ruhmreich, triumphierend, und vor
allem unversehrt.«

Ein enormer Tumult. Marra will auf Giordano losgehen, Moliterno, Gennaro, Ciaia, Roccaromana werfen sich dazwischen.

»Bürger!« brüllt Lauberg und verschluckt die Silben. »Das nimmst du sofort zurück! Wer zum Bürger Championnet gelangen will, muß die Feuerlinie passieren, und das ist erst der Anfang! Außerdem …«

»Hör auf, Carlo, hör auf«, schreit Logoteta. »Es lohnt sich nicht, überhaupt darauf zu reagieren. Sag uns lieber, welche Neuigkeit du uns vorhin mitteilen wolltest.«

»Folgendes«, Lauberg hat sich wieder gefaßt, »vor seiner Flucht hat Pignatelli dem Kommandanten von Sant'Elmo, dem Bürger Nicola Caracciolo di Roccaromana, Bruder des hier anwesenden Bürgers Lucio, befohlen, in der Festung Hunderte von *lazzari* zu versammeln. Aber der Bürger Nicola steht auf unserer Seite. Wir müssen also nur Lucio mit einer unbewaffneten Schar unserer Leute zum Kastell schicken und sie sagen lassen, daß sie gegen die Franzosen kämpfen wollen. Den Rest übernehmen dann die Brüder Roccaromana. Und morgen abend könnte Sant'Elmo … muß Sant'Elmo in unserer Gewalt sein!«

»Ich komme mit«, tönen Marra und Lomonaco, Manthonè schließt sich ihnen an: »*Moi aussi!*«

Die jungen Männer lärmen und schreien, Lauberg schüttelt den Kopf.

»Ihr werdet der Delegation angehören. Hier sind doch so viele andere, die voller Kampfgeist sind.«

Er sieht die Brüder Pignatelli an, kreuzt den düsteren Blick Fasulos. Mit ironischer Miene ruft er dann: »Das ist eine richtige Kriegsaktion.«

»Na gut«, murmelt Fasulo achselzuckend. Er geht mit den anderen aus der Kommission hinüber in den höhlenähnlichen Raum, der einst ein Schlafzimmer war.

Lauberg, Roccaromana, die Brüder Pignatelli und Ruvo stecken die Köpfe zusammen, um den Plan für Sant'Elmo auszuarbeiten, auch Gennaro hat sich dazugesellt. Delfico, Sanges und Cuoco werfen sich skeptische Blicke zu. Lenòr ist irritiert: Gennaro hat sie nicht einmal angesehen, um zu fragen, ob sie einverstanden ist. Wie das wohl weitergeht? Und ich, was mache ich eigentlich? Sie steuert auf Lauberg zu.

»Bürger«, ruft sie etwas gereizt. »Für einige von uns scheint Ihr kein Projekt vorzusehen.«

»*Pardonnez-moi, ma chérie. J'ai oublié*«, lacht er. »Ihr sollt Euch Gedanken machen über eine Zeitung. Ich habe noch keine genauen Vorstellungen, aber so ähnlich wie der ›Moniteur‹ in Frankreich oder der ›Moniteur de la République romaine‹. Aber leidenschaftlicher, mit mehr revolutionärem Elan. Und mit dem Geist Neapels und der Neapolitaner, mit ihrer großen Liebe zur Freiheit, zur Unabhängigkeit.«

»Ganz allein? Ich soll das ganz allein machen?«

»*Mais oui*«, lacht Lauberg erneut, aber mit wachsender Ungeduld, weil er zu seiner Gruppe stoßen möchte. »*C'est forcé*, es geht nicht anders. Die wenigen unter uns, die schreiben können, müssen sich um die Verfassung und die Regierungsbildung kümmern. Die anderen mögen zwar große Schwätzer sein und verstehen, ihre Fäuste zu gebrauchen, aber was das Schreiben anbelangt ... Sie sind eben nach wie vor Kinder des glorreichen und völlig verdummten Königreichs Beider Sizilien!«

Nur wenige bleiben im Saal zurück. Sanges und Cuoco sind von der Gruppe, die die Verfassung ausarbeiten soll, in die Höhle gerufen worden, die Sant'Elmo-Gruppe hat sich in ein anderes ehemaliges Schlafzimmer zurückgezogen.

Sie setzt sich auf einen leeren Stuhl, ist zutiefst verwirrt. Wie unterschiedlich, je nach Lebensalter, doch die Gefühle sind! Als junges Mädchen hätte eine Aufgabe wie die, die sie soeben erhalten hat, sie zwar mit Unruhe, aber auch mit lächerlich eitler Erregung erfüllt. Jetzt ist das anders: Sie kann sich die Schwierigkeiten dieses Vorhabens von vornherein ausmalen. Eine Zeitung ist nicht nur ein Stück Papier, auf dem man notiert, was einem gerade einfällt – eine Zeitung ist Ausdruck einer politischen Kraft. Eines historischen Moments. Wie oft diese Hitzköpfe mit den konfusen Vorstellungen sich noch in die Haare kriegen werden! Ein Gedanke versetzt sie aber doch in leichte Erregung: Ich soll die Zeitung machen. Ich ganz allein, hat Lauberg gesagt. Also schreibe ich auch das, was ich sagen will. Und was will ich sagen?

Sie runzelt die Stirn. Die ersten Schwierigkeiten tauchen schon auf. Über einen Punkt muß sie Klarheit haben: Was denkt sie wirklich über das, was gerade geschieht? Hat sie überhaupt eine konkrete Vorstellung von dem, was Revolution bedeutet? Davon, wie sie entsteht und wie sie endet? Was ist überhaupt eine Revolution?

Vielleicht nur ein Traum aufgebrachter Jugendlicher, enttäuschter Männer, erniedrigter und verletzter Menschen, die jeder für sich nicht zu reagieren verstehen. Was kann man unter solchen Voraussetzungen schon erreichen?

Ist die Revolution eine Tochter der Vernunft oder des Gefühls? In Europa wird über neue Themen diskutiert, es geht um die Wiederaufwertung der Gefühle. Die Vernunft ist gescheitert, ohne Würde oder Ruhm. Aber sind nicht auch die Gefühle trügerisch? Barbarisch? Wie kann man eine Welt ausschließlich mit dem Herzen errichten?

Etwas ratlos schaut sie sich um. Ein Grüppchen mit Leuten aus dem Volk spielt mit »Acino de fuoco« am Fenster Tarock, Margherita Fasulo drückt in einer Ecke leidenschaftlich die Hände von Luigi Rossi, einem jungen Mann, der Dichter werden will. Ihre Gesichter wirken völlig ruhig, ganz normal. Spüren sie denn nicht auch, daß all dies nur sehr kurze Zeit anhalten wird? Ein unwirkliches, leichtfertiges Spiel, inszeniert von Männern, die wie Kinder sind.

Sie erschaudert bei dem Gedanken, daß alles im Grunde nichts weiter ist als ein Spiel, ohne Sinn und Zweck. Welchen Zweck hat denn eine Revolution, wenn wir irgendwann auf die eine oder andere Weise sowieso sterben müssen? Dient sie den Kindern? Den Enkeln? Auch sie werden eines Tages sterben, ohne auch nur das geringste begriffen zu haben.

Welchem Ziel dienen Napoleon, Neapel, eine Zeitung? Welchen Zweck hatte ... Die Melancholie überwältigt sie. Welchen Zweck hatte das Leben dieses Kindes? Und sein Tod? Einzig und allein den, einige Abschnitte ihres Lebens mit einer törichten, unergründlichen Liebe und einem törichten, unerklärlichen Schmerz zu füllen. All diese Spiele haben doch ein und denselben Zweck. Dieses grausame Spiel habe nicht ich erfunden, sondern es ist mir auferlegt worden. Letztlich wird uns alles auferlegt. Das ist auch gut so: Wie würden wir das Leben sonst ertragen, desillusioniert und leer, wie wir sind?

Sie schließt die Augen. *Meu Deus*, was soll sie also tun? Doch, da ist durchaus einer, der weiß, was man tun soll: »*Meu Deus*«, der an uns denkt und uns mit Hoffnung, Trost, Lebenszielen versieht, mit der einzigen Bedingung, daß wir an ihn glauben. Mit schlichtem Herzen, ohne Träumereien und Zweifel: Gott kann dich kennenlernen, aber du ihn nicht. Philosophisch betrachtet. *Beati pauperes spiritu*, wiederholt sie mechanisch.

Sie wird abgelenkt von Sanges und Cuoco, die mit schnellen Schritten aus der verfassunggebenden Höhle kommen. Sie wirken ironisch und verärgert zugleich.

»Das ist doch zum Verrücktwerden! Zum Verrücktwerden!«

»Was ist denn los, Vincenzo?« fragt sie besorgt.

»Hör dir mal an, was für eine idiotische Bekanntmachung für die Neapolitaner dort drüben gerade verfaßt wird. Ich habe den Anfang davon mitgeschrieben. Hör zu. ›Neapolitaner! Euer Claudius ist geflohen, Messalina erzittert!‹ Und dann: ›Das Schicksal Italiens muß sich jetzt erfüllen: *scilicet id populo cordi est, et cura quietos sollicitat animos.*‹«

»Vergil«, bemerkt sie verdutzt.

»Ja. Aber selbst wenn es Tacitus oder Cicero wäre – kannst du mir mal sagen, wer das verstehen soll?«

Cuoco zuckt unentwegt.

»Die begreifen einfach nicht, daß das Volk nicht notgedrungen die griechische oder die römische Geschichte kennen muß, um glücklich zu sein«, knurrt er.

»Wenn du wüßtest, was für Vorschläge dort gemacht werden! Pagano will Ämter für Aufseher und Archonten wie in der Antike schaffen, Russo verhindert mit seinen utopischen Ideen alle vernünftigen Überlegungen: Er will, daß per Gesetz das Tragen von Hüten und Gilets verboten wird und verlangt per Dekret die

Abschaffung der Religion und die Umwandlung von Priestern in Bauern.«

»Gierig sind sie obendrein«, ereifert Cuoco sich zunehmend. »Sie wollen nicht die ehemaligen Angestellten des Königreichs übernehmen. Die öffentlichen Ämter der Republik sollen statt dessen mit Patrioten und Ehefrauen, Kindern, Enkeln der Patrioten besetzt werden.«

»Mit einem Federstrich schaffen sie den Großgrundbesitz ab. Wer wird den Bauern dann helfen, ohne jede Anleitung zu leben? Sie sind an die plötzliche, totale Freiheit überhaupt nicht gewöhnt. Ich muß mich wirklich über Pagano wundern …«

»Man braucht nur die Republik auszurufen«, versetzt Cuoco lachend. »Und du wirst sehen, alles regelt sich wie von selbst.«

ACHTZEHNTER TEIL

1 Maddalena, Giulia, die Popoli-Schwestern, Margherita
   Fasulo und andere Patriotinnen sind unter Mithilfe der
Dienstmädchen damit beschäftigt, stapelweise blütenweiße, nach
Lavendel duftende Bandagen, Verbandsstoff, aus Servietten ge-
knüpfte Bündel mit Salami, Brot und Käse für die Soldaten der
Freiheit zuzubereiten.

Sie warten auf Nachrichten aus Sant'Elmo. Von Zeit zu Zeit
läuft eine von ihnen zu den Balkontüren und läßt die klare, aber
eiskalte Luft des Januartages herein. Die Festung auf dem
Vomero sticht gegen den strahlendblauen Himmel ab; auf den
Zinnen flattern noch immer die weißen Fahnen.

Auch Lenòr (sie wohnt zur Zeit bei den Serra) hilft mit, obwohl
ganz andere Dinge sie beschäftigen. Auf dem kleinen Tisch liegen Berge von zerknüllten Blättern, Notizen, Entwürfen. Was
würde sie dafür geben, wenn sie ihr Material von früher wieder-
hätte! Die Ausgaben des »Moniteur«, die alten Nummern des
»Caffè« und der »Gazzetta Veneta«. In jedem Fall sollte die
Zeitung ungefähr das Papierformat des »Monitore« aus Rom
haben; zwei breite Spalten. Auch der Name soll derselbe sein:
MONITORE NAPOLETANO, in Großdruckbuchstaben und Kur-
sivschrift, über die ganze Breite der Seite. Ein Balken, das
Datum, weiter nichts. Eine Zeichnung vielleicht? Nein, die
nimmt nur Platz weg. Wie viele Seiten? Mindestens vier. Vielleicht auf der Titelseite ganz oben in der Ecke ein republikanisches Motto: FREIHEIT, GLEICHHEIT.

Die erste Ausgabe muß mit einem grandiosen Leitartikel beginnen, der alles erklärt, der Begeisterung entfacht und Vertrauen
schafft. Aber wer wird den »Monitore« überhaupt lesen?

Sie legt die Orangen, die ein Hausmädchen in der Schürze her-
beigeschleppt hat, für die Patrioten in einen Weidenkorb. Sie

schüttelt den Kopf. Ihre Zeitung wird nur wenige, sehr wenige Leser finden. Sie denkt zurück an den Disput über die Notwendigkeit von Bildung für die *lazzari*. Und nicht nur für sie! In Neapel können weder *lazzari* noch Soldaten, weder Verkäufer noch Handwerker lesen. Ebensowenig wie eine große Zahl von Mönchen, Priestern und Leuten aus dem niederen Adel. Und was die Mehrzahl der Angestellten, der Offiziere und der hohen Adligen betrifft – auch sie können nur mit Mühe ein Dokument entziffern. Wen soll dieser »Monitore« also erreichen? Die wenigen leidenschaftlichen Patrioten, die bereit sind, über einer gedruckten Seite ins Schwitzen zu geraten, die noch geringere Zahl der Intellektuellen. Im Grunde die Freunde – also eine Familienangelegenheit.

Sie zählt sie im Geiste: Wie viele Leute kennt sie? Vielleicht hundert. Nimm noch einmal hundert dazu, macht zweihundert Patrioten, dann zwei- oder dreihundert in der Provinz ... Denn die Zeitung muß auch die Provinz erreichen, es ist wichtig, daß nicht nur in Neapel Entscheidungen getroffen werden und Wissen vermehrt wird. Nehmen wir also vierhundert. Sonst noch wer? Auf keinen Fall mehr als tausend Kopien.

Aber dann muß die Zeitung Schritt für Schritt durchgesetzt werden. Ich werde Zeitungsverkäufer durch die Straßen schicken und verlangen, daß die Zeitung bei den patriotischen Versammlungen und auf den Märkten kommentiert wird. Wie es die Priester machen? Warum nicht? Gar keine so schlechte Idee: Die Pfarrer müssen dazu verpflichtet werden, Auszüge aus der Zeitung in der Kirche vorzulesen.

Erregte Stimmen, das Getrappel von Hufen im Hof. Alle laufen auf die Terrasse, reißen die Fenster auf. Auch Lenòr springt auf, jetzt wieder voller Sehnsucht nach realen Ereignissen: Ob das wohl endlich Gennaro ist? Sie lehnt sich über die breite Balustrade, sieht zu Sant'Elmo hoch, stimmt in die Begeisterungsschreie ein: Die weißen Fahnen sind verschwunden!

Schmutzig und außer Atem tauchen Mario Pignatelli und Gabriele Pepe auf. Sie riechen nach Schießpulver, Erde, Alkohol; Pepe lacht und zeigt seine großen weißen Zähne.

»Sant'Elmo ist erobert«, verkündet er mit Nachdruck. Die Damen applaudieren, fallen einander um den Hals, stoßen spitze Schreie aus.

»Und Gennaro?«

»Dem Bürger Serra geht es ausgezeichnet. Er ist es, der uns geschickt hat.«

»Jetzt müßt ihr zwei aber erst einmal etwas essen und trinken, euch waschen und ausruhen. Kommt«, befiehlt Maddalena, aber Pignatelli schüttelt den Kopf.

»Nein, Bürgerin. Wir haben den Befehl, unverzüglich zurückzukehren. Um die Bürgerin Fonseca hinauf zur Festung zu bringen.«

»*Ce n'est pas la place des femmes, cella là* – das ist kein Ort für Frauen«, ruft Maddalena.

Der Junge antwortet wie ein stolzer republikanischer Held: »Aber sehr wohl für eine Frau wie die Bürgerin Fonseca. Man kann die neapolitanische Republik nicht ohne ihre erste Heldin ausrufen.«

Lenòr fröstelt in einer Mischung aus Erstaunen, Eitelkeit, Ärger. Dann überwiegt ihre Entschlossenheit. »He, Bürger Pignatelli«, weist sie ihn zurecht. »Man sollte sterbliche Wesen nicht in den Himmel heben. Aber es ist mir eine große Ehre, unter diesen Umständen nach Sant'Elmo zu gelangen. Gehen wir.«

»*Mais où allez-vous, par ce froid* – in dieser Kälte«, ruft Maddalena aus. Sie läßt sich einen dicken Mantel bringen.

»*Une héroïne gelée*«, fügt sie lachend hinzu, während sie Lenòr hilft, sich darin einzumummeln, »*ne sert pas à la République* – eine Heldin aus Eis kann der Republik nicht dienen.«

Die jungen Männer werden mit Fragen bestürmt.

»Es gab ein paar Tote«, berichtet Pignatelli. »Und auch Verletzte. Aber es war eine perfekte Aktion.« Seine Augen leuchten.

»*Mais ... la citoyenne Fonseca*«, fragt Giulia Caraffa erstaunt, »soll sie nach Sant'Elmo reiten?«

Lenòr zuckt zusammen, als sie plötzlich an Ruvo denken muß, der sie das Reiten »lernen« wollte.

»*Je ne sais pas monter à cheval* – ich kann doch gar nicht reiten«, murmelt sie verärgert.

»*Il n'ya pas de problème*«, lächelt Mario. »Wir reiten zu zweit auf meinem Pferd. Aber wir müssen unverzüglich aufbrechen.«

»Und das alles für die Republik«, denkt sie mit einem inneren Lächeln, als sie – dicht an Pignatellis Brust gedrückt – vom Galopp des rotbraunen Pferdes durchgeschüttelt wird, dessen Hufe auf den abgewetzten Pflastersteinen von Monte di Dio Funken sprühen und in der Via delle Mortelle Staubwolken aufwirbeln.

Hier wird sie leichenblaß. *Meu Deus*, was für ein merkwürdiges Gefühl: dieser Weg, den sie so viele Male zu Fuß zurückgelegt hat. So lange ist das her. Die Königliche Druckerei, das Konvent: Als wäre sie erst gestern hiergewesen, als würde sie sich wieder auf den einsamen, verzweifelten Weg zu dem kleinen Marmorkreuz begeben.

Gerade möchte sie Pignatelli darum bitten, sie kurz absteigen zu lassen, als der junge Mann das Pferd anfeuert, indem er die Beine gegen die Flanken preßt und sich im Sattel erhebt: »Hü! Hü!«

Das Tier gehorcht. Sie wird kräftig durcheinandergerüttelt, bekommt Staub in die Kehle, zieht den Mantel schützend vor den Mund. Sie ist zudem ein wenig verwirrt von dem engen Körperkontakt mit dem jungen Mann: Sie spürt seinen säuerlichen, warmen Schweißgeruch und den leicht keuchenden Atem auf ihren Haaren, an ihrem Hals.

Sie reiten unter den hohen grünen Pinien entlang, die das Gefängnis von Santa Maria Apparente säumen, biegen in den unwegsamen Bergpfad Salita del Petraio ein. Die Pferde haben Schaum vor dem Maul und auf der Brust. Der Pfad, der sich hügelaufwärts schlängelt, besteht aus grauen Kieseln. In den Wintern der Antike stürzten hier unheilvolle Lavaströme den Berg hinab, jetzt ist alles trocken. Der Himmel lacht, trotz der Jahreszeit sprießt schon überall Grün. Auf den rechteckigen Feldern arbeiten friedlich Bauern und Bäuerinnen, als würde um sie herum nichts geschehen. Dabei ragt auch hier Sant'Elmo auf, mit seinen bedrohlichen Zinnen. Und zu seinen Füßen die schneeweiße Unschuld der Certosa di San Martino, inmitten eines Meeres immergrüner Blätter.

Die Salita del Petraio vollzieht eine spitze Kehre, schlängelt sich weiter bergauf, dann kommt die nächste Biegung. Die Pferde schnaufen und zittern.

»Mario, hätten wir nicht lieber die Via Sette Dolori nehmen sollen? Die Via Concordia?« schnauft Pepe, ebenfalls außer Atem. »Bergab mag es ja noch gehen. Aber bergauf … Und dann noch zu zweit auf einem Pferd.«

»Weißt du, wie lange wir dann brauchen würden? Aber gut, laß uns tauschen.«

Er springt ab und hilft Lenòr, auf Pepes Pferd aufzusteigen. Sie wirft einen kurzen Blick hinunter: Dort schieben sich der rote und der blaugrüne Hang des Monte Echia und des Pizzofalcone ins Meer. Am Horizont zeichnen sich in der kristallklaren Luft die Sorrentiner Halbinsel und Capri ab.

»Hü, weiter«, ruft Pignatelli.

Kiesel springen unter den Hufen weg, die armen Tiere zittern, so sehr müssen sie sich mühen. Jetzt hört man von oben aus Sant'Elmo Stimmen. Ein triumphaler, lauter Knall, gefolgt von Gewehrschüssen und Trompetenstößen: »Es lebe die Republik!«

An der Fahnenstange im Rammträger wird ganz langsam die blau-rot-gelbe Fahne der neapolitanischen Republik gehißt.

»Verdammt!« brüllt Pignatelli fuchsteufelswild. »Sie haben nicht auf uns gewartet! Galopp, du blödes Tier, oder ich bring dich um.«

2 Sie haben doch gewartet – das war nur das feierliche Hissen der Flagge. Im ersten Innenhof erwartet sie in Reih und Glied ein republikanischer Wachtrupp, in der merkwürdigsten Aufmachung. Sie werden mit militärischen Ehren empfangen. Auf dem Boden zahllose Leichen, vor allem *lazzari*. Einer liegt gleich am Eingang, sein Gesicht ist eine einzige blutige Masse: auf der Stirn sieht man an einem Faden ein blutgetränktes Heiligenbildchen von San Gennaro.

»Wer ist denn das?« fragt sie Pignatelli erschrocken.

»Ach«, antwortet er stirnrunzelnd. »Diese *lazzari* sind wirklich merkwürdige Leute. Sie haben wie die Löwen gekämpft, als wir sie völlig überraschend angegriffen haben. Der hier hat uns mit dem Heiligenbild vor dem Kopf herausgefordert. ›Schießt doch!‹ hat er lachend geschrien. ›Ihr trefft mich sowieso nicht! Santo Jennaro beschützt mich!‹«

»Und dann?«

»Er hat uns direkt leid getan, keiner konnte sich dazu entschließen, auf ihn zu zielen. Schließlich hat Giordano ein ganzes Magazin auf ihn abgefeuert. Was mir besonders nahegegangen ist, war dieser enttäuschte Ausdruck in seinem Gesicht, wie bei einem Kind, bevor es von den Kugeln zerfetzt wurde.«

Gennaro, Logoteta, Ciaia kommen ihr entgegen. Sie tragen eine Art Uniform: blaue Redingote, weiße Hosen, Stiefel. Gennaro nimmt sie in die Arme.

»Komm, komm nur mit!«

Er führt sie über die Treppe zum obersten Burghof, wo sich auch das Marmorportal mit den beiden geflügelten Adlern befindet. Dort haben sie den Baum der Freiheit aufgerichtet, einen schönen frischen Stamm, von dem eben erst die Rinde entfernt worden ist. An der Brüstung stehen in einer Reihe die mit Gewehren bewaffneten Patrioten, rechts die Mitglieder der provisorischen Regierung. Pagano wirft ihr ein etwas trauriges Lächeln zu, Fasulo, in einer glänzend schwarzen Redingote, zwinkert ihr zu.

Blaß und feierlich schreitet Logoteta die Marmorstufen zum Eingang hinauf. Unter dem geflügelten Wappen bleibt er stehen und zieht in feierlicher Stille ein Pergament hervor. Mit vor Rührung gebrochener, aber dennoch schallender Stimme ruft er aus: »Im Namen des neapolitanischen Volkes! Hiermit erkläre ich, daß die Monarchie der Bourbonen in den Personen Ferdinands IV. und Maria Carolines wegen Hochverrats und feiger Flucht aus dem Königreich für immer verwirkt ist! Im Namen des endlich freien Volkes verkündige ich hiermit die Gründung der unteilbaren und alleingültigen neapolitanischen Republik!«

»Es lebe die Republik!« ertönt es von allen Seiten. Die Patrioten geben zwei Schüsse ab, von den Schießscharten her ertönt silberhell eine Trompete. Allgemeine Rührung, Küsse, Umarmungen, auch Tränen.

»Ich kann es noch gar nicht fassen«, murmelt Ciaia bleich und lächelt ergriffen. »Sollte es so einfach sein, Geschichte zu machen?«

Einige diskutieren über das Datum, das auf Logotetas Dokument gesetzt werden soll, das soeben für die Unterschriften herumgereicht wird.

»Haben wir jetzt Ventôse oder Pluviôse? Oder Nivôse?«

»Nein, mein Herr. Heute ist exakt der zweite Tag des Pluviôse. Denn der Kalender geht wie folgt: Vom 21. September bis zum 21. Oktober ist Vendémiaire, dann kommen der Brumaire, der Frimaire, der Nivôse, der geht bis zum 19. Januar. Heute haben wir den 21. Januar, also den zweiten Tag des Pluviôse. Und der Pluviôse geht bis zum 18. Februar. Erst danach kommt der Ventôse.«

»Das muß ich erst noch lernen. Ist 'n bißchen kompliziert.«

»Und was geschieht jetzt, Gennaro?« fragt sie, als alle anstoßen, um den Baum herumtanzen, die Marseillaise und die Carmagnola singen.

»Nichts. Komm mal mit.«

Er führt sie zu den Schießscharten für die Kanonen, wo Roccaromana – der ihr ein breites, strahlendes Lächeln schenkt – und seine Männer mit den großen bronzenen Geschützen hantieren. Er reicht ihr ein Fernglas.

»Sieh mal hindurch. Da hinten. In Richtung des Vesuvs.«

In den leicht unscharfen Kreisen vor ihren Augen tanzen Häuser, Menschen, das Meer ganz nah auf und ab.

»Weiter nach links! Und stell die Sichtschärfe ein.«

Die Piazza Mercato! Zwischen Rauchwolken erkennt sie den Glockenturm von Santa Maria del Carmine, das schwarzweiße Tor.

»Die Franzosen sind schon am Mercato! Sobald sie die *lazzari* bezwungen haben, werden sie in Neapel einziehen. Und bis dahin nehmen wir die Kastelle unter Beschuß.«

Ein ohrenbetäubender Donner, gefolgt von beißendem Schwefelgeruch, läßt sie zusammenschrecken. Weiteres Donnern folgt: von Sant'Elmo wird geschossen.

»Jetzt zielen wir auf das Castel dell'Ovo. Dreh es weiter nach rechts. Da.«

Die beiden unscharfen Kreise vor ihren Augen füllen sich mit Meeresblau, dann rückt auf einmal riesengroß das Castel dell' Ovo ins Bild. Jetzt folgen mehrere Kanonenschüsse, schnell hintereinander, Wasserfontänen spritzen schäumend am Fuß des Kastells auf.

»Ich ziele jetzt etwas höher!« schreit Roccaromana.

Ein weiterer Kanonenschlag, ein Aufschrei der Begeisterung.

»Getroffen! Wir haben getroffen!«

Die kreisrunden Linsen werden von einer Staubwolke vernebelt, die sich an der Spitze der im Meer liegenden Festung erhebt.

Eine Gruppe von Patrioten, deutlich von Kämpfen gezeichnet, kehrt soeben zurück: die anderen beiden Brüder Pignatelli, Lomonaco, Moliterno, der einen sehr müden und niedergeschlagenen Eindruck macht.

»Völlig unmöglich!« schimpft er vor sich hin. »Die kann niemand mehr zurückhalten. Nicht mal mir haben sie zuhören wollen!«

Die *lazzari* ziehen sich in die Stadt zurück, sind zu jeder Schandtat bereit: Brandstiftung, Plünderungen, Gemetzel.

»Wir müßten alle gemeinsam losziehen«, keucht Moliterno, »um ihnen die Lektion zu erteilen, die sie verdienen.«

»Aber nein«, sagt Gennaro. »Darum wird sich Championnet schon kümmern. Wir werden hier gebraucht.«

Während des ganzen Nachmittags wird regelmäßig geschossen. Über Sant'Elmo schwebt eine graublaue Wolke aus beißendem Rauch. Gegen sieben werden auf dem Glockenturm von Santa Maria del Carmine die weißen Fahnen eingeholt. Die Nacht bricht herein, sie hören auf zu schießen. Im Morgengrauen kehren Lauberg, Manthonè und Marra zurück. Sie sehen abgerissen und schmutzig aus, Marra hat eine verbundene Hand.

»Es ist vorbei!« schreien sie aufgeregt. »Kellermann hat auch Castelnuovo erobert! Aber was für ein Blutbad ...«

»Was mir nicht so recht in den Kopf will«, bemerkt Manthonè, »ist der Grund für den hartnäckigen Widerstand der *lazzari*.«

»Da muß ich aber über dich staunen, Gabriele«, fährt Lauberg ihn schroff an. »Und die Funktion der bourbonischen Spione? Und die der Priester? Die vielen Versprechungen des Königs?«

»Was denn für Versprechungen?«

»Wenn sie die Franzosen verjagen, überläßt der König den *lazzari* Neapel zur freien Verfügung. Sieben Tage lang, bis zu seiner Rückkehr.«

»Ach so ist das. Jedenfalls haben sie gekämpft wie die Löwen. Sogar der Bürger General Championnet war tief beeindruckt. ›*Ce sont des héros, des diables déchaînés* – das sind Helden, entfesselte Teufel‹, hat er gesagt. ›Aber was verteidigen sie?‹ Das Schöne war, eine Minute nach der Schlacht haben sie sich die Hände und den Mund mit Zitrone gewaschen, sind dann zu den Franzosen gegangen und haben gesagt: ›Monzu', gibst du mir eine Kupfermünze? – Monzu', gib mir doch 'n Schluck von dem guten Wein, den du dabei hast.‹«

»Warum waschen sie sich die Hände und den Mund mit Zitrone?«

»Damit der Geruch des Schießpulvers weggeht. Sie wissen, daß die Franzosen jeden, der gegen sie gekämpft hat, erschießen, wenn sie ihn kriegen.«

»Das ist nicht gut«, Lenòr schüttelt verärgert den Kopf. »Das trägt mit Sicherheit nicht dazu bei, Neapolitaner und Franzosen miteinander auszusöhnen. *Parcere subiectis …*«

»*A la guerre comme à la guerre* – Krieg ist eben Krieg«, schließt Manthonè schulterzuckend, während Marra Fasulo lachend am Arm packt.

»Hör dir den mal an, der ist gut. Ein Franzose, der von *lazzari* umringt ist, sagt immer wieder: ›*Une femme.* Helft mir, *procurez-moi une femme*!‹ ›*Ha fame*‹, begreifen die *lazzari* und bringen ihm Brot, Maccheroni, Orangen. Er weist das alles zurück und insistiert: ›*Je veux une femme*!‹ – ›Wie denn?‹ fragen sich die *lazzari* ratlos. ›Er hat Hunger und will trotzdem nichts zu essen?‹ Endlich fällt bei einem von ihnen der Groschen, und er ruft: ›Von wegen Hunger und *famme! La femme*, eine Frau! Der will nicht essen, der will fi …‹«

Er bricht ab, es ist ihm peinlich in Lenòrs Gegenwart. Einige

Lacher und Kommentare, bis Lauberg mit Stentorstimme verkündet: »Morgen sehen wir uns alle unten: bei der großen republikanischen Parade am Largo delle Pigne.«

3   *Meu Deus*, was für ein Tag. Es ist ein Uhr nachts, als sie todmüde und mit Kopfschmerzen in ihre Wohnung in der Via Sant'Anna di Palazzo zurückkehrt. Der gute schweigsame Astore und der gute alte Meola, der noch die Spuren der Folter, die er in Santa Maria Apparente durchlitten hat, im Gesicht trägt, haben sie nach Hause begleitet. Die beiden haben sich selbst zu ihren Mitarbeitern und Leibwächtern ernannt.

»Gute Nacht, Ihr Lieben. Und tausend Dank.«

»Das ist doch selbstverständlich, Lenòr. Bis morgen.«

Ganz leise öffnet sie einen der Flügel des Portals und schlüpft über die enge, muffig riechende Treppe zu ihrer neuen Wohnung.

Wie überrascht sie war, als der Wohnungsvermittler ihr diesen Vorschlag unterbreitet hatte: wieder die Via Sant'Anna! Wo in der ersten Wohnung, die sie damals nach der Flucht von Tria gemietet hatte, Papài starb. Wo sie im Haus des Marchese Sifola ihren ersten Salon eröffnet hatte, wo Graziella und Fortis zugegen waren, wo sie ihre wichtigsten Texte schrieb und die seltsamen, zarten Momente ihrer Beziehung zu Gennaro durchlebte. Wo auf die eine oder andere Weise mit der brutalen Invasion Laubergs und seiner Kumpane ihr Leben als Revolutionärin begann.

Dann war sie auf einmal froh darüber, als würde sie den Faden ihres Lebens wiederaufnehmen. Ein Hauch von Aberglaube: War es das Schicksal, das sie rief? Führte es sie dorthin zurück, wo sie ihr Bestes gegeben hatte?

Die Wohnung war nicht groß und befand sich in einem kleinen Palazzo, der von zwei mehr als zwanzig Meter hohen, häßlichen Granitstatuen überragt wurde. Von den drei kleineren Balkons aus sah man nur die Häuser gegenüber und die Gasse. Die sich nicht verändert hatte: Wäscheleinen von einer Straßenseite zur anderen, dieselben Laken, etwas verschlissen, aber mit Hilfe von

Soda, Asche und Seife gereinigt, dieselben geflickten Unterhosen, dieselben ausgeblichenen Leibchen.

Um die Wohnung einzurichten, hatte sie alles neu kaufen müssen. In der Wohnung in der Via del Grottone, die nach der Durchsuchung und Lenòrs Verhaftung der Willkür von Nachbarn und Fremden ausgesetzt war, war nicht einmal mehr eine Stecknadel übriggeblieben. Ein Messingbett erstand sie bei einem Trödler, zwei Matratzen, eine aus Wolle und eine aus Roßhaar, ließ sie sich in der Salata steppen. Astore schenkte ihr einen hundert Jahre alten Nachttisch, zusammen mit dem Tisch im Eßzimmer, das auch als Redaktionszimmer des »Monitore« diente.

»Mein Haus platzt aus allen Nähten vor alten Möbeln. Und ich bin mittlerweile allein«, hatte der liebe Freund lächelnd zu ihr gesagt.

Schließlich erstand sie noch zehn Kirchenstühle bei einem Bühnenschreiner. An die Wände hängte sie die Entwürfe patriotischer Maler für das Wappen der Republik.

Sie schließt die Tür auf, tappt im Dunkeln weiter. Ihre Finger ertasten die Lampe und die Schwefelhölzchen auf der Konsole neben dem Eingang, sie zündet die Lampe an. Sie schnuppert nach dem vertrauten Geruch: Kaffee, Tinte, ein wenig Moder. Natürlich, sie schafft es nicht, die Wohnung sauberzuhalten, dazu bräuchte sie Graziella. Ein Anflug zärtlichen Bedauerns: Wo sie wohl geblieben ist? Ob sie wie früher an den Ecken der Gassen auf einen Freier wartet? Aber vielleicht kommt Graziella ja irgendwann zurück, wenn Lenòr es am allerwenigsten erwartet.

Sie geht zum ausladenden Tisch, auf dem sich Papiere und Bücher stapeln, genauso wie früher, vor so langer Zeit. Hier aber liegen die ersten Druckproben des »Monitore«, und in einer roten Mappe mit gelb-blauen Kordeln sammelt sie das Material für die erste Nummer.

Wer redet denn vom »Monitore«, bei diesem Leben! Wie soll ich es nur schaffen, die Zeitung vorzubereiten? Ich muß mich entscheiden: entweder repräsentieren, aktiv Politik treiben – oder der »Monitore«.

Ich bin todmüde, meine Füße brennen in den neuen Schuhen.

Ich habe einen schlechten Geschmack im Mund. In dieser Republik wird eindeutig zuviel getrunken und gefeiert.

Sie stellt das Licht auf den Nachttisch. Das Bett ist nicht gemacht. Aber sie waren ja auch schon im Morgengrauen gekommen!

»Beeil dich, mach schnell«, hatten Ciaia und Gennaro gerufen. »Die Parade beginnt um neun, bis zum Largo delle Pigne ist es weit.«

Stechende Kälte, ein fahler, müder Himmel. Als sie verschlafen auf die Gasse trat, hatte sie plötzlich das eigenartige Gefühl, daß ganz Neapel im Grunde so war: ermattet, farblos, voll Melancholie.

Auf dem Kutschbock saß ein geheimnisvoller Kutscher mit rot-weiß-blauer Kokarde am Hut.

»Haben sich auch die Kutscher angeschlossen?« fragte sie, als sie auf dem Trittbrett stand, doch der Mann starrte undurchdringlich geradeaus.

»Die neapolitanischen Mietkutscher schließen sich allem an«, lachte Ciaia. »Auf geht's, Patro'.«

Sie fuhren durch die Via Toledo, die Pignasecca, die Via Spirito Santo, die Via Cavallerizza, dann bogen sie in die Via Foria ein. Ein bleierner Himmel.

Noch wenig Leute. Ein paar Läden waren geöffnet, lustlos und ohne jeden Prunk. Grüppchen von Patrioten mit Kokarden und Fahnen versuchten, die Stimmung anzuheizen, indem sie von Zeit zu Zeit die Marseillaise und die Carmagnola anstimmten. Unter den Ständen der Wasserverkäufer, auf den Treppen vor den Kirchen und Palazzi wachten nach und nach die *lazzari* auf, die die Nacht dort verbracht hatten. Sie reckten sich, rückten ihre Schärpen und Mützen zurecht, nahmen ihre Bündel auf und machten sich auf den Weg, als wäre es das Selbstverständlichste auf der Welt.

»Wohin gehen sie?«

»Auch sie sehen sich die Parade an.«

In der Via Foria ging es schon turbulenter zu, an der Ecke der Via Cavallerizza und der Via Santa Teresa ein einziges Geschiebe und Gedränge von Menschen und Kutschen. Zu beiden Seiten der Straße Kordons aus Patrioten und französischen Grenadieren, dazwischen schob sich die Menge vorwärts. Am häufigsten sah man Redingotes, auch bei Frauen, die teilweise Hosen trugen. Gutgekleidete junge Männer schwenkten kleine republikanische Fahnen.

Auf dem Largo war eine große Bühne aufgebaut, mit neapolitanischen und französischen Trikoloren bedeckt. Ein riesenhoher, mit Standarten beflaggter Freiheitsbaum ragte auf, um ihn herum waren Trupps rot-blau gekleideter Grenadiere mit gezückten Bajonetten aufmarschiert.

Lenòr stutzte angesichts einer kleinen Gruppe ganz in Schwarz gekleideter Männer mit schwarzen Fahnen, auf denen »Rache oder Tod« geschrieben stand.

»Wer sind diese Leute?«

»Keine Ahnung«, antwortete Gennaro. »Im Verlauf von nur einem Tag und einer Nacht sind hier die extravagantesten Gruppen aus dem Boden geschossen wie die Pilze. Wir müssen schnellstens eine Nationalgarde bilden, die diese Verrückten aus dem Verkehr zieht.«

Immer mehr Volk strömte herbei. Darunter auch *lazzari* mit fröhlicher, unbekümmerter Miene, als wollten sie sagen: »Sehen wir uns doch mal an, was hier überhaupt los ist.«

Allmählich näherten sie sich der Bühne. Die Mitglieder der Übergangsregierung, alle mit breiten blau-weiß-roten Schärpen, standen schon Schulter an Schulter bereit. Und erst die prächtigen, stolzen französischen Offiziere mit ihren vergoldeten Koppeln und Schulterriemen, ihren goldgetränkten Schulterstücken, den überwältigend vielen Auszeichnungen, den Feuerwaffen.

»Was für schöne Soldaten!«

Gennaro und Ignazio geleiteten Lenòr auf die Bühne. Margherita Fasulo, ganz in Rot, Blau und Gelb mit einer riesigen Kokarde in den prachtvollen Haaren, kam ihr entgegen. Sie überreichte auch ihr eine Kokarde.

»Komm«, sagte Gennaro. »Ich will dir den Bürger General Kellermann vorstellen.«

Überraschung, Stolz, Eitelkeit: der Sohn des Siegers von

Valmy, der Castelnuovo eingenommen hatte! Obwohl er noch ein sehr junger Mann war, sah sie ihm schüchtern und respektvoll entgegen, während er lächelnd auf sie zuging. Er küßte ihr die Hand. Er sah wunderschön aus in seiner blinkenden Uniform.

»*Je suis très heureux*«, sagte er. »Ich bin sehr glücklich, die erste Heldin der jungen neapolitanischen Republik kennenzulernen.«

»Oh«, murmelte sie, heilfroh, als ihr sofort eine geeignete Entgegnung einfiel. »Und ich bin sehr geehrt, in einer Person den Sohn des Helden von Valmy und den Helden von Castelnuovo in Neapel kennenzulernen. Die Herkunft läßt sich nicht verleugnen.«

Der Largo war inzwischen von einer überbordenden Menschenmenge erfüllt. Dicht gedrängt stand man auf den Balkonen, an den Fenstern. Soeben näherte sich ein herrlicher Zug. Ganz vorn ritt ein Schwadron rot und gold gekleideter Husare mit Felljacken auf weißen Pferden. Sie trugen Piken mit bunten Wimpeln. Ihnen folgte mit dröhnendem Schritt eine Einheit von Grenadieren nach der anderen, mit ihren Fahnen, danach eine Militärkapelle, die ununterbrochen in getragenem, feierlichem Tempo die Marseillaise spielte, schließlich glitzernde Trupps schwarz-weiß gekleideter Gebirgsjäger. Dahinter präsentierten sich General Championnet und sein Gefolge. Den Schluß bildeten weitere Einheiten von Grenadieren, dann durcheinander Patrioten mit Fahnen und schweigende Trommler.

Championnet überließ sein großes weißes Pferd einem Grenadier und stieg mit federnden, kräftigen Schritten auf die Bühne. Auch er war noch jung, um die Dreißig, groß, stämmig, mit langen, wehenden rötlichen Haaren. Er trug einen blauen Waffenrock mit goldbesticktem Kragen, auch der Gürtel war golden. Er war über und über mit Orden geschmückt.

Lenôr war empört, wie hauteng ihm die schneeweiße Hose am Körper saß. Alle Franzosen trugen die Hosen so eng, aber Championnet schien regelrecht nackt zu sein. Links zeichnete sich sein Geschlecht ab.

Der General begrüßte die auf der Bühne Anwesenden mit

zwanglosen Verneigungen, während die Soldaten beim »Stillge-
standen« Haltung annahmen; dann wandte er sich Lauberg zu,
um ein paar Worte mit ihm zu wechseln.

Die Menschen drängelten sich dicht an dicht, man spürte Neugier, Aufmerksamkeit, Erstaunen. In der ersten Reihe gleich hinter der Postenkette hatten sich *lazzari* jeden Alters und beiderlei
Geschlechts versammelt. Man sah ihnen die Begeisterung an. Die
Veranstaltung schien ganz nach ihrem Geschmack zu sein, sie
bewegten Köpfe und Schultern zu den Klängen der Blasmusik.

Drei durchdringende Trompetenstöße – Lauberg ging mit blei-
chem Gesicht zum Bühnenrand.

»Bürger Neapels!« brüllte er und versuchte, jede Silbe einzeln
zu betonen. »Unser Freund, der Bürger General Giovanni Championnet, will zum neapolitanischen Volk sprechen. Ich übergebe
ihm jetzt das Wort.«

Absolute Stille. Die *lazzari* in der ersten Reihe starrten gebannt zur Bühne, die Grenadiere ließen ein wenig ihre Bajonette
spielen.

Championnet kam völlig ungezwungen nach vorn und hob die
Arme.

»Bürger Napolis!« schrie er. Er hatte tatsächlich eine Stentorstimme. »Bitte um Pardon, wann ich nicht gut Italienisch sprechen. Aber ich will bald lernen. Und mehr: Ich will napolitanisch
Sprache lernen«, fügte er hinzu und legte eine wohlkalkulierte
Pause ein, um das Lächeln, das sich auf den Gesichtern der versammelten Menschen zeigte, voll und ganz auszukosten. »Wir
Franzosen sind nicht wie Feinde hier, aber wie aufrichtig
Freunde. Pardon, einige von euch haben nicht verstanden, und
wir waren gezwungen, uns gegen sie zu kämpfen. Aber ich muß
sagen, sie sich haben gut geschlagen. Ehre für alle napolitanisch
Helden!«

Ein Raunen ging durch die Menge. Lenòr sah, wie die *lazzari*
Championnet mit offenen Mündern anstarrten, wie eine Heiligen-
figur.

»Wir wollen«, fuhr der General zufrieden fort, »daß ihr Napo-
litani euer einfach und fröhlich Leben unter unsere Schutz wiederaufnehmen können. Euer König hat euch verlassen, ist feige

weggegangen, hat euch gelassen ohne Schutz und Hilfe. Das ist jetzt unser Aufgabe. Ihr werdet Regierung haben nur aus euer eigen Leute, alle sehr tapfer und ehrlich, die euch werden alles geben, was ihr verdient, denn ihr seid groß napolitanisch Helden!«

Bevor er sich zurückzog, gab Championnet den Grenadieren ein Zeichen, den Kordon näher an die Bühne zu verlagern, damit die Menschen näher kommen konnten. Dann begann er lachend, Geldstücke in die Menge zu werfen, und rief zum Abschied: »Macht's gut! *Stateve bono! Bono!*«

Rasender Applaus, Pfeifen, Schreien, ein Riesentumult, um eine der Münzen zu ergattern. Die Kapelle stimmte erneut die Marseillaise an, diesmal in schnellerem Tempo.

4   Es ist kalt, ein glühendes Kohlenbecken wäre jetzt herrlich. Ach, Graziella! Lenòr zieht sich bibbernd aus. Die Bettücher sind eisig. Sie bläst die Lampe aus, rollt sich zusammen und wartet darauf, daß Wärme und Schlaf sie umhüllen. Die Wärme ja, nach und nach wird es warm zwischen Körper und Stoff, aber der Schlaf will sich nicht einstellen: Sie ist noch viel zu aufgeregt. Gedanken, Bilder, Worte blitzen in jedem Teil ihres Gehirns auf.

Championnet hat seine Sache glänzend gemacht, ein sympathischer Mann. Aber daß er Geld in die Menge geworfen hat, nach Art der spanischen Vizekönige und Capetos, hat mir gar nicht gefallen. Alles andere war gut so. Die *lazzari* haben das Spektakel bewundert. Die Frauen in der ersten Reihe haben den General und die französischen Offiziere mit Blicken verschlungen, haben gekichert, sich mit den Ellbogen angestoßen. Auch beim Mittagessen im Palazzo Nazionale waren die Offiziere Thema. Oh, dieses Mittagessen! Hauptverantwortlich für ihre jetzigen Kopfschmerzen.

Fasulo hatte alles organisiert. Wie genüßlich er sich im ehemaligen Königspalast bewegte. Er wollte den blauen Salon in seiner ganzen Pracht erstrahlen lassen. Die größte Schwierigkeit bestand darin, Diener aufzutreiben: Fast das ganze Hofpersonal war nach Palermo geflüchtet, keiner der Patrioten der unteren Schichten wollte sich dazu hergeben, eine Livree anzuziehen, um bei Tisch zu bedienen.

Meu Deus, die Kopfschmerzen hören überhaupt nicht auf! Kein Wunder! All die verschiedenen Weine, die ununterbrochen durcheinandergetrunken wurden: Championnet hatte ganze Kisten voll Chablis, Moselwein, D'Epernay bringen lassen. Bei Tisch gab es Wildschwein, Damhirsch, Rebhühner.

»Wie sollen wir das alles bezahlen?« flüsterte Delfico Lauberg ins Ohr. Lauberg saß mit hochrotem Kopf ausgelassen links von Championnet, trank und lachte.

»Mach dir darüber nur keine Gedanken. Irgend jemand, der bezahlt, findet sich immer! Jetzt sind wir an der Macht.«

So viele Leute. Unglaublich, wie schnell fast alle neapolitanischen Adligen wieder aus ihren Löchern gekommen waren, auch diejenigen, die als Freunde der Bourbonen gelten. Und erst die Damen! Im Handumdrehen hatten sie ihre Garderobe der neuesten Mode angepaßt, die das Direktorium und Madame Tallien entworfen hatte. Ungeachtet der Jahreszeit Tuniken und leichte Peplos in Weiß und in hübschen Pastellfarben, Sandalen mit langen Bändern, die um die Waden gewickelt wurden, auch die Haartracht nach Art der alten Griechen. Die französischen Offiziere sahen einfach hinreißend aus.

Eine seltsame Stimmung lag in der Luft: Als hätte sich nach einem eigenartigen Mechanismus stillschweigend die Erlaubnis zu zügelloser Freiheit durchgesetzt, als hätten geheimnisvolle Stimmen die Menschen unbewußt daran gemahnt, daß das Leben vergänglich ist.

Fragmente aus Farben und Geräuschen überlagern einander. Lenòr sieht wieder den Augenblick vor sich, als Championnet ihr die Hand geküßt und mit einem kläglichen Versuch von Galanterie auf französisch gesagt hat: »Ich bin entzückt zu sehen, daß Eure Klugheit Eurer Schönheit in keiner Weise nachsteht.«

Très gentil, le général. Einer der Männer, die Sympathie heischen: bei den *lazzari* hat er es genauso gemacht. Die Ärmsten! Sie haben sich sofort begeistern lassen, wie Kinder. Ciaia erzählte lachend, daß sie sich in zwei Lager gespalten hatten: die jungen Leute und die Frauen für die Franzosen, die Alten und die Anführer für den König und den Heiligen Glauben.

»Da hab ich nach der Parade vielleicht Sachen gehört! Einer fand, daß Sciamponé, wie sie ihn nennen, viel besser aussieht als Ferdinand. ›Das ist doch ein alter Fettwanst. Hast du gesehen, was für Eier dieser Franzose hat? Prall und immer einsatzbereit.‹ Ein anderer hatte dagegengehalten: ›Guaglio', was verstehst du denn schon davon! Du bist doch noch ganz grün hinter den Ohren. Die Franzosen kommen her und essen sich satt und dann gehn sie wieder. Und was sagen wir dem König, wenn er wieder da ist? Majestät, auch wir haben dich verraten?‹ Am Ende hatten sie sich kräftig geprügelt, die Grenadiere mußten dazwischengehen.«

Championnet hörte lächelnd zu. Momente äußerster Heiterkeit, als er nach der Übersetzung für die Ausdrücke der *lazzari* fragte. Sie fanden jedoch keinen angemessenen französischen Begriff für *guàllara* – jeder Vorschlag rief homerisches Gelächter hervor.

»*Oh, bien*«, sagte der General, als er es schließlich verstanden hatte. »Diese Neapolitaner sind wirklich bewundernswert. Ein einfaches Volk, leicht zu regieren. Man muß ihnen nur große Gefühle, farbenfrohe Spektakel anbieten, man muß ihnen groß, stark, unbezwingbar entgegentreten. Sie brauchen einen Vater, der ihnen Sicherheit gibt, damit sie auch in Zukunft ihr einfaches, sorgloses Leben leben können.«

»Ihr habt die Situation vollkommen erfaßt, *mon général*«, sagte Lauberg, der an ihm klebte wie eine Miesmuschel am Fels.

Hatte Lauberg ihm womöglich suggeriert, neapolitanische Ausdrücke in seine Rede einzuflechten? Geld in die Menge zu werfen?

»Morgen«, fuhr Championnet fort, »soll ganz Neapel froh und übermütig sein, noch ausgelassener als sonst. Ich will, daß morgen abend die ganze Stadt festlich beleuchtet wird, ich will überall Fahnen sehen, auf allen Plätzen sollen Freiheitsbäume stehen. Außerdem soll Wein ausgeschenkt und Fleisch verteilt werden …«

»Das ist schwierig, *mon général*«, wagte Lauberg einzuwenden. »Ihr fordert Millionen von Dukaten, aber die Kassen der Stadt sind leer.«

»*Oh, mon cher Lauberg!* Dann muß man sich eben an die Bürger Neapels wenden, man muß ihnen Privilegien geben, was weiß ich, sie mit Waffen ausstatten, ihnen gewisse Aufgaben erteilen. Außerdem alles konfiszieren, was es an wertvollen Objekten in der Stadt gibt, auch die Besitztümer der Anhänger der alten Machthaber. Vor allem muß man sich die Priester vorknöpfen, die Klöster schließen und ihre ungeheuren Reichtümer beschlagnahmen.«

»Aber dann bringen wir das Volk gegen uns auf, *mon général.* Wenn die *lazzari* sehen, daß die Klöster und die Kirchen geplündert werden ...«

»Lauberg, Ihr seid eben kein echter Politiker! Morgen werde ich mit meinen Grenadieren zur Kathedrale ziehen. Wir werden respektvoll dem Wunder von San Gennaro beiwohnen.«

»Aber das Wunder des Heiligen Januarius findet doch nicht im Januar statt!« rief Ciaia, über das Wortspiel lachend.

»*Mon ami*«, sagte Championnet, »wenn die Priester es wollen, wird das Wunder morgen stattfinden. Das verspreche ich Euch.«

Am Nachmittag Besuch in den offiziellen Sälen, abends bei den Cassano, die den Oberbefehlshaber und die Offiziere zum Abendessen zu sich eingeladen hatten: Wieder wurde gegessen und getrunken, gelärmt, getanzt, geliebäugelt, geflirtet.

Danach dann ins San Carlo, das in »Nationaltheater« umbenannt wurde. Die Theatertruppe Todi-Mattucci spielte »Nicaboro in Yucatania« von Piccinni und Tritto und hatte in Windeseile im Anschluß an das Stück eine Hymne und einen dem Anlaß huldigenden Tanz einstudiert.

> Im Antlitz leichenblaß,
> mit bebendem Herzen gar,
> liegt nun das ruchlose Paar
> frech an Sikanias Brust

sangen die Schauspieler.

Zum ersten Mal besuchten außer den Herrschaften, die in ihren Logen saßen, auch einfache Leute aus dem Volk, Bürger und einige *lazzari* das San Carlo. Das ungewöhnliche Publikum brüllte, ob es gerade paßte oder nicht: »Tod dem Tyrannen! Tod dem König!«, danach mußte das Theater geschlossen werden, um die Balustraden, die Stuckdecken, die Fußböden, die Stühle zu reparieren.

5   Neapel scheint alles schon wieder vergessen zu haben.

Die Temperaturen sind mild, und obwohl jetzt *ventoso* ist, ist in der Stadt kein Windhauch zu verspüren: Vielleicht sollte der republikanische Kalender, der ja in Frankreich entstanden ist, wo ein ganz anderes Klima herrscht, an diesem Punkt geändert werden.

Alles – oder zumindest fast alles – scheint wie früher zu sein, sogar besser. Menschenmengen ergießen sich auf die Straßen, Gassen, Plätze, die Läden sind wieder geöffnet, die *lazzari* haben sich mit den Franzosen angefreundet. Sie scherzen mit ihnen, verschaffen ihnen Kurzweil, beklauen sie, begleiten sie hierhin und dorthin. An den Stränden von Santa Lucia und Mergellina tummeln sich die Grenadiere, Husaren, Gebirgsjäger, drängeln vor den Verkaufstischen oder warten darauf, auf den goldenen Booten zu fahren. Ein Ansturm der Franzosen und ihrer Begleiter auf die Schenken und Spielkasinos, ganz zu schweigen von der Piazza Mercato, den Gassen in der Cagliantesa und in San Matteo, wo sich unter den Schildern mit den Geranien zu jeder Tages- und Nachtzeit Träger rot-blauer Uniformen die Klinke in die Hand geben.

Lazzari und Franzosen mischen auch fröhlich ihre Sprachen – hier hört man einen, der lachend mit verschlucktem R fragt: »*Maccavoni, sivenà*«, dort sagt ein anderer: »*Buatta, scemenfò, arsgià*«. Und es kommt vor, daß *lazzari* und Franzosen miteinander Lieder wie das nun folgende singen – wer weiß, wie es entstanden ist:

Der Franzose ist jetzt da,
hat 'n gutes Blatt auf der Hand,
frei und gleich und brüderlich:
du betrügst mich und ich dich.

Rund um die Freiheitsbäume, die auf Anordnung Championnets überall in der Stadt aufgestellt worden sind, wird getanzt und gesungen, werden geröstete Kürbiskerne, Tintenfischsuppe, Frauenzimmer feilgehalten. Und Championnet hat sich tatsächlich in den Dom begeben, um dem Wunder von San Gennaro beizuwohnen.

Eine enorme Menschenmenge wartete hinter den Kordons der Grenadiere an der Strada di Donnaregina und in der großen Kirche aus schillerndem Marmor, die festlich geschmückt war. Alles war wie sonst auch: Die alten »Verwandten« San Gennaros saßen ganz in Schwarz gekleidet vor der Altarbrüstung in der ersten Reihe, überall Berge frischer Blumen, Kerzenschein.

Um die »Verwandten« jedoch überhaupt zum Kommen zu bewegen, mußte der Kardinal seinen Sekretär, den Kaplan, mit einer persönlich unterschriebenen Einladung zu ihnen schicken. Daraufhin fanden sie sich mit finsteren Mienen, unzufrieden vor sich hin zeternd, in der Kirche ein.

Als die Kathedrale bis auf den letzten Platz besetzt war, erschien Championnet. Langsam und gemessen schritt er mit seinem Gefolge auf dem leuchtendroten langen Teppich zum Altar, kniete dort andächtig nieder, ohne jedoch das Kreuz zu schlagen. Dann küßte er dem Kardinal die Hand, der neben der goldglänzenden Büste von San Gennaro, die vor dem Tabernakel stand, auf ihn wartete. Jetzt wurde gebetet; aus dem Volk, das sich aus Patrioten, Franzosen, *lazzari* und bigotten Mitläufern zusammensetzte, murmelten die einen mit, die anderen nicht.

Die »Verwandten« aber schwiegen eisig und rührten sich nicht. Das war so nicht geplant. Denn für den aufregendsten Teil der Zeremonie waren ja gerade sie zuständig, wenn sie im Chor alle möglichen Litaneien anstimmten und den Heiligen zu beschwören begannen, zuerst mit zärtlichen Koseworten, dann, wenn das Wunder auf sich warten ließ, durchaus auch mit Beleidigungen und Drohungen.

»*Faccia jallùta!* Laß das Wunder geschehen!«

Hartnäckiges Schweigen. Wie versteinert. Der Kardinal warf ihnen vom Altar her verstohlene Blicke zu, zuckte dann unmerklich die Achseln. Er gab zwei Diakonen das Zeichen, nun die Ampullen mit dem Blut des Heiligen zu holen.

Unter allgemeinem Raunen wurden die Ampullen gebracht, und der Kardinal hob seine flehende Stimme. Und die »Verwandten«: wieder nichts. Wie zuvor.

Championnet beobachtete das Geschehen von seinem kleinen Thron aus mit äußerster Aufmerksamkeit. Diszipliniert folgte auch er dem liturgischen Ablauf des Ritus, stand auf, wenn alle aufstanden, senkte den Kopf, wenn viele niederknieten. Der Kardinal sprach jetzt das Gebet, um das der General ihn ersucht hatte: »Allmächtiger Gott, wir bitten Dich darum, daß Dein Diener Giovanni, dem Du barmherzig die Regierung des befreiten Reiches anvertraut hast, durch Fürsprache unseres heiligen, wundertätigen Schutzpatrons Gennaro reich mit Tugenden beschenkt wird, damit er alle Sünden vermeidet und an Deinem Reich teilhat, denn Du bist der Weg, die Wahrheit und das Leben.«

Nichts. Die alten Frauen saßen da wie Statuen, das Volk war zunehmend verunsichert. Priester, Diakone, Geistliche fingen an, zu den Orgelklängen Psalmen zu singen.

Lenòr, die zusammen mit Astore und Meola ganz hinten saß, schüttelte den Kopf. In diesen Dingen ist es kaum möglich, das Volk zu hintergehen. Besonders die alten Frauen. Die Atmosphäre war kalt und voller Mißtrauen, und die ungebildeten, störrischen alten Frauen, die reglos verharrten wie Mumien, taten auf diese Weise ihren politischen Protest kund. Sie würden ihren Anteil daran, daß das Wunder geschähe (und obendrein auch noch zum falschen Zeitpunkt!) und San Gennaro den Franzosen ohne Gottes Zustimmung seinen Segen gäbe, schlichtweg verweigern. Dem Kardinal hatten sie gehorchen müssen, aber dieses Vorgehen teilten sie nicht: sollte er doch sehen, wie er zurechtkam.

Der Kardinal tat, was in seinen Kräften stand, stimmte aus

voller Kehle Bußgebete an, flehte auf den Knien die große goldene Figur an. Von Zeit zu Zeit nahm er behutsam die Ampullen in die Hand, hob sie vorsichtig auf seinen Handflächen in die Höhe, beschloß dann, sie nicht mehr aus der Hand zu legen. Er betete mit lauter, bebender Stimme.

Championnet schien ein wenig verärgert zu sein: Er stand auf und ging nach vorn, um auf den Stufen des Altars niederzuknien.

Die Gebete, Gesänge, Lieder steigerten sich zur Ekstase. Das Publikum sang und betete im Chor mit, die eine oder andere Frau maßte sich gar das den »Verwandten« vorbehaltene Recht an, schrille Schreie in Richtung des Heiligen auszustoßen, wurde jedoch von den anderen zum Schweigen gebracht.

Plötzlich stutzte der Kardinal, der den Blick unverwandt auf die Ampullen gerichtet hielt. Man sah ihn lächeln, die Arme heben, dann kam er nach vorn, streckte der Menge mit verzückter Miene die Fialen entgegen und begann zu singen: »*Te Deum laudamus ...*«, gefolgt vom erregten Chor der Anwesenden. Der Organist betätigte die Tasten des Manuals und des Pedals noch kräftiger.

Championnet richtete sich auf, um die Ampullen in Augenschein zu nehmen, neigte sich vor und küßte sie freudestrahlend. In der Menschenmenge wurden gegensätzliche Kommentare laut: viele applaudierten, andere protestierten. Die »Verwandten« saßen wie versteinert in ihren Bänken in der ersten Reihe.

Dann setzte sich die Prozession in Bewegung: ganz vorn zwei Trupps französischer Grenadiere, dann die Diakone, die unter einem Baldachin die Statue San Gennaros trugen, am Ende der Kardinal und Championnet mit dem jeweiligen Gefolge.

Die Menge tobte, die einen wollten sich dem Zug anschließen, die anderen nicht. Ein paar Stimmen schrien: »Jenna', du hast dich verkauft!« Andere: »Es lebe San Gennaro!«

»Laßt uns mitgehen. Das möchte ich sehen«, sagte Lenòr zu den Freunden. Hinter den Absperrungen erstaunte, amüsierte, feindlich blickende Zuschauer; sie schrien, klatschten, pfiffen.

Auf dem Weg durch die Gassen des Lavinaio geschah etwas Unerwartetes: Die Fenster der armseligen Häuser und die Türen der *bassi* wurden nacheinander unhöflich zugeknallt. Bumm, bumm, bumm. Eine Gruppe unförmiger, schmutzstarrender alter Frauen spuckte ohne jede Scheu auf den Boden, als die große goldene Figur vorbeigetragen wurde.

»Hau bloß ab, du dreckiger Santo Jennaro. Puh, puh! Und laß dich hier nicht wieder blicken. Jetzt bist auch du ein Jakobiner geworden.«

6   Das größte Problem ist die Beziehung zu den *lazzari* und den unteren Schichten. Wenn man sie nicht mit Leib und Seele davon überzeugen kann, daß die Republik nicht ihr Feind ist, wird man gar nichts bewegen. Dafür muß der »Monitore« sich voll und ganz einsetzen.

Gestern nachmittag ist die erste Nummer erschienen. Lenòr sitzt noch in ihrem kombinierten Eß- und Redaktionszimmer über der Zeitung und prüft sie von der ersten bis zur letzten Zeile, obwohl sie schon seit gestern abend nichts anderes getan hat. Sie ist immer noch verärgert über den zu grob ausgefallenen Druck: Die Tinte hat an verschiedenen Stellen nicht gut gegriffen. Vor allem aber wartet sie ungeduldig darauf zu erfahren, ob die Zeitung sich verkauft, wie viele Kopien schon weg sind, was die Freunde darüber denken.

Astore und Meola lieben die Zeitung wie ein eigenes Kind. Sie sind unablässig zwischen der Druckerei in Santa Maria La Nova und der Redaktion hin- und hergelaufen, haben bei der Korrektur der Druckfahnen geholfen. Astore war vorgestern den ganzen Tag in San Lorenzo beim Sitz der Übergangsregierung, um Kommuniqués und Neuigkeiten zu erhalten, Meola hat kontrolliert, ob die beiden angeheuerten Zeitungsschreier sich auch wirklich an die Knotenpunkte der Via Toledo und in San Ferdinando gestellt haben. Von Zeit zu Zeit kam er zu ihr herauf, um Bericht zu erstatten: »Sie haben wieder zwei Stück verkauft. Und noch eine.«

Um halb elf hatten sie siebenunddreißig Kopien verkauft, danach legten die Zeitungsschreier sich schlafen. Siebenunddreißig … So wenige. Dabei ist die Zeitung doch gut geworden.

Der leidenschaftliche Leitartikel – sie hatte sich beim Schreiben zunehmend hineingesteigert, bis sie zu einer echten glühenden Republikanerin geworden war. Der Artikel begann mit einem Ausruf der Begeisterung – »Endlich sind wir frei!« – und informierte mit klaren Sätzen über die politische Ausrichtung: die Freundschaft mit der Mutterrepublik Frankreich, die Kritik an der alten Regierung, eine kurze Zusammenfassung der Ereignisse der letzten Tage. Schließlich eine Hymne auf die Freundschaft zwischen *lazzari* und Franzosen.

In Wahrheit hatte ihr dieser letzte Punkt, als sie ihn gedruckt noch einmal gelesen hatte, nicht mehr gefallen: er war rhetorisch und verlogen. »Und wie wunderbar war es anzusehen, wie auf die Wut und all das Blutvergießen plötzlich die Verbrüderung zwischen Siegern und Besiegten folgte.« Bis jetzt beschränkte sich diese Verbrüderung auf Schweinereien in den Tavernen, Spielhöllen, Bordellen. Um ganz von jenen Franzosen zu schweigen, die mit einem Messer im Rücken oder im Bauch oder mit zertrümmertem Schädel in irgendeiner dunklen Ecke der Stadt aufgefunden werden.

Schließlich noch einzelne Meldungen – sehr wenige allerdings, was nicht ihre Schuld war. Diese gesegnete Regierung zerbricht sich den Kopf über rhetorische Phrasen und komplizierte Gesetze, aber sie kümmert sich überhaupt nicht darum, sich selbst oder andere zu informieren. So ist die Zeitung einfach nicht interessant. *Meu Deus*, morgen muß ich die Artikel in die Druckerei bringen – was soll ich nur schreiben?

Sie fühlt sich kraftlos, ihr fehlt die nötige Begeisterung. Ein Journalist braucht den Zuspruch des Publikums, der Freunde, der gebildeten Leser. Keiner von ihnen läßt sich bei ihr blicken, niemand ist gekommen und hat gesagt: »Gut. Schlecht. Katastrophal.«

Doch, Astore und Meola haben sie in hohen Tönen gelobt, aber sie sind ihr auch sehr zugetan, und Liebe macht blind. Weshalb bringt Astore nicht endlich Neuigkeiten von den Zeitungsschreiern? Was soll ich in der zweiten Nummer nur schreiben? In ihrer roten Mappe liegen Notizen, Entwürfe, Papiere, lustlos blättert sie darin. Nichts, ihr Kopf ist leer, sie macht sich einen

Espresso. Astore kehrt gerade im richtigen Moment zurück, um eine Tasse mitzutrinken, währenddessen bestürmt sie ihn: »Also? Was gibt's Neues?«

»Heute morgen haben sie einundfünfzig verkauft«, sagt er zufrieden. »Sie hatten hundert bekommen, jetzt sind nur noch zwölf übrig. Sie verkaufen sich spielend.«

Erst flammt Begeisterung in ihr auf, dann erlischt sie gleich wieder. »Aber wir haben doch tausend Exemplare aufgelegt, Antonio! Und die restlichen neunhundert?«

»Lenòr. Wenn wir es uns leisten könnten, Zeitungsschreier auch an andere zentrale Punkte der Stadt zu schicken ... Aber mit dem bißchen Geld, das wir auftreiben können ... Außerdem muß die Regierung dafür sorgen, daß die Zeitung auch in die Provinz geschickt wird.«

»*Meu Deus.* Was machen wir nur mit all den Kopien, die übrig sind?«

»Wir könnten sie kostenlos verteilen; das ist immer noch besser, als sie in irgendeinem Keller vermodern zu lassen.«

»Und wer soll die Verteilung übernehmen?«

»Ich, Meola, und wir holen die Jungs aus den ›Patriotischen Kammern‹ zu Hilfe. Ist das nun politische Arbeit oder nicht?«

Sie schüttelt den Kopf, ist immer niedergeschlagener. »So kann man einfach keine Zeitung machen, Antonio. Das ist verlorene Liebesmüh. Außerdem, die Leute, denen die Zeitung etwas nützen könnte, können sowieso nicht lesen. Wem sagen wir also all diese Dinge? Denjenigen, die sowieso schon davon überzeugt sind? Dann ist die Zeitung rundum überflüssig.«

»Sie ist nicht überflüssig, Lenòr. Selbst wenn nur zwei oder drei Leute, die unsere Ideen nicht teilen, sie lesen würden, wäre das schon ein Erfolg. Und was die *lazzari* betrifft ... Natürlich können sie die Zeitung nicht direkt nutzen, aber dann muß man eben diejenigen unter uns, die gebildet sind, dazu bringen, sie den *lazzari* vorzulesen. Mit Geduld und Liebe. Dann erreicht der ›Monitore‹ trotzdem sein Ziel.«

Astore begibt sich zum Regierungssitz, um herauszufinden, ob es etwas Neues gibt. Lenòr blättert nach wie vor lustlos in der

Mappe, auch wenn Antonios Worte sie ein wenig aufgerüttelt haben. Briefe, Notizen, drei oder vier Flugblätter, alle an die »Bürger Neapels« gerichtet. In diesen Tagen ist die Manie ausgebrochen, Flugblätter, Reden, völlig verrückte Tiraden zu drucken. Diese hier zum Beispiel: »Schande über die falschen feigen Titanen, der Tod soll sie holen wie Laokoon!« – »Die Republik wird autokratisch sein oder gar nicht sein.« Was für ein ausgemachter Blödsinn! Aber diese Flugblätter geben ihr das Stichwort; sie holt ein weißes Blatt Papier heraus und fängt an zu schreiben.

»Viele Bürger wenden sich Tag für Tag mit volksnahen und redegewandten Äußerungen an die Öffentlichkeit. Es wäre daher zu überlegen, ob nicht einige Reden geschrieben werden sollten, die sich speziell an den Teil des Volkes richten, der sich Pöbel nennt, und zwar in einer Weise, die die Intelligenz und die gesprochene Sprache des Pöbels berücksichtigt. Wir fordern daher die Regierung auf, bürgerliche Missionen einzurichten, zumal es früher rein religiöse Missionen gab ... Wir laden die große Zahl unserer gelehrten und nicht minder höflichen und eifrigen Geistlichen dazu ein, sich zu diesem Zweck zu melden, auch ohne den Befehl oder die besondere Aufforderung der Regierung.«

Hierzulande hat keiner begriffen, daß es am allerwichtigsten ist, das Volk zu bilden, auch wenn das schwierig ist. Und genau das wird die Linie, das wird das wesentliche Anliegen sein, das mein »Monitore« verfolgt. Lenòr ist wieder guter Dinge, weil sie einen richtungweisenden Weg gefunden hat. Als Meola mit erfreulichen Nachrichten aus dem Alltagsleben ins Zimmer kommt, wird sie immer fröhlicher.

»Woher hast du das?«

»Hier und da aufgeschnappt«, lächelt er ein wenig müde. »Man muß nur unterwegs sein und sich umhören.«

Flink und aufgeregt macht sie sich ans Schreiben.

»Hiermit geben wir mit bürgerlich frohem Herzen bekannt, daß ein Kohlenhändler namens Gabriele Stendardo, kaum wurde die Freiheit verkündet, dazu übergegangen ist, seine Kohlen zu einem niedrigen Preis zu verkaufen. Käsehändler, die von dieser beherzten Tat angesteckt wurden, darunter einer namens Vincenzo Altieri, haben es ihm nachgetan und den Preis für Ziegenkäse gesenkt, der in großen Mengen an das Volk verkauft wird.«

»Man müßte ihnen einen Dank von seiten der Regierung zukommen lassen«, sagt sie lächelnd und sieht vom Blatt auf. »Siehst du, wie man mit gutem Beispiel vorangehen kann? Wenn wir beharrlich auf solche Taten hinweisen, werden wir große Erfolge erzielen.«

Etwas später bringt ihnen ein Junge aus dem Regierungssitz die Nachricht, daß Championnet auf dem Molo Piccolo unter Ovationen der Bürger dem Errichten eines Freiheitsbaumes beigewohnt habe. »Mit großen Druckbuchstaben veröffentlichen«, hat Lauberg am Rand vermerkt.

Der Bote hat auch vier oder fünf druckfrische Plakate mitgebracht, auf denen folgendes zu lesen ist: QUI CI ONORIAMO DEL TITOLO DI CITTADINO. WIR HABEN DIE EHRE, UNS FORTAN BÜRGER ZU NENNEN.

»Was soll ich damit machen?«

»Hängt es an der Wand auf, Bürgerin. Die Regierung verteilt die Plakate überall in der Stadt.«

Ein weiteres Blatt Papier mit einer Notiz von Lauberg: »Ich will ja nicht voreilig Alarm schlagen – entscheidet selbst, ob das veröffentlicht werden soll oder nicht.«

Es geht darum, daß »einige Banditen und Aufrührer, Versprengte des ehemaligen bourbonischen Heers, sich um blutrünstige Monster geschart haben, die durch ihre Grausamkeit bereits hinlänglich bekannt sind, beispielsweise die Briganten namens Pronio, Rodìo, Michele Pezza, genannt Fra' Diavolo, sowie der Müller Gennaro Mammone, und die die treuen Bürger der Provinzen unter Androhung eines Massakers dazu anstacheln, sich gegen die Republik aufzulehnen. Abteilungen des befreundeten Heers der Franzosen und des neuen republikanischen Heers stehen kurz vor dem Abmarsch und werden die Übeltäter mit Sicherheit in kürzester Zeit unschädlich machen.«

Sie denkt lange nach. Erste Regung: veröffentlichen, ein Journalist darf keine Nachricht ignorieren. Aber wenn die Nachricht in einem schwierigen, heiklen Augenblick erscheint? Wenn man riskiert, die eifrige, geduldige Arbeit am Bewußtsein der Menschen zu schädigen? Sie verschiebt die Veröffentlichung auf eine der nächsten Ausgaben.

Man müßte genauere Informationen aus diesen so weit entfernten, unbekannten Provinzregionen erhalten, die überwiegend nur ein Name sind, dem sich keine Landschaften und Gesichter, keine Geschichte zuordnen lassen: Abruzzo Citeriore, Cilento, Capitanata, Calabria Citra. Die Republik muß sich darum kümmern, muß diese Gegenden und die Leute, die dort leben, bekannter machen, ihnen Bedeutung und Würde verleihen. Ebenso wichtig wäre es, für bequeme, sichere Straßen zu sorgen, Poststationen und Schulen zu bauen.

Sanges und Cuoco unterbrechen sie in diesen Gedanken, und sie ist glücklich, sie wiederzusehen.

»*Meu Deus*, Vincenzo. Wo habt ihr in diesen turbulenten Tagen nur gesteckt? Ich habe mir Sorgen um euch beide gemacht.«

Vincenzo lacht und zuckt die Schultern. »Die Sache ist die, daß Leute wie wir zur Zeit nicht gefragt sind. Wir stören nur.«

»Höchstens die Dummköpfe. Aber doch nicht die, die euch schätzen. Hast du schon den ›Monitore‹ gesehen? Und Ihr, Cuoco, habt Ihr ihn gesehen? Sagt mir doch bitte, was ihr davon haltet: eure Meinung ist mir wichtiger als jede andere.«

Cuoco wiegt den Kopf; er ist dünner geworden, sieht angespannt aus, seine Augen sind unruhig. »Soll ich Euch wirklich meine ehrliche Meinung dazu sagen?«

»Ich bitte Euch darum.«

»Die Zeitung ist gut, sie ist modern und vernünftig aufgemacht. Was mir an einigen Stellen aber weniger gefällt, ist der Ton.«

»Der Ton?«

»Ja, die Haltung. Im Grunde Eure Haltung, da Ihr die Zeitung ja ganz allein macht: ahnungslos, einfach, voll guten Glaubens und Enthusiasmus, so wie Ihr eben seid. Zu viel übertriebenes Lob für die Franzosen, für die Patrioten, für jede erdenkliche

Dummheit, die in dieser Republik geschieht. Insgesamt ein wenig wirklichkeitsfremd.«

»Aber man muß das Volk doch an die Republik gewöhnen! Und an die Idee, daß die Republik tausendmal besser ist als alles, was vorher da war! Wenn wir jetzt schon anfangen zu kritisieren, dann gefährden wir damit doch die ganze Begeisterung, und Gott weiß, wie nötig wir sie brauchen!«

»Dann wäre es besser gewesen, gar keine Zeitung zu machen«, urteilt Cuoco gnadenlos in seinem unerträglichen, aber unerbittlichen lehrerhaften Tonfall. »Eine politische Zeitung bringt entweder sachliche Kritik, oder sie ist keinen Pfifferling wert.«

»Aber du bist doch auch ein wenig wirklichkeitsfremd, mein lieber Vincenzo, wenn du so redest«, widerspricht Sanges. »Sag mir doch mal, wie eine politische Zeitung in einer Republik, die am seidenen Faden hängt, nämlich an der französischen Armee, und die außerdem kein Geld hat und dem Volk völlig entfremdet ist, wie also eine politische Zeitung in so einer Republik die Situation und die Regierung kritisieren soll? Oder etwa die Räubereien der Franzosen, die sich wie eine reine Besatzungsmacht benehmen?«

»Wenn mir das zu Ohren kommen sollte«, sagt sie ungläubig und gereizt, »würde ich es gnadenlos anprangern. Weißt du überhaupt schon, daß Championnet auf die Schenkung von zehn Millionen Dukaten verzichtet hat?«

»Du wirst noch sehen, was diese edle Geste ihm einbringt. Aber, unter uns gesagt, fordert er von dieser jungen Republik dreitausend Francs wöchentlich als ›Kostenerstattung‹ für seinen Haushalt! Die Bürger Frankreichs kommen auf ihre Kosten – und zwar auf Kosten der Bürger Neapels.«

»Nenn sie, wie du willst«, sagt Cuoco und zieht eine kleine Taschenuhr aus weißem Metall hervor. »Aber das grundsätzliche Problem ist und bleibt in meinen Augen die Absurdität der gesamten Republik. Kannst du mir sagen, wie ein Volk, dessen Oberschicht die eigene Meinung an die Fremden verkauft hat, überhaupt frei sein kann? Und wie eine Republik aus Prinzessinnen und Gebildeten jemals den *lazzari* gefallen soll?«

»Also hört mal«, empört sie sich, doppelt gereizt wegen der

Kritik am »Monitore«. »Die *lazzari* müssen dazulernen. Wir werden sie bilden müssen, klar, das ist die Richtung, die der »Monitore« verfolgt. Aber Ihr könnt doch nicht verlangen, daß sie es sein sollen, die uns die Politik diktieren. Oder gar das kulturelle Leben gestalten!«

»Die *lazzari* und das gemeine Volk sind die Mehrheit, Lenòr«, schaltet Sanges sich ein. »Aber Cuoco will ja gar nicht sagen, daß sie den Staat lenken sollen, nur weil sie in der Mehrheit sind.«

»Da würden wir uns ganz schön umsehen«, ruft Cuoco. »Auf diese Weise würden wir Dummköpfen à la Mably oder Babeuf recht geben, die von törichter Gleichheit reden. Ich will nur sagen, daß eine Revolution die Interessen des Volkes berücksichtigen muß, daß diese Interessen aber nicht mit den Ideologien verwechselt werden dürfen, die von irgendwelchen ausländischen Philosophen übernommen werden. Die Intellektuellen denken und reden ganz anders als das Volk. Vor ein paar Tagen war ich im Lehrsaal zufällig Zeuge eines bezeichnenden Dialogs. Ein Patriot brachte den Leuten aus dem Volk den republikanischen Kalender bei. ›Du da, weißt du, welcher Monat jetzt ist?‹ ›Febbraro.‹ ›Nein, mein Herr. Es heißt Piovoso. März ist Ventoso. April heißt Germinale. Und weißt du, wie der Juli heißt? Termidoro. Hast du das kapiert?‹ ›Ja, Exzellenz. Juli ist der Pommodoro: denn das ist die Zeit, wo die Tomaten reif sind.‹«

Sie kann sich ein Lächeln nicht verkneifen, murmelt dann: »Da habt Ihr recht. Für die neue Ausgabe habe ich einen Artikel geschrieben, in dem es im Grunde genau darum geht. Soll ich ihn vorlesen?«

»Aber gern.«

Sie liest den Artikel vor, beobachtet dabei aus dem Augenwinkel Cuocos schwarze Augen, Sanges' Lippen.

»Nicht schlecht«, nickt Cuoco und sucht erneut nach seiner Uhr. Sie seufzt, doch da fällt er schon über sie her. »Aber diese Idee mit den bürgerlichen Missionen … Wie viele Priester werden den Gläubigen wirklich Eure netten Artikel vorlesen? Die Priester sind mit einer ganz anderen Art Arbeit befaßt, und früher oder später werden wir die Auswirkungen der giftigen Früchte noch zu spüren bekommen.«

Sie trinken einen Espresso, aber Cuoco rutscht unruhig hin und her, springt dann auf, zuckt nervös. »Was ist, Sanges? Kommst du nicht mit?«

»Ich komme später nach. Ich will Lenòr noch ein wenig Gesellschaft leisten – ich habe sie so lange nicht mehr gesehen.«

Später erklärt er ihr, daß der Ärmste gerade eine fürchterliche Zeit durchlebt: »Er hat sich unsterblich in die Bürgerin Sanfelice verliebt, die jetzt im Palazzo Mastelloni ihren Salon abhält. Es gibt keinen Tag, an dem er nicht hingeht.«

»Ach so ist das. Ist die Sanfelice immer noch so hübsch?«

»Sie ist mittlerweile kein Kind mehr, sondern eine Frau. Sie ist bildschön. Hat aber nicht viel im Kopf.«

»Und ihr Ehemann?«

»Er macht, glaube ich, irgendwelche Geschäfte mit den Franzosen und mit republikanischen Intriganten. Die seltsamsten Leute gehen dort ein und aus: Patrioten, Priester, ehemalige Bourbonen. Ich versuche Cuoco immer klarzumachen, daß das für ihn nicht der richtige Umgang ist, aber wenn jemand so hoffnungslos verliebt ist, dann kann er gar nicht mehr klar denken. Abgesehen davon läßt die Sanfelice ihn völlig umsonst heißlaufen, denn sie hat schon zwei Geliebte. Unter politischem Gesichtspunkt völlig ausgewogen: einer ist ein gewisser Baccher, ein ehemaliger Offizier des Königs, der andere ein Mann namens Ferri aus der Republikanischen Nationalgarde.«

»Aber … ihr Mann …«

»Du bist immer noch die bezaubernde Unschuld von früher«, lächelt er und krault sie am Kinn. »Solche Leute leben nun einmal so. Davon abgesehen ist die Freiheit ein willkommener Vorwand: Neapel ist ein einziges ›republikanisches Fest‹. Weißt du schon, daß auch die ›Eheschließungen auf republikanische Art‹ neuerdings sehr gefragt sind?«

»Die was?«

»Die Eheschließungen auf republikanische Art. Eine Signora, Pardon, eine Bürgerin gefällt dir, und du gefällst ihr auch? Dann kann man den Schritt wagen, es genügt der Wille beider Beteiligter vor dem souveränen Volk. *Moi, citoyen x et y, je veux t'épouser. Moi, citoyenne z, également.* Und schon ist die Ehe zwischen Bürger xy und Bürgerin z geschlossen. Und wenn die Liebe irgendwann erloschen ist, gibt es eine schöne Scheidung auf republikanische Art, wieder ›coram populo‹. Im Grunde ist das nichts anderes als das, worüber früher hinter dem Rücken der Leute geredet wurde: das Hausfreundwesen im neuen Gewand.«

»Und wenn die Bürgerin schon einen Ehemann hat?«

»*Le mari doit se taire pour que l'on ne l'appelle pas rétrograde, partisan de l'ancien régime.* Er muß sich fügen. Andernfalls wird ihm angedroht, ihn bei der Regierung zu denunzieren.«

»Das kann ich einfach nicht glauben. Es ist doch nicht möglich, daß jemand zu so idiotischen, schmutzigen Mitteln greift.«

»Du brauchst nur zu irgendeinem dieser ›republikanischen Feste‹ zu gehen, Lenòr, da siehst du weitaus Schlimmeres.«

NEUNZEHNTER TEIL

1   Es regnet, dann schaut die Sonne wieder zwischen launischen Wolken hervor. Lenòr ist voller Elan: Der »Monitore« läuft jetzt besser, in der Stadt werden drei-, vierhundert Kopien verkauft, weitere dreihundert verschickt die Regierung in die Provinz, im Gefolge der »Demokratisierer«, die umherziehen und über die Republik predigen. Mehrere hundert Kopien sind für die Priester bestimmt: Ob sie den Gläubigen wirklich daraus vorlesen, mag dahingestellt bleiben.

Das Konzept der Bildung für den Pöbel muß dringend in die Tat umgesetzt werden. Auch die berühmten und die weniger berühmten Schauspieler sollten ihr Teil dazu beitragen, ebenso wie die Geschichtenerzähler vom Molo. Lenòr wartet gerade auf Peppe Cammarano, um sich mit ihm darüber zu unterhalten. Außerdem gibt es wichtige Neuigkeiten.

Da Championnet aus Neapel weder Geld noch Gold schickt, hat das Direktorium in Paris einen Kommissar nach Neapel entsandt, den Bürger Faypoult, der den General an seine Pflichten erinnern soll: Sie bestehen darin, zwanzig Millionen Dukaten aus Neapel herauszupressen und darüber hinaus alle Güter der bourbonischen Krone zum Nutzen der französischen Republik zu beschlagnahmen.

Die neapolitanische Regierung hat endlich damit aufgehört, sich mit Ephoren und Gerusien zu befassen, wie es sie in Sparta gegeben hatte: eine von Manthonè geleitete Kommission hat Championnet an seine schönen Versprechungen an die Neapolitaner erinnert. Der General ist loyal: Er hat das Dekret des Direktoriums für null und nichtig erklärt und Faypoult zurückgeschickt nach Paris. Was jetzt wohl passieren wird?

Eine weitere Neuigkeit: Kardinal Principe Fabrizio Ruffo di Calabria, einst von König Ferdinand zum Verwalter des Reichs ernannt, ist überraschend in Bagnara, einem seiner Besitztümer, an Land gegangen und hat dort Banden von Landarbeitern, Priestern, Räubern, ehemaligen Königstreuen, Abenteurern um sich geschart. Er hat die weiß-rote Fahne des Heiligen Glaubens gehißt und das Land zum Plündern freigegeben. Diese zerlumpte, stinkende Armee dringt langsam durch Kalabrien gen Norden vor.

Als diese Nachricht in Neapel eintraf, lachten die meisten darüber, nur wenige waren beunruhigt, darunter Logoteta, der es in der Versammlung zur Sprache brachte. Aber was sollte die Regierung dagegen unternehmen? Nur mühsam hatte man eine zersprengte Truppe als Nationalgarde aufgestellt, Ettore Ruvo tat alles nur Menschenmögliche, um ein paar Kavalleristen zu rekrutieren. Und Championnet wartete auf die Entscheidungen des Direktoriums. Derweil eroberte Ruffo Mileto, Cutro, Crotone, Catanzaro, Cosenza: Wenn er auf Jakobiner traf, stellte er einen kleinen Altar auf, segnete die Fahnen und blies dann zum Angriff. Seine Leute schnitten den Dorfbewohnern die Köpfe ab, vergewaltigten die Frauen, zündeten die Häuser an.

Lenòr versuchte, sich Ruffo ins Gedächtnis zu rufen. An jenem Abend, an dem sie die Broschüren versteckt hatten: wie er sich träge und unruhig den Bauch gerieben und mit Doktor Cotugno unterhalten hatte. Sie konnte sich kaum vorstellen, daß er zu so etwas fähig sein sollte.

Er war ihr weder sympathisch noch unsympathisch, aber man mußte ihn als Monster darstellen, und zwar unverzüglich. Sie schrieb zwei oder drei Artikel, die sie mit allen Beschimpfungen würzte, die ihr nur in den Sinn kamen: Er ist feige, niederträchtig, schändlich, blutrünstig. Doch sie war nicht zufrieden mit sich: Ein ernsthafter Journalist sollte nicht zu solchen Mitteln greifen, um das Publikum zu überzeugen. Aber es gab jetzt keine Zeit, die Sachlage in aller Ruhe zu erklären; die Ereignisse überschlugen sich, auch die Zeitung mußte schnell reagieren, das Wesentliche bringen, einprägsame Symbole dafür finden.

Peppe Cammarano ist gekommen. Er hat den alten Don Vincenzo mitgebracht, den großen Pulcinella. Sie empfängt ihn mit großem Respekt; er ist immer noch rüstig, obwohl seine knochigen Hände zittern und seine Augen rotgerändert sind.

»Macht es Euch bequem, Don Vincenzo. Es ist mir eine große Ehre. Jetzt mache ich Euch erst einmal einen Kaffee.«

»Macht Euch nicht die Mühe, Donna Liono' …«

»Es geht ganz schnell. Leider bin ich allein.«

Der Kaffee ist köstlich und stark, Don Vincenzo macht ihr ein Kompliment.

»Vielen Dank. Peppi', ich würde gern etwas mit Euch besprechen. Und daß auch Don Vincenzo mitgekommen ist, fügt sich gut. Lest Ihr regelmäßig den ›Monitore‹? Die Kampagne, die ich durchführe, um das Volk zu bilden? Es wäre schön, wenn Ihr mir dabei ein wenig helfen würdet.«

Peppe nickt diensteifrig. »Hier sind wir.«

»Ich dachte, Ihr könntet vielleicht irgendein demokratisches Theaterstück aufführen und Euch ein paar Szenen ausdenken, in denen Pulcinella zum Republikaner wird. Genauere Vorstellungen habe ich auch nicht, irgendeine tragikomische Geschichte, die die Missetaten der Bourbonen und das Heldentum der Patrioten deutlich macht.«

Peppe ist erstaunt, sieht seinen Vater an, der, ohne die Miene zu verziehen, auf dem Stuhl sitzt.

»Tja …«, sagt der junge Cammarano schließlich. »Ich würde es ja gern machen, aber ich habe da meine Bedenken. Unser Publikum ist an bestimmte Handlungsstränge gewöhnt, ich weiß nicht, wie die Leute das aufnehmen würden. Und wenn es uns danach schlechtergeht? Wenn keiner mehr zu den Vorstellungen kommt?«

Sie sieht den Alten an, der reglos dasitzt.

»Don Vincenzo. Ich würde gern auch Eure Meinung hören. Was sagt Ihr dazu?«

Cammarano mustert sie. Schließlich entschließt er sich zu reden. »Donna Liono', bitte verzeiht mir meine Gedanken. Pulcinella ist ein armer Teufel. Ein Nichtsnutz, ein armer Schlucker, ein Feigling. Einer, der in all dem Unglück, das ihn verfolgt, nichts als die eigene Haut retten will. Deshalb ist er so aufbrausend und so ein Schlitzohr, Langfinger, Spaßmacher. Er ist kein Held. Wenn er als Held auf die Bühne klettert, wird er nur ausgepfiffen.«

Der Alte steht auf. Ohne es zu wollen, bedient er sich einer Mimik wie auf der Bühne und ahmt die nasale Stimme von Pulcinella nach. »Bürgerrr! Unserrre Ripubrik … die Repubrok … die Prubrerok … Verflixt noch eins, wie zum Teufel heißt dieses vermaledeite Wort denn nun?«

Sie muß lachen. Auch Peppe lächelt und sieht den Alten mit liebevoller Bewunderung an.

»Außerdem«, seufzt Cammarano und setzt sich wieder, »ist Pulcinella kein fröhlicher Geselle. Er weiß, wie die Dinge laufen. Daß die Republik vergänglich ist, wie alles vergänglich ist, daß die Menschen glauben, sie könnten dies oder jenes tun und die Welt verändern, aber daß das überhaupt nicht stimmt. Die Dinge verändern ihr Aussehen, aber nicht ihr Wesen – sie laufen genau so, wie sie laufen sollen. Wie es der Padrone will. Man kann die Welt nicht auf den Kopf stellen. Die Sonne geht jeden Morgen auf, und nachts geht sie wieder unter, das Leben ist ein langer Tag, der irgendwann zu Ende ist: dann kommt der Tod, und niemand kann ihn aufhalten. Denn auch er wird vom Padrone geschickt: von Gott. Pulcinella hat all das schon immer gewußt, wie soll er da den Jakobiner spielen? Er könnte das zwar tun, aber nur, um die Leute zum Lachen zu bringen, für Geld. Doch glauben kann er daran nicht.«

Er hatte recht. Also war auch mit den »Rinaldi« vom Molo nichts zu wollen: Sie erzählen Märchen von mächtigen, verzauberten Helden, lassen die einfachen Phantasien der kindlichen Menschen in demütigen Träumen fliegen, die nichts kosten. Wer wollte ihnen auch diese Träume zerstören und sie dazu zwingen, an eine Wirklichkeit zu glauben, die sie nicht lieben können? Sie würden sich auf grausame Weise rächen.

Vielleicht ist genau das der Grund dafür, weshalb die *lazzari* und das gemeine Volk nicht mitziehen, obwohl die republikanische Regierung die Steuern auf Fisch und Mehl und Obst abgeschafft hat, obwohl die Patrioten überall in der Stadt Freiheitsbäume errichtet haben und den Pöbel einladen, um sie herumzutanzen, obwohl der »Monitore« seine schönen und nutzlosen pädagogischen Artikel schreibt. Sie denken nach wie vor zärtlich an einen Nichtsnutz wie König Ferdinand zurück, befolgen weiterhin jeden Rat dieser schurkischen Priester und werden heftig Beifall klatschen, wenn ein gerissener Bluthund wie Fabrizio Ruffo in die Stadt einzieht.

Wie sie es schon einmal getan haben, werden sie wie wilde Tiere kämpfen, um alle aus Neapel zu vertreiben, Franzosen und Jakobiner, Fremde, notorische Unruhestifter, alle Störenfriede einer ruhigen, wunderbaren Welt, die nach den ursprünglichen Prinzipien des Lebens geordnet ist: Gottvater und Gottkönig herrschen und kümmern sich um alle großen und alle lästigen Dinge. Ansonsten haben sie die *lazzari* immer nach eigenem Gutdünken machen lassen – ein unabhängiges, lebenskluges Dasein voll kindischer Riten.

Sie wollen in ihrer großen, schönen Stadt aus Gärten, Kuppeln, Stränden in Ruhe gelassen werden – im sicheren Schutz der Gassen, der *bassi*, der Zeit. Soll das immer und ewig so bleiben? So, wie sie es wollen? Es ist immer wieder dasselbe uralte Problem: Hat man das Recht, die anderen glücklich zu machen, indem man ihnen das aufdrängt, was man selbst für Glück hält? Glücklichsein bedeutet auch, Opfer zu bringen – hat man das Recht, sie denjenigen aufzuzwingen, die glauben, daß diese Opfer sich gar nicht lohnen?

Zieht Schuhe an, übernehmt den republikanischen Jargon, laßt euch bei der Jagd auf Bourbonen, Ruffo, Priester und die Dummheit umbringen (und schenkt auf diese Weise der großen Mutterrepublik die Paläste des Königs, Capodimonte, Ercolano), studiert, bildet euch weiter. Lest Genovesi, Filangieri, zerstört Pulcinella, San Gennaro, die Gassen, die *bassi*, euer räudiges Leben ohne Herrn. Dann werdet ihr endlich glücklich sein.

Vielleicht muß man so lange warten, bis diese Generationen von Neapolitanern nach und nach aussterben; vielleicht muß man ihnen die jungen Leute entreißen, die formbar sind, wie jenen Arbeiter mit den lockigen Haaren, der Zähne und einen Zeh verloren hatte. Im Laufe der Zeit werden sich die unverbesserlichen Legionen ausdünnen und schließlich ganz im Mythos entschwinden: Dann wird Neapel eine Stadt sein wie viele andere auch, zivil, erdverbunden, bewohnt von einem gebildeten, wohlerzogenen, vernünftigen Volk, das bereit ist, all dem zu folgen, was ihnen die Philosophen und alle anderen, die ihnen unbedingt ein glückliches Leben bescheren wollen, gebieten.

Später kommen auch Luigi Rossi und – sieh mal einer an! – Cimarosa. Er ist ziemlich dick geworden, seine Lider sind schwer. Er ist noch schweigsamer und mürrischer als früher. Seit König Ferdinand gedroht hat, ihn einsperren zu lassen, weil sein »Artemisia, Königin von Caria« ihm nicht gefallen hat, ist er zum Hypochonder geworden.

»Wir haben Euch die Hymne auf die Republik gebracht«, lächelt Rossi und zeigt ihr ein Blatt. »Der Bürger Cimarosa hat eine wundervolle Musik dazu komponiert. Morgen wird die Hymne auf dem Largo del Castello gespielt – könntet Ihr das bitte ankündigen?«

»Mit größtem Vergnügen.«

Sie liest einige Strophen:

> Ein souveränes Volk
> kennt keinen größern Souverän.
> Ins Feuer die unwürdigen Bilder,
> ihr Könige müßt nun gehn. …
>
> Und bange nicht, daß im Kaukasus
> dir Jupiter in den Rücken fällt.
> Ist Jupiter der Despoten König,
> sind alle Könige aus der Welt.

Aha. Das versteht jeder: das Volk, die *lazzari*, Pulcinella. Sie legt die Hymne in die rote Mappe.

Abends ist sie bei den Cassano, die das soundsovielte Fest geben, wenn auch in zweitrangiger Besetzung: Championnet wird nicht kommen, Kellermann ist unterwegs nach Apulien, um gegen Ruffos Horden zu kämpfen. Endlich machen die Franzosen sich Sorgen.

Maddalena ist müde und auch ein wenig gereizt wegen der französischen Gäste, die sie im Haus hat, drei Oberste und einen Hauptmann. Alle patriotischen Familien haben um die Ehre gebeten, heldenhafte Soldaten der Mutterrepublik beherbergen zu dürfen – und jetzt könnten sie auf diese Ehre gut und gerne verzichten.

»Es ist schrecklich, meine Liebe«, flüstert Maddalena ihr ins Ohr, sie spricht jetzt nur noch italienisch. »Brüderlichkeit schön und gut, aber doch mit ein wenig mehr Anstand. Zweimal am Tag wollen sie Fleisch und immer einen Nachtisch, sie trinken wie Schwämme und vertreiben alle weiblichen Dienstboten. Wenn du wüßtest, mit was für Blicken sie den Giorgione, den Caravaggio, die Steine mit Gravur, die Medaillen verschlingen …«

Gennaro begegnet sie nur im Vorübergehen, er wirkt sehr nervös. Nach wie vor plagt er sich damit ab, eine Nationalgarde auf die Beine zu stellen. Aber bis auf den einen oder anderen ahnungslosen Jungen will sich niemand dafür melden. Und jetzt verhält Gennaro sich sogar ihr gegenüber unhöflich.

»Lenòr, tu mir bitte einen Gefallen: Schreib nicht mehr diese enthusiastischen Artikel über die ›glühende Begeisterung, mit der sowohl unsere feurige, tapfere Jugend als auch reifere Männer, gleichgültig aus welchem Beruf, sich für den Dienst in der nationalen Truppe zur Verfügung stellen.‹ Sollen wir denn zum Gespött der Leute werden?«

2   Eine unglaubliche Schweinerei! Lenòr ist wütend auf alles und jeden. Vergeblich versuchen Gennaro und Ignazio sie zu besänftigen und davon zu überzeugen, daß in der gegenwärtigen Situation gewisse Dinge einfach nicht zur Sprache gebracht werden dürfen.

»Nein, nein und nochmals nein«, braust sie auf. »Dafür haben wir nicht so viele Opfer gebracht! Oder seid ihr beide zufällig auch damit einverstanden?«

»Lenòr!« ruft Gennaro. Er sieht abgekämpft aus. »Wie kannst du so etwas nur sagen!«

»Dann laßt mich den Artikel über Duhesme und Rey veröffentlichen.«

Es handelt sich um zwei der Offiziere, die in Neapel geblieben sind, nachdem Championnet dem Standgericht übergeben wurde.

Während sie darauf warten, daß Faypoult mit dem neuen Oberbefehlshaber, General Mac Donald, zurückkehrt, lassen sich die Offiziere der Garnison zu regelrechtem Banditentum hinreißen. Duhesme hat seine Grenadiere die Postkutsche nach Lecce überfallen lassen, die privates Vermögen und Regierungsgelder transportierte, Rey hat allen Neapolitanern, denen der Orden vom Goldenen Vlies und andere wertvolle Medaillen verliehen wurden, unter Androhung der Todesstrafe befohlen, ihm diese Auszeichnungen abzuliefern.

»Wie könnt Ihr von mir verlangen, das im ›Monitore‹ nicht bekanntzumachen?«

»Lenòr, ich bin doch mindestens genauso empört wie du. Und wenn du willst, fordern Ignazio und ich Rey und Duhesme zum Duell heraus. Das würde wenigstens der Republik nicht schaden. Und du weißt, daß unsere Tage gezählt sind: Wenn wir schon untergehen müssen, dann wenigstens mit fliegenden Fahnen. Laß uns nicht allen Leuten zeigen, daß wir uns auf so demütigende Weise getäuscht haben.«

»Dann geht es also nur darum, unsere Eitelkeit zu retten! Wir dürfen nicht zeigen, daß wir alles falsch gemacht haben. Aber wem dürfen wir das nicht zeigen? Der ganzen Welt? Weißt du denn nicht, daß die Welt darauf pfeift, was auf diesem Flecken Erde in Süditalien passiert? Dürfen wir es also den Neapolitanern nicht zeigen? Die haben das schon seit geraumer Zeit bemerkt. Und in der Zwischenzeit können die als Republikaner verkleideten Diebe unbehelligt ein unglückliches Volk mißbrauchen! Aber niemand darf das wissen, denn sonst würde jeder sehen, daß Gennaro Serra, Ignazio Ciaia, Lenòr Fonseca, Carlo Lauberg undsoweiterundsofort alles falsch gemacht haben.«

»Ich bitte dich, Lenòr. Wir haben schon mit der Regierung darüber gesprochen: Sie wird diese Angelegenheit mit Mac Donald klären.«

»Die Regierung! Welche Regierung denn? Die von gestern, die von heute mittag? Die von heute abend? Mittlerweile tut sie doch nichts anderes mehr, als ständig ihre Mitglieder auszutauschen!«

»Es ist doch nicht unsere Schuld, daß die Menschen schwach sind. Jetzt, wo die Dinge sich zuspitzen, ist es ganz menschlich, daß einige versuchen, das sinkende Schiff zu verlassen. Andererseits – möchtest du die Republik denn gern zusammen mit solchen Feiglingen verteidigen?«

»Das letzte Wort ist noch längst nicht gesprochen«, versucht Ciaia sie aufzumuntern. »Weißt du, daß Caracciolo wieder da ist? Stell dir vor: Er hätte ja auch glücklich und seelenruhig bei Ferdinand in Palermo bleiben können. Statt dessen ist er zurückgekommen, um eine republikanische Marine zusammenzustellen. Wenn er den Eindruck gehabt hätte, daß wir kurz vor dem Aus stehen, dann hätte er sich bestimmt nicht in Bewegung gesetzt.«

»Caracciolo ist immer noch ein Kind«, bemerkt sie in weiser Melancholie. »Wie wir alle. Deshalb ist er gekommen.«

»Und außerdem«, sagt Ciaia eifrig, »wird Napoleon nicht ewig in Ägypten bleiben! Früher oder später wird er die Blockade durchbrechen, und dann lösen sich die schwarzen Wolken wieder auf.«

»Ja. Aber jetzt sind sie noch da. Es regnet.« Mit einem zögernden Lächeln zeigt sie auf den grauen Nieselregen hinter dem Fenster. »Und die Russen sind in Italien einmarschiert.«

»Na gut! Na gut!« bricht es aus Gennaro heraus. »Und Ruffo ist in Apulien auf dem Vormarsch, und die Bauern lehnen sich gegen die Republik auf. Und was nun? Sollen wir etwa alles stehen- und liegenlassen? Sollen auch wir uns verdrücken? Nach Amerika? Nach Frankreich?«

»Wir haben ja immer noch den Grottone di Palazzo«, lächelt sie.

Gennaro macht eine ärgerliche Geste, dann beruhigt er sich wieder. »Entschuldige. Wie auch immer – veröffentlichst du nun den Artikel über Duhesme und Rey oder nicht?«

»Wie würdest du von mir denken, wenn ich ihn nicht veröffentlichte?« entgegnet sie und legt ihm eine Hand auf den Arm.

»Schlecht. Sehr schlecht«, sagt er schließlich, und sein Gesicht hellt sich auf. Auch Ignazio scheint erleichtert zu sein.

»Das bedeutet, daß wir uns duellieren müssen. Ich wünschte nur, Marra wäre an meiner Stelle!«

»Was für ein Blödsinn, Igna'! Diese französischen Offiziere

sind Weinbauern und Söhne von Gemüsehändlern, sie sind nicht mit dem Degen in der Hand zur Welt gekommen.«

Auch Astore und Meola bestehen darauf, die Sache zu veröffentlichen, und der »Monitore« erscheint. Sie haben die Zeitungsverkäufer instruiert, diese Nachricht nicht herauszuschreien, aber der Verkäufer, der an der Ecke von San Ferdinando postiert ist, gehorcht nicht. Astore kommt völlig außer Atem angelaufen.

»Lenòr! Er ruft: ›Französische Offiziere beim Diebstahl erwischt!‹«

Sie wird bleich: Alte Ängste steigen in ihr auf, aber es gelingt ihr, sie zu vertreiben. Es ist schon seltsam, wie entschlossen sie sich seit einiger Zeit fühlt, so erwachsen, daß sie sich fast wie ein Mann vorkommt. Weshalb ist der geheimnisvolle Fluß versiegt? Weshalb wird sie immer dicker und unansehnlicher? Graue Haare sprießen zwischen Nase und Oberlippe, sie reißt sie sich trotzig mit einer Pinzette aus, wie sie es früher mit den feinen Härchen machte. Doch das waren die feinen Härchen einer dunkelhaarigen, attraktiven Frau, ein Hinweis auf den starken Haarwuchs an verborgenen Stellen ihres Körpers. Starken Haarwuchs hat sie auch jetzt noch, doch das Haar hat seinen Glanz verloren und ist nicht mehr so unbändig wie früher. Alles an ihrem Körper stirbt allmählich ab. Ihre Haut ist fleckig, rauh, faltig geworden, die Krampfadern an den Beinen sind eine einzige violette Katastrophe. Und ihre berühmte große Brust ist jetzt ein bleiches Fettgewebe.

Sie geht zum Spiegel, um sich zu betrachten, nimmt die Brille ab, sieht sich ihre Augen an. Sie sind nicht mehr feurig, »de foco«: erloschen, müde, gerötet. Was kann sie in ihnen lesen? Sie findet nichts von früher wieder. Nicht das plötzliche Aufblitzen von Begeisterung, nicht die Schleier von Traurigkeit. Nichts. Weniger als nichts. In ihren Augen liegt kein Geheimnis mehr.

Am Nachmittag findet im Nieselregen eine sinnlose und sogar gefährliche Militärparade der Republikaner statt, angeordnet von der Regierung im Versuch, Stärke zu demonstrieren. In San Ferdinando werden die Fahnen verbrannt, die man dem Heer des Heiligen Glaubens in der einzigen siegreichen Schlacht abgenommen hat.

Die Patrioten sind nervös und niedergeschlagen. Nur wenige Leute stehen schweigend und mürrisch hinter den Kordons von Grenadieren mit regennassen Mützen.

Die wenigen Trupps der Nationalgarde, das Heer, die Kavallerie, die Artillerie der Republikaner ziehen vorbei, in ihren hübschen Uniformen, die erst vor kurzem aus der Schneiderei gekommen sind, die auf Ruvos Anordnung eigens eingerichtet worden war – lockere gelbe Hemdbrust über nachtblauer Jacke, Kragen und Ärmelaufschlag rot, die Farben Neapels.

Sie ist zusammen mit Astore hingegangen, der einen großen Schutzschirm aus grünem Wachstuch über sie hält. Die Soldaten ziehen stolz vorbei, sehen kriegerisch aus. Sie schleifen die feindlichen Fahnen durch den Schlamm: Wie wollen sie sie später anzünden, wenn sie vor Schmutz triefen?

Die Kavallerie besteht aus nur wenigen Reitern, ist dafür aber wunderschön anzusehen: Ruvo führt sie an, kerzengerade und wie ein Riese sitzt er auf einem kräftigen Falben. Aber die Menge, die sich sonst für Pferde begeistern kann, schweigt.

Neugier und Reste von Sympathie kommen auf, als Francesco Caracciolo an der Spitze seiner republikanischen Marine vorbeizieht, die letztlich nur aus ein paar hundert jungen Männern besteht, in alten bourbonischen Uniformen und mit den blauweiß-roten Kokarden an den Mützen.

Caracciolo ist alt geworden: Unter seinem blau-goldenen, vom Regen durchweichten Zweispitz hängen ein paar Strähnen grauer Haare hervor. Mit zusammengekniffenen Lippen blickt er stur geradeaus. Warum ist er nur zurückgekehrt? Ist er wirklich so patriotisch gesinnt? Oder sind auch bei ihm diese geheimen Beweggründe mit im Spiel, die sich im Verlauf eines Lebens herausbilden und in den feuchten, dunklen Schichten des Unterbewußtseins gären? Um dann überraschend in Form von Heldentum, Verbrechen, erhabenen Taten an die Oberfläche zu kommen? Haben die Geschichten mit Frauen, Geliebten und Königinnen lange genug in Caracciolo gegoren?

Er war schon immer eine etwas geheimnisvolle, zurückhaltende Persönlichkeit. Er ist gekommen, um hier zu sterben. Auch er weiß sehr wohl, daß wir alle sterben werden. Weshalb will er sterben? Glaubt er in seiner gelangweilten Weisheit eines neapolitanischen Gransignore, daß es vulgär wäre, dem Tod ein paar fade Jahre zu entreißen, wenn man ihn zu einer eleganteren, respektablen Lösung bewegen kann? Oder will er, viel einfacher, Nelson, der auf die Inseln im Golf zusteuert, ein für alle Male beweisen, daß das Meer um Neapel ihm gehört, Caracciolo? Auch wenn er nur über sehr unzulängliche Mittel verfügt: die beiden Dreimaster, den Schlepper, die vier Schiffchen, aus denen die republikanische Flotte besteht. Hätte Francesco jemals tatenlos in Palermo weiterzuleben vermocht? Mit nichts als den kläglichen Ausflugsfahrten in Küstengewässer, um den König, die Königin, die Hofdamen zu den Festen nach Mondello überzusetzen? Weit weg von der unvergleichlichen Küste des Golfs von Neapel, von der er seit seiner Kindheit jeden Stein, jeden Felsen, jede Klippe kennt?

3   Heißer und trockener Scirocco weht aus Afrika herüber:
Er hinterläßt eine graue, klebrige dünne Schicht am Himmel und auf dem Meer. Es sieht aus, als wären die Boote im Golf in einen bräunlichen englischen Pudding eingetaucht. Eine undurchdringliche, lästige Staubschicht läßt alle Farben verblassen und macht die Spiegel, die Fenster, den Marmor ganz matt. Man kann Sant'Elmo und die Trikolore auf dem Hügel kaum noch erkennen, Castel dell'Ovo ist völlig hinter der faden Rußwolke verschwunden.

Wie soll erst der Sommer werden, wenn es schon Ende Mai so heiß ist? Aber vielleicht ist es besser so: besser, nichts mehr zu sehen. Am allerwenigsten die Inseln. Dann kann man zumindest vergessen, daß die englische Flotte sie gestern trotz des mutigen Widerstands Caracciolos erobert hat.

Alles bricht zusammen: Suworow hat in Casano d'Adda gesiegt und marschiert jetzt auf Mailand zu, Ruffo ist bereits im Cilento. Die Franzosen kümmert das gar nicht. General Mac Donald ist hart, abschätzig, unsympathisch, ein Mann mit roten Haaren, der nur stümperhaft Italienisch spricht.

Die Affaire Duhesme-Rey nimmt eine gefährliche Wendung. Kaum war der »Monitore« erschienen, ist Rey explodiert und hat einen Trupp Grenadiere losgeschickt, um den Drucker zu bedrohen. Auf Ciaias Vorschlag hin hat sich die Regierung als Vermittler eingeschaltet. Mac Donald hat versichert: »Ja, die Bürger Generäle haben es zu weit getrieben in ihrem Bemühen, Geld einzutreiben, um die republikanische Armee zu unterstützen«, aber dann hat er hinzugefügt: »Die neapolitanischen Republikaner haben zur Zeit dramatischere Probleme am Hals als die Dummenjungenstreiche von zwei französischen Offizieren; es wäre daher besser gewesen, wenn die neapolitanischen Zeitungen sich mit anderen Nachrichten befaßt hätten.«

Wieder kocht Lenòr vor Wut. Sie läßt sich von Ciaia und Logoteta in den Palast begleiten, wo der Generalstab der Mutterrepublik haust. Was für eine Schweinerei! Von der Eingangshalle an ein einziger Saustall: Es stinkt ekelerregend nach verfaultem Stroh, Tierexkrementen, Urin, gekochtem Essen. Die hohen Eingänge zum Palast sind rußgeschwärzt vom Feuer, das die Soldaten überall anzünden. Stimmengewirr, ein einziges Gedränge und Geschiebe von Soldaten, Prostituierten, fliegenden Händlern, *lazzari*. Auf dem Boden klebrige Streu. Über den Basreliefs Abdrücke schmutziger Hände, Spuren von Pisse.

Und erst die Salons im ersten Stock! Der grüne Salon, der blaue Salon, in denen zwei wichtige Stunden ihres Lebens stattfanden ... Wie soll man sie je wieder instand setzen? Die spiegelglatten Marmorfußböden verschwinden unter einer abstoßenden Schicht von Müll. Kein einziges Möbelstück ist übrig, die vergoldeten Konsolen mit den prunkvollen Verzierungen, die Spiegel in den wappengeschmückten Rahmen, die zierlichen Tische ... Nichts. Alles in den Lagern irgendeines Rey. Oder in Frankreich.

Mac Donald macht sich in einem der Studierzimmer des Königs breit. Sie glaubt, das Zimmer wiederzuerkennen, in dem Ferdinand lächelnd zu ihr gesprochen hatte – über die neue

Stadt, die seinen Namen tragen würde. Leer sind auch die herrlichen Nußbaumregale, die bis unter die Decke reichen, an denen wunderbare Fresken mit arkadischen Szenen zu sehen sind. Der General versinkt in einem der mit Damast bezogenen Sessel, die einst in der Vorhalle ihren Platz hatten. Er steht nicht auf, als die Delegation das Zimmer betritt.

»*Citoyen Général*«, ergreift als erster Ciaia ernst das Wort. »Ich habe die Ehre, Euch die hervorragendste Bürgerin der Republik Neapel vorzustellen: Eleonor Fonseca.«

Der Flegel bleibt sitzen und nickt nur. Sie verspürt solche Wut, daß sie ihn am liebsten ohrfeigen würde.

»Sie«, fährt Ciaia fort und wählt seine Worte mit Bedacht, »ist die Direktorin des ›Moniteur napolitain‹, der Zeitung, die so couragiert war, den Mißbrauch einiger Individuen zu denunzieren, die es nicht wert sind, Bürger oder Republikaner genannt zu werden.«

»*Bon*«, lächelt der General. »Ich hoffe, daß Eure Zeitung noch genug Zeit finden wird, ihre großen Kämpfe weiterzufechten. Aber ich möchte Euch nahelegen, dabei die französische Armee aus dem Spiel zu lassen, wenigstens in den kommenden drei Tagen.«

Sie werfen sich einen langen Blick zu; sie ist es, die antwortet: »Wenn die französische Armee Anlaß zu Klagen gibt, dann wird der ›Moniteur‹ nicht zögern, darüber zu berichten.« Ihre Miene könnte nicht stolzer sein.

»*Bon*. Aber die französische Armee wird sich nicht mehr mit Euren Problemen befassen, Madame. In drei Tagen werden wir Neapel verlassen. Ihr habt dann die ungeteilte Ehre, Eure Republik zu verteidigen, meine lieben Freunde. Andererseits hat die neapolitanische Republik nicht die Mittel, die französische Armee zu unterstützen. Wenn Ihr fünfhunderttausend Dukaten aufbringen könntet, würden die französischen Soldaten noch eine Weile bleiben, um Euch zu verteidigen – anderenfalls nicht.«

Sie sind wie erstarrt. Der General lächelt mit böser Miene. Er entläßt sie, steht auf und geht mit beleidigender Höflichkeit vor ihnen her.

»J'ai été honoré de connaître madame de Fonseca – es war mir eine Ehre.«

»Diese Hurensöhne lassen uns im Stich«, stammelt Ignazio, als sie draußen sind und wieder einigermaßen vernünftig denken können.

»Das Direktorium braucht Truppen für die Ostgrenzen Frankreichs«, murmelt Logoteta nachdenklich. »Und um den Rest scheren sie sich einen Dreck.«

»Und dieser schwachsinnige Bonaparte, der sich in Ägypten mit den Mamelucken ein Scharmützel nach dem anderen liefert! Wie ist es nur möglich, daß einer wie er es nicht schafft, aus dieser höllischen Falle herauszukommen? Allmählich glaube ich wirklich, daß wir ihn überschätzt haben.«

»Er wird es sicherlich versucht haben, lieber Ciaia. Es sind die Engländer, die jeden seiner Schritte steuern. Das Mittelmeer ist zu einem riesigen britischen Gewässer geworden, wie sie mit dem empörenden Hochmut, der sie insbesondere auszeichnet, in ihren Gazetten schreiben.«

»Zur Hölle mit diesen Scharlatanen von falschen Revolutionären!« schreit Ignazio aufgebracht. »Dann kämpfen wir eben allein! Und verkaufen uns so teuer wie möglich!«

Und mit einem eigenartigen Ausdruck im Gesicht stößt er hervor: »Wenn Capeto mit seiner Kuh zurückkommt, können wir ihm ja immer noch einen schönen Berg rauchender Trümmer hinterlassen. Hundert pralle Ladungen, die auf die richtigen Punkte zielen ... Weißt du, was dann von unserem berühmten, schönen Neapel übrigbleibt? Dann wird er der Trümmerkönig sein, wie er es gewollt hat.«

Sie fröstelt. Ignazio zuckt die Schultern und lächelt Logoteta an, der ihn streng und ungläubig ansieht.

»Aber nicht doch! Wir haben wirklich für etwas anderes gekämpft! Wir wollten etwas aufbauen, nicht zerstören. Also gut. Dann werden wir wenigstens ein gutes Beispiel hinterlassen. Unsere Nachfahren werden Lobeshymnen auf uns singen, vielleicht sogar Denkmäler errichten.«

»Reiterdenkmäler«, sagt Logoteta ernst, während sie den Weg

zum Castelnuovo einschlagen, wo die Regierung ihren Sitz hat, seit die Franzosen sich den Palast angeeignet haben. »Auf dem Rücken unserer Eselei.«

Ignazio lacht laut auf. »Im Grunde können wir uns gar nicht beklagen. Zumindest ich nicht. Als ich noch ein Junge war, habe ich von Liebe und Ruhm geträumt. Die Liebe ... nun ja.«

Sie sieht ihn neugierig an, er zwinkert ihr zu. »Ein klein wenig davon habe ich erleben können. Und der Ruhm ... Ich dachte, daß ich ihn mit der Dichtkunst erlangen könnte. Ich habe siebenunddreißig Jahre gebraucht, um zu begreifen, daß meine Verse dekadent sind. Aber die Geschichte bietet mir trotzdem eine gute Gelegenheit. Mein Name wird mit dieser dummen, geliebten, unglaublichen Republik verbunden sein, die, auf welche Weise auch immer, entstanden ist und existiert hat und in Ehren und Würde untergehen wird.«

Er macht eine Pause. »Ich bin nicht einmal traurig darüber, daß die Franzosen abziehen. Auf diese Weise sind wir wieder am Zug und müssen unsere Entscheidungen selbst treffen. Alles wird von uns geprägt sein, im Schlechten wie im Guten.«

Die Nachricht von der Abreise Mac Donalds gerät zum Prüfstein. Allgemeine Auflösungserscheinungen: Die Regierung, die verfassunggebende Versammlung, die Kommissionen verlieren ihre Mitglieder, zerstreuen sich. Aber es gibt auch noch Patrioten, die es wagen, die Stelle der Abtrünnigen einzunehmen: Conforti ist neuer Innenminister! Er hat sich gefügt und mit erschütternder Kälte gesagt: »*Verumtamen non sicut ego volo, sed sicut tu* – doch nicht wie ich will, sondern wie du willst.«

Auch Cirillo hat mit seinem üblichen kraftlosen Lächeln akzeptiert, den Posten des Präsidenten der Legislative zu übernehmen und dazu auf deutsch einen merkwürdigen Spruch von sich gegeben: »*Die Toten reiten schnell.*«

Keiner weiß, was das heißt, der selige Filangieri war in Neapel der einzige, der Deutsch sprach.

Mit einer Mischung aus Verängstigung und Erstaunen vernimmt sie, was dieser Satz bedeutet, als Sanges ihr Johann Eichholz vorstellt, einen eigenartigen jungen Mann aus Eiberfeld. Was zum Teufel hat er in diesen herben Zeiten in Neapel zu suchen? Er ist bewußt hierhergereist – blond, rosige Haut, etwa fünfundzwanzig Jahre alt; sein Blick wirkt schläfrig, leuchtet aber bei spontanen Begeisterungsstürmen auf. Er schreibt Gedichte, Musikstücke, beschäftigt sich mit Philosophie.

»Ihr kämpft gegen *tiranno*«, radebrecht er.

Sanges mag ihn und beherbergt ihn sogar in seinem Zimmer in der Taverna Penta.

Eichholz scheint aus einer fremden Welt zu kommen. Er redet über unbekannte Schriftsteller und Musiker. Eines Abends setzt er sich im mittlerweile von Melancholie geprägten leeren Palazzo der Cassano ans Cembalo.

»Allerdings würde ich lieber auf einem Pianoforte spielen«, murmelt er. Er beginnt, eine seltsame Musik zu spielen: an einigen Stellen schroff, geradezu unangenehm, an anderen wieder von einer unendlichen Weichheit. Er erklärt, es handele sich um den ersten Teil der Symphonie eines jungen deutschen Musikers, der auf dem Weg zum Ruhm sei – Ludwig van Beethoven.

Wenn über Poesie gesprochen wird, äußert er sich verächtlich über die italienische und französische Dichtkunst. Er verabscheut Metastasio, doch Goethe liebt er ebensowenig. Er nennt unbekannte Namen: Hamann, Burger, Herder, Klinger.

»Es gibt da einen Vers von Burger, *c'è uno verso di Burger, che voi interessare,* meine *amica*. Merkwürdigerweise seid Ihr in dem Gedicht, *voi essere in poema, che portare vostro nome*: Lenore.«

Sie ist verblüfft.

»Wirklich genau dieselben Worte? Was bedeuten sie?«

»Sie bedeuten: ›*I morti camminare in fretta.*‹ Die Toten reiten schnell. Ich muß Euch den Inhalt des Tanzlieds erklären, *spiegare io ballata, perchè voi capire*. Das Tanzlied von Burger *parlare di una donna*, Mädchen mit *nome* Lenore, die von einem Reiter *misterioso* angesprochen wird, *lui parlare con lei*. Wie sagt Ihr doch … *chevalier*, in *francese*.«

»Cavaliere.«

»*Si, cavaliere.* Cavaliere nimmt Lenore auf sein Pferd, *cavallo*, und *portare via*, er bringt sie weg. *Ella molto paura*, sehr erschrocken.«

427

»*Spaventata?*«

»*Si. Elle a très peur. Elle domandare a cavaliere:* ›*Dove tu portare me?* – Wo bringst du mich hin?‹ E lui rispondere: ›Die Toten reiten schnell.‹ *I morti correre presto.* Euer *amico* Cirillo *conoscere* Tanzlied di Burger, Cirillo kennt es.«

Wenn er sich mit Johann unterhält, scheint Sanges seine Interessen und seine jugendliche Frische wiederzugewinnen. Und er kann vergessen, was gegenwärtig geschieht. Das republikanische Heer existiert praktisch nicht mehr, Ruffo ist schon in Nola, Manthonè, jetzt Leiter des Generalstabs, weiß nicht mehr, welchen Heiligen er noch anflehen soll. Vincenzo pfeift drauf und ist fröhlich. Er hat – auf welchem Wege auch immer – das Buch eines venezianischen Dichters aufgetrieben, eines gewissen Foscolo, einen Briefroman mit dem Titel »Ultime lettere di Jacopo Ortis«. Sanges hat augenblicklich Feuer gefangen, so wie es ihm früher mit dem »Werther« ergangen war.

»Hat dieses Leben es nun verdient, in feigen Taten oder im Exil erhalten zu werden?« antwortet Sanges mit einem Zitat aus diesem »Ortis« auf eine ihrer beunruhigten Fragen. »Du solltest das wirklich lesen, Lenòr. Es ist nicht so genial wie der ›Werther‹, dem es sogar ähnelt, aber es ist, wie soll ich sagen, italienischer. Frischer.«

»Findest du wirklich, daß wir in einer Zeit leben, in der wir uns mit Gedichten befassen sollten, Vincenzo?«

»Mehr als je zuvor«, lacht Eichholz. »*Poesia essere* Muttersprache für die ganze Menschheit, *tutto essere umano. Poesia* und *musica essere unico* Trost, *consolazione*, in dieser Verwüstung, *deserto. Come devo dire: de-so-la-tio-ne.*«

Also, ich weiß nicht. Ihr Glückseligen. Ich muß ständig an diese »Lenore« von diesem Burger denken. Ein so seltsamer Zufall, daß es gar kein Zufall mehr sein kann. Ein Zeichen des Todes? Inzwischen gibt es so viele davon, sie liegen in der Luft! Trotzdem, der Name, die Geschichte … Wo hat Cirillo das Gedicht gelernt? Wenn ich ihn sehe, werde ich ihn danach fragen.

Aber wen sieht man überhaupt noch in diesen verrückten

Tagen! Wir sind wirklich seltsame Geschöpfe, gefangen von geheimnisvollen Pflichten, verloren in unbekannten Gedankengängen, bereits in eine fremde, ferne Dimension versetzt. Wir vermeiden jedes Gespräch, das auch nur nach Zukunft klingt. Wie seltsam wir uns zulächeln, so gefaßt und kraftlos. Wir sind übertrieben höflich zueinander, freundlich und feige, auf diese ausweichende Weise, in der man sich Schwerkranken gegenüber verhält.

Nur wenige nehmen die Sache anders auf und verleben die Tage, die Stunden, letztlich sich selbst wie in einem Wahn. In bestimmten Häusern wird ununterbrochen gefeiert, wie bei den Sanfelice im Palazzo Mastelloni, wo der arme Cuoco sogar einige Male ziemlich peinlich betrunken war. Geschieht ihm recht. Im Grunde ist er mir nach wie vor unsympathisch, mit seinem Dünkel und seinem lehrerhaften Auftreten. Doch ist das nicht nur der Schutz eines einsamen, schüchternen Mannes?

4   Es ist immer noch schwül. Sie ist bleich, atmet schwer, schwitzt, muß immer wieder die beschlagene Brille abnehmen.

Sie trägt ein schönes leichtes Hemdblusenkleid aus weißem Batist, das frei um ihren Körper schwingt, ohne auch nur die Spur eines Mieders, eines Korsetts. Das ist wirklich eine Befreiung für eine Frau! Sie trägt goldene Sandalen mit Bändern auf griechische Art. Und sie hat sich die Haare ganz kurz schneiden lassen. Seit einigen Tagen hat sie wieder Lust, ihrer Eitelkeit zu frönen: Sie verbringt viel Zeit vor dem Spiegel auf der Suche nach Barthärchen, Falten, nach Jahrhunderten trägt sie wieder Lippenstift und Puder auf.

Ein verzagter Blick auf den Tisch voller Bücher, Papiere, Druckfahnen: Die neue Ausgabe des »Monitore« muß vorbereitet werden. Lohnt es sich überhaupt noch? Die Zeitung findet fast keine Abnehmer mehr, sie haben beim Drucker eine Menge Schulden. Er wird noch drei Nummern drucken, und wenn er dann nicht bezahlt wird, hört er auf – aber wird es überhaupt noch drei Nummern geben?

Suworow hat Turin erobert, Ruffo ist am Sebeto bei Capodi-chino: Was kann ich in dieser Ausgabe, die durchaus die letzte sein könnte, nur schreiben?

Sie blättert in der roten Mappe. Nur absurde, lächerliche Nach-richten. Der Antrag von Russo, diesem Verrückten: Er schlägt vor, alle Bücher zu verbrennen, die während der Bourbonenherr-schaft geschrieben wurden. Angeödet wirft sie die Notiz weg. Sie hat große Lust, Luft zu schnappen, auszugehen, Leute zu sehen: Sie holt ihren weißen Sonnenschirm und die sackähnliche Hand-tasche. Als sie die Tür zuschließen will, kommt ganz außer Atem Cuoco angerannt.

Er sieht sie finster an, ist am ganzen Leib von nervösen Zuckungen befallen. Obwohl er einen cremefarbenen sommer-lichen Gehrock und blaue Hosen trägt, sieht er heruntergekom-men und kränklich aus.

»Vincenzo! Wie lange haben wir uns nicht gesehen. Ich freue mich.«

»Ihr wolltet gerade aus dem Haus«, sagt er, und seine Miene verfinstert sich noch mehr. »Aber ich flehe Euch an: Es geht um etwas überaus Wichtiges.«

Sie gehen zurück in die Wohnung, sie setzt sich an den Tisch, Cuoco bleibt mit mürrischer Miene stehen.

»Worum geht's?«

»Eine schlechte Nachricht, die ich Euch einfach mitteilen muß. Für Eure Zeitung.«

Er brummt etwas vor sich hin, sieht sie dabei nicht an. »Ich habe es selbst erst vor einer Stunde erfahren. Ich werde auch die Regierung informieren müssen.«

Sie wird bleich. »Hat Ruffo mit dem Angriff begonnen?«

»O nein«, sagt er und schlägt für einen Augenblick seinen üblichen wissenden Tonfall an. »Ich denke, er wird den Drei-zehnten abwarten, das ist Sant'Antonio. Ihr wißt ja, daß Sant'An-tonio bei den Sanfedisten an die Stelle von San Gennaro getreten ist, nach dem Wunder, das der Heilige Championnet zum Geschenk gemacht hat. Nein. Ich muß über etwas ganz anderes mit Euch sprechen. Seht Euch das mal an.«

Er zieht ein Blatt aus der Tasche seiner Weste, ein zweimal

gefaltetes Pergament, schlägt es auf: In der Mitte prangt das runde Siegel mit den Initialen von König Ferdinand.

»Und was ist das?«

»Ein Schutzbrief. In Neapel ist eine Verschwörung von Offizieren des ehemaligen bourbonischen Heeres, Priestern, alten Adligen im Gange ... Auch *lazzari* sind mit dabei.«

»Eine Verschwörung? Um was zu erreichen? Mittlerweile ...«

»Einen Aufstand. Heute nacht oder morgen früh. Um alle Patrioten umzubringen und Ruffo eine Stadt zu präsentieren, die schon gesäubert ist.«

»Woher wißt Ihr das?«

Er zögert, schweigt, windet sich in neuen Zuckungen, schließlich ruft er nervös: »Signora Sanfelice ist die Freundin eines der Anführer dieser Verschwörung, des Ex-Hauptmanns Gerardo Baccher. Er ist es, der ihr den Schutzbrief ausgestellt hat, um sie zu retten.«

»Und wieso seid Ihr dann im Besitz dieses Dokuments?«

Cuoco leidet sehr, in seinen Augen spiegelt sich Verzweiflung. »Signora Sanfelice hat ihn dem republikanischen Richter Ferdinando Ferri ausgehändigt. Der ebenfalls ihr Freund ist.«

Mit einem gequälten Lächeln fügt er hinzu: »Ferri ist zu mir gekommen, um mit mir zu beratschlagen. Wir haben beschlossen, die Verschwörung auffliegen zu lassen. Ich habe diese Aufgabe übernommen.«

Sie betrachtet ihn aufmerksam. Er starrt weiterhin zu Boden und zuckt pausenlos. Er erweist der sterbenden Republik einen letzten Dienst. Sie können das Nest der Verschwörer ausheben und ein paar Tage länger leben.

Aber ich glaube, ich kenne seinen wahren Beweggrund. Der »Monitore« muß darüber berichten, und Luisa Sanfelice und Ferdinando Ferri werden erledigt sein. Die Namen dieser kleinen, törichten Personen werden auf diese Weise im ruhmreichen Buch der vaterländischen Republik verewigt werden, und König Ferdinand wird beispielhafte Rache an den beiden üben. Gerardo Baccher wird noch von der Republik bestraft, Luisa und Ferri vom König. Das Leid, das Cuoco erfahren hat, wird auf diese Weise gerächt.

Stimmt das? Stimmt das, Cuoco? Sie sieht ihn an, er schweigt noch immer und rollt den Schutzbrief in den Händen. Schließlich hebt er langsam den Blick: unglücklich, krank. Ist es so? fragt sie ihn eindringlich mit den Augen. Ihr ist, als könnte sie die verlegene Antwort in seinen Pupillen lesen.

»Vielleicht. Vielleicht. Vielleicht.«

Auch du wirst dafür bezahlen müssen, Vincenzo, denkt sie in einem plötzlichen Impuls von Gerechtigkeit. Vielleicht auch von Rache. Aber wofür? Ich habe gar keine andere Wahl: Das Komplott muß auffliegen, die Republik muß verteidigt werden. Außerdem wird Cuoco sich sowieso an die Regierung wenden, es wird Verhaftungen geben. Ich brauche nur das zu tun, was er sich im Grunde seines Herzens wünscht und denkt: ein Loblied auf die Namen von Luisa (arme, bildschöne Torin – auf welche Weise es doch möglich ist, in die Geschichte einzugehen!) und Ferdinando Ferri singen und den Namen Bacchers verfluchen. Aber was hat Cuoco damit zu tun? Weshalb sollte ich ihn erwähnen? Er hat die Sache weitergegeben, es ist nicht nötig, daß auch sein Name auftaucht.

Sie schweigt, ist zum Zerreißen angespannt. Und wütender denn je auf Couco, der sie in diese schreckliche Position der Richterin getrieben hat, die über Tod und Leben verfügt.

Er steckt das Blatt wieder ein, ringt die Hände, deutet an, daß er nun fort muß.

»Jetzt gehe ich zur Regierung«, seufzt er. Aber er bewegt sich nicht vom Fleck: Was will er denn noch? Will er wissen, was ich tun werde? Will er meinen Urteilsspruch hören? Sie wird so zornig, daß es ihr die Luft nimmt. Sie denkt an die Gewissensbisse, die dieser Mann in ihr hinterlassen wird. Nein, es ist wirklich nicht gerecht. Wir werden alle dafür bezahlen müssen.

»Das habt Ihr richtig gemacht«, sagt sie zu ihm. »Bitte erzählt mir alle Einzelheiten, sofern Ihr informiert seid, damit ich einen fundierten Artikel schreiben kann.«

Sie zögert einen Augenblick. »Vielleicht wäre es gut, die Sache so darzustellen, als ob die Nachricht von Luisa Sanfelice selbst stammt«, fügt sie hinzu und sieht ihn eindringlich an. »Auf diese Weise kommt sie zu Ruhm, und die unwürdigen Aspekte der ganzen Angelegenheit können vernachlässigt werden. Was haltet Ihr davon?«

»Sicher, gewiß. Ich hege keinerlei Zweifel an Eurer Fähigkeit, die Angelegenheit auf bewundernswerte Weise darzulegen. Weitere Einzelheiten kenne ich nicht. Danke. *Addio.*«

Diese verfluchte Hitze! Aber diese Sache hat sie noch einmal aufgerüttelt: Sie schreibt, zerreißt das Blatt, schreibt, zerreißt es wieder, dann klingt es in ihren Ohren gut: »Eine hochverehrte Bürgerin unserer Stadt, Luisa Molino Sanfelice, hat gestern die Verschwörung einiger nicht so sehr niederträchtiger, als vielmehr komplett verrückter …«

Und am Ende heißt es: »Unsere Republik darf es nicht versäumen, diese Tat sowie den Namen dieser berühmten Bürgerin zu verewigen.«

Sie nimmt die Feder erneut zur Hand und fügt hinzu: »Über ihren eigenen Ruhm erhaben, drängt es sie dazu, öffentlich zu machen, daß der Bürger Vincenzo Cuoco sich beim Aufdecken dieses Komplotts in gleichem Maße wie sie selbst für das Vaterland verdient gemacht hat.«

Geschafft. Erst als der Artikel im »Monitore« erscheint, bemerkt sie, daß sie unglaublicherweise etwas vergessen hat: den Namen von Ferdinando Ferri! Hat sie ihn wirklich vergessen? Oder ist es nicht vielmehr ein unergründlicher Hinweis ihres Unbewußten?

Cuoco hat ihr den Tag gründlich verdorben. Mißvergnügt stellt sie ihren Sonnenschirm wieder weg. Was wird die Regierung beschließen? Und Conforti, der neue Innenminister? Sie versucht, sich abzulenken. Lustlos bereitet sie sich aus Auberginen eine Caponatella zu, ißt nur wenig, steht auf, um sich ein Glas Wein zu holen. Danach einen Espresso. Vielleicht sollte sie sich ein Stündchen hinlegen … Sie hat gerade das Hemdblusenkleid ausgezogen, als es an der Tür pocht. Wer kann das sein? Ihre Freunde wissen, daß in der Redaktion des »Monitore« nur nachmittags empfangen wird. Ob es noch einmal Cuoco ist? Sie wirft sich einen Morgenmantel über, geht zur Tür, um zu öffnen.

Meu Deus. Er hat sich verändert, sogar sehr! Aber sie erkennt ihn sofort: Luigi Primicerio. Er ist abgemagert, die spärlichen langen, grauen Haare hängen über den Kragen, seine Brillengläser sind so dick und schwer, daß sie seinen Kopf nach vorn zu ziehen scheinen. Er trägt einen Gehrock aus den alten Zeiten über modernen Hosen. Ein eigenartiges Lächeln umspielt seinen Mund: ironisch, abfällig, unsicher.

»Luigi.«

»Kann ich hereinkommen, Lenòr? Bitte entschuldige, daß ich dich um diese Uhrzeit störe.«

»Komm gern rein. Willst du einen Kaffee?«

»Ja, bitte.«

Sie schenkt ihm einen Espresso ein, versucht, ruhig zu bleiben. Weshalb ist sie nur so aufgeregt? Bis auf seltene Augenblicke hat sie nicht einmal mehr an Primicerio gedacht.

Er beobachtet sie. Hinter den fingerdicken Linsen sind seine Augen schwarze Kugeln. Starr, lästig. Sie versucht, ihnen auszuweichen, und setzt sich an den Tisch des »Monitore«.

»Deine Zeitung ist gut, weißt du«, sagt er. »Ich habe schon immer gewußt, daß das deine wahre Berufung ist. Die Kampagne für die Bildung des Volkes war grandios.«

Sie lächelt. Es stört sie zunehmend, daß sie im Morgenrock dasitzt. »Bitte entschuldige mich einen Moment.«

Sie taucht in ihrem schönen weißen Kleid wieder auf und sagt wie zur Rechtfertigung: »Ich kann doch einen Freund wie Luigi Primicerio nicht so unordentlich empfangen.«

»Sehr aufmerksam.«

»Erzähl etwas von dir«, fordert sie ihn auf. »Ich dachte, du wärst aus Neapel fortgegangen.«

»Das hätte ich auch gern getan. Vor allem, seit ich allein bin.«

»Allein?«

»Ganz bei mir, nach einem Gedanken Leonardo da Vincis. ›Wenn du allein bist, wirst du ganz bei dir sein.‹ Und ich bin jetzt ganz bei mir. Was für eine Gesellschaft!«

Sie zögert: »Und deine Fr ... deine Kinder?«

»Sie sind weggegangen. Vielleicht nach Sessa Aurunca zu den Eltern meiner Frau.«

Wer weiß, weshalb sie in diesen extremen Zeiten so eine Begabung entwickelt hat, die versteckten Beweggründe der Menschen aufzuspüren. Aber bei Luigi sind sie gar nicht so leicht zu entdecken. Er ist alt geworden, ist allein. Sucht er eine Zuflucht? Sie sieht seine Augen hinter der dicken Brille, die bleichen Hände, die auf seinen Knien zittern. Vielleicht ist es wirklich genau das: Er kann nicht mehr, also ist er zu ihr gekommen. Früher einmal haben wir uns geliebt.

Er lächelt sie an und murmelt: »Du bist immer noch schön.«

Sie verspürt Ärger, Verwirrung, Verdruß. »Nicht doch, Luigi! Willst du denn, daß ich denke, daß deine Brille so dick ist, daß sie gar nichts mehr nützt? Oder ist sie so wundertätig, daß sie Häßlichkeit verwandeln kann?«

»In meinen Augen bist du schön. Vielleicht bist du seit damals etwas dicker geworden. Und das liegt nicht an meiner Brille.«

Sie sehen sich schweigend an, sein Atem ist laut, ein wenig rasselnd. Er lächelt unablässig, während sie angestrengt versucht, ihn zu durchschauen. Was versteckt sich nur hinter diesem Lächeln? Zärtlichkeit, Verschlagenheit, Schmerz? Luigi runzelt die Stirn.

»Lenòr«, ruft er ernst. »Hast du nachgedacht? Über das, was du jetzt tun mußt?«

Sie antwortet ihm nicht. Sie ist in erster Linie wütend: In nur einem einzigen Moment hat er sie aus der bewußtlosen Abstumpfung, der schützenden Weigerung vor einem »morgen« herausgerissen. Und gleichzeitig steigen zärtliche, chaotische, tränenreiche Impulse von Dankbarkeit in ihr hoch. Er macht sich Sorgen um mein Schicksal! Dann erneute Wut: Weshalb erst jetzt?

»Ich weiß es nicht«, antwortet sie mit gewollter Härte. »Aber es ist mir auch egal. Ich habe nicht einen einzigen Grund, mir Gedanken darüber zu machen.«

»Sicher«, nickt er. »Ich glaube, im Moment haben nur sehr wenige Leute Grund dazu. Aber ich möchte, daß du die Sache anders siehst.«

Ist das derselbe herrische Tonfall wie früher? Eine eigenartige Hoffnung keimt in ihr.

»Das ist der Grund, weshalb ich gekommen bin. Vom ersten Tag an, seit ich deine Zeitung kaufe, habe ich darüber nachgedacht. Ich habe für diese Republik keinen Finger gerührt. Ich hatte weder Lust noch Zeit, auch nicht die Möglichkeit dazu. Es ist mir von Anfang an wie etwas völlig Sinnloses vorgekommen. Infantil. Genauso wie deine bewundernswerte Zeitung, bitte verzeih. Unter anderem habe ich auch gedacht, daß mich im Grunde die kleinen Sympathien, die ich eurer Sache entgegengebracht habe, ruiniert haben. Sollen diese törichten Kinder doch in die tiefste Hölle gehen! Zusammen mit ihrem Spielzeug, das sie erstaunlicherweise wirklich fertiggebaut haben. Inzwischen bin ich milder geworden. Deshalb sehe ich durchaus, daß viele von ihnen nicht weggegangen sind. Sie bleiben hier, verstehst du. Um das zu rechtfertigen, was sie getan haben – sie spielen nicht. Sie gehen dem Tod entgegen. Sie haben wirklich geglaubt, ihre Träume verwirklichen zu können.«

Er breitet seufzend die Arme aus. Dann sagt er lächelnd: »Und im Vergleich zu all dem bin ich ein echter Scheißkerl gewesen.«

Stimmt das? Stimmt das wirklich? Ist das sein geheimer Beweggrund? denkt sie ein wenig enttäuscht und fährt fort, ihn heimlich zu mustern.

»Und da warst auch du«, fährt er, mit der Stimme, die er als junger Mann hatte, fort. »Dieses seltsame, blockierte, unschuldige Mädchen von damals, zärtlich und dickköpfig, verschreckt und weise. Auch bei ihr habe ich alles falsch gemacht. Ich war ein echter Scheißkerl, entschuldige den Ausdruck, aber ich finde keinen passenderen.«

»Ich habe niemals vorgehabt, Träume zu verwirklichen«, murmelt sie mit brüchiger Stimme. Weshalb kommen ihr die Tränen? Weshalb fliegt die Zeit rückwärts und sie sieht sich, wie sie damals war? Kräftig, mit weicher Haut und leuchtenden schönen Augen, »de foco«. Während Luigi ihre große, jugendliche, frische Brust entblößte.

Auch er war schön, grob, stark. Diese sehnigen Hände, Fänge eines Falken. Weshalb denke ich jetzt nur, daß ich es war, die alles falsch gemacht hat mit diesem ersten Mann meines Lebens? Wie hätte es danach denn weitergehen können? Wer weiß – wer kann das schon wissen. Sie fährt sich nervös mit den Händen durch die gealterten Haare.

»Lenòr«, sagt er mit fester Stimme. »Du mußt dich in Sicherheit bringen. Deshalb bin ich hier: Ich muß dir helfen, verstehst du. Das ist meine Aufgabe. Jetzt ist wirklich alles vorbei. Und die Rache wird grausam sein: Denn die Angst und die Wut, die dieses Kinderspiel hervorgerufen hat, sind unermeßlich groß.«

ZWANZIGSTER TEIL

1   Die Gehilfen aus der Druckerei reißen sie aus dem Schlaf. Sie haben den Karren mit den Packen des »Monitore« Nummer 35 vom zwanzigsten Prairial bis in die Via Sant'Anna hinaufgezogen.

»Signo'! Donna Lionora!« schreien sie und treten gegen die Tür.

»Was ist denn los?«

»Signo', weder gestern noch heute morgen ist jemand gekommen, um die Zeitungen abzuholen. Don Salvatore hat gesagt, wir sollen sie zu Euch bringen.«

Noch ganz verschlafen und erschöpft durch das Schwitzen und die schwüle Luft sieht sie ihnen verständnislos zu, während sie hin und her laufen und auf den Schultern die Bündel hereintragen, die nach frischer Druckerschwärze riechen.

»Was ist denn nur passiert?«

Sie geht in die Küche, um aus einer Schöpfkelle Wasser zu trinken, sich zu erfrischen, zu sich zu kommen. Eine seltsame Stille herrscht im Haus und auf der Straße: Es fehlen die Glockenkonzerte, die vom frühen Morgen an die Luft im Viertel in Schwingungen versetzen, es fehlen die Geräusche der Fensterläden, das Klappen der Türen, die das Erwachen der Menschen in den Häusern und den *bassi* verkünden, es fehlen das Räderrollen der Karren, die Ausrufer, das Kindergeschrei. Neapel schweigt.

Alarmiert öffnet sie das Fenster – ein weißglühender Hitzeschwall dringt herein. Es sind kaum Leute unterwegs, nur vereinzelt sieht man Ladenbesitzer, riesige Schlüssel in der Hand wie Petrus, auf dem Weg zu ihren Läden, um aufzusperren. Ein einziger Gemüsekarren wird zum kleinen Markt an der Wegkreuzung hinaufgezogen, doch der Besitzer schlägt weder auf den armen geplagten Esel ein, noch treibt er ihn mit lauten Flüchen an. Was ist nur los?

Sie füllt die Espressokanne. Jetzt ist sie hellwach. Vielleicht ist das der letzte Kaffee, den ich trinke, denkt sie. Morgen ist Sant'Antonio, der Tag, den Ruffo festgelegt hat. Die Nummer 35 des »Monitore« ist tatsächlich die letzte Ausgabe. Niemand wird ihn mehr lesen.

Mit der dampfenden Tasse in der Hand geht sie ins Eßzimmer und betrachtet die unordentlich gestapelten Zeitungsbündel. Was wohl aus den Zeitungen wird? Wenn die *lazzari* und die Nachbarn die Wohnung plündern, werden sie ein Feuer daraus machen und Tüten für die Lupinenverkäufer falten. Wegen all der Dinge, die darin geschrieben stehen. Die widerwärtigste aller bisherigen Ausgaben. Lügen. Nichts als Lügen.

Die Regierung hatte ihr hastig hingekritzelte Depeschen mit den neuesten Nachrichten von den Kämpfen am Rande von Capodichino und am Ponte della Maddalena geschickt. »Lobeshymnen schreiben, Begeisterung entfachen« – Laubergs übliche Randbemerkungen. Aber natürlich! Die Flüchtlinge hatten voller Entsetzen berichtet, daß die königstreuen Sanfedisten sorgfältig die Körper der Feinde zerteilten. Sie legten ordentliche Haufen an: die Köpfe hier, die Beine da. Weshalb nur? Das sollte einer begreifen.

Sie fühlt sich zutiefst schuldig. Sie hat es gewagt, von »bevorstehenden Siegen«, von Erfolgen über die »Aufständischen« in der Provinz zu schreiben; die Depeschen mit der knappen Bemerkung: »Die Sanfedisten sind jetzt an der Brücke« hat sie mit einem heuchlerischen, feigen »ausführliche Informationen folgen in der nächsten Ausgabe« abgetan. Welche nächste Ausgabe? Da liegt er, der »Monitore«. Gebündelt. Wenn du willst, kannst du ihn immer wieder lesen. Du ganz allein, nur zu deinem Vergnügen, bis sie kommen und dich holen.

Diesmal beängstigt dieser Gedanke sie seltsamerweise nicht. Vielleicht weil sie in den geheimnisvollen Windungen ihrer Seele spürt, daß das absehbare Ende dieser Unternehmung unmittelbar bevorsteht. Beim letzten Mal war sie verzweifelt, weil sie wußte, daß vieles noch nicht geschrieben war. Jetzt ist das anders. Jetzt ist wirklich nichts mehr zu machen. Weniger als nichts. Luigi hat recht – es wäre gut, wenn sie sich darauf vorbereiten würde.

Sie geht zur Kommode, in der sie die Wäsche, Kleinigkeiten an Schmuck, ein wenig Geld aufbewahrt. Das ist das einzige, das nützlich sein kann, sie hat mit dem Gefängnis ihre Erfahrungen. Aber diesmal wird es schlimmer werden. Wenn sie mir nur nicht weh tun. Wenn sie mich nur auf der Stelle töten.

Sie steckt das Geld und den Schmuck in einen kleinen Sack. Aus der Kommode springen sie Erinnerungen an: Vovós Schal, eine Miniatur von Mamãe, von Papài hatte sie keine malen lassen, da es an Geld fehlte. Und auch nicht von Francesco, ihrem hübschen Sohn mit dem lockigen Haar, der ihr so ähnlich sah. Plötzlich nimmt er in ihren Gedanken, in ihrem Herzen so lebhaft und deutlich Gestalt an, daß mit einem Schlag die gleichmütige Standhaftigkeit, in der sie bis dahin verharrt hatte, von ihr abfällt. Sie sinkt auf die Knie und weint.

»Was ist denn passiert, Lenòr? Hast du dir weh getan?«

Primicerio findet sie so vor, mit rotverweinten Augen, noch immer keuchend.

»Nichts, Luigi. Nur ein kleiner Moment der Schwäche.«

»Nein, nein. Jetzt nur keine Schwäche«, lächelt er. »Ich war bei der Regierung, aber da ist keiner mehr. Manthonè ist am Ponte della Maddalena, zusammen mit Ruvo. Um sich umbringen zu lassen: Wer soll diesen Ruffo jetzt noch aufhalten? Lauberg hat sich im Castelnuovo verbarrikadiert, die Pignatelli im Castel dell'Ovo. Marra ist in Sant'Elmo, auch die anderen haben sich dorthin geflüchtet.«

»Aber zu welchem Zweck?«

»Genau das frage ich mich auch. Sie werden ein paar Tage Widerstand leisten, und dann … Aber die größte Dummheit, die sie im Moment planen, ist eine ganz andere: Heute nachmittag wollen sie Baccher und Konsorten auf dem Largo del Castello erschießen.«

Sie erbleicht. Sie fühlt sich verdorben und schwach – Luigi bemerkt es und will ihr zu Hilfe eilen.

»Was hast du? Fühlst du dich nicht wohl?«

»Es ist nichts. Aber ich glaube, daß auch ich Schuld an diesem Blutbad habe.«

Er schüttelt den Kopf, verzieht skeptisch den Mund.

»Blutbad ... Das sind drei oder vier Schufte, die ihrerseits ein viel größeres Blutbad geplant hatten. Sie würden es wirklich verdienen, bestraft zu werden. Aber doch nicht zum jetzigen Zeitpunkt. Das ist eine Riesendummheit: Denn dadurch werden die *lazzari* früher als geplant ihren Aufstand beginnen. Wir müssen weg von hier, Lenòr, und zwar sofort.«

Sie legt ihm eine Hand auf den Arm. »Wo willst du denn jetzt noch hin«, murmelt sie erschöpft.

Er ereifert sich. »Hör zu. Ich weiß, daß sie an jedem Ausgang der Stadt Patrouillen aufgestellt haben. Aber das Meer ist noch frei. Wenn es uns gelingt, uns in Mergellina ein Boot zu beschaffen und Pozzuoli anzusteuern, haben wir es geschafft. Dann können wir Rom erreichen. Mailand. Frankreich.«

»Amerika«, sagt sie mit einem schwachen Lächeln. »Mit deinem Boot.«

»Mach dich nicht über mich lustig, Lenòr. Das ist nicht der richtige Moment. Hast du Geld?«

Mit sanftem Gehorsam gibt sie ihm das Säckchen.

»Ich kann einfach nicht fort von hier, Luigi. Ich bin ... Ich war die Bürgerin Lenòr Fonseca. Ich habe den ›Monitore‹ geleitet, die Stimme der Republik. Ich habe die Verschwörer um Baccher, die heute erschossen werden, denunziert, ich kann nicht fliehen wie irgendeine Dienstmagd.«

»Jetzt hör auf, Phrasen zu dreschen«, ruft er schroff und packt sie am Arm. »Was gewinnst du denn, wenn du dich umbringen läßt? Aber wenn du dich rettest und Mailand erreichst ...«

»In Mailand sind die Russen.«

»Dann eben Frankreich. Von dort aus kannst du immer noch für Neapel nützlich sein. Du kannst schreiben und gegen all die Lügen ankämpfen, die die Bourbonen in die Welt setzen werden, um die Republik zu verleumden.«

»In der großen Mutterrepublik«, lächelt sie ironisch und eigensinnig. »Liebende Beschützerin der kleinen Tochterrepubliken.«

Sie wird wieder ernst und sieht Luigis eigenartige schwarze Augenpunkte hinter den Brillengläsern an.

So ist das also: Wieder gibt es in meinem Leben einen Menschen, der für mich entscheidet. Der mein Schicksal entwirft. Und ich werde mich beugen. Wie ich es immer getan habe, und wie es für mich im Grunde auch immer sehr bequem war. Es hat ja so viele Vorteile, nicht selbst entscheiden zu müssen.

Wir werden fliehen, Luigi wird mich hier wegbringen. Wie seltsam das Leben doch spielt. Nach dreißig Jahren wird eine Erörterung, die unterbrochen wurde, wiederaufgenommen. Als alte Menschen werden wir jene fleischliche Begegnung erleben, die wir damals versäumt haben, nicht weil ich es mir nicht gewünscht hätte, sondern weil mein Körper es nicht wollte. Sie spürt Mitleid und einen Anflug von Ärger, wenn sie sich ausmalt, wie ihr eigener schwerer Körper weiß und welk neben dem schlaffen, rußigen Körper Primicerios liegt. Sie versucht, sich die Vereinigung vorzustellen. Mögliche Funken der Lust? Aber nein, sie macht doch nur mit, um ihn zufriedenzustellen. Als Buße, als Entschädigung? Ihr bleibt nur der kalte, unnötige Zugewinn an Nächstenliebe.

Kleine Lichter blitzen in ihr auf. Soll ich mir endlich eingestehen, daß ich Liebe und Nächstenliebe nie wirklich empfunden habe? Nicht einmal für Francesco. Ich wollte ihn als Waffe für meine Rache und meinen Stolz mißbrauchen, es ist nur gerecht, daß Er ihn mir genommen und wieder zu sich geholt hat. Nicht einmal jetzt will ich geben. Und ich weiß auch gar nicht, wie man das macht. Diesem Wrack von einem Menschen. Ihm seine Würde wiedergeben. Ein melancholisches Echo von Sexualität. Sollte das und nur das Luigis uralter Beweggrund sein? Sie versucht, sich zu verteidigen, indem sie ihrem Hirn unablässig Verachtung abringt.

»Reden wir nicht mehr über Flucht«, platzte sie betont hochmütig heraus. »Du weißt, daß das für mich nicht in Frage kommt. Meine Pflicht ist eine andere.«

Er scheint nicht einmal wütend zu werden. Er lächelt und sagt einen Satz, der sie endgültig aus dem Gleichgewicht bringt.

»Du bist immer noch dieselbe wie früher. Du empfindest Lust, indem du dir selbst weh tust. Indem du dich bestrafst.«

Entgeistert starrt sie ihn an, ihre große, weiche Brust bebt unter Schluchzern.

»Ich habe nie selbst meine Entscheidungen getroffen«, stammelt sie und zieht die Nase hoch. »Ich bin immer und ausschließlich ausgewählt worden. Alle haben mich benutzt. Haben mich ausgenutzt.«

Luigi nimmt sie in die Arme und drückt sie an seine Brust. Er versucht, sie auf die Stirn, auf das nasse Gesicht zu küssen.

»Sich auswählen zu lassen *heißt* doch, selbst zu wählen«, flüstert er ihr zu. Mit einem leichten Druck des Kopfes dreht er ihr Gesicht zu sich und sucht ihre Lippen. Sein Bart kratzt, sein Atem riecht ein wenig kränklich, aber sie schmiegt sich an ihn.

Diese Empfindungen schaffen Raum für alles, was folgt. Es gefällt ihr, seine Hände zu spüren, die diesmal vorsichtig und scheu ihre nackten Schultern berühren, die aus dem Kleid herausgeglitten sind; voll banger Sehnsucht wartet sie auf den Moment, wo Luigis Finger ihre Brüste umfassen werden.

2   Sie zieht das Laken über ihre nackte Brust. Sie schämt sich ein bißchen, weil Luigi, der ausgestreckt neben ihr liegt, sie die ganze Zeit ansieht. Aber kann er sie ohne seine dicke Brille überhaupt sehen? Er sieht so lustig aus ohne die Brillengläser… Er zwinkert mit den Augen, reckt sich. Seine spärlichen grauen Haare sind völlig verwuschelt. Sie betrachtet seinen mageren nackten Körper: man sieht die Rippen, seine Brusthaare sind weiß.

Luigi atmet noch immer heftig. Mit einer Hand beginnt er froh und entspannt mit ihren braunen Brustwarzen zu spielen, sie zu drücken. Zwischendurch schüttelt er den Kopf. »Wer hätte das gedacht…«, sagt er immer wieder. »Nach dreißig Jahren. Es sind doch dreißig Jahre, oder?«

»Es sind genau neunundzwanzig Jahre und ein paar Monate«, lächelt sie, während sie sich ankleidet. Sie haben noch nichts gegessen, irgend etwas muß sie herrichten. Seltsam, wie selbstverständlich und heiter sie sich fühlt, in diesen winzigen vier Wänden einer Wohnung, die von der Außenwelt abgeschlossen ist, in Gegenwart eines freundlichen alten Mannes, der sie einmal geliebt hat. In ihr regt sich der Wunsch, ihm etwas zu essen zu machen, ihn zu umsorgen.

»Rühr dich ja nicht vom Fleck«, sagte sie, als sie sieht, daß auch er aufstehen will. »Ruh dich noch ein bißchen aus. Ich mache Maccheroni mit frischem Sugo. Magst du das?«

Luigi lächelt, aber er gehorcht nicht. Er sucht nach seiner Brille, dann kleidet auch er sich eilig an.

»Denkst du immer noch, daß ich so gern esse? Das ist anders geworden. Ich war schwer krank, ausgerechnet am Magen. Aber wir dürfen jetzt keine Zeit mehr verlieren. Wir müssen fort. Hörst du es denn nicht?«

Er tritt ans Fenster, reißt es auf, horcht.

»Hörst du es nicht?«

Sie läuft eifrig zu ihm hin, spitzt die Ohren. In den glutheißen frühen Nachmittagsstunden regt sich in den verlassenen Gassen kein Laut. Man nimmt allenfalls das regelmäßige, schläfrige Atmen von Natur, Tieren, Menschen wahr.

»Nein, Luigi. Ich höre nichts.«

»Wart mal. Wie spät ist es?«

Folgsam holt sie die kleine Metalluhr: es ist fünf nach vier. Sie zuckt zusammen. Er hat recht: Von weit her hört man das Stampfen der Schritte, das schwache Wirbeln der Todestrommeln.

»Die Hinrichtung«, murmelt sie leichenblaß. Auch die Via Sant'Anna hat es vernommen: verärgert wacht sie auf, ein Wirwarr aufgeregter Stimmen und knallender Türen.

»Laß uns gleich gehen, Lenòr. Bevor hier die Hölle losbricht.«

In der Gasse laufen die Leute zusammen. Sie kennen sie alle, sie wissen, wer sie ist, und wenn sie wollten ... Aber niemand sagt oder tut etwas. Statt zur Via Toledo hinunterzulaufen, zieht Luigi sie die Gasse hinauf, in Richtung Vico Tiratorio.

»Wohin willst du?«

»Das liegt nicht in unserer Entscheidung – jetzt paßt dieser Satz. In der Via Toledo laufen wir direkt ins Chaos. Wir könnten uns quer durch die Gassen der Salata schlagen und versuchen, nach Santa Lucia zu gelangen. Aber wie kommen wir durch

Chiaia hindurch? Es bleibt uns gar nichts anderes übrig, als zum Vomero hochzusteigen.«

»Zum Castel Sant'Elmo?«

»Nein. Wenn wir uns nur vom Vomero aus nach Camaldoli durchschlagen könnten. Oder nach Agnano: Weißt du noch, als wir damals Bonito besucht haben? Dort oben gibt es verborgene Pfade. Aber das werden wir dann schon sehen. Der Haken an der Sache ist die mörderische Hitze, und dann dieser verdammt steile Aufstieg.«

»Und du hast noch nicht mal was gegessen, Luigi.«

Er keucht und schwitzt, Schweißbäche strömen über sein Gesicht. Die Sonne steht hoch am Himmel und sticht herab. Keine Spur von Schatten. Die Bäume in den Gärten an der Via Concordia bringen nur den Gärten selbst kühlen Schatten. Zum Glück begegnet ihnen kein Mensch. An der Kreuzung der Via Cariati bleibt Luigi stehen, wachsbleich, schweißgebadet. Auch sie kann nicht mehr weiter: sie bekommt kaum noch Luft, ihr Herz klopft zum Zerspringen.

»Jetzt stellt sich ein Problem«, keucht er. »Entweder wir nehmen den Petraio ...«

»*Meu Deus!*«

»Ich weiß, das ist hart. Oder wir versuchen es bergab durch die Via Santa Maria Apparente und die Via Betlemme und wagen es durch Chiaia hindurch. Nein, Moment, wart mal kurz.«

Er läuft zu dem Pfad, der am Kloster San Nicola entlangführt, und kehrt kurz darauf keuchend zurück. »Da geht es nicht. Ich höre Stimmen. Wir haben gar keine Wahl, wir müssen den Petraio hoch.«

Sie laufen auf San Carlo alle Mortelle zu. Sie hält die Augen geschlossen, teilnahmslos und zärtlich zugleich. Luigi trifft die Entscheidungen!

Auf der Höhe der Kapelle von San Carlo ein weiteres Aufwallen von Zärtlichkeit, obwohl ihr Körper völlig kraftlos ist. Die Kirche ist verschlossen, die Sonne hat das grüngestrichene Portal rissig werden lassen. In Gedanken schickt sie eine Kuß hinüber zu dem geliebten kleinen Stein. Gehen wir weiter.

Die Steine auf dem Petraio glühen vor Hitze. Unablässig zirpen die Zikaden an Steilhängen und Terrassen: ohrenbetäubend. Die Füße und Beine brennen wie Feuer, die Lippen, die Nase, die Kehle sind trocken. Von Zeit zu Zeit hebt sie den Blick zum gewaltigen gelben Bau von Sant'Elmo: Das Kastell wirft seinen großzügigen Schatten auf die Gärten der Certosa, die ihrerseits den Wunsch nach Frische, Ruhe, Frieden aufkommen lassen. Vielleicht bleibt uns wirklich kein anderer Weg, mein lieber Luigi, du alte, abgetakelte Liebe von vor dreißig Jahren. Wir müssen hinauf nach Sant'Elmo.

Sie sieht ihn an, wie er sich schwitzend, totenblaß, staubbedeckt bergauf schleppt. Er ist doch nicht etwa krank? Er ist alt, am Nachmittag hat er sich mit seinem manchmal pfeifenden Atem auf ihr verausgabt, er hat nichts gegessen. Sie greift nach seiner Hand. »Laß uns ein wenig ausruhen! Ich bitte dich.«

»Wo denn? Hier ist kein einziger verfluchter Millimeter Schatten!«

Sie steigen weiter zur Festung hinauf, auf der die Trikolore der Republikaner schlaff herunterhängt. Welchen Sinn hat diese merkwürdige Fahne vor dem strahlenden Himmel? Die große Unternehmung verblaßt in diesem unerträglichen Licht: unvorstellbar, daß sie beide sich ausgerechnet jetzt auf dem mörderischen Petraio die Beine brechen sollten, wegen eines Abenteuers, das längst in den Falten der Zeit verschwunden ist.

Statt dessen hören sie Lärm, stapfende Schritte, der Schreck fährt ihnen in die Glieder. Luigi drückt sie schützend an sich, zückt die Pistole. Leichenblaß stehen sie mitten auf dem ansteigenden Weg und warten. Er richtet die Waffe auf die Kurve ein Stück weiter unten. Beinahe hätten sie sich gegenseitig abgeknallt, unter Patrioten und Freunden: Denn die da heraufsteigen, sind keuchende, blutverschmierte, abgerissene Männer der Nationalgarde und andere Bürger. Sie erkennt Astore, Rossi, Pepe.

»Ihr seid es!«

Astore trägt einen blutgetränkten Verband um den Arm, sein Gesicht ist aschfahl.

»*Meu Deus!*«

Sie läuft ihm entgegen. »Was ist passiert? Was ist da unten passiert?«

446

»Es ist die Hölle«, stößt Rossi hervor, Astore zwingt sich zu einem Lächeln.

»Für mich immer noch zu kalt«, keucht er. »Aber auf diese Zeremonie hätte man wirklich lieber verzichten sollen. Das Schlimmste war, daß Baccher auch noch ›Es lebe der König!‹ geschrien hat, bevor er unter den Gewehrsalven zusammenbrach. Damit hat er den Weltuntergang ausgelöst.«

»*Lazzari* und Bourbonen standen auch vorher schon in den Startlöchern«, brummt Rossi und wischt sich mit dem zerfetzten Ärmel seiner gelb-violetten Uniform über das Gesicht. »Weshalb hätten sie sonst überhaupt kommen sollen? Und auch noch in so großer Zahl? Was mir am meisten leid tut, ist, daß sie den Bürger Serra und den Bürger General Ruvo geschnappt haben.«

Ihr Herz schlägt bis zum Hals. »Gennaro! Sie haben ihn geschnappt?«

»Er hat sich gewehrt wie ein wildes Tier, aber sie waren in der Übermacht. Wenn ihr wüßtet, wie viele von uns tot sind!«

3   In dieser außergewöhnlichen Nacht blickt sie auf einen der Ringgräben von Sant'Elmo. In ihr kämpfen widersprüchliche Gefühle: Zu gern würde sie von diesem Schauspiel aus Natur und Leben noch soviel wie möglich in sich aufsaugen, aber sie kneift doch lieber die Augen zu und weist all das als grausame Provokation von sich.

Im Halbschatten ist die Luft mild und frisch. Aus den Gärten der Certosa steigen intensive Düfte auf, auf dem Meer glitzert die weiße Mondsichel. Der Vesuv spuckt in regelmäßigen Abständen gemächlich dunkelrote Wölkchen aus. Ein leichter Wind läßt Blumen und Blätter rauschen und streicht ihr über das Gesicht. Der Golf leuchtet von Schiffen und Booten, wie in glücklichen Zeiten. Die größten Segelschiffe gehören den Engländern: Gestern nachmittag haben sie mit dem Fernglas die Union Jacks an den Masten gesehen. Eins der Schiffe ist die »Fulminant« von Nelson mit dem König an Bord.

Unter der Führung von Marra, der vor Ort der Kommandant ist, wird in den Ringgräben weitergearbeitet. Er ist hektisch, bleich, wird uns ein paar Tage an Leben hinzugewinnen lassen und uns über die Pfade der Geschichte und des Todes geleiten.

Aus den Kellergewölben ein ständiges Kommen und Gehen, die Männer schleppen Fässer mit Pulver und in große Decken gewickelte Kugeln, die an den Kanonen verteilt werden sollen.

Flüchtig sieht sie Pagano, bleich und um Jahre gealtert, wie er zusammen mit dem Marchese di Corletto unter dem Gewicht einer schweren Truhe daherwankt. Cirillo, Doria, Forges ziehen einen riesigen roten Teppich voll Kugeln hinter sich her, Logoteta und Paribelli kontrollieren den Wasserstand in den Brunnen. Es gibt viele Brunnen in Sant'Elmo, sie sind bis zum Rand gefüllt, in ihnen spiegelt sich der Mond. Blätter, Grünzeug, Insekten schwimmen auf dem Wasser.

Es gibt sogar etwas zu essen. Lauberg hatte noch zu Zeiten der Republik Säcke mit Zwieback, Öl, Gemüse in der Festung auf dem Berg horten lassen. Und man könnte, so Marras Vorschlag, auch die Vorräte der Mönche der Certosa beschlagnahmen. Die Ärmsten! Seit gestern haben sie sich in der großen Kirche versammelt, in ihrem herrlichen Chorgestühl aus Nußbaum mit Intarsien, und tun nichts anderes, als zu beten und zu warten.

Wir alle tun nichts anderes, als zu warten. Während diese wunderschöne Stadt zu unseren Füßen sich allmählich mit Lichtern füllt. Es ist, als würde Lenòr den aufsteigenden Atem der Stadt spüren, als könnte sie das Gewimmel der Leute auf den Straßen, Gassen, Plätzen sehen. Sie lachen, essen, genießen die kühle Luft, leben. Wir dagegen, auf dieser feindseligen Insel, sind abgeschnitten von der gewöhnlichen und doch schönen Welt.

Im Morgengrauen läßt ein Dröhnen und Getöse sie aufspringen.

»An die Kanonen!« schreit Marra. Sein Bart ist lang, seine roten Haare ungekämmt.

Eine rosige, bezaubernde Morgendämmerung. Entlang der Sorrentiner Halbinsel schimmert es golden über blauen Streifen, der Vesuv, saftig grün vor dem erdbeerroten Hintergrund, spuckt schüchterne weiße Wölkchen aus, fast als fürchte er, er könne den Himmel beflecken, der sich tiefblau aus rosafarbenen, gelben, violetten Ummäntelungen befreit. Und auch Neapel leuchtet in Rosa und Gold. In Richtung des Ponte della Maddalena hingegen eine häßliche schwarze Rauchsäule, in der Funken sprühen.

»Vigliena brennt!« ruft Marra Ciaia zu, der als Statthalter fungiert. »Toscano hat die Festung in die Luft gesprengt!«

Eine Sekunde später wird die Luft von Zischen und Donnern erfüllt. Sie hören Schreie aus der Kirche der Mönche von San Martino unterhalb der Burg, während in den Gärten in einem mächtigen Wirbel aus Blättern, Zweigen, Blumen das Erdreich aufspritzt.

Die anderen schießen aus Batterien, die sie in den Gärten des Vomero versteckt haben. Unten an der Reede zielen die englischen Kriegsschiffe auf Castel dell'Ovo und Castelnuovo. Die Schiffe zeigen ihre Breitseite, umhüllt von weißen Schwaden, in denen es hell aufblitzt.

Pignatelli und Lauberg lassen jedoch nicht auf die Antwort warten: Castel dell'Ovo verschwindet in einer Wolke aus Rauch und Feuerschein. Im Wasser, zwischen den Schiffen, spritzen Fontänen auf, ein großes Segelboot hat Feuer gefangen.

»Evviva!« rufen sie in Sant'Elmo. Und wenn es das Schiff des Königs ist?

Das Schiff des Königs ist schon seit geraumer Zeit aus der Schußlinie gefahren. Lenòr, die trotz der eindringlichen Schreie Primicerios nicht von den Zinnen weggehen mag, hat gesehen, wie es die Segel gesetzt und sich in Richtung Granatello aus dem Staub gemacht hat.

Die Schiffe spucken unentwegt Feuer. Castel dell'Ovo antwortet nicht mehr. Auch Sant'Elmo wird mit Kanonenkugeln eingedeckt. Einige der Kugeln haben die unteren Bastionen getroffen und die harte Tuffschicht geschrammt, eine hat an einer Stelle den Zinnenkranz durchbrochen und auf dem freien Platz einen Haufen rauchender Trümmer hinterlassen.

»In Deckung! Nichts wie rein!« brüllt Pepe. Sie und die anderen, die sich in den Ringgräben aufgehalten hatten, müssen sich auf dem großen Platz versammeln. Unter den Männern, die sich an den Kanonen zu schaffen machen, glaubt sie plötzlich ... Es ist tatsächlich Jeròcades! In seinem üblichen schwarzen Gewand, kahlköpfig, das Gesicht demütig und finster. Einen Augenblick kreuzt sein Blick den ihren, dann wendet er sich schnell ab. Er läuft davon, um den Kanoniers Körbe mit Zündschnüren zu bringen.

Plötzlich mischen sich ganz andere Geräusche unter das fortwährende Donnern und Dröhnen – Klänge, Harmonie, Musik: alle Glocken Neapels! Eine Welle wohlklingender Töne wogt hell und klar zu ihnen herauf. Tiefe Töne, silberne Töne, ein Echo von Eisen, all das vermischt sich zu einem melodischen Brausen, das anschwillt, durch die verwüsteten Bäume der Certosa drängt, sich zwischen den Türmen ausbreitet und über die Plätze klingt.

»Ruffo ist in der Stadt?« murmelt Pagano aschfahl. Es ist so heiß wie in der Wüste. Er wischt sich den strömenden Schweiß ab. Trinkwasser wird in einer Ration von drei Schöpfkellen pro Person ausgeteilt. Jeder bekommt auch zwei Zwieback, eine Tasse eingeweichter Bohnen, einen Schuß Öl.

Der Beschuß dauert den ganzen Tag an. Über dem Ponte della Maddalena schwebt eine Kappe aus weißem Gewölk. Lauberg zielt in Abständen immer wieder auf die Schiffe, die sich bewegen, kreuzen, liegenbleiben. Von ihren Längsseiten steigen Rauchschwaden auf. Viele Schiffe haben jetzt eine diagonale Position eingenommen, um Castelnuovo besser unter Beschuß nehmen zu können, das vor Staub und Rauch gar nicht mehr zu sehen ist. Plötzlich schreit Ciaia, der durch einen Feldstecher die Marina beobachtet, wutentbrannt: »Für Lauberg ist es aus! Er hißt die weiße Fahne!«

Auch Castel dell'Ovo schweigt, obwohl die Trikolore noch weht. Auf einmal sehen sie über der Brustwehr helles Gewölk, von Blitzen durchzuckt. Die Fahne wird eingeholt, und an ihrer Stelle werden rasch die weißen Banner der Bourbonen und Kardinal Ruffos gehißt.

Im oberen Bogengang, wo das große geflügelte Wappen hängt, unter dem Logoteta die Geburt der Republik verkündet hatte, beruft Marra eine Versammlung ein.

»Wir haben die Möglichkeit, noch eine Zeitlang Widerstand zu leisten«, verkündet er. Er ist staubverkrustet, Schweißflecken zeichnen sich auf seinem rot-gelben Waffenrock ab. »Vielleicht einen Monat. Selbstverständlich können wir nicht im derzeitigen Tempo weiterschießen, sondern nur zur Verteidigung. Vielleicht wird Ruffo uns heute nachmittag schon angreifen. Oder heute abend. Ich frage euch jetzt: Was sollen wir tun? Wir sind als einzige übriggeblieben.«

Irgend jemand versucht es mit der alten Rhetorik: »Wir müssen hier sterben! Unter den Trümmern von Sant'Elmo! Wenn Ruffo kommt, sprengen wir die Burg in die Luft!«

»Soll Samson doch mit den Philistern sterben«, raunt Luigi, der jetzt neben ihr steht. Er drückt ihr fest die Hand. »Was meinst du, Lenòr?«

»Mir ist es einerlei«, murmelt sie und erwidert seinen Händedruck. »Hast du gesehen, daß wir gar nicht die Wahl hatten? Wenn es jetzt noch möglich wäre, würde ich auf der Stelle mit dir fortgehen. In einen Winkel der Welt, wo das Leben einfach ist, wo wir ganz normal leben könnten. In Sicherheit. Du und ich. Vielleicht als Bauern. Oder irgendwo am Meer. Aber jetzt ist alles zu spät.«

»Vielleicht hätten wir es schaffen können«, murmelt er gedankenverloren, während Logoteta den Kommandanten zu Rate zieht.

»Bürger Marra. Das Problem hat zwei Aspekte, den militärischen und den politischen. Den militärischen Aspekt habt Ihr bereits erwähnt. Und was den politischen Aspekt betrifft ... Wenn wir bis zum Äußersten Widerstand leisten, wird das Resultat einzig und allein darin bestehen, daß wir einen ehrenvollen Abgang haben. Daß wir zeigen, daß diese verrückten Neapolitaner es verstehen, in Würde unterzugehen.«

»Aber es könnte doch durchaus sein, daß Napoleon nach Europa zurückkehrt! Daß die Franzosen wieder in die Offensive gehen!« schreien Pepe und die jüngeren.

»Das glaube ich kaum«, widerspricht Logoteta. »Wie auch immer, ich frage hiermit den Bürger Kommandant: Wenn Ruffo uns vorschlägt, Frieden zu schließen, würdet Ihr das annehmen?«

»Bürger«, antwortet Marra stirnrunzelnd nach einer kurzen Pause. »Bei einem fortdauernden Widerstand würden nur wenige von uns lebend hier herauskommen. Sollten sie uns ein Friedensangebot machen, könnten wir verhandeln und Leben retten. Natürlich nur unter ehrenhaften Bedingungen. Ich spreche nicht für mich: Mir ist es gleichgültig, ob ich lebe oder nicht, und als Kommandant dieser Festung halte ich es für richtig, mit ihr zusammen unterzugehen. Aber ich kann nicht über das Leben der anderen entscheiden. Bürger, bitte stimmt ab, welche Entscheidung wir fällen sollen.«

4 Die Mehrheit will das Kastell bis zum Ende verteidigen.

Marra läßt am Aufgang zur Zugbrücke zwei Sprengladungen anbringen.

Den ganzen Nachmittag und den ganzen Abend konzentriert sich das feindliche Feuer auf Sant'Elmo. Jetzt schießen sie auch von den anderen Kastellen aus, mit Leuchtschweifkugeln. Einige der Kugeln sind schon erloschen, wenn sie eintreffen, aber viele sausen pfeifend und qualmend durch die Luft, um dann mit einem schrecklichen violetten und gelben Blitz zu explodieren und tödliche Splitter in alle Richtungen zu sprengen. Viele Kanoniere liegen, von den Splittern getroffen, tot am Boden, einige der Patrioten sind auf dem großen Platz gefallen.

Marra hat Befehl gegeben, daß alle sich in die hohen, dunklen Räume der riesigen Festung zurückziehen sollen, wo auch die Verletzten untergebracht werden. Zusammen mit Margherita Fasulo und den anderen Frauen macht Lenòr sich nützlich. Sie holen Wasser, waschen Wunden aus, legen Verbände an. Diese klagenden, weinenden, fluchenden Stimmen zerren an ihren Nerven, dazu der unangenehme Geruch von Blut. Cirillo läuft schmutzig und verzweifelt vom einen zum anderen. Er hat nicht einmal seine Arzttasche bei sich, behilft sich mit einem spitzen Federmesser: Er bringt es an einer Fackel zum Glühen und kauterisiert, öffnet Wunden, operiert dann unter dem entsetzlichen Gebrüll der Verwundeten.

Endlich bricht die Nacht herein. In den großen Räumen werden qualmende Fackeln angezündet, die die schwüle Hitze noch steigern. Aber draußen geht wieder der Mond auf: Durch die Schießscharten sieht man sein silbriges Glitzern. Nach und nach zieht die frische Brise, die den Duft der Pflanzen mit sich bringt, bis hier herein. Von unten wird nicht mehr geschossen. Marra und die anderen kommen zurück. Ist Luigi auch dabei? *Meu Deus*, er ist unverletzt.

»Wie sieht es aus?«

Cirillo öffnet hilflos die Arme. Diejenigen, die es nicht geschafft haben – und das sind viele –, hat man in den großen Raum ganz hinten getragen. Kalt liegen sie auf dem roten Ziegelfußboden. Und es gibt noch mehr von den Kanonen getötete Patrioten draußen auf den Plätzen.

»Jetzt können wir sie hereintragen«, brummt Marra finster und trocknet sich die Stirn. Sie will mithelfen, obwohl Luigi versucht, sie zurückzuhalten. Er berührt ihre Stirn mit seiner Hand, die schwarz ist vor Staub, Schweiß, Fett.

»Paß auf, du machst mich schmutzig«, sagt sie mit einem Lächeln, das völlig jenseits ist von Zeit und Raum.

Die Nacht beginnt ruhig. Der Golf glitzert, auf den Schiffen sind alle Laternen angezündet. Aber auf dem Hügel gibt es Bewegung: Seit geraumer Zeit sind *lazzari*, Sanfedisten und Soldaten dabei, auf den mondbeschienenen Wegen den Petraio bergan zu steigen. Sie haben Gewehre, Pistolen, weiß-rote Banner, harzhaltige Fackeln bei sich. Oben drängen sich alle an der Brustwehr, um sie zu beobachten.

»Damit kommen sie aber nicht gegen die Kanonen an«, bemerkt Ciaia teils amüsiert, teils ironisch. »Wir haben sie genau im Visier.«

»Dann laßt sie uns sofort unter Beschuß nehmen«, ruft Pepe. »Wollen wir sie denn wirklich ganz heraufkommen lassen?«

Die eigensinnige Menschenmenge bevölkert mittlerweile den Petraio, soweit das Auge reicht. Die Vorhut läuft jetzt über die Felder weiter und versammelt sich hinter den weißen Mauern der Certosa.

»Wir könnten die Kanonen ebensogut aus den Lafetten nehmen und woanders aufstellen«, überlegt Ciaia laut. »Man muß nur eine Möglichkeit finden, sie zu befestigen.«

Marra sieht ihn ironisch an und macht die typische neapolitanische Handbewegung mit den zusammengelegten Fingerspitzen. »Igna', was hast du denn jemals von Artillerie kapiert? Geh lieber Gedichte schreiben, das kannst du besser.«

Er gibt den Befehl, alle Dreiviertelzoll-Gewehre, Pulver und Munition auf dem verwüsteten Platz zusammenzutragen. Leise ruft er sie alle herbei.

Sie haben den Angriff erst im Morgengrauen erwartet, doch statt dessen ertönt eine Stunde nach Mitternacht in der Menschenansammlung unterhalb der Festung lautes Geschrei, und der Beschuß beginnt. Rauchwolken, Pfeifen von Kugeln.

»Die wollen wohl Pulver verschwenden«, kommentiert Ciaia, die Salven sausen viel zu hoch über ihre Köpfe hinweg.

»Das sind alles Landarbeiter und Esel. Dazu ein Priester, der die Befehle gibt«, lacht Marra. »Wenn sie sich auf der anderen Seite sammeln würden, im Wald auf dem Bergkamm, würden sie uns mit Längsfeuer treffen. Ich will ihnen eine Lektion erteilen.«

Aus einem mit Werg und Lumpen verstopften Topf, der mit einer Spange verschlossen wird, läßt er eine Mine vorbereiten. Die Zündschnur ist sehr kurz.

»Zünde sie an, zähl bis zehn und wirf sie runter«, befiehlt er einem Jungen in der Uniform der Nationalgarde. »Los!«

Die Bombe fliegt los. Wenige Sekunden später Lärm, Schreie, ein Blitz, dann hört man die schwere, dumpfe Explosion. Danach ein Inferno aus Stimmen und lautem Klagen, zornig setzt das Gewehrfeuer wieder ein.

»Weshalb bereiten wir nicht mehr von diesen Süppchen zu?« lacht der Junge, der die Mine geworfen hat, begeistert. Marra gibt ihm eine Kopfnuß.

»Bravo! Und womit sollen wir dann schießen? Das würde viel zuviel Pulver verbrauchen, Junge!«

Am Himmel ein erster Schimmer von Licht, die Vorboten der Morgendämmerung. Die Belagerer laufen lärmend den Petraio bergab.

»Was ist denn das? Sie verziehen sich wieder?« Ciaia ist verdutzt.

Marra stößt einen langen, zornigen Seufzer aus.

»Das war's. Sie ziehen sich zurück, um nicht von den Kanonenkugeln getroffen zu werden.«

Er hat den Satz noch nicht beendet, als die erste Leuchtschweifkugel niedergeht. Sie zischt hoch über ihre Köpfe hinweg, explodiert mitten auf dem Platz und hinterläßt dort Splitter und Blut. Auch Ciaia ist an einem Arm verletzt, vier oder fünf Patrioten, die tödlich getroffen sind, liegen am Boden.

»Alle in Deckung!« brüllt Marra, während draußen die Hölle losbricht: ein einziges Pfeifen, Donnern, Bersten. Erstickender Schwefelgeruch breitet sich in den großen Räumen aus.

Jetzt ein stärkeres Dröhnen, ein beängstigendes Krachen: Die Decke des großen Saals stürzt in einer Wolke aus Schutt ein, alle schreien auf.

»Weg hier! Schnell weg!«

Luigi zerrt sie in das Zimmer, in dem die Toten liegen. Auch die anderen stürzen herein und steigen über die Leichen hinweg, die weiß sind vom Staub, der sich fein wie Puder auf sie herabsenkt. Später versammeln sie sich in den unteren Räumen, die auf derselben Höhe liegen wie das Portal. Nur wenige haben ihre Waffen gerettet. Die Stimmung ist geprägt von Verzweiflung und Müdigkeit.

»Ich geh mal rauf, um nachzusehen«, sagt Marra.

Der Kanonenbeschuß bricht nicht ab, unentwegt hören sie Gedonner, einstürzende Mauern, Knallen. Als Marra mit finsterer Miene zurückkommt, sagt er nur: »Auch die Fahne ist getroffen.«

Plötzlich hören sie aus unmittelbarer Nähe das Knattern von Gewehrsalven. Kugeln fliegend heulend über den Hof und durch die Schießscharten herein. Zwei oder drei Leute im Raum brechen zusammen. Auch Luigi. In die linke Schulter getroffen. *Meu Deus.* Mit entsetzt aufgerissenen Augen sieht sie den dünnen roten, pulsierenden Blutstrahl, der zwei oder drei Mal herausspritzt, dann versiegt. Sie schafft es nicht einmal, rechtzeitig bei ihm zu sein, als Luigi, der nun auf dem Boden liegt, das Gesicht schon zu einer starren, unabänderlichen Grimasse verzerrt hat. Sie streicht ihm über die noch lauwarme Stirn und die wenigen langen grauen Haare im Nacken.

»Sie sind im Wäldchen! Gehen wir hinauf! Antworten wir ihnen!« schreit jemand.

Marras Stimme übertönt die allgemeine Verwirrung. »Wir können nicht mehr weitermachen. Pepe, komm her. Wenn du willst, dann geh du rauf. Und hiß die weiße Fahne.«

Er zieht ein von Schweiß und Staub beschmutztes Taschentuch unter seinem rot-gelben Waffenrock hervor.

»Nimm. Geh schon. Ciaia, Logoteta, Paribelli: Wenn es euch nichts ausmacht, dann geht ihr als nächste raus, um über die Kapitulation zu verhandeln. Das ist ein Befehl.«

Sie kommen am frühen Nachmittag heraus, in der glühenden Sonne. An die dreißig Patrioten, Lenòr hat sie gezählt, als sie sich auf dem großen Platz versammelt und versucht haben, sich so gut wie möglich zu säubern. Auch sie macht einen Versuch, aber … Sie hat noch immer das Kleid am Leib, in dem sie geflohen ist. Es ist nur noch ein schmutziger Lumpen mit allen möglichen Flecken: Staub, Schmiere, Luigis Blut. Sie klopft sich mit den Händen ab, während Marra und Ciaia versuchen, das Häuflein zu ordnen.

»Laßt uns würdevoll hinausgehen. Man hat uns militärische Ehren zugesagt, außerdem die Übergabe an Ruffos Leute. Die Regierungsmitglieder als erste.«

Wer von der Regierung ist denn überhaupt noch da? De Rensis, Doria, Logoteta …

Ciaia macht einen letzten Witz. »Soll ich nun vorn oder hinten gehen? Ich bin ein Mitglied der Regierung, aber ich bin auch dein Statthalter.«

»Geh vorn«, lacht Marra.

Logoteta tut den ersten Schritt. Lenòrs Herz klopft heftig, sie versucht, eine mutige Miene aufzusetzen. Sie blickt ihre Gefährten nicht an, aber sie merkt, daß keiner sich umsieht. Am Aufgang zur Zugbrücke die ersten bourbonischen Kordons. Aus dem Augenwinkel mustert sie die Soldaten mit ihren Waffen: unter den Dreispitzen und den Perücken trieft der Schweiß. Hinter ihnen drängeln sich *lazzari* und Sanfedisten. Es gibt Geschrei, dann lautes Gelächter, ein Offizier bedroht die Menge mit dem Säbel.

Solange es den Petraio, die Via Santa Maria Apparente, die Via Mortelle hinuntergeht ... Aber auf der Via Toledo auf dem Weg zum Castelnuovo ändert sich alles: Hier ist das Verhältnis von Soldaten und Volk genau umgekehrt. Die Menge durchbricht die Absperrungen, brüllt, stößt wilde Drohungen aus.

Neapel scheint mit einem Schlag sein lärmendes, lautes Leben wiedergefunden zu haben. Mit noch größerer Wollust. Die Läden, die wie durch Zauber wieder geöffnet sind, quellen über vor Waren, die Leute hängen in beängstigenden Trauben auf den Balkonen. Wieder liegt dieser ölige, süßliche Geruch des neapolitanischen Sommers in der Luft.

In der Via Toledo herrscht ein unvorstellbares Gewühl. Zum Glück wird die armselige, schmutzige Fahne von zwei Trupps mit gezückten Bajonetten geschützt. Die Absperrkordons weisen Tücken auf: halbnackte *lazzari* mit Pistolen in den Schärpen, bewaffnete, brüllende Priester und Sanfedisten schieben sich in ihre Reihen. Verstohlen sieht sie sie an: Landarbeiter in geflickten Westen und mit aufgenähten roten Kreuzen auf den kegelförmigen Hüten. Kalabresen? Abruzzesen? Trotz der Hitze tragen viele von ihnen Ledergamaschen und Westen aus Ziegenfell; sie haben furchteinflößende, ungepflegte Bärte und tragen Posaunen an den Gürteln.

In der Via Santa Brigida ein Menschenauflauf. *Lazzari* treiben Patrioten, die sie aufgestöbert haben, aus einem der Häuser: Die Männer, in Gehröcken, werden geschlagen, getreten, angespuckt, die zerzausten, schreienden Frauen werden von der Menge verschluckt. Lenòr sieht sie wiederauftauchen, mit völlig zerfetzten Kleidern, die Frauen legen schützend die Arme über ihre nackten Brüste.

»Zeig mal her! Hast du einen Freiheitsbaum auf der Brust?«

Obwohl die Soldaten den Weg abriegeln, packt Lenòr das blanke Entsetzen.

»Weg da!« schreit der kommandierende Offizier. »Macht Platz! Aus dem Weg!«

Weiter geht es über den Largo del Castello. Wie bei den großen Volksfesten in Neapel herrscht dort ein einziges Gewoge von Menschen, tosender Lärm, man begreift überhaupt nichts mehr. Über den Köpfen der Leute sieht Lenòr Banner und Statuen tanzen, sie hört die Lockrufe der Verkäufer. Die Leute knabbern an gekochten Hühnerschenkeln, tauchen ihre Gesichter in tropfende Melonenscheiben. Man tritt auf abgeknabberte Maiskolben und Schalen.

Vor dem Teatro del Fondo tanzen halbnackte *lazzari* und Frauen mit gerafften Röcken um einen umgestürzten Freiheitsbaum. Einer pinkelt auf den Baum. Die Aufmerksamkeit verlagert sich nun auf das Grüppchen, das sich zwischen den Soldaten voranschleppt.

»Wer ist denn das?«

»Die Jakobiner aus Sant'Elmo!«

»Chivemmuorto! Menavano chilli casatielle!«

»Platz da! Auf Befehl des Königs!« schreit der Offizier und schwingt den Säbel.

»Du und der König, ihr könnt uns mal!«

Sie spürt den heißen, stinkenden Atem der drängelnden und schiebenden Menge, schließt die Augen. Ein vager Gedanke: »Vielleicht sterbe ich ja hier.«

Ein Aufschrei aus nächster Nähe geht ihr durch Mark und Bein. Schrille Frauenstimmen.

»Siehst du die da! Das ist eine von den Nutten, die im Theater auf der Bühne getanzt haben!«

»Jetzt lassen wir sie auf dem Mercato tanzen!«

»Diese kurzen Haare, pfui! Die soll sich was schämen!«

Warme, klebrige Spucke trifft sie an der Wange, am Mundwinkel. Übelkeit steigt in ihr hoch, aber sie zwingt sich, sie zu unterdrücken. Sie schleppt sich weiter. Ein Soldat geht direkt hinter ihr. Sie spürt seine rauhe Weste und seinen Arm, wenn er sie mit dem Gewehr weiterstößt.

»Aus dem Weg!« brüllen der Offizier und die Soldaten. Die Menge schiebt und drückt.

»Bei solchen Flittchen wie der da muß man in Form bleiben!« schreit eine Frau hysterisch und stellt sich ihr in den Weg. Sie packt die eigenen schlaffen Brüste, zieht sie aus dem Lumpen, der sie bedeckt, und läßt sie tanzen und schwingen.

»Die da hat nicht zwölf Kinder zur Welt gebracht wie ich!« schreit sie. »Die kann gar nicht solche ausgesaugten Titten haben wie ich! Und so einen verfaulten Bauch!«

Sie trommelt mit den Fäusten auf ihren unförmigen, weichen Bauch.

»Hurenweib! Schwanzlutscherin! Nutte!«

Es folgt ein Regen aus Spucke, Maiskolben, Lumpen. Eine Holzpantine trifft sie an der Schulter, genau in dem Moment, als sie vor Mitleid und Abscheu fast vergeht.

5   »Es ist also immer noch nicht vorbei«, hat sie kaum noch die Kraft zu denken, als sie völlig zerschlagen auf der steinernen Bank im »Coccodrillo« im Castelnuovo liegt und hört, wie der Schlüssel im riesigen Türschloß umgedreht wird. Ebensowenig kann sie sich aufrichten, nach einem Tag und einer Nacht in diesem entsetzlichen Pfuhl: eng, stinkend, mit Schimmel bedeckt und von den denkbar ekelhaftesten Tieren des Schattenreichs bewohnt – im Vergleich dazu war die Vicarìa ein Königspalast.

Diese Höhle ist ein niedriges Gewölbe aus schwarzem Basalt, von dem fauliges Wasser tropft und auf dem Boden Pfützen bildet. Es gibt nur eine einzige Schießscharte mit einem Gitter davor: Tagsüber dringt ein wenig Licht herein, auch Feuchtigkeit und der Gestank von Abwässern, nachts Schwüle und der Nachhall der Geräusche. Oft hört man das langsame, dumpfe Plätschern von Wasser, das Ächzen von Holz.

Man hat ihr nichts zu essen gebracht, nur einen Blechnapf mit lauwarmem Wasser. Und es gibt weder einen Nachttopf noch einen Eimer: Sie hat versucht, sich zu beherrschen, bis es ihr weh tat und ihre Blase beinahe geplatzt wäre, dann hat ihr Körper nachgegeben, und mit schmerzhafter Erleichterung hat sie sich naßgepinkelt und dabei wie ein Kind geweint.

Ein einfacher Soldat ruft sie: »Fonseca. Fonseca.« Er schüttelt sie. »Steht auf. Kommt mit.«

Streckenweise muß er sie mit den Armen stützen. Sie kommt erst wieder richtig zu sich, als sie sich am Ende der schmalen Treppe, geblendet vom Licht und trunken von der frischen Luft, im Hof der Santa Barbara wiederfindet. Man bringt sie weitere Treppen hinunter, die zum Meer führen, und läßt sie in eine von zwei Soldaten und einem Matrosen bewachte Schaluppe steigen.

Meu Deus. Vielleicht haben sie beschlossen, uns wie die Ratten zu ertränken. Aber als das Boot geschickt zwischen den großen Schiffen hindurchsteuert, die im Hafenbecken liegen, fühlt sie sich besser. Die Sonne steht hoch am Himmel und läßt glühende Strahlen über das Wasser gleiten, die frische, salzige Brise, die vom Meer herüberweht, erfrischt und kräftigt Lenòr.

»Wohin fahren wir?« hat sie den Mut und die Kraft zu fragen, und einer der Soldaten zeigt vage auf die Schiffe an der Reede. Neben den Kriegsschiffen der Engländer liegen kleinere Schiffe und andere Boote, Schlepper, Kähne. Es herrscht ein unvorstellbares Treiben, vor allem in nächster Nähe der »Fulminant«, die wiederaufgetaucht ist: Riesengroß und festlich beflaggt, ankert sie genau in der Mitte der Reede; eine Musikkapelle spielt. Die Boote, überfüllt mit halbnackten *lazzari*, Kindern und Frauen hüllen das englische Segelschiff in ein launiges Stimmengewirr. Vielleicht ist der König noch an Bord.

Sie sitzt achtern, der Wind bläst ihr ins Gesicht, zerzaust ihr das Haar. Als würde er sie waschen, reinigen. Wie heruntergekommen sie ist! Das armselige weiße Kleid ist ausgefranst, riecht nach Urin, Schmutz, Schweiß. Und erst die Sandalen! Die goldene Färbung ist verschwunden, an ihren geschwollenen, dreckigen Füßen mit den langen Fußnägeln hängen nur noch schmutzstarrende, halbzerrissene Bänder.

Das Boot nimmt Kurs auf eine schwarzweiße Tartane. Lenòr sieht Neapel zum erstenmal vom Meer aus. Berauschend. Auf dem weiten grünblauen Wasserspiegel fließen die Reflexe und die Farben des Küstenstreifens ineinander. Ein geheimes, goldenes Land. Wie schön Sant'Elmo auf dem Hügel liegt, jetzt ganz friedlich, strahlend; die schrecklichen Spuren der vergangenen Tage sind nicht zu erkennen. Große weiße Fahnen flattern im Wind.

Jetzt haben sie die Reede fast erreicht, der Matrose fährt langsamer. Von unten wirkt die »Fulminant« riesengroß, die schweren Ankerketten sind straff gespannt. Ja, der König ist an Bord. Sie sieht ihn auf einem Vorsprung an der Längsseite: sehr fett, ganz in Weiß, die Brust voller Orden. Die Leute in den Booten sind schier außer sich – sie schreien, toben, machen Musik, manche tanzen sogar, auch auf die Gefahr hin, die Boote zum Kentern zu bringen.

»Tata, du bist wieder da! Unser Tata!«

Der König winkt ihnen zu, nimmt den Dreispitz ab. Er zeigt auf Nelson, der neben ihm steht, den Mann, der mehr als alle anderen Beifall verdient hat.

Plötzlich kommt auf dem englischen Schiff und auf den Schiffen daneben Unruhe auf, die sich auf die Boote überträgt, die wenden und manövrieren. Was ist los? Alle starren auf das Wasser, schreien, zeigen auf einen Punkt, ungefähr zwanzig Meter von der »Fulminant« entfernt. Auch Lenòr reckt sich, und ihr ist, als würde sie ein großes weißes Bündel erkennen, das von den Wellen an der Reede hin und her geworfen wird: einen Ballen, einen Sack.

Der Matrose hält nach backbord, legt sich kräftig in die Riemen, auch er ist neugierig und schafft es tatsächlich, näher heranzukommen. Jetzt sieht man deutlich, was es ist: ein Toter. Der aufgeblähte Körper eines weißgekleideten Mannes, dessen Rücken mit Algen und Gräsern bedeckt ist. Der Kopf treibt auf den Wellen auf und nieder, doch plötzlich dreht sich der Leichnam, als hätte er von unten einen Stoß bekommen, und das aufgedunsene Gesicht wird sichtbar. Die grauen Haare kleben noch immer am Kopf. Ihr klopft das Herz bis zum Hals: Ihr ist, als habe sie die Gesichtszüge Caracciolos erkannt.

Aber vielleicht ist es auch nur Einbildung. Wie kann man an diesem bedauernswerten Kopf, aus dem alle natürliche Farbe

gewichen ist, überhaupt noch etwas erkennen? In diesem ent-
stellten Gesicht mit der schon zerfressenen Oberlippe und der
entblößten Zahnreihe?

Der Lärm ist jetzt ohrenbetäubend, die Soldaten auf den englischen Schiffen geben den Booten Zeichen, daß sie verschwinden
sollen. Der König ist fort. An der Reling steht nur noch Nelson:
reglos, die einzige Hand in die Holzleiste gekrallt, starrt er hinunter aufs Wasser.

Endlich haben sie die Tartane erreicht: Der Matrose hält die
Leiter des Fallreeps fest, die Soldaten helfen ihr beim Hinauf-
klettern. Auf der Brücke trifft sie ein weiteres Mal viele der
Gefährten wieder, die sie in langen Phasen ihres Lebens beglei-
tet haben: Marra, Manthonè, Cirillo, Ciaia, Logoteta. Und auch
andere, die sie erst in den letzten Monaten kennengelernt hat, wie
Paribelli, Forges, De Rensis ... Alle sind schmutzig, von den
Kämpfen gezeichnet, haben struppige Bärte, aber sie feiern
Lenòrs Ankunft.

»Vielleicht schaffen wir es doch noch, Lenòr. Es heißt, Ruffo
habe die Erlaubnis erhalten, uns aus Neapel fortbringen zu lassen: Dieses Schiff fährt nach Toulon, verstehst du!«

Sie nickt, ohne Freude zu empfinden. Mittlerweile befindet sie
sich im dumpfen Reich der Vorbereitung auf das Ende (aber
befand sie sich dort nicht schon immer?). Weshalb tut sich noch
einmal eine Zukunft auf? Eine sinnlose, pflichtreiche Mühle von
Tagen, Handlungen, Gedanken?

Was könnte ich in Frankreich tun? Noch einmal flackert Interesse auf: Ich werde wieder schreiben. Ich kann Bücher schreiben, kann in kulturellen Institutionen arbeiten. Doch gleich
darauf gibt sie es müde auf. Soll ich denn noch einmal meine
Wurzeln kappen? Dazu gezwungen sein, mich woanders einzule-
ben? Diesmal würde ich es nicht schaffen. Meine Geschichte ist
abgeschlossen, die Zeichen, die Erinnerungen, ihr Wert sind hier
verwurzelt, ich habe nicht mehr die Kraft, woanders ein neues
Leben aufzubauen.

Aber die Freunde sind aufgekratzt und schmieden leidenschaftliche Pläne.

»*J'ouvrirai une belle école d'escrime* – eine Fechtschule werde ich eröffnen«, sagt Marra, der jetzt wieder französisch spricht.

»*J'espère rencontrer une citoyenne française riche* – ich werde eine reiche französische Bürgerin treffen«, lacht Ciaia, »ich möchte endlich einmal ein Leben als ganz normaler Familienvater führen.«

»Ausgerechnet du«, schmunzelt Logoteta. Sie tauschen Neuigkeiten aus.

»Salfi ist es gelungen zu fliehen.« »Lomonaco auch.« »Bist du sicher? Er war bis zuletzt mit mir zusammen …« »Auch Lauberg ist geflohen.« »Der war doch schon immer ein Tausendsassa. Aber er war mir auch immer ein bißchen unsympathisch.« »Seht her! Eine neue Ladung von Kandidaten für das Exil.«

Zwei große Schaluppen nähern sich. Alle stürzen zur Reling, rufen, winken. Es sind Pagano, Conforti, Fasulo, Astore, Ruvo und die Brüder Pignatelli! Erneutes Umarmen, Gespräche, Austauschen von Neuigkeiten.

Ruvo verkündet: »Offenbar hat der König sich mit Ruffo gestritten und gedroht, ihn einsperren zu lassen. Er will das Abkommen zwischen uns und Seiner Eminenz dem Großen Kalabresischen Pißpott nicht anerkennen.«

Jemand lacht, aber Pagano ruft in höchster Erregung: »Habt ihr nicht kapiert, daß er uns alle aus dem Weg räumen will? Ohne Prozeß. Sie haben einen neuen Ausschuß für ›Staatsverbrecher‹ gegründet.«

»Damit sind wir gemeint«, bemerkt Ciaia nebenbei.

»Und wißt ihr auch, wer in diesem ›Tribunal‹ sitzt? Mörder wie Vincenzo Speciale und Kriminelle wie Di Fiore und Damiano.«

»Dann sind wir tatsächlich am Ende. Aber sie haben doch gesagt, daß wir eine Erklärung unterzeichnen sollen. Mit der wir uns dazu verpflichten, nie mehr zurückzukehren in die Rep … ins Königreich Neapel«, murmelt Logoteta.

»Mit Leuten wie denen …«, brummt Cirillo achselzuckend.

Sie essen an Bord, Lenòr ist ganz ausgehungert, schlürft heiße Brühe, schlingt das Brot hinunter. Dann versucht sie, sich ein wenig zu säubern, ein Matrose gesteht ihr einen Eimer Wasser zu.

Den Nachmittag verbringen sie in höchster Anspannung. Nach und nach leert sich die Reede, die »Fulminant« ist am Horizont verschwunden. Langsam, in einem Hauch von Grau und Violett, senkt sich feucht die Abenddämmerung herab. Der Wind vom Meer hat sich gelegt, aber Lenòr friert. Ruvo gibt ihr schließlich seinen zerrissenen, schmutzigen rot-gelben Waffenrock.

»Ich bin an Zügellosigkeiten gewöhnt«, sagt er. Sie muß lächeln.

Bevor die Nacht hereinbricht, nähern sich Gerichtsschreiber und Schergen auf einem großen Boot aus Sorrento: Hastig verlesen sie eine Liste mit Namen.

»Folgende Personen bleiben an Bord und unterzeichnen später die Erklärung: Foligni, Montanaro ..., Paribelli ... Vaglio. Die anderen verlassen das Schiff und kommen mit.«

Geflüster, Proteste, Drohungen.

»Was sind denn das für Neuigkeiten?«

»Ruhe. Befehl Seiner Majestät des Königs.«

Sie ist wieder in der Vicarìa. Man hat sie alle miteinander in einen großen, von Posten mit gezückten Bajonetten bewachten Raum gesperrt, wo sie auf die »Prozesse« warten, die im Schnellverfahren durchgeführt werden. Alle fünf Minuten öffnet sich eine Tür am Ende des Raums, und zwischen zwei Gendarmen erscheint wieder ein Freund, mit finsterer, totenblasser oder verächtlicher Miene. Die in jedem Fall aufschlußreich ist. Jetzt kommt Marra, er lächelt und winkt ihnen im Vorbeigehen zu.

»*Addio*, Bürger und Freunde!«

Dann wendet er sich gebieterisch an die Schergen: »Los, bewegt euch! Ein bißchen Beeilung!«

Und die Schergen gehorchen eingeschüchtert. Ignazio Ciaia erscheint blaß und ungekämmt. »Gleich werdet ihr die wahren Verbrecher kennenlernen«, verkündet er und nickt mit dem Kopf in Richtung Tür. »Ihres Königs würdig. *Addio!* Es lebe die Republik! Es lebe die Freiheit!«

Pagano kommt heraus, in sich zusammengesackt, nickt ihnen zu. Dann Astore, Logoteta ... Conforti hat die Hände gefaltet: Er geht an ihr vorbei, ohne sie anzusehen.

Jetzt sind Lenòr und Cirillo an der Reihe, beide auf einmal, es ist deutlich, daß die dort drinnen die Sache beschleunigen wollen. Ein großes Zimmer mit Regalen, überfüllt mit staubigen Bündeln von Papieren. Sie erkennt Guidobaldi, der mit schläfriger Miene hinter seinem Schreibtisch sitzt. Zwei weitere Männer stehen bei ihm, und in der Mitte des Zimmers wartet ein kleiner Mann mit kugelrundem Bauch. Er trägt einen schwarzen Gehrock, hat einen Zopf, es ist der berühmte Speciale. Er scheint es eilig zu haben, nickt Cirillo zu, er solle vortreten.

»Ihr seid Cirillo Domenico, einundsechzig Jahre alt, von Beruf Chirurg, Professor für Anto ... Anatomie an der Universität undsoweiter undsofort. Schriftsteller, Präsident der gesetzgebenden Kommission der sogenannten Republik des Abschaums Neapel. Ist das richtig?«

Cirillo antwortet nicht, Speciale lacht mit angewidertem Ausdruck im Gesicht. Dann ruft er mit übertriebener Bewunderung: »Was für ein großartiger Mann! Und jetzt, wo du vor mir stehst, was zum Teufel bist du da noch wert?«

In Cirillo, der vielleicht in Gedanken schon ganz woanders war, vielleicht in den Fängen der berühmten Lust an der Erniedrigung, flackert Wut auf. Er beherrscht sich und lächelt – mit der heiteren Miene der glücklichen Tage.

»Im Vergleich zu dir wird jeder zu einem Helden. Auch ich.«

»Weg mir dir, weg, du stinkender arroganter Drecksack. Todesstrafe.«

Während sie ihn abführen, lächelt er ihr noch einmal zärtlich zu. Einen Moment lang ist es, als sehe sie ihn wieder vor sich wie damals, jung, elegant, höflich, ein echter Signore. Sie schickt ihm mit den Lippen einen schnellen Kuß zu.

»Was sind das für Sauereien! Tritt vor!« kläfft Speciale und geht auf sie zu. »Das ist der heilige Ort des Gesetzes, nicht eins dieser Bordelle, in das Ihr ganz Neapel verwandelt habt! Ihr habt Bücher und Zeitungsartikel geschrieben, voll mit ekelhaftem Zeug ... Ihr habt in aller Öffentlichkeit das Wort ergriffen! Eine Frau! Was für ein gesellschaftlicher Verfall! Schämt Ihr Euch denn nicht? Puh, geht mir aus den Augen, Ihr widert mich an. Todesstrafe.«

Er setzt ein weiteres Häkchen in das zerfledderte Buch.

6   Hier geht es ihr gut, in dieser Zelle im obersten Stock der Vicarìa, in den sogenannten »Übergangskammern«. Die Zelle ist geräumig, sauber, mit Ziegelfußboden, einem richtigen Bett, einem Stuhl, einem Tisch: Aus ihrem Fenster kann sie trotz des Gitters hinunter bis zur Marina sehen, das Straßenpflaster, die Kuppeln, die Spitzen der Fahnenstangen am Hafen. Und den Vesuv, der an diesen glühenden Tagen im August träge und erloschen wirkt. Sie kann sogar die Ecken weit entfernter Gassen sehen, wo die Leute vom frühen Morgen an halbnackt aus ihren *bassi* fliehen, Tische und Stühle vor die Tür stellen und sich nicht mehr rühren. Sie essen und schlafen dort in den frühen Nachmittagsstunden, bleiben bis in die Nacht auf der Straße, wenn man wieder frei atmen kann und neue Kraft schöpft: Dann hebt das Stimmengewirr erneut an, werden Fackeln und Kerzen angezündet. Viele schlafen draußen auf einer Matratze, einer Decke, auf dem blanken Boden, unter freiem Himmel.

In ihrer Zelle lebt sie wie in einer Luftblase, wie in einer dieser Glasglocken, die über die Heiligenstatuen gestülpt werden. Sie erfährt nichts, und ihr wird nichts erzählt. Zweimal täglich kommt eine Nonne mit ausdruckslosem Gesicht: Sie bringt ihr Brot, Pasta e Fagioli, Auberginen in Sauce, Wasser. Die Nonne sagt kein einziges Wort, antwortet nicht, sieht sie nicht an. Manchmal taucht ein junges Mädchen in einem grauen Hemd auf, das den Nachttopf leert: Es hält Abstand, mustert sie verstohlen mit ängstlichen Augen – es weiß, daß ich zum Tode verurteilt bin. Das schwarze Hemd ist das Zeichen dafür. Sie haben ihr tatsächlich ein weites schwarzes Gewand gegeben, ohne Gürtel, mit einem eckigen Halsausschnitt: für das Beil oder die Kapuze? Was weiß ich.

Sie denkt nicht mehr viel nach. In den ersten Tagen und Nächten hatte sie sich immer wieder zitternd die jüngsten Ereignisse vor Augen geführt: Luigis Tod, die Verhaftung, Caracciolos Leiche im Wasser, die Verhöre … Dann waren die vielen sich überlagernden Gesichter, Töne, Farben allmählich undeutlicher geworden, bis nicht mehr davon übrigblieb als ein allgemeines Gefühl der Ereignisse und die Schatten der Menschen und Dinge.

Im Gegensatz dazu hat sich ein Wunsch nach äußerer Ordnung und Sauberkeit eingeschlichen. Es braucht nicht viel, um das kleine Zimmer sauberzuhalten, aber sie verbringt ihre Tage damit. Morgens, wenn sie das Bett schon gemacht hat, dreht sie sich plötzlich um, reißt die Decken wieder herunter, macht das Bett noch einmal neu und zieht das Laken glatter. Manchmal, wenn sie gerade etwas ganz anderes tun will, fällt ihr Blick auf das Bett, sie entdeckt eine Falte und stürzt hin, um sie wegzuzupfen. Nach dem Essen macht sie den Tisch sauber, nimmt jeden noch so kleinen Krümel und wirft ihn aus dem Fenster. Sie hat die Ordensschwester um einen Besen gebeten, ohne Erfolg, also fegt sie den Boden mit den Füßen. Man hat ihr Holzpantinen gegeben: Damit kratzt sie Flecken, Staub, Essensreste weg. Manchmal fragt sie sich nach dem Ursprung dieser verbohrten Manie. Ein letztes Eingeständnis, das falsche Leben gelebt zu haben? Darauf hat sie keine Antwort. Vor allem jetzt nicht, wo ihr Geist nur noch matt flackert. Aber sie will nicht mehr über die Dinge nachdenken.

Nur ein einziges Schuldgefühl hat sie in den ersten Nächten gequält. Sie war froh, daß sie Luigi, wenn auch spät, glücklich gemacht hatte, und sie war traurig, daß sie Gennaro nicht ein ähnliches Geschenk hatte machen können und wollen. Aber mit Gennaro war alles so anders: Er war so viel jünger, er war so wie mein ... Sie vertrieb das Gefühl von Schuld und Bedauern, das sie von nun an nicht mehr heimsuchen sollte.

Heute morgen ein Besucher: ein großer, hagerer Priester mit ehrlichen Augen.

»Ich bin Pater Alessandro De Forti«, sagt er, während er auf sie zugeht. Nach kurzem Zögern fügt er hinzu: »Von den Weißen Brüdern. Ich würde mich gern ein wenig mit Euch unterhalten. Wenn Ihr es erlaubt.«

»Bitte nehmt Platz«, entgegnet sie liebenswürdig wie in einem Salon. Sie erhebt sich von ihrem Stuhl.

»O nein. Ich bitte Euch. Bleibt sitzen.«

»Ist es soweit?« fragt sie schlicht. Er sieht sie verunsichert an, dann nickt er.

»Jetzt gleich?« fragt sie nach, fast macht es ihr Vergnügen, ihn in Verlegenheit zu bringen.

»O nein. Es ist noch ein wenig Zeit«, stammelt der Priester. »Ich wollte Euch aber dabei helfen … Es fällt mir bei Euch so schwer. Ich weiß, daß Ihr eine sehr gebildete Frau seid, eine Literatin. Bitte verzeiht mir.«

Sie lächelt. »Macht Euch bitte keine Umstände. Ich brauche nichts. Oder vielleicht doch, ich habe einen winzigkleinen, banalen Wunsch. Ich weiß nicht einmal, ob …«

»So sagt ihn mir, ich bitte Euch.«

»Ich würde gern noch eine Tasse Espresso trinken. Wenn Ihr wüßtet, wie sehr ich mich danach sehne.«

Der Priester starrt sie an, versucht, sie zu verstehen. »Ich werde Euch einen Kaffee bringen lassen. Aber ich möchte Euch wenigstens eine Frage stellen: Seid Ihr wirklich so heiter, oder ist die Heiterkeit vorgetäuscht? Um Euch zu schützen, vielleicht.«

Jetzt wäre eine weise Antwort von Plutarch genau das richtige, doch sie bringt nur ein müdes Lächeln zustande. »Ich weiß es selbst nicht«, sagt sie. »Vielleicht weil ich glaube, daß inzwischen sowieso alles zwecklos ist. Die Entscheidungen, die mich betreffen, sind längst gefällt worden. Und zwar nicht von mir. Was könnte ich schon tun? Mich zermartern? Wozu sollte das gut sein?«

Plötzlich kommt Leben in ihr auf. »Wie Ihr vielleicht wißt, bin ich keine Neapolitanerin, aber ich habe seit meiner Kindheit in dieser Stadt gelebt und viel von ihr gelernt. Eins der wichtigsten Dinge ist folgendes: *Accossì adda i'*. Wie die *lazzari* zu sagen pflegen: So ist der Lauf der Welt. Du kannst nichts daran ändern. Weniger als nichts.«

Der Priester schüttelt den Kopf. »Aber es gibt doch den Einen, der die Dinge geschehen läßt. Der über sie regiert und vor dem wir Rechenschaft ablegen müssen über alles, was wir tun: Das ist das Thema, über das ich mit Euch sprechen wollte«, stößt er hastig hervor.

»Ich habe schon Rechenschaft abgelegt. Außerdem …«

»Vor wem denn? Vor Euch selbst, aber nicht vor Gott. Es ist leicht, sich selbst um Vergebung zu bitten. Aber Gott …«

»Da ist kaum etwas, das ich mir vergeben müßte.«

»Möchtet Ihr vielleicht anderen Menschen vergeben?«

»Auch das nicht. Wollt Ihr denn, daß ich wie Jesus Christus sage, daß ich all jenen vergebe, die mir Leid zugefügt haben? König Ferdinand, Maria Caroline, die mich aufs Schafott schicken? Das bringe ich beim besten Willen nicht über mich. Dabei fällt mir etwas anderes ein, Pater: Ich bin adlig, ich stamme aus einer portugiesischen Adelsfamilie. Mein Vater hatte in Neapel die Anerkennung dieser Adelstitel erhalten. Ich würde gern sichergehen, daß das jetzt berücksichtigt wird und daß man mich enthauptet. O nein, nicht aus dummem Hochmut«, fügt sie hinzu, als sie eine entsprechende Regung auf dem Gesicht des Priesters sieht. »Es ist wegen meines Vaters. Er hat sein Leben lang für diese Anerkennung gekämpft. Es wäre schön, wenn seine Mühe irgendeinen ... Nutzen hätte.«

»Ich werde Euren Wunsch vorbringen. Aber weshalb macht Ihr Euch nicht um andere Dinge Sorgen? Um Eure Seele?«

»Darf ich Euch eine Frage stellen? Ist Gott Eurer Meinung nach fähig zu leiden? Ist er wirklich allmächtig? Weshalb hat er König Ferdinand siegen lassen, der uns jetzt alle umbringt?«

Der Priester runzelt qualvoll die Stirn. Er sucht nach Worten, schüttelt den Kopf. »Ihr ... Ihr dürft so etwas nicht denken. Gott hat durch seinen Sohn für uns gelitten. Gott läßt niemanden siegen, Gott will einfach nur den Sieg des Guten.«

»Dann ist es also etwas Gutes, daß sie uns alle ermorden? Ist es Gott, der das so will?«

Der Priester leidet jetzt wirklich: Er sieht traurig und erschöpft aus. »Wir können nicht wissen, was Gott in seinen erhabenen Gedanken wirklich will. Wir sind nur die Würmer dieser Erde«, murmelt er händeringend.

»Ist er es, der die Wahl trifft? Der entscheidet und den Weg weist ...«

»Ja, meine Tochter. Wir sind in seinen Händen. Ich war gekommen, um Euch zu trösten. Um den Weg für Euch zu bereiten ...«

»Aber das habt Ihr ja auch getan«, versucht sie ihn aufzumuntern. »Wir sind in seinen Händen. Das glaube ich auch.«

»Dann … Wollt Ihr also beten … Mit mir zusammen?« ruft er hoffnungsfroh.

»Das werde ich ganz allein tun. Im richtigen Moment.«

Später bringt man ihr den Espresso, dann betritt der Priester wieder die Zelle, gefolgt von zwei Männern in Kapuzen und weißen Kutten. Wie halten sie das in dieser mörderischen Hitze nur aus?

»Wir müssen gehen. Bitte kommt mit.«

Sie ordnet die Dinge auf dem Tisch, dann folgt sie ihnen. Unten warten Soldaten, Gendarmen, andere Weiße Brüder. Der Trupp setzt sich in Bewegung, zuerst durch die Via Maddalena, vorbei an dem riesigen, bedrückenden Kloster, das seinen Schatten auf die Gassen wirft, dann die Via Lavinaio hinunter. Nur wenig Leute sind unterwegs, die *lazzari* und die Kinder sind vermutlich am Meer. Vor den *bassi* sitzen nur die Alten schlapp auf ihren Stühlen und warten bleich und erschöpft auf einen Lufthauch – oder auf den Hauch des Todes. Und die Frauen, diese schrecklichen, unglücklichen neapolitanischen Frauen, ausgelaugt, unförmig, verroht, in jeder Runzel ihres Körpers und ihrer Seele verletzt.

Und jene, die in diesen Gassen ihren tausenderlei Tätigkeiten nachgehen. Die Schneider, die in einem Berg von Stoffbahnen auf dem Boden hocken und die Tücher zuschneiden und zusammennähen, die Einsalzer, die fettverschmiert und mit salzverkrusteten Unterarmen im Salzraum Sardellen in die Fässer tauchen. Sie beachten den unseligen Zug gar nicht. An diesen Tagen sieht man das so häufig!

7   Die Kapelle del Carmine ist kühl und schattig, ausgestattet mit dunklen Holzschränken, riesigen Bildern aus dem vorigen Jahrhundert und einem schwarzen Hintergrund mit blassen Farbtupfern. Und da ist auch Gennaro, Gennaro Serra! Unglaublich! Kaum sieht sie ihn in weißer Hose und weißem Hemd am Klostertisch sitzen, stürzt sie schon auf ihn zu. Sie umarmt ihn, obwohl die Wachen dazwischengehen.

»Mein Gott, Lenòr«, ruft er freudestrahlend.

Er ist sehr dünn geworden. Auf der Wange hat er eine lange Narbe, die noch rot ist und klafft. Seine Haare sind jetzt sehr lang, immer noch mit Seitenscheitel, und seine schönen Augen ganz durchsichtig, wie damals, als er ein junger Mann war.

»Gennaro ... Gennaro ...«, murmelt sie immer wieder in der Ecke, in die die Wachen sie gescheucht haben.

Gibt es sie also doch, diese geheimnisvollen Zusammenhänge? Weshalb muß ich heute zusammen mit Gennaro sterben? Hat das eine Bedeutung?

Einen Augenblick lang denkt sie, daß nach dem Tod tatsächlich doch noch etwas kommt. Vielleicht das Elysium im Schattenreich der Antike, wo die Seelen der Helden und der Frauen sich erneut begegnen können. Oder das stille, selbstlose Licht des christlichen Paradieses. Gennaro lächelt sie an.

Zwei andere Männer sitzen am Tisch, in Hemd und Hosen: einer von ihnen ist alt und dick, der andere jung. Werden auch sie heute sterben? Wer sind sie?

»Ich stelle dir den Bürger Monsignor Natali vor, Bischof von Vico Equense«, ruft Gennaro und deutet auf den Genannten. »Und den Bürger Marchese Stefano Colonna.«

»Ruhe!« herrscht eine Wache ihn an.

Eine weitere Schar von Kapuzenmännern betritt den Raum, hinter ihnen kommt ein Mann mittleren Alters in roten Hosen und einem roten Wams hereingehumpelt.

»Auf, auf, los, gehen wir!«

Der Zug setzt sich nach einem rätselhaften, stupiden Ritual zusammen. Ganz vorn die Soldaten, dann die Wachen, die Weißen Brüder, ein Scherge, der das blau-goldene Banner der Vicarìa trägt, der Trompeter, der später spielen und schreien wird: »Diese Strafe schickt der Hohe Gerichtshof der Vicarìa, Vertreter von Seiner Majestät, dem König. Dieser Mann hier ist Gennaro Serra, Duca di Cassano, und er wird enthauptet, weil er sich als Staatsfeind schuldig gemacht hat. Dieser Mann hier ist Monsignor Natali, Bischof von Vico Equense, der aufgehängt wird, weil er sich als Staatsfeind schuldig gemacht hat. Dieser Mann hier ... Diese Frau hier ...«

»Übrigens, Pater De Forti. Habt Ihr meine Bitte vorgebracht?«

Er schüttelt den Kopf: »Ja. Aber sie haben es abgelehnt.«

Also wird der Trompeter schreien: »Diese Frau hier ist Eleonora de Fonseca, die aufgehängt wird, weil sie sich als Staatsfeindin schuldig gemacht hat.«

Es dauert in der Tat nicht lange, bis sie in die glühende Sonne kommen und der Trompeter auf dem großen Platz, der sich wie durch einen Zauber mit Menschen gefüllt hat, schreiend diese Nachricht verkündet.

Sie gehen an dem schwarz-weißen Tor entlang. Über dem Meer von Köpfen ragt der silberschwarze Galgen in die Höhe, genauso wie beim ersten Mal, als Vincenzo Sanges ihr Neapel gezeigt hatte.

Sie ziehen durch den Vicoletto Sospiro de 'Mpisi. Menschenmassen auf den Balkonen, vor den *bassi*, die *lazzari* sind sonnenverbrannt vom Meer zurückgekehrt und noch ganz benommen, doch bei diesem neuen Spektakel werden sie schnell wieder wach. In vielen Augen erkennt Lenòr die Gier und die Unbefangenheit von Kindern. Die Menschen drängeln sich bis hinter Sant'Eligio, in den Seitengassen, der Via Campagnari, Via Spicoli, Via Parrettari.

»Darf ich für Euch beten, meine Tochter?« flüstert Pater De Forti, während der Zug über die kleine Treppe das Schafott besteigt. Sie antwortet ihm mit einem kurzen Lächeln. Sie ist müde. So unendlich müde.

Die Weißen Brüder haben im Hintergrund Aufstellung genommen, Schergen und Soldaten unten vor der Bühne. Der ganz in Rot gekleidete Scharfrichter ist der Herrscher des Geschehens. Er prüft die Schlingen der beiden Galgen, hebt und senkt das glänzende Fallbeil auf dem Richtblock, trocknet sich den Schweiß ab. Er versucht, das Ganze ein bißchen in Szene zu setzen, aber er wirkt erschöpft. Er zieht sein Wams aus, legt es sorgfältig zusammen und trägt es in eine Ecke.

Noch sind die Menschen mucksmäuschenstill. Sie verfolgen die Vorbereitungen, flüstern, aber die Sonne sticht weiterhin unbarmherzig auf sie herab, die schwüle Luft ist bedrückend.

Immerhin kommt jetzt von der Marina her eine leichte Brise auf, die Bühnenverkleidung fängt leise an, Falten zu schlagen.

Weil der Scharfrichter so träge ist und Don De Forti, der von einem Verurteilten zum anderen geht, so langsam, fangen die Leute jetzt allmählich an zu lärmen.

»Masto Donaˈ!« rufen sie. »Fangen wir jetzt endlich an?«

»Ein bißchen Beeilung! Sollen diese Köpfe nun rollen oder nicht?«

Die ersten geistreichen Witze machen die Runde, es wird gelacht. Weiter hinten tut jemand so, als würde er auf der Trommel schlagen und Strophen anstimmen. Schnell ertönt ein Chor von Stimmen:

Erst hängt einer, dann hängen zwei,
Strick am Hals, und wir sind frei!

Die Menge beginnt zu rasen, die ersten Frauen fangen hysterisch an zu schreien. Der Scharfrichter geht auf dem Schafott nach vorn. Ruhegebietend hebt er einen Arm.

»Volk!« ruft er mit Stentorstimme. »Weißt du schon das Neueste?«

»Neeeeiiin!« schreien die Leute in den ersten Reihen und lachen schon. Die Frage des Scharfrichters wird von Mund zu Mund weitergegeben, Wellen von Gelächter und lautem »Neeeiiin!« lösen andere Wellen aus, die sich bis zum äußersten Ende des Platzes fortsetzen.

»Es ist das erste Mal, daß ich einen Monsignore aufhängen muß!«

Erneut Heiterkeit und Unruhe.

»Stimmt gar nicht!« brüllt jemand. Der Henker holt sich Monsignor Natali und stößt ihn zum Bühnenrand.

»Der hier ist ein echter Monsignore. Er ist … er war der Bischof von Vico.«

»Dann hängen wir ihn doch mit allen Sakramenten auf!« schreit einer, der besonders witzig sein will, und erntet brüllendes Gelächter.

»Stets zu Euren Diensten, Monsignoˈ«, sagt der Scharfrichter komödiantenhaft.

Er schubst den Bischof, der bleich und ernst aussieht, zum hinteren Teil des Schafotts. Ein leichtes Beben der Lippen zeigt, daß der Bischof leise betet.

»Los jetzt, Monzigno'«, ruft der Henker unhöflich. Er läßt ihn die kleine Treppe besteigen, legt ihm die Schlinge um den Hals.

»Los, los!« brüllt die Menge in höchster Erregung. Der Henker versetzt der Treppe unerwartet einen Stoß. Monsignor Natali hat nicht einmal genug Zeit, um das Kreuz zu schlagen, so schnell baumelt er am Strang. Blut rinnt aus seinem offenen Mund.

»Es lebe der König! Tod den Jakobinern!«

Donnerschläge, Gesänge, Klänge tosen über den Köpfen der Menschen. Der Scharfrichter variiert nun das Programm.

»Der hier ist ein neapolitanischer Adliger«, schreit er und stößt Gennaro nach vorn. »Dem müssen wir den Kopf abschneiden.«

Angespannt, verkrampft verfolgt sie das Geschehen. Sie sieht Gennaro an, der aufrecht und ruhig dasteht, auch wenn er ein wenig zittert. Er ist sehr blaß. Bevor er auf den Richtblock zugeht, dreht er sich noch einmal um, sieht zu ihr herüber, lächelt sie an. Sie wirft ihm aus vollem Herzen einen langen Kuß zu. Mein lieber Gennaro, du Lieber, du lieber Geliebter, du darfst nicht leiden, ich bitte dich. Bitte leide nicht zu sehr.

Aber sie hat nicht den Mut hinzusehen, als das Fallbeil herabsaust. Zum Glück verhindert die Gruppe herbeistürzender Assistenten, die Holzspäne aufs Schafott werfen, daß sie etwas sehen kann. Sie erkennt nur, daß nach dem donnernden »Es lebe der König!« drei oder vier von ihnen Gennaros blutbefleckten Körper vom Schafott tragen. Wie einen jungen Mann, der einen Unfall hatte: ganz zu einer Seite zusammengekrümmt – man merkt gar nicht, daß der Kopf fehlt.

Nun ist sie an der Reihe. Das Seil neben dem Strang, an dem der schwere Körper Natalis baumelt, zittert ein wenig. Beinahe fasziniert betrachtet sie es, entdeckt den dicken Knoten. Ob er wohl die Haut aufschürft?

Der Henker stößt sie nach vorn. Er will gerade irgendeinen Witz machen, als De Forti auf ihn zuspringt und ihn am Arm packt.

»Ruhe jetzt!« schreit er. Die Leute in den ersten Reihen horchen erstaunt auf. Vielleicht glauben sie, daß es sich um einen Befehl handelt, denn sie schweigen mit eifrigen, kindlichen Mienen. Sie sagen es weiter. Ein Flüstern und Zischen aus »Ssssst, seid still« verbreitet sich auf dem Platz. Nach einer Weile hört man nur noch den Atem der Menschen.

Lenòr blickt verwirrt auf die Menge. Ein endloses Meer von Köpfen. Als sie die Augen senkt, fängt sie im Detail einige Gesichter von Männern, Frauen, Kindern ein. Einen Moment lang ein armes, entstelltes Gesicht mit wenigen grauen Haaren auf dem Kopf: Graziella?

Alle schweigen betreten und gehorchen dem Befehl des Priesters. Wie die Kinder. In Kürze, wenn das Fest vorbei ist, werden sie wieder in tausend Richtungen auseinanderlaufen. Zum Strand der Marinella, nach Santa Lucia, in die Via Toledo, um Lupinenkerne zu knabbern, Meeresfrüchte zu verschlingen, genüßlich Hühnerschenkel zu verspeisen. Oder um die Passanten zu beobachten und sich einen Platz für die Nacht zu suchen. Die Frauen werden in ihre schmutzigen, stinkenden *bassi* zurückkriechen, um zu schuften und zu schwitzen. Morgen werden sie schon vergessen haben, was heute geschieht: Jetzt aber haben sie ihr Vergnügen, unschuldig und grausam wie die Kinder.

Aber wir sind ja alle Kinder: die da unten, wir, die wir sterben, der König, die Königin … Wie absurd das alles ist, *meu Deus!* Wird es etwas nützen, sich an all diese Dinge zu erinnern?

Jetzt wirken sie zunehmend ungeduldig, Lenòr sieht ein Beben durch die Menge laufen. Sie langweilen sich schnell, auch darin nicht anders als Kinder, sie können es nicht ertragen, wenn etwas allzulang dauert.

Einen Augenblick verharrt ihr Blick bei einem Mann, der wie ein Matrose gekleidet ist. Finster starrt auch er sie an. Doch vielleicht sind das nur die Trugbilder eines Menschen, der bald sterben wird? Ist es Vincenzo Sanges? Ist er es?

Addio, addio auch du, Vincenzo. Geliebter Vincenzo meiner

Jugend in dieser geliebten Stadt. Auch du bist meine Liebe, wo immer du sein magst. Ich hoffe, daß du dich retten kannst.

Sie blickt auf, hinüber zum Meer, das jetzt eine zartblaue Tönung angenommen hat. Wie der Himmel, wie der große und gleichgültige Vesuv. Ein kurzer Seufzer des Bedauerns. Sie wagt nicht, darum zu bitten: doch sie würde es gern tun. Sie alle in der Umarmung Gottes wiederzufinden, wäre wunderschön. So aber, was bleibt? Nichts. Weniger als nichts.

Sie schwankt. Der Henker Mastro Donato stützt sie, dann schiebt er sie behutsam weiter. Er gibt ihr die Hand, damit sie die kleine Treppe besteigen kann. Bevor er der Treppe einen Stoß versetzt, sieht er sie noch einmal ernst und mit leichtem Groll an.

Nachbemerkung des Autors

Dieses Buch ist ein ›historischer‹ Roman (folgt man der Lehre der literarischen Genres – in Wahrheit sind alle Romane ›historisch‹, wie auch alle Romane ›experimentell‹ sind), keine Biographie und auch kein Lebensbild in Buchform. Der Autor hat sich also der Geschichte gegenüber jene Freiheiten erlaubt, die schon von Aristoteles und vielen anderen gefordert wurden: »Denn der Geschichtsschreiber und der Dichter unterscheiden (...) sich dadurch, daß der eine erzählt, was wirklich geschehen ist, der andere, was hätte geschehen können. (...) Deshalb ist die Dichtkunst eine (...) ernstere Tätigkeit als die Geschichtsschreibung. Denn die Poesie richtet sich mehr auf das Allgemeine, während die Geschichtsschreibung das Einzelne erzählt.« (Aristoteles, Poetik, IX, 1451b) – »(...) und wer nicht erfindet, wer sich an alle Einzelheiten hält, die er vorfindet, ist nicht Dichter, sondern Historiker.« (Tasso, Erste Abhandlung über die Dichtkunst) – »Der Schriftsteller soll aus der Geschichte Nutzen ziehen, ohne in Konkurrenz zu ihr zu treten.« (Manzoni, Lettera al Fauriel)

Andrea Camilleri

Die sizilianische Oper

Roman. Aus dem Italienischen von
Monika Lustig. 270 Seiten.
Serie Piper

Aufruhr im sizilianischen Städtchen Vigàta. Zankapfel ist eine umstrittene Opernaufführung: Gegen allen Protest hat der frischgebackene Präfekt die entsetzlich schlechte Oper eines drittklassigen Komponisten durchgesetzt. Vigàtas Hitzköpfe entfachen ein wunderbar groteskes Spektakel, bei dem nicht nur das neue Opernhaus abbrennt.

»Mit der Leichtigkeit eines Pianisten spielt Camilleri auf der Klaviatur Siziliens und seiner Mentalität. Eine Vielstimmigkeit an Bildern und Sprachen, eine menschliche Komödie in der Tradition Gogols und Pirandellos.«

Corriere della sera

Alessandro Baricco

Novecento

Die Legende vom Ozeanpianisten.
Aus dem Italienischen von Erika
Cristiani. 83 Seiten. Serie Piper

Auf dem luxuriösen Ozeandampfer Virginian, der zu Beginn des Jahrhunderts zwischen der Alten und Neuen Welt hin- und herpendelt, wird ein ausgesetztes Baby gefunden, dem die Matrosen den Namen seines Geburtsjahres geben: Novecento – 1900. Ein seltsames Schicksal wird diesem Findelkind beschieden sein: Novecento wird zeit seines Lebens nicht mehr von Bord gehen. Als der sagenhafte Ozeanpianist wird er zur Legende. Er kennt nur seine Musik, die eine magische Anziehung auf alle ausübt, die sie hören. Bariccos poetische Sprache in »Seide« und seine Phantasie in »Land aus Glas« verbinden sich hier zu einer wundervollen Geschichte um Musik, Leidenschaft und die Macht der Freundschaft.

PIPER ORIGINAL

Andrea Camilleri
Das launische Eiland

Roman. Aus dem Italienischen von Monika Lustig.
156 Seiten. Klappenbroschur

Wieder einmal herrscht Aufruhr im sizilianischen Vigàta:
Schadenfreudig erwartet das Städtchen den Dampfer Iwan
Tomorow, dessen Ankunft dem unlauteren Schwefelhändler
Barbabianca das Aus bringen soll. Seine falschen Geschäfte
werden auffliegen, und von den Vigatesern ist keine Hilfe
zu erwarten – man hat sich gegen den Dorfpotentaten
verschworen. Jeder im Städtchen scheint eine Rechnung mit
Barbabianca offen zu haben: der Seidenschmuggler Angelino,
der gottlose Padre Imbornone, selbst die Familie des noto-
rischen Schürzenjägers Don Gerlando. Und während in
Barbabiancas Palazzo der taubstumme Sohn der Hausmagd
in der Kunst der Liebe unterwiesen wird, hat die heilige
Jungfrau ein Erbarmen und greift ein in das Drama vor der
Küste Siziliens.
Lustvoll fabuliert Camilleri im Spiel mit den Klischees über
die Eigenheiten seiner Landsleute und entwirft das burleske
Sittengemälde einer nur scheinbar vergangenen Epoche.

04/1002/01/R